A ESCOLHA DE SOFIA

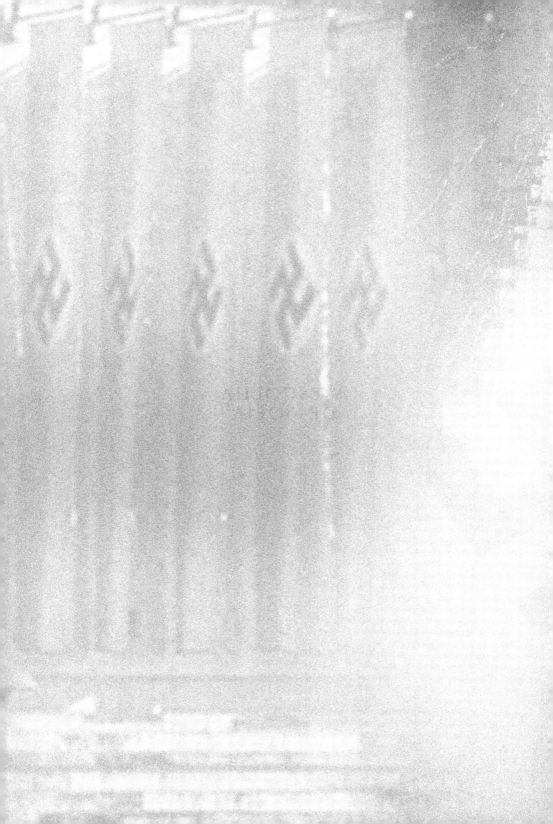

William Styron

A escolha de Sofia

ROMANCE

Tradução:
Vera Neves Pedroso

GERAÇÃO

Título original:
Sophie's choice

Copyright © 2012 by William Styron

4ª edição – Dezembro de 2012

Grafia atualizada segundo o Acordo Ortográfico da Língua Portuguesa
de 1990, que entrou em vigor no Brasil em 2009

Editor e Publisher
Luiz Fernando Emediato (LICENCIADO)

Diretora Editorial
Fernanda Emediato

Produtor Editorial
Paulo Schmidt

Assistente Editorial
Erika Neves

Capa
Alan Maia

Projeto Gráfico
Genildo Santana/ Lumiar Design

Preparação de Texto
Josias A. Andrade

Revisão
Márcia Benjamim de Oliveira

DADOS INTERNACIONAIS DE CATALOGAÇÃO NA PUBLICAÇÃO (CIP)
(Câmara Brasileira do Livro, SP, Brasil)

Styron, William, 1925-2006.
    A escolha de Sofia / William Styron ; traduçãoVera Neves Pedroso.
-- São Paulo : Geração Editorial, 2012.

    Título original: Sophie's choice.

    ISBN 978-85-61501-52-5

    1. Ficção norte-americana I. Título.

09-06130   CDD: 813

Índices para catálogo sistemático

1. Ficção : Literatura norte-americana   813

GERAÇÃO EDITORIAL

Rua Gomes Freire, 225 — Lapa
CEP: 05075-010 — São Paulo — SP
Telefax.: (+ 55 11) 3256-4444
Email: geracaoeditorial@geracaoeditorial.com.br
www.geracaoeditorial.com.br
twitter: @geracaobooks

2012
Impresso no Brasil
Printed in Brazil

A Memória do Meu Pai

(1889 - 1978)

Quem mostrará a uma criança como as coisas são? Quem será
capaz de colocá-la dentro da sua constelação, com a medida da
distância ao alcance da sua mão? Quem fará do pão cinzento,
que fica duro, a sua morte - ou a deixa lá, dentro da boca
redonda, como o centro asfixiante de uma maçã doce?...
Os assassinos são facilmente previstos. Mas isto: a morte,
o todo da morte - antes mesmo de que a vida comece,
compreender tudo e ser bom - isso é indescritível!

DA QUARTA ELEGIA DE DUÍNO - **Rainer Maria Rilke**

Busco essa região essencial da alma em que o
mal absoluto se opõe à fraternidade.

André Malraux, LÁZARO, 1974.

Sumário

Capítulo Um..11

Capítulo Dois...40

Capítulo Três..74

Capítulo Quatro..103

Capítulo Cinco..136

Capítulo Seis...168

Capítulo Sete...196

Capítulo Oito..227

Capítulo Nove...267

Capítulo Dez...313

Capítulo Onze...356

Capítulo Doze...428

Capítulo Treze...469

Capítulo Quatorze...510

Capítulo Quinze..547

Capítulo Dezesseis..596

Capítulo Um

Naqueles dias era quase impossível encontrar um apartamento barato em Manhattan, de maneira que tive que me mudar para o Brooklyn. Era 1947, e uma das coisas agradáveis daquele verão, de que tão vividamente me lembro, era o tempo, ensolarado e firme, cheirando a flores, como numa primavera perpétua. Eu me sentia grato pelo menos por isso, já que a minha juventude me parecia em maré baixa, sem perspectivas. Aos vinte e dois anos, lutando para ser escritor, descobri que o fogo criador, que aos dezoito quase me consumira com a sua bela chama, diminuíra até o nível de uma chamazinha-piloto, acendendo um débil clarão no meu peito, ou onde quer que minhas aspirações se tivessem albergado. Não que eu já não quisesse escrever. Continuava desejando apaixonadamente produzir o romance que, durante tanto tempo, permanecera enclausurado no meu cérebro. Apenas, depois de ter escrito os primeiros parágrafos, não conseguira ir além, ou — parafraseando o comentário de Gertrude Stein a respeito de um escritor menor da Geração Perdida — eu tinha a calda, mas não havia meio de ela sair. Para piorar as coisas, estava desempregado, tinha muito pouco dinheiro e exilara-me por vontade própria em Flatbush, como tantos outros meus conterrâneos, mais um sulista jovem, magro e solitário errando em meio ao Reino dos Judeus.

Podem me chamar de Stingo, apelido pelo qual eu era conhecido naqueles tempos, se é que era conhecido. Deriva do nome pelo qual eu era chamado no colégio que frequentei na Virgínia, meu estado natal. Esse colégio era uma agradável instituição, para a qual fui mandado por meu pai, que não sabia o que fazer comigo depois que minha mãe morreu. Entre minhas outras qualidades estava, aparentemente, o descaso pela higiene pessoal, o que fez com que logo me chamassem de Stinky (Fedorento). Mas os anos passaram e a ação abrasiva do tempo, juntamente com uma mudança radical de hábitos (a vergonha fez com que eu me tornasse quase que obsessivamente limpo), foi limando a brusquidão silábica do nome, transformando-o no apelido, mais atraente — ou menos atraente, mas mais esportivo — de Stingo. Quando eu tinha trinta e poucos anos, eu e o apelido misteriosamente nos separamos e Stingo se evaporou, como um fantasma, deixando-me completamente indiferente. Mas eu ainda era Stingo na ocasião sobre a qual escrevo. Se o nome está ausente da primeira parte da minha narrativa, é porque estou descrevendo um período mórbido e solitário da minha vida, quando — como acontece com o eremita louco, que habita a caverna da montanha — raramente me chamavam fosse por que nome fosse.

Estava satisfeito pelo fato de ter perdido o emprego — a primeira ocupação remunerada de minha vida, excetuando o tempo em que servira ao Exército — embora essa perda tivesse vindo agravar a minha já modesta existência. Por outro lado, acho agora que foi positivo ficar sabendo, desde cedo, que eu nunca me ajustaria a trabalhar numa firma, independentemente do lugar. Considerando como eu tinha cobiçado aquele emprego, fiquei surpreso com o alívio, mais do que isso, a satisfação com que aceitei ser despedido, apenas cinco meses mais tarde. Em 1947, os empregos escasseavam, principalmente no campo editorial, mas um rasgo de sorte conseguira-me uma colocação numa das maiores editoras, como "editor júnior" — eufemismo designativo de avaliador de originais. Que o patrão era quem ditava os termos, naqueles tempos em que o dólar valia muito mais do que agora, pode ser evidenciado por meu salário — quarenta dólares semanais. Deduzidos os impostos, o anêmico cheque azul, colocado todas as sextas-feiras sobre a minha mesa pela corcundinha encarregada dos pagamentos, representava pouco mais de noventa *cents* por hora. Mas eu não me sentira desanimado pelo fato de esse salário de cule me ser pago por uma das mais ricas e poderosas editoras de todo o mundo. Jovem e forte de ânimo, encarava o emprego — nos primeiros dias, pelo menos — com a sensação de estar fazendo algo importante. Além disso, o cargo acenava com almoços simpáticos no "21", jantares com John O'Hara, contatos com escritoras brilhantes, mas voltadas para o carnal, derretendo-se diante da minha perspicácia editorial e assim por diante.

Mas logo ficou claro que nada disso viria a acontecer. Para começar, embora a editora — que prosperava principalmente com livros didáticos, manuais industriais e dezenas de fascículos técnicos abrangendo assuntos tão variados e misteriosos quanto criação de suínos, ciência mortuária e extrusão de plásticos — publicasse romances e não-ficção como produção secundária, precisando, por isso, dos serviços de um esteta júnior, como eu, sua lista de autores dificilmente capturaria a atenção de alguém seriamente ligado à literatura. Quando comecei a trabalhar lá, por exemplo, os dois mais destacados escritores promovidos pela editora eram um almirante reformado da Segunda Grande Guerra e um corrupto delator ex-comunista, cujo *mea culpa*, de autoria de um escritor-fantasma, estava mais ou menos bem situado na lista dos mais vendidos. De autores da estatura de um John O'Hara (embora eu tivesse ídolos literários bem mais ilustres, O'Hara representava, para mim, a espécie de escritor com quem um jovem editor poderia sair e se embebedar), nem sinal. Além do mais, havia a deprimente questão do trabalho para o qual eu fora designado. Nessa época, a McGraw-Hill & Company (pois era lá que eu trabalhava) não tinha nenhum *éclat* literário, depois de tanto tempo se dedicando, com sucesso, a editar grandes obras de tecnologia, e a pequena editora em que eu trabalhava, e que aspirava à excelência da Scribner ou da Knopf, era considerada algo assim como uma piada no meio editorial — um pouco como se uma vasta organização atacadista, do tipo da Montgomery Ward ou da Masters, tivesse tido a audácia de instalar uma butique para vender vison e chinchila que todo mundo entendido soubesse tratar-se de pele de castor tingida e importada do Japão.

Assim, na qualidade de funcionário mais baixo na hierarquia da casa, não só me era negada a oportunidade de ler originais que tivessem sequer um mérito passageiro, como era forçado a me embrenhar diariamente em ficção e não-ficção da mais modesta qualidade possível — pilhas de papel-jornal cheio de dedadas e manchas de café, cujo aspecto proclamava ao mesmo tempo o terrível desespero do autor (ou agente literário) e a posição da McGraw-Hill como editora de último recurso. Mas, na minha idade, com uma barrigada de Literatura Inglesa que me tornava tão exigente quanto um Matthew Arnold, insistindo em que a palavra escrita transmitisse apenas as mais altas verdades e seriedades, eu tratava esses tristes rebentos dos desejos frágeis e solitários de mil desconhecidos com o desprezo abstrato e superior de um macaco catando piolhos do pelo. Era intransigente, cortante, inflexível, insuportável. Do alto do meu cubículo envidraçado, no vigésimo andar do Edifício McGraw-Hill — um arranha-céu verde, arquitetonicamente imponente, mas espiritualmente deprimente, situado na Rua Quarenta e Dois Oeste — eu despejava sobre os pobres originais empilhados em minha mesa, todos carregados de esperança e de uma sintaxe aleijada, um desdém que só podia ser encontrado em alguém que acabara de ler *Os Sete Tipos da Ambiguidade*.

Tinha que fazer uma súmula razoavelmente completa de cada um deles, por pior que fosse o livro. A princípio, tudo bem, eu me divertia com a ironia pérfida e o espírito de vingança com que arrasava aqueles originais. Mas, passado algum tempo, a persistente mediocridade acabou me derrotando e fui ficando farto da monotonia das minhas funções, farto de fumar cigarro atrás de cigarro, da vista, toldada pelo *smog* de Manhattan, e de escrever apreciações tão desumanas quanto as seguintes, que conservei, intactas, desde aqueles dias desanimadores e áridos, e que cito aqui palavra por palavra, sem qualquer modificação:

Alta Cresce a Zóstera, por Edmonia Kraus Biersticker. Ficção

Amor e morte entre as dunas de areia e as plantações de framboesa do sul de Nova Jersey. O jovem herói, Willard Strathaway, herdeiro de grande indústria de framboesa em conserva e recém-formado pela Universidade de Princeton, apaixona-se perdidamente por Ramona Blaine, filha de Ezra Blaine, velho esquerdista e líder de uma greve dos apanhadores de framboesa do sul de Nova Jersey. O jovem herói, Willard tema central de uma alegada conspiração por parte de Brandon Strathaway — o ricaço pai de Willard — para liquidar o velho Ezra, cujo corpo, horrivelmente mutilado, é encontrado, certa manhã, nas entranhas de uma máquina apanhadora de framboesas. Isso quase acaba com o romance entre Willard — descrito como possuindo "uma maneira princetoniana de inclinar a cabeça, além de considerável graça felina" — e a enlutada Ramona, "sua beleza, esbelta e ágil, mal escondendo toda a voluptuosidade que jazia por trás dela".

Completamente atônito, só posso dizer que este talvez seja o pior romance jamais escrito por besta ou mulher. A recusar com a máxima pressa.

Oh, jovem desdenhoso e sabichão! Como eu ria e gozava, ao eviscerar aqueles cordeirinhos indefesos e subliterários! Nem temia cutucar a McGraw-Hill e atacar a sua inclinação para editar livros pseudo-engraçados, que só podiam ser citados em publicações como as *Seleções do Reader's Digest* (embora minha impertinência possa ter contribuído para minha queda).

A Mulher do Bombeiro, por Audrey Wainwright Smilie. Não-ficção.

A única coisa que se aproveita neste livro é o título, o suficientemente vulgar e comercial para ser publicado pela McGraw-Hill. A autora é uma mulher de carne e osso, casada — como o título dá a entender — com um bombeiro e vivendo num subúrbio de Worcester, Massachusetts. Sem a menor graça, embora esforçando-se para fazer rir em todas as páginas, estes devaneios iliterários são uma tentativa de romancear o que deve ser uma existência chatíssima, com a autora procurando comparar as vicissitudes cômicas da sua vida doméstica com as que ocorrem na família de um neurocirurgião. Assim, afirma que, tal como um médico, um bombeiro tem que estar a postos dia e noite. Tal como o de um médico, o trabalho de um bombeiro é complicado e envolve exposição aos germes — e ambos voltam muitas vezes para casa cheirando mal. Os títulos dos capítulos demonstram, melhor do que nada, a qualidade do humor, demasiado fraco para ser descrito como escatológico, "A Loura na Banheira". "Um Esgot... amento Nervoso". (*Esgot...* entenderam?) "Hora da Descarga". "Entrando pelo Cano", etc. etc. O original chegou cheio de marcas e dobras, após ter sido submetido — segundo a carta da autora — à apreciação da Harper, da Simon & Schuster, da Knopf, da

Random House, da Morrow, da Holt, da Messner, da William Sloane, da Rinehart e de mais outras editoras. Na mesma carta, a autora fala do seu desespero quanto ao destino deste texto — em volta do qual toda a sua vida atualmente gira — e (não estou brincando) ameaça, veladamente, suicidar-se. Detesto ser responsável pela morte de um semelhante, mas é absolutamente necessário que este livro nunca venha a ser publicado. *Rejeite-se! (Por que diabos tenho que continuar a ler tanta droga?)*

Eu nunca teria podido fazer comentários como este último, nem aludir, de forma tão desrespeitosa à editora McGraw-Hill, se não fosse o fato de o editor-sênior, que lia todos os meus pareceres, partilhar da minha decepção com o nosso patrão e com tudo o que aquele vasto império sem alma representava. Farrell, um descendente de irlandeses com olhos de sono, inteligente, vencido, mas essencialmente bem-humorado, trabalhara anos a fio em publicações da McGraw-Hill tais como *A Revista Mensal da Espuma de Borracha, O Mundo da Prótese, Novidades em Pesticidas* e *O Mineiro Americano,* até que, por volta dos cinquenta e cinco anos, fora designado para o setor mais suave e menos ferozmente industrial dos livros, onde passava o tempo fumando cachimbo na sua sala, lendo Yeats e Gerard Manley Hopkins, dando uma olhada tolerante nos meus relatórios e, eu acho, pensando em se aposentar e se retirar para Ozone Park. Longe de se sentir ofendido, ele se divertia com os meus ataques à McGraw-Hill e com o tom geral das minhas apreciações. Farrell, havia muito, caíra vítima da pasmaceira sem ambições e hipnotizadora, com a qual, como numa gigantesca colmeia, a companhia eventualmente acabava por anestesiar os seus empregados, mesmo os ambiciosos e, como sabia que havia menos de uma chance em dez mil de que eu descobrisse um manuscrito publicável, creio que achava não haver mal em que eu me divertisse um pouco. Conservo ainda um dos meus maiores (se não o maior) pareceres, talvez porque tenha sido o único que escrevi com algo semelhante à compaixão.

Harald Haarfager, uma Saga, por Gundar Firkin. Poesia.

Gundar Firkin não é um pseudônimo e sim o nome real do autor. Os nomes de muitos escritores maus soam estranhos ou inventados, até a gente descobrir que são verdadeiros. Será que isso significa alguma coisa? O original de *Harald Haarfager, uma Saga* não chegou nem pelo correio, nem enviado por um agente, mas foi-me entregue em mãos pelo próprio autor. Firkin entrou na antessala havia coisa de uma semana, carregando uma pasta com o manuscrito e duas malas. A Srta. Meyers disse que ele queria falar com um dos editores. Era um sujeito dos seus 60 anos, algo encurvado, mas forte, de estatura média, rosto enrugado e curtido de quem vive ao ar livre, sobrancelhas peludas e grisalhas, uma boca suave e o par de olhos mais tristes e ansiosos que já vi. Usava um boné de couro preto, de fazendeiro, desses que têm duas abas que caem sobre as orelhas, e um blusão grosso, com gola de lã. Tinha mãos enormes, com nós proeminentes e vermelhos. O nariz pingava um pouco. Disse que desejava entregar um original. Parecia muito cansado e, quando lhe perguntei de onde vinha, respondeu que acabara, *nessa mesma hora*, de chegar a N.Y., depois de ter viajado *de ônibus* três dias e quatro noites, de um lugar chamado Turtle Lake, Dakota do Norte. Só para entregar o original?, perguntei. Ao que ele retrucou que sim.

Informou que a McGraw-Hill era a primeira editora que procurara. Isso me impressionou, porquanto esta firma raramente é a primeira editora sondada, mesmo por parte de autores tão pouco conhecedores do ramo como Gundar Firkin. Quando lhe perguntei como optara por essa escolha extraordinária, respondeu que, na verdade, fora uma questão de sorte. Não pretendera que a McGraw-Hill fosse a primeira editora da sua lista. Contou-me que, quando o ônibus parara, durante várias horas, em Minneapolis, ele fora até a companhia telefônica, onde sabia que tinham exemplares das Páginas Amarelas de Manhattan. Não querendo fazer nada tão extremo como rasgar uma página, passara uma hora, mais ou menos, copiando, com um lápis, os nomes e os endereços de todas as editoras da cidade de Nova York. Planejara seguir uma ordem alfabética — começando, se não me engano, pela Appleton — e ir até a Ziff-Davis. Mas quando, naquela manhã, ao chegar de viagem, saíra da rodoviária, a uma quadra daqui, olhara para o alto e vira o monolito cor de esmeralda da editora, com o intimidante cartaz: McGRAW-HILL — viera direto para cá.

O velho parecia tão exausto e perplexo — mais tarde diria que nunca tinha passado de Minneapolis — que achei que o mínimo que eu podia fazer era levá-lo a tomar um café na cafeteria. Enquanto lá estávamos, falou-me de si. Era filho de imigrantes noruegueses — o sobrenome original fora "Firking", mas o "g" acabara sumindo — e toda a sua vida cultivara trigo perto da cidadezinha de Turtle Lake. Vinte anos atrás, quando tinha seus 40, uma companhia de mineração descobrira enormes depósitos de carvão sob suas terras e, embora não tivessem feito escavações, tinham arrendado a propriedade a longo prazo, o que o livrara de problemas financeiros para o resto da vida. Era solteirão e demasiado entrincheirado nos seus hábitos para deixar de cultivar a terra, mas agora teria o lazer necessário para iniciar um projeto que sempre acalentara: começaria a escrever um poema épico baseado num dos seus ancestrais noruegueses, Harald Haarfager, que fora um duque ou um príncipe do século XIII. Não é preciso dizer que senti um baque no coração, ao ouvir tão horrível notícia. Mas procurei não deixar transparecer nada, enquanto ele afagava a pasta com o original, dizendo: "Sim, senhor. Vinte anos de trabalho! Está tudo aqui, tudo aqui."

Apercebi-me, então de que, apesar do seu ar de camponês, ele era inteligente e *muito* lúcido. Parecia ter lido muito — principalmente mitologia norueguesa — embora seus romancistas prediletos fossem gente como Sigrid Undset, Knut Hamsun e esses dois "quadrados", nativos da Meio-Oeste: Hamlin Garland e Willa Cather. Não obstante, e se eu tivesse a sorte de descobrir um gênio por burilar? Afinal de contas, até mesmo um grande poeta como Whitman começou como um excêntrico desajeitado, tentando vender o seu original em tudo quanto era lugar. Resumindo, após um longo papo (eu já o estava chamando de Gundar), disse-lhe que gostaria de ler a sua obra, embora tivesse o cuidado de lhe prevenir que a McGraw-Hill não era "especializada" no campo da poesia, e tomamos o elevador de volta ao meu escritório. Foi então que aconteceu algo terrível. Quando eu já me estava despedindo dele, dizendo-lhe que compreendia que ele estivesse muito interessado numa resposta, após ter trabalhado durante vinte anos, e que eu procuraria ler o original com todo o cuidado e dar-lhe uma resposta dentro de alguns dias, reparei que ele se preparava para ir embora levando apenas uma das duas malas. Mencionei-lhe esse fato. Ele sorriu, volveu os seus olhos graves, ansiosos, provincianos para mim, e disse: "Oh, pensei que o senhor tinha entendido. A outra mala contém o resto da minha saga."

Fora de brincadeira, deve ser a maior obra literária jamais escrita por mão humana. Levei o original para a sala da correspondência e pedi ao contínuo que o pesasse — quase dezoito quilos, sete caixas de papel-jornal com dois quilos e meio cada, num total de 3.850 páginas datilografadas. A saga está num inglês que pareceria escrito por Dryden, imitando Spenser, se a pessoa não soubesse da terrível verdade: todos aqueles vinte anos, noites e dias nas frígidas estepes de Dakota, sonhando com a antiga Noruega, escrevendo à mão, enquanto o vento que sopra de Saskatchewan uiva através do trigo ondulante:

"Ó tu, grande líder, HARALD, quão grande é a tua dor!
Onde estão os buquês que ela enfeitou para ti."

O velho solteirão chegando à estrofe 4.000, enquanto o ventilador elétrico aliviava o calor sufocante da planície:

"Cantai agora, ó duendes e Nibelungos, mas não canteis
As melodias que HARALD compôs em honra dela,
Transformai em lamentos os antigos cantos;
Ó negra maldição!
Chegou a hora de morrer. Não, essa hora já passou:
Ó lamentoso verso!"

Meus lábios tremem, minha vista se embaça, não posso continuar. Gundar Firkin está no Hotel Algonquin (onde se hospedou, obedecendo a uma desumana sugestão da minha parte), à espera de um telefonema que sou demasiado covarde para dar. A decisão é rejeitar lastimando, até com uma certa dor.

Pode ser que os meus padrões fossem demasiado altos ou que a qualidade dos livros estivesse abaixo de toda a crítica, mas a verdade é que não me recordo de ter recomendado um único livro, durante os meus cinco meses na McGraw-Hill. Não deixa, porém, de haver alguma ironia no fato de que o único livro que rejeitei e que — pelo menos, que eu saiba — mais tarde encontrou quem o editasse, foi uma obra que não permaneceu desconhecida e por ler. Desde então, muitas vezes imaginei a reação de Farrell ou de outro qualquer entendido, quando esse livro saiu, publicado por uma editora de Chicago, mais ou menos um ano depois de eu me ter visto livre da enorme pilha da McGraw-Hill. Porque decerto o meu parecer deve ter ficado registrado na memória de alguém de cima, fazendo com que fosse direto aos arquivos e, Deus sabe com que mistura cruel de sentimento de perda e espanto, relesse a minha apreciação-rejeição, com frases cheias de si, desastrosas e esnobes:

... portanto, já é algum alívio, depois de tantos meses de agruras, descobrir um original cujo estilo não provoca febre, dor de cabeça ou vômitos e, sob esse aspecto, o livro merece elogios. A ideia de homens à deriva numa jangada tem um certo interesse mas, na sua maior parte, trata-se de um relato comprido, solene e tedioso de uma viagem pelo Pacífico, mais adequada, eu diria, a uma condensação drástica numa revista como a *National Geographic*. Talvez uma editora universitária o compre. A nós, definitivamente não interessa.

Foi assim que despachei esse grande clássico da aventura moderna, *A Expedição do Kon-Tiki*. Meses mais tarde, vendo o livro permanecer na lista dos mais vendidos semana após semana, tratei de explicar a minha cegueira dizendo a mim mesmo que, se a McGraw-Hill me tivesse pago mais do que noventa *cents* por hora, eu talvez tivesse sido mais sensível ao nexo entre bons livros e lucro imundo.

Nessa altura, eu morava num atravancado cubículo de menos de quinze metros quadrados, num prédio da Rua Onze Oeste, no Village, conhecido pelo nome de Clube-Residência da Universidade. Fora atraído para lá, à minha chegada a Nova York, não só pelo nome — que conjurava uma imagem de camaradagem entre intelectuais, mesas cheias de exemplares da *New Republic* e da *Partisan Review* e velhos dependentes de sobrecasaca, preocupando-se com recados e atendendo às nossas necessidades — como pelos preços modestos: dez dólares por semana. A camaradagem entre intelectuais era, claro, uma ilusão imbecil. O Clube-Residência da Universidade ficava apenas um degrau acima de uma hospedaria, diferindo somente, quanto à privacidade, no fato de se poder trancar a porta. Quase tudo o mais, inclusive o preço, pouca diferença fazia de uma hospedaria. Paradoxalmente, a localização era admirável, quase chique. Da única janela, incrustada de sujeira, do meu cubículo, no quarto andar dos fundos, eu podia olhar para o deslumbrante jardim de uma casa na Rua Doze Oeste e, de vez em quando, avistar um casal que eu tomava como sendo os donos do jardim — um homem jovem, vestido de *tweed*, que eu imaginava ser um jornalista em ascensão do *The New Yorker* ou do *Harper's*, e a sua espantosamente bem proporcionada e loura esposa, que andava pelo jardim de calça comprida ou de maiô, aparecendo de vez em quando com um ridículo e ultra bem-tratado *Afghan hound*, ou jazendo espichada numa rede, onde eu a varava com lentos, precisos e mudos ataques de desejo.

Porque então, o sexo — ou, antes, a sua ausência, e aquele belo e insolente jardinzinho, juntamente com as pessoas que o habitavam — tudo parecia conjugar-se simbolicamente para tornar ainda mais insuportável o caráter degenerado do Clube-Residência da Universidade e agravar minha pobreza e meu estado de pária solitário. A clientela só de homens, quase todos de meia-idade ou velhos, vagabundos e vencidos *habitués* do Village, cujo destino seguinte era a rua da amargura, exalava um cheiro azedo a vinho e desespero, quando passávamos lado a lado, nos corredores apertados e descascados. Não havia nenhum porteiro idoso e caduco e sim uma série reptiliana de empregados de portaria, todos eles com o tom esverdeado de criaturas privadas da luz do dia, montando guarda ao saguão, em cujo teto uma única e pequena lâmpada tremeluzia. Manobravam, também, o único e rangente elevador, tossindo e coçando as suas misérias hemorroidais durante a interminável subida até o quarto andar e o cubículo onde, noite após noite, nessa primavera, eu me emparedava, qual louco anacoreta. A necessidade me forçava a isso, não só por não ter dinheiro para me divertir, como pelo fato de, na qualidade de recém-chegado à metrópole e menos tímido do que orgulhosamente reservado, me faltar a oportunidade e a iniciativa de fazer amigos. Pela primeira vez na vida, que durante anos fora por vezes irresponsavelmente sociável, eu descobria a dor da solidão não desejada. Como um criminoso, atirado de repente numa solitária, dei comigo alimentando-me da gordura não queimada de recursos interiores que eu mal sabia possuir. No Clube-Residência da Universidade, ao anoitecer de um dia de maio, observando a maior barata que eu jamais vira passar por cima do meu volume da *Coletânea de Prosa e Poesia*, de John Donne, deparei-me face a face com a solidão e constatei que era uma face feia e impiedosa.

Por tudo isso, durante aqueles meses, meu programa noturno raramente variava. Saindo do Edifício McGraw-Hill às cinco da tarde, tomava o metrô na Oitava Avenida para Village Square (um níquel), onde, ao desembarcar, me dirigia a uma loja de comestíveis que havia na esquina e comprava as três latas de cerveja Rheingold que a severa consciência orçamentária me permitia. Daí, ia direto para o quartinho, onde me estendia sobre o colchão cheio de corcovas, com os lençóis cheirando a desinfetante e transparentes de tantas lavagens, e lia até que a última das minhas cervejas ficasse quente — questão de aproximadamente uma hora e meia. Afortunadamente, ainda estava numa idade em que ler era uma paixão e, portanto — excetuando um casamento feliz — a melhor receita para manter a distância a solidão absoluta. De outra maneira, não poderia ter aguentado aquelas noites. Mas eu era um leitor ávido e, além do mais, espantosamente eclético, com uma afinidade pela palavra escrita — quase *qualquer* palavra escrita — tão capaz de me excitar, que beirava o erotismo. Não exagero e, se não fosse ter conhecido alguns outros que confessaram ter tido, na juventude, essa mesma e estranha sensibilidade, sei que arriscaria o desdém ou a incredulidade ao dizer que me recordo do tempo em que a esperança de passar meia hora folheando uma Lista Telefônica de Classificados me provocava uma leve, mas visível, tumescência.

Seja como for, eu lia — *Sob o Vulcão* foi um dos livros que me cativaram, nessa primavera — e, às oito ou nove horas, saía para jantar. Que jantares! Como permanece, vívido, no meu palato, o gosto de banha do bife do Bickford's, ou da omelete do Riker's, na qual, certa noite, quase desmaiei ao encontrar uma pena esverdeada e quase etérea, e um diminuto bico embriônico. Ou da cartilagem incrustada, como um tumor, nas costeletas de carneiro da Athens Chop House, as próprias costeletas com gosto de carneiro velho, o purê de batatas aglutinado, rançoso, visivelmente reconstituído, com astúcia grega, a partir de alguma sobra desidratada estocada pelo governo em algum armazém, e de lá afanada. Mas eu era tão inocente da gastronomia nova-iorquina quanto de uma porção de outras coisas e demoraria ainda bastante tempo antes que ficasse sabendo que a melhor refeição por menos de um dólar que se podia fazer na cidade era um par de *hamburgers* e uma porção de torta, numa White Tower.

De volta ao meu cubículo, agarrava em outro livro e mergulhava, uma vez mais, no mundo do faz-de-conta, lendo até as primeiras horas da manhã. De vez em quando, porém, era forçado a fazer o que encarava, com desagrado, como o meu "dever de casa", isto é, escrever orelhas para os próximos lançamentos da McGraw-Hill. Na verdade, eu fora contratado com base, principalmente, numa orelha que escrevera para um título já publicado da McGraw, *The Story of the Chrysler Building*. Minha prosa, ao mesmo tempo lírica e musculosa, impressionara de tal maneira Farrell, que não apenas fora um fator importante para eu conseguir o emprego, como obviamente lhe dera a ideia de que eu poderia compor maravilhas semelhantes para os livros a serem editados. Acho que uma das maiores decepções que lhe causei foi não ter podido me repetir nem uma só vez porque, sem que Farrell suspeitasse e de maneira apenas aparente em mim, a síndrome McGraw-Hill de desespero e atrito já se instalara. Sem querer confessar completamente, eu começara a detestar o meu trabalho. Não era um editor e sim um *escritor* — um escritor com o mesmo ardor e as mesmas asas de um Melville, de um Flaubert, de um Tolstói ou de um Fitzgerald, que tinham o poder de arrancar o meu coração e conservar uma parte dele e que, todas as noites, juntos e separadamente, me atraíam para a sua incomparável vocação. Minhas tentativas de fazer orelhas davam-me uma sensação de degradação, principalmente porque os livros que me destinavam para exaltar representavam justamente o contrário da literatura — comércio. Eis um fragmento de uma das orelhas que não consegui terminar:

Assim como o romance do papel é parte central da história do sonho americano, também o nome Kimberly-Clark é parte central da história do papel. Tendo começado com uma modesta fábrica na modorrenta cidadezinha de Neenah, em Wisconsin, a Kimberly-Clark Corporation é agora um dos gigantes da indústria mundial de papel, com fábricas em 13 estados e oito países estrangeiros. Servindo às mais diversas necessidades do homem, muitos dos seus produtos — dos quais o mais famoso é, sem dúvida, o Kleenex — tornaram-se tão conhecidos, que os seus nomes passaram a fazer parte da nossa língua...

Um parágrafo desses exigia horas. Eu deveria dizer "sem dúvida, o Kleenex" ou "indubitavelmente"? "Às mais diversas" necessidades do homem ou "às mais variadas"? "Conhecidos" ou "familiares"? Enquanto pensava, andava de um lado para o outro da minha cela, pronunciando vocábulos sem significado, às voltas com os ritmos da prosa e combatendo o desolador impulso de me masturbar que, não sei por que, sempre acompanhava essa tarefa. Finalmente, vencido pela raiva, dava comigo dizendo "Não! Não!", em voz alta, para as paredes-tabiques, e me atirava à máquina de escrever, onde, rindo perversamente, batia uma variação rápida, colegial, mas abençoadamente purgativa.

As estatísticas da Kimberly-Clark são espantosas:

... Calcula-se que, durante um único mês de inverno, se todo o catarro lançado em lenços Kleenex nos Estados Unidos e no Canadá fosse espalhado pela superfície do Yale Bowl, atingiria uma altura de meio metro...
... Calcula-se que, se as vaginas que usam Kotex durante um único período de quatro dias, nos Estados Unidos, fossem alinhadas, orifício a orifício, formariam um trecho capaz de se estender de Boston até White River Junction, Vermont...

No dia seguinte, Farrell, sempre amável e tolerante, ponderava tristemente tais propostas, mordiscando a ponta da caneta e, após observar que "não é bem isto o que tínhamos em mente", sorria com ar compreensivo e me pedia para fazer o favor de tentar de novo. E, como eu ainda não estava inteiramente perdido, talvez porque a ética presbiteriana ainda exercesse um resto de poder sobre mim, tentava de novo, essa noite — esforçando-me com toda a minha paixão e capacidade, mas em vão. Após algumas horas suadas, desistia e voltava ao *The Bear*, ou às *Notas do Underground*, ou ao *Billy Budd*, ou ficava simplesmente olhando, pela janela, para o jardim encantado. Lá, no crepúsculo dourado da primavera de Manhattan, numa atmosfera de cultura e bem-estar material, da qual eu sabia que seria eternamente excluído, a *soirée* estaria começando na casa dos Winston Hunnicutts, pois tal era o nome grã-fino com o qual eu os batizara. Momentaneamente sozinha, a loura Mavis Hunnicutt aparecia no jardim, trajando blusa e calça justa e florida e, após uma pausa para contemplar o céu cor de opala, fazia um sedutor movimento com o cabelo e se inclinava para colher tulipas do canteiro. Naquela adorável ocupação, ela não suspeitava do que provocava no mais solitário editor-júnior de Nova York. O meu desejo era incrível — algo palpável, que escorria pelas paredes encardidas do velho prédio, esgueirando-se por entre uma cerca, avançando, com uma pressa serpentina e indecente, até o seu traseiro virado para cima, onde, em silenciosa metamorfose, ele adquiria a minha forma, priápica, faminta, mas sob tenso controle. Suavemente, meus braços rodeavam Mavis e eu colocava as mãos sob os seios túrgidos, livres, redondos. "É você, Winston?", murmurava ela. "Não, sou eu", respondia eu, o seu amante. "Deixe-me possuí-la à maneira dos cachorrinhos." Ao que ela invariavelmente retrucava: "Oh, sim, querido — mais tarde".

Nessas minhas loucas fantasias, só não copulávamos imediatamente, na rede do jardim, devido à súbita intrusão de Thornton Wilder. Ou de E. E. Cummings. Ou de Katherine Atine Porter. Ou de John Hersey. Ou de Malcolm Cowley. Ou de John P. Marquand. Nesse ponto — trazido de volta à realidade com a libido perfurada — eu me encontrava de novo à janela, saboreando com vontade as festividades que se desenrolavam lá embaixo. Pois me parecia perfeitamente lógico que os Winstons Hunnicutts, aquele jovem e sociável casal (cuja sala de estar, incidentalmente, me deixava entrever, com água na boca, uma estante em estilo dinamarquês moderno, cheia de livros) tivessem a enorme sorte de habitar um mundo povoado de escritores, poetas e críticos, além de outros tipos de intelectuais e, portanto, nessas noites, quando o crepúsculo caía mansamente e o terraço começava a se encher de gente sofisticada e bem vestida, eu discernia, nas sombras, os rostos de todos aqueles heróis e heroínas impossíveis com que sonhava, desde o momento em que o meu espírito desavisado se deixara cativar pela magia da palavra impressa. Ainda não conhecia um único autor que tivesse tido um livro editado — com exceção do mal-trajado ex-comunista que já mencionei e que certa vez entrara acidentalmente na minha sala da McGraw-Hill, cheirando a alho e ao suor incrustado de velhas apreensões — e, assim, nessa primavera, as festas dos Hunnicutts, que eram frequentes e geralmente demoravam, davam à minha imaginação a oportunidade dos mais desvairados voos que jamais afligiram o cérebro de um idólatra apaixonado. Lá estava Robert Lowell! E Wallace Stevens! Aquele cavalheiro de bigode, olhando furtivamente da porta, seria mesmo *Faulkner?* Dizia-se que estava em Nova York. A mulher de busto grande, com o cabelo preso num coque e um sorriso interminável, só podia ser Mary McCarthy. O homem baixo, de rosto avermelhado e sardônico, não podia ser senão John Cheever. Certa vez, no lusco-fusco, uma voz estridente de mulher gritou "Irwin!" e, quando o nome subiu até o meu poleiro de *voyeur*, senti o coração falhar. Estava escuro demais para ter a certeza e ele estava de costas para mim, mas o homem que tinha escrito *The Girls in Their Summer Dresses* seria aquele rude e atarracado lutador de *catch*, ladeado por duas jovens, de rostos adoradores voltados para cima, como flores?

Todos aqueles visitantes noturnos dos Hunnicutts percebo agora, deviam ser publicitários ou corretores da Bolsa, ou membros de outra qualquer profissão igualmente oca mas, naqueles dias, ninguém me tiraria as ilusões. Uma noite, porém, pouco antes de eu ser expulso do império da McGraw, experimentei uma violenta inversão de emoções, que fez com que nunca mais olhasse para o jardim. Eu havia tomado o meu lugar costumeiro junto à janela e tinha os olhos fixos no já familiar traseiro de Mavis Hunnicutt, enquanto ela fazia os gestos que a haviam tornado tão querida para mim — erguer a blusa e jogar para trás uma madeixa loura, enquanto conversava com Carson McCullers e uma pálida, imponente criatura de aparência britânica e olhar míope, que, sem dúvida, era Aldous Huxley. De que falariam eles? De Sartre? De Joyce? De safras de vinhos? De casas de veraneios no sul da Espanha? Do Bhagavad-Gita? Não, era evidente que falavam do meio ambiente — *daquele* meio ambiente — pois o rosto de Mavis tinha um ar de prazer e animação, ao mesmo tempo em que ela gesticulava, apontando para os muros cobertos de hera do jardim, para os pequenos relvados, para o borbulhante repuxo, para o maravilhoso canteiro de tulipas, que cresciam, com seus vívidos tons flamengos, em meio àqueles sombrios intestinos urbanos. "Se ao menos..." parecia ela dizer, com uma expressão toldada pelo ressentimento. De repente, descreveu um semicírculo e atirou, na direção do Clube-Residência da Universidade, um furioso punho fechado, um lindo punho fechado, tão proeminente, tão cruelmente agitado, que parecia impossível que ela não o estivesse brandindo a menos de dois centímetros do meu nariz. Senti-me como que iluminado por um holofote e, na minha tristeza, tive a certeza de ler o movimento dos lábios dela: "Se ao menos esse maldito *monstrengo* não estivesse aí do lado, com todos esses *pobres-diabos* olhando para nós!"

Mas o meu tormento na Rua Onze não estava destinado a se prolongar por muito tempo. Teria sido gratificante pensar que eu fora despedido por causa do episódio do *Kon-Tiki*. Mas o declínio da minha situação na McGraw-Hill começou com a chegada de um novo editor-chefe, que eu secretamente apelidara de Fuinha. O Fuinha fora chamado para dar à editora um tom de que ela muito precisava. Por essa altura, ele era conhecido, no ramo editorial, por ter sido o editor de Thomas Wolfe depois de este haver deixado a Scribner e a Maxwell Perkins e, após a morte do escritor, por ter ajudado a reunir, numa ordem literária e de sequência, a obra colossal que ele deixara por publicar. Embora eu e o Fuinha fôssemos oriundos do Sul — coisa que, no ambiente estrangeiro de Nova York, quase sempre tende a cimentar o relacionamento entre os sulistas — antipatizamos de saída um com o outro. O Fuinha era um homenzinho insignificante, semicalvo, de quarenta e muitos anos. Não sei ao certo o que ele pensava de mim — sem dúvida, o estilo impertinente e independente dos meus pareceres tinha algo a ver com a sua reação negativa — mas eu o achava frio, distante, desprovido de senso de humor, com o ego inchado e a atitude inacessível de um homem que supervaloriza as suas realizações. Nas reuniões da editoria, ele adorava atirar coisas como: "Wolfe sempre me dizia..." ou "Como Tom me escreveu, pouco antes de morrer..."

Sua identificação com Wolfe era tão completa, que ele parecia ser o *alter-ego* do escritor — e isso eu não podia suportar já que, como muitos outros jovens da minha geração, eu caíra vítima da Wolfemania, e teria dado tudo o que possuía para passar um serão amigo com um homem como o Fuinha, extraindo dele casos inéditos acontecidos com o mestre, exclamando: "Meu Deus, essa é demais!" ao ouvir contar alguma história maravilhosa sobre o adorado gigante das letras, suas idiossincrasias e aventuras, sua produção de três toneladas. Mas eu e o Fuinha nunca conseguimos estabelecer contato. Entre outras coisas, ele era ultraconvencional e logo se acomodara à filosofia cem por cento ordeira e conservadora da McGraw-Hill. Em contraste, eu ainda estava ávido de aventura, no sentido mais lato da expressão, e tinha que dar um toque de gozação não só à ideia do setor editorial da publicação de livro, que meus olhos fatigados viam, agora, como uma tarefa chata e sem brilho, como também ao estilo, aos costumes e às artimanhas do ramo em si. Porque a McGraw-Hill era, afinal de contas e apesar do seu verniz literário, um monstruoso paradigma do mundo dos negócios americano. E, assim, com um homem frio como o Fuinha ao elmo da companhia, eu sabia que não demoraria muito para que os problemas começassem, e que os meus dias estavam contados.

Um dia, pouco depois de ter assumido o comando, o Fuinha mandou-me chamar. Tinha um rosto oval e gorducho e olhos pequeninos, inimistosos, e tão de fuinha, que me parecia impossível que ele tivesse conquistado a confiança de alguém tão sensível às nuanças da presença física quanto Thomas Wolfe. Fez sinal para que eu me sentasse e, depois de pronunciar algumas amabilidades, foi diretamente ao assunto, isto é, ao meu evidente fracasso quanto às perspectivas de me vir a adaptar a certos aspectos do "perfil" da McGraw-Hill. Era a primeira vez que eu ouvia essa palavra empregada para descrever outra coisa que não a vista lateral do rosto de uma pessoa e, à medida que o Fuinha ia falando, se aproximando de pontos específicos, eu ficava cada vez mais intrigado sobre onde poderia ter falhado, já que tinha certeza de que o bom do velho Farrell nunca falara mal de mim ou do meu trabalho. Mas parece que meus erros eram tanto em relação à maneira de vestir quanto, pelo menos, tangencialmente políticos.

— Tenho reparado que o senhor não usa chapéu — disse o Fuinha.

— Chapéu? — retruquei. — Não, não uso.

Nunca tivera muito entusiasmo por chapéus e, desde que deixara o Corpo de Fuzileiros Navais, havia dois anos, jamais pensara em usar chapéu como sendo algo obrigatório. Era meu direito democrático escolher e, até aquele momento, não pensara mais nisso.

— Todo mundo na McGraw-Hill usa chapéu — disse o Fuinha.

— Todo mundo? — repliquei.

— Todo mundo — repetiu ele, secamente.

E, claro, quando refleti no que ele dizia, percebi que era verdade: todo mundo *usava* chapéu. De manhã, de tarde e à hora do almoço, os elevadores e os saguões pareciam mares ondulantes de chapéus de palha e de feltro, todos eles empoleirados sobre as cabeças uniformemente tosadas dos mil servos arregimentados pela McGraw-Hill. Pelo menos, era verdade no que dizia respeito aos homens; para as mulheres — principalmente secretárias — parecia ser algo opcional. A afirmação do Fuinha era, pois, indiscutivelmente correta. O que eu até então não percebera era que o fato de usar chapéu não obedecia a uma simples moda, mas constituía, obrigatoriamente, tanto parte do traje da McGraw-Hill quanto as camisas Arrow e os ternos bem cortados da Weber & Heilbroner usados por todos os que trabalhavam naquela torre verde, desde os vendedores de livros didáticos aos angustiados editores do *Solid Wastes Management*. Na minha inocência, eu não me dera conta de nunca ter andado vestido de acordo com o uniforme, mas, mesmo ao me aperceber disso, senti um misto de ressentimento e hilaridade e fiquei sem saber como responder à solene insinuação do Fuinha. Dei comigo perguntando-lhe, num tom tão grave quanto o dele:

— Posso saber de que outra maneira não me adaptei ao perfil?

— Não posso ditar-lhe que jornais o senhor deve ler, nem é esse o meu desejo — respondeu ele. — Mas não é aconselhável que um funcionário da McGraw-Hill seja visto com um exemplar do *New York Post*. — Fez uma pausa e prosseguiu: — Dou-lhe esse conselho para o seu bem. Não é preciso dizer que o senhor pode ler o que quiser, no seu tempo livre e na intimidade. Apenas não fica *bem*, para um editor da McGraw-Hill, ler publicações radicais no trabalho.

— Que é que eu devo ler, então?

Fora meu costume, à hora do almoço, descer até a Rua Quarenta e Dois e comprar a edição da tarde do *Post*, junto com um sanduíche, ambos consumidos na minha sala, durante o intervalo que me dariam para almoçar. Era essa a única hora que eu tinha para ler o jornal. Nessa época, eu não era tanto um inocente em política como um neutro, um *castrato*, e lia o *Post* não pelos seus editoriais liberais nem pelas colunas de Max Lerner — que me entediavam — e sim pelo seu estilo de jornalismo de cidade-grande e suas fascinantes reportagens sobre a alta roda, principalmente as assinadas por Leonard Lyons. Mas, ao responder ao Fuinha, sabia que não ia abdicar de ler esse jornal, assim como não pretendia ir até o Wanamaker's e comprar um chapéu.

— Gosto do *Post* — disse, com um toque de irritação. — Que é que eu deveria ler, em vez dele?

— O *Herald Tribune* talvez fosse mais apropriado — retrucou o Fuinha, no seu sotaque do Tennessee, tão estranhamente vazio de calor. — Ou mesmo o *News*.

— Mas esses dois saem de manhã.

— Nesse caso, talvez o senhor possa tentar o *World-Telegram*. Ou o *Journal-American*. O sensacionalismo é preferível ao radicalismo.

Até eu sabia que o *Post* não podia ser chamado de radical e quase disse isso, mas contive-me a tempo. Pobre Fuinha. Frio como ele era, de repente senti um pouco de pena dele, percebendo que aquela sua tentativa de me constranger não partira dele, pois algo na sua atitude (teria sido uma levíssima nota de desculpa, um sulista manifestando uma hesitante, disfarçada simpatia por outro?) me dizia que ele não tinha estômago para tão sórdidas e idiotas restrições. Compreendi também que, na sua idade e posição, ele era um verdadeiro prisioneiro da McGraw-Hill, irrevogavelmente condenado à mesquinhez e às egoístas preocupações com o lucro, um homem que nunca mais poderia dar as costas — ao passo que eu, pelo menos, tinha a liberdade do mundo diante de mim. Lembro-me que, ao ouvi-lo pronunciar aquele desgraçado edito: "O sensacionalismo é preferível ao radicalismo", murmurei, para mim mesmo, um adeus quase exultante: "*Bye-bye*, Fuinha. Passar bem, McGraw-Hill."

Até hoje lamento o fato de não ter tido coragem de pedir demissão ali mesmo. Em vez disso, entrei numa espécie de greve: durante os dias que se seguiram, embora eu chegasse na hora, de manhã, e saísse precisamente ao bater das cinco, os originais foram se acumulando sobre a mesa, sem que eu os lesse. À hora do almoço, não mais passava os olhos pelo *Post*, mas ia até uma banca de jornais perto de Times Square e comprava um exemplar do *Daily Worker*, que, sem ostentação — ao contrário, com o ar mais calmo deste mundo — lia, ou tentava ler, sentado, como de costume, à minha mesa, enquanto mastigava um sanduíche de salame com picles *kosher*, curtindo cada minuto que tinha para representar, naquela fortaleza de poder branco anglo-saxão, o duplo papel de comunista imaginário e judeu fictício. Desconfio que, a essa altura dos acontecimentos, eu já estava um pouco louco porque, no último dia de emprego, compareci ao trabalho usando o meu velho boné verde-desbotado de Fuzileiro Naval (do tipo que John Wayne usava em *Areias de Iwo Jima*), como complemento do meu terno de algodão listradinho — e fiz questão de que o Fuinha me visse naquela roupa absurda, assim como estou certo de que dei um jeito, nessa mesma tarde, de que ele me pegasse no meu derradeiro gesto de insurgência...

Um dos poucos aspectos toleráveis da vida na McGraw-Hill fora a vista que eu desfrutava do vigésimo andar — um majestoso panorama de Manhattan, com seus monolitos, minaretes e espiras, que nunca deixava de reavivar os meus sentidos embotados com todos esses espasmos triviais, mas genuínos, de euforia e doces promessas, que tradicionalmente fazem vibrar os jovens provincianos americanos. Ventos de liberdade sopravam nos parapeitos da McGraw-Hill e um dos meus passatempos preferidos fora deixar cair uma folha de papel da janela e seguir com os olhos o seu voo através do alto dos edifícios, até desaparecer, ao longe, nos *canyons* ao redor de Times Square, sempre caindo e voltando a se elevar ao sabor da brisa. Nesse dia, à hora do almoço, juntamente com o meu *Daily Worker*, eu tivera a inspiração de comprar um tubo para fazer bolhas de plástico — do tipo agora comumente usado pelas crianças, mas que naquele tempo era uma novidade — e, de volta à minha sala, soprara meia dúzia desses encantadores, frágeis e iridescentes globos, antecipando a sua aventura ao sabor do vento com o suspense de quem se vê às vésperas de ter realizado um sonho sexual de há muito negado. Soltas uma a uma no abismo poluído, as bolhas ultrapassaram minhas expectativas, tornando realidade todos os meus desejos suprimidos e infantis de soltar balões que alcançassem os mais distantes limites da Terra. Brilhavam ao sol da tarde como se fossem os satélites de Júpiter e eram tão grandes quanto bolas de basquete. Uma brisa ascensional fez com que subissem bem alto sobre a Oitava Avenida. Uma vez lá, permaneceram suspensos durante intermináveis minutos e suspirei de prazer. Mas logo ouvi exclamações e risos femininos e vi que um bando de secretárias da McGraw-Hill, atraídas pelo *show*, se debruçara nas janelas das salas vizinhas. Deve ter sido isso o que chamou a atenção do Fuinha para minha demonstração aérea, pois ouvi a sua voz atrás de mim no momento em que as moças davam um último viva e as bolhas voavam freneticamente para leste, descendo em direção à vertente da Rua Quarenta e Dois.

O Fuinha controlou muito bem sua fúria.

— O senhor está despedido a partir de hoje — disse, num tom contido. — Pode apanhar o seu último pagamento quando sair, às cinco horas.

— Fique sabendo, seu Fuinha, que está despedindo um homem que ainda vai ser tão famoso quanto Thomas Wolfe.

Tenho certeza de que não disse isto, mas as palavras tremeram-me de maneira tão palpável na ponta da língua, que até hoje fiquei com a impressão de as ter dito. Acho que não disse nada, apenas fiquei olhando o homenzinho girar sobre os pequenos calcanhares e sair de minha vida. Tive, então, um estranho sentimento de alívio, uma sensação física de conforto, como se tivesse tirado de cima de mim camadas sufocantes de roupa. Ou, para ser mais exato, como se tivesse ficado demasiado tempo imerso em águas profundas e houvesse conseguido chegar à superfície e aspirar lufadas de ar fresco.

— Você escapou por um triz — disse Farrell, mais tarde reforçando minha metáfora com precisão inconsciente. — Já houve muita gente que se afogou aqui. E nunca lhes encontraram os corpos.

Passava muito das cinco. Eu ficara até tarde, para guardar meus pertences, me despedir de um ou dois editores com os quais tinha estabelecido um relacionamento amistoso, apanhar o meu último cheque de 36,50 dólares e, finalmente, dar um adeus surpreendentemente triste e doloroso a Farrell que, entre outras coisas, revelou algo de que eu poderia ter suspeitado havia muito, se realmente tivesse ligado para ele ou houvesse sido mais observador: que ele era um desses alcoólatras solitários e melancólicos. Entrou na sala, cambaleando ligeiramente, quando eu estava arrumando na pasta cópias-carbono de algumas das minhas mais elaboradas apreciações. Tinha-as tirado do arquivo, sentindo uma espécie de afeto triste pelo meu parecer sobre Gundar Firkin e cobiçando principalmente as minhas opiniões sobre *A Expedição Kon-Tiki*, a respeito das quais tinha a estranha suspeita de que algum dia pudessem formar um interessante maço de marginália literária.

— Nunca lhes encontraram os corpos — repetiu Farrell. — Tome um trago.

Estendeu-me um copo e uma pequena garrafa de uísque Old Overholt, pela metade. O uísque perfumava o hálito de Farrell, fazendo com que ele cheirasse um pouco a pão de centeio. Recusei o trago, não por discrição e sim porque, naqueles dias, eu só tomava cerveja americana barata.

— De qualquer maneira, você não nasceu para trabalhar num lugar como este — disse ele, bebendo um gole do Overholt.

— Já estava começando a perceber isso — concordei.

— Daqui a cinco anos, você seria um burocrata. Dentro de dez, um fóssil... aos trinta anos. Era nisso que a McGraw-Hill o transformaria.

— É, eu até que estou feliz por ir embora — falei. — Mas vou sentir falta do dinheiro, embora não fosse o que se pode chamar um maná.

Farrell riu e abafou um arroto. Tinha um rosto tão tipicamente irlandês, que era quase uma piada e transpirava tristeza — um quê de intangivelmente amassado, exausto e resignado, que me fez refletir, com uma pontada de dor, naquelas solitárias sessões de bebida no escritório, nas horas crepusculares com Yeats e Hopkins, na árida viagem de metrô até Ozone Park. De repente, tive a certeza de que nunca mais o veria.

— Quer dizer que você vai escrever — disse ele — vai ser escritor. Uma bela ambição, que eu também já tive. Espero em Deus que você venha a escrever e que me mande um exemplar do seu primeiro livro. Onde é que você vai começar a escrever?

— Não sei — respondi. — Só sei que não posso continuar neste marasmo. Tenho que dar um jeito de sair.

— Ah, como eu desejava escrever! — recordou ele. — Escrever poesia, ensaios, um bom romance. Não um *grande* romance, veja bem — sabia que me faltavam o talento e a ambição para tanto — mas um bom romance, com uma certa elegância de estilo. Um romance tão bom quanto, por exemplo, *A Ponte de San Luís Rey* ou *Death Comes for the Archbishop* — algo despretensioso, mas com uma qualidade de quase-perfeição. — Fez uma pausa e continuou: — Mas, não sei como, fui-me desviando. Acho que foram os longos anos de trabalho editorial, principalmente de natureza técnica. Passei a lidar com as ideias e as palavras de outras pessoas, em vez de com as minhas, e isso não contribui em nada para o esforço criador. — Fez nova pausa, contemplando a borra cor de âmbar no fundo do copo. — Ou talvez tenha sido *isto* que fez com que me desviasse — disse, com tristeza. — Este cálice de sonhos. Seja como for, não me tornei escritor. *Não* me tornei romancista ou poeta e, quanto a ensaios, só escrevi um em toda a minha vida. Quer saber o que era?

— Quero.

— Foi para *The Saturday Evening Post*, uma pequena crônica que mandei, sobre umas férias que eu e minha mulher passamos em Quebec. Não vale a pena descrevê-la, mas recebi duzentos dólares por ela e, durante vários dias, senti-me o escritor mais feliz de toda a América. — Uma grande melancolia tomou conta dele e a sua voz tornou-se mais fraca. — Ah, eu me desviei do rumo que sempre quis tomar — murmurou.

Eu não sabia bem como responder àquele seu estado de espírito, que parecia perigosamente próximo da autocomiseração e a única coisa que disse, enquanto ia pondo coisas para dentro da pasta, foi:

— Bom, espero que continuemos a manter contato.

Mas eu bem sabia que não continuaríamos mantendo contato.

— Eu também — disse Farrell. — Foi uma pena a gente não se ter conhecido melhor.

Olhando para dentro do copo, ele mergulhou num silêncio tão prolongado, que comecei a me sentir nervoso.

— Foi uma pena a gente não se ter conhecido melhor — repetiu, por fim. — Pensei muitas vezes convidá-lo a jantar em minha casa, no Queens, mas fui sempre adiando. De novo me desviei do que tinha a intenção de fazer. Sabe que você me lembra muito o meu filho?

— Não sabia que você tinha um filho — retruquei, algo surpreso.

Tinha ouvido Farrell aludir, certa feita, *en passant* mas com tristeza, à sua "qualidade de homem sem filhos" e partira simplesmente do princípio de que ele não tinha, como se costuma dizer, descendentes. Mas a minha curiosidade parara por aí. Na atmosfera gélida e impessoal da McGraw-Hill, seria considerado uma afronta, quando não falta de educação, expressar o mínimo interesse que fosse pelas vidas particulares dos outros.

— Pensei que você... — comecei.

— Oh, eu *tive* um filho!

A voz dele de repente saiu como um grito, impressionando-me com o seu misto de raiva e lamento. O Overholt soltara nele todas as fúrias célticas com as quais ele convivera diariamente, no desolado período que se seguia às cinco da tarde. Pôs-se de pé e foi até a janela, olhando, através do crepúsculo, para a incompreensível miragem de Manhattan incendiada pelo sol que caía.

— Oh, eu *tive* um filho! — repetiu. — Edward Christian Farrell. Tinha justamente a sua idade, tinha vinte e dois anos e queria ser escritor. Ele era... era um *príncipe* da língua, o meu filho. Possuía um dom que teria encantado o próprio diabo e algumas das cartas que ele escreveu, algumas das suas cartas compridas, sensíveis, engraçadas e inteligentes, são as mais belas cartas jamais escritas. Oh, ele era um *príncipe* da língua, aquele garoto!

As lágrimas subiram-lhe aos olhos. Para mim, foi um momento paralisantemente constrangedor, desses que aparecem de vez em quando durante a vida, embora, felizmente, com pouca frequência. Em voz de lástima, um quase-desconhecido fala de um ser querido no tempo passado, colocando o seu interlocutor num aperto. Decerto ele se refere a uma pessoa que morreu. Mas cuidado! Quem sabe se a pessoa simplesmente não desapareceu, vítima de amnésia ou fugindo de algo? Ou não estará agora definhando pateticamente num hospício, sendo o passado empregado apenas como um eufemismo? Quando Farrell continuou a falar, sem me dar uma pista quanto ao destino do filho, voltei-me de costas, embaraçado, e continuei a separar os meus pertences.

— Talvez eu tivesse aguentado melhor se ele não fosse o meu único filho. Mas eu e Mary não pudemos ter mais filhos, depois que Eddie nasceu. — De repente, parou. — Ah, você não quer ouvir...

Virei-me outra vez para ele.

— Quero, sim. Por favor, conte — falei.

Ele parecia estar com uma necessidade urgente de falar e, como se tratava de um homem bondoso, com quem eu simpatizava e que, além do mais, de certa forma me identificara com o seu filho, achei que seria indecente da minha parte não o encorajar a se desabafar.

— Por favor, conte — repeti.

Farrell serviu-se de outra grande dose de uísque. Estava de novo embriagado e a sua fala era um pouco pastosa, com o rosto, sardento e pálido, triste e abatido à luz crepuscular.

— É verdade isso de que um homem pode satisfazer as suas aspirações através de um filho. Eddie foi para a Universidade de Colúmbia e uma das coisas que me entusiasmaram era a maneira como se dedicava aos livros, o seu dom para as palavras. Aos dezenove anos — *dezenove* anos apenas, repare bem! — tinha publicado uma crônica no *The New Yorker* e Whit Burnett aceitara um conto dele para publicação na *Story.* Se não me engano, ele foi um dos mais jovens colaboradores na história da revista. Tudo por causa do olho que ele tinha, entende? — E Farrell quase enfiou o dedo indicador no olho. — Ele via as coisas, entende? Via coisas que o resto da gente não vê e fazia com que parecessem originais e cheias de vida. Mark Van Doren escreveu-lhe um encantador bilhete, mais encantador não poderia ser, dizendo que Eddie tinha um dos maiores dons naturais para escrever que ele já vira entre seus *alunos.* Mark Van Doren, imagine! Você não acha que é um tributo e tanto?

Encarou-me, como se à espera de que eu corroborasse.

— É um tributo e tanto — concordei.

— E aí... e aí, em 1943, ele alistou-se no Corpo de Fuzileiros Navais. Disse que preferia se alistar a ser convocado. Gostava do *glamour* dos fuzileiros navais, embora fosse por demais sensível para abrigar quaisquer ilusões a respeito da guerra. A guerra!

Pronunciou essa palavra com repulsa, como se fosse uma obscenidade raramente usada e fez uma pausa para fechar os olhos e mexer doloridamente a cabeça. Depois, olhou para mim e disse:

— A guerra levou-o para o Pacífico e ele participou de algumas das piores fases da luta. Você deveria ler as cartas dele, maravilhosas, eloquentes, sem um único traço de autocomiseração. Nem uma só vez duvidou de que voltaria para casa, terminaria o seu curso na Universidade de Colúmbia e viria a ser o escritor que sempre sonhara. Mas aí, dois anos atrás, ele estava em Okinawa quando foi atingido por um morteiro. Na cabeça. Foi em julho, quando já estavam voltando. Acho que ele deve ter sido um dos últimos fuzileiros a morrer na guerra. Fora nomeado cabo, ganhara a Estrela de Bronze. Não entendo por que foi que isso aconteceu. Meu *Deus*, não entendo... *Por que* isso foi acontecer. Por que, meu Deus?

Farrell estava chorando, não abertamente, mas com lágrimas sinceras e brilhantes crescendo na beira das pálpebras; e eu me virei com um tal sentimento de vergonha e humilhação que, anos mais tarde, ainda consigo recapturar a sensação levemente febril, nauseada, que me invadiu. Isso talvez seja agora difícil de explicar, pois a passagem de trinta anos e a fadiga e o cinismo gerados por diversas "bárbaras guerras americanas pode fazer com que a minha reação pareça incrivelmente romântica e ultrapassada. Mas acontece que também eu fora um fuzileiro naval, como Eddie Farrell, tinha, como ele, desejado vir a ser escritor e mandara cartas do Pacífico que tinham ficado gravadas no meu coração, escritas com o mesmo estranho amálgama de paixão, humor, desespero e esperança que é marca exclusiva dos homens muito jovens, diante da iminência da morte. Mais impressionante ainda, eu também fora destacado para Okinawa e chegara alguns dias apenas depois de Eddie ter morrido (quem sabe, pensei muitas vezes, se não escassas horas depois de ele receber o ferimento fatal), não encontrando nem inimigo, nem medo, nem o menor perigo; e sim, graças à cortesia da História, uma paisagem oriental destruída, porém pacífica, através da qual perambulei, incólume e sem medo, durante as últimas semanas antes de Hiroxima. A amarga verdade era que eu não ouvira um só tiro disparado com raiva e, embora em termos da minha pele, pelo menos, eu pudesse me considerar bafejado pela sorte, não conseguia nunca vencer o sentimento de que fora privado de algo terrível e magnífico. Com relação a essa experiência — ou à falta dela — nada jamais me tocou tão fundo quanto o breve e desolado relato que Farrell me fez do seu filho Eddie, a meus olhos sacrificado em Okinawa para que eu pudesse viver — e escrever. Vendo Farrell chorar em meio ao lusco-fusco, senti-me diminuído, encolhido, e não fui capaz de dizer nada.

Farrell levantou-se, limpando os olhos, e ficou junto da janela, olhando para o Hudson avermelhado pelo sol, onde as silhuetas esfumaçadas de dois grandes navios avançavam preguiçosamente para os Estreitos. O vento primaveril soprava, com um barulho demoníaco, em volta dos beirais verdes e indiferentes da McGraw-Hill. Ao falar, a voz de Farrell deu a impressão de vir de muito longe, respirar um desespero passado, que dizia:

"Tudo o que o homem estima
Dura um momento ou um dia...
O brado do arauto, o passo do soldado
Exaurem-lhes a glória e o poder:
Tudo o que flameja sobre a noite
Foi do coração humano alimentado."

Depois, ele voltou-se para mim e disse:

— Filho, *escreva pondo para fora as suas entranhas.*

E, cambaleando pelo corredor, saiu da minha vida para sempre.

Demorei-me ainda algum tempo, ponderando o futuro, que agora me parecia tão nebuloso e obscuro quanto os horizontes cobertos de *smog* que se estendiam para além dos prados de Nova Jersey. Eu era demasiado jovem para sentir muito medo, mas não tão jovem que não me sentisse abalado por certas apreensões. Aqueles ridículos originais que eu tinha lido eram, por assim dizer, uma advertência de como é triste a ambição — principalmente quando relacionada com a literatura. Eu desejava, para além de toda a esperança e de todos os sonhos, ser escritor mas, não sabia explicar, a história que Farrell me contara atingira-me tão profundamente que, pela primeira vez na vida, tomei consciência do enorme oco que carregava dentro de mim. Era verdade que eu viajara grandes distâncias para a minha pouca idade, mas o espírito permanecera trancado, sem conhecer o amor e quase estranho à morte. Mal poderia eu imaginar quão cedo encontraria ambos, personificados na paixão e na carne humanas, das quais me abstivera, naquela existência fechada e sem ar. Nem tampouco poderia imaginar, então, que minha viagem de descoberta seria também uma viagem a um lugar tão estranho quanto o Brooklyn. Entrementes, sabia apenas que desceria pela última vez do vigésimo andar, viajando no assético elevador verde até as caóticas ruas de Manhattan, para comemorar a libertação com uma cara cerveja canadense e o primeiro bife de filé-mignon que eu comia desde que chegara a Nova York.

Capítulo Dois

Depois do meu solitário banquete, naquela noite, no restaurante Lonchamps, da Quinta Avenida, contei o dinheiro que tinha e vi que me restavam menos de cinquenta dólares. Embora, como já disse, não tivesse verdadeiramente medo do futuro, não podia deixar de me sentir um pouco inseguro, principalmente porque as perspectivas de conseguir um outro emprego eram quase nulas. Mas não precisava me preocupar porque, dali a uns dias, iria receber uma bolada que me salvaria — pelo menos, no que dizia respeito ao futuro imediato. Foi um golpe de sorte estranho, esse, e — da mesma forma que outro bafo da sorte, muito mais tarde na minha vida — originou-se na instituição da escravidão negra na América. Mesmo que só indiretamente relacionada com a nova existência que eu levaria no Brooklyn, a história desse presente inesperado é tão incomum, que vale a pena ser contada.

Diz respeito, principalmente, à minha avó paterna, que era uma velhinha mirrada, beirando os noventa anos, quando me falou dos seus escravos. Muitas vezes me pareceu algo difícil de acreditar o fato de eu ter sido tão ligado no tempo com o Velho Sul, de que uma geração mais antiga dos meus ancestrais fora possuidora de negros escravos, mas a história é a seguinte: nascida em 1848, minha avó, aos treze anos, possuía duas negrinhas mucamas, um pouco mais novas do que ela, às quais tratava como uma propriedade muito querida, apesar da Guerra Civil, apesar de

Abraham Lincoln e dos artigos da emancipação dos escravos. Quando uso o adjetivo "querida", faço-o sem qualquer ironia, porque tenho certeza de que minha avó queria muito bem às duas negrinhas e, quando se recordava de Drusilla e Lucinda (pois tais eram os seus incomparáveis nomes), sua voz, trêmula e velha, não disfarçava a emoção e ela sempre me dizia "que queridas, que queridas" eram as meninas para ela e como, nas frias profundas da guerra, movera céus e terra a fim de encontrar lã para poder tricotar-lhes meias. Isso se passou em Beaufort County, na Carolina do Norte, onde minha avó viveu toda a sua vida e é lá que eu me lembro dela. Por ocasião da Páscoa e do Dia de Ação de Graças, durante a década de trinta, viajávamos sempre da Virgínia para ir visitá-la, eu e meu pai, atravessando de carro o pantanal e os campos planos, imutáveis, de amendoim, fumo e algodão, com as cabanas abandonadas dos negros, decrépitas e igualmente imutáveis. Chegados à sonolenta cidadezinha às margens do Rio Pamlico, saudávamos minha avó com palavras suaves e uma ternura imensa, pois havia já muitos anos que ela sofrera um derrame e estava quase que totalmente paralisada. Fora à beira da sua cama, quando eu tinha doze ou treze anos, que eu ouvira falar pela primeira vez de Drusilla e Lucinda, de acampamentos, caçadas ao peru e excursões de barca pelo Pamlico, e de outras alegrias *ante-bellum*, contadas pela velha e chilreante vozinha, fraca mas indômita, até sua dona acabar por adormecer.

É importante, porém, observar que minha avó nunca nos falou, a mim ou a meu pai, de outro pequeno escravo — que atendia pelo belo nome de Artiste — o qual, da mesma forma que Drusilla e Lucinda, lhe fora "dado" pelo pai e que, pouco depois, havia sido vendido por ele. Conforme demonstrarei por meio de duas cartas, o motivo pelo qual ela nunca mencionou o rapazinho deveu-se, sem dúvida, à extraordinária história do seu ulterior destino. De qualquer maneira, é interessante saber que o pai de minha avó, após consumada a venda, converteu o produto em dólares de ouro, aparentemente prevendo a desastrosa guerra que se aproximava, e colocou as moedas num pote de barro, que enterrou debaixo de uma azaleia, nos fundos do jardim. Isso, naturalmente, para evitar que os ianques o descobrissem. Realmente, quando eles chegaram, nos últimos meses da guerra, montados a cavalo e armados de sabres cintilantes, saquearam o interior da casa diante dos olhos apavorados e juvenis de minha avó, reviraram o jardim, mas não encontraram o ouro. Recordo, incidentalmente, a descrição que a minha avó fez dos soldados da União: "Na verdade, uns belos homens, cumprindo apenas o seu dever, ao virar a nossa casa pelo avesso. Mas, naturalmente, não tinham cultura e nem educação. Tenho certeza de que eram naturais de Ohio. Chegaram ao cúmulo de jogar os presuntos pela janela". Ao voltar da guerra com um olho vazado e um joelho em pedaços — ambos os ferimentos recebidos em Chancellorsville — meu bisavô desencavou o ouro e, depois de tornar a casa novamente habitável, guardou-o num compartimento engenhosamente escondido no porão.

O tesouro poderia ter ficado lá até o dia do Juízo Final porque, ao contrário dessas histórias misteriosas que de vez em quando a gente lê nos jornais — embrulhos contendo notas de mil dólares, ou dobrões espanhóis, descobertos pelas pás e enxadas de trabalhadores — o ouro parecia destinado a ficar para sempre escondido. Quando meu bisavô morreu, num acidente de caça, nos fins do século passado, seu testamento não mencionou as moedas de ouro — possivelmente, por ele ter passado o dinheiro para a filha. Quando, por sua vez, ela faleceu, quarenta anos mais tarde, referiu-se ao ouro no *seu* testamento, especificando que ele deveria ser dividido pelos seus muitos netos; mas, na confusão mental da idade avançada, esqueceu-se de explicar onde o tesouro estava escondido, confundindo o compartimento no porão com o seu cofre no banco local, o qual, naturalmente, de nada sabia. E, durante mais sete anos, ninguém soube do esconderijo do ouro. Fora meu pai, o último sobrevivente dos seis filhos da minha avó, quem tirara o tesouro dentre o mofo do porão, salvando-o da ação do cupim, das aranhas e dos ratos. Durante toda a sua longa vida, a preocupação dele com a família, o passado e a linhagem fora tão reverente quanto inspirada — um homem tão feliz de descobrir a correspondência e as relíquias de algum primo distante, apagado e de há muito defunto, quanto um pesquisador vitoriano, ao encontrar uma gaveta cheia de cartas de amor obscenas trocadas por Robert e Elizabeth Browning. Imagine-se a sua alegria, quando, ao passar em revista pacotes das cartas, havia muito desbotadas, de sua mãe, descobriu uma que lhe fora escrita por meu bisavô, descrevendo não só a exata localização do esconderijo do porão, como também pormenores da venda do jovem escravo Artiste. E assim, agora duas cartas se entrelaçam. A que transcrevo a seguir, escrita por meu pai, da Virgínia, que recebi quando fazia as malas para deixar o Clube-Residência da Universidade, diz muito, não só a respeito de várias gerações sulistas, como sobre os grandes acontecimentos que pairavam sobre o horizonte moderno.

4 DE JUNHO DE 1947

Meu querido filho:

Tenho em mãos a carta do dia 26 passado, comunicando a sua demissão do emprego. Por um lado, Stingo, sinto muito, já que vai colocá-lo em apertos financeiros e eu não me acho em posição de ajudar muito, assoberbado que estou pelos problemas e pelas dívidas aparentemente intermináveis das suas duas tias lá na Carolina do Norte, que receio estarem patética e prematuramente senis. Espero, porém, estar em melhor situação monetária daqui a alguns meses e gostaria de poder, então, contribuir, embora de maneira modesta, para você realizar a ambição de se tornar escritor. Por outro lado, acho que você pode dar graças por ter perdido o emprego na McGraw-Hill, o qual, pelo que você conta, parecia bastante árido, sendo a firma pouco mais do que porta-voz e canalizadora de propaganda dos barões da borracha que há mais de duzentos anos vivem do povo americano. Desde que o seu bisavô regressou, meio cego e mutilado, da Guerra Civil e, juntamente com o meu pai, tentou instalar uma humilde manufatura de rapé e tabaco em Beaufort County — para logo serem obrigados a fechar por aqueles dois diabos do Washington Duke e seu filho, "Buck" Duke — desde que eu soube dessa tragédia, senti um ódio de morte pelo capitalismo monopolizante, que pisoteia o homem pequeno. (Considero uma ironia da sorte o fato de você ter estudado numa instituição fundada com base nos lucros malditos dos Dukes, embora isso não seja culpa sua.)

Sem dúvida, você se lembra de Frank Hobbs, com quem há tantos anos pego carona quando vou trabalhar no estaleiro. Trata-se de um homem bom sob vários aspectos, nascido numa plantação de amendoim lá em Southampton County mas, como você talvez recorde, reacionário a ponto de, às vezes, surpreender até pelos padrões da Virgínia. Consequentemente, não costumamos falar de ideologias ou política. Depois da recente revelação dos horrores da Alemanha nazista, ele continua antissemita e insiste em que a riqueza está toda nas mãos de organizações financeiras judias-internacionais. Isso me faria dar gargalhadas se não fosse um ponto de vista ignorante e, embora eu concorde com Hobbs em que Rotschild e Warburg são nomes hebraicos, tento mostrar-lhe que a cobiça não é uma característica racial e sim humana, e cito-lhe nomes como Carnegie, Rockefeller, Friek, Mellon, Harriman, Huntington, Whitney, *Duke, ad infinitum, ad nauseam.* Mas isso não convence Hobbs, o qual, de qualquer maneira, pode dirigir a sua bílis contra um alvo muito mais fácil e mais ubíquo, principalmente nesta parte da Virgínia, ou seja — não preciso lhe dizer — o negro. Não costumamos falar sobre estas coisas porque, aos 59 anos, estou demasiado velho para me meter numa briga de muque. Filho, a coisa é simples. Se o negro é, como tem fama, "inferior", qualquer que seja o sentido do termo, isso se deve a ter sido tão espoliado por nós, a raça que manda, que a única face que ele pode mostrar ao mundo é a da inferioridade. Mas o negro não vai continuar por muito tempo assim. Nenhuma força no mundo vai poder manter um povo, qualquer que seja a sua cor, nas privações e na miséria que eu vejo ao meu redor, na cidade e no campo. Não sei se os negros começarão a levantar a cabeça ainda enquanto eu for vivo. Não sou tão otimista assim. Mas não há dúvida de que vai se reabilitar e eu daria quase tudo o que possuo para ainda estar aqui quando isso acontecer, quando Harry Byrd vir homens e mulheres negros viajando não nas traseiras dos ônibus, mas livres e iguais aos brancos, por todas as ruas da Virgínia. Só por isso eu não me importaria de que me dessem o epíteto odioso de "amante de negros", coisa que, tenho certeza, já muitos me chamam, pelas costas, inclusive Frank Hobbs.

O que me traz ao ponto principal desta carta, Stingo, talvez você se lembre de que, alguns anos atrás, quando o testamento da sua avó foi aberto, todos ficamos intrigados com a referência a uma certa quantia em moedas de ouro, que ela deixava para os netos, mas que nunca pudemos encontrar. Pois bem, esse mistério acaba de ser resolvido. Como você sabe, sou historiador do capítulo local dos Filhos da Confederação e, enquanto tentava escrever um ensaio razoavelmente longo sobre seu bisavô, examinei detalhadamente a volumosa correspondência da família, que inclui muitas cartas dele para sua avó. Numa delas, escrita em 1886, em Norfolk (ele estava em viagem de negócios para a sua firma de tabaco, pouco antes do vilão do "Buck" Duke ter acabado com ele), revelou a verdadeira localização do ouro — colocado não no cofre bancário (evidentemente, sua avó fez confusão) mas num esconderijo de tijolos, no porão da casa da Carolina do Norte. Vou mandar uma cópia fotostática dessa carta, pois conheço o seu interesse pela escravatura e, se alguma vez você quiser escrever a respeito dessa instituição, esta trágica epístola poderá lhe dar uma visão fascinante. O dinheiro, pelo que diz a carta, proveio da venda de um negro de 16 anos, chamado Artiste, irmão mais velho das mucamas de sua avó, Lucinda e Drusilla. As três crianças tinham ficado órfãs quando seu bisavô as comprou, juntas, no leilão de escravos de Petersburg, Virgínia, no fim da década de 1850. Os três jovens negros foram registrados como propriedade da sua avó e as duas garotas trabalhavam dentro de casa e moravam lá, assim como Artiste, o qual, no entanto, costumava ser alugado a outras famílias da pequena cidade.

Foi então que aconteceu algo a respeito do qual o seu bisavô fala com muita delicadeza, nessa carta à minha mãe. Aparentemente, Artiste, que estava no ardor da adolescência, fez o que seu bisavô chama uma "investida inconveniente" para com uma das jovens brancas da cidade. Isso, é claro, provocou uma onda de indignação e violência na comunidade e seu bisavô fez o que qualquer um, naquele tempo, teria considerado o melhor: levou Artiste para Nova Berna, onde sabia que um mercador estava comprando jovens negros para trabalhar nas florestas de extração de teribintina dos arredores de Brunswick, na Geórgia, e vendeu-o por 800 dólares. E esse dinheiro foi parar no porão da velha casa.

Mas a história não termina aí, meu filho. O que faz com que essa carta nos corte o coração é o que o seu bisavô conta das sequências deste episódio e da pena e do sentimento de culpa que, tantas vezes — tenho observado — acompanham histórias relacionadas com a escravatura. Talvez você já tenha adivinhado o resto. Acontece que Artiste não fizera nenhuma "investida" contra a jovem branca. Ela era tão histérica, que não tardou a acusar da mesma ofensa outro jovem negro, que conseguiu provar sua inocência — após o que ela confessou que a acusação contra Artiste também fora mentirosa. Você pode imaginar a angústia do seu bisavô. Nesta carta à sua avó, ele descreve o peso da culpa. Não só cometera um dos atos verdadeiramente imperdoáveis do proprietário de escravos — separar uma família — como vendera um rapaz inocente, mandando-o para o inferno das florestas da Geórgia. Conta que fez desesperadas sindicâncias por correio e por meio de um enviado particular, oferecendo qualquer preço para comprar o rapaz de volta mas que, naquele tempo, as comunicações eram lentas e deficientes, para não dizer impossíveis, e Artiste nunca pôde ser encontrado.

Descobri os 800 dólares no lugar exato, do porão, que ele com tanta minúcia descrevera para sua avó. Quantas vezes, em garoto, não guardei madeira, maçãs e batatas a menos de vinte centímetros daquele esconderijo! Com o passar dos anos, as moedas de ouro, como pode imaginar, valorizaram-se enormemente. Algumas são hoje bem raras. Tive ocasião de levá-las a um avaliador de moedas, em Richmond, um numismático, como creio os chamam, e ele ofereceu-me mais de 5.500 dólares, os quais aceitei, já que equivale a um lucro de 700% sobre a venda do pobre Artiste. Isso seria uma quantia considerável mas, como você sabe, os termos do testamento da sua avó determinam que a soma seja dividida igualmente por todos os seus netos. Você podia ter tido melhor quinhão mas, ao contrário de mim, que tive a prudência, nesta era de superpopulação, de gerar apenas um filho, suas tias — minhas incrivelmente férteis irmãs — trouxeram ao mundo um total de 11 rebentos, todos eles saudáveis e esfomeados, além de pobres. Assim, a sua parte da venda de Artiste não chega a 500 dólares, que lhe enviarei, por cheque nominal, ainda esta semana, espero, ou logo que esta transação esteja terminada...

Seu devotado pai.

Anos mais tarde, achei que se tivesse abdicado de boa parte do meu quinhão da venda de Artiste, em vez de ficar com ela, talvez me tivesse livrado do meu próprio sentimento de culpa, além de poder dar provas de que, mesmo quando jovem, me preocupara o suficiente com o problema dos negros a ponto de fazer um sacrifício. Mas, pensando bem, estou satisfeito de ter guardado minha parte. Porque, nestes anos que se seguiram, à medida que as acusações por parte dos negros foram ficando mais insistentes no sentido de que, como escritor — e escritor mentiroso — eu trasformara em lucro próprio as misérias da escravatura, sucumbi a uma espécie de masoquismo, de resignação e, pensando em Artiste, disse comigo mesmo: Que diabo, uma vez explorador racista, sempre um explorador racista! Além do mais, em 1947, eu precisava de 485 dólares tanto quanto qualquer homem de cor, ou negro, como se diz hoje em dia.

Fiquei no Clube-Residência da Universidade por tempo suficiente para receber o cheque de meu pai. Bem administrado, o dinheiro deveria dar até o fim do verão, que apenas começava, e talvez chegasse até o início do outono. Mas... onde morar? O Clube-Residência da Universidade já não era, para mim, uma possibilidade, espiritual ou física. O lugar me tinha reduzido a uma tal impotência, que descobri não poder sequer me entregar às minhas ocasionais diversões autoeróticas, e era obrigado a executar operações furtivas de bolso, durante os meus passeios à meia-noite pela Washington Square. Minha sensação de solidão estava se tornando, eu sabia, patológica, tão intensamente doloroso era o isolamento em que me achava, e suspeitava de que ainda me sentiria mais perdido se saísse de Manhattan, onde pelo menos havia marcos familiares e simpáticos nos becos do Village, onde eu já me sentia em casa. Mas não podia mais pagar os preços ou os aluguéis de Manhattan — até mesmo um quarto simples estava ficando além das minhas posses — e tive que procurar nos classificados um lugar onde me hospedar no Brooklyn. Foi assim que, num belo dia de junho, saí da estação de Church Avenue com minha mala e o saco do Corpo de Fuzileiros, respirei várias e inebriantes tragadas do ar com cheiro de picles de Flatbush e caminhei várias quadras de plátanos verdejantes até a pensão da Sra. Yetta Zimmerman.

A casa de Yetta Zimmerman talvez fosse a estrutura mais declaradamente monocromática de todo o Brooklyn, ou mesmo de toda Nova York. Era uma grande casa de madeira e estuque, de estilo indescritível, erigida, segundo eu imaginava, pouco antes ou pouco depois da Segunda Guerra. Teria ficado perdida em meio à feia homogeneidade de outras casas igualmente grandes e feias que bordejavam Prospect Park, não fosse pelo seu estridente — pelo seu surpreendente — tom de rosa vivo. Desde as cúpulas e os beirais do segundo andar até as molduras das janelas do porão, tudo era inapelavelmente rosa. Quando pela primeira vez vi a casa, lembrei-me imediatamente da fachada de algum castelo de estúdio, que tivesse sobrado da versão cinematográfica de *O Mágico de Oz*. O interior também era rosa. Os soalhos, as paredes, os tetos e até mesmo a maioria dos móveis dos corredores e quartos pouco variavam de tom — devido a uma pintura por etapas — indo do rosado tênue a um agressivo rosa-coral de chiclete de bola, mas por todo o lado o rosa era presente, como se não admitisse a rivalidade de nenhuma outra cor, a tal ponto que, depois de alguns minutos contemplando o quarto que me fora destinado, sob o olhar orgulhoso da Sra. Zimmerman, senti-me a princípio divertido — parecia um ninho de Cupido, no qual mal se pudesse conter uma risada — e depois como se houvesse caído numa armadilha, como se estivesse numa *bonbonnière* ou no departamento infantil da Gimbels. "Já sei, senhor está pensando na cor — disse a Sra. Zimmerman. — Todo mundo pensa. Mas logo a gente se acostuma e acha bonito, realmente bonito. A maioria das pessoas não quer saber de outra cor." Sem que eu perguntasse, ela acrescentou que seu marido, Sol — seu falecido marido — tivera a sorte de comprar, por uma bagatela, várias centenas de galões de tinta que haviam sobrado da Marinha, usada para... *"o senhor sabe"* — e fez uma pausa, ao mesmo tempo em que colocava um dedo do lado do nariz poroso e espatulado, "Camuflagem?", arrisquei. Ao que ela respondeu: "Sim, é isso mesmo. Acho que não tinham muito em que gastar tinta cor-de-rosa, naqueles barcos". Contou que Sol pintara, ele próprio, a casa. Yetta era corpulenta e expansiva, por volta dos sessenta anos, com algo de mongoloide nas feições simpáticas, o que lhe dava o ar de um Buda sorridente.

Nesse dia, fiquei quase que imediatamente persuadido. Em primeiro lugar, era barato. Depois, rosa ou não, o quarto que ela me mostrou, no andar térreo, era agradável, espaçoso, arejado, ensolarado e limpo como um interior holandês. Além do mais, possuía o luxo de uma *kitchenette* e de um pequeno banheiro particular, no qual o vaso e a banheira pareciam quase que agressivamente brancos contra o prevalecente verdementa. Só isso bastaria para me cativar, mas havia também um bidê, o que dava um ar erótico e que eletricamente, inconscientemente, fez nascer em mim grandes esperanças. Agradou-me também a maneira como a Sra. Zimmerman supervisionava a pensão, maneira essa que ela me explicou enquanto me mostrava a casa.

— Chamo-a de Palácio de Liberdade da Yetta — disse ela, cutucandome de vez em quando. — O que eu gosto é de ver os meus hóspedes gozarem a vida. Geralmente são jovens, os meus hóspedes, e gosto de vê-los gozando a vida. Claro que é preciso observar certas regras. — Ergueu um indicador gorducho, a fim de enumerá-las. — Regra número um: nada de ouvir rádio depois das onze horas. Regra número dois: apagar todas as luzes ao sair do quarto. Não quero pagar extra ao Tio Edison. Regra número três: é proibido fumar na cama. Quem for *pego* fumando na cama, é expulso. Meu falecido marido, Sol, teve um primo que morreu assim e incendiou toda a casa. Regra número quatro: o pagamento da semana é feito todas as sextas-feiras. E aí terminam as regras! Fora disso, isto aqui é o Palácio da Liberdade da Yetta. O que eu quero dizer é que é uma casa para adultos. Entenda bem, não dirijo nenhum bordel, mas, se o senhor quiser trazer uma moça para o seu quarto de vez em quando, tudo bem. Basta se portar como um cavalheiro, não fazer barulho e mandá-la sair numa hora razoável, para a Yetta não ter nada contra o senhor trazer uma moça para o seu quarto. E o mesmo se aplica às moças. Caso elas queiram receber um namorado de vez em quando, muito bem. Se há coisa que detesto, é hipocrisia.

Essa extraordinária largueza de espírito — que eu presumia derivar de uma apreciação europeia da voluptuosidade — fez com que eu me decidisse a me mudar para a pensão de Yetta Zimmerman, apesar da problemática natureza da liberdade que ela me concedia. Onde arrumaria eu uma garota?, pensei com os meus botões. Mas logo fiquei furioso comigo mesmo por minha falta de iniciativa. Decerto, a permissão que

Yetta (não demoramos a nos tratar por você) me dera significava que esse importante problema se resolveria por si próprio. As paredes cor de salmão pareciam adquirir um tom carnal, fazendo-me vibrar de prazer íntimo. Alguns dias depois, mudei-me, antegozando um verão de satisfações físicas, amadurecimento filosófico e realização da tarefa criativa que me impusera.

Na primeira manhã que lá passei — um sábado — acordei tarde e fui até uma papelaria da Flatbush Avenue, onde comprei duas dúzias de lápis Venus Velvet nº 2, dez blocos de papel pautado e um apontador de lápis marca "Boston", que Yetta me permitiu aparafusar ao umbral da porta do banheiro. A seguir, sentei-me numa cadeira de vime cor-de-rosa, diante de uma mesa de carvalho, também pintada de rosa, cuja solidez e forma me recordavam as mesas das professoras primárias de minha infância e, com um lápis entre o polegar e o dedo indicador, enfrentei a primeira página do bloco. Quão simultaneamente enfraquecedora e insultuosa é uma página em branco! Vazio de inspiração, percebi que nada me viria e, embora ficasse sentado meia hora, enquanto minha mente brincava com ideias desconexas e conceitos nebulosos, recusei-me a me deixar entrar em pânico diante daquela estagnação. Afinal de contas, raciocinei, mal me havia instalado naquela vizinhança estranha. Em fevereiro, durante os primeiros dias no Clube-Residência da Universidade, antes de começar a trabalhar na McGraw-Hill, eu escrevera uma dúzia de páginas do que planejava vir a ser o prólogo do romance — uma descrição de uma viagem de trem até a pequena cidade da Virgínia, onde seria ambientado o livro. Muito influenciada pelas passagens iniciais de *All the King's Men*, usando ritmos semelhantes e até o mesmo tratamento da segunda pessoa do singular, para conseguir o efeito do autor agarrando o leitor pelas lapelas, a descrição era, no mínimo, derivativa, mas eu também sabia que havia nela muita coisa original e com força própria. Estava orgulhoso dela, era um bom começo. Retirei as páginas do envelope pardo e as reli talvez pela nonagésima vez. Ainda me agradava e eu não teria desejado alterar uma só linha. Saia da frente, Warren, que Stingo está chegando, disse comigo mesmo, enquanto voltava a guardar o texto no envelope.

A página do bloco continuava vazia. Eu me sentia inquieto, excitado e, a fim de manter o pano descido sobre o *show* erótico, sempre ansioso por emergir no meu cérebro, com suas aparições licenciosas — inofensivas, mas que me faziam distrair do trabalho — levantei-me e comecei a andar de um lado para o outro do quarto, que o sol de verão banhava de uma luz cor de flamingo. Ouvi vozes, passos no quarto de cima — as paredes, percebi, pareciam de papel — e olhei, furioso, para o teto rosa, começando a detestar o tom onipresente e duvidando seriamente de que alguma vez viesse a me habituar a ele, conforme Yetta dissera. Devido aos problemas de peso e volume, trouxera apenas os livros que considerava essenciais e que incluíam *The American College Dictionary*, o *Roget's Thesaurus*, a minha coleção das obras de John Donne, Oates e o *Complete Greek Drama*, de O'Neill, o *Manual Merck de Diagnóstico e Terapia* (essencial à minha hipocondria), o *Oxford Book of English Verse* e a Bíblia Sagrada. Sabia que a qualquer hora poderia aumentar a minha biblioteca. Entrementes, para ajudar a chamar a minha musa, tentei ler Marlowe mas, não sei por que, sua música ritmada não conseguiu inspirar-me, conforme costumava.

Pus o livro de lado e dirigi-me para o diminuto banheiro, onde comecei a fazer um inventário dos artigos que arrumara no pequeno armário. (Anos mais tarde, ficaria fascinado, ao descobrir um herói de J.D. Salinger repetir essa cerimônia, mas reclamo a prioridade.) Trata-se de um ritual profundamente enraizado no solo de uma inexplicável neurose e de uma urgência materialista, o qual realizei muitas vezes, desde então, quando a visão e a invenção me têm falhado até o ponto de inércia e tanto escrever quanto ler se tornam pesados ao espírito. É como que uma necessidade misteriosa de restaurar uma relação táctil com as coisas. Examinei-as uma a uma, com as pontas dos dedos, no lugar onde as colocara na noite anterior, nas prateleiras do armário embutido que, como tudo o mais, fora vítima do pincel louco de Sol Zimmerman: um pote de creme de barbear Barbasol, um vidro de Alka-Seltzer, um aparelho de barbear Schick, dois tubos de pasta dental Pepsodent, uma escova de dentes Dr. West, média, um frasco de loção após a barba Royall Lyme, um pente Kent, uma embalagem de lâminas Schick *"injectopack"*, uma caixa por abrir e ainda embrulhada em papel, contendo três dúzias de preservativos lubrificados Trojan, com "pontas-receptáculo", um vidro de xampu anticaspa Breck, um tubo de fio dental Rexall, um tubo de multivitaminas Squibb, um frasco de água dentifrícia Astringosol. Toquei em tudo suavemente, examinei os rótulos e cheguei mesmo a destampar o frasco de loção de barba Royall Lyme e a inalar o seu aroma de limão, recebendo uma satisfação considerável da revista ao armário do banheiro, que não levou mais de um minuto e meio. Fechei a porta e voltei à minha mesa de trabalho.

Sentei-me, levantei a cabeça, olhei pela janela e, de repente, tomei consciência de outro elemento que devia ter trabalhado sobre o meu subconsciente e me atraído para aquele lugar. Era uma vista tão plácida e agradável, a que eu tinha do parque, daquele canto conhecido como os Parade Grounds! Velhos plátanos e bétulas sombreavam as calçadas que beiravam o parque e as manchas de sol, fazendo brilhar os gramados levemente ondulados dos Parade Grounds, davam à paisagem um ar sereno, quase pastoral, num contraste gritante com outras partes do bairro. A apenas algumas quadras dali, o trânsito fluía, turbulento, pela Flatbush Avenue, um lugar intensamente urbano, cacofônico, cheio de gente, pululando de almas e nervos inquietos. Mas ali, o verde das árvores e a luz trêmula de pólen, os raros carros e caminhões, o andar sem pressa das poucas pessoas que caminhavam pela orla do parque, tudo recriava a atmosfera dos arredores de uma modesta cidade sulista — Richmond, talvez, ou Chattanooga, ou Colúmbia. Senti um súbito alancear de saudades e perguntei a mim mesmo que diabo eu estava fazendo ali, nas cercanias do Brooklyn, um calvinista excitado e incapaz, entre todos aqueles judeus!

A propósito do qual tirei do bolso um pedaço de papel, onde escrevinhara os nomes dos seis outros hóspedes da pensão. Cada um desses nomes fora afixado em pequenos quadrados de cartolina pela organizada Yetta e preso à respectiva porta e, sem nenhum motivo a não ser a minha habitual curiosidade, na calada da noite eu tinha ido, pé ante pé, copiar todos os nomes das portas. Cinco dos hóspedes ocupavam o andar de cima, o outro, o quarto em frente ao meu, do outro lado do corredor. Nathan Landau, Lillian Grossman, Morris Fink, Sofia Zawistowska, Astrid Weinstein, Moishe Muskatblit. Adorei esses nomes pela sua maravilhosa variedade, em contraste com os Cunninghams e os Bradshaws com os quais fora criado. Gostava de Muskatblit pelo seu sabor bizantino. Ansiava por conhecer Landau e Fink. Os três nomes de mulher tinham suscitado o meu maior interesse, principalmente Astrid Weinstein, pela sua proximidade fascinante, do outro lado do corredor. Eu estava ruminando tudo isso, quando, de repente, tomei consciência — no quarto que ficava bem por cima da minha cabeça — de uma comoção tão imediata e lancinantemente identificável pelos meus atormentados ouvidos, tão instantaneamente aparente, quanto à sua natureza, que peço licença para evitar o que, em tempos mais circunlocutórios, poderia requerer uma obliquidade de sugestão, e tomo a liberdade de dizer que era o ruído, o barulho, o frenesi de duas pessoas trepando como animais selvagens e enlouquecidos.

Olhei para cima, alarmado. A base onde se apoiava a luminária oscilava como marionete. Uma poeira rosada caía do reboco e quase fiquei esperando que os quatro pés da cama furassem o teto. Era algo aterrorizante — não um simples rito sexual, e sim um vale-tudo, uma luta-livre, um *jamboree*, um campeonato. A dicção parecia uma forma qualquer do inglês, enrolada e com um sotaque exótico, mas eu não precisava entender as palavras. O resultado era impressionista. Masculina e feminina, as duas vozes tinham a força de uma torcida, fazendo exortações como eu nunca ouvira. Nem jamais tinha escutado tais incentivos a um melhor desempenho — para ir mais devagar, para penetrar mais, para ir mais depressa, com mais força — nem tantos hurras por causa de um gol, nem tantas manifestações de desespero por uma oportunidade perdida, nem tantos gritos de advertência. E eu não podia ter escutado com mais clareza nem que estivesse usando audiofones especiais. A coisa era mais do que clara e de uma duração heroica. Fiquei ali, sentado e suspirando comigo mesmo, até que, após minutos que me pareceram intermináveis, de repente tudo acabou e os participantes se dirigiram, literalmente, para os chuveiros. O ruído de água caindo e de risadas atravessou o levíssimo teto. Seguiram-se mais passos, mais risadas, um som semelhante ao de uma pata batendo, brincalhona, num traseiro nu e, finalmente, incongruentemente, os doces e encantadores compassos do movimento lento da Quarta Sinfonia de Beethoven, vindos de uma vitrola. Sem saber bem o que fazia, fui até o armário do banheiro e tomei um Alka-Seltzer.

Pouco depois, voltei para a mesa e percebi que, no quarto acima da minha cabeça, discutia-se agora furiosamente. A discussão irrompera com fenomenal inopino. Não conseguia entender as palavras, devido a algum acidente acústico. Assim como acontecera com a recém-terminada maratona sexual, podia ouvir a ação em detalhes quase barrocos, mas as palavras permaneciam abafadas e indistintas, de modo que tive a impressão de pés furiosos andando de um lado para o outro, cadeiras sendo arrastadas com impaciência, portas batendo e vozes raivosas, pronunciando palavras que eu só em parte podia compreender. A voz masculina era dominante — uma voz forte e furiosa de barítono, que quase afogava o límpido Beethoven. Contrastando, a voz da mulher parecia queixosa, na defensiva, de vez em quando estridente, como se apavorada, mas geralmente submissa e suplicante. De repente, um objeto de porcelana ou de vidro — um cinzeiro, um copo, sei lá — bateu e espatifou-se contra uma parede e ouvi passos pesados e masculinos avançarem na direção da porta, que se escancarou no corredor de cima. Um minuto depois, ela se fechou com um estrondo enorme e ouvi os passos do homem entrando em outro dos quartos do segundo andar. Por fim, o quarto ficou — após aqueles últimos vinte minutos de delirante atividade — no que se poderia chamar de um silêncio provisório, em meio ao qual eu só podia ouvir o doloroso adágio arranhando na vitrola e os soluços entrecortar os da mulher na cama acima de mim.

Sempre fui de comer pouco, mas bem, e nunca de tomar o café-da-manhã. Sendo também, por hábito, avesso a acordar cedo, prefiro almoçar de uma vez. Depois que o barulho parou, lá em cima, vi que passava do meio-dia e, ao mesmo tempo, apercebi-me de que a fornicação e o barulho me tinham — não sei de que maneira urgente e viciosa — tornado incrivelmente faminto, como se eu tivesse tomado parte em tudo o que decorrera sobre minha cabeça. Estava com tanta fome, que comecei a salivar e sentia um pouco de vertigem. Excetuando Nescafé e cerveja, ainda não começara a estocar o meu pequeno armário ou a minha minúscula geladeira, de modo que resolvi sair para almoçar. Durante um passeio anterior pelas redondezas, tinha reparado num restaurante *kosher*, o Herzl's, em Church Avenue. Quis ir até lá porque nunca havia provado a autêntica, isto é, *echt*, cozinha judia, e também porque... bem, "já que estou em Flatbush, ..." — disse para mim mesmo. Não deveria ter me dado ao trabalho de ir até lá porque, naturalmente, sendo sábado, o restaurante estava fechado e tive que me contentar com outro, presumivelmente não-ortodoxo, chamado Sammy's e situado mais abaixo, na mesma avenida, onde pedi sopa de galinha com bolas *matzoh*, peixe *gefilte* e picadinho de fígado — tudo pratos familiares, graças às minhas leituras de costumes judaicos — a um garçom tão tremendamente insolente, que cheguei a pensar que estivesse representando (ainda não sabia que a má vontade, entre os garçons judeus, era quase um traço obrigatório). Mas isso não me incomodou grandemente. O lugar estava cheio de frequentadores, a maioria gente velha, comendo o seu *borscht* ou o seu purê de batatas, e fazendo o maior barulho em iídiche. Um autêntico alarido enchia o ar úmido e carregado de impossíveis sons guturais, como se muitas gargantas velhas gargarejassem com caldo de galinha.

Eu me sentia curiosamente feliz, muito no meu elemento. Aproveite, aproveite, Stingo, disse para mim mesmo. Como muitos sulistas com um certo *background*, com uma certa cultura e sensibilidade, desde muito cedo eu simpatizara com os judeus, tendo o meu primeiro amor sido a filha do fornecedor local de cordames para barcos, Miriam Bookbinder, a qual, mesmo com apenas seis anos, já possuía nos belos olhos o mistério inescrutável e vagamente desconsolado da sua raça. Mais tarde, senti uma empatia ainda maior pelos judeus, sentimento esse que, estou convencido, é fácil de encontrar nos sulistas, abalados, durante anos e anos, por contatos com a angústia da estupenda procura de Abraão e Moisés, com as conturbadas hosanas dos salmistas e a abissal visão de Daniel e todas as demais revelações, invenções agridoces, histórias fantasiadas e os fascinantes horrores da Bíblia Judia/Protestante. Além do mais, a esta altura dos acontecimentos é lugar-comum o judeu ter encontrado considerável solidariedade por parte dos sulistas brancos, pelo fato de estes possuírem um outro cordeiro, mais escuro, para sacrificar. De qualquer maneira, ali sentado, no Sammy's, à hora do almoço, senti-me feliz e apercebi-me, sem nenhuma surpresa, de que meu desejo inconsciente de estar entre judeus era, pelo menos, uma parte da razão que me levara a me mudar para o Brooklyn. Decerto, nem se me houvesse instalado em Tel-Aviv eu estaria tão no coração da judiaria. E, ao deixar o restaurante, cheguei a dizer a mim próprio que gostava de Manischewitz, na verdade um horrível acompanhamento para o peixe *gefilte*, mas que tinha uma xaroposa semelhança com o vinho doce que eu provara, quando rapazinho, na Virgínia.

Ao voltar para a pensão da Yetta, senti-me de novo um pouco perturbado pelo que acontecera no quarto de cima. Minha preocupação era sobretudo egoísta, pois sabia que, se aquilo acontecesse frequentemente, pouca paz ou pouco sono eu teria. Outra coisa que me perturbava era a estranha qualidade dos acontecimentos — atlético ato amoroso, tão óbvia e requintadamente gozado, logo seguido de um precipitoso descambar para a raiva, o choro e o descontentamento. Havia também a questão de quem seriam os participantes. Perturbava-me ter sido lançado naquela posição de curiosidade lúbrica, que minha apresentação a qualquer um dos meus colegas hóspedes não tivesse sido algo tão comum quanto um "Oi!" um aperto de mão, e sim um episódio de escuta pornográfica, tendo por protagonistas dois desconhecidos, cujos rostos eu nunca vira. Apesar da vida de fantasias que descrevi como tendo levado, durante a minha estada na metrópole; não sou por natureza indiscreto mas a proximidade dos dois amantes — afinal, eles quase tinham caído na minha cabeça — tornava-me impossível não tentar descobrir a sua identidade e na primeira oportunidade que me surgisse.

O meu problema foi quase imediatamente solucionado quando fiquei conhecendo o meu primeiro hóspede da Yetta, de pé, no *hall*, passando em revista a correspondência que o carteiro deixara numa mesa perto da entrada. Era um jovem dos seus vinte e oito anos, fisicamente amorfo, de ombros caídos e aspecto ovoide, com cabelo encarapinhado e cor de tijolo e a brusquidão de maneiras dos naturais de Nova York. Durante os meus primeiros dias na cidade, essa atitude pareceu-me tão desnecessariamente hostil, que fui por várias vezes levado a atos de quase-violência, até compreender que se tratava apenas de um aspecto daquela dura carapaça que os seres citadinos colocam em cima de si, como se fossem tatus. Apresentei-me polidamente: "Meu nome é Stingo", enquanto o colega de pensão revistava a correspondência; em troca, recebi o ruído de uma respiração adenoidal. Senti um calor na nuca, os lábios insensíveis e, dando meia-volta, rumei para o meu quarto.

Nisso, ouvi-o perguntar:

— É sua?

Quando me virei, ele estava segurando uma carta. Pela letra, vi logo que era do meu pai.

— Obrigado — murmurei, zangado, e agarrei a carta.

— Se importa de guardar o selo para mim? — disse ele. — Coleciono selos comemorativos.

Ensaiou uma espécie de sorriso, não expansivo mas reconhecidamente humano. Fiz que sim e lancei-lhe um olhar vagamente positivo.

— Meu nome é Fink — disse ele. — Morris Fink. Tomo mais ou menos conta deste lugar, principalmente quando Yetta está fora, como neste fim de semana. Foi visitar a filha, em Canarsie. — Fez um gesto de cabeça na direção da minha porta. — Vejo que você pegou a cratera.

— A cratera? — repeti.

— Morei lá até uma semana atrás. Quando saí, você entrou. Botei-lhe o nome de cratera porque era como estar vivendo numa cratera de bomba, com todo o estrondo que faziam naquele quarto.

De repente, estabelecera-se um elo entre eu e Morris e fiquei à vontade, cheio de zelo inquisitorial.

— Como é que você aguentava, pelo amor de Deus? E me diga: *quem* diabo são eles?

— A coisa não será tão má se você conseguir fazer com que eles mudem a cama de lugar. Quando eles arrastam a cama na direção da parede, a gente mal pode ouvir o barulho! Fica por cima do banheiro. Fiz com que eles mudassem a cama. Ou, melhor, *ele*. Fiz com que ele mudasse a posição da cama, embora o quarto seja dela. *Insisti*. Disse que Yetta poria os dois para fora, se ele não fizesse isso, e ele acabou concordando. Agora, acho que a cama está de novo mais para o lado da janela. Ele disse que era mais fresco. — Fez uma pausa e aceitou um dos cigarros que eu lhe oferecera. — O que você deve fazer é pedir-lhe para pôr a cama de novo perto da parede.

— Não *posso* fazer isso — retruquei. — Não posso chegar para um *desconhecido* e dizer... bem, você sabe o que eu teria que lhe dizer. Seria terrivelmente embaraçoso. E quem são eles, afinal?

— *Eu* falo com ele, se você quiser — disse Morris, com um ar de segurança que me cativou. — Vou *obrigar* ele a mudar a cama. Yetta não suporta que as pessoas chateiem umas às outras. O tal de Landau é um sujeito esquisito, não há dúvida, e pode me dar trabalho, mas vai mudar a cama de lugar, não se preocupe. Não vai querer ser posto no olho da rua.

Então era Nathan Landau, o primeiro nome da minha lista, o autor de toda aquela confusão. E quem seria a parceira de pecado e barulho?

— E a moça? — perguntei. — É a Srta. Grossman?

— Não, a Grossman é uma vaca. A moça é a polaca, Sofia. Sofia Z. O sobrenome é impossível de pronunciar. Mas ela é uma uva.

De novo reparei no silêncio da casa, transmitindo a estranha impressão de estar muito longe das ruas da cidade, de ser um lugar remoto, isolado, quase bucólico. Do outro lado da rua, no parque, vinham vozes de crianças e ouvi um único carro passar, devagar, praticamente sem fazer barulho. Não podia acreditar que estava morando no Brooklyn.

— Onde estão os outros? — perguntei.

— Bem, vou lhe dizer — falou Morris. — Excetuando Nathan, ninguém aqui tem dinheiro para *fazer* coisas como ir até Nova York e dançar no Rainbow Room, ou algo parecido. Mas, no sábado à tarde, ninguém fica aqui. Todo mundo vai *a algum lugar.* Por exemplo, a Grossman — rapaz, ela é uma *yenta!* — a Grossman vai visitar a mãe em Islip. Astrid idem. Astrid Weinstein, que mora do outro lado do corredor, em frente a você. É enfermeira do Kings County Hospital, como a Grossman, só que não é uma vaca. É uma garota simpática, mas feiosa. Sem graça.

Meu coração afundou.

— Ela também vai visitar a mãe? — perguntei, com pouco interesse.

— É, ela também vai visitar a mãe, só que em Nova York. Vê-se que você não é judeu, de modo que vou ter que lhe explicar a respeito dos judeus. Eles costumam ir visitar as mães. É umas das suas características.

— Entendo — retruquei. — E os outros? Onde é que foram?

— Muskatblit, você vai reconhecê-lo, é gordo, alto e estuda para ser rabino. Ele vai visitar a mãe e o pai, lá em Jersey. Só que não pode viajar no Sabá de modo que sai daqui sexta à noite. Adora cinema, e passa o domingo inteiro em Nova York, vendo quatro ou cinco filmes. Volta tarde da noite, quase cego de ver tantos filmes.

— Ah! E Sofia e Nathan? Aonde é que costumam ir? E o que é que fazem, além de...

Ia fazer uma piada, mas contive-me, já que Morris, tão falador e informativo, antecipara o que eu estava pensando e foi tratando de dizer:

— Nathan é formado, é biólogo. Trabalha num laboratório farmacêutico perto de Borough Hall. Quanto à Sofia Z., não sei bem o que ela faz. Ouvi dizer que trabalha como recepcionista para um médico polonês, que tem um bocado de clientes poloneses. Naturalmente, ela fala polonês como se tivesse nascido na Polônia. Bom, ela e Nathan são loucos por praia. Quando o tempo está bom, como hoje, vão até Coney Island; às vezes, até Jones Beach. Depois, voltam para cá. — Fez uma pausa e uma cara de deboche. — Voltam para cá, trepam e brigam. Rapaz, como brigam! Quando param de brigar saem para jantar. Gostam muito de comer bem. Nathan ganha um bocado de dinheiro, mas é muito esquisito. Esquisito mesmo. Acho que precisa consultar um psiquiatra.

Um telefone tocou e Morris deixou-o tocar. Era um telefone a pagar, preso à parede, e seu toque me pareceu excepcionalmente estridente, até perceber que devia ter sido alteado para poder ser ouvido em toda a casa.

— Quando ninguém está não atendo — explicou Morris. — Não suporto o diabo desse telefone, todos esses recados. "Posso falar com a Lillian? É a mãe dela. Diga a ela que esqueceu o belo presente que o Tio Bernie lhe deu." E ta-ta-ta e ta-ta-ta. A vaca. Ou então "Aqui está falando o pai de Moishe Muskatblit. Ele não está? Diga a ele que o primo Max foi atropelado por um caminhão em Hackensack." É blá-blá-bla e blá-blá-blá o dia inteiro. Não aguento esse maldito telefone.

Disse a Morris que voltaríamos a nos falar e, após mais algumas frases *pro forma*, regressei ao quarto rosa-bebê e ao desassossego que ele começara a me causar. Sentei-me à mesa. A primeira página do bloco, ainda em branco e ainda intimidante, bocejava à minha frente, como um vislumbre amarelado da Eternidade. Deus meu, conseguiria eu alguma vez escrever um romance? Abri a carta do meu pai. Sempre esperava ansiosamente as cartas dele, feliz por ter aquele Lord Chesterfield sulista como conselheiro, deleitando-me com as suas ultrapassadas digressões sobre orgulho, avareza, ambição, fanatismo, trapaças políticas, doenças venéreas e outros perigos e pecados mortais. Sentencioso ele podia ser de vez em quando, mas nunca pedante, nunca à maneira de quem prega um sermão, e eu me deliciava não só com a complexidade de ideias e sentimentos expressos nas suas cartas, como com a sua simples eloquência. Sempre que acabava de ler uma carta, sentia-me à beira das lágrimas ou chorando de tanto rir, e quase sempre corria a reler passagens da Bíblia, das quais meu pai derivara grande parte da cadência da sua prosa e muito da sua sabedoria. Naquele dia, porém, minha atenção foi atraída por um recorte de jornal, que esvoaçou dentre as dobras da carta. O cabeçalho do recorte, tirado da gazeta local, do estado da Virgínia, de tal modo me atordoou e horrorizou, que fiquei momentaneamente sem conseguir respirar e vendo pequeninos pontos de luz diante dos olhos.

Anunciava a morte, por suicídio, aos vinte e dois anos, de uma bela moça, por quem eu estivera desesperadamente apaixonado, no decorrer de vários dos tormentosos anos da adolescência. O seu nome era Maria Hunt e, aos quinze anos, minha paixão por ela fora tão febril que, em retrospecto, dava a impressão de uma loucura em pequena escala. Como eu exemplificara bem o bobo apaixonado! Maria Hunt! Porque se, na década de 40, muito antes da aurora da nossa libertação, o antigo cavalheirismo ainda prevalecia e as June Allysons plásticas, que povoavam os sonhos dos rapazes, eram semideusas com as quais se podia, no máximo — para usar a frase odiosa dos sociólogos — "acariciar até o clímax", eu levava a abnegação até o seu mais louco limite e, com a minha adorada Maria, nem sequer tentava tirar uma casquinha, como então se dizia. Na verdade, nem mesmo ousava colocar um beijo nos seus lábios impiedosamente apetitosos. Por outro lado, não se pode definir a nossa relação como platônica porque, para mim, essa palavra tem um elemento cerebral e Maria não era nada brilhante. A isto se deve acrescentar que, naqueles dias dos quarenta e oito estados, quando, em termos de qualidade do ensino público, a Virgínia de Harry Byrd era, geralmente, classificada como o quadragésimo-nono estado — depois do Arkansas, do Mississippi e até mesmo de Porto Rico — o nível intelectual do colóquio de dois jovens de quinze anos fica melhor entregue à imaginação. Nunca a conversa comum foi entrecortada de tantos hiatos, de tão prolongados e naturais momentos de silêncio ruminante. Não obstante, eu a tinha adorado, embora castamente, pela única razão de ela ser bela a ponto de partir o coração — e agora descobria que ela estava morta. Maria Hunt estava *morta!*

O advento da Segunda Guerra e o meu envolvimento nela fizeram com que Maria desaparecesse de minha vida, mas ela estivera muitas vezes presente no meu pensamento. Matara-se pulando da janela de um edifício e constatei, com grande espanto, que isso ocorrera apenas algumas semanas antes, em Manhattan. Mais tarde, fiquei sabendo que ela morava pertíssimo de mim, na Sexta Avenida. Era um dos sinais da desumana vastidão da cidade, o fato de termos vivido durante meses num bairro tão compacto como Greenwich Village, sem nunca nos termos encontrado. Com um sentimento de dor tão intenso que se assemelhava ao remorso, fiquei pensando se não teria sido capaz de salvá-la, de evitar que ela tomasse uma medida tão terrível, se tivesse sabido que ela estava em Nova York e onde morava. Relendo a notícia vezes sem conta, quase fiquei transtornado e dei comigo gemendo alto e lamentando essa história, tão sem sentido, de desespero e morte. *Por que* ela teria se matado? Um dos aspectos mais impressionantes do caso era que o seu corpo, por razões complicadas e obscuras, permanecera sem identificar e fora sepultado como indigente. Só depois de semanas fora desenterrado e levado para repousar na Virgínia. Tudo isso me transtornou de tal maneira, que abandonei a pretensão de passar o resto do dia trabalhando e procurei consolo na cerveja que guardara na geladeira. Só depois li este trecho da carta do meu pai:

> Com referência ao recorte anexo, filho, achei, naturalmente, que você se interessaria em lê-lo, porque me lembro do quão terrivelmente "caído" você estava pela jovem Maria Hunt, há seis ou sete anos atrás. Costumava recordar, divertido, como você ficava da cor de um tomate, à simples menção do nome dela. Agora, só posso pensar nesse tempo com muita dor. Interrogamos o bom Deus a respeito da morte, mas sempre em vão. Como você decerto sabe, Maria Hunt teve uma juventude trágica. Martin Hunt é um quase-alcoólatra, sempre à toa na vida, ao passo que Beatrice, pelo que sei, era extremamente intolerante e cruel nas suas exigências morais quanto às pessoas em geral e, principalmente, Maria. Uma

coisa parece fora de dúvida: havia um grande sentimento de culpa e de ódio naquele triste lar. Sei que você vai ficar chocado com a notícia. Lembro-me de que Maria era uma jovem beldade, o que torna a coisa ainda pior. Procure consolar-se pensando que a sua beleza nos alegrou durante algum tempo...

Chorei a morte de Maria durante toda a tarde, até as sombras aumentarem debaixo das árvores, em volta do parque, e as crianças correrem para casa, deixando os caminhos que cruzavam os Parade Grounds desertos e silenciosos. Finalmente, senti-me estonteado de tanta cerveja. Tinha a boca seca de fumar um cigarro atrás do outro e deitei-me na cama. Não tardei a mergulhar num sono pesado, mais povoado de sonhos do que de hábito. Um deles parecia não me querer largar e quase me destruiu. Após uma série de pequenas e inócuas fantasias, um horrível mas breve pesadelo e uma bem construída peça em um ato, fui possuído pela alucinação mais ferozmente erótica que jamais experimentei. Imaginem que, num pasto sereno e iluminado de sol, lugar escondido, rodeado por carvalhos ondulantes, minha falecida Maria surgia diante de mim, com o abandono de uma rameira, despindo-se toda — ela, que nunca, na minha presença, tirava sequer as meias soquete. Nua, como um pêssego maduro, o cabelo castanho caindo-lhe sobre os seios cor de creme, indescritivelmente desejável, aproximou-se de mim, teso como uma adaga, tentando-me com palavras deliciosamente lascivas. "Stingo", murmurou ela. "Oh, Stingo, trepe comigo." Uma leve perspiração cobria-lhe afrodisiacamente a pele, pequeninas gotas de suor adornavam o escuro cabelo do seu púbis. Avançou, rebolando, para mim, qual ninfa impudica, a boca entreaberta e úmida e, curvando-se sobre o meu ventre nu, arrulhando suas divinas obscenidades, preparou-se para tomar entre aqueles lábios que eu jamais beijara o caule endurecido da minha paixão. Nesse ponto, o filme partiu-se no projetor. Acordei num estado lastimoso, olhei para o céu cor-de-rosa, manchado pelas sombras da noite que se avizinhava, e soltei um grito primitivo — mais parecido com um uivo — arrancado do mais fundo de minha alma.

Senti, então, um outro prego agravar a minha crucificação: estavam de novo sobre o maldito colchão, no andar de cima. "Parem com isso!", berrei para o teto, enfiando os dedos nos ouvidos. *Sofia e Nathan!*, pensei. Lascivos coelhos judeus! Embora pudessem ter parado por algum tempo, quando voltei a escutar, eles ainda estavam em ação — só que, desta vez, sem gritos ou árias, apenas as molas da cama fazendo um decoroso e rítmico rangido — lacônico, medido, quase ancião. Não levei em conta o fato de eles terem diminuído o ímpeto. Corri — não é exagero — para a rua envolta em crepúsculo e comecei a andar ao Deus-dará em volta do parque. Depois, passei a caminhar mais devagar, refletindo, pensando se não teria cometido um grave erro mudando para o Brooklyn. Afinal de contas, aquele não era o meu elemento. Havia algo sutil e inexplicavelmente errado e, se eu pudesse ter usado uma frase que, anos mais tarde, se tornaria corrente, teria dito que a casa de Yetta transmitia más vibrações. Eu ainda estava abalado por aquele sonho licencioso e impiedoso. Pela sua própria natureza, os sonhos são, naturalmente, difíceis de guardar na memória, mas alguns ficam para sempre marcados no nosso cérebro. No meu caso, os sonhos mais memoráveis, aqueles que atingiram uma realidade tão intensa que parece beirar o metafísico, foram sempre relacionados com o sexo ou com a morte. Daí esse sonho com Maria Hunt. Nenhum sonho tinha produzido em mim essa reverberação desde a manhã, cerca de oito anos antes, pouco depois do enterro da minha mãe, em que, ao emergir, com esforço, das profundezas algosas de um pesadelo, sonhei que olhava pela janela do quarto no qual estava dormindo, em casa, e via o caixão aberto, embaixo, no jardim encharcado e açoitado pelo vento, e o rosto mirrado destruído pelo câncer, de minha mãe, virar-se na minha direção, dentre as dobras de cetim do ataúde, e cravar em mim um olhar velado por um tormento indescritível.

Dei meia-volta e rumei para casa, decidido a responder à carta de meu pai. Queria perguntar-lhe, com mais detalhes, as circunstâncias da morte de Maria — provavelmente, ainda sem saber que o meu subconsciente já estava começando a ver na morte o germe do romance que tão lamentavelmente esperava por mim na mesa de trabalho. Mas não escrevi nenhuma carta, essa noite, porque, ao voltar à pensão, vi pela primeira vez Sofia e, se não imediatamente, pelo menos rápida e irremediavelmente me apaixonei por ela. Foi um amor que, à medida que o verão passava, mais foi dominando toda a minha existência. Mas devo confessar que uma das primeiras razões que o determinaram foi a semelhança — real, embora distante — entre Sofia e Maria Hunt. E o que continua vívido na minha lembrança, ao recordar a primeira vez em que a vi, não é apenas a semelhança entre ela e a jovem morta, e sim o desespero estampado em seu rosto, aquele mesmo desespero que Maria deveria transmitir, juntamente com as sombras premonitórias de alguém que se atira de cabeça para a morte.

Quando entrei, Sofia e Nathan estavam envolvidos numa briga bem diante da porta do meu quarto. Ouvi suas vozes, nítidas na noite de verão, e os vi discutindo no *hall*, quando subi os degraus da frente.

— Não me venha com isso, ouviu? — escutei-o gritar. — Você não passa de uma bruaca, de uma miserável bruaca, entendeu? Uma bruaca!

— E você *também!* — ouvi-a retrucar. — E, você também é uma bruaca.

Apesar das palavras, o tom de voz dela não tinha a menor agressividade.

— Eu *não* sou uma bruaca — berrou ele. — Não *posso* ser uma bruaca, sua polonesa estúpida. Quando é que você vai aprender a *falar* inglês? *Frouxo* ainda você me poderia chamar, mas nunca *bruaca,* sua cretina. Nunca mais me chame disso, tá ouvindo?

— Mas *você* me chamou!

— Porque é o que *você* é, sua imbecil — uma bruaca mentirosa e traidora! Abrindo as pernas para um charlatão de um médico! Meu *Deus!* — uivou ele, numa voz fremente de raiva incontida. — Tenho que sair daqui antes que eu a *mate, sua puta!* Você *nasceu* puta e puta há de *morrer!*

— Nathan, *escute...* — ouvi-a suplicar.

E, ao me aproximar mais da porta da frente, vi os dois, um em cima do outro, desenhados em obscuro relevo contra o saguão cor-de-rosa, onde uma lâmpada de quarenta *watts,* quase escondida por uma nuvem de mariposas, formava um efeito de claro-escuro. Dominando a cena, pela altura e pela força, estava Nathan, com seu físico impressionante, de ombros largos e cabelo preto como o de um índio sioux. Parecia um frenético John Garfield, com o rosto agressivamente simpático de Garfield — teoricamente simpático, pelo menos, pois agora estava transtornado de paixão e raiva, ávido de violência. Usava calça esporte e uma suéter leve e parecia beirar os trinta anos. Apertava o braço de Sofia e ela tremia diante dele como um botão de rosa ante uma tempestade. Mal podia distingui-la, àquela luz fraca. Só consegui ver-lhe a juba despenteada e cor de palha e, por trás do ombro de Nathan, avistar um terço do seu rosto, ou seja, uma sobrancelha assustada, um pequeno sinal, um olho cor de mel e um pômulo largo e encantadoramente eslavo, sobre o qual uma única lágrima rolava, qual gota de mercúrio. Começara a soluçar como uma criança abandonada.

— Nathan, você precisa escutar! *Por favor!* — dizia ela, entre soluços. — Nathan! Nathan! Desculpe eu ter lhe chamado daquilo.

Ele largou-lhe abruptamente o braço e recuou.

— Você me enche de nojo! — gritou. — De re-pul-sa. Vou sair daqui antes que perca a cabeça e acabe com você!

E, dando meia volta, afastou-se.

— Nathan, não vá embora! — implorou ela desesperada, estendendo ambos os braços para ele. — Preciso de você, Nathan. E você precisa de *mim.*

Havia algo de infantil, de queixoso, na voz dela que era leve de timbre, quase frágil, falseando um pouco no registro superior e ligeiramente rouca no inferior. O sotaque polonês tornava-a encantadora ou, pensei, a teria tornado em circunstâncias menos horríveis.

— Por favor, não vá embora, Nathan! — gritou ela. — Precisamos um do outro. *Não vá!*

— Precisamos? — retorquiu ele, voltando-se para ela. — *Eu* preciso de *você?* Deixe-me dizer-lhe uma coisa. — E começou a sacudir a mão aberta na direção dela, à medida que o seu tom de voz ia ficando cada vez mais furioso e indignado. — Eu preciso tanto de você quanto de uma maldita *doença.* Preciso de você como de um *furúnculo,* está me ouvindo? Como de uma triquinose! Preciso de você como de um cálculo biliar, como de uma pelagra, como de uma meningite, como de um mal de Parkinson! Pelo amor de Deus! Como de um câncer no cérebro, sua puta miserável! *Aaaaahoooouu!*

Soltou esse grito numa voz trêmula e aguda — um som arrepiante, mesclando fúria e lamentação de um modo quase litúrgico, semelhante ao cantochão de um rabino enlouquecido.

— Preciso de você como da *morte* — berrou, numa voz sufocada. — Da *morte!*

Voltou a dar as costas e de novo ela implorou, chorando:

— *Por favor*, Nathan, não vá embora! — E logo: — Nathan, para onde você vai?

Ela já estava perto da porta, a uns dois passos do lugar onde eu estacara, irresoluto, não sabendo se devia avançar para o meu quarto, se dar meia-volta e fugir.

— Para onde *vou?* — gritou ele. — Vou lhe dizer para onde vou. Vou pegar o primeiro trem do metrô e ir até Forest Hills! Vou pedir o carro emprestado ao meu irmão, voltar aqui e botar todas as minhas coisas dentro dele. Depois vou dar o fora desta casa.

De repente a voz diminuiu de volume e sua atitude tornou-se mais calma, até indiferente, mas o tom era dramático, veladamente ameaçador.

— Depois disso, amanhã, talvez, eu já lhe diga o que vou fazer. Vou escrever uma carta registrada para o Serviço de Imigração. Vou lhes dizer que você entrou com passaporte errado, que precisa trocar seu passaporte por um de *prostituta*, se é que isso existe. Se não existir, vou-lhes dizer que mandem você de volta para a Polônia, por andar se oferecendo a qualquer médico do Brooklyn que desejar trepar com uma qualquer. De volta a Cracóvia, tá ouvindo? — Soltou uma risada satisfeita. — Vai ser mandada direto para a Cracóvia!

Deu meia-volta e saiu porta afora. Ao fazer isso, roçou em mim, o que fez com que se virasse de novo e parasse. Não poderia dizer se ele achava que eu o tinha ouvido ou não. Nitidamente transtornado, arfando, olhou-me de cima a baixo por um momento. Achei que ele concluíra que eu tinha ouvido, mas que isso não importava. Tendo em conta o seu estado emocional, fiquei espantado com a maneira pela qual me tratou, se não exatamente gentil, pelo menos momentaneamente polida, como se eu tivesse sido magnanimamente excluído do território da sua ira.

— Você é o novo hóspede de que Fink me falou? — conseguiu perguntar, entre arquejos. — Respondi com a mais breve das afirmações. — Morris me disse que você era do Sul. Que o seu nome era Stingo — continuou ele. — Yetta precisa de um sulista em casa, para combinar com os outros pirados.

Lançou um olhor sombrio para Sofia, depois olhou para mim e disse:

— É uma pena eu não estar aqui para a gente bater um papo, pois estou de saída. Teria sido agradável falar com você.

Nesse ponto, o seu tom de voz tornou-se levemente ameaçador, a forçada polidez descambando para o mais deslavado sarcasmo que havia muito tempo eu ouvira.

— A gente podia se divertir um bocado, eu e você. Poderíamos falar de esportes, isto é, de esportes *sulistas*, como linchar negros, ou *crioulos*, como vocês os chamam. Ou então poderíamos falar de *cultura*, da cultura sulista. E ficar aqui, na pensão da velha Yetta, escutando uns discos de *hillbilly*. Gene Autry, Roy Acuff e todos esses divulgadores da cultura clássica sulista.

Até ali, a sua expressão fora sarcástica, mas, de repente, um sorriso iluminou-lhe o rosto moreno e perturbado e, antes que eu me desse conta, ele tinha estendido o braço e apertado a minha mão com firmeza.

— Bem, isso é o que poderia ter acontecido. Uma pena, o velho Nathan ter que ir embora. Talvez a gente se encontre numa outra vida. Até logo, Otário!

E, antes que os meus lábios pudessem se abrir num protesto ou retrucar com uma réplica indignada, ou um insulto, Nathan tinha dado meia-volta e descido os degraus que levavam à calçada, onde os duros saltos de couro dos seus sapatos foram fazendo um demoníaco *claque-claque-claque*, afastando-se sob as árvores escurecidas, na direção do metrô.

É lugar-comum que as pequenas catástrofes — um acidente automobilístico, um elevador parado entre andares, um assalto violento, testemunhado por outras pessoas — propiciam uma comunicabilidade fora do normal entre completos desconhecidos. Depois que Nathan desapareceu na noite, aproximei-me sem hesitar de Sofia. Não tinha ideia do que iria dizer — sem dúvida, desajeitadas palavras de consolo — mas foi ela quem falou primeiro, por entre mãos que ocultavam um rosto manchado de lágrimas.

— É tão *injusto* da parte dele! — soluçou. — Eu o amo tanto!

Fiz o que muitas vezes se vê nos filmes, num momento difícil, em que o diálogo é um problema. Tirei um lenço do bolso e, sem falar nada, ofereci-o a ela. Sofia aceitou-o prontamente e pôs-se a enxugar os olhos.

— Gosto tanto dele! — exclamou. — Tanto! Tanto! Sem ele, eu vou *morrer!*

— Calma, calma — falei isso ou algo igualmente imbecil.

Os olhos dela imploravam-me — a mim, que pela primeira vez a via — com o desespero de uma prisioneira inocente protestando virtude perante o juiz. *Não sou nenhuma prostituta, Meritíssimo*, parecia estar tentando dizer. Fiquei impressionado pela candura dela e pela sua paixão.

— É tão injusto da parte dele! — repetiu. — Dizer uma coisa *dessas!* Nunca fiz amor com nenhum outro homem, exceto o meu marido. E o meu marido morreu!

Foi sacudida por nova onda de soluços e mais lágrimas lhe jorraram dos olhos, transformando o lenço numa esponja encharcada e monogramada. O nariz dela estava inchado de tristeza e as manchas rosadas das lágrimas diminuíam-lhe a extraordinária beleza, mas não a ponto de essa beleza (inclusive o sinal, graciosamente situado perto do olho esquerdo, como se fosse um minúsculo satélite) deixar de me derreter — uma distinta sensação de liquefação, emanando não da região do coração, como seria de esperar, e sim, surpreendetemente, da região do estômago, que começou a revolver como se após prolongado jejum. Eu tinha tanta vontade de passar os braços em volta dela, de confortá-la, que esse desejo se transformou em puro desconforto, mas uma série de estranhas inibições fez com que eu me contivesse. Além disso, estaria mentindo se não confessasse que, através de tudo aquilo, em minha mente se expandia rapidamente um plano estritamente egoísta: o de que, se Deus me concedesse sorte e força, eu me apossaria do louro tesouro polonês que Nathan, o porco ingrato, tinha abandonado.

Foi então que uma estranha sensação na espinha me deu a entender que Nathan estava de novo atrás de nós, de pé nos degraus de entrada. Girei nos calcanhares. Ele dera um jeito de voltar em silêncio fantasmagórico e olhava para mim e para Sofia com um brilho malévolo, inclinado para a frente e com um braço apoiado no umbral da porta.

— E mais uma coisa — disse ele a Sofia, numa voz dura e seca. — Só mais uma coisa, puta. Os *discos*. Os álbuns de discos. O Beethoven, o Haendel, o Mozart. *Todos* eles. Não quero pôr de novo os olhos em você, de modo que me leve os discos. Leve os discos do *seu* quarto e ponha-os no *meu*, em cima da cadeira junto da porta. Pode ficar com o álbum de Brahms, porque Blackstock o deu a você. O resto, eu vou querer. Não se esqueça de botá-los onde eu lhe disse. Se você *não* fizer isso, juro que volto aqui e lhe quebro os dois braços. — Após uma pausa, ele respirou fundo e murmurou: — Deus é testemunha, vou *quebrar-lhe os dois braços!*

Dessa vez, foi-se embora mesmo, afastando-se com passos desengonçados e sumindo rapidamente na escuridão.

Não tendo mais lágrimas para derramar, de momento, Sofia foi-se acalmando aos poucos.

— Obrigada, o senhor foi muito bom — disse-me, suavemente, com a voz fungada de quem chorou copiosamente e por muito tempo.

Esticou a mão e pôs na minha o lenço, transformado num pedaço de pano empapado. Ao fazer isso, vi, pela primeira vez, o número tatuado na pele bronzeada, levemente sardenta, do seu antebraço — um número arroxeado, de pelo menos cinco algarismos, demasiado pequenos para poderem ser lidos àquela luz, mas gravados — dava para ver — com exatidão e perícia. Ao amor que se derretia no meu estômago veio juntar-se uma vontade súbita e, com um movimento involuntário e inexplicável (pois me trouxe à mente onde ele pusera as mãos), agarrei-lhe brandamente o pulso e olhei mais de perto a tatuagem. Sabia que a minha curiosidade poderia ofendê-la, mas não consegui conter-me.

— Onde você esteve? — perguntei.

Ela disse um nome fibroso, em polonês, que eu entendi como sendo "Oswiecim".

E acrescentou:

— Fiquei lá muito tempo. *Longtemps.* — Fez uma pausa: — *Vous voyez...* — Outra pausa. — O senhor fala francês? Meu inglês é muito mau.

— *Un peu* — respondi, exagerando de muito a minha proficiência. — Está um pouco enferrujado.

Com isso eu queria dizer que quase não sabia nada. — Enferrujado? O que é enferrujado?

— *Sale* — respondi, arriscando.

— Francês sujo? — disse ela, com a sombra de um sorriso. — Passado um momento, perguntou: — *Sprechen sie Deutsch?*

Ao que não respondi nem com um *"Nein"*.

— Oh, deixe pra lá — falei. — Você fala bem inglês. — E, passado um momento de silêncio, exclamei: — Esse Nathan! Nunca vi coisa igual na minha vida. Sei que não tenho nada com isso mas... mas ele só pode ser *louco!* Como é que ele pode falar assim com *uma pessoa?* Se quer saber minha opinião, ainda bem que você se livrou dele.

Ela fechou os olhos com força e apertou dolorosamente os lábios, como se a recordar-se de tudo o que acabava de se passar.

— Oh, ele tem razão em muita coisa — murmurou. — Não sobre eu não ter sido fiel. Isso não. Sempre fui fiel a ele. Mas em outras coisas. Quando ele disse que eu não sabia me vestir. Ou que era uma polonesa desleixada e inimiga de limpezas. Ele me chamou de polaca suja e eu vi que... é, eu merecia. Ou, quando ele me levava nesses restaurantes elegantes e eu sempre ficar...

Interrogou-me com o olhar.

— Ficava — corrigi.

Sem exagerar, de vez em quando tentarei transcrever os deliciosos escorregões linguísticos de Sofia. Seu domínio do inglês era, sem dúvida, mais do que adequado — pelo menos, para mim — na verdade realçado por suas pequenas hesitações diante do emaranhado da sintaxe, principalmente ao defrontar-se com as armadilhas dos nossos verbos irregulares.

— Ficava com o quê? — perguntei.

— Ficava com a *carte,* o cardápio, não é assim que se diz? Muitas vezes eu ficava com o cardápio, guardava ele na minha bolsa, como lembrança. Ele dizia que os cardápios custam dinheiro, que eu estava roubando. E tinha razão.

— Ficar com um cardápio não me parece um grande crime, pelo amor de Deus! — retruquei. — Escute, sei que não tenho nada com isso, mas...

Visivelmente decidida a resistir às minhas tentativas de ajudá-la a reconquistar o amor-próprio, ela interrompeu-me:

— Não, eu sabia que era errado. O que ele disse é verdade, eu fazer tantas coisas que eram erradas, eu mereci que ele me deixar: Mas nunca fui infiel. Nunca! Oh, eu vou morrer, sem ele! Que vai ser de mim? Que é que vou fazer sem ele?

Por um momento, temi que ela sofresse nova recaída, mas Sofia limitou-se a dar um único soluço, como se fosse um conclusivo ponto de exclamação. Afastando-se, disse:

— O senhor foi muito bondoso. Agora, preciso ir para o quarto.

Enquanto ela subia lentamente a escada, aproveitei para olhar bem para o seu corpo, no seu vestido de verão, de seda fina e aderente. Embora fosse um belo corpo, com todas as curvas, saliências e simetrias certas, havia algo um pouco estranho nele — nada parecia estar faltando, antes dava a impressão de ter sido reformulado. Era precisamente *isso*. Essa estranha característica transparecia na pele: possuía a doentia plasticidade (principalmente na parte de trás dos braços) de alguém que passou por severa emaciação e cuja carne está acabando de ser restaurada. Senti, também que, por baixo daquele saudável bronzeado, havia um corpo ainda não totalmente refeito de terrível crise. Mas nada disso diminuía uma certa sexualidade maravilhosamente negligente, relacionada, pelo menos nesse momento, com o jeito à vontade, mas seguro de si, com que ela movia a pelve, e com o seu suntuoso *derrière*. Apesar da fome passada, ele era bem formado como uma fantástica pera ganhadora de prêmios. Vibrava com eloquência mágica e, visto daquele ângulo, de tal maneira me perturbava, que mentalmente prometi aos orfanatos presbiterianos da Virgínia um quarto dos meus futuros lucros como escritor, em troca daquele traseiro nu — trinta segundos bastariam — entre as minhas mãos arqueadas e suplicantes. "Seu" Stingo, meditei, enquanto ela subia, deve haver alguma perversidade nessa fixação dorsal. Quando Sofia chegou ao alto da escada, virou-se, olhou para baixo e lançou-me o sorriso mais triste que se podia imaginar.

— Espero não o ter aborrecido com os meus problemas — disse ela. — Sinto muito. — E, dirigindo-se para o quarto, acrescentou: — Boa noite.

Nessa noite, enquanto lia Aristófanes, sentado na única poltrona confortável do quarto, consegui avistar um pedaço do patamar de cima, através da porta entreaberta. No meio da noite, vi Sofia levar os álbuns de discos que Nathan lhe ordenara que devolvesse. Quando ela voltou para o quarto, percebi que estava outra vez chorando. Como era possível continuar assim?

De onde vinham todas aquelas lágrimas? Mais tarde, ela ouviu, repetidas vezes, na vitrola, o último movimento da Primeira Sinfonia de Brahms, que ele tão magnanimamente lhe permitira guardar. Devia ser o único álbum que lhe restava. A música parecia atravessar o teto fino. O nobre e trágico som da trompa de pistons misturava-se, em minha cabeça, com o penetrante chamado da flauta, e enchendo-me o espírito de uma tristeza e de uma nostalgia quase mais intensas do que quaisquer outras que eu sentira antes. Pensei no momento em que aquela música fora criada. Uma música que, entre outras coisas, falava de uma Europa de tempos passados, banhada no suave clarão de serenos crepúsculos — de crianças de trancinhas e aventais, puxando carrinhos, de excursões nos relvados do Wiener Wald e da forte cerveja da Baviera, de damas de Grenoble, armadas de sombrinhas, passeando à beira das geleiras dos Altos Alpes, de viagens em balão, de alegria, de valsas vertiginosas, de vinho Moselle, do próprio Johannes Brahms, com sua barba e seu charuto preto, criando os seus acordes titânicos sob as faias despidas de folhas outonais, do Hofgarten. Uma Europa de uma doçura quase inconcebível — uma Europa que Sofia, afogando-se em tristeza, acima de mim, nunca tinha conhecido.

Quando me deitei, a música continuava a tocar. E, quando cada um dos discos arranhados chegava ao fim, permitindo-me, no intervalo entre eles, ouvir o choro inconsolável de Sofia, fiquei pensando, incapaz de dormir, como era possível um ser humano conter tanto sofrimento. Parecia impossível que Nathan pudesse inspirar aquela dor tão devastadora. Mas era evidente que ele a inspirara, o que me colocava diante de um problema. Porque se, conforme já disse, eu me sentia deslizando para essa doentia e vulnerável situação conhecida como amor, não seria loucura da minha parte esperar conquistar o afeto, quanto mais dividir a cama, de alguém tão firmemente fiel à memória do amante? Havia algo de indecente naquela ideia, como se eu estivesse fazendo a corte a uma viúva recente. Sem dúvida, Nathan estava fora da jogada, mas não seria presunção da minha parte esperar preencher o vazio? Para começar, eu tinha muito pouco dinheiro. Mesmo que conseguisse penetrar a barreira daquela dor, como poderia esperar conquistar aquela ex-esfomeada, com seu gosto por restaurante de luxo e discos caros?

Finalmente, a música cessou e ela também parou de chorar, ao mesmo tempo em que o inquieto ranger das molas me indicava que Sofia resolvera deitar-se. Fiquei muito tempo acordado, escutando os suaves ruídos noturnos do Brooklyn — um cão latindo ao longe, um carro passando, um cascatear de risadas masculina e feminina, à beira do parque. Pensei na Virgínia, na minha casa. Adormeci, mas dormi mal, ou melhor, caoticamente, acordando no meio da noite, em meio a uma escuridão à qual não estava acostumado, muito perto de uma estranha penetração fálica — através das dobras, de uma bainha ou de uma ruga úmida — do meu desarrumado travesseiro. Depois, adormeci de novo, para acordar, estremunhado, pouco antes do amanhecer, no silêncio total dessa hora, com o coração pulando e um arrepio gelado. Olhei para o teto acima do qual Sofia dormia, compreendendo, com a terrível claridade de quem sonha, que estava condenada.

Capítulo Três

— Stingo! oh, Stingo!

Nessa mesma manhã, só que mais tarde — uma ensolarada manhã de junho — ouvi as vozes deles do outro lado da minha porta, acordando-me. A voz de Nathan, seguida da voz de Sofia.

— Stingo, acorde! Vamos, acorde, Stingo!

A porta, embora não trancada, estava com a corrente de segurança passada e, do lugar onde eu estava, recostado no travesseiro, podia ver o rosto sorridente de Nathan espiando através da abertura na porta.

— Pule da cama, vamos! — disse a voz. — Coragem, garoto. De pé! Vamos até Coney Island!

E, atrás dele, Sofia, ecoando Nathan com sua voz fina. — Pule da cama, vamos! De pé!

A ordem foi seguida de uma risadinha cristalina. Nathan começou a sacudir a porta e a corrente.

— Vamos, Otário! Pule da cama! Você não pode ficar dormindo o dia todo, como um velho sulista preguiçoso!

Disse isso numa voz carregada do sotaque xaroposo, molenga, do interior dos estados do sul, sotaque esse que, para os meus ouvidos sonolentos mas sensíveis, era o produto de extraordinária capacidade de imitação.

— Sacuda a preguiça dos ossos, garoto! — continuou ele. — Vista logo sua roupa de banho. Vamos mandar o velho Pompey atrelar o pangaré e fazer um piqueniquezinho na beira do mar!

Sem querer exagerar, eu estava muito pouco inclinado a me deixar levar por ele. O seu tom insultuoso, na noite anterior, o seu modo de tratar Sofia, durante a noite inteira tinham invadido os meus sonhos, sob as mais diversas máscaras e alusões. E agora, acordar e ver o mesmo rosto citadino de meio de século, dizendo aquelas imagens líricas de antes da guerra, era algo simplesmente além das minhas forças. Pulei da cama e atirei-me contra a porta.

— Fora daqui! — berrei. — Me deixem em paz! — Procurei bater com a porta na cara de Nathan, mas ele tinha um pé enfiado na fenda. — Fora daqui! — gritei de novo. —Você tem mesmo muita cara de pau, pra fazer isso! Tire o maldito pé da porta e me deixe em paz!

— Stingo, *Stingo!* — continuou a voz, já de volta ao sotaque do Brooklyn. — Calma, Stingo. Não quis ofender. Vamos, garoto, abra essa porta. Vamos tomar um café juntos, fazer as pazes e ser bons amigos.

— Não *quero* ser eu amigo! — berrei.

Tive um ataque de tosse. Meio sufocado pela nicotina e o alcatrão de três maços diários de Camels, fiquei espantado de continuar sendo coerente. Enquanto recuava, estranhamente envergonhado pelo ruído pigarreante que saía de mim, comecei a me conscientizar — com desgosto — de que o atroz Nathan se materializara, como um gênio mau, ao lado de Sofia e parecia ter de novo assumido a sua posse e comando. Durante pelo menos um minuto, talvez mais, estremeci e arquejei, vítima de um espasmo pulmonar, enquanto suportava a humilhação de ver Nathan representar o papel do doutor em medicina:

—Você está com o famoso catarro dos fumantes, Otário. Tem o rosto abatido dos dependentes de nicotina. Olhe para mim, Otário, deixe-me fitá-lo bem nos olhos.

Olhei para ele com as pupilas contraídas de raiva e ódio.

— Não me chame... — comecei, mas as palavras foram abafadas por outro ataque de tosse.

— Você está mesmo abatido — continuou Nathan. — Uma pena, num cara tão simpático. O ar abatido provém da falta gradual de oxigênio. Você devia parar de fumar, Otário. Causa câncer do pulmão e doenças do coração.

Em 1947, convém lembrar, o efeito pernicioso do fumo quase não era objeto de estudo, mesmo por parte dos médicos e, quando alguém falava dos seus malefícios potenciais, era objeto do ceticismo divertido das pessoas sofisticadas. Punha-se na conta das superstições, como a que dizia que masturbar-se causava acne, verrugas ou loucura. Por conseguinte, embora a observação de Nathan fosse, na altura, duplamente enfurecedora, acumulando, segundo eu pensava, imbecilidade e impertinência, vejo agora quão estranhamente pré-científico ela era e quão típica daquele espírito errante, atormentado, mas afiado e de uma inteligência fulgurante, que eu iria ficar conhecendo bem e com o qual muitas vezes iria me haver. Quinze anos mais tarde, quando estava em meio a uma bem-sucedida batalha contra a dependência dos cigarros, lembrei-me das advertências de Nathan — principalmente daquela palavra, *abatido* — como se ouvisse uma voz vinda do túmulo. No momento, porém, a vontade que tive foi de matá-lo.

— Pare de me chamar de Otário — gritei, recuperando a voz. — Sou formado pela Universidade de Duke. Não tenho que engolir os seus estúpidos insultos. Trate de tirar o pé da porta e me deixar em paz! — Procurei em vão tirar-lhe o pé da abertura. — E não preciso de conselhos baratos sobre os cigarros que eu fume ou deixe de fumar — acrescentei, na minha voz tapada e encatarrada.

De uma hora para a outra, Nathan passou por uma notável transformação. De repente, sua atitude tornou-se civilizada, quase contrita.

— Tá bom, Stingo, peço desculpas — disse ele. — Sinto muito, acredite. Não era minha intenção ferir-lhe os sentimentos. Desculpe, sim? Não vou mais chamá-lo de Otário. Eu e Sofia só queríamos dar-lhe as boas-vindas neste belo dia de verão.

Era realmente fascinante a rápida mudança operada nele, e eu podia ter desconfiado de que estava apenas recorrendo a outra forma de sarcasmo, se o meu instinto não me dissesse que ele estava sendo sincero. Na verdade, tive a sensação de que ele estava tendo uma reação dolorosa, dessas que muitas vezes as pessoas têm após mexerem com uma criança e perceberem que lhe causaram sofrimento. Mas eu não me deixei comover.

— Suma — falei, firme e laconicamente. — Quero ficar só.

— Sinto muito, meu chapa, sinceramente. Estava só brincando, com aquela história do Otário. Não quis ofendê-lo.

— Não, Nathan não quis ofendê-lo — interveio Sofia.

Saíra de trás de Nathan e colocara-se num lugar onde eu a podia ver claramente. De repente, algo nela fez com que meu coração sofresse novo aperto. Ao contrário do retrato de sofrimento que ela apresentara na noite anterior, estava agora alegre e eufórica com a volta miraculosa de Nathan. A tal ponto, que era possível sentir a força da sua felicidade: fluía do seu corpo em visíveis revérberos e tremores — no brilho dos olhos, nos lábios cheios de animação e no rubor róseo e exultante que lhe coloria as faces como se fosse ruge. Essa felicidade, juntamente com o ar de apelo do seu rosto radiante, era algo que, mesmo no meu irritadiço estado matinal, me parecia muito sedutor — ou melhor: irresistível.

— Por favor, Stingo — pediu ela. — Nathan não quis ofendê-lo, nem magoar seus sentimentos. Nós só queríamos ser seus amigos e convidá-lo a aproveitar o belo dia de verão. *Por favor,* venha com a gente!

Nathan reconsiderou — senti o pé dele afastar-se da porta — e eu reconsiderei, não sem um choque de dor, ao vê-lo agarrar Sofia pela cintura e começar a beijar-lhe a face. Com o preguiçoso apetite de um bezerro contemplando uma ração de sal, esfregou o avantajado nariz no rosto dela, fazendo com que Sofia emitisse uma alegre risada, semelhante a um fragmento de canção natalina e, quando ele lhe lambeu o lóbulo com a ponta rosada da língua; ela fez a mais fiel imitação do ronronar elétrico de um gato que eu jamais vira ou ouvira. Não dava para entender. Algumas horas antes, ele parecia querer degolá-la.

Sofia acabou vencendo. Fui derrotado por sua súplica e grunhi um relutante *"Ok"*.

Mas, quando já ia desprender a corrente de segurança e deixá-los entrar, mudei de ideia.

— *Fora!* — falei para Nathan. — Você me deve desculpas.

— Eu *já pedi* desculpas — retrucou ele, em tom de deferência. — Já *disse* que nunca mais o chamaria de Otário.

— Não se trata só disso — repliquei. — Aquela história sobre linchamentos e tudo o mais que você falou sobre o Sul. Tudo um *insulto.*

Imagine se eu lhe dissesse que uma pessoa com um nome como Landau só podia ser um miserável e gordo dono de *prego,* vivendo de enganar e roubar cristãos? Você ficaria possesso, não? Entende agora por que me deve desculpas?

Embora vendo que estava sendo chato, resolvi fincar pé.

— *Ok,* peço desculpas por isso, *também* — disse ele calorosamente. — Sei que fui grosso. Vamos esquecer, tá? Peço que me perdoe, sinceramente. Estávamos falando sério, quando dissemos que gostaríamos que viesse conosco hoje. Escute, por que não pensa no caso? Ainda é cedo. Que tal se vestir com calma e depois subir até o quarto de Sofia? Poderíamos tomar uma cervejinha, ou um café, antes de irmos até Coney Island. Almoçaríamos num ótimo restaurante, especializado em peixes e mariscos e, depois, daríamos um pulo na praia. Tenho um amigo que ganha um dinheirinho extra aos domingos, trabalhando como salva-vidas. Ele deixa a gente ficar numa parte especial da praia, onde ninguém joga areia no seu rosto. Que tal?

Fazendo-me de rogado, respondi:

— Vou pensar.

— Ora, anime-se!

— Muito bem — concordei. — Eu vou.

E acrescentei um morno "Obrigado".

Enquanto fazia a barba e me arrumava, refleti, espantado, naquela estranha mudança. O que teria provocado tal gesto de boa vontade? Teria Sofia insistido com Nathan para que me chamasse, talvez para se redimir da grossura da noite anterior? Ou estaria ele simplesmente querendo obter alguma coisa mais? Eu já estava o suficientemente familiarizado com os costumes nova-iorquinos para imaginar que Nathan fosse do tipo que está sempre buscando maneira de afanar dinheiro dos outros. (O que me fez checar os poucos mais de quatrocentos dólares que eu tinha escondido nos fundos do armarinho do banheiro, numa caixa de ataduras Johnson & Johnson. A quantia, em notas de dez e vinte dólares, estava intacta, fazendo com que, como de hábito, eu murmurasse umas palavrinhas de agradecimento ao meu espectral patrono Artiste, durante todos aqueles anos transformando-se em pó lá na Geórgia.) Mas a suspeita parecia pouco provável, depois que Morris Fink comentara o bom estado das finanças de Nathan. Não obstante, todas essas possibilidades me passaram pela cabeça, enquanto me preparava, com certa apreensão, para acompanhar Sofia e Nathan. Na verdade, achava que devia ficar e tentar trabalhar, procurar escrever algumas palavras naquela amarelada página de bloco, mesmo que fossem apenas anotações ao acaso e sem sentido. Mas Sofia e Nathan tinham, por assim dizer, sitiado minha imaginação. O que realmente a povoava era a estranha *détente* entre os dois, restabelecida poucas horas depois da briga amorosa mais impressionante que eu já vira fora da ópera italiana. Considerei, então, a possibilidade de ambos estarem loucos, ou condenados, como Paolo e Francesca, a um terrível amor de perdição.

Como de costume, Morris Fink foi elucidador, embora não particularmente brilhante, quando, ao sair do quarto, dei com ele no corredor. Enquanto trocávamos lugares-comuns, apercebi-me, pela primeira vez, de um sino de igreja repicando, ao longe, mas distintamente, para os lados da Flatbush Avenue. Ao mesmo tempo pungente e reminiscente dos domingos no Sul, fez com que eu ficasse confuso, pois tinha a firme impressão de que as sinagogas não possuíam campanários. Fechei por um momento os olhos, pensando numa feia igreja de tijolos, no silêncio piedoso dos domingos, nas ovelhinhas cristãs, com pernas semelhantes a caules, dirigindo-se para o tabernáculo presbiteriano, com seus livros de história hebraica e seus catecismos judaicos. Quando abri os olhos, Morris estava explicando:

— Não, não é uma sinagoga. É a Igreja Reformada Holandesa, que fica na esquina de Church Avenue com Flatbush. Só tocam o sino aos domingos. De vez em quando, vou até lá, quando há serviço. Ou Escola Dominical. Se esgoelam todos cantando "Jesus Me Ama", coisas assim. As garotas são um troço. Muitas têm cara de quem precisa de uma transfusão de sangue... ou de uma injeção de carne. — Deu uma risada lasciva. — Mas o cemitério é um bocado agradável. No verão, faz fresco, lá. Tem muita garota judia que vai até lá de noite, pra trepar.

— Pelo que vejo, tem de tudo no Brooklyn, não? — perguntei.

— Pois é. De tudo quanto é religião. Judeus, irlandeses, italianos, Igreja Reformada Holandesa, negros... de tudo. Desde que a guerra acabou, os negros estão invadindo. Principalmente Williamsburg, Brownsville, Bedford-Stuyvesant. Macacos, é o que eles são. Rapaz, como odeio esses negros! Verdadeiros macacos!

Estremeceu e, mostrando os dentes, fez o que me pareceu ser uma careta simiesca. Ao mesmo tempo, os acordes majestosos, comemorativos, da *Festa Aquática* de Händel, desceram a escada, vindos do quarto de Sofia. E, igualmente vinda de cima, chegou aos meus ouvidos a risada de Nathan.

— Se não me engano, você ficou conhecendo Sofia e Nathan — disse Morris.

Confessei que sim, que, de certa maneira, os tinha conhecido.

— Que é que você achou do Nathan? Não é esquisito? — Uma luz brilhou nos seus olhos mortiços, seu tom de voz tornou-se conspirador. — Sabe o que acho que ele é? Um *golem*. Uma espécie de *golem*.

— E que diabo vem a ser um *golem*? — perguntei.

— Bem, não dá para explicar exatamente. É uma espécie de... de *monstro* judeu. Inventado, como o Frankenstein, só que por um rabino. É feito de barro ou de coisa parecida, só que parece humano. De qualquer maneira, não se pode controlá-lo. Às vezes, ele age normalmente, como um ser humano normal. Mas, no fundo, é um *monstro*, isto é, um *golem*. Nathan é assim. Age como se fosse um maldito *golem*.

Com um vago sentimento de reconhecimento, pedi a Morris que explicasse melhor a sua teoria.

— Bem, esta manhã, bem cedo, acho que quando você ainda estava dormindo, vi Sofia entrar no quarto de Nathan. Meu quarto fica do outro lado do corredor, de modo que dá para ver tudo. Deviam ser sete e meia ou oito horas. Tinha-os ouvido brigar, ontem à noite, de maneira que sabia que Nathan fora embora. Agora, imagine o que vi? Sofia chorando, baixinho, mas ainda chorando. Entrou no quarto de Nathan, deixou a porta aberta e se deitou. Adivinhe onde ela se deitou? Na cama? Não! Que nada! No *chão!* Deitou-se no chão, de camisola, toda enroscada como um bebê. Fiquei olhando para ela uns dez, quinze minutos, pensando: que loucura, ela estar deitada no *chão do* quarto de Nathan. E, de repente, ouço um carro encostar, na rua, olho pela janela e vejo Nathan. Você escutou, quando ele chegou? Fez o maior barulho, batendo com os pés, com as portas do carro e falando consigo mesmo!

— Não, eu estava ferrado no sono — respondi. — Os meus problemas de barulho, lá na cratera, como você diz, são principalmente verticais. Bem em cima da minha cabeça. O resto da casa eu não escuto, graças a Deus.

— Bem, Nathan subiu a escada e foi direto para o quarto. Entrou e encontrou Sofia, lá dentro, toda enroscada no chão. Aproximou-se dela, que estava acordada, e disse: "Fora daqui, sua puta!" Sofia não respondeu, continuou chorando, eu acho, e Nathan repetiu: "Fora daqui, sua puta. Estou indo embora." Sofia continuou calada e eu ouvi ela chorar cada vez mais e Nathan falar: "Vou contar até três e, se você não se levantar e cair fora daqui, vou lhe dar um chute que vai fazer você voar longe". Contou até três, ela não se mexeu e ele ajoelhou-se e começou a bater nela.

— Enquanto ela estava no chão? — interrompi.

Comecei a desejar que Morris não tivesse sentido necessidade de me contar aquela história. Meu estômago contraía-se, enojado. Embora não fosse um homem violento, quase me deixei dominar pelo impulso de subir até o quarto de Nathan e, ao som da *bourrée* da *Festa Aquática*, exorcizar o *golem*, batendo-lhe nos miolos com uma cadeira.

— Você está me dizendo que ele bateu na moça, enquanto ela estava caída no chão?

— É. Bateu. *E com força*, bem no meio da cara.

— Por que é que você não interveio? — perguntei.

Ele hesitou, pigarreou e disse:

— Bem, se você quer mesmo saber, fisicamente eu sou um covarde. Tenho um metro e sessenta e oito e esse Nathan é um baita filho-da-mãe. Mas vou-lhe dizer uma coisa: pensei em chamar a polícia. Sofia estava começando a gemer, aqueles tapas na cara deviam doer pra caramba, de modo que decidi descer e ligar para a polícia. Eu estava sem roupa, não uso roupa para dormir, de maneira que entrei no banheiro, vesti um robe e calcei uns chinelos, procurando andar depressa, achando que ele podia dar *cabo* dela. Devo ter demorado pouco mais de um minuto, não conseguia encontrar os malditos chinelos. Aí, quando voltei para junto da porta, imagine o que vi?

— Não posso imaginar.

— Dessa vez, era o contrário. Dessa vez, era Sofia quem estava sentada no chão, com as pernas cruzadas, e Nathan agachado, com a cabeça enterrada entre as pernas dela. *Chorando!* Chorando como uma criança, com a cara mergulhada entre as pernas dela, enquanto Sofia lhe acariciava os cabelos e murmurava: "Tá tudo bem, tá tudo bem". Ouvi Nathan dizer: "Meu Deus, como foi que eu fiz isso? Como é que eu pude machucar você?" Coisas assim. "Eu amo você, Sofia, eu a amo muito." E ela repetindo: "Tá tudo bem" e ele com o nariz entre as pernas dela, chorando e dizendo sempre: "Oh, Sofia, eu gosto tanto de você!" *Ach*, quase pus tudo para fora.

— E depois?

— Depois, não aguentei mais. Quando eles acabaram com aquilo e se levantaram do chão, saí, comprei o jornal de domingo, fui até o parque e fiquei uma hora lendo. Não queria mais nada com nenhum daqueles dois. Mas você entende o que quero dizer? — Fez uma pausa e os seus olhos sondaram-me, buscando uma interpretação para aquilo. Como eu não a desse, Morris declarou, enfático: — Se você quer saber a minha opinião, ele é um *golem*. Um maldito *golem*.

Subi a escada envolto numa onda negra de desencontradas emoções. A mim mesmo dizia que não podia me envolver com aquelas personalidades doentias. Apesar do impacto que Sofia causara na minha imaginação e apesar da minha solidão, eu estava certo de que seria loucura procurar a amizade daqueles dois. Sentia isso não só por ter medo de ser sugado por um relacionamento tão volátil e destruidor, como por ter de enfrentar o duro fato de que eu, Stingo, tinha mais o que fazer. Mudara-me para o Brooklyn ostensivamente "para pôr as minhas entranhas para fora, escrevendo", conforme dissera o velho Farrell, e não para bancar o extra num melodrama de terceira classe. Resolvi dizer-lhes que não iria com eles a Coney Island. A seguir, daria um jeito de pô-los, polida mas decisivamente, para fora da minha vida, tornando bem claro que eu era uma alma solitária que não queria ser perturbada.

Bati à porta e entrei na hora em que o último disco estava terminando de tocar e a grande barca, com suas trombetas jubilantes, desaparecia numa das curvas do Tâmisa. O quarto de Sofia encantou-me. Embora eu seja capaz de reconhecer um monstrengo, tenho muito pouco sentido de "gosto" no que tange à decoração. Mesmo assim, percebi que Sofia tinha conseguido triunfar sobre o inexaurível rosa. Em vez de deixar a cor dominá-la, ela reagira, espalhando pelo quarto tons complementares de laranja, verde e vermelho — uma estante vermelho-cravo aqui, uma colcha cor de abricó ali — e assim vencera o tom onipresente e pueril. Senti vontade de dar uma risada, ao ver como ela imbuíra de alegria e calor aquela horrível tinta de camuflagem da Marinha. E havia flores, flores por todos os lados — narcisos, tulipas, palmas, brotando de pequenos jarros e de nichos nas paredes. O quarto estava cheio do perfume das flores e, embora elas fossem abundantes, não havia nada de quarto-de-doente no ar. As flores davam-lhe um clima festivo, perfeitamente condizente com a alegria reinante no resto da decoração.

De repente, dei-me conta de que Sofia e Nathan não estavam visíveis. Tentava decifrar o mistério, quando ouvi um riso abafado e vi um biombo japonês, numa das extremidades do quarto, estremecer de leve. Logo depois, Sofia e Nathan saíam de trás do biombo, as mãos dadas, atirando sorrisos uniformes de artistas de revista, dançando e usando as roupas mais fascinantes que eu jamais vira. Mais parecendo fantasias, eram decididamente fora de moda: ele vestia um terno de flanela cinzenta, listrado de branco, do tipo lançado pelo Príncipe de Gales há mais de quinze anos antes; ela, uma saia de cetim plissada e cor de ameixa, da mesma época, um casaquinho branco e uma boina da cor da saia, inclinada para a testa. Não obstante, não havia nenhum ar de coisa dada naquelas relíquias; via-se que eram roupas caras e que caíam demasiado bem para não terem sido feitas sob medida. Senti-me horrível, na minha camisa Arrow branca, de mangas arregaçadas, e com a calça sem vinco.

— Não se preocupe — disse Nathan, enquanto tirava uma garrafa de cerveja da geladeira e Sofia colocava queijo e bolachinhas na mesa. — Não ligue para a sua roupa. Só pelo fato de nos vestirmos assim, não precisa sentir-se deslocado. É uma mania que a gente tem.

Eu me instalara prazerosamente numa poltrona, completamente esquecido de que tinha resolvido pôr um ponto final nas nossas breves relações. O que provocara aquela reviravolta é quase impossível de explicar. Acho que uma combinação de coisas: aquele quarto encantador, o inesperado das roupas, a cerveja, o calor demonstrado por Nathan e a sua ansiedade por fazer as pazes comigo, o efeito calamitoso que Sofia tinha sobre o meu coração — tudo aquilo deitara por água abaixo a minha força de vontade. Uma vez mais eu estava nas mãos deles.

— É apenas um *hobby* nosso — continuou ele, por cima, ou melhor, através de um límpido Vivaldi, enquanto Sofia se movimentava na *kitchenette.* — Hoje, estamos usando roupa dos anos trinta, mas temos trajes da década de vinte, do período da Primeira Guerra, do fim do século e até mesmo de antes. Naturalmente, só nos vestimos desse jeito aos domingos ou feriados, quando saímos juntos.

— E as pessoas, não olham? — perguntei. — E não sai muito caro?

— Claro que olham — respondeu ele. — Se não olhassem, não teria muita graça. Às vezes, como acontece com a nossa roupa do fim de século, quase paramos o trânsito. Quanto a ser caro, não sai muito mais caro do que uma roupa normal. Tenho um alfaiate, na Rua Fulton, que faz tudo que lhe peço, desde que eu lhe dê o modelo.

Assenti com a cabeça. Embora um pouco exibicionista, parecia-me uma diversão inofensiva. Decerto, sendo ambos de boa aparência e, ainda por cima, com o contraste entre o tom e as feições levantinas dele e a lourice dela, Sofia e Nathan formavam um par capaz de chamar a atenção, independentemente do que estavam usando.

— Foi ideia de Sofia — explicou Nathan — e ela tem razão. As pessoas andam pelas ruas parecendo todas iguais, de uniforme. Roupas como estas têm individualidade, classe. Por isso nos divertimos quando as pessoas olham para nós. — Fez uma pausa para encher o meu copo de cerveja. — A roupa é importante. Faz parte do ser humano. Pode ser uma coisa bela, que nos dá prazer e que dá prazer aos outros, embora isso seja secundário.

Bem, é ver para crer, conforme aprendera de pequeno. Roupa. Beleza. Ser humano. Tudo isso vindo de um homem que, pouco antes, tinha berrado palavras furiosas e, se era possível acreditar em Morris, infligira um tratamento horrível àquela gentil criatura, que agora arrumava pratos, cinzeiros e queijo, vestida como Ginger Rogers num velho filme. Agora, ele não podia ser mais agradável e amável, a tal ponto, que me recostei na poltrona, sentindo-me inteiramente a gosto e, com a cerveja começando a fazer o seu efervescente efeito nos meus membros, admiti para mim mesmo que o que ele dizia tinha seus méritos. Após a odiosa uniformidade no trajar do pós-guerra, principalmente numa ratoeira humana como a McGraw-Hill, que mais podia alegrar a vista do que um pouco de excentricidade, de originalidade? Uma vez mais (e falo agora com a certeza de quem olha para trás) Nathan augurava um mundo por vir.

— Olhe só para ela — disse ele. — Não está uma graça? Você já viu boneca igual? Ei, boneca, venha até aqui!

— Estou *ocupada*, não está vendo? — retrucou Sofia, andando de um lado para o outro. — Preparando *le fromage*.

— Ei! — chamou ele, com um assobio de romper os tímpanos. — Venha cá! — Piscou o olho para mim. — Não consigo ficar longe dela.

Sofia obedeceu e sentou-se no colo dele.

— Me dê um beijo — intimou Nathan.

— Só um — replicou ela, beijando-o de leve no canto da boca: — Pronto! Um beijo é tudo o que você merece.

Enquanto ela se remexia no colo dele, Nathan mordiscava-lhe a orelha e apertava-lhe a cintura, fazendo com que o rosto dela se iluminasse, como se ele tivesse apertado um botão.

— Não posso tirar as mãos de você-ê-ê — cantarolou ele.

Como a maioria das pessoas, fico sem graça quando assisto a demonstrações públicas de afeto — ou de hostilidade — principalmente se sou o único espectador. Tomei um grande gole de cerveja e, ao desviar os olhos, eles pousaram na grande cama, com sua coberta cor de pêssego, onde meus novos amigos tinham transado a maior parte daquelas reviravoltas e que fora a monstruosa causadora de muito do meu recente desconforto. Talvez o meu novo ataque de tosse me tivesse traído, ou Sofia houvesse reparado no meu constrangimento. De qualquer maneira, ela pulou para fora do colo de Nathan, dizendo:

— Chega, Nathan Landau. Chega de beijos.

— Chega nada — queixou-se ele. — Só mais um beijinho. — Nem mais um — retrucou ela, com voz doce, mas firme. — Vamos tomar nossa cerveja com um pouco de *fromage* e depois pegar o metrô e almoçar em Coney Island.

— Você é mesmo sem-vergonha — disse ele, em tom brincalhão. — Uma provocadora, muito pior do que qualquer *venta* que já saiu do Brooklyn. — Voltou-se e encarou-me com fingida gravidade. — Que é que você acha disso, Stingo? Cá estou eu, beirando os trinta e perdidamente apaixonado por uma *shiksa* polonesa, que tranca o seu tesouro a sete chaves, igualzinho à pequena Shirley Mirmelstein, que namorei durante cinco longos anos. Que é que acha disso?

E piscou-me de novo o olho.

— Uma pena — improvisei, em tom risonho. — É uma forma de sadismo.

Embora não deixasse transparecer, eu ficara muito surpreso com aquela revelação: Sofia não era judia! Para mim, tanto se me dava que fosse ou não, mas estava espantado e havia algo de vagamente negativo e preocupado em minha reação. Assim como Gulliver no país dos Hounyhnhnms, eu me julgara uma figura de exceção naquele enorme bairro semita e fiquei desconcertado ao saber que a pensão de Yetta abrigava outro hóspede não-judeu. Então Sofia era uma *shiksa!* Cala-te, boca, pensei com meus botões.

Sofia colocou diante de nós um prato contendo quadrados de pão torrado, sobre os quais derretera pequenos pedaços ensolarados de queijo. Acompanhadas da cerveja, as torradinhas eram particularmente deliciosas. Comecei a apreciar a atmosfera calorosa, levemente alcoólica, da nossa pequena reunião, da mesma forma que um cão, ao sair da sombra fria e hostil para o calor do sol do meio-dia.

— Quando conheci essa aí — disse Nathan, quando ela se sentou no tapete, ao lado da poltrona dele, e se encostou na sua perna — ela parecia feita de trapos, ossos e um pouco de cabelo. E isso um ano e meio depois de os russos libertarem o campo de concentração onde ela estava. Quanto você pesava, meu bem?

— Trinta e oito quilos.

— Imagine só! — disse ele. — Parecia um fantasma.

— Quanto você pesa agora, Sofia? — perguntei.

— Cinquenta quilos.

— O que ainda é pouco para a altura e a ossatura dela — declarou Nathan. — Ela devia pesar cinquenta e três quilos, pelo menos, mas vai chegar lá, vai chegar lá. Vamos transformá-la numa bela garota americana, criada à base de leite. — Enquanto dizia isso, ele afagava afetuosamente as madeixas de cabelo louro que se enroscavam na orla da boina dela. — Puxa, rapaz, ela estava um *lixo*, quando a encontrei. Beba um pouco de cerveja, querida. Vai ajudá-la a engordar.

— Eu estava mesmo um lixo — concordou Sofia, num tom que afetava pouco caso. — Parecia uma bruxa velha, ou melhor, aquilo que espanta os passarinhos. Espantalho, não é mesmo? Quase não tinha cabelo, minhas pernas doíam. Tinha *le scorbut...*

— Escorbuto — explicou Nathan. — Ela quer dizer que tinha tido escorbuto, mas isso foi curado quando os russos invadiram o campo...

— *Le scorbut* me estragou os dentes! E também tive tifo, escarlatina e anemia. *Tudo* isso. Estava um autêntico *lixo*.

Recitara a ladainha de doenças sem autocomiseração, mas com uma seriedade algo infantil, como se enumerasse uma lista de nomes decorados.

— Aí, eu conheci Nathan e ele cuidou de mim.

— Teoricamente, ela foi salva quando o campo foi libertado — explicou ele. — Isto é, ela se livrou de morrer. Depois disso, porém, ficou muito tempo num campo para gente deslocada, onde havia dezenas de milhares de pessoas e era impossível cuidar de todos os estragos que os nazistas tinham causado em tanta gente. Por isso, no ano passado, quando chegou à América, Sofia ainda padecia de um forma grave, muito grave mesmo, de anemia. Percebi logo.

— Como? — perguntei, realmente interessado.

Nathan explicou em poucas palavras, de maneira simples e com uma modéstia e uma segurança que me encantaram. Não era médico, foi logo dizendo. Formara-se em Ciências por Harvard e tinha mestrado de Biologia Celular e do Desenvolvimento. Fora o bom resultado que conseguira nesse campo que fizera com que ele fosse contratado como pesquisador pela Pfizer, firma com sede no Brooklyn e um dos maiores laboratórios farmacêuticos do país. Nathan não se jactava de ter vastos conhecimentos de medicina e não participava do hábito leigo de aventurar diagnósticos. Sua experiência, porém, tornara-o mais esclarecido do que de hábito quanto às reações químicas e às perturbações do corpo humano e, assim que pusera os olhos em Sofia ("nesta queridinha", murmurou, com enorme doçura e ternura, retorcendo no dedo um cacho dos seus cabelos) deduzira, acuradamente, que a sua aparência triste era resultante de uma severa anemia.

— Levei-a a um médico, amigo do meu irmão, que ensina na Universidade de Colúmbia e é especialista em doenças de nutrição. — Uma nota de orgulho, ou melhor, de tranquila autoridade, penetrou a voz de Nathan. — Ele disse que eu acertara em cheio, que Sofia tinha uma séria deficiência de ferro. Submetemos esta queridinha a doses maciças de sulfato ferroso e ela começou a desabrochar como uma rosa. — Fez uma pausa e olhou para Sofia. — Uma rosa. Uma bela e lasciva rosa.

Passou de leve os dedos pelos lábios e depois colocou os dedos na testa dela, como se a ungisse com o seu beijo.

— Meu Deus, você é uma coisa — murmurou. — Você é *a maior*.

Sofia levantou os olhos para ele. Estava incrivelmente bela, mas algo cansada e abatida. Lembrei-me da noite anterior e da sua orgia de dor. Acariciou a superfície riscada de veias azuis do pulso dele.

— Obrigada, *Monsieur* Pesquisador Sênior da Companhia Charles Pfizer — disse ela.

Não sei por que, mas pensei: Meu Deus, Sofia querida, vamos ter que lhe arrumar um ensaiador de diálogos.

— E muito obrigada por ter feito eu desabrochar como uma rosa — acrescentou, passado um momento.

De repente, dei-me conta de que Sofia ecoava grande parte do que Nathan dizia. Na verdade, ele fazia as vezes de seu ensaiador, fato esse que ficou mais evidente quando o ouvi corrigi-la em detalhe, como se fosse um paciente e meticuloso professor das Escolas Berlitz:

— Não é "ter feito eu desabrochar" — explicou — e sim "ter-me feito desabrochar". Você tem tanto jeito, que já podia ser *perfeita*. Precisa aprender a usar bem os pronomes, o que em inglês é meio difícil porque não há regras fixas. O jeito é usar o instinto.

— O instinto? — repetiu ela.

— Você tem que usar o *ouvido*, de modo que acaba virando instinto. Deixe-me dar-lhe um exemplo. Você podia ter dito *"me ter* feito desabrochar como uma rosa", mas não "ter feito eu desabrochar". É algo que você aos poucos vai pegar. — Acariciou-lhe a orelha, acrescentando: — Com essa orelhinha linda que você tem.

— Que língua! — gemeu ela e apertou a testa como se em desespero.

— Palavras demais. Só para *vélocité*, existe "velocidade", "rapidez", "pressa". Tudo a mesma coisa! Um escândalo!

— "Celeridade" — acrescentei.

— Que tal "presteza"? — lembrou Nathan. — E "ligeireza", continuei.

— Parem com isso! — disse Sofia, rindo. — É demais! Palavras demais. Em francês é tão mais fácil, basta dizer *vitesse.*

— Que tal um pouco mais de cerveja? — perguntou-me Nathan. — Terminamos a garrafa e depois vamos até Coney Island, pegar uma praia.

Reparei que Nathan quase não bebia, mas era ultrageneroso com a Budweiser, tratando sempre de encher o meu copo. Quanto a mim, naquele pouco tempo começara a me sentir *alto*, de tal maneira, que me foi ficando difícil controlar a euforia, na verdade uma exaltação, comparável à do sol estival. Era como se estivesse boiando, como se braços fraternos me segurassem num abraço amoroso e compassivo. Parte do que operava em mim era, sem dúvida, apenas a grosseira muleta do álcool. O resto provinha de todos aqueles elementos mesclados que, naquela era, tão marcada pelo jargão da psicanálise, eu aprendera a reconhecer como a *gestalt:* a beleza daquele ensolarado dia de junho, a pompa da sessão de *jazz* flutuante do Sr. Händel e aquele quartinho festivo, cujas janelas abertas deixavam entrar o perfume de flores primaveris, que me penetrava com uma sensação de inefável promessa e certeza que não me lembro de ter sentido senão uma ou duas vezes, depois dos vinte e dois anos — ou, digamos, vinte e cinco — quando a carreira ambiciosa que planejara para mim parecia frequentemente ser consequência de uma lamentável loucura.

Acima de tudo, porém, a alegria que eu sentia fluía de uma fonte que eu não conhecera desde minha chegada a Nova York, meses antes, e julgara ter perdido para sempre — da camaradagem, da familiaridade, dos bons momentos passados entre amigos. O ar distante com que me tinha escudado parecia dissipar-se inteiramente. Que maravilha, pensei, ter encontrado Sofia e Nathan — aqueles novos companheiros, tão calorosos, brilhantes e cheios de vida — e a vontade que eu tinha de abraçá-los, de estreitá-los contra mim, era (pelo menos, de momento, e apesar da desesperada atração que sentia por Sofia) cheia de um sentimento fraterno, praticamente limpo de interesses carnais. Velho Stingo, murmurei, sorrindo bobamente para Sofia, mas brindando a mim mesmo com a espumante cerveja, você está de volta ao mundo dos vivos.

— *Salut*, Stingo! — disse Sofia, inclinando, por sua vez, o copo de cerveja que Nathan lhe pusera na mão.

E o sorriso grave e delicioso que ela me concedeu, os dentes brilhando e o rosto sem pintura e feliz, ainda marcado pelas sombras da privação, tocou-me tão fundo, que emiti um involuntário som de satisfação e me senti perto da salvação total.

No entanto, apesar da euforia, eu sentia que havia algo errado. A terrível cena entre Sofia e Nathan, na noite anterior, devia me ter feito ver que aquela reuniãozinha tão simpática, com suas risadas, seu à-vontade e sua suave intimidade, pouco tinha a ver com o *status quo* que existia entre eles. Mas sou dessas pessoas que facilmente se deixam levar pelas aparências e apressei-me a crer que a horrível cena que testemunhara era uma lamentável, mas rara, aberração e que o verdadeiro estado normal daqueles dois era um clima de corações e flores. Suponho que, no fundo, eu estivesse faminto de amizade, tão interessado em Sofia e de tal maneira fascinado e atraído por aquele dinâmico, vagamente estranho e avassalador jovem, seu *inamorato* — que não ousava contemplar o relacionamento entre eles senão à mais cor-de-rosa das luzes. Mesmo assim, conforme disse, não podia deixar de me sentir um pouco deslocado. Por baixo da alegria, da ternura, da solicitude, eu farejava uma inquietante tensão naquele quarto. Não digo que, nesse momento, a tensão envolvesse diretamente os dois amantes, mas havia tensão, uma tensão enervante, que parecia emanar principalmente de Nathan. Ele ficara como que perturbado, inquieto. Levantou-se e começou a mexer nos discos. Substituiu de novo o Händel por Vivaldi, bebeu de um gole um copo cheio de água, sentou-se e começou a tamborilar com os dedos sobre as calças, acompanhando o ritmo.

De repente, voltou-se para mim, fitou-me com olhos sombrios e disse:

— Você não passa de um otário, né? — Após uma pausa e com o mesmo sotaque pseudo-sulista que tanto me irritara, acrescentou: — Não sei se sabe, mas vocês, do Sul, me interessam. Todos vocês. — E, sublinharia o *todos:* — Vocês *todos* me interessam muito, muito mesmo!

Comecei a sentir, ou experimentar, uma reação lenta. Aquele Nathan era incrível! Como era possível parecer tão amigo e, de repente, mostrar-se tão insensível — tão *desqualificado?* Minha euforia evaporou-se qual milhares de diminutas bolhas de sabão — de repente. O cretino!, pensei. Conseguira me passar a perna! De que outra maneira explicar aquela mudança de atitude, a menos que para me pôr contra a parede? Não havia outra explicação para aquelas palavras, após eu ter tão enfaticamente especificado, como condição para a nossa amizade — se é que se lhe podia chamar assim — que ele pusesse de lado a caçoada sobre o Sul. Uma vez mais, a indignação cresceu, como um osso atravessado na garganta, embora eu fizesse uma última tentativa de ter paciência. Imitando, também, o sotaque sulista, declarei:

— Pois fique sabendo, Nathan, patrão velho, que vocês, do Brooklyn, também interessam muito à gente.

Isso teve um efeito distintamente adverso sobre Nathan. Não, apenas não achou graça, como os seus olhos brilharam de ódio e ele encarou-me com implacável desconfiança. Por um momento, eu poderia jurar que via, naquelas pupilas brilhantes, o caipira, o estranho que ele achava que eu era.

— Ora, deixe pra lá! — falei, fazendo menção de me levantar. — Vou-me embora...

Mas, antes que eu pudesse pousar o copo e me levantar, ele me agarrou pelo pulso, não de maneira bruta ou dolorosa, mas impedindo-me de sair de onde estava. Havia algo de desesperado naquele gesto, algo que me arrepiou.

— Não acho graça nenhuma — disse ele. Sua voz, embora contida, pareceu-me carregada de emoção. As palavras seguintes, ditas com uma lentidão deliberada e quase cômica, soaram como um encantamento: — Bobby... Weed... *Bobby Weed!* Você acha que Bobby Weed não é digno de mais nada além da sua tentativa... de... fazer humor?

— Não fui *eu* quem começou a falar com esse sotaque de apanhador de algodão — retruquei.

E pensei: *Bobby Weed!* Agora ele vai começar a falar de Bobby Weed. Vou é dar o fora daqui.

Nesse momento, Sofia, como se sentisse aquela terrível mudança na atitude de Nathan, correu para o seu lado e agarrou-lhe o ombro com mão que procurava, nervosamente, acalmá-lo.

— Nathan — disse ela — vamos parar com isso de Bobby Weed. Por favor, Nathan! Isso só vai estragar tudo. — Lançou-me um olhar preocupado. — Durante toda a semana ele não tem parado de falar em Bobby Weed. Não consigo fazer ele parar. — Voltando-se para Nathan, suplicou, de novo: — Por favor, querido, tudo estava tão bem!

Mas Nathan não se deu por vencido.

— Que é que você me diz de Bobby Weed? — perguntou-me.

— Que é que *eu* vou lhe dizer? — gemi, desvencilhando-me dele.

Começara a olhar para a porta e para os móveis, estudando a melhor maneira de sair dali correndo.

— Obrigado pela cerveja — murmurei.

— *Eu* vou lhe falar a respeito de Bobby Weed — teimou Nathan.

Não estava a fim de me deixar ir embora e despejou mais cerveja espumejante no copo que enfiou na minha mão. Sua expressão continuava calma, mas ele demonstrava o seu tumulto interior sacudindo um dedo cabeludo e didático no meu rosto.

— Vou-lhe dizer o que penso a respeito de Bobby Weed, Stingo amigo. É o seguinte: Vocês, sulistas brancos, têm muito que responder por uma tal bestialidade. Acha que não? Então, preste atenção. Digo isso com a autoridade de quem pertence a um povo que morreu nos campos de concentração. Afirmo isso como um homem profundamente apaixonado por uma sobrevivente desses mesmos campos.

Esticou o braço e rodeou o pulso de Sofia com a mão, ao mesmo tempo que, com o indicador da outra mão, continuava a desenhar arabescos no ar, acima do meu maxilar.

— Mas, acima de tudo, digo isso como Nathan Landau, cidadão comum, biólogo e pesquisador, ser humano, testemunha da desumanidade dos homens para com os semelhantes. Digo que o destino de Bobby Weed, nas mãos dos sulistas brancos americanos, é tão incrivelmente bárbaro quanto qualquer ato cometido pelos nazistas sob a égide de Adolf Hitler! Você não concorda comigo?

Mordi o canto da boca, procurando não perder a cabeça.

— O que aconteceu com Bobby Weed, Nathan — retruquei — foi horrível. Incrível. Mas não vejo sentido em procurar pagar um mal com outro ou em atribuir uma estúpida escala de valores. São *ambos* horríveis! Importa-se de tirar o dedo do meu rosto? — Sentia a testa úmida e febril. — E acho muito questionável essa grande rede que você está procurando lançar para pegar o que chama de *vocês, sulistas brancos*. Diabo, eu não vou morder essa isca! Sou sulista e *orgulho-me* disso, mas não sou um desses selvagens — um desses *trogloditas*, que fizeram o que fizeram com Bobby Weed! Nasci no litoral da Virgínia e, se me permite a expressão, considero-me um cavalheiro! Permita também que lhe diga que essa visão simplista da sua parte, essa *ignorância*, vinda de uma pessoa tão inteligente quanto você, me dá *náuseas!*

Ouvi minha voz elevar-se, trêmula, descontrolada, e temi outro ataque de tosse, ao ver Nathan erguer-se calmamente, até nos defrontarmos. Apesar da natureza ameaçadora do seu olhar e do fato de ele me ultrapassar em arcabouço e estatura, tive ímpetos de dar-lhe um bom murro nos queixos.

— Nathan, deixe-me dizer-lhe uma coisa! Você está se comportando como um liberal barato e hipócrita, desses que infestam Nova York! Por que se acha no direito de julgar milhões de pessoas, a maioria das quais preferiria morrer a fazer mal a um negro?

—Ah! — replicou ele. — Vê-se até na sua maneira de falar. *Negro!* Que expressão tão ofensiva!

— É como nós dizemos, no Sul. Sem a menor *intenção* de ofender. Seja como for — continuei, impaciente — por que se julga no direito de bancar o juiz? *Eu* acho isso ofensivo.

— Como judeu, considero-me autoridade sem sofrimento. — Fez uma pausa e, vendo-o olhar para mim, percebi, pela primeira vez, desprezo e uma crescente repugnância no seu olhar. — Quanto à alusão aos "liberais baratos e hipócritas" que infestam Nova York, considero-a uma réplica ridícula e destituída de força a uma acusação honesta. Será que você não é capaz de compreender a verdade pura e simples? De discernir a verdade nas suas terríveis linhas-mestras? Ou seja, que a sua recusa em admitir responsabilidade na morte de Bobby Weed é igual à dos alemães que renegavam o Partido Nazista, enquanto assistiam, sem protestar, à destruição das sinagogas e à *Kristallnacht?* Será que você não consegue enxergar a verdade a seu respeito? A respeito do Sul? Porque não foram os cidadãos de Nova York que deram cabo de Bobby Weed.

A maior parte do que ele dizia — principalmente quanto à *minha* "responsabilidade" — era distorcida, irracional e completamente falsa. No entanto, para minha tristeza, não fui capaz de responder. Sentia-me momentaneamente desmoralizado. Do fundo da minha garganta saiu um estranho som e dirigi-me, desajeitado e com os joelhos bambos, para a janela. Fraco, impotente, embora fervendo por dentro, procurei furiosamente palavras que não consegui encontrar. Bebi, de um só trago, quase todo o copo de cerveja, contemplando, através de olhos vermelhos de frustração, os gramados ensolarados de Flatbush, os plátanos e as bétulas farfalhantes, ruas decorosas, cheias do vaivém das manhãs domingueiras: jogadores de beisebol, de camiseta, bicicletas, gente passeando ao sol, nas calçadas. O cheiro de grama acabada de aparar era pungente, doce, quente, trazendo-me à lembrança distâncias e perspectivas campestres — campos e estradas talvez não muito diferentes dos trilhados pelo jovem Bobby Weed, que Nathan implantara como uma lesão no meu cérebro. E, ao pensar em Bobby Weed, fui dominado por um desespero amargo e castrador. Como ousara aquele infernal Nathan conjurar o fantasma de Bobby Weed num dia tão maravilhoso?

A voz de Nathan falava atrás de mim, agora mais alta, dominadora, semelhante à de um jovem organizador comunista, atarracado e histérico, com uma boca semelhante a um bolso roto, que eu certa vez ouvira gritando para o espaço vazio, sobre a Union Square.

— O Sul acaba de abdicar a todo e qualquer direito de conexão com a raça humana — acusou Nathan. — Todos os sulistas brancos são responsáveis pela tragédia de Bobby Weed. Nenhum sulista pode escapar a essa responsabilidade!

Estremeci violentamente, minha mão tremeu e olhei para a cerveja, sacudindo no copo. Mil novecentos e quarenta e sete. Um, nove, quatro, sete. Naquele verão, quase vinte anos antes da cidade de Newark ter ardido e o sangue negro correr, vermelho vivo, nas sarjetas de Detroit, era possível — quando se era nascido no Sul, sensível, esclarecido e conhecedor da nossa terrível e sangrenta história — padecer sob tais acusações, mesmo sabendo-se que elas deviam muito a um renascente complexo abolicionista, que a si próprio atribuía uma superioridade moral beirando o ridículo. De uma forma menos violenta, através de indiretas e fofocas de salão, os sulistas que haviam demandado o Norte iriam também sofrer tais acusações e ataques, numa época de grande desconforto, que terminou oficialmente numa manhã de agosto de 1963, quando, numa rua de Edgartown, Massachusetts, a jovem, loura e apetitosa esposa de um comodoro de iate-clube e conhecido banqueiro, foi vista brandindo um exemplar do livro de James Baldwin, *The Fire Next Time*, ao mesmo tempo em que dizia a uma amiga, num tom de profunda apreensão: "Minha querida, isto vai acontecer com *todos* nós!"

Esse comentário não me teria parecido tão onisciente naquele ano de 1947. Por essa época, o vespeiro negro, embora já começando a dar sinais de vida, ainda não era considerado um problema do Norte. Talvez por esse mesmo motivo — embora pudesse ter-me sentido irritado com as intolerantes alusões ianques de que muitas vezes fora alvo (até o bom do Farrell me dirigira algumas observações cáusticas) — eu sentia, no fundo do coração, vergonha do parentesco que era forçado a admitir com os sub-humanos e sólidos anglo-saxões que haviam torturado Bobby Weed. Aqueles matutos da Geórgia — habitantes do mesmo litoral e das mesmas florestas, próximas de Brunswick, onde o meu salvador Artiste labutara, sofrera e morrera — tinham feito do jovem Bobby Weed, com apenas dezesseis anos, uma das últimas e, sem dúvida, uma das mais memoráveis vítimas de linchamento que o Sul iria testemunhar. O crime a ele atribuído, muito semelhante ao imputado a Artiste, fora clássico a ponto de adquirir os contornos de um grotesco clichê: ele olhara, ou molestara, ou provocara de qualquer outra maneira (o crime em si nunca se esclareceu, embora praticamente o acusassem de estupro) a apatetada filha, chamada Lula — outro clichê, mas esse verdadeiro: o rosto queixoso de Lula enchera as páginas de seis jornais importantes — de um dono de venda, que imediatamente instigara a população local à ação, através do indignado apelo de um pai.

Eu tinha lido sobre a vingança medieval dos camponeses apenas uma semana antes, de pé numa banca da Lexington Avenue, comprimido entre uma mulher enormemente gorda, carregando uma sacola de compras, e um franzino porto-riquenho chupador de picolé, cuja brilhantina, tresandando a jasmim, me entrava, adocicadamente, pelo nariz, enquanto ele deitava o olho para o meu *Mirror*, e partilhava comigo das terríveis fotos — Ainda vivo, Bobby Weed tivera os órgãos genitais arrancados e enfiados na boca (essa foto não aparecia) e, já moribundo, embora se afirmasse que ainda consciente, recebera no peito uma marca a ferro em brasa, com um "L" — representando o quê? "Lynch"? "Lula"? "Lei e Ordem"? Lembrei-me de ter cambaleado para fora do metrô e saído para a clara luz estival da Rua Oitenta e Seis, em meio ao cheiro de *wienerwurst*, Orange Julius e metal queimado, dirigindo-me às cegas para o cinema onde estava passando o filme de Rossellini que me fizera viajar até ali. Acabei não indo ao cinema. Em vez disso, quando dei comigo, estava em Gracie Square, no passeio junto ao rio, olhando, como que hipnotizado, para a hediondez municipal das ilhas, incapaz de apagar da mente a mutilada imagem de Bobby Weed, ao mesmo tempo em que murmurava — ininterruptamente, ao que parecia — versículos da Revelação, que eu decorara quando garoto: *E Deus enxugará todas as lágrimas dos olhos deles. E não existirá mais a morte, a tristeza ou o choro, nem haverá mais dor...* Talvez tivesse sido uma super-reação, mas — meu Deus, apesar disso, *eu* não pudera chorar.

A voz de Nathan, continuando a provocar-me, entrou-me de novo pelos ouvidos:

— Nos *campos de concentração*, as feras que os dirigiam não teriam descido a *tal* bestialidade!

Não, mesmo? Isso pouco importava e eu estava cansado da discussão, cansado do fanatismo que não sabia como refutar ou de como fugir, cansado da visão de Bobby Weed e — apesar de não me sentir absolutamente cúmplice na abominação cometida na Geórgia — de repente farto de um passado, de um lugar e de uma herança em que não podia acreditar nem aprofundar. Senti ímpetos — arriscando um nariz quebrado — de jogar o resto da minha cerveja no rosto de Nathan. Controlando-me, endireitei os ombros e disse, em tom de desprezo:

— Como membro de uma raça que, durante séculos, foi injustamente perseguida por ter supostamente crucificado Cristo, *você* devia saber que é imperdoável acusar um *povo* de algo!

De repente, fiquei com tanta raiva, que disse algo que, para os judeus, naquele ano tormentoso, a poucos meses dos crematórios, era ofensivo a ponto de me fazer lamentar as palavras, tão logo elas haviam escapado dos meus lábios. Mas não pedi desculpas.

— E isso se aplica a *qualquer* povo — concluí. — Até aos alemães!

Nathan estremeceu, depois ficou ainda mais vermelho e pensei que era chegada a hora do pugilato. Nesse momento, porém, Sofia salvou miraculosamente a situação, intrometendo-se entre nós dois, com sua roupa fora de moda.

— Parem *já* com isso! — exigiu ela. — Chega! É sério demais para se falar aos domingos. — Disse isso em tom de brincadeira, mas via-se que não estava brincando. — Esqueçam Bobby Weed. Precisamos falar de coisas *agradáveis*. Precisamos ir até Coney Island, nadar, comer e nos divertir!

Voltou-se para o furioso *golem* e fiquei surpreso e consideravelmente aliviado ao ver quão prontamente ela punha de lado o seu papel submisso e manipulava Nathan com charme, beleza e personalidade.

— Que é que você sabe a respeito de campos de concentração, Nathan Landau? Nada em absoluto. Pare de falar desses lugares. E pare de gritar para cima do Stingo. Pare de gritar por causa de Bobby Weed. Chega! Stingo não teve nada que ver com Bobby Weed. Stingo é um *amor*. E *você* também é um amor, Nathan Landau. *Vraiment, je t'adore.*

Durante aquele verão, por várias vezes reparei que, sob certas circunstâncias, relacionadas com as misteriosas vicissitudes da mente e do estado de espírito dele, Sofia tinha o poder de operar instantâneas transformações em Nathan — o ogro transformava-se, de repente, em Príncipe Encantado. As mulheres europeias muitas vezes mandam nos seus homens, mas com uma sutileza fascinante, que a maioria das mulheres americanas desconhece. Beijou-o de leve na face e, segurando-lhe as mãos estendidas com a ponta dos dedos, olhou para aquele rosto onde a paixão colérica, purpúrea, começava a se desvanecer.

— *Vraiment, je t'adore, chéri* — disse ela suavemente e, depois, puxando-lhe pelos pulsos, entoou, com voz alegre: — Para a praia! Vamos fazer *castelos de areia!*

E a tempestade passou, as nuvens pretas dissiparam-se e um ensolarado bom-humor inundou o quarto cheio de cores, onde as cortinas farfalhavam, sopradas por uma brisa que de repente se levantara do parque. Ao nos dirigirmos para a porta, os três, Nathan — mais parecendo um jogador bem-sucedido, no seu terno tirado de uma velha *Vanity Fair* — passou o braço pelo meu ombro e pediu-me perdão de maneira tão sincera e honrada, que não pude deixar de perdoar-lhe os insultos, as alusões intolerantes e tudo o mais.

— Meu velho, eu sou um burro, um grandessíssimo *burro!* — berrou ele no meu ouvido. — Não quero ser um *shmuck,* apenas tenho o mau hábito de dizer coisas às pessoas, sem qualquer consideração pelos seus sentimentos. Sei que nem *tudo* é mau, lá no Sul. Escute, vou-lhe prometer uma coisa. Prometo nunca mais provocá-lo a respeito do Sul! *Ok?* Sofia, você é testemunha.

Apertando-me o braço, afagando-me o cabelo com dedos que me massageavam o couro cabeludo como se estivessem amassando pão e, à maneira de um enorme e afetuoso *schnauzer,* enfiando a nobre cimitarra do seu nariz nos recessos coralinos da minha orelha, mergulhou no que dali por diante eu identificaria como sua faceta cômica.

Dirigimo-nos, na mais alegre das disposições, para a estação do metrô — Sofia caminhando entre os dois, de braço com ambos — e ele voltou ao sotaque sulista que imitava com tanta precisão. Dessa vez, porém, não havia nenhum sarcasmo, nenhuma intenção de me provocar, e a sua entonação, capaz de enganar um nativo de Memphis ou Mobile, quase me fez chorar de tanto rir. Mas ele não tinha apenas o dom da mímica. O que emanava dele era, principalmente, produto de uma grande capacidade de invenção. Com a dicção grosseira, quase incompreensível, que eu tantas vezes ouvira sair das amígdalas de toda a espécie de rústicos meus conterrâneos, deu início a uma improvisação tão engraçada, perfeita e obscena que, na minha hilaridade, esqueci-me de que ela envolvia as mesmas pessoas que, momentos antes, malhara com tanta raiva e falta de compaixão. Tenho a certeza de que Sofia não entendeu muitas das nuanças mas, contagiada, juntou-se a mim para encher a Flatbush Avenue de risadas barulhentas. Tudo aquilo, compreendi, era abençoadamente purgativo das terríveis emoções que se haviam acumulado, qual tempestade ameaçadora, no quarto de Sofia.

Ao longo de um quarteirão e meio de uma das ruas mais domingueiras da cidade, Nathan criou todo um cenário sulista e montanhês, no qual Papai Buscapé, numa permissiva Brejo Seco, foi transformado num velho fazendeiro incestuoso, dado a *transas* com uma filha, que ele — sempre inclinado para a Medicina — batizara de Olhos Rosados.

— Cê já foi chupada por um lábio leporino? — perguntou Nathan, alto demais, espantando um par de matronas que olhavam vitrines e nos lançaram olhares agoniados. — De novo, minha nossa! — prosseguiu ele, imitando queixume de mulher, numa voz que era um fac-símile do tom de uma, pobre de Cristo, inferiorizada pelo casamento, pela tradição e pelos genes.

Tão impossível de reproduzir quanto a qualidade exata de uma passagem musical, a impagável performance de Nathan — e a sua força, que não posso senão sugerir — tinha origem num desespero transcendental, embora eu estivesse apenas começando a me aperceber disso. O que eu podia perceber, enquanto ria sem parar, era que se tratava de uma espécie de gênio — algo que só voltaria a ver dali a vinte anos, no incandescente desempenho de Lenny Bruce.

Como passava bastante do meio-dia, eu, Nathan e Sofia resolvemos deixar para a tarde o restaurante especializado em peixe. Para encher o estômago, compramos belas salsichas *kosher* com *sauerkraut* e Coca-Colas, antes de entrar no metrô, onde conseguimos encontrar assento — apesar da multidão de nova-iorquinos em busca de uma praia, carregados de apetrechos e crianças — onde mastigar o nosso modesto, mas saboroso lanche. Sofia pôs-se a comer o seu cachorro-quente com a maior concentração, enquanto Nathan se descontraía e começava a conversar comigo por sobre o barulho do trem. Estava agora muito simpático, interessado sem ser abelhudo, e respondi de boa vontade às perguntas dele. Por que razão eu decidira mudar para Brooklyn? Que é que eu fazia na vida? De que é que eu vivia? Parecia impressionado de saber que eu era escritor. Quanto aos meus meios de vida, quase adotei o sotaque das plantações do Sul e respondi algo assim como: "Bem, você sabe, eu tive um negro escravo, que foi vendido..." Mas achei que isso poderia levar Nathan a pensar que eu estava gozando com ele e a cair de novo no seu monólogo, que já estava ficando cansativo, de modo que me limitei a sorrir e a responder, enigmaticamente:

— Tenho uma renda que me permite viver.

— Você é mesmo escritor? — disse ele de novo, com evidente entusiasmo.

Abanando a cabeça, como que maravilhado, inclinou-se sobre o regaço de Sofia e agarrou-me o braço pelo cotovelo. Não achei estranho nem exagerado, quando seus olhos negros e intensos penetraram nos meus e ele gritou:

— Sabe? Acho que vamos ser grandes amigos!

— Vamos *todos* ser grandes amigos! — ecoou Sofia, de repente.

Uma encantadora fosforescência envolvia-lhe o rosto, à medida que o trem saía para a luz do sol, emergindo do claustrofóbico túnel, rumo aos confins marítimos do sul do Brooklyn. A face dela estava muito próxima da minha, corada de satisfação e quando, uma vez mais, nos deu o braço, a mim e a Nathan, senti-me o suficientemente íntimo para remover, delicadamente, com o polegar e o indicador, um pedacinho de *sauerkraut* que ficara agarrado no canto do seu lábio.

— Oh, nós vamos ser *ótimos* amigos! — trinou ela por sobre o ruído do metrô e apertou-me o braço, num gesto que sem dúvida nada tinha de flerte, mas continha algo mais. Bem, digamos que fosse o gesto de alguém que, segura do seu amor por outro, desejasse admitir um novo amigo aos privilégios do seu afeto e da sua confiança.

Aquilo era uma situação diabólica, imaginei, pensando na injustiça dos fatos, que faziam com que Nathan tivesse a custódia de uma prenda tão cobiçada. Mas era melhor saborear aquela migalha do que não ter nada. Correspondi ao gesto de Sofia com a desajeitada pressão do amor não satisfeito e percebi, ao fazer isso, que estava excitado a ponto de os testículos me doerem. Nathan tinha falado em me arrumar uma garota em Coney Island, uma "gata" que ele conhecia, chamada Leslie. Já era um consolo, pensei, decorosamente escondendo, com a mão languidamente colocada, a elevação coberta de gabardine entre as minhas pernas. Apesar de toda essa frustração, que me fazia sentir como um eterno número dois, procurei convencer-me, com relativo sucesso, de que era feliz. Não havia dúvida de que me sentia mais feliz do que em muito e muito tempo. Isso me permitia ter paciência de esperar para ver o que poderia acontecer, o que domingos como aquele — enfiados entre os promissores dias do verão que então se iniciava — me trariam. Fiquei excitado pela proximidade de Sofia, pelo seu braço nu e úmido contra o meu e pelo perfume que ela usava — um perfume perturbador, telúrico, recendendo vagamente a rosmaninho, ou a alguma obscura erva polonesa. Flutuando numa grande onda de desejo, caí num devaneio que me trouxe de volta impressões voláteis, mas marcantes de tudo o que eu ouvira no dia anterior. Sofia e Nathan sobre a colcha cor de abricó — não conseguia expulsar aquela imagem de minha mente. E as palavras, aquelas palavras carregadas de paixão, descendo até mim!

Depois, o clarão erótico que banhava meu devaneio apagou-se e outras palavras ecoaram nos meus ouvidos, fazendo-me estremecer. Porque, em meio ao pandemônio de exigências frenéticas, entre os gritos, os murmúrios abafados e as exortações lascivas, teria eu *realmente* ouvido Nathan dizer as palavras que agora recordava com um arrepio? Não, tinha sido mais tarde, durante um momento do que agora parecia ser um eterno conflito, que a voz dele atravessara o teto, ressonante, com a cadência de botas marchando, e bradara, num tom que poderia ser considerado como uma paródia de angústia existencial, se não contivesse uma nota de mais profundo e sentido terror:

— Será... que... você... não... entende... Sofia... que... nós... estamos... morrendo? *Morrendo!*

Estremeci violentamente, como se alguém tivesse aberto, em meio ao inverno, o portão de acesso às gélidas regiões do Ártico. Não se podia chamar-lhe um pressentimento — aquela sensação que tomou conta de mim, fazendo com que o dia escurecesse rapidamente, junto com a minha alegria — mas de repente senti uma vontade louca de fugir, de sair daquele trem. Se, na minha angústia, eu tivesse feito isso, saltando na próxima estação e voltando à pensão de Yetta Zimmerman para fazer as malas e fugir, esta história seria diferente, ou melhor, eu não teria história para contar. Mas deixei-me levar até Coney Island, ajudando assim a realizar a profecia de Sofia, segundo a qual nós três seríamos "ótimos amigos".

Capítulo Quatro

— Em Cracóvia, quando eu era pequena — contou-me Sofia — morávamos numa casa muito velha, numa rua antiga e tortuosa, não longe da Universidade. A casa era velha mesmo. Acho que parte dela tinha sido construída havia séculos. Estranho, essa casa e a casa de Yetta Zimmerman são as únicas casas em que eu já morei — casas de *verdade*, claro — em toda a minha vida. Nasci lá, passei toda a minha infância lá e, depois que casei, continuei morando lá, antes de os alemães chegarem e eu ter que morar durante algum tempo em Varsóvia. Adorava aquela casa, era sossegada e cheia de sombras no quarto andar, quando eu era muito pequena e tinha um quarto só para mim. Do outro lado da rua havia outra casa velha, com essas chaminés tortas, e as cegonhas tinham construído seus ninhos no alto delas. É cegonhas que se diz? Engraçado, eu costumava confundir essa palavra, *"stork"*, com *"stilt"*, pernas-de-pau, em inglês. Lembro-me das cegonhas em cima da chaminé, do outro lado da rua. Iguaizinhas às cegonhas do meu livro de contos dos Irmãos Grimm, que eu tinha lido em alemão. Lembro-me tão bem daqueles livros, da cor da capa e das gravuras de animais, aves e pessoas! Aprendi a ler em alemão antes de saber ler em polonês e, sabe, falei alemão antes de polonês, de modo que, quando entrei no colégio de freiras, as colegas caçoavam de mim por causa do sotaque alemão.

"Cracóvia é uma cidade muito antiga e a nossa casa ficava perto da praça principal, em cujo centro tem um belo edifício feito na Idade Média — o *Sukiennice*, como a gente diz em polonês, que, se não me engano, traduzido para o inglês quer dizer o palácio das fazendas, onde eles tinham o mercado de fazendas e panos. Tem também um campanário na Igreja de Sta. Maria, muito alto, só que em vez de sinos tem homens de carne e osso, que saem para uma espécie de balaustrada e tocam trombetas para anunciar a hora. De noite, é um som lindo, triste e distante, como os trompetes numa das suítes para orquestra de Bach, que sempre me fazem pensar em tempos antigos e em como isso de tempo é misterioso. Quando eu era menina, ficava deitada no escuro do meu quarto escutando som dos cascos dos cavalos na rua — não havia muitos carros na Polônia, nessa época — e, quando estava quase adormecendo, ouvia os homens tocarem as trombetas no campanário, um som triste e distante, e ficava pensando no tempo — no mistério do tempo. Ou então pensava em relógios. No *hall* de entrada havia um relógio muito velho, que tinha pertencido aos meus avós e, uma vez abri a parte de trás e olhei para dentro quando ele estava funcionando, vi uma porção de alavancas, rodas e joias — acho que eram principalmente rubis — brilhando com o reflexo do sol. À noite, deitada na cama, eu ficava pensando em mim *dentro* do relógio — imagine que pensamento mais louco, para uma criança! — flutuando em cima de uma mola e vendo as alavancas mexer e as várias rodas girar e os rubis, vermelhos, brilhantes e do tamanho da minha cabeça. Acabava adormecendo e sonhando com esse relógio.

"Oh, tenho tantas recordações de Cracóvia, tantas, que não sei por onde começar! Foram tempos maravilhosos, os anos entre as duas guerras, até mesmo na Polônia, que é um país pobre e sofre... como é que se diz mesmo? — de complexo de inferioridade? Nathan acha que eu exagero falando desses bons tempos — ele gosta de fazer piadas com a Polônia — mas eu lhe conto da minha família e de como nós vivíamos de uma maneira civilizada e maravilhosa, a *melhor* vida que se pode imaginar. "Que é que vocês, faziam aos domingos, para se divertir?", ele me pergunta. "Jogavam batatas podres nos judeus?" Ele só pensa na Polônia antissemita e fica fazendo essas piadas, que eu acho horríveis. Porque é verdade, é famoso a Polônia ter um forte antissemitismo e isso me *fazer* ficar muito envergonhada, como você, Stingo, quando você teve aquela *misère* por causa da gente de cor lá no Sul. Mas eu disse a Nathan que sim, que é verdade, essa fama ruim da Polônia, mas que ele *precisar* entender, *vraiment*, ele precisa compreender que nem todo o povo polonês era assim, tem gente boa e decente, como a minha família, que... Oh, é horrível falar disso. Me faz pensar com tristeza que Nathan, ele é... obcecado, por isso eu acho que vou mudar de assunto...

"Sim, a minha família. Minha mãe e meu pai, os dois eram professores da Universidade, por isso quase todas as minhas recordações têm ligação com a Universidade, uma das mais antigas da Europa, fundada no século XIV. Eu não conhecia nenhum outro tipo de vida, exceto a de filha de professores, e talvez por isso as minhas recordações desses tempos são tão civilizadas. Stingo, um dia você tem que ir à Polônia e ver e escrever sobre ela. É tão bonita! E tão triste! Imagine, os vinte anos que eu vivi lá foram os únicos vinte anos em que a Polônia foi livre. Depois de *séculos!* Acho que por isso eu costumava ouvir meu pai dizer tantas vezes: "Estes são belos tempos para a Polônia!" Porque tudo era livre pela primeira vez, nas universidades e nas escolas — você podia estudar qualquer coisa que você quisesse. E eu acho que essa é uma das razões pelas quais as pessoas podiam aproveitar tanto a vida, estudar e aprender e ouvir música e ir para o campo aos domingos, na primavera e no verão. Às vezes, eu penso que gosto de música quase tanto quanto da vida. Sempre íamos a concertos. Quando eu era menina nessa casa velha, ficava acordada de noite, na cama, escutando a minha mãe tocar piano na sala — Schumann ou Chopin, ou Beethoven, ou Scarlatti, ou Bach — ela era uma ótima pianista — eu ficava acordada, ouvindo a música encher toda a casa e me sentia tão segura e confortável! Pensava que ninguém tinha um pai e uma mãe mais maravilhosos ou uma vida melhor do que eu. E ficava pensando que, quando eu crescesse e não fosse mais criança, talvez eu casasse e fosse professora de música, como minha mãe. Seria uma vida maravilhosa, poder tocar bela música e ensinar e estar casada com um ótimo professor, como meu pai.

"Nenhum dos meus pais era de Cracóvia. Minha mãe era de Lodz e meu pai era de Lublin. Conheceram-se em Viena, quando estavam estudando. Meu pai estudava Direito na Academia Austríaca de Ciências e minha mãe estudava música. Os dois eram católicos muito religiosos, de modo que fui educada indo sempre à missa e num colégio de freiras, mas nunca fui fanática. Acreditava muito em Deus, mas minha mãe e meu pai não eram... não sei qual é a palavra exata para *dur* — *é*, acho que *é duros.* Nada disso. Eram liberais — quase até socialistas — e sempre votavam com o partido trabalhista ou os democratas. Meu pai odiava Pilsudski. Dizia que era pior para a Polônia do que Hitler e bebeu um bocado de *schnapps* para comemorar a noite em que Pilsudski morreu. Era um pacifista, meu pai e, embora dissesse que aqueles tempos eram de felicidade para a Polônia, eu sabia que, *au fond,* ele estava sombrio e preocupado. Uma vez, ouvi-o falando com minha mãe — deve ter sido mais ou menos em 1932 — e *dizer*, numa voz sombria: "Isto não pode continuar. O destino nunca permitiu à Polônia ser feliz por muito tempo". Falou isso em alemão, eu me lembro. Em casa, falávamos mais alemão do que polonês. Francês eu aprendi a falar, quase perfeitamente, no colégio, mas falava alemão mais melhor ainda do que francês. Era a influência de Viena, onde meu pai e minha mãe tinham passado tanto tempo, e depois meu pai era professor de Direito e o alemão era a língua dos intelectuais daquele tempo. Minha mãe era uma cozinheira maravilhosa, à maneira vienense. Também fazia bons pratos poloneses, mas a cozinha polonesa não é o que se chama uma *haute cuisine,* de modo que eu ainda me lembro dos pratos que ela fazia naquela cozinha grande que a gente tinha em Cracóvia — *Wiener Gulash Suppe und Schnitzel* e, oh! acima de tudo me lembro de uma sobremesa maravilhosa que ela fazia, chamada pudim *Metternich,* cheia de castanhas, manteiga e casca de laranja.

"Sei que pode parecer cansativo repetir isso, mas minha mãe e meu pai eram pessoas maravilhosas. Nathan agora está ótimo, calmo, num dos seus bons tempos — períodos, vocês dizem, não? Mas, quando ele está num dos maus períodos, como quando você o conheceu — quando ele está numa das suas *tempêtes,* começa a gritar comigo e sempre me chama de porca polonesa e antissemita. Oh, a língua dele e o que ele me chama, palavras que eu nunca ouvi antes, em inglês, em iídiche! Mas é sempre: "Sua polonesa porca, *nafka, kurveh,* você está me matando, está me matando como os imundos poloneses sempre mataram os judeus!" Tento falar com ele, mas ele não quer escutar, só fica *louco raiva* e eu sei que, em tempos desses, não adianta dizer para ele que havia poloneses bons, como meu pai. Papai nasceu em Lublin quando pertencia aos russos e havia muitos judeus lá que sofriam com aqueles terríveis *pogroms* que faziam contra eles. Uma vez, minha mãe me disse — porque meu pai nunca falava de coisas dessas — que, quando ele era jovem, ele e o irmão, que era padre, arriscaram a vida escondendo três famílias judias de um *pogrom* dos soldados cossacos. Mas eu sei que, se tentasse dizer isso a Nathan durante uma das suas *tempêtes*, ele gritaria ainda mais comigo e me chamaria de polonesa porca e mentirosa. Oh, eu tenho que ser tão *paciente* com Nathan — sei que ele está ficando muito doente, que ele não está bem — e ficar calada, pensando em outras coisas, esperando que a *tempête* acabe e ele fique de novo bom para mim, tão cheio de *tendresse* e tão amoroso.

"Deve ter sido mais ou menos há dez anos, um ano ou dois antes da guerra começar, que pela primeira vez ouvi meu pai falar em *Massenmord*. Foi logo depois de saírem histórias nos jornais sobre terrível destruição que os nazistas tinham feito na Alemanha, nas sinagogas e nas lojas dos judeus. Lembro-me que meu pai primeiro falou não sei o quê a respeito de Lublin e dos *pogroms* que ele tinha visto lá e depois disse: "Primeiro, de Leste, agora, de Oeste. Desta vez, vai ser *ein Massenmord*". Não entendi bem o que ele queria dizer então, acho que um pouco porque em Cracóvia havia um gueto, mas não tantos judeus quanto em outros lugares e, de qualquer maneira, eu não achava que eles eram diferentes ou que eram vítimas, ou que eram perseguidos. Acho que eu era ignorante, Stingo. Nessa altura eu estava casada com Casimir — casei muito, muito cedo e acho que ainda era uma menininha, pensando que aquela vida maravilhosa, tão confortável e segura, iria continuar eternamente. Mamãe e Papai, Casimir e Zozia — Zozia, você sabe, é o apelido de Sofia — todos vivendo felizes na casa grande, comendo *Wiener Gulash Suppe,* estudando e ouvindo Bach — oh, para sempre. Não entendo como eu podia ser tão estúpida. Casimir era um professor de matemática que eu conheci quando minha mãe e meu pai deram uma festa para alguns dos jovens professores da Universidade. Quando eu e Casimir casamos, tínhamos planos de ir para Viena, como minha mãe e meu pai tinham fazido (*sic*).

Ia ser muito parecido com a maneira de *eles* fazerem seus estudos. Casimir conseguiria o grau *supérieur* em Matemática na Academia Austríaca e eu estudaria música. Eu já tocava piano desde que tinha oito ou nove anos e ia estudar com a famosa professora, Frau Theimann, que tinha aprendido minha mãe e continuava aprendendo — acho que o certo é *ensinando* — mesmo já sendo muito velha. Mas nesse ano houve o *Anschluss* e os alemães entraram em Viena. Tudo ficou muito perigoso e meu pai disse que sem dúvida íamos ter guerra.

"Me lembro tão bem do último ano quando estávamos todos juntos em Cracóvia! Eu ainda não podia acreditar que aquela vida alguma vez pudesse mudar. Estava tão feliz com Casimir — Kazik — e amava-o tanto! Ele era tão generoso, meigo e inteligente — você está vendo, Stingo, que eu sou sempre atraída por homens inteligentes. Não posso dizer se amava Kazik mais do que Nathan — amo tanto Nathan, que o meu coração até dói — e acho que a gente não deve comparar um amor com outro. Bem, eu sei que amava profundamente Kazik e não podia suportar pensar que ia haver guerra e que Kazik podia virar soldado. Por isso a gente expulsou esses pensamentos e nesse ano fomos a concertos e lemos muitos livros e fomos ao teatro e dar grandes passeios pela cidade. Nesses passeios eu comecei a aprender a falar russo. Kazik era de origem de Brest-Litowsk, que durante muito tempo foi russa e falava russo tão bem como o polonês e me *aprendeu* muito bem. Não como meu pai, que também tinha vivido sob os russos, mas odiava-os tanto, que recusava falar essa língua a não ser que obrigado. De qualquer maneira, durante esse tempo eu me recusei a pensar nessa vida acabando. Bem, eu sabia que ia haver algumas mudanças, naturais, como sair da casa dos meus pais e ter a minha própria casa e a minha família. Mas isso eu pensava que ia acontecer depois da guerra, se ia haver guerra, porque sem dúvida a guerra ia durar muito pouco e os alemães iam ser derrotados e logo eu e Kazik iríamos para Viena, estudar como sempre tínhamos planejado."

"Eu era tão estúpida de pensar uma coisa dessas, Stingo. Era como o meu Tio Stanislaw, que era irmão de meu pai e coronel da cavalaria polonesa. Ele era o meu tio predileto, tão cheio de vida e de risos e com um sentimento maravilhoso e inocente sobre a grandeza da Polônia — *la gloire, tu comprends, la patrie* etc., como se a Polônia nunca tivesse estado sob os prussianos, os austríacos e os russos todos aqueles anos, mas tivesse *continuité*, como a França ou a Inglaterra, ou outros lugares. Ele nos visitava em Cracóvia com o seu uniforme, seu sabre e um bigode de hussardo e falava muito alto e ria muito e dizia que os alemães iam aprender uma lição se tentassem combater a Polônia. Acho que meu pai continuaria a ser gentil com o meu tio, mas Kazik tinha uma mentalidade muito lógica e direta e discutia com o Tio Stanislaw de maneira amistosa, perguntando como essa cavalaria teria efeito sobre os alemães, com suas tropas *Panzer* e seus tanques. E o meu tio dizia que o importante era o terreno e que a cavalaria polonesa sabia manobrar no terreno familiar e os alemães ficariam perdidos em terreno estranho, e que assim as tropas polonesas mandariam embora os alemães. E você sabe o que aconteceu quando houve essa confrontação — *une catastrophe totale*, em menos de três dias. Oh, tudo tão galante e idiota! Todos aqueles homens e seus cavalos! E tudo tão triste, Stingo, tão triste...”

“Quando os soldados alemães entraram em Cracóvia — isso foi em setembro de 1939 — nós todos ficamos chocados e com medo. Naturalmente, detestamos o que estava acontecendo, mas ficamos calmos e esperamos pelo melhor. Essa parte não foi tão má, Stingo, no princípio, porque tínhamos fé que os alemães nos tratariam decentemente. Não tinham bombardeado a cidade, como Varsóvia, de maneira que nos sentimos um pouco especiais e protegidos, poupados. Os soldados alemães tinham muito bom comportamento e eu me lembro do meu pai dizer que isso provava o que ele tanto tempo acreditara, que o soldado alemão seguia a tradição da antiga Prússia, que tinha um código de honra e decência, e por isso nunca faria mal aos civis, nem seriam cruéis com eles. Também fazia nos sentir calmos ouvir todos aqueles milhares de soldados falando alemão, que para a nossa família era quase a língua nacional. De maneira que tivemos pânico no começo, mas logo não pareceu assim tão mau. Meu pai sofria terrivelmente com as notícias do que acontecia em Varsóvia, mas dizia que tínhamos que continuar com as nossas vidas como antes. Dizia que não tinha ilusões sobre o que Hitler pensava dos intelectuais, mas que em outros lugares, como Viena e Praga, muitos professores das universidades tinham permissão para continuar o seu trabalho, e que achava que ele e Casimir também teriam. Mas após semanas e semanas passarem e nada acontecer, vimos que em Cracóvia tudo ia ser *ok*, isto é, tolerável."

"Uma manhã, nesse mês de novembro, fui à missa na Igreja de Sta. Maria, a igreja das trombetas. Em Cracóvia, eu ia à missa quase sempre e fui muitas vezes, depois que os alemães chegaram, rezar para a guerra acabar. Talvez pareça egoísta e horrível, Stingo, mas eu acho que eu queria que a guerra acabasse para poder ir para Viena com Kazik, estudar. Oh, naturalmente havia milhões de outras razões para rezar, mas as pessoas são egoístas, você sabe, e eu achava que tinha sorte de a minha família ter sido poupada, de maneira que só queria que a guerra terminasse para a vida poder ser como nos velhos tempos. Mas quando rezei na missa, essa manhã, tive uma... uma *prémonition* — sim, uma premonição e fiquei cheia de um sentimento de medo. Não sabia por que tinha medo, mas de repente a oração parou na minha boca e eu podia sentir o vento soprando na igreja à minha volta, muito úmido e frio. E aí me lembrei do que causou o medo, algo que tomou conta de mim como se fosse um relâmpago. Me lembrei de que, nessa mesma manhã, o novo Governador-Geral do distrito de Cracóvia, um nazista chamado Frank, tinha mandado *as* professora da Universidade se reunir no *cour de maison*, para lhes *aprender* o novo regulamento durante a ocupação. Nada de mais, uma simples reunião. Tinham que estar no pátio da Universidade de manhã. Meu pai e Kazik só tinham sabido no dia *antes* e tudo parecia perfeitamente razoável e ninguém se preocupou. Mas agora aquela premonição me dizia que uma coisa muito, muito errada estava acontecendo e saí da igreja correndo."

"Oh, Stingo, eu nunca mais vi meu pai e nem Kazik! Corri, não era longe, e quando cheguei na Universidade havia muita gente junto do portão principal, diante do pátio. A rua estava fechada ao trânsito e havia aqueles enormes caminhões alemães e centenas e centenas de soldados alemães com baionetas e metralhadoras. Havia uma *barrière* e aqueles soldados alemães não queriam me deixar passar e então eu vi uma senhora que eu conhecia bem, a senhora do Professor Wochna, que aprendia *la chimie*, você sabe, ensinava química. Ela estava histérica, chorando e caiu nos meus braços, dizendo: "Oh, eles foram todos, todos levados!" Não acreditei, não podia acreditar, mas outra mulher de professor também estava chorando e disse: "É verdade. Eles foram levados, levaram também meu marido, o Professor Smolem". E aí eu comecei a acreditar aos poucos e vi aqueles caminhões fechados descer a rua rumo ao oeste e comecei a chorar e fiquei também histérica. Corri para casa e contei à minha mãe e caímos chorando nos braços uma da outra. Minha mãe disse: "Zozia, Zozia, para onde eles foram? Para onde os levaram?" E eu respondi que não sabia, mas dali a um mês ficamos sabendo. Meu pai e Kazik foram levados para o campo de concentração de Sachsenhausen e soubemos que os dois foram fuzilados no primeiro dia do ano. Assassinados só por que eram poloneses e professores. Havia muitos outros professores, acho que cento e oitenta no total, e muitos também não voltaram. Foi logo depois disso que fomos para Varsóvia — era preciso eu achar trabalho..."

"Nesses longos anos depois, em 1945, quando a guerra acabou e eu estava naquele centro para pessoas deslocadas, na Suécia, eu pensava naquele tempo quando Kazik e meu pai foram assassinados e em todas as lágrimas que eu tinha chorado e me espantava de não poder chorar mais depois de tudo o que tinha acontecido comigo. Era verdade, Stingo, eu não tinha mais emoções. Não sentia mais, como se não tivesse mais lágrimas para derramar. Lá na Suécia, fiz amizade com uma judia de Amsterdam, que foi muito boa para mim, principalmente depois que eu tentei me matar. Acho que não fiz muita força, cortei o pulso com um pedaço de vidro e não saiu muito sangue, mas essa velha judia ficou muito amiga minha e nesse verão falamos um bocado juntas. Ela tinha estado no campo de concentração onde eu estive e perdido duas irmãs. Não entendo como foi que ela sobreviveu, tantos judeus foram assassinados lá, você sabe, milhões e milhões de judeus, mas ela conseguiu sobreviver, como eu, só uns poucos sobreviveram. Falava muito bem inglês, além de alemão e foi assim que eu comecei a aprender inglês, sabendo que provavelmente vinha para a América."

"Ela era muito religiosa, essa mulher, e sempre ia rezar na sinagoga que eles tinham no campo. Disse-me que ainda acreditava muito em Deus e uma vez me perguntou se eu não acreditava Nele também — no Deus cristão — como ela acreditava no Deus de Abraão. Disse que o que tinha acontecido com ela tornava mais forte a crença Nele, embora ela conhecesse judeus que achavam que Deus tinha desaparecido do mundo. E eu respondi que sim, eu antigamente acreditava em Cristo e na Sua Santa Mãe, mas agora, depois de todos aqueles anos, eu era como esses judeus que achavam que Deus tinha ido para sempre embora. Disse que sabia que Cristo me tinha virado o rosto e eu já não podia rezar a Ele como antigamente em Cracóvia. Já não podia rezar para Ele e nem chorar. E quando ela me perguntou como eu sabia que Cristo me tinha virado o rosto, eu disse que só um Deus, só um Jesus sem piedade e que já não ligava para mim poderia permitir que as pessoas que eu amava fossem mortas e me deixar viver com essa culpa. Já era terrível elas terem morrido assim, mas aquele sentimento de culpa era além do que eu podia suportar. *On peut souffrir*, mas tudo tem um limite..."

"Você pode achar que é uma coisa pequena, Stingo, mas permitir alguém morrer sem uma despedida, um adeus, uma palavra de conforto e compreensão é terrível de suportar. Escrevi muitas cartas a Kazik e a meu pai em Sachsenhausen, mas elas sempre voltavam com a marca "Desconhecidos". Eu só queria dizer-lhes que os amava muito, principalmente Kazik, não porque o amava mais do que a meu pai, mas porque a última vez que tínhamos estado juntos tínhamos brigado e isso era terrível. Quase nunca a gente brigava, mas estávamos casados acima de três anos e acho que é natural brigar às vezes. Na noite antes desse terrível dia tínhamos brigado, já não me lembro por que, e eu disse para ele *"Spadaj!"*, que em polonês é como dizer "Quero que você morra!" — e nessa noite não tínhamos dormido no mesmo quarto. E eu nunca mais o vi depois disso. Por isso é que eu achava tão difícil de suportar, nós não nos termos despedido com um beijo, um abraço, nada. Oh, eu sei que Kazik sabia que eu o amava ainda e eu sabia que ele me amava, mas isso ainda é pior, saber que ele deve também ter sofrido por não poder me dizer, me comunicar esse amor."

"Por isso, Stingo, eu tenho vivido muito tempo com esse forte sentimento de culpa que não consigo perder, mesmo sabendo que não tem sentido, como aquela mulher judia na Suécia me disse, quando tentou me mostrar que o amor que a gente tinha era a coisa mais importante e não a briga idiota. Mas eu ainda tenho esse forte sentimento de culpa. Engraçado, Stingo, eu aprendi de novo a chorar e acho que isso quer dizer que sou de novo um ser humano. Talvez ao menos isso. Um pedaço de ser humano, mas um ser humano. Muitas vezes choro sozinha quando escuto música, que me lembra Cracóvia e esses anos passados. E sabe, tem uma música que eu não posso escutar, me faz chorar tanto que o meu nariz para e eu não posso respirar e os meus olhos parecem rios. Está nesses discos de Händel que eu ganhei no Natal. "Eu sei que o meu Redentor vive" — isso me faz chorar por causa do meu sentimento de culpa e também porque eu sei que o meu Redentor já não vive e que o meu corpo vai ser destruído pelos vermes e os meus olhos nunca, nunca mais vão ver Deus..."

Na época sobre a qual escrevo, esse movimentado verão de 1947, em que ela me contou tanta coisa sobre o seu passado e eu de repente me vi preso, como um desastrado inseto, na incrível teia de aranha de emoções que formavam o relacionamento entre Sofia e Nathan, ela trabalhava numa esquina da Flatbush Avenue como recepcionista *part-time* do consultório do Dr. Hyman Blackstock (*né* Bialystok). A essa altura dos acontecimentos, Sofia estava na América havia menos de ano e meio. O Dr. Blackstock era um quiroprático que emigrara havia muito da Polônia. Seus pacientes incluíam muitos velhos imigrantes e refugiados judeus mais recentes. Sofia conseguira o emprego pouco depois da sua chegada a Nova York, no início do ano anterior, quando fora trazida para os Estados Unidos sob os auspícios de uma organização internacional de ajuda aos deslocados de guerra. A princípio, Blackstock (que falava polonês fluentemente, além do seu iídiche *mamaloshen*) ficara aborrecido pelo fato de a agência lhe ter enviado uma jovem *goy*, que só sabia um pouco de iídiche, aprendido num campo de concentração. Mas, homem humano e sem dúvida impressionado pela beleza dela, pelo que Sofia passara e pelo fato de ela falar um alemão impecável, dera-lhe o emprego de que ela tanto precisava, possuindo, como possuía, pouco mais do que as roupas leves que lhe tinham dado no centro de deslocados da Suécia. Blackstock não precisava se preocupar: dali a dias, Sofia falava com os clientes em iídiche como se tivesse acabado de sair de um gueto. Alugara o quarto barato na pensão de Yetta Zimmerman — seu primeiro lar em sete anos — mais ou menos ao mesmo tempo em que começara a trabalhar. O fato de só trabalhar três dias por semana permitira-lhe restabelecer as forças, ao mesmo tempo que lhe dava tempo de assistir a aulas grátis de inglês no Brooklyn e se assimilar à vida naquela parte agitada de Nova York.

Contou-me que nunca havia se sentido entediada. Estava decidida a esquecer a loucura do passado — pelo menos, até onde um espírito e uma memória vulneráveis lhe permitiam — e assim, para ela, a enorme cidade fora realmente um Mundo Novo. Fisicamente, sentia que ainda não estava em forma, mas isso não evitava que ela gozasse dos prazeres que a rodeavam, como uma criança solta numa sorveteria. *Música*: para começar, só a possibilidade de ouvir música, dizia ela, enchia-lhe as entranhas de deleite, o mesmo que a gente sente antes de fazer uma refeição apetitosa. Até conhecer Nathan, não pudera comprar uma vitrola, mas isso não tinha importância: no pequeno rádio de pilha que comprara ouvia música esplêndida, emanando de estações cujas estranhas iniciais nunca conseguia dizer certo — WQXR, WNYC, WEVD — e homens com vozes sedosas, anunciando os nomes encantados dos potentados e príncipes musicais de cujas harmonias por tanto tempo ela estivera privada. Até mesmo obras batidas, como a *Inacabada*, de Schubert ou *Eine kleine Nachtmusik* a extasiavam como se nunca as tivesse ouvido. E, naturalmente, havia também os concertos na Academia de Música e, no verão, no Lweisohn Stadium, em Manhattan, música maravilhosa e virtualmente de graça, música como o Concerto para Violino, de Beethoven, tocada uma noite, no estádio, por Yehudi Menuhim, com tal paixão e ternura, que, sentada sozinha, no alto do anfiteatro, e tremendo um pouco sob as estrelas rutilantes, ela sentira uma serenidade, uma sensação de paz interior, que a tinham surpreendido, juntamente com a constatação de que ainda havia coisas pelas quais valia a pena viver e de que poderia refazer a sua vida ou, melhor, renascer, se lhe dessem uma chance.

Durante esses primeiros meses, Sofia ficara muito tempo sozinha. Suas dificuldades com a língua (logo vencidas) tornavam-na tímida, mas fora isso, ela gostava de estar sozinha, a solidão parecia-lhe um luxo, já que nos últimos anos sentira muita falta de privacidade, assim como de livros, da palavra escrita. Começara a ler avidamente, assinando um jornal polaco-americano e frequentando uma livraria polonesa, situada perto da Rua Fulton, que tinha uma seção de livros emprestados. Interessavam-lhe principalmente traduções de autores americanos e o primeiro livro que lera, ainda se lembrava, fora o *Manhattan Transfer*, de John dos Passos, seguido de *Adeus às Armas, Uma Tragédia Americana* e *Do Tempo e o Rio*, de Thomas Wolfe, este último tão mal traduzido para o polonês, que ela fora obrigada a romper a promessa que fizera, no campo de concentração, de nunca mais ler nada em alemão, e lera uma versão alemã que conseguira encontrar na biblioteca pública. Talvez pelo fato de a tradução ser feliz, ou porque a visão lírica e trágica, porém otimista, que Wolfe projeta da América, fosse o que a alma de Sofia ansiasse, no momento — tendo acabado de chegar a estas plagas, com um conhecimento apenas rudimentar da paisagem do país e das gigantescas extravagâncias — *Do Tempo e o Rio* fora o livro que mais a impressionara, de todos os que lera naquele inverno e naquela primavera. De tal maneira, que resolvera tentar ler outro romance de Wolfe, *Olha para Casa, Anjo*, em inglês, mas logo desistira, por achá-lo extremamente difícil. Para o iniciado, a nossa é uma língua cruel, cuja monstruosa ortografia e cujas idiossincrasias parecem ainda mais absurdas numa página impressa, e a capacidade de ler e escrever de Sofia sempre foi inferior — a meu ver — ao seu modo de falar, salpicado aqui ali de erros, mas fluente.

Toda a sua experiência da América se resumia a Nova York — principalmente ao Brooklyn — e, aos poucos, começou a amar a cidade, sentindo ao mesmo tempo, medo dela. Em toda a sua vida, conhecera apenas duas cidades — a pequenina Cracóvia, com seu sossego gótico e, mais tarde, o monte informe de escombros da Varsóvia após a *Blitzkrieg*. Suas mais ternas recordações — isto é, aquelas de que falava — prendiam-se à cidade onde nascera, imemorialmente suspensa num friso de telhados antigos e ruas tortuosas. O período de anos entre Cracóvia e o Brooklyn tinha-a obrigado — quase como a única maneira de preservar a sanidade mental — a procurar esquecer esse tempo. Por isso ela dizia que, nas primeiras manhãs que passara na pensão de Yetta, ao despertar numa cama estranha, rodeada de paredes cor-de-rosa ao escutar, ainda sonolenta, o distante barulho do trânsito de Church Avenue, ficava um bocado de tempo incapaz de reconhecer a si própria ou onde estava, a ponto de lhe parecer estar em transe, como a donzela encantada de um dos contos de Grimm da sua infância, transportada, em sonhos, para um reino novo e desconhecido. Depois, acordando com uma sensação na qual a tristeza e a alegria se mesclavam, ela dizia para si mesma: Você não está em Cracóvia, Zozia, está na América. E saía para enfrentar o pandemônio do metrô e dos clientes do Dr. Blackstock, mais a verde, bela, feia, populosa, suja e incompreensível vastidão do Brooklyn.

Com a chegada da primavera, Prospect Park, ali tão perto, tornara-se o refúgio predileto de Sofia — um lugar seguro, naqueles tempos, para uma loura solitária e encantadora andar. À luz velada de pólen, salpicados de verde manchado de ouro, as grandes acácias e os olmeiros, que se erguiam, como torres, sobre os gramados, davam a impressão de prontos a abrigar uma festa campestre, numa tela de Watteau ou Fragonard, e era debaixo de uma dessas árvores majestosas que Sofia, nos seus dias de folga ou nos fins de semana, se instalava, com uma copiosa cesta de piquenique. Mais tarde, confessou-me, com um quê de vergonha, que tinha ficado obcecada por comida tão logo chegara a Nova York. Sabia que tinha de ter cuidado com o que comia. No centro de Deslocados de Guerra, o médico da Cruz Vermelha sueca que cuidava dela, tinha-lhe dito que sua desnutrição era tão grave, que provavelmente lhe causaria mudanças metabólicas mais ou menos permanentes. Advertira-lhe que se precavesse contra um consumo exagerado de comida, principalmente de gorduras, por mais forte que fosse a tentação. Mas tudo isso só fizera a coisa parecer mais divertida, como que uma brincadeira, quando, à hora do almoço, ela entrava numa das fantásticas lojas de comestíveis de Flatbush e fazia compras para os seus piqueniques solitários no parque. O fato de poder escolher dava-lhe uma sensação dolorosamente sensual. Havia tanta coisa para comer, tanta variedade e abundância que, a cada vez, ela ficava sem ar, os olhos embaçados de emoção e, com gravidade e lentidão, escolhia, dentre o fragrante e opulento sortimento de comidas, um ovo de codorna aqui, uma fatia de salame ali, meio pão de centeio, preto e lustroso. Salsichas. Sardinhas em lata. Presunto defumado. Arenque. Segurando na mão o saco de papel, a advertência ecoando-lhe na cabeça: "Não se esqueça do que o Dr. Bergström lhe disse, não se encha de comida!" — ela avançava metodicamente, rumo aos mais recônditos recessos do parque, ou ficava perto do enorme lago, onde — mastigando com grande concentração, o paladar maravilhado com a redescoberta — abria à página 350 de *Studs Lonigan*.

Como que tateava. Tendo experimentado, no sentido mais lato da palavra, um verdadeiro *renascer*, tinha algo da lassidão e, para falar a verdade, muito da inépcia de uma criança recém-nascida. Sua falta de jeito lembrava a de um paraplégico tentando recuperar o uso das pernas. Pequenas coisas, coisas absurdamente pequenas, ainda a confundiam. Esquecera como conectar os dois lados do zíper de um blusão que lhe tinham dado. Suas tentativas desajeitadas assustavam-na e, certa vez, chegara a chorar quando, ao tentar tirar um pouco de base de uma bisnaga plástica comum, apertara com tanta força, que o cosmético pulara para cima dela e lhe estragara um vestido novo. Mas estava se recuperando. De vez em quando, sentia dores nos ossos, principalmente nos tornozelos, o seu andar ainda mostrava uma hesitação aparentemente relacionada com o desânimo e a fadiga que costumavam dominá-la e que ela esperava ver desaparecer. Contudo, se o seu estado de saúde não era brilhante, pelo menos ela estava a salvo da escuridão abismal em que quase mergulhara. Não havia muito mais de um ano que, no campo de concentração recém-liberado, nas derradeiras horas de uma existência que ela não se permitia recordar, uma voz russa — uma voz de barítono, mas dura e corrosiva — penetrara seu delírio, o suor, a febre e a sujeira da prateleira, coberta de palha, onde ela jazia, e murmurara, num tom impassível: "Acho que esta também está acabada". Porque já então ela sabia que não estava acabada — uma verdade agora confirmada, com alívio (ali, deitada na grama à beira do lago), pelos tímidos, mas voluptuosos arrancos de fome que acompanhavam o exaltado instante, pouco antes de cravar os dentes, em que as suas narinas aspiravam o cheiro pungente dos picles, da mostarda e do pão de centeio judaico.

Mas um fim de tarde, em junho, quase fez com que terminasse, de maneira desastrosa, o equilíbrio precário que ela criara para si mesma.

Um aspecto da vida da cidade que entrava de modo negativo no seu balanço de impressões era o metrô. Sofia detestava os trens do metrô de Nova York pela sua sujeira e pelo barulho que faziam, mas, acima de tudo, pela proximidade de tantos corpos, principalmente à hora do *rush*, que parecia neutralizar, senão anular, a sensação de privacidade por que ela tanto ansiava. Sabia ser uma contradição, uma pessoa que passara por tudo o que ela passara, fugir ao contato de epidermes estranhas, parecer cheia de dedos. Mas a verdade era que ela não suportava ficar junto de tanta gente, naquele roçar de carne — era como se isso fizesse parte da sua nova identidade. Ainda no centro de refugiados na Suécia, jurara a si própria passar o resto da sua vida evitando multidões. Mas o metrô nova-iorquino parecia caçoar de resolução tão absurda. Ao voltar para casa, um fim de tarde, após ter deixado o consultório do Dr. Blackstock, Sofia entrara num vagão ainda mais cheio do que de hábito, não só da costumeira avalanche de pessoas suarentas, de todas as cores e dos mais variados aspectos de miséria conformada, como de um bando de garotões de escola secundária, gritando e armados de apetrechos de beisebol, que invadiram o trem, abrindo caminho em todas as direções, com tal brutalidade, que a sensação de pressão se tornou quase insuportável. Empurrada para a extremidade da carruagem, contra um emaranhado de torsos flexíveis e braços suados, Sofia fora tropeçando até se refugiar na escura plataforma entre os carros, imprensada entre duas formas humanas cuja identidade, de uma forma abstrata, ela procurava distinguir, quando o trem de repente parou e as luzes se apagaram. Uma sensação de medo a dominara. Os protestos e suspiros dos passageiros foram sufocados pelas exclamações de euforia dos garotos, a princípio tão ensurdecedoras, que Sofia, rigidamente imobilizada na parte mais escura do vagão, percebeu que não adiantaria gritar, ao sentir, por trás dela, a mão que lhe subia pelas coxas, por baixo da saia.

Mais tarde, ela buscaria algum consolo no fato de ter-lhe sido poupado o pânico que, de outra maneira, decerto a teria invadido em meio a um tal tumulto, a um tal calor e dentro de um trem parado e escurecido. Talvez tivesse gemido, como os outros. Mas a mão, com seu rígido dedo central — avançando com pressa e perícia, incrivelmente seguro de si — evitou isso, fazendo com que o pânico fosse substituído, na sua mente, pela sensação de choque e horror de alguém que experimenta, de repente, um estupro digital. Porque não era uma mão-boba qualquer e sim um ataque dirigido à sua vagina, que o solitário dedo procurava como um maligno e obcecado roedor, desviando-se do pelo sedoso até penetrar por inteiro, causando-lhe menos dor do que uma perplexidade hipnótica. Teve uma vaga consciência de unhas e ouviu a si mesma dizer "Por favor", sentindo a banalidade, a estupidez das palavras, tão logo as pronunciou. Todo o episódio não tinha ultrapassado trinta segundos de duração. Finalmente, a odiosa pata retrocedeu e ela ficou, trêmula, em meio a uma sufocante escuridão, que a luz parecia nunca mais poder aliviar. Sofia não tinha ideia de quanto tempo as luzes tinham demorado a se acender — cinco minutos, talvez menos — mas, quando isso aconteceu e o trem começou de novo a andar, com um deslocar de corpos, ela constatou não ter como reconhecer o seu atacante, escondido entre a meia dúzia de costas, ombros e panças masculinas que a rodeavam. Deu um jeito e, na parada seguinte, saltou do trem.

Um estupro direto, convencional, teria violado menos o seu espírito, a sua sensibilidade, ter-lhe-ia causado menos repulsa e horror. Nenhuma atrocidade que ela testemunhara nos últimos cinco anos, nenhum ultraje que ela própria sofrera — e não tinham sido poucos — a tinham encouraçado para tamanho insulto. Um estupro clássico, por mais repelente que fosse, pelo menos lhe teria permitido ver a cara do atacante, ter-lhe dado a perceber o que ela sentia, através de uma careta, de um olhar de nojo ou mesmo de lágrimas: ódio, medo, repugnância, possivelmente apenas desprezo. Mas aquele ataque anônimo no escuro, aquela penetração subreptícia e incorpórea, pelas costas, como uma punhalada traiçoeira, de parte de um canalha cujo rosto ela jamais veria: não, ela teria preferido (disse-me muitos meses mais tarde, quando a distância do ato lhe permitiu encará-lo sob um salvador prisma de humor) um pênis. A coisa em si era má, mas ela poderia ter suportado o episódio com mais força em outra altura qualquer da sua vida. Naquele momento, ele afetara o frágil equilíbrio da sua recém-renovada psique, pela maneira com que aquela violação da sua alma (pois sentia-se como uma violentação não só do seu corpo) não apenas a empurrava de volta para o *cauchemar*, o pesadelo do qual procurava, lenta e delicadamente, recuar, como simbolizava na sua debochada perversidade, a própria natureza desse mundo de pesadelo.

Sofia, que por tanto tempo estivera literalmente nua e que, durante aqueles poucos meses no Brooklyn, procurara revestir-se, a custo, de autoconfiança e sanidade, fora, por meio daquele ato, mais uma vez despida. E sentia uma vez mais o espírito gelado. Sem dar uma explicação plausível — e sem contar a ninguém, nem mesmo a Yetta Zimmerman, o que tinha acontecido — pediu ao Dr. Blackstock uma semana de licença e recolheu-se ao leito. Dia após dia, no auge do verão, permaneceu estendida na cama, com as venezianas corridas, deixando entrar apenas umas finas línguas amarelas de luz. Mantinha o rádio desligado. Comia pouco, não lia nada e só se levantava para esquentar um pouco de chá. Em meio à penumbra do quarto, ouvia o bater da bola contra a madeira do *bat*, e ou gritos dos garotos, nos campos de beisebol do parque, cochilava e pensava na perfeição uterina daquele relógio no qual, em criança, ela entrara em imaginação, e ficara olhando as alavancas, os rubis, as rodas, empoleirada numa mola de aço. Sempre ameaçadoras, na fímbria da sua consciência, pairavam a forma e a sombra, a aparição do campo de concentração — cujo nome ela, por assim dizer, expulsara do seu léxico particular e no qual raramente pensava, sabendo que só com o risco da própria vida poderia permitir a intrusão do campo na sua memória. Se o campo voltasse a se aproximar, como fizera na Suécia, teria ela a força de resistir à tentação, ou pegaria de novo num caco de vidro, não hesitando dessa vez, em ir até o fim? A pergunta ajudou-a a ocupar as horas que ela passou deitada, durante aqueles dias, olhando para o teto, onde floquinhos de luz, vindos do exterior, nadavam como peixinhos dourados no desolado e onipresente rosa.

Providencialmente, porém, foi a música que ajudou a salvá-la, como já acontecera no passado. No quinto ou sexto dia — Sofia sabia apenas que era um sábado — despertou, após uma noite desassossegada, cheia de sonhos confusos e ameaçadores e, como que movida pelo hábito, esticou a mão e ligou o pequeno rádio Zenith, sobre a mesinha de cabeceira. Não pensara ligá-lo, fora um simples reflexo; a razão por que evitara a música, naqueles dias de depressão, era ter descoberto que não podia suportar o contraste entre a beleza abstrata, mas incomensurável, da música e a dimensão quase palpável do seu desespero. Mas, sem se dar conta, devia ter permanecido aberta e receptiva aos poderes misteriosamente terapêuticos do Dr. W. A. Mozart, pois logo aos primeiros acordes da música — a grande *Sinfonia Concertante* em mi bemol maior — ela estremecera dos pés à cabeça, tomada de um prazer sem limites. De repente, compreendera a razão daquilo, por que motivo aquelas frases nobres e sonoras, tão cheias de dissonâncias, lhe imbuíam o espírito de alívio, reconhecimento e alegria. Porque, à parte a sua beleza intrínseca, era uma obra cuja identidade ela havia dez anos procurado. Tinha ficado como que hipnotizada ao ouvi-la pela primeira vez, quando um conjunto vienense visitara Cracóvia; mais ou menos um ano antes do *Anschluss.* Sentada na sala de concertos, ouvira, transfixiada, aquela peça e abrira todas as portas e janelas da sua mente para deixar entrar as luxuriantes harmonias e aquelas loucas dissonâncias, inexaurivelmente inspiradas. Numa época da sua juventude dominada pela perpétua descoberta de tesouros musicais, aquele era como que um tesouro acabado de cunhar e supremo. Contudo, nunca mais ouvira a peça porque, como tudo o mais, a *Sinfonia Concertante* e Mozart, o doce e queixoso diálogo entre o violino e a viola, realçado pelas flautas, as cordas, a rouquidão das madeiras, tudo fora soprado pelos ventos da guerra, numa Polônia tão estéril, tão mergulhada em destruição, que a simples ideia da música parecia ridícula, uma excrescência.

Por isso, naqueles anos de cacofonia, na Varsóvia arrasada pelas bombas e, mais tarde, no campo de concentração, a lembrança daquela obra se esfumara, inclusive o título, que ela acabara confundindo com os títulos de outras peças musicais que conhecera e amara num tempo imemorial, até restar apenas numa recordação vaga, mas inefável, de um momento de incomparável felicidade, na Cracóvia de outra era. Mas, no seu quarto, naquela manhã, a peça, emanando alegremente da laringe de plástico do radinho barato, fizera com que ela se sentasse na cama com o coração pulando rápido e uma sensação desacostumada ao redor da boca, que percebeu ser um sorriso. Durante minutos ficara ali, sentada, escutando, sorrindo, arrepiada, encantada, o intangível se tornar tangível e começar lentamente a dissolver a angústia que a dominava. Depois, quando a música acabara e ela anotara cuidadosamente o nome da obra, anunciado pelo locutor, fora até a janela e levantara a persiana. Olhando para o campo de beisebol, na orla do parque, Sofia ficara pensando se algum dia teria dinheiro suficiente para comprar uma vitrola e um disco da *Sinfonia Concertante*, e compreendera que só esse pensamento já era, por si só, um sinal de que estava emergindo das sombras.

Mas ela sabia que ainda tinha muito que percorrer. A música podia ter-lhe levantado o ânimo, mas à sua volta a escuridão deixara o seu corpo fraco e abatido. O instinto lhe dizia que isso era porque tinha comido tão pouco, que o efeito fora quase o de um jejum. Mesmo assim, não podia explicar a falta de apetite, a fadiga, as pontadas de dor que lhe percorriam os tornozelos e, principalmente, o inesperado adiantamento do seu período menstrual, chegando muitos dias antes do que deveria e com um fluxo tão copioso, que mais parecia uma hemorragia. Assustada, ficou pensando se não seria efeito do singular estupro que sofrera. No dia seguinte, ao voltar a trabalhar, resolveu pedir ao Dr. Blackstock que a examinasse e lhe sugerisse um tratamento. Tinha alguma noção de medicina e percebia a ironia que havia no fato de procurar os conselhos de um quiroprático, mas ela deixara os preconceitos de lado ao aceitar o emprego de que tão desesperadamente necessitava. Sabia, pelo menos, que o que ele fazia era legal e que, da multidão de pacientes que procuravam o consultório (inclusive vários policiais), alguns, ao menos, pareciam beneficiar-se das massagens espinhais do doutor, dos seus puxões e das suas torções. Mas o importante era ser ele uma das poucas pessoas que ela conhecia suficientemente bem para pedir ajuda de qualquer tipo. Além disso, tinha uma certa dependência dele, em nada relacionada com o magro salário que dele recebia. Acima de tudo, sentia-se ligada ao doutor de uma forma divertida e tolerante.

Blackstock, um homem robusto e começando a ficar calvo, de cinquenta e poucos anos, era um desses abençoados por Deus, a quem o destino tirara da pobreza de um *shtetl*, na Polônia russa, para as mais sublimes satisfações que o sucesso materialista americano podia oferecer. Um dândi, cujo guarda-roupa continha coletes bordados, gravatas e echarpes de *foulard* e botoeiras de cravos, ótimo *papo* e grande contador de piadas (quase todas em iídiche), parecia flutuar numa aura contagiante de otimismo e boa disposição. Gostava de seduzir, de distribuir presentes e favores e de executar, para os clientes, para Sofia, para quem quisesse apreciar, pequenos truques de mágica e passes de mão. No estado de espírito em que se encontrava, Sofia podia ter ficado irritada com tanta euforia, com tantas piadas e brincadeiras, mas por trás de tudo aquilo via um tal desejo infantil de ser estimado, que não podia sentir-se ofendida. Além disso, apesar da qualidade óbvia do seu humor, ele fora a primeira pessoa, em anos, que conseguira fazê-la rir.

A respeito dos seus bens materiais, ele era espantosamente franco. Só um homem tão expansivo e cheio de calor humano poderia recitar a lista do que possuía sem parecer odioso — o que ele fazia, num inglês híbrido e gutural, com um sotaque — o ouvido de Sofia já aprendera a distinguir — tipicamente brooklyniano:

— Quarenta mil dólares ao ano de renda bruta, uma casa de setenta e cinco mil dólares, na parte mais elegante de St. Albans, Queens, toda ela paga, acarpetada e com luz indireta em todas as peças, três carros, inclusive um Cadillac Fleetwood com todos os acessórios e um iate de onze metros de comprimento, com seis beliches. Tudo isso, além da mulher mais adorável que Deus já deu a um homem. Logo a mim, um jovem judeu faminto, um pobre *nebbish*, que desembarcou na Ilha Ellis com cinco dólares no bolso e sem conhecer ninguém! Me diga! Me diga por que eu não me haveria de sentir o homem mais feliz do mundo? Por que não haveria de querer fazer as pessoas rirem e serem felizes como eu?

Não havia razão, realmente, pensou Sofia, um dia, nesse inverno, ao voltar para o consultório sentada ao lado de Blackstock, no Cadillac, após uma ida à casa do doutor, em St. Albans.

Fora ajudá-lo a procurar alguns papéis no escritório que ele tinha em casa e lá conhecera a mulher do doutor — uma exuberante loura artificial, chamada Sylvia, chamativamente vestida com uma calça de seda estufada, semelhante às usadas pelas dançarinas de ventre da Turquia, que logo tratou de mostrar à Sofia a casa, a primeira em que ela entrava na América. Era um verdadeiro labirinto de organdi e *chintz*, imerso, apesar de ser meio-dia, na meia-luz arroxeada de um mausoléu, onde cupidos rosados se debruçavam das paredes para um piano de cauda pintado de vermelho berrante e para poltronas e sofás *capitonnés*, brilhando sob protetoras mortalhas de plástico transparente, e onde os espelhos de porcelana do banheiro eram pretos retintos. Depois, já no Cadillac Fleetwood, com o seu enorme monograma nas portas da frente — HB — Sofia viu-o, fascinada, usar o seu telefone móvel, instalado, recentemente, para uns poucos clientes selecionados, em base experimental e, nas mãos de Blackstock, um sobressalente instrumento de amor. Mais tarde, ela se recordaria do diálogo — ou, melhor, da parte dele — ao contatar com sua casa: "Sylvia, meu bem, quem está falando é o Hymie. Está me ouvindo bem? É só para lhe dizer que sou louco por você, queridinha. Beijos, beijos, amor. Fleetwood está agora passando por Liberty Avenue, junto do cemitério de Bayside. Eu adoro você, querida, um beijo para o meu amor. *(Som de beijos estalados.)* Volto a falar daqui a uns minutos, meu bem". E, pouco depois: "Sylvia, querida, é o Hymie. Adoro você, meu amor. O Fleetwood está agora na esquina de Linden Boulevard com Utica Avenue. Que engarrafamento! Um beijo, querida. *(Som de beijo.)* Muitos, muitos beijos para você. O quê? Você diz que vai fazer compras em Nova York? Compre uma roupa bem bonita pra, usar para o seu Hymie, minha adorada. Você sabia que a adoro? Oh, querida, esqueci, leve o Chrysler. O Buick está com a bateria gasta. Até já, queridinha". E, deitando um olhar para Sofia e acariciando o telefone:

— Que sensacional meio de comunicação!

Blackstock era um homem realmente feliz. Adorava Sylvia mais do que a própria vida. Só o fato de não terem filhos, confidenciara certa vez a Sofia, fazia com que ele não fosse o homem mais feliz da face da Terra...

Conforme se verá (e isso é importante para esta narrativa), Sofia contou-me várias mentiras, nesse verão. Talvez eu devesse dizer que, em certas ocasiões, isso era necessário para que ela mantivesse o equilíbrio emocional. Ou, quem sabe, até mesmo a sanidade mental. Sem dúvida não a acuso porque, vistas em retrospectiva, as suas inverdades não precisavam de desculpas. A passagem sobre sua juventude em Cracóvia, por exemplo — o solilóquio que eu procurei transcrever o mais acuradamente possível

— era, tenho agora a certeza, quase toda verdadeira. Mas continha uma ou duas significantes falsidades, juntamente com algumas lacunas cruciais, que eventualmente serão esclarecidas. Lendo muito do que escrevi até agora, reparo que Sofia me disse uma mentira momentos após nos termos visto pela primeira vez. Foi quando, após a horrível briga com Nathan, ela me deitou o seu olhar de desespero e declarou que Nathan era "o único homem com quem fiz amor, além do meu marido". Embora sem importância, essa declaração não era verdadeira (muito mais tarde, ela me confessou que, após seu marido ter sido fuzilado pelos nazistas — o que realmente acontecera — tivera um amante em Varsóvia) e eu trago o assunto à baila não por uma obstinação pela veracidade absoluta, e sim para mostrar a atitude reservada de Sofia com respeito ao sexo, e a dificuldade que foi, para ela, contar a Blackstock o que lhe estava acontecendo e que ela achava ser consequência do estupro que sofrera no metrô.

Tinha um pudor enorme de revelar o seu segredo — até mesmo a Blackstock, um profissional e, além do mais, uma pessoa em quem ela sabia que podia confiar. O horror do que lhe acontecera era algo que nem vinte meses de campo de concentração — com sua desumana degradação diária e sua nudez — tinham conseguido fazer com que se sentisse menos ultrajada. Ao contrário, sentia-se ainda mais vulnerável porque pensara no Brooklyn como sendo um lugar "seguro" e, além do mais, a sua vergonha era ainda maior pelo fato de ser católica, polonesa e fruto do seu tempo — isto é, uma jovem criada com repressões puritanas e tabus sexuais tão marcantes quanto qualquer donzela batista do Alabama. (Só mesmo Nathan, contou-me ela mais tarde, Nathan, com sua sensualidade apaixonada, tinha conseguido despertar nela um erotismo que Sofia nem sequer sonhara possuir.) Acrescente-se a isso a vergonha do estupro, a maneira grotesca, não-convencional, pela qual fora atacada — e o constrangimento que sentira ao ter que contar a Blasckstock fora quase insuportável.

Mas, noutra ida a St. Albans no Cadillac, falando a princípio num rígido e formal polonês, ela conseguira lhe falar da preocupação com seu estado de saúde, no cansaço, nas dores nas pernas e nas hemorragias e, finalmente, contara, quase num sussurro, o episódio do metrô. E, conforme ela esperava, Blackstock não percebeu, de imediato, o que ela estava querendo dizer. Então, com grande dificuldade, quase se engasgando, o que só muito mais tarde adquiriria um leve enfoque cômico, ela lhe dera a entender que não, o ato não fora consumado de maneira comum. Não obstante, nem por isso fora menos revoltante e aviltante.

— Doutor, será que o senhor não entende? — murmurou ela, em inglês.

Fora ainda mais revoltante por esse fato — acrescentara ela, já em lágrimas — se é que ele podia fazer um esforço para compreender o que ela queria dizer.

— Você está me dizendo — interrompeu ele — que foi com um dedo...? Que não foi com o...

E estacou, delicadamente, porque, no que dizia respeito a sexo, Blackstock não era um homem grosseiro. E, quando Sofia reafirmara tudo o que acabava de dizer, ele olhara para ela com compaixão e murmurara, com uma amargura que lhe era estranha:

— *Oy vey*, que mundo mais *furshtinkener*, este em que a gente vive!

O resultado de tudo isso foi que Blackstock concordou em que a violação que Sofia sofrera, embora fora do comum, podia muito bem ter causado os sintomas que tinham começado a incomodá-la, principalmente a hemorragia. Especificamente, o diagnóstico foi que o trauma por ela sofrido, localizado como estava na região pélvica, provocara um deslocamento mínimo, mas que nem por isso deveria ser ignorado, da vértebra sacra, com consequente pressão no quinto nervo lombar ou no primeiro nervo sacro, ou em ambos; de qualquer maneira, era o bastante para causar a perda de apetite, a fadiga e as dores nos ossos de que ela se queixava, ao passo que o sangramento exagerado ratificava os outros sintomas. Não havia dúvida, disse ele a Sofia, de que ela precisava de massagens na coluna dorsal, para restaurar o funcionamento normal dos nervos e trazê-la de volta ao que o doutor chamava (pitorescamente, mesmo aos ouvidos inexperientes de Sofia) "o pleno verdor da saúde". Duas semanas de tratamento quiroprático, garantiu ele, fariam com que ela ficasse novinha em folha. Era como se ela fosse sua parente, de modo que não lhe cobraria um tostão. E, num último esforço para levantar-lhe o ânimo, insistiu para que Sofia assistisse ao seu mais recente número de prestidigitação, no qual um buquê de sedas multicoloridas lhe sumiu, de repente, das mãos no meio do ar, para reaparecer, um instante depois, transformadas em bandeirinhas das Nações Unidas, saindo lentamente da sua boca, presas a um fio. Sofia conseguiu soltar uma risada apreciativa mas, nesse momento, sentia-se tão por baixo, que temeu enlouquecer.

Nathan referiu-se certa vez à maneira como ele e Sofia se conheceram como tendo sido "cinematográfica". Com isso ele queria dizer que não tinham se conhecido como a maioria das pessoas, atraídas por circunstâncias comuns de educação, colégio, trabalho ou vizinhança, mas à maneira deliciosa e inesperada desses românticos estranhos dos filmes de Hollywood, cujos destinos se cruzam a partir do primeiro encontro patrocinado pela sorte: John Garfield e Lana Turner, por exemplo, condenados a se amarem desde o instante em que tinham olhado um para o outro num café de beira de estrada ou, mais originalmente, William Powell e Carole Lombard, de quatro numa joalheria, as cabeças colidindo ao procurarem um brilhante perdido. Por outro lado, Sofia atribuía a convergência dos seus caminhos simplesmente ao fracasso da medicina quiroprática. Suponhamos, pensava ela, às vezes, que as ministrações do Dr. Blackstock e as do seu jovem assistente, Dr. Seymour Katz (que chegava depois da hora normal de atendimento, para ajudar a dar vazão à prodigiosa torrente de sofredores) tivessem dado resultado; suponhamos que o desenrolar dos acontecimentos que tinham levado do dedo violador à vértebra sacra e ao comprimido quinto nervo lombar não só tivesse provado *não* ser uma quimera quiroprática, mas tivesse terminado triunfalmente, como resultado de duas semanas de manipulações da sua atormentada coluna, por parte de Blackstock e Katz!

Assim curada, ela nunca teria conhecido Nathan, disso não havia dúvida. Mas a verdade foi que todo o vigoroso tratamento a que ela se submetera só a fizera sentir-se pior. A tal ponto que Sofia venceu a sua repugnância em ferir as suscetibilidades de Blackstock e lhe disse que nenhum dos sintomas tinha desaparecido, pelo contrário, tinham-se tornado mais incômodos e alarmantes.

— Mas, minha querida — exclamara Blackstock, abanando a cabeça — você *tem* que se sentir melhor!

Duas semanas tinham-se passado e, quando Sofia sugeriu ao médico, com grande relutância, que talvez precisasse consultar um médico de verdade, ele teve a reação mais próxima da indignação que ela jamais vira naquele homem quase que patologicamente bondoso.

— Você quer consultar um doutor em *medicina?* Um *gozlin* com consultório em Park Slope, que só vai querer roubar você? Minha querida, é melhor você consultar um veterinário!

Para desespero dela, ele propusera tratá-la com um Electro-Sensilator, aparelho novo e de aspecto complicado, parecido com uma pequena geladeira e contendo muitos fios e telas, destinado a corrigir a estrutura molecular das células da espinha, e que ele acabara de adquirir ("por cinco vinténs", disse, acrescentando mais uma expressão idiomática ao vocabulário dela) de um instituto de quiroprática situado em Ohio ou Iowa — estados cujos nomes ela sempre confundia.

Na manhã do dia em que iria se submeter ao macabro abraço do Electro-Sensilator, Sofia acordara sentindo-se excepcionalmente doente e fatigada, pior do que nunca. Era um dia em que não tinha que ir trabalhar, de modo que resolvera ficar toda a manhã na cama, só se levantando por volta do meio-dia. Lembrava-se nitidamente de que, no seu dormitar febril — um cochilar no qual o passado em Cracóvia se misturava, sem explicação possível, com a presença sorridente e as mãos hábeis do Dr. Blackstock — não parava de sonhar, numa obsessão misteriosa, com seu pai. Muito sério, no seu colarinho duro, os óculos sem aro, de professor, e o terno preto, cheirando a fumaça de charuto, ele lhe falava, em alemão, com a mesma intensidade de que Sofia se recordava, quando criança. Parecia estar prevenindo-a de alguma coisa — estaria preocupado com a doença dela? — mas, de cada vez que ela lutava para sair do estado de letargia em que se encontrava, as palavras dele se desvaneciam e lhe fugiam da memória e ela ficava apenas com a aparição do pai, severa e, até de certa forma, vagamente ameaçadora. Finalmente — acima de tudo para afastar aquela imagem — ela se forçara a sair da cama e enfrentar o lânguido e belo dia de verão. Mal se aguentava nos pés e de novo não sentia o menor apetite. Havia muito tinha consciência da palidez da sua pele mas, naquela manhã, um olhar ao espelho do armário do banheiro a horrorizara, quase a pusera em pânico: seu rosto estava tão vazio de cor e de vida quanto as caveiras de monges há muito falecidos, que ela se lembrava de ter visto no sepulcro subterrâneo de uma igreja italiana.

Com um arrepio que lhe perpassou os ossos, os dedos — magros e exangues — e as plantas dos pés, Sofia fechou os olhos, na certeza, sufocante e absoluta, de que estava morrendo. E sabia até o nome da doença: estou com leucemia, pensou. Estou morrendo de leucemia, como meu primo Tadeusz, e todo esse tratamento do Dr. Blackstock não passa de um caridoso disfarce. Ele sabe que eu estou morrendo e apenas finge que me vai curar. Um quê de histeria entre a dor e a hilaridade, tomou conta dela, ao pensar na ironia que havia em morrer de uma doença tão insidiosa e inexplicável, após ter sobrevivido a tantas outras doenças e depois de tudo o que vira e o que passara. E a esse pensamento ela pôde acrescentar o corolário, perfeitamente lógico, embora torturante e desesperador, de que tal fim era apenas a maneira de o corpo levar a cabo a autodestruição que ela não conseguira realizar por si mesma.

No fim, Sofia conseguiu controlar-se e empurrar o pensamento mórbido para os recessos mais fundos da mente. Afastando-se um pouco, do espelho, apercebeu-se narcisisticamente da própria beleza persistente sob a máscara branca, e isso lhe deu um longo momento de conforto. Era dia da sua aula de inglês no Brooklyn College e, a fim de se fortalecer para a terrível viagem de metrô e para a aula em si, obrigou-se a comer alguma coisa. Apesar da náusea, Sofia sabia que *tinha* que engolir os ovos com *bacon*, o pão integral de centeio e o leite desnatado que preparou, sem vontade, na penumbra da sua pequena *kitchnette*. E, enquanto comia, ela teve uma inspiração — parcialmente provocada pela sinfonia de Mahler tocando no concerto do meio-dia transmitido pela WQXR. Sem que Sofia soubesse o motivo, uma série de sombrios acordes, no meio do andante da sinfonia, lembraram-lhe o notável poema que o professor, um ardente, gordo, paciente e consciencioso estudante de último ano de letras, chamado Mr. Youngstein, lhe lera no fim da última aula de inglês. Sem dúvida, devido ao fato de saber outras línguas, Sofia era, de longe, a melhor aluna da classe, entre o grupo de esforçados estudantes, formado principalmente por refugiados de fala iídiche, oriundos de quatro cantos arruinados da Europa. O fato de ser a aluna mais bem dotada decerto atraíra o Sr. Youngstein para Sofia, embora não fosse tão cega que não se apercebesse de que a sua mera presença física pudesse perturbar o jovem.

Tímido e agitado, ele estava obviamente *caído* por ela, mas se limitara a sugerir, desajeitadamente, que ela ficasse alguns momentos depois da aula, para que ele lhe pudesse ler o que chamava de "alguns poemas representativos da poesia americana". Lia os versos numa voz nervosa, entoando os poemas de Whitman, Poe, Frost e outros em sílabas roucas, nada musicais, mas claramente enunciadas, enquanto ela escutava com grande atenção, por vezes profundamente tocada por aquela poesia, que aqui e ali trazia novas e excitantes nuanças de significado à língua inglesa, e pela evidente paixão que ele sentia por ela, expressa em olhares de fauno, por trás dos monstruosos óculos prismáticos. Sentia-se ao mesmo tempo lisonjeada e aborrecida com aquela obstinada devoção e só se sentia tocada pela poesia porque, além de ele ser, com vinte e poucos anos, pelos menos dez anos mais jovem do que ela, não era, fisicamente, nada apetecível — isto é, enormemente gordo, além de ter olhos grotescamente estrábicos. No entanto, sentia de maneira tão profunda, tão sincera, aqueles poemas, que não podia deixar de comunicar muito da sua essência, e Sofia ficara principalmente cativada pela melodia de um deles, que começava assim:

> Porque eu não pude parar para a Morte,
> Ela parou para mim;
> Na carruagem cabíamos só nós
> E a Imortalidade.

Ela adorara ouvir o Sr. Youngstein ler o poema e queria lê-lo ela própria, juntamente com as outras obras da poesia, a fim de guardá-las de cor. Mas houve uma pequena confusão. Uma das inflexões do professor lhe escapara. Sofia entendera que esse pequeno poema, essa visão fascinantemente simples mas que continha em si o ressoar da eternidade, era obra de um poeta americano cujo último nome era idêntico ao de um dos mais famosos romancistas da literatura mundial. E, por isso, no seu quarto da pensão de Yetta, lembrando-se do poema graças aos acordes sombrios da sinfonia de Mahler, decidira ir, antes da aula, até a biblioteca do Brooklyn College e procurar a obra desse maravilhoso poeta, que ela, ignorantemente, pensava ser um homem. Esse mal-entendido, dir-me-ia ela mais tarde, fora, realmente, a peça crucial que faltava para completar o pequeno mosaico que redundara no seu encontro com Nathan.

Lembrava-se claramente de sair do calor flatulento do detestado metrô e entrar no ensolarado *campus* com seus grandes retângulos de grama bem verde, sua multidão de estudantes de cursos de verão, suas árvores e suas aleias floridas. Sempre se sentia mais em paz ali do que em qualquer outro lugar do Brooklyn. Embora aquela universidade se parecesse tanto com a venerável Universidade Jagielloniana do seu passado quanto um reluzente cronômetro com um velho relógio de sol, todos aqueles estudantes, a movimentação entre as aulas, o ambiente acadêmico faziam Sofia sentir-se confortável, em casa. Os jardins eram como que um oásis, sereno e cheio de flores, em meio ao enxamear de uma caótica Babilônia. Nesse dia, ao atravessar os jardins, a caminho da biblioteca, Sofia avistara algo que ficaria tão indelevelmente gravado na sua mente a ponto de mais tarde se perguntar se não teria uma relação mística com Nathan e o surgimento dele na sua vida. O que ela viu, mesmo pelos padrões de decoro do Brooklyn College e dos anos quarenta, não era por assim dizer chocante, e Sofia não ficou escandalizada quanto estranhamente agitada, como se a rápida e desesperada sensualidade da breve cena tivesse o poder de reavivar dentro dela as brasas de um fogo que julgara ter sido quase que para sempre extinto. Vislumbrara, apenas, o instantâneo colorido de dois jovens, morenos e esplendorosamente belos, encostados contra um tronco de árvore, com os braços cheios de livros, mas tão apaixonados quanto David e Betsabé, beijando-se com a fome de animais devorando-se mutuamente, as línguas enfiadas glutonamente na boca um do outro, visíveis através do manto escuro da cascata de cabelo da moça.

O instante passou. Sentindo como se a tivessem apunhalado no peito, Sofia afastou os olhos e apressou-se a descer pela calçada cheia de estudantes, cônscia de que devia estar muito vermelha e de que o seu coração batia loucamente. Era algo inexplicável e alarmante, aquela incandescente excitação sexual que sentia dentro dela. Após ter passado tanto tempo sem sentir absolutamente *nada*, depois de ter vivido tanto tempo sem desejo! Mas agora a fogueira estava na ponta dos seus dedos, nas suas extremidades e, acima de tudo, no centro da sua pessoa, dentro do ventre, onde havia meses e anos não ardia.

A incrível emoção evaporou-se rapidamente. Desaparecera quando ela entrou na biblioteca e muito antes de dar com o bibliotecário, atrás do balcão — um nazista. Não, claro que ele não era nenhum nazista, não só porque a plaqueta gravada em preto sobre branco o identificava como sendo o Sr. Sholom Weiss, mas também porque — bem, que estaria um nazista fazendo ali, distribuindo volume sobre volume do conhecimento humano na biblioteca do Brooklyn College? Mas Sholom Weiss, um homem pálido e sisudo, de trinta e poucos anos, com agressivos óculos de armação de tartaruga e uma viseira verde, de tal maneira parecia sósia de todos os burocratas e semimonstros alemães, inflexíveis e sombrios, que ela conhecera nos últimos anos, que Sofia teve a estranha sensação de haver voltado a Varsóvia dos tempos da ocupação. E foi sem dúvida esse momento de *déjà vu*, esse sentimento de indentificação, que a fez ficar de repente tão descontrolada. Sentindo-se de novo fraca e doente, perguntou a Sholom Weiss, numa voz tímida, onde estava a ficha na qual poderia encontrar as obras do poeta americano do século XIX, Emil Dickens.

— Na sala de catalogação, primeira porta à esquerda — respondera Weiss, entre dentes. E, após uma longa pausa, acrescentara: — Mas a senhora não vai encontrar essa ficha.

— Não vou encontrar essa ficha? — ecoara Sofia, intrigada e, após um momento de silêncio, perguntou: — Pode me dizer por quê?

— *Charles* Dickens é um escritor *inglês*. Não há *nenhum* poeta americano com o sobrenome Dickens.

A voz era tão cortante e hostil quanto uma incisão.

Acometida de uma súbita náusea, com a cabeça zonza e uma sensação de estar sendo espetada nas pernas por uma porção de agulhas, Sofia ficou olhando, com curiosidade, para a cara de Sholom Weiss, desagradável e inflexível, parecendo flutuar para fora do pescoço e do confinante colarinho. Sinto-me tão doente, disse para si mesma, como se estivesse falando com um médico invisível e solícito. Mas conseguiu insistir com o bibliotecário:

— Tenho *certeza* de que há um poeta americano chamado Dickens!

Partindo do princípio de que aqueles versos, com sua reverberação, com sua penetrante música sobre a mortalidade e o tempo, seriam tão familiares a um bibliotecário americano quanto os objetos de uma casa, um hino patriótico ou a sua própria pele, Sofia sentiu seus lábios murmurarem *Porque eu não pude parar para a Morte...* Estava horrivelmente enjoada e não percebeu que na mente mesquinha de Sholom Weiss acabava de se registrar a frase com que ela o contradissera e a sua insolência. Antes que pudesse recitar mais, ouviu a voz dele elevar-se, em desobediência, a todos os pedidos de silêncio da biblioteca, provocando um distante, vago levantar de cabeças. Num murmúrio rouco e rascante — cheio de veneno e má-vontade — respondeu, com toda a desprezível indignação do pobre-diabo investido de algum poder:

— Escute, eu já lhe disse que *não* existe poeta com esse nome! Será preciso eu lhe fazer um *desenho*?

Sholom Weiss podia se vangloriar de a ter aniquilado com a língua. Porque, quando Sofia acordou, momentos mais tarde, do desmaio que a fizera cair ao chão, as palavras dele ainda ricocheteavam loucamente na sua memória e ela apercebeu-se vagamente de que tinha desmaiado tão logo ele acabara de gritar com ela. Mas tudo estava turvo e Sofia não saberia dizer onde se encontrava. Na biblioteca, claro, era lá que ela estava, mas parecia estar reclinada numa espécie de sofá ou num banco junto da janela, não longe do balcão diante do qual tinha caído, e sentia-se tão fraca, e um cheiro horrível enchia o ar à sua volta, um cheiro azedo, que ela não conseguia identificar, até que lentamente, sentindo a blusa molhada, percebeu que vomitara o que comera antes de sair de casa. Uma úmida camada de vômito cobria-lhe o peito, qual lama fétida.

Mas algo mais a levou a virar a cabeça, uma voz, uma voz de homem, contundente, potente, erguendo-se contra a figura suarenta e encolhida, cujas costas estavam voltadas para Sofia, mas que ela reconheceu, pela viseira verde, entortada sobre a testa, como sendo Sholom Weiss. E o tom severo, indignado e de comando do homem, que ela mal podia ver, fez com que um estranho e agradável arrepio lhe perpassasse a espinha, apesar de estar ali, prostrada e tonta.

— Nunca o vi mais gordo, Weiss, mas você é um bocado mal-educado. Ouvi tudo o que disse para a moça. Eu estava bem aqui! — rugiu. — Ouvi todas as grosserias que disse para ela. Será que você não percebeu que ela era estrangeira, seu maldito *momzer*, seu *schmuck!*

Uma pequena multidão se juntara e Sofia viu o bibliotecário estremecer como se estivesse sendo sacudido por ventos selvagens.

— Você é um palhaço, Weiss, um *palhaço*, do tipo que faz com que os judeus tenham má reputação. Essa jovem, essa linda jovem, que ainda não entende bem nossa língua, lhe faz uma pergunta perfeitamente viável e você resolve tratá-la como se ela fosse um lixo. Sinto vontade de lhe quebrar a cara! Você não devia estar mexendo com livros e sim com esgotos!

De repente, para seu espanto, Sofia viu o homem puxar a viseira de Weiss para baixo, até ficar pendurada do gasganete, como se fosse um inútil apêndice de celuloide.

— Seu imbecil, seu *putz* — disse a voz, cheia de desprezo e nojo. — Você é capaz de fazer *qualquer um* vomitar!

Sofia devia ter perdido de novo o conhecimento, porque, quando voltou a abrir os olhos, viu os dedos fortes, suaves e expressivos de Nathan, sujos, para seu constrangimento, de vômito, mas incrivelmente confortadores, aplicando-lhe algo fresco e úmido na testa.

— Você já vai se sentir bem — murmurou. — Vai se sentir *muito bem*. Não se preocupe. Puxa, você é tão *bonita*, como é que você consegue ser tão bonita? Não se mexa, você está bem, só teve uma tonteirazinha. Fique quietinha, deixe o doutor aqui cuidar de tudo. *Pronto*, como é que você se sente? Quer um golinho de água? Não, não, não diga nada, fique calminha, num minuto você vai se sentir *ok*.

E a voz continuou, num brando monólogo, tranquilizando-a, ninando-a, infundindo-lhe uma sensação de repouso, assim como um murmurado refrão, tão sedativo que ela nem mais sentiu vergonha de ver as mãos daquele desconhecido sujas do seu próprio vômito e lamentou que o único pensamento que lhe expressara, quando abrira os olhos pela primeira vez, tivesse sido um idiota *Oh, acho que vou morrer.*

— Não, você *não vai morrer* — repetiu ele de novo, numa voz cheia de força e paciência, ao mesmo tempo que os seus dedos lhe davam uma agradável sensação de frescura. — Você não vai morrer, vai viver até os cem anos. Como é que você se chama, meu bem? Não, não me diga, fique quietinha e linda. Seu pulso está ótimo, normal. Beba só um golinho de água...

Capítulo Cinco

Deve ter sido duas semanas depois de estar confortavelmente instalado nos meus aposentos cor-de-rosa, que recebi outra carta do meu pai. Era, em si mesma, uma carta fascinante, embora na altura eu mal pudesse imaginar a influência que ela teria no meu relacionamento com Sofia e Nathan e os vários acontecimentos que teriam lugar, naquele verão. Da mesma forma que a última das suas cartas por mim citadas — a que falava de Maria Hunt — também esta tinha a ver com um óbito e, do mesmo modo que a anterior, a respeito de Artiste, me dava notícias de que podia ser considerado como uma herança, ou parte nela. Transcrevo aqui quase toda a carta:

> "Filho, faz hoje dez dias que o meu querido amigo e antagonista político e filosófico, Frank Hobbs, caiu morto no seu escritório, no estaleiro, vítima de uma trombose cerebral quase instantânea. Tinha apenas 60 anos, idade que comecei desesperadamente a considerar como sendo virtualmente a primavera da vida. A sua morte foi um grande choque para mim e sinto muito a falta dele. Seus pontos de vista políticos eram, claro, deploráveis, colocando-o vinte quilômetros à direita de Mussolini, mas, apesar disso, ele era o que nós, gente do campo, sempre chamamos "um bom rapaz" e vou sentir muita falta

da sua maciça e generosa — se bem que intolerante — presença, quando me dirigir para o trabalho. Sob muitos aspectos, ele era um triste, um homem solitário, viúvo e inconsolável com a perda do único filho, Frank Jr., o qual, talvez você se lembre, morreu afogado aos vinte e poucos anos, não faz muito, quando pescava no Estreito de Albemarle. Frank Pai não deixou descendentes e esse fato é a principal razão pela qual lhe estou escrevendo esta carta.

O advogado de Frank ligou para mim, faz alguns dias, a fim de me informar, para minha enorme surpresa, de que sou o principal beneficiário da herança dele. Frank tinha pouco dinheiro no banco, nenhum investimento, tendo sempre sido, como eu, apenas um bem pago assalariado, dentro — ou, talvez eu deva dizer — montado na precária garupa desse monstruoso leviatã conhecido como o mundo-dos-negócios americano. Por isso, lamento não poder lhe dar notícia da iminente recepção de um polpudo cheque que lhe alivie as preocupações, enquanto você labuta no campo das letras. Durante longos anos, porém, Frank foi o proprietário e arrendatário, embora ausente, de uma pequena fazenda de amendoim, no condado de Southampton, fazenda essa que pertenceu à família Hobbs desde a Guerra de Secessão. Foi essa propriedade que Frank me deixou, estipulando, no seu testamento que, embora eu pudesse fazer com ela o que bem desejasse, esperava que eu continuasse a cultivar a terra como ele fizera, não só pelos modestos lucros que 60 acres de amendoim podem dar, mas principalmente pela encantadora e verdejante localização da fazenda, atravessada por um belo riachinho, cheio de peixes. Ele devia saber quanto eu gostava do lugar, que por várias vezes visitara.

Esse tocante e extraordinário gesto da parte de Frank colocou-me, no entanto, num dilema. Embora eu gostasse de fazer o possível para respeitar o desejo de Frank e não vender a fazenda, não sei se estaria agora em condições de ser fazendeiro (apesar de, quando rapaz, na Carolina do Norte, ter aprendido a manejar a enxada e a foice), mesmo à distância, como era o caso de Frank. De qualquer modo, sempre requer um bocado de trabalho e atenção e, enquanto Frank podia se dedicar a isso, tenho o meu trabalho, que me absorve muito, aqui no estaleiro. Sob certos aspectos, claro, é uma proposta muito atraente. Dois negros muito entendidos em lavoura arrendaram as terras e o equipamento agrícola está em condições razoáveis. A casa principal está em excelente estado e seria ótima para passar os fins de semana, tendo em vista principalmente a proximidade do maravilhoso riacho. O amendoim é agora uma fonte de renda, sobretudo desde que a última guerra abriu tantos novos empregos para essa leguminosa. Eu me lembro que Frank vendia a maior parte da colheita para a Planters, de Suffolk, a fim de ajudar a saciar o insaciável e recente desejo que os americanos têm de manteiga de amendoim. Há também alguns porcos, que produzem os melhores presuntos da região. E uns hectares de plantação de soja e algodão, ambos produtos que ainda dão lucro, de modo que, como você pode ver, existem alguns aspectos totalmente mercenários da situação — além do aspecto estético e recreativo — que me tentam a voltar a cultivar a terra, após mais de quarenta anos ausente dos campos. Sem dúvida, isso não me faria ficar rico, embora eu desconfie de que, embora em pequena escala, pudesse vir a aumentar um orçamento muito diminuído pelas necessidades das suas tias, lá na Carolina do Norte. Mas, como já disse, estou com sérias dúvidas. E isso me leva, Stingo, a apelar para você e para o papel que poderá vir a desempenhar neste até o momento não-resolvido dilema.

O que lhe proponho é que vá morar na fazenda, como proprietário, na minha ausência. Já estou vendo a sua reação ao ler isto e parece que o ouço dizer: "Mas não entendo nada de amendoins". Sei muito bem que isto pode não lhe parecer nada compatível, principalmente depois de você ter escolhido tentar a sorte como homem de letras entre os ianques. Mas peço-lhe que considere a minha proposta, não porque eu não dê valor à sua necessidade de independência, vivendo aí no (para mim) bárbaro Norte, mas por uma sincera preocupação pelo descontentamento que você manifesta nas últimas cartas, essa sensação que eu tenho de que você não está precisamente *florescendo* espiritualmente ou (claro!) financeiramente. Por um lado, seus deveres seriam mínimos, de vez que Hugo e Lewis, os dois negros que há anos vivem na fazenda com suas famílias, cuidam dos assuntos práticos, e você funcionaria como uma espécie de fazendeiro só no nome, cujo principal trabalho, tenho a certeza, seria escrever esse romance que você diz que começou. Mas você não pagaria aluguel e estou certo de que eu poderia lhe pagar algo em troca das suas poucas responsabilidades. Além do mais (e deixei isto para o fim), peço-lhe que considere a proximidade da fazenda do antigo *habitat* do "profeta Nat", esse negro misterioso, que tanto susto causou à negreira Virgínia daqueles tempos. Ninguém melhor do que eu sabe do seu fascínio pelo "velho profeta", pois não posso esquecer de como você, ainda garoto de ginásio, colecionava mapas, documentos e tudo quanto era informação que conseguia recolher, relativa a essa extraordinária figura. A fazenda dos Hobbs fica a um salto apenas do local de onde o Profeta se lançou à sua terrível missão de morticínio, e eu acho que, se você fosse morar lá, poderia beneficiar-se da atmosfera e dos elementos de que precisa para esse livro que, estou certo, acabará escrevendo. Por favor, meu filho pense bem na proposta. Não vou disfarçar o interesse pessoal que há por trás dessa oferta. Preciso muito de alguém que tome conta da fazenda, se quiser conservá-la. Mas, embora isso seja verdade, não posso esconder, também, o prazer que sinto ao pensar que você, decidido a ser o escritor que eu quis ser, mas não pude, teria uma esplêndida oportunidade de viver na terra — vendo-a e sentindo-lhe o cheiro e a influência — onde nasceu e que produziu esse negro prodigioso..."

De certa maneira, era uma grande tentação, não podia negar. Junto com a carta, meu pai incluíra várias fotos Kodachrome da fazenda.

Rodeada por grandes faias, que lhe davam sombra, a velha casa de meados do século XIX parecia não precisar — além de uma pintura — de nada para ser a confortável moradia de quem pudesse enquadrar-se facilmente na grande tradição sulista de escritores-fazendeiros. A doce tranquilidade do lugar (gansos espadejando através da grama verdejante do verão, um alpendre sonolento, com uma rede, o velho Hugo ou o velho Lewis atirando sorrisos cheios de dentes calcilicados e gengivas rosadas por cima do volante de um trator enlameado) deu-me, de repente, uma pontada de saudade do Sul rural. A tentação era ao mesmo tempo forte e pungente e demorou o tempo que eu tardei a reler a carta e contemplar mais uma vez a casa e o seu gramado, tudo aparentemente suspenso em meio a uma neblina idílica, que podia ter sido causada por uma superexposição do filme. Mas, embora a carta me falasse ao coração e, ao mesmo tempo, tivesse, em termos práticos, um bocado de lógica, compreendi que tinha que recusar o convite de meu pai. Se a carta houvesse chegado algumas semanas mais cedo, quando eu me sentia por baixo, após haver sido demitido da McGraw-Hill, eu poderia ter aproveitado a chance. Mas as coisas agora estavam radicalmente alteradas e eu já me acostumara ao lugar onde morava e ao tipo de vida que levava, de modo que fui obrigado a responder a meu pai com um Não. E, quando agora olho para esses tempos promissores, percebo que havia três fatores responsáveis pelo surpreendente e recente sentimento de satisfação que me invadia. Sem ordem de importância, eram eles: 1) um raio que se acendera na minha cabeça a respeito do romance que eu pretendia escrever e que até então permanecera envolto em névoa; 2) o fato de eu ter conhecido Sofia e Nathan e; 3) uma antecipação de realização sexual garantida, pela primeira vez na minha irrealizada vida.

Para começar, uma palavra sobre o livro que eu estava tentando começar. Na minha carreira de escritor, sempre me senti atraído por temas mórbidos — suicídio, estupro, assassinato, vida militar, casamento, escravidão. Mesmo nessa altura, eu sabia que o meu primeiro livro seria impregnado de uma certa morbidez — eu possuía o que se poderia chamar de "sentimento trágico" da vida — mas, para ser cem por cento sincero, tinha apenas uma ideia muito vaga daquilo que tão febrilmente estava me preparando para escrever. É certo que eu possuía, na cabeça, um dos mais valiosos ingredientes de uma obra de ficção: um lugar. As vistas, os sons, os cheiros, as luzes e as sombras, os vales e as planuras, as águas do meu nativo litoral sulista compeliam-me urgentemente a lhes dar uma realidade física no papel e eu, a duras penas, conseguia conter a minha ânsia — era quase uma fúria — de traduzi-los em palavras. Mas, no que dizia respeito a personagens e história, a uma narrativa que me permitisse intercalar todas aquelas vívidas imagens do meu passado recente, eu nada tinha. Aos vinte e dois anos, sentia-me pouco mais do que um sujeito magricela, de um metro e noventa de altura e setenta e cinco quilos de nervos expostos, com muito pouca coisa a dizer. Minha estratégia original era pateticamente derivativa, sem lógica e sem planos, que eram substituídos por um desejo amorfo de fazer por uma cidadezinha do Sul o que James Joyce fizera no seu milagroso microcosmo. Para alguém da minha idade, não era uma ambição completamente destituída de validade, a não ser pelo fato de, mesmo no plano mais modesto, não parecer haver maneira de inventar réplicas sulistas para Stephen Dedalus e os imortais Blooms.

Mas foi então — oh, como é verdade que a maioria dos escritores mais tarde ou mais cedo acabam explorando as tragédias alheias! — que apareceu (ou desapareceu) Maria Hunt. Ela morrera precisamente no momento em que eu mais precisava dessa sacudidela psíquica conhecida como inspiração. E assim, durante os dias que se seguiram à notícia da sua morte, à medida que o choque foi diminuindo e eu pude encarar, por assim dizer, profissionalmente o seu grotesco fim, senti-me invadido por fabulosa sensação de descobrimento. A toda hora me debruçava sobre o recorte de jornal que meu pai me mandara, tomado de excitação pela crescente possibilidade de Maria e a sua família servirem de modelos para as personagens do meu romance. A figura desesperada e arruinada de um pai beberrão e mulherengo; a mãe, ligeiramente desequilibrada e ultrarreligiosa, conhecida nas esferas da alta classe média — frequentadora do *country-club* e da igreja episcopal pela sua estoica tolerância à amante do marido, mulher estúpida e ambiciosa, oriunda do subúrbio e, finalmente, a filha, a pobre e defunta Maria, condenada desde o início à vítima de todos os mal-entendidos, ódios mesquinhos e sentimentos de vingança capazes de fazer com que a vida familiar da burguesia seja a coisa mais parecida que há na terra com o inferno — meu Deus, pensei, era uma maravilha, um presente dos céus! E compreendi que, para minha alegria, e embora inconscientemente, eu já tivesse composto a primeira parte da moldura que iria cercar aquela trágica paisagem: minha viagem de trem, o trecho que tanto me impressionara e que eu relera com uma tal absorção, representariam agora a chegada à cidade do corpo da heroína, desenterrado da cova rasa em Nova York e remetido, num vagão bagageiro, para ser sepultado na terra em que nascera. Parecia bom demais para ser verdade. Oh, de que horríveis oportunidades se alimentam os escritores!

Antes mesmo de guardar a carta do meu pai, deixei escapar um deleitado suspiro e senti a cena seguinte chocando na minha mente, tão próxima, que eu quase podia estender a mão e apalpá-la, como se fosse um belo ovo de ouro crescendo dentro do meu cérebro. Voltei ao meu bloco, peguei um lápis. O trem estava chegando à estação de beira-rio, uma plataforma cheia de calor, agitação, poeira. À espera do trem estariam o enlutado pai, a inoportuna amante, um carro fúnebre, um adulador gato-pingado, talvez mais alguém... Uma fiel criada, talvez? Uma velha negra? O virginal lápis Venus fazia um barulhinho, avançando sobre o papel.

Lembro-me dessas primeiras semanas na pensão de Yetta com extraordinária nitidez. Para início de conversa, havia aquele maravilhoso ímpeto de energia criadora, o inocente e juvenil abandono com que consegui, em tão pouco tempo, escrever as primeiras cinquenta ou sessenta páginas do livro. Nunca escrevi depressa ou facilmente, e essa não foi exceção, porque mesmo então já era compelido a procurar, embora inadequadamente, a palavra certa e sofria com os ritmos e as sutilezas da nossa bela, mas impiedosa língua. Não obstante, sentia-me tomado por uma estranha, temerária confiança em mim mesmo e escrevinhava alegremente, enquanto as personagens que eu começara por criar pareciam adquirir vida própria e a nebulosa atmosfera do verão no litoral sul assumia uma realidade ofuscante e quase palpável, como se se desenrolasse diante dos meus olhos um filme em cores tridimensionais. Quão zelosamente guardo a imagem de mim mesmo naqueles tempos, debruçado sobre a mesa professoral, naquele radiante quarto rosado, murmurando melodiosamente (coisa que ainda faço) as orações e as frases inventadas, provando-as nos meus lábios, como um obcecado fazedor de versos e, enquanto isso, completamente satisfeito por saber que o fruto daquele feliz trabalho, quaisquer que fossem as suas deficiências, seria a mais estimulante e impressionante das realizações imaginativas do homem — O Romance. O bendito Romance. O sagrado Romance. O Todo-Poderoso Romance. Oh, Stingo, como o invejo naquelas tardes distantes do Primeiro Romance (tão anteriores à idade madura e às modorrentas crises de inanição, do tédio com a ficção e do surgimento do amor-próprio e da ambição), quando desejos imemoriais impeliam todos os seus hifens e pontos-e-vírgulas, e você tinha uma fé infantil na beleza que sentia estar destinado a transmitir.

Outra coisa de que me lembro muito bem, naqueles primeiros tempos em casa de Yetta, era o à-vontade e a segurança que sentia — também, tenho a certeza, consequências da minha amizade por Sofia e Nathan. Tivera um pressentimento disso naquele domingo, no quarto de Sofia. Enquanto trabalhara na colmeia da McGraw-Hill, houvera algo de doentio, de autoflagelador no fato de me esquivar ao contato com as pessoas e me refugiar num mundo de fantasia e solidão. Eu mesmo achava isso anormal, pois costumo ser uma pessoa sociável, compelida com bastante sinceridade para a amizade, mas também afetada por esse horror à solidão que faz com que os seres humanos se casem ou entrem para o Rotary. No Brooklyn, eu chegara a um ponto em que precisava urgentemente de amigos e os encontrara, dando assim vazão às ansiedades represadas e permitindo-me trabalhar. Só uma pessoa muito doente ou fechada pode trabalhar dia após dia sem contemplar com pavor a perspectiva de enfrentar um quarto que é um poço de silêncio, cercado por quatro paredes vazias. Após ter concluído a minha tensa narrativa da cena do funeral, tão permeada de desolação e luto, senti que tinha direito a umas cervejas e à companhia de Sofia e Nathan.

Bastante tempo teria ainda que passar, porém — pelo menos várias semanas — antes que o destino me envolvesse numa febre da mesma intensidade emocional que ameaçara consumir-nos a todos, quando pela primeira vez os vira. Quando essa nova tempestade irrompeu, foi terrível — muito mais ameaçadora do que tudo o que eu já descrevi — a tal ponto, que quase me desnorteou totalmente. Mas isso foi mais tarde. Entrementes, como uma extensão floral do quarto cor-de-rosa em que eu morava, como uma peônia abrindo as pétalas, eu florescia em meio à satisfação criadora. Outra coisa, já não precisava me preocupar com o barulho amoroso vindo de cima. Durante o ano, aproximadamente, em que Sofia e Nathan tinham ocupado quartos no segundo andar, haviam coabitado de maneira flexível, cada qual mantendo quartos separados, mas dormindo juntos, na cama mais à mão ou mais conveniente.

Talvez fosse um reflexo do severo moralismo dessa época o fato de, apesar da atitude relativamente tolerante de Yetta em relação ao sexo, Sofia e Nathan se sentirem constrangidos a viver tecnicamente separados — isto é, por alguns metros de corredor revestido de linóleo — em vez de se mudarem para um dos seus espaçosos quartos, onde não mais teriam que representar a farsa de serem apenas bons amigos, sem qualquer interesse carnal. Mas estávamos ainda numa era de adoração do matrimônio e da fria e marmórea legitimidade. Além do mais, Flatbush era um lugar tão dado a pruridos de moral e a bisbilhotices, quanto a mais sonolenta cidadezinha do interior. A pensão de Yetta teria ficado mal afamada se houvesse corrido a notícia de que dois "não casados" estavam vivendo juntos. Por isso, o corredor do andar de cima era, para Sofia e Nathan, apenas um breve cordão umbilical unindo o que, na realidade, não passava de metades separadas de um grande apartamento de dois quartos. O que tornava tudo mais tranquilo e silencioso para mim era o fato de meus dois amigos terem transferido tanto o seu lugar de dormir quanto seus ensurdecedores rituais amorosos para a cama do quarto de Nathan — um quarto não tão simpático quanto o de Sofia mas, no verão, algo mais fresco, conforme Nathan dizia. Graças a Deus, pensei, não haveria mais clímaces para interferir no meu trabalho e na minha paz de espírito.

Durante essas primeiras semanas, consegui, com bastante sucesso, sepultar a atração por Sofia — de tal maneira que, estou certo, nem ela nem Nathan seriam capazes de detectar o desejo abafado que eu sentia sempre que estava na presença dela. Por um lado, nessa época eu era ridiculamente inexperiente e, mesmo levado pelo espírito esportivo, ou competitivo, nunca teria dado em cima de uma mulher que tão claramente entregara o coração a outro homem. Por outro lado, havia o que eu considerava como a enorme superioridade em anos de Nathan. E isso era crucial. Quando a gente tem vinte e poucos anos, uma pequena diferença, para mais, na idade representa muito mais do que quando se é mais velho. E o fato de Nathan ter quase trinta e eu apenas vinte e dois anos, fazia-o muito mais velho do que se ambos estivéssemos na casa dos quarenta. Além do mais, devo dizer que também Sofia tinha mais ou menos a idade de Nathan. Considerando-se isso, juntamente com o falso desinteresse que eu afetava, tenho quase certeza de que nunca passou pela cabeça de Sofia ou de Nathan que eu pudesse ser um sério candidato ao amor dela. Amigo sim, mas amante? Ambos teriam rido. Deve ter sido por isso que Nathan nunca pareceu relutar em me deixar a sós com Sofia e até encorajava a nossa camaradagem sempre que precisava sair. Tinha todo o direito de confiar tanto, pelo menos durante aquelas primeiras semanas, de vez que eu e Sofia nunca fazíamos mais do que tocar casualmente as pontas dos dedos, apesar de todo o desejo que eu sentia por ela. Tornei-me um discreto ouvinte e estou certo de que o meu ar casto acabou me permitindo ficar sabendo tanto (ou mais) sobre Sofia e o seu passado do que Nathan.

— Admiro sua coragem, garoto — disse-me Nathan certa manhã, no meu quarto. — Admiro o que você está fazendo, procurando escrever algo mais a respeito do Sul.

— Que é que você quer dizer com isso? — retruquei, intrigado. — Que há de tão corajoso em escrever sobre o Sul?

Estava enchendo as xícaras de café, numa das manhãs da semana seguinte à nossa ida a Coney Island. Contrariando meus hábitos, tinha, durante alguns dias, me levantado assim que amanhecia, compelido pelo sentimento de urgência que descrevi, e escrevera sem parar durante duas horas ou mais. Completara uma dessas (para mim) fantásticas maratonas — mais ou menos mil palavras — que iriam caracterizar o estágio da criação de um livro. Sentia-me um pouco tenso e, por conseguinte, ao ouvir Nathan bater à minha porta, a caminho do trabalho, apressara-me a abrir. Havia várias manhãs que ele me fazia aquelas visitinhas matinais, para mim tão agradáveis. Explicara que tinha que estar no laboratório muito cedo, por causa de umas culturas bacterianas muito importantes, que exigiam a sua observação. Tentara descrever-me com detalhes suas experiências — relacionadas com o líquido amniótico e o feto de uma coelha, inclusive coisas complicadas sobre enzimas e transferência de íons — mas acabara desistindo, com uma risada compreensiva, ao ver a minha cara de tédio e sofrimento. O fracasso em estabelecermos qualquer contato mental fora minha culpa e não de Nathan, pois ele procurara pôr-me a par do que fazia. Simplesmente eu possuía escassa paciência ou capacidade para abstrações científicas e isso era algo que eu deplorava em mim tanto quanto invejava os múltiplos talentos de Nathan. A sua capacidade, por exemplo, de passar de enzimas para literatura, como agora.

— Não acho que seja nada de tão extraordinário para mim estar escrevendo sobre o Sul — continuei. — É o que conheço melhor, as velhas plantações de algodão da minha terra.

— Não me refiro a isso — replicou ele. — Simplesmente você está a reboque de uma tradição. Pode pensar que eu ignoro tudo sobre o Sul, pela maneira impiedosa e até imperdoável com que o interpelei, no domingo, a propósito de Bobby Weed. Mas agora estou falando de outra coisa: sobre literatura. A literatura sulista, como uma força, vai acabar dentro de alguns anos. Outro gênero vai ter que surgir para tomar o lugar dela. É por isso que digo que você tem muita coragem por estar escrevendo numa tradição tão gasta.

Fiquei um pouco irritado, embora a irritação tivesse menos que ver com a lógica e a verdade do que ele dizia, se é que realmente havia lógica e verdade nas suas afirmações, do que com o fato de um tal veredicto literário vir de um biólogo e pesquisador de um laboratório farmacêutico. Achava que não era da conta dele. Mas quando reagi, sem raiva e algo divertido, à maneira proverbial do esteta literário, ele voltou a me dar xeque-mate.

— Nathan, você pode entender muito de *células* — retruquei — mas que diabo você sabe de gêneros e tradições literárias?

— Em *De Rerum Natura*, Lucrécio assinalou uma verdade essencial a respeito da vida examinada, ou seja, que o homem que se dedica apenas à ciência, que não é capaz de apreciar a arte, é um homem malformado, um homem incompleto. Concordo com isso, Stingo, meu *chapa* — e essa talvez seja a razão pela qual me interesso por você e pelo que você escreve.

Fez uma pausa e estendeu um isqueiro, aparentemente caro, de prata, com o qual acendeu a ponta do Camel que eu segurava entre os lábios.

— Será que você me perdoa por favorecer esse seu horrível vício? Carrego este isqueiro para acender bicos de Bunsen — disse, em tom brincalhão, e continuou: — Para falar a verdade, escondi de você que também sonhava ser escritor, até que, já em Harvard, percebi que nunca seria um Dostoievsky e voltei minha penetrante inteligência para os mistérios do protoplasma humano.

— Quer dizer que você planejava ser um escritor? — falei.

— A princípio, não. As mães judias ambicionam muito para os filhos e, durante a minha infância, os planos eram de que eu viesse a ser um grande violinista — um novo Heifetz ou um Menuhin. Mas faltava-me o toque, o gênio, embora tenha permanecido em mim um grande amor pela música. Foi então que resolvi ser escritor e formamos um grupo, em Harvard, uma turma de estudantes loucos por livros, a par de tudo o que acontecia no campo das letras — uma espécie de Bloomsbury em miniatura. Escrevi alguma poesia e uma porção de contos horríveis, como todos os meus amigos. Cada um de nós pensava que ia pôr Hemingway no chinelo. Mas acabei constatando que, como escritor de ficção, eu faria melhor tentando emular Louis Pasteur. Descobri que minha vocação era para a ciência, de modo que troquei o curso de Letras pelo de Biologia. Tenho certeza de que foi boa escolha. Vejo agora que tudo o que tinha a meu favor era o fato de ser judeu.

— Que é que você quer dizer com isso? — perguntei.

— Nada, só que tenho a certeza de que a literatura judaica vai ser a grande força da literatura americana nos anos vindouros.

— É mesmo? — disse eu, um pouco na defensiva. — Como é que você sabe? Foi por isso que disse que eu tinha muita coragem para escrever a respeito do Sul?

— Eu não disse que a literatura judia ia ser a *única* força e sim a força *importante* — respondeu ele, de maneira agradável — e nem estou querendo sugerir que você não possa acrescentar nada de significativo à sua tradição literária. Acontece que, do ponto de vista étnico e histórico, os judeus vão assumir a maioridade cultural neste pós-guerra. Está escrito. Já saiu um romance que vai dar as cartas. Não é um livro importante, trata-se de um livro pequeno, mas muito bem proporcionado, obra de um jovem escritor de brilho indiscutível.

— Qual o nome do livro? — perguntei e acrescentei, num tom despeitado: — E quem é o brilhante autor?

— O título é *Dangling Man* — respondeu ele — e o nome do autor é Saul Bellow.

— Não me diga — retruquei, tomando um gole de café. — Já leu? — perguntou Nathan.

— Claro — respondi, mentindo com a maior cara-de-pau. — Que é que você achou?

Abafei um estudado bocejo.

— Não achei grande coisa.

Na verdade, eu tinha ouvido falar muito desse livro, mas o espírito mesquinho que tantas vezes aflige o escritor não-publicado fizera com que alimentasse dentro de mim apenas despeito pelo que eu suspeitava ser a bem-merecida aprovação da crítica.

— É um livro muito *citadino* — acrescentei — com demasiado cheiro a ruas.

Mas tinha de confessar a mim mesmo que as palavras de Nathan, ali sentado, na poltrona à minha frente, me haviam incomodado. E se o filho-da-mãe estivesse certo e a velha e nobre tradição literária que eu me preparava para seguir estivesse realmente no fim, freando e me esmagando ignominiosamente, sob as rodas decrépitas do carro? Nathan parecera tão seguro e tão por dentro de outros assuntos que talvez naquele caso os seus augúrios também estivessem corretos e, numa súbita visão — tanto mais desanimadora por causa do seu caráter altamente competitivo — vi-me disputando em décimo lugar uma corrida literária, tossindo na esteira de uma horda de bambas chamados Bellow, Schwartz, Levy e Mandelbaum.

Nathan sorria para mim. Parecia ser um sorriso cem por cento amigo, sem nada de sardônico mas, por um momento, senti algo na sua presença que eu já sentira e que voltaria a sentir — um momento fugaz, no qual tudo o que havia nele de atraente parecia contrabalançado por algo sutil e indefinivelmente sinistro. Como se uma coisa informe e úmida tivesse penetrado no quarto, partindo imediatamente, vi-me livre da estranha sensação e sorri também para ele. Nathan estava usando o que, se não me engano, era chamado um terno de Palm Beach, bege, muito bem cortado e inegavelmente caro, que fazia com que ele não parecesse sequer um primo distante daquela fantástica aparição. Vira-o pela primeira vez apenas alguns dias antes, descabelado, vestindo uma calça velha, gritando com Sofia no corredor. De repente, tudo aquilo, a sua louca acusação — *Abrindo as pernas para um reles charlatão!* — me pareceu tão irreal como o diálogo de um filme visto há muito tempo e quase esquecido. (Que é que ele quisera dizer com aquelas palavras? Será que alguma vez eu viria a saber?) Enquanto o sorriso ambíguo permanecia no rosto dele, percebi que aquele homem apresentava os mais exasperantes e mistificadores enigmas de personalidade com que eu jamais me deparara.

— Bem, pelo menos você não me disse que o romance morreu — falei, por fim, ao mesmo tempo em que uma frase musical, terna e celestial, descia, baixinho, do quarto de cima, obrigando a uma mudança de assunto.

— Lá está Sofia ligando de novo a vitrola — disse Nathan. — Estou sempre tentando convencê-la a dormir até tarde, quando não precisa ir trabalhar, mas ela diz que não consegue. Desde a guerra diz que não consegue dormir até tarde.

— Que é que está tocando? — perguntei.

Era algo familiar, uma peça de Bach, que eu deveria ser capaz de reconhecer, mas cujo nome tinha, não sei por que, esquecido.

— É um trecho da Cantata 147, mais conhecido como *Jesus, Alegria dos Homens.*

— Invejo-lhe a vitrola e os discos — falei. — Pena serem tão caros. Uma sinfonia de Beethoven me levaria uma boa parte do que eu ganhava por semana.

Ocorreu-me, então, que o que favorecera a afinidade que eu sentia por Sofia e Nathan, durante aqueles primeiros dias de amizade, fora a paixão comum pela música. Apenas Nathan gostava de *jazz*. De modo geral, refiro-me à música chamada clássica, nada nem de longe popular e muito pouco composto depois de Franz Schubert, com Brahms constituindo notável exceção. Da mesma forma que Sofia e Nathan, eu estava numa altura da vida — muito antes do aparecimento do *rock* ou do ressurgimento da música *folk* — em que a música era mais do que um simples alimento; era um ópio necessário, algo que parecia emanar de Deus. (Esqueci de dizer que grande parte do meu tempo livre, quando trabalhava na McGraw-Hill, fora passado em lojas de discos, horas e horas de música, nas cabines abafadas que todas as lojas tinham, então.) A música, naquele momento, era para mim quase tanto uma razão de existir que, se me tivessem privado por muito tempo desta ou daquela harmonia, ou de alguma miraculosa tapeçaria barroca, sem dúvida teria cometido crimes perigosos.

— Essas pilhas de álbuns que vocês têm me fazem babar — falei.

— Ora, garoto, pode ouvi-los sempre que quiser.

Não me escapara que, naqueles últimos dias, ele volta e meia me chamava de "garoto". Nathan não podia fazer ideia de como isso me agradava. Acho que, na minha crescente simpatia por ele e, na condição de filho único, eu começara a ver nele um pouco o irmão mais velho que nunca tivera — um irmão cujo fascínio e cujo calor humano de tal maneira compensavam o que havia de bizarro e imprevisível nele, que eu me apressava a descontar as suas excentricidades.

— Escute — continuou ele — pense na minha maloca e na de Sofia como dois lugares...

— Na sua o *quê?* — estranhei.

— Na minha maloca.

— Que diabo é isso?

— Ora, onde a gente mora. No caso, o meu quarto.

Era a primeira vez que eu ouvia a palavra *maloca* usada como gíria. Gostei.

— Pode-se considerar bem-vindo sempre que quiser ouvir discos quando eu e Sofia estivermos trabalhando. Morris Fink tem uma chave. Disse-lhe para deixar você entrar sempre que quiser.

— Oh, isso é muita bondade sua, Nathan — gaguejei. — *Obrigado!*

Eu estava mais do que comovido pela generosidade — quase emocionado. Os frágeis discos daquela época ainda não faziam parte da nossa febre de consumo. As pessoas não eram tão mãos-abertas com os seus discos quanto hoje em dia. Eles eram preciosos e eu nunca tinha tido a possibilidade de ouvir tanta música. A perspectiva que Nathan me oferecia encheu-me de uma excitação próxima da voluptuosidade. Nem a livre escolha de qualquer das fêmeas rosadas e núbeis com que eu jamais sonhara me teria aguçado de tal maneira o apetite.

— Pode ter a certeza de que vou cuidar bem deles — apressei-me a dizer.

— Confio em você — retrucou ele — embora todo o cuidado seja pouco. Esse maldito *shellac* parte com muita facilidade. Prevejo, para dentro de uns dois anos, o aparecimento de algo inevitável: o disco inquebrável.

— Isso seria ótimo — falei.

— Não só inquebrável, como *compacto*, de tal maneira, que se possa tocar toda uma sinfonia ou toda uma cantata de Bach numa única face. Tenho certeza de que em breve teremos esse tipo de disco.

E levantou-se da poltrona, acrescentando, no espaço de poucos minutos, essa profecia sobre o disco *long-playing* à que fizera a respeito do renascimento literário dos judeus.

— O milênio musical está às portas, Stingo.

— Puxa, como posso lhe agradecer? — perguntei, ainda sensibilizado.

— Esqueça isso, garoto — respondeu ele, levantando os olhos na direção da música. — Não me agradeça, agradeça à Sofia. Ela me ensinou a gostar de música como se a tivesse inventado, como se eu já não gostasse antes de a conhecer. Também me ensinou a entender de roupa, tanta coisa!... — Fez uma pausa e o seu olhar ficou luminoso, distante. — Ela me ensinou *tudo* sobre a vida! Meu Deus, é uma criatura extraordinária!

Havia na sua voz a reverência ligeiramente exagerada que às vezes se usa para falar de grandes obras de arte. Contudo, quando eu concordei, com um murmurado "Também acho", Nathan nem sequer desconfiava do ciúme que eu sentia e da minha paixão oculta.

Conforme já disse, Nathan encorajara-me a fazer companhia a Sofia, de modo que não tive constrangimento — depois que ele saiu para trabalhar — em ir até o corredor e convidá-la a sair. Era quinta-feira, um dos dias em que ela não tinha que ir ao consultório do Dr. Blackstock e, quando ouvi a voz dela descendo do andar de cima, perguntei-lhe se não gostaria de almoçar comigo no parque, um pouco depois do meio-dia.

— *Ok*, Stingo — respondeu Sofia alegremente. E logo me saiu da cabeça.

Para ser franco, eu só estava pensando em púbis e seios, em ventres, umbigos e traseiros, especificamente nos da liberada ninfa que conhecera na praia, no domingo anterior, a jovem "quente" que Nathan tivera a ótima ideia de servir-me.

Apesar do desejo que me consumia, voltei à mesa de trabalho e procurei escrever durante mais ou menos uma hora, quase mas não totalmente alheio à movimentação, às idas e vindas dos demais ocupantes da casa — Morris Fink resmungando, entredentes, enquanto varria a varanda da frente, Yetta Zimmerman descendo dos seus aposentos, no terceiro andar, para proceder à inspeção matinal, o volumoso Moishe Muskatblit partindo, apressado, para a sua *yeshiva*, assobiando *The Donkey Serenade* de modo a dar a impressão de guizos. Passado um momento, ao fazer uma pausa no meu trabalho e olhar pela janela que dava para o parque, vi uma das duas enfermeiras, Astrid Weinstein, voltar, cansada, do plantão noturno no Kings County Hospital. Mal ela fechara com estrépito a porta do quarto, em frente ao meu, a outra enfermeira, Lillian Grossman, saiu para trabalhar no mesmo hospital. Era difícil dizer qual delas era menos atraente — se a grande e ossuda Astrid, com uns olhos rosados e um ar de choro no rosto de pedra, ou Lillian Grossman, magrela como um pardal esfomeado e com uma expressão despeitada e mesquinha, que pouco conforto devia dar aos pobres doentes sob seus cuidados. Embora ambas fossem melancolicamente feias, eu já não me achava perseguido pelo azar, pelo fato de morar numa casa tão desagradável, tão vazia de promessas eróticas. Afinal de contas, eu tinha a *Leslie!* Comecei a suar, a sentir falta de ar e algo no meu peito se dilatou dolorosamente, tal como um balão se enchendo rapidamente.

Chego assim à ideia da realização sexual, outro dos itens que mencionei e que considerava como parte importante da fruição da minha nova vida no Brooklyn. Em si mesmo, este episódio, saga ou fantasia pouco tem a ver diretamente com Sofia e com Nathan, de modo que hesitei em falar nele, julgando-o ser talvez mais adequado a outra história, no futuro. Mas de tal maneira ele está entrelaçado nas ocorrências e no clima daquele verão, que privar esta história da sua realidade seria como privar um corpo de um membro — não de um membro essencial, mas tão importante, digamos, como um dos dedos mais utilizados. Além do mais, ao mesmo tempo em que anoto essas reservas, sinto que há um significado nessa experiência e no seu desesperado erotismo, que pelo menos possibilitará fazer uma análise de uma época sexualmente infernizada.

Seja como for, nessa manhã, em meio ao meu trabalho interrompido, senti que o destino me estava conferindo um precioso prêmio pelo vigor e o zelo com que abraçara a minha Arte. Como qualquer outro escritor digno desse nome, eu estava prestes a receber a minha justa recompensa, aquele necessário complemento ao trabalho duro — tão necessário quanto a comida e a bebida — que fazia reviver a mente fatigada e adoçava a vida. Quero dizer, com isso que, pela primeira vez após todos aqueles meses em Nova York, eu ia finalmente, garantidamente, conseguir me realizar sexualmente. Dessa vez, não havia dúvida. Dali a uma questão de *horas*, com tanta certeza quanto a primavera faz brotar folhas novas ou o sol se põe de tarde, o meu pênis ia ser firmemente implantado dentro de uma extraordinariamente bela e sexualmente liberada flor judia de vinte e dois anos, chamada Leslie Lapidus (rimando, por favor, com "Ah, meu Deus!...").

Em Coney Island, nesse domingo, Leslie Lapidus virtualmente me garantira — conforme demonstrarei daqui a pouco — a posse do seu maravilhoso corpo e tínhamos marcado encontro para a noite da quinta-feira seguinte. Nos dias que faltavam para o Grande Dia — ansiando pelo segundo encontro numa tal excitação, que fiquei até um pouco doente e com uma febrezinha — eu me sentira nas nuvens pelo fato de que, dessa vez, eu ia, finalmente, conseguir. Estava, por assim dizer, no papo. Fácil! *Desta* vez, não haveria impedimentos, a louca ventura de fornicar com uma jovem judia de pele quente e ventre ansioso, dona de um par de olhos vertiginosos e de magníficas pernas bronzeadas pelo sol num tom que misturava abricó e ocre e que prometiam acabar comigo, não era nenhuma fantasia e sim um *fait accompli*, praticamente consumado a não ser pela terrível espera da quinta-feira. Na minha breve, mas agitada vida sexual, eu nunca experimentara nada parecido com a certeza da conquista (como aliás, quase nenhum jovem daquele tempo) e a sensação era deliciosa. Pode-se falar do flerte, da emoção da caça, dos prazeres e desafios da sedução conseguida a duras penas — todos têm as suas recompensas próprias. Há, porém, muito o que dizer sobre a deliciosa sensação de antecipação que acompanha a certeza de que a coisa está, por assim dizer, garantida. Por isso, durante as horas em que não estava imerso no meu romance, só fizera pensar em Leslie e no próximo encontro, imaginando-me já chupando os mamilos daqueles peitos judaicos, "pesados como melões", tão caros a Thomas Wolfe, e ardia de febril expectativa.

Outra coisa: eu estava muito satisfeito com o que me parecia ser a *justiça* daquela perspectiva. No meu entender, todo artista devotado, embora não tivesse dinheiro, merecia pelo menos aquilo. Além do mais, tudo fazia antever que, se eu jogasse as cartas certas, permanecesse o distante e exótico Cavalheiro que Leslie, quando do nosso primeiro encontro, achara tão terrivelmente afrodisíaco se não cometesse nenhuma gafe, aquele prêmio concedido por Deus ou, talvez, por Jeová, se tornaria parte de um arranjo fixo até mesmo diário. Eu teria loucas sessões matinais e vespertinas de sexo e tudo isso só poderia melhorar a qualidade da minha produção literária, apesar da prevalecente e sombria doutrina da "sublimação" sexual. Muito bem, eu duvidava de que o relacionamento tivesse muito que ver com o chamado amor, pois a minha atração por Leslie era de natureza bastante primitiva, sem as dimensões poéticas e idealistas da oculta paixão que sentia por Sofia. Pela primeira vez na vida Leslie me permitiria provar, de maneira calma e exploratória, essas variedades de experiências corporais que, até então, só tinham existido na minha cabeça, como uma vasta, orgiástica e incessantemente folheada enciclopédia da luxúria. Através de Leslie, eu saciaria finalmente uma fome básica, por muito tempo inexoravelmente desviada. E, enquanto esperava por aquele encontro, a imagem que eu guardara dela representava para mim a sonhada possibilidade de uma comunhão sexual que anularia a maneira ridícula pela qual eu carregara o meu maltratado, insatisfeito e intumescido pênis através da paisagem lunar e sexualmente gélida dos anos 40.

Acho que uma breve reflexão sobre essa década se faz agora necessária, como pano de fundo para explicar o efeito devastador que Leslie teve em mim. Muitas reminiscências biliosas têm sido escritas a respeito do sexo por sobreviventes dos anos *cinquenta*, em sua maioria, um legítimo lamento. Mas os anos quarenta foram bem piores, um período particularmente avesso a Eros, sendo, como foi, uma ponte precária entre o puritanismo dos nossos antepassados e o advento da pornografia pública. O sexo em si estava saindo do armário, mas havia uma perplexidade universal em como lidar com ele. O fato de essa era ter tido como símbolo a Senhorita Provocação — jovem cruel que fez o martírio de toda uma geração de contemporâneos, permitindo úmidas liberdades, mas negando implacavelmente o grande prêmio, soluçando, triunfal, ao se esgueirar de volta ao dormitório (Oh, essa intacta membrana! Oh. aqueles vestígios prateados nas calcinhas de seda!) — não é culpa de ninguém, apenas da história, embora seja uma séria deficiência desses anos. Em retrospecto, deve-se encarar esse cisma como algo horrível e irreconciliavelmente completo. Pela primeira vez na história, a sociedade permitia, até mesmo encorajava, uma propinquidade sem peias da carne, mas continuava a proibir que ela fosse satisfeita. Pela primeira vez, os automóveis tinham os bancos traseiros grandes e estofados. Isso criou uma tensão e uma frustração sem precedentes no relacionamento entre os sexos. Foi um período doloroso para o aspirante a espadachim, principalmente quando jovem e pobre.

A gente podia, naturalmente, arrumar uma "profissional" e a maioria dos jovens da minha geração tinha recorrido a uma — geralmente, apenas uma vez. O que havia de tão maravilhoso com relação a Leslie, entre outras coisas, era a sua promessa explícita, imediata, de que, através dela, eu, me redimiria daquela única trepada que experimentara e que, por uma definição genérica, poderia ser chamada de relação sexual mas que, no fundo do coração, eu sabia que fora apenas uma ignominiosa cópula. E o mais horrível é que, embora num sentido clínico, pudesse ser considerado como uma penetração plena, eu não tivera nada do êxtase final que tantas vezes ensaiara manualmente, desde os quatorze anos. Em resumo, considerava-me literalmente um frustrado, um *demi-vierge*. Não que houvesse algo de patológico, algo a ver com uma sinistra repressão psíquica, que me levasse a procurar cuidados médicos. Não. O bloqueio orgásmico era simplesmente devido ao medo e à qualidade sufocante do *Zeitgeist* que fazia do sexo, na América do meio do século, um Mar de Sargaços de culpas e apreensões. Por ocasião da minha estreia, eu era um rapazinho pré-universitário, de dezessete anos. A comédia, representada com uma velha e cansada prostituta das plantações de fumo, numa espelunca que cobrava dois dólares por noite, em Charlotte, Carolina do None, não deu em nada, não só devido aos comentários dela, enquanto eu me esforçava, trepado nos seus flancos velhuscos, sobre eu ser "mais lento do que uma tartaruga", não só por estar insensibilizado pelos oceanos de cerveja que bebera, a fim de afastar o nervosismo de neófito, como também, confesso, porque, durante as desajeitadas preliminares, uma combinação de tática adiadora e medo de doença fizera com que, não sei como, eu colocasse *dois* preservativos — fato que só descobri, para meu espanto, quando ela finalmente saiu debaixo de mim.

Fora desse fiasco, na tarde em que eu conhecera Leslie Lapidus, minha experiência passada havia sido tipicamente reles e infrutífera. Ou seja, típica dos anos quarenta. Limitara-me a carícias no escuro do balcão de vários cinemas e, em outra ocasião, numa estradinha secreta e sombreada por velhas árvores, usada pelos namorados locais, conseguira, com o coração batendo como louco e dedos furtivos, obter alguns segundos de seio nu e, de outra feita, cantando vitória mas quase desmaiando de cansaço, desatei um sutiã Maidenform, para descobrir um par de enchimentos e um peito mais liso do que uma raquete de pigue-pongue. As recordações sexuais que me acompanhavam, durante essa temporada no Brooklyn, sempre que eu abria as tristes comportas da memória, eram de enervante escuridão, suor, murmúrios reprovadores, tiras de obstinado elástico, lacerantes presilhas e pressões, sussurradas proibições, terríveis ereções, *zíperes* presos e um cheiro quente e miasmático a secreções de glândulas inflamadas e obstruídas.

Minha pureza era um Gólgota que calava fundo. Como filho único, ao contrário daqueles acostumados a ver, calmamente, suas irmãs despidas, eu ainda tinha que ver uma mulher inteiramente sem roupa — e isso incluía a velha rameira de Charlotte, que usara uma camisola manchada e malcheirosa durante todo o ato. Eu não idealizava a "feminilidade" à maneira estúpida daquele tempo e, por conseguinte, não antevia ir para a cama com alguma casta donzela, após uma viagem até o altar. Se não me engano, pensava que, num futuro não muito distante, encontraria uma garota alegre e amorosa, que simplesmente me estreitaria contra ela, num frenesi não tolhido por embargos colocados sobre a sua carne pelas terríveis protestantezinhas que tanto me haviam torturado nos bancos traseiros de uma sucessão de carros. Mas havia um ponto do qual eu nunca sequer cogitara. Não me passara pela cabeça que a garota dos meus sonhos tampouco teria inibições a respeito da *linguagem*. Minhas companheiras do passado teriam sido incapazes de pronunciar a palavra "seio" sem corar. Eu próprio estremecia quando uma mulher dizia "merda". Imaginem, pois, o que senti, quando Leslie Lapidus, menos de duas horas após o nosso primeiro encontro, estendeu as pernas resplandecentes na areia, como uma jovem leoa e, olhando-me no rosto com a lubricidade de meretriz pagã da Babilônia com que eu sempre sonhara, sugeriu, em termos incrivelmente escabrosos, a aventura que me aguardava. Seria impossível exagerar o meu choque, em que se misturavam, torrencialmente, o medo, a incredulidade e a excitação. Só o fato de eu ser muito jovem me salvou de um ataque de coração, que parou de bater durante alguns críticos segundos.

Mas não fora apenas a surpreendente franqueza de Leslie que me incendiara os sentidos. O ar que pairava sobre aquele pequeno triângulo de areia que Marty Haber, o salva-vidas amigo de Nathan, delimitava nas tardes de domingo, à guisa de santuário social particular, tinha estado impregnado da conversa mais suja que eu jamais ouvira numa roda que incluía ambos os sexos. Era algo bem mais sério e complexo, o seu olhar sedutor, carregado ao mesmo tempo de antecipação e desafio, um olhar abertamente convidativo, como um laço lascivo jogado à volta do meu pescoço. Não havia dúvida de que ela queria ação e, quando recuperei a fala, repliquei, naquele tom lacônico, distante, de cavalheiro da Virgínia, com o qual eu sabia (ou tinha a vaidade de pressupor) que a cativara desde o início:

— Bem, querida, já que você põe as coisas nesse plano, acho que poderia lhe dar uma boa esfregada entre os lençóis.

Ela não podia fazer ideia de como o meu coração pulava, após a quase fatal parada. Tanto o meu linguajar sulista quanto a minha dicção ajudavam a dar uma impressão descontraída, mas o resultado foi divertir Leslie e evidentemente, conquistá-la. O meu estudado e exagerado sotaque tinha feito com que ela ora risse ora me olhasse, fascinada. Recém-saída da Universidade, filha de um fabricante de plásticos, restringida, pelas vicissitudes da vida e a recente guerra, a não viajar além do Lago Winnepesaukee, Nova Hampshire (onde, contou-me rindo, tinha passado dez verões no Campo Nehoc — um sobrenome muito comum, escrito de trás para diante), disse-me que eu era a primeira pessoa do Sul com quem ela trocava uma palavra.

O início daquela tarde de domingo permanece como uma das mais agradáveis névoas de uma vida de lembranças nubladas. Coney Island. Uma temperatura de vinte e cinco graus centígrados, um ar dourado e efervescente. Um cheiro de pipoca, maçã caramelada e chucrute — e Sofia, puxando-me da manga, puxando a manga de Nathan, insistindo para andarmos em todos os brinquedos, o que fizemos. Steeplechase Park! Arriscamos a vida não uma, mas duas vezes, na montanha-russa e ficamos completamente tontos numa terrível invenção chamada Tira-Prosa, cujos braços de ferro nos lançaram aos três no espaço, dentro de uma gôndola, onde ficamos rodando em órbitas loucas, e aos berros. Os brinquedos fizeram com que Sofia ficasse transportada por algo mais do que simples alegria. Nunca vi um parque de diversões provocar em ninguém, nem mesmo numa criança, uma tal euforia, um tão festejado terror, uma felicidade tão autêntica e sem complicações. Ela soltava, extasiada, gritos maravilhosos, oriundos de alguma fonte primitiva de êxtase, para além das sensações normais do perigo embriagador. Agarrava-se a Nathan, enterrava a cabeça na dobra do braço dele e ria e gritava até as lágrimas lhe escorrerem pelas faces. Quanto a mim, acompanhei os dois até certo ponto, mas não quis nada com o salto de para-quedas, de setenta metros de altura, relíquia da Feira Mundial de 1939, que podia ser perfeitamente seguro, mas me dava vertigens só de olhar.

— Stingo *covarde!* — exclamava Sofia, puxando-me pelo braço, mas nem isso fez com que eu acedesse.

Lambendo um sorvete, vi Sofia e Nathan ficarem cada vez menores, nas suas roupas antigas, à medida em que eram içados acima dos demais brinquedos. Pararam um momento no alto, antes da condenada queda através do alçapão da forca, e depois despencaram lá de cima, com um deslocamento de ar. O grito de Sofia, por sobre as hordas que enchiam a praia, cá embaixo, podia ter sido ouvido por navios em alto-mar. O pulo foi, para ela, a embriaguez final e não parou de falar nele até ficar sem ar, censurando-me, sem piedade, a falta de coragem: — "Stingo, você não sabe que é *se divertir!*" — enquanto nos dirigíamos para a praia, por entre um *show* constante, anguloso, corpulento, multicolorido e ondulante de carne humana.

Com exceção de Leslie Lapidus e Morty Haber, a meia dúzia de jovens estendidos na areia, em volta da torre de salva-vidas de Morty, era tão desconhecida de Nathan e de Sofia quanto de mim. Morty — agressivamente simpático, bem constituído, cabeludo, o protótipo do salva-vidas — apresentou-nos a três jovens bronzeados, de calções de Lastex, chamados Irv, Shelley e Bert, e a três moças deliciosamente curvilíneas e cor de mel, que fiquei conhecendo pelos nomes de Sandra, Shirley e — *ah!* — Leslie. Morty mostrou-se mais do que amável, mas um não sei que de formal, até mesmo hostil, na atitude dos outros (como sulista, eu era dado a apertar espontaneamente a mão das pessoas, ao passo que eles não, e aceitaram minha mão como se ela fosse um bacalhau) me fez ficar pouco à vontade. Olhando para o grupo, não pude deixar de sentir, ao mesmo tempo, uma certa vergonha do meu corpo ossudo da minha hereditária palidez. Um branco de plantador, com cotovelos rosados e joelhos ralados. Senti-me pálido e seco em meio àqueles corpos tão perfeitamente bronzeados, tão mediterrâneos, brilhando como golfinhos por baixo do Coppertone. Como lhes invejava a pigmentação, que fazia com que o corpo ficasse daquele belo tom bronzeado!

Vários óculos de aro de tartaruga, o tom geral da conversa e alguns livros espalhados na areia (entre eles, *A Função do Orgasmo*) levaram-me a deduzir que estava entre tipos intelectuais e não me enganei. Eram todos recém-formados pela ou, de qualquer forma, ligados à Universidade de Brooklyn, Leslie, contudo, estudara na Sarah Lawrence. Constituía também uma exceção à frieza geral. Gloriosa num (para a época) ousado duas-peças de *nylon* branco, que revelava, conforme me apressei a constatar, o primeiro umbigo de mulher adulta que eu já vira ao vivo, apenas ela, do grupo todo, correspondeu às apresentações de Morty Haber com algo mais caloroso do que um olhar de intrigada desconfiança. Sorriu, contemplou-me de alto a baixo com um olhar esplendidamnete direto e, com um gesto de mão, fez sinal para que me sentasse ao seu lado. Estava suando saudavelmente, ao sol quente da tarde, e emanava um odor almiscarado, a mulher, que imediatamente me atraiu como se eu fosse um zangão. Sem fala, olhei para ela com os meus sentidos aguçados. Não havia dúvida de que ela era a minha paixão da infância, Miriam Bookbinder, tornada adulta, com todos os hormônios perfeitamente orquestrados. Os seios eram dignos de um banquete. A divisão entre eles, uma fissura mítica que eu nunca vira de tão perto, estava coberta de uma leve camada de orvalho. Senti vontade de enterrar o nariz naquele úmido busto judaico e emitir sons estrangulados de descoberta e alegria.

Depois, quando eu e Leslie começamos a bater papo (a respeito de literatura, ainda me lembro, tema suscitado pela oportuna observação de Nathan de que eu era escritor) pude ver que o princípio da atração dos opostos era muito válido. Judia e *goy* em gravitação magnética. Não havia dúvida — a simpatia por mim que irradiara dela quase imediatamente uma vibração, um desses rápidos e tangíveis sentimentos de afinidade que as pessoas só raramente experimentam na vida. Mas tínhamos também coisas mais simples em comum. Como eu, Leslie também se formara em inglês. Tinha escrito uma tese sobre Hart Crane e entendia muito de poesia, mas a sua atitude era abençoadamente não-acadêmica e descontraída. Isso permitiu que levássemos um *papo* fácil e sem problemas, embora minha atenção a toda a hora se desviasse para aqueles maravilhosos seios e, depois, para o umbigo, um perfeito cálice em miniatura, no qual, em minha fantasia, eu sugava uma limonada, ou algum outro néctar semelhante, com a ponta da língua. Enquanto falávamos de outro ex-aluno do Brooklyn, Walt Whitman, achei fácil não prestar completa atenção ao que Leslie estava dizendo. Na universidade e em outros lugares, demasiadas vezes eu representara aquela solene charada cultural, para não saber de sobra que se tratava de um prelúdio, de uma sondagem preliminar de sensibilidades mútuas, na qual a substância do que a pessoa dizia era menos importante do que a autoridade putativa com a qual as palavras eram faladas. Na realidade, era como que um ritual de acasalamento, permitindo à mente desviar-se, não só, como no caso presente, para a bela carne de Leslie, como para uma percepção do que estava sendo dito ao fundo. Como eu mal entendia as palavras, a princípio não pude acreditar e pensei que estava ouvindo algum novo jogo verbal, até que percebi que não se tratava de uma brincadeira, que havia algo de muito sério naqueles fragmentos de conversa, quase todos começando com "Meu analista disse que...".

Cheia de pausas, truncada, a conversa espantou-me e, ao mesmo tempo, fascinou-me. Além do mais, a franqueza sexual era uma tal novidade, que aconteceu comigo um fenômeno que há uns oito anos não ocorria: minhas orelhas estavam em fogo. Ao todo, a conversa constituiu uma nova experiência, de tal maneira impressionante que, nessa noite, já no quarto, escrevi algumas notas de memória — notas essas, hoje em dia amareladas, que recuperei do passado junto com outras recordações, como, por exemplo, as cartas de meu pai. Embora prometesse a mim mesmo não impingir ao leitor uma enxurrada das anotações volumosas que fiz durante esse verão (trata-se de um recurso cansativo, sintomático de falta de imaginação), abro uma exceção para este caso particular, transcrevendo exatamente as notas que tomei como um testemunho vivo da maneira como algumas pessoas falavam em 1947, esse Ano I da psicanálise na América do pós-guerra.

Moça chamada Sandra: Meu analista disse que o meu problema de transferência passou do estágio hostil para o afeto. Disse que isso geralmente significa que a análise pode continuar com menos barreiras e repressões.

Longo silêncio. Sol ofuscante, gaivotas contra um céu azul-cerúleo. Espiral de fumaça no horizonte. Um dia maravilhoso, pedindo um hino a si mesmo, algo assim como a

"Ode à Alegria", de Schiller. Que diabo está perturbando esses garotos? Nunca vi tanta preocupação, tanto desespero, tanta solenidade. Finalmente, alguém quebra o longo silêncio.

Sujeito chamado Irv: — Cuidado com esse afeto, Sandra. Você pode acabar com o pau do Dr. Bronfman dentro de você.

Ninguém ri.

Sandra: — Não acho graça, Irving. O que você acaba de dizer é o fim. Um problema de transferência não é coisa para rir.

Novo silêncio. Nunca na minha vida tinha ouvido palavras dessas pronunciadas na presença de moças. Também nunca ouvi falar em transferência. Sinto o meu escroto presbiteriano encolher. Esses jovens são mesmo libertos de preconceitos. Mas, então, por que o ar sombrio?

— Minha analista diz que todo problema de transferência é sério, seja traduzido em hostilidade ou em afeto. Ela diz que é uma prova de que você ainda não superou uma dependência edipiana.

Isso falado pela moça chamada Shirley, não tão bonita quanto Leslie, mas também senhora de grande peitos. Como já disse Thomas Wolfe, essas garotas judias têm um fantástico desenvolvimento peitoral. Com exceção de Leslie, porém, todas dão a impressão de estarem num enterro. Reparo em Sofia, um pouco de lado, na areia, escutando a conversa. Toda aquela felicidade que tomou conta dela, no parque de diversões, desapareceu. Seu belo rosto tem um ar aborrecido e ela não diz nada. É tão bonita, mesmo entediada! De vez em quando, olha para Nathan — parece procurá-lo, querer ter a certeza de que ele está por perto — e depois fita, irritada, os outros.

Trechos da conversa, anotados ao acaso:

— Meu analista disse que eu acho difícil ter prazer porque tenho uma fixação prégenital. (Sandra).

— Depois de nove meses de análise, descobri que não quero trepar com minha mãe e sim com minha Tia Sadie. (Bert). (Algumas risadas).

— Antes de fazer análise, eu era completamente frígida: Agora, só penso em trepar. Wilhelm Reich me transformou numa ninfomaníaca. Refiro-me a sexo na cabeça.

Essas últimas palavras, ditas por Leslie quando se virou de bruços, tiveram um tal efeito sobre a minha libido, que tornaria para sempre insípida a palavra afrodisíaco. Eu estava tomado por muito mais do que o simples desejo, quase sufocado de luxúria. Porventura ela não saberia o que estava provocando em mim, com aquela fala de concubina, aquelas palavras preciosamente indecentes, que atacavam, qual lanças aguçadas, o bastião da minha cristandade, com todas as suas repressões e contenções? Eu estava tão dominado pela excitação, que toda aquela paisagem ensolarada — banhistas, ondas, espuma, até mesmo um teco-teco, anunciando TODAS AS NOITES EMOÇÕES NO HIPÓDROMO DO AQUEDUTO — ficou de repente banhada numa luz pornográfica, como se vista através de um filtro azul-lascivo. Olhei para Leslie na sua nova postura — as longas pernas bronzeadas ligando-se ao traseiro firme e acolchoado, amplo, mas simétrico na sua rotundidade, que por sua vez afundava ligeiramente, para depois se prolongar nas costas cor de cobre e levemente sardentas, lisas como as de uma foca. Ela devia ter pressentido a minha vontade de lhe acariciar as costas (com a mesma palma da mão suada com que já lhe tinha mentalmente massageado o lindo traseiro) pois virou a cabeça e disse:

— Ei, que tal me passar óleo nas costas? Estou ficando assada.

Desde esse momento de escorregadia intimidade — passando-lhe a loção bronzeadora pelos ombros e pelas costas, até o início das nádegas, um pequeno oco sugestivamente claro de tom, e depois, com dedos esvoaçantes, pulando por cima do traseiro e continuando pela misteriosa região entre as coxas, brilhantes de suor — essa tarde de domingo permanece na minha memória como uma extravagância brumosa, mas carregada de prazer.

Havia latas de cerveja, compradas num bar de beira de praia e, naturalmente, isso ajudou a perpetuar minha euforia. Mesmo quando Sofia e Nathan se despediram de mim — Sofia parecendo pálida e dizendo que estava um pouco enjoada — e foram embora, abruptamente, continuei a flutuar numa nuvem de contentamento. (Lembro-me, no entanto, que a partida deles causou, por um momento, um silêncio embaraçoso no grupo, silêncio esse quebrado pelo comentário de um deles: "Vocês viram o número no braço dela, a tatuagem?") Após mais meia hora, o *papo* psicanalítico começou a chatear-me e o álcool e a excitação encorajaram-me a perguntar a Leslie se não gostaria de me acompanhar a algum lugar onde pudéssemos conversar e estar sós. Ela concordou, principalmente porque o tempo encobrira um pouco, e acabamos num café de beira de praia, onde Leslie bebeu 7-Up e eu ajudei a aumentar o ardor que sentia com lata após lata de Budweiser. Mas vamos deixar que mais algumas das minhas febris anotações deem conta da opereta daquela tarde:

Eu e Leslie estamos no bar de um restaurante chamado Victor's e sinto que estou ficando um pouco alto. Nunca na minha vida respirei tanta eletricidade sexual. Esta dríade judia tem mais sensualidade num dos seus expressivos polegares do que todas as virgens que conheci na Virgínia e na Carolina do Norte, juntas. É também terrivelmente inteligente, corroborando a observação de Henry Miller, segundo a qual o sexo está todo na cabeça, ou seja, garota burra, trepada medíocre. A nossa conversa sobe e desce em ondas majestosas, como o mar — Hart Crane, sexo, Thomas Hardy, sexo, Flaubert, sexo, Schopenhauer e Nietzsche, sexo, Huckleberry Finn, sexo. Assestei sobre ela a chama pura do meu intelecto. Se não estivéssemos num lugar público, agora mesmo eu a teria no papo. Seguro-lhe a mão por cima da mesa, mão úmida com a mais pura essência do desejo. Ela fala rapidamente, num sotaque que aprendi a detectar como do Brooklyn-educado, parecido com o usado em Manhattan. Tem gestos faciais encantadores, interrompidos por muitos sorrisos. Adorável! Mas o que realmente me entusiasma é que, no espaço de uma hora, ouvi-a dizer, repetidamente, palavras que nunca na minha vida tinha ouvido mulher alguma pronunciar. Nem me parecem sujas, uma vez que se acostuma a elas. Nelas se incluem termos como "pau", "trepar" e "chupar". Durante esse mesmo período de tempo, ela disse frases como "dar em cima dele", "se masturbar" (algo a ver com Thoreau), "comê-lo", "engoliu o esperma dele" (Melville) (Melville?). Ela é quem mais fala, embora eu represente o meu papel e consiga, com estudada despreocupação, dizer que "o meu pinto está indócil", consciente, ao mesmo tempo em que o digo, de que é a primeira assim chamada obscenidade que pronuncio na presença de uma mulher — o que me faz ficar incrivelmente excitado. Quando saímos do Victor's, estou completamente alto e com coragem suficiente para deixar que o braço enlace a desnuda cintura dela. Ao fazer isso, apalpo-lhe de leve o traseiro e o aperto que o seu braço dá à minha mão, mais brilho daqueles olhos escuros e orientais, erguidos para mim, me deixa com a certeza de que, finalmente, miraculosamente, descobri uma mulher livre das horríveis convenções e carolices que afligem esta nossa hipócrita cultura..."

Sinto-me mortificado ao ver que quase nada do que acabei de transcrever foi aparentemente escrito com o mais leve traço de ironia (na verdade, eu era capaz de escrever "algo levemente"!), o que talvez dê bem a medida de como esse primeiro encontro com Leslie foi importante para mim, ou de como a paixão me atacou forte — ou, simplesmente, de como minha mente sugestionável trabalhava, aos vinte e dois anos. Seja como for, quando eu e Leslie voltamos para a praia, a luz do fim da tarde, ainda trêmula do calor, inundava a areia em volta da terra do salva-vidas, mas o triste grupo de analisandos já se fora, deixando como *souvenirs* um exemplar semienterrado da *Partisan Review*, tubos espremidos de creme protetor de nariz e uma coleção de garrafas de Coca-Cola. De modo que, deitados ali, juntos ao calor encantado da nossa afinidade, passamos mais outra hora unindo as pontas perdidas da conversa, ambos perfeitamete cônscios de que, nessa tarde, tínhamos dado o primeiro passo do que seria uma viagem a dois por um território selvagem e inexplorado. Jazíamos lado a lado, de barriga para baixo. Enquanto eu suavemente traçava figuras ovais no seu latejante pescoço, ela levantou o braço para me acariciar a mão e ouvi-a dizer:

— Meu analista disse que a humanidade será sempre inimiga de si mesma até aprender que todo ser humano precisa apenas de uma fantástica trepada.

Ouvi a minha voz, distante mas sincera, retrucar:

— Seu analista deve ser uma pessoa muito sábia.

Durante um bocado de tempo ela ficou calada. Depois, virou-se de modo a me encarar bem e, por fim, pronunciou, com desejo confesso, o lânguido mas diretíssimo convite que fez com que o meu coração parasse e me desequilibrou a mente e os sentidos:

— *Aposto como você é capaz de dar uma fantástica trepada numa moça.*

Foi então que marcamos encontro para a noite da quinta-feira seguinte.

A manhã de quinta-feira chegou, como eu já disse, com uma sensação de felicidade galopante, de promessa quase insuportável. Sentado à mesa de escrever cor-de-rosa, consegui ignorar a náusea e a febre e dominar as fantasias o suficiente para escrever durante duas ou três horas. Poucos minutos depois do meio-dia, senti como que um buraco na boca do estômago. Durante toda a manhã não ouvira nem um som vindo de Sofia. Sem dúvida, devia ter passado a manhã com o nariz enfiado num livro, no seu afã de se instruir. A sua capacidade de ler inglês, embora ainda longe de ser perfeita, aumentara terrivelmente desde que ela conhecera Nathan. De modo geral, já não recorria a traduções para o polonês e estava agora mergulhada no *Portable Faulkner*, de Malcolm Cowley, que ao mesmo tempo a fascinava e a fazia ficar perplexa. "Essas frases — dissera ela — que se arrastam como se fossem cobras loucas!" Mas maravilhava-se com a complexidade narrativa de Faulkner e o seu poder de turbulência. Eu tinha praticamente decorado o *Portable* que, na universidade, me lançara de cara em toda a obra de Faulkner, e fora por recomendação minha — no metrô ou em outro lugar qualquer, naquele memorável domingo do nosso primeiro encontro — que Nathan comprara um exemplar do livro e o dera à Sofia, no início da semana. Nos nossos vários encontros, depois disso, fora para mim um grande prazer ajudar Sofia a interpretar Faulkner, não só explicando-lhe alguns dos caminhos certos, na medida em que ela penetrava nos maravilhosos bosques e bambuzais da sua retórica.

Apesar da dificuldade, ela estava impressionada com o impacto que a prosa dele causava sobre a mente.

— Ele escreve como alguém *possuído!* — comentara comigo, e acrescentara: — Vê-se bem que *ele* nunca foi psicanalisado.

Franziu o nariz numa careta, ao fazer essa observação, numa evidente alusão ao grupo de banhistas que tanto a ofendera, no domingo anterior. Na ocasião eu não me dera bem conta, mas aquele mesmo *papo* freudiano que me fascinara e, no mínimo, me divertira, fora tão odioso para Sofia que a levara a sair da praia com Nathan.

— Aquela gente esquisita, todos catando as suas perebas — queixara-se ela para mim, quando Nathan não estava perto. — *Deteste* esse tipo de — e ela usou uma joia de expressão — *infelicidade anormal!*

Embora eu entendesse exatamente o que ela queria dizer, fiquei espantado com o fervor da sua hostilidade e não pude deixar de pensar — mesmo agora, ao subir a escada para levá-la para almoçar no parque comigo — se Sofia se basearia apenas em alguma irreconciliável aversão, herdada da severa religião que, eu sabia, ela abandonara.

Não era minha intenção pegá-la desprevenida, mas a porta do quarto dela estava parcialmente aberta e, como dava para ver que estava vestida — "decente", como as moças costumavam dizer — entrei sem bater. Vestindo uma espécie de robe ou *peignoir*, ela estava de pé, no fundo do grande quarto, penteando o cabelo diante de um espelho. Tinha as costas viradas para mim e, por um momento, percebi que não se dera conta da minha presença, enquanto penteava as lustrosas madeixas louras com um som sibilante, quase inaudível na quietude do meio-dia. Superexcitado como eu estava, com o pensamento em Leslie, tive um súbito impulso de esgueirar-me por trás de Sofia e beijar-lhe a nuca, enquanto enchia as mãos com os seios dela. Mas a ideia era absurda e tardiamente me apercebi, enquanto olhava, em silêncio, que já era demais eu ter entrado assim e violado a privacidade de Sofia, de modo que anunciei a minha presença com um pequeno pigarro. Ela desviou-se do espelho, com um gritinho abafado e, ao se voltar, revelou um rosto que nunca na minha vida esquecerei. Atônito, contemplei — felizmente, apenas por um instante — uma velha, cuja parte inferior do rosto parecia ter-se amassado, deixando uma boca semelhante a uma fenda enrugada e uma expressão de horrível senililade. Parecia uma máscara, murcha e digna de dó.

Senti-me literalmente a ponto de gritar, mas ela foi mais rápida e, levando as mãos à boca, correu para o banheiro. Fiquei paralisado, encabulado, escutando os sons abafados que vinham do banheiro, cônscio, pela primeira vez desde que entrara, da sonata para piano de Scarlatti, tocando, baixinho na vitrola. Logo depois, ouvi-a dizer "Stingo, quando é que você vai aprender a bater à porta?", num tom mais de brincadeira do que zangado. Só então compreendi o que acabara de ver. Fiquei grato por ela não ter mostrado raiva e tocado com tanta generosidade de espírito, imaginando qual não seria a minha reação se *eu* tivesse sido surpreendido sem os dentes. Nesse instante, Sofia saiu do banheiro, um leve rubor ainda nas faces, mas serena, até radiante, com toda a harmonia do seu belo rosto restaurada, uma feliz apoteose da ciência odontológica americana.

— Vamos indo para o parque — disse ela. — Estou *desmaiando* de fome. Sou... o *avatar* da fome!

Aquele "avatar", naturalmente, era puro Faulkner e fiquei tão entusiasmado com a maneira pela qual ela usara a palavra e pela sua renovada beleza, que dei comigo rindo às gargalhadas.

— *Braunschweiger* com pão de centeio e mostarda! — sugeri.

— Misto quente! — retrucou ela.

— Salame e queijo suíço com pão integral — continuei — e Picles!

— Pare com isso, Stingo, você me mata de fome! — exclamou ela, com uma risada cristalina. — Vamos logo!

E dirigimo-nos para o parque, via loja de frios Himelfarb's.

Capítulo Seis

Fora através do irmão mais velho, Larry Landau, que Nathan pudera dar a Sofia uma dentadura tão soberba. E, embora tivesse sido o acurado — se bem que não-profissional — diagnóstico do próprio Nathan que tão acertadamente descobrira a natureza da doença de Sofia, logo após terem se conhecido na biblioteca do Brooklyn College, seu irmão também ajudara a encontrar uma cura para esse problema. Larry, que eu ficaria conhecendo mais tarde, em circunstâncias difíceis, era um urologista com grande e próspera clientela em Forest Hills. Homem de trinta e poucos anos, o irmão de Nathan já possuía um brilhante currículo na sua especialidade, tendo participado — como professor assistente da Faculdade de Medicina e Cirurgia da Universidade de Colúmbia — de pesquisas originais e altamente compensadoras sobre a função renal, que lhe haviam conquistado a atenção dos círculos médicos quando ele era ainda muito jovem. Nathan contou-me isso num tom de intensa admiração, numa evidente demonstração de orgulho fraternal. Larry também participara do esforço de guerra com distinção. Como tenente do corpo médico da Marinha, realizara notáveis intervenções cirúrgicas, sob o fogo de ataques *kamikaze*, a bordo de um porta-aviões ao largo das Filipinas, o que lhe merecera a Cruz da Marinha, condecoração raramente dada a um oficial-médico (principalmente judeu, numa Marinha antissemita), coisa que, em 1947, com suas recordações recentes da guerra e da glória, era algo para fazer com que Nathan se orgulhasse ainda mais do irmão.

Sofia contou-me que só ficara sabendo o nome de Nathan muitas horas depois de ele a ter socorrido, na biblioteca. Do que mais se lembrava, com relação a esse primeiro dia e aos dias que se seguiram, era da enorme ternura dele. No início — talvez apenas por se lembrar dele inclinado sobre ela, murmurando: "Deixe o doutor aqui tomar conta de tudo" — Sofia não percebera que essas palavras tinham sido ditas de brincadeira, e pensara que ele era médico, mesmo depois, quando ele a amparara com o seu braço, murmurando palavras de conforto e encorajamento, enquanto se dirigiam para a pensão de Yetta num táxi.

—Vamos ter que dar um jeito em você — lembrava-se de o ter ouvido dizer, num tom meio brincalhão, que lhe pusera nos lábios o primeiro vestígio de um sorriso, desde que desmaiara. —Você não pode continuar perdendo os sentidos nas bibliotecas e assustando as pessoas.

Havia algo de tão reconfortante, amigo e bom na voz dele, e tudo na sua presença inspirava uma confiança tão imediata que, quando voltaram ao quarto dela (quente e abafado, ao sol oblíquo da tarde, onde Sofia de novo se sentira desmaiar e se apoiara nele), ela não sentira o menor embaraço ao vê-lo desabotoar e tirar-lhe o vestido sujo e, com firme delicadeza, ajudá-la a se deitar na cama, onde Sofia ficara estendida só de combinação. Sentia-se muito melhor, a náusea desaparecera. Mas, ali deitada, tentando responder ao sorriso triste e interrogativo do desconhecido, continuava a sentir a mesma sonolência e lassidão que haviam tomado conta dela.

— Por que será que estou tão cansada? — ouviu-se a si mesma perguntar, numa voz fraca. — Que será que está havendo comigo?

Continuava pensando que Nathan era médico e encarava o olhar silencioso e vagamente triste dele como meramente profissional até que, de repente, percebera que os olhos de Nathan estavam fixos no número gravado no seu braço. Abruptamente (o que era estranho, pois havia muito perdera a preocupação com a marca) fizera um movimento com a mão, como que a tentar cobri-lo, mas, antes que pudesse fazer isso, ele já lhe agarrara o pulso para tomá-lo, como fizera antes, na biblioteca. Por um momento, nada lhe dissera e Sofia sentira-se perfeitamente segura e à vontade, adormecendo com as palavras dele nos ouvidos, calmas, tranquilizadoras, e com aquele bendito toque de bom humor:

— O médico aqui acha que você vai precisar de uns bons comprimidos para pôr um pouco de cor nessa linda pele branca.

De novo o *médico!* Sofia deixara-se arrastar pela sonolência e mergulhara num sono profundo, mas quando, momentos depois, despertara e abrira os olhos, o médico tinha ido embora.

— Oh, Stingo! Lembro-me tão bem, foi há tanto tempo que eu *sentir* esse terrível pânico! E tudo tão *estranho!* Eu nem sequer conheço ele, nem sequer sei o *nome* dele! Tinha estado com ele uma hora, talvez até menos, e agora ele tinha ido embora e eu sentia esse pânico, esse medo horrível de que talvez ele nunca mais voltasse, que tivesse sumido para sempre. Era como perder uma pessoa muito chegada a você.

Um impulso romântico fez com que eu não resistisse e lhe perguntasse se ela não se teria apaixonado instantaneamente. Não teria sido um exemplo perfeito, perguntei, desse maravilhoso mito conhecido como amor à primeira vista?

— Não, não foi bem assim — respondeu Sofia. — Acho que ainda não era amor. Mas talvez algo parecido. — Fez uma pausa. — Não sei dizer. De certa maneira, que bobagem acontecer uma coisa dessas. Como é possível conhecer um homem durante quarenta e cinco minutos e sentir esse vazio quando ele vai embora? *Absolument fou!* Você não acha? Mas eu estava louca para que ele voltasse.

Nossos piqueniques eram refeições móveis, que tinham lugar em qualquer canto ensolarado e sombreado de Prospect Park. Não me lembro mais de quantos desses piqueniques eu fiz com Sofia — uma meia-dúzia, talvez mais. Nem me recordo bem da maioria dos lugares onde nos estendíamos sobre a relva — dos recantos rochosos e escondidos para onde carregávamos os sacos de papel engordurado e as embalagens de meio litro de leite gelado, mais a antologia de Oscar Williams da poesia americana, muito manuseada e cheia de manchas de gordura, através da qual eu procurava continuar a interessar Sofia na poesia que o gordo Sr. Youngstein lhe apresentara, alguns meses antes. Lembro-me, porém, vividamente de um desses lugares — uma península relvada, a essa hora geralmente vazia de gente, nos dias de semana, penetrando no lago, onde um sexteto de grandes cisnes com ar feroz, irrompia, como um bando de gângsters, por entre a folhagem, interrompendo a natação o suficiente para subir à grama e competir, com assobios agressivos, pelas côdeas dos nossos pãezinhos e outros restos. Um dos cisnes, um macho menor e bem menos ágil do que os outros, fora ferido perto do olho — sem dúvida em algum encontro com um selvagem bípede do Brooklyn — e ficara com um ar estrábico, que fazia Sofia se lembrar do seu primo Tadeusz, de Lodz, que morrera aos treze anos, de leucemia.

Eu era incapaz de fazer a ligação antropomórfica e por isso não entendia a relação que podia haver entre um cisne e um ser humano, mas Sofia jurava que eram parecidíssimos. Começou a chamá-lo de Tadeusz e a lhe murmurar coisas em polonês, enquanto lhe deitava as sobras do seu saco. Poucas vezes vi Sofia zangada, mas o comportamento dos outros cisnes, mandões e egocêntricos, gordos e comilões, enfurecia-a e ela gritava-lhes insultos em polonês e dava a Tadeusz mais do que lhe cabia. A sua veemência surpreendia-me. Na época, eu não podia relacionar aquele enérgico protecionismo do pobre-diabo (ou pobre-cisne) com alguma coisa que tivesse acontecido no seu passado, mas a proteção que ela dava a Tadeusz era divertida e comovente. Não obstante, tenho outro motivo, mais pessoal, para me lembrar de Sofia no meio dos cisnes. Recordo agora, após muito puxar pela memória, que foi nesse pequeno promontório, no fim do verão, durante uma longa tarde, que demorou até o sol começar a afundar muito atrás de nós, sobre Bay Ridge e Bensonhurst, que Sofia me contou, numa voz ora desesperada, ora esperançosa, mas principalmente desesperada, parte desse último e convulsivo ano com Nathan, que ela adorava, mas que, já então (quando ela me falou) considerava não só seu salvador, como também seu destruidor...

Quando, para seu imenso alívio, ele voltara ao quarto dela, nesse mesmo dia, meia hora mais tarde, Nathan aproximara-se da cama e fitara-a uma vez mais com seus olhos bondosos, dizendo:

— Vou levar você para ver o meu irmão, *ok*? Dei alguns telefonemas.

Ela ficara perplexa. Nathan sentara-se a seu lado.

— Por que é que o senhor vai me levar para ver o seu irmão?

— Meu irmão é médico — explicou ele — um dos melhores médicos que há. Vai poder ajudá-la.

— Mas o senhor... — disse ela. — Pensei que...

— Você pensou que eu era médico — completou ele. — Não, eu sou biólogo. Como você se sente agora?

— Melhor — respondeu ela. — Muito melhor.

E era verdade. Sentia-se melhor, em parte graças à presença dele.

Nathan trouxera uma sacola de supermercado e abrira-a, espalhando rapidamente o seu conteúdo sobre a grande tábua, junto dos pés da cama dela, que fazia as vezes de mesa de cozinha.

— Que *mishegoss!* — exclamara.

E Sofia riu, pois Nathan resolvera *bancar* o comediante, adotando um sotaque profunda e rasgadamente iídiche, enquanto arrumava as garrafas, as latas e as embalagens que tirava da sacola, o rosto franzido, numa réplica perfeita de um velho dono de loja, avarento e nervoso, das imediações de Flatbush. Lembrava-lhe Danny Kaye (tantas vezes vira os filmes dele, era uma das suas poucas manias cinematográficas), com aquele inventário absurdo e maravilhosamente rítmico, e ainda se sacudia toda, de riso silencioso, quando ele parou, se virou para ela e lhe mostrou uma lata com um rótulo branco, enfeitado de gotículas de gelo.

— *Consommé* à madrilenha — disse, na sua voz normal. — Descobri um supermercado onde as sopas ficam no gelo. Quero que você coma isto. Depois, vai poder nadar dez quilômetros, como a Esther Williams.

Sofia apercebeu-se de que o apetite lhe voltara e sentiu um espasmo no estômago vazio. Quando ele lhe serviu o *consommé* numa das suas baratas tigelas de plástico, ela apoiou-se num cotovelo e comeu com prazer, saboreando a sopa, fria e gelatinosa, com um gostinho picante.

— Muito obrigada — disse, quando acabou. — Estou me sentindo muito melhor.

Sentira de novo tal intensidade no olhar dele, sentado ao seu lado, sem falar nada, que, apesar da confiança que ele lhe inspirava começou a ficar um pouco nervosa, até que ele disse:

— Aposto cem dólares como você está com uma forma séria de anemia. Possivelmente deficiência de vitamina B-12 e ácido fólico.

Mas o mais provável é que seja falta de ferro. Menina, você tem comido bem ultimamente?

Ela respondeu que, exceto durante um curto período, algumas semanas antes, em que sofrera de uma até certo ponto voluntária rejeição de comida, nos últimos seis meses comera mais saudavelmente do que em qualquer outra altura da sua vida.

— Tenho uns problemas — explicou. — Não posso comer muita gordura de animais. Mas o resto está *ok*.

— Então, só pode ser uma deficiência de ferro — decretou Nathan. — Pelo que você diz que andou comendo, consumiu bastante ácido fólico e vitamina B-12. A gente só precisa de um pouco de ambos. Já o ferro é bem mais complicado. Você pode ter ficado deficiente e nunca mais ter descontado a falta de ferro.

Fez uma pausa, talvez por ver apreensão no rosto dela (pois o que ele lhe dissera intrigava-a e preocupava-a) e lançou-lhe um sorriso tranquilizador.

— É das coisas mais fáceis de curar, desde que se ataque logo.

— Ataque?

— É, desde que a pessoa saiba do que se trata, é uma coisa muito fácil de curar.

Sem que ela soubesse por que, tinha vergonha de lhe perguntar o nome, embora estivesse ansiosa por saber. Enquanto ele estava ali, sentado ao lado dela, Sofia lançou-lhe uma olhadela e achou que ele era extremamente simpático fisicamente — inconfundivelmente judeu, com seus traços finos e simétricos, no meio dos quais o nariz, forte e proeminente, era como um adorno, bem como os olhos, luminosamente inteligentes, que podiam passar da compaixão ao humor de maneira tão rápida, fácil e natural. De novo a sua presença fez com que ela se sentisse melhor. Uma grande fadiga a invadia, mas a náusea e o mal-estar tinham desaparecido. De repente, ali deitada, veio-lhe uma inspiração ao mesmo tempo preguiçosa e brilhante. De manhã, após olhar para a programação de rádio do *Times*, Sofia ficara muito desapontada de saber que, devido à aula de inglês, não iria poder ouvir a Sinfonia Pastoral, de Beethoven, no concerto da tarde, transmitido pela WQXR. Era um pouco como a sua redescoberta da Sinfonia Concertante, só que com uma diferença. Ela se *lembrava* claramente da sinfonia de Beethoven — dos concertos em Cracóvia — mas ali, no Brooklyn, por não ter vitrola e parecer estar sempre no lugar errado na hora errada, a Pastoral dava a impressão de lhe estar sempre escapando, anunciando-se mas não sendo ouvida, como uma ave muito bela, mas muda, que fugisse e esvoaçasse, com ela perseguindo-a por entre a folhagem de uma floresta escura.

De repente, ela se lembrara de que, graças ao que lhe acontecera, ia poder, finalmente, ouvir a música. Naquele momento, isso lhe parecia muito mais crucial para a sua existência do que qualquer conversa relativa à saúde, por mais encorajadora que fosse, de modo que perguntou:

— Se importa se eu ligar o rádio?

Mal tinha acabado de falar, já ele esticava o braço e apertava o botão, bem na hora em que a Orquestra de Filadélfia, com suas cordas murmurantes, a princípio hesitante e, depois, jubilantemente, dava início ao inebriante salmo em honra a um mundo em florescência. Ela experimentara uma tal sensação de beleza, que era como se estivesse morrendo. Fechara os olhos e mantivera-os assim até o fim da sinfonia, quando voltara a abri-los, encabulada com as lágrimas que lhe escorriam pelas faces, mas incapaz de as conter, ou de dizer algo sensato ou coerente ao Bom Samaritano, que continuava a olhar para ela com ar grave e paciente. Nathan tocara-lhe de leve as costas da mão com as pontas dos dedos.

— Está chorando por causa da beleza da música? — perguntou. — Mesmo ouvida nesse radinho vagabundo?

— Não sei por que estou chorando — respondeu ela, após longa pausa, durante a qual procurara se controlar. — Talvez eu esteja chorando por fazer um erro.

— Que é que você quer dizer com isso? — perguntou ele.

De novo ela demorou muito tempo a explicar:

— Um erro a respeito de ouvir essa música. Pensei que a última vez que ouvi essa sinfonia foi em Cracóvia, quando eu era muito jovem, mas agora, quando escutei, vi que ouvi uma vez depois disso, em Varsóvia. A gente era proibida de ter rádios, mas uma noite ouvi a sinfonia numa rádio proibida, de Londres. Agora eu *lembrar* que foi a última música que ouvi antes de ir... — Estacou, de repente. Que diabo estava contando para aquele desconhecido? Que interesse podia ter para ele? Tirou um lenço de papel da gaveta da mesinha de cabeceira e enxugou os olhos. — Essa não é uma boa resposta.

— Você disse "antes de ir..." — insistiu ele. — Antes de ir para *onde?* Está se referindo ao lugar onde lhe fizeram isso?

E olhou significativamente para a tatuagem.

— Não posso falar sobre isso — disse ela, de repente, arrependendo-se da maneira brusca com que as palavras lhe saíram, fazendo com que ele se voltasse e murmurasse, numa voz aflita:

— Desculpe. *Sinto muito!* Sou mesmo um abelhudo... Às vezes, sou pior que um *burro!*

— Por favor, não diga isso — interveio Sofia, envergonhada por tê-lo feito ficar sem graça. — Eu não sabia que... — parou, achando a palavra certa em francês, polonês, alemão e russo, mas não conseguindo encontrá-la em inglês. Limitou-se a dizer: — Desculpe.

— Tenho a mania de meter o meu grande *schnoz* onde não sou chamado — disse ele e Sofia viu o rubor deixar-lhe aos poucos o rosto. — De repente, ele disse: — Escute, preciso ir andando. Tenho um compromisso. Mas... será que eu posso voltar esta noite? Não responda! Eu volto à noite.

Ela não conseguira responder, apenas assentiu com a cabeça e com um sorriso que continuou a lhe pairar nos lábios, quando o ouviu descer a escada. Depois disso, o tempo custara a passar. Sofia ainda se espantava com a excitação com que esperava ouvir o som dos sapatos dele quando, por volta das sete, Nathan voltara, carregando outra sacola cheia de mantimentos e duas dúzias das mais belas rosas amarelas que ela já vira. Sofia estava agora de pé, sentindo-se quase perfeitamente bem, mas ele mandara-a descansar, dizendo:

— Por favor, deixe o Nathan aqui cuidar de tudo!

Fora nesse momento que ela pela primeira vez ouvira o nome dele. Nathan. *Nathan!* Nanthan, Nathan!

Nunca, mas nunca, assegurou-me ela, poderia esquecer aquela primeira refeição que tinham feito juntos, o jantar carinhoso que ele fizera à base de... imaginem! — fígado de vitela e alhos.

— Cheio de ferro — proclamara, o suor emergindo-lhe da testa, enquanto se inclinava sobre a travessa fumegante. — Não há nada melhor do que fígado. E alhos — *cheios* de ferro! Também vão melhorar o timbre da sua voz. Sabia que o Imperador Nero mandava que lhe servissem alhos todos os dias, a fim de aumentar a ressonância da sua voz? Para poder cantar, enquanto Sêneca era esquartejado. Sente-se, pare de andar de um lado para o outro! Me deixe fazer as coisas. O que você precisa é de *ferro!* Por isso vamos comer também creme de espinafre e uma bela saladinha. — Sofia ficara cativada pelo modo como Nathan, embora atento ao que preparava, continuava intercalando as suas observações sobre gastronomia com detalhes científicos. — Fígado com cebolas é um prato comum, mas com alhos, amorzinho, fica especial. É difícil encontrar alhos destes, comprei-os num supermercado de italianos. Está na sua linda cara que você precisa de doses maciças de ferro. Daí o espinafre. Fizeram-se pesquisas, não faz muito, em que se descobriu que o ácido oxálico contido no espinafre tende a neutralizar o cálcio, de que provavelmente você também precisa. Uma pena, mas também tem tanto ferro, que, de qualquer maneira, você vai lucrar comendo-o. Além disso, a alface...

Mas se o jantar, embora excelente, fora principalmente restaurador, o vinho tinha sido divino. Na sua casa, em Cracóvia, Sofia fora acostumada desde menina a beber vinho. Seu pai tinha uma faceta hedonística, que o fazia insistir (num país que não cultivava uvas) em que os pratos copiosos e muitas vezes elegantes da cozinha vienense, que sua mãe preparava fossem regularmente acompanhados dos bons vinhos da Áustria e das planícies húngaras. Mas a guerra, que tanta coisa lhe tirara da vida, acabara também com o prazer simples do beber vinho e, desde então, ela não se tinha dado ao trabalho de provar qualquer marca, embora se sentisse tentada, nas vizinhanças de Flatbush. Não fazia ideia de que na América pudesse existir *aquilo* — aquele néctar dos deuses! A garrafa que Nathan comprara era de tal qualidade, que levara Sofia a redefinir a natureza do gosto: ignorando a mística do vinho francês, não precisou que Nathan lhe dissesse tratar-se de um Château Margaux, ou que era de 1937 — a última das grandes safras de antes da guerra — ou que tinha custado a espantosa quantia de quatorze dólares (mais ou menos metade do que ela ganhava por semana, pensou, incrédula, ao reparar no preço grudado na garrafa), ou que poderia ter ganho um buquê se tivessem esperado um pouco. Nathan parecia entender de todos esses detalhes, mas Sofia só sabia que o sabor lhe dava uma sensação inigualável de prazer, um calor imenso, descuidoso, que parecia sair do fundo do coração e lhe descia para as pontas dos pés, tornando válidas todas as velhas máximas sobre as propriedades curativas do vinho. A cabeça nas nuvens, como se as preocupações lhe tivessem desaparecido como por encanto, ouviu a si mesma dizer, quando terminavam de jantar:

— Sabe, quando a pessoa leva uma boa vida e morre santamente, deve ser isto o que dão a ela para beber, no paraíso.

Ao que Nathan não respondera diretamente, parecendo também agradavelmente alto, olhando para ela com ar grave e pensativo, através da borra do seu copo.

— Não é "dão a ela" e sim "lhe dão" — corrigiu suavemente. — Mas logo acrescentou: — Desculpe. Sou um mestre-escola frustrado.

Depois de terminado o jantar e de lavarem a louça a dois, tinham-se sentado um diante do outro, nas duas desconfortáveis poltronas de costas altas que, naquele tempo, compunham a mobília do quarto de Sofia. De repente, a atenção de Nathan fora atraída pelo punhado de livros arrumados numa prateleira, em cima da cama de Sofia — as traduções polonesas de Hemingway, Wolfe, Dreiser e Farrell. Levantara-se e examinara, curioso, os livros, fazendo comentários que demonstravam conhecer bem esses escritores. Falou com especial entusiasmo de Dreiser, dizendo a Sofia que, na universidade, lera toda a imensidão de *Uma Tragédia Americana* de uma só vez, "quase estragando a vista" e, no meio de uma descrição rapsódica de *Irmã Carrie*, que ela ainda não tinha lido, mas que ele insistia para que lesse o mais depressa possível (garantindo tratar-se da obra-prima de Dreiser), parara subitamente e olhara para ela com uma expressão tão aparvalhada, os olhos tão arregalados, fazendo-a rir, ao mesmo tempo em que dizia:

— Sabe que eu não tenho a menor ideia de *quem você é*? Que é que você *faz* na vida, amoreco polonês?

Ela demorara um bocado de tempo a responder:

— Trabalho com um médico, como recepcionista.

— Com um médico? — repetira ele, com grande interesse.

— Que espécie de médico?

Sofia hesitara, mas acabara dizendo:

— Ele é um... um quiroprático.

Reparou no espasmo que percorrera o corpo dele, ao ouvir o que ela tinha dito.

— Um *quiroprático!* Não admira que você tenha problema! Ela procurara desculpar-se.

— É um homem muito bom... — dissera, bobamente. — É o que se chama, em iídiche, um *mensh.* O nome dele é Dr. Blackstock.

— *Mensh, shmensh* — retrucara ele, com uma expressão de profundo desgosto. — Uma moça como você, trabalhando com um *charlatão...*

— Foi o único emprego que consegui, quando cheguei — cortara ela. — Eu não sabia fazer nada!

Falava agora com alguma irritação e fosse pelo que ela dissera, fosse pelo tom com que falara, o fato é que o fizera murmurar um apressado pedido de desculpas.

— Eu sei. Não devia ter dito o que disse. Não é da minha conta.

— Gostaria de trabalhar em algo melhor, mas não tenho qualificações — continuara ela, já mais calma. — Comecei uma carreira muito tempo atrás, mas nunca terminei os estudos. Sou uma pessoa muito incompleta, gostaria de ensinar música, de ser professora de música, mas isso é impossível, de modo que trabalho como recepcionista nesse consultório. Não é assim tão mau, *vraiment,* embora eu gostasse de fazer algo melhor, um dia.

— Sinto muito ter dito o que disse.

Sofia olhara para ele, tocada com o embaraço que ele parecia sentir por causa da sua falta de tato. Até onde conseguia se lembrar, nunca encontrara ninguém por quem se sentisse tão imediatamente atraída. Havia algo tão intenso, enérgico e variado na personalidade de Nathan — no seu ar firme mas tranquilo, na sua mímica, na maneira cômica como falava de culinária e medicina, que Sofia sentia ser como que um disfarce para a preocupação real que ele tinha pela saúde dela. E, por fim, aquela vulnerabilidade e capacidade de se arrepender que, de um modo remoto e indefinível, lhe lembrava um garotinho. Por um momento, desejou que ele voltasse a tocá-la, mas logo o desejo desapareceu e ambos ficaram calados por muito tempo, enquanto um carro deslizava pela rua, lá fora, onde uma chuvinha fina começara a cair e o carrilhão da igreja distante deixava tombar nove notas na vasta e reverberante quietude do Brooklyn. Ao longe, trovões ribombavam baixo sobre Manhattan. Tinha escurecido e Sofia acendeu o seu único abajur.

Talvez fosse o efeito do vinho, ou da presença calma e desinibidora de Nathan, mas ela sentira-se compelida a continuar falando e, à medida que falava, parecia-lhe que o inglês lhe fluía mais facilmente, quase correntemente, como se através de condutos que até então ignorara possuir.

— Nada me ficou do passado, absolutamente nada. Essa é uma das razões pelas quais me sinto tão incompleta. Tudo o que você vê neste quarto é americano, novo — livros, roupas, tudo — não tenho nada que me lembre a Polônia, o tempo da minha juventude. Nem mesmo uma foto desse tempo. Uma coisa que sinta muito ter perdido é um álbum de fotografias que eu tinha. Se ao menos eu pudesse ter ficado com ele, lhe mostraria tantas coisas interessantes... como era Cracóvia, antes da guerra. Meu pai era professor na universidade, mas era também um fotógrafo muito talentoso. Amador, mas muito bom, muito sensível. Tinha uma Leica muito cara, fantástica. Lembro-me de uma das fotos que ele *tirar*, que estava no álbum, uma das melhores, que eu tenho tanta pena de ter perdido, era de mim e da minha mãe sentadas ao piano. Eu devia ter uns treze anos. Devíamos estar tocando uma peça para quatro mãos. Parecíamos tão felizes, eu e minha mãe! Agora, não sei por que, só a *lembrança* daquela foto já é um símbolo para mim, um símbolo do que podia ter sido e agora já não pode ser. — Após uma pausa, ela continuara, no fundo orgulhosa da fluidez com que as palavras lhe saíam, e olhara para Nathan, um pouco inclinado para a frente, totalmente absorvido no que Sofia lhe dizia. — Você deve entender, eu não estou com pena de mim mesma. Há coisas muito piores do que não poder acabar uma carreira, não ser o que a gente planejava. Se isso fosse *tudo* o que eu perdi, eu estaria contente. Teria sido maravilhoso para mim ter tido essa carreira na música que eu pensava, mas não foi possível. Faz sete, oito anos que não tenho lido uma nota de música e nem sei se saberia ler de novo. De qualquer maneira, é por isso que não posso mais escolher um emprego, de modo que tenho que trabalhar desse jeito mesmo.

Passado um momento, ele perguntara, com aquela franqueza que Sofia tanto apreciava:

— Você não é judia, é?

— Não — respondeu ela. — Você pensou que eu era?

— A princípio, sim pensei que você fosse judia. Não há muitas *goyim* louras andando pelo Brooklyn College. Depois, olhei bem para você no táxi e pensei que você fosse dinamarquesa, ou talvez finlandesa, do leite da Escandinávia. Mas, claro, você tem essas maças do rosto eslavas. Finalmente, através de deduções, fiquei achando que você era polaca, perdão, adivinhei que você era de origem polonesa. Aí, quando você mencionou Varsóvia, tive a certeza. Você é uma linda polaca, ou polonesa.

Sofia sorrira, sentindo o rubor subir-lhe às faces. — *Pas de flatterie, monsieur.*

— Mas todas essas contradições — prosseguiu ele. — Como é que uma linda *shiksa* polonesa podia estar trabalhando no consultório de um charlatão chamado Blackstock e onde diabos você aprendeu iídiche? Por fim... puxa, você vai ter que me desculpar de novo a mania de meter o nariz onde não sou chamado, mas é que estou *preocupado* com o seu estado, entende, e preciso saber essas coisas. Como foi que você ganhou esse número no braço? Você não quer falar nisso. Eu *detesto* perguntar, mas acho que você vai ter que me dizer.

Sofia deixara cair de novo a cabeça sobre a reles almofada da poltrona cor-de-rosa e rangente. Talvez, pensou com resignação, mesclada de desespero, se ela explicasse a parte *rudimentar* agora, o mais explicitamente possível, e se tivesse sorte, quem sabe ele não perguntaria mais sobre coisas mais sombrias e complexas, que ela nunca poderia descrever ou revelar a ninguém. Talvez fosse ofensivo ou absurdo, da parte dela, mostrar-se tão enigmática, fazer tanto segredo de algo que, afinal de contas, a essas alturas já deveria ser do conhecimento de todos. Embora fosse estranho que as pessoas, ali na América, apesar de todos os fatos que haviam sido publicados, das fotos, dos documentários, ainda não parecessem dar-se conta do que tinha acontecido, exceto da maneira mais vazia e superficial. Buchenwald, Dachau, Belsen, Auschwitz — tudo palavras sem sentido. Aquela incapacidade de entender, de sentir a realidade, fora outra das razões por que ela só muito raramente falara com alguém a respeito, à parte o sofrimento, a dor lancinante que lhe causava voltar a esse trecho do seu passado. Quanto ao sofrimento em si, ela sabia, antes de falar, que o que iria dizer lhe causaria uma dor quase física — como abrir uma ferida quase fechada ou tentar apoiar-se numa perna fraturada e ainda não totalmente consolidada. Mas Nathan, a essa altura, já dera provas suficientes de que só estava procurando ajudá-la. Ela sabia que precisava realmente — desesperadamente, até — dessa ajuda e que lhe devia, pelo menos, um leve esboço da sua história recente.

Assim, passados uns minutos, Sofia começara a falar, satisfeita com o tom destituído de emoção que conseguia manter.

— Em abril de 1943, fui mandada para um campo de concentração no sul da Polônia, chamado Auschwitz-Birkenau, perto da cidade de Oswiecim. Havia três anos que estava vivendo em Varsóvia, desde o começo de 1940, quando tive que sair de Cracóvia. Três anos é muito tempo, mas ainda faltavam dois anos para a guerra acabar. Muitas vezes pensei que poderia ter vivido esses dois anos a salvo, se não tivesse feito um terrível erro. Foi um erro muito estúpido, tenho raiva de mim quando penso nele. Tenho sido tão cuidadosa, que fico até envergonhada de dizer isso. Quer dizer, até então, eu tinha vivido bem. Não era judia. Não morava no gueto, de modo que não podia ser presa por isso. Também não trabalhava para a resistência. Achava demasiado perigoso, era uma questão de estar envolvida numa situação em que... Mas não quero falar sobre isso. De qualquer maneira, como eu não estava trabalhando para a resistência, não tinha medo de ser presa por essa razão. Fui presa por uma razão que a você pode parecer muito absurda. Fui presa contrabandeando carne de um lugar que pertencia a um amigo que morava no campo, nos arredores de Varsóvia. Era completamente proibido ter carne, que ia toda para o exército alemão. Mas eu resolvi arriscar e tentar contrabandear a carne para ajudar minha mãe a ficar bem. Ela estava muito doente com... como é que vocês dizem? — *la consomption.*

— Tuberculose — disse Nathan.

— Isso mesmo. Tinha tido tuberculose anos antes, em Cracóvia, mas a doença tinha ido embora. Depois voltou, em Varsóvia, com aqueles invernos muito frios, sem aquecimento e quase sem comida para comer, tudo indo para os alemães. Ela estava tão doente, que todo mundo pensou que ia morrer. Eu não morava com ela, morava perto. Achei que, se conseguisse essa carne, ela poderia melhorar, de modo que um domingo fui até essa aldeia no campo e comprei um presunto proibido. Eles me prenderam e me levaram para a prisão da Gestapo em Varsóvia. Não me deixaram voltar ao lugar onde eu morava e nunca mais vi minha mãe. Muito mais tarde, soube que ela morreu alguns meses depois disso.

O lugar onde eles estavam sentados tinha ficado abafado e, enquanto Sofia falava, Nathan se levantara para abrir bem a janela, deixando uma brisa fresca entrar e estremecer as rosas amarelas que tinha comprado e enchendo o quarto do som da chuva caindo. A garoa transformara-se numa chuvarada e, a pouca distância, no parque, um relâmpago iluminou um carvalho ou olmeiro com um clarão branco, quase ao mesmo tempo em que um trovão estrondeava. Nathan ficou de pé junto à janela, olhando para a súbita tempestade, as mãos juntas nas costas.

— Continue — disse. — Estou escutando.

— Passei vários dias e várias noites na prisão da Gestapo e depois fui deportada, de trem, para Auschwitz. Levou dois dias e uma noite para chegar lá, embora em tempos normais demore só seis ou sete horas. Havia dois campos separados em Auschwitz — o lugar chamado Auschwitz propriamente dito e um outro campo, a alguns quilômetros longe, chamado Birkenau. Havia uma diferença entre os campos que é preciso entender, já que Auschwitz era usado para trabalhos forçados e Birkenau era só para uma coisa: extermínio. Quando eu saí do trem, fui escolhida não para ir para... para... não para Birkenau e as...

Sofia sentiu a fachada que tão laboriosamente construíra começar a estalar e o seu sangue frio falhar, com um tremer de voz que fazia gaguejar. Mas não tardou a recuperar o domínio sobre si mesma.

— Não para ir para Birkenau e as câmaras de gás, e sim para Auschwitz, para trabalhar. Isso porque eu era jovem e tinha boa saúde. Fiquei em

Auschwitz durante vinte meses. Quando cheguei, todo mundo escolhido para morrer era mandado para Birkenau, mas logo depois Birkenau ficou sendo o lugar onde só os judeus eram matados. Um lugar para a exterminação em massa dos judeus. Havia também outro lugar, não longe dali, uma enorme *usine*, onde era fabricada borracha — *caoutchouc synthétique*. Os prisioneiros no campo de Auschwitz também trabalhavam lá, mas o principal trabalho dos prisioneiros era ajudar na exterminação dos judeus em Birkenau. Por essa razão, o campo de Auschwitz ficou quase todo composto de prisioneiros que os alemães chamavam de arianos, que trabalhavam para manter o crematório de Auschwitz, para ajudar a matar os judeus. Mas é preciso compreender que os prisioneiros arianos também acabavam morrendo, depois que os seus corpos e a sua *santé* não dar mais para trabalhar e eles ficar *inutiles*. Aí eles também eram matados, fuzilados ou com gás, em Birkenau.

Sofia não falara muito, mas estava rapidamente resvalando para o francês. Sentia-se estranha e profundamente fatigada, de modo que decidiu abreviar a sua crônica ainda mais do que a princípio pretendera.

— Só que eu não morri. Acho que tive mais boa sorte do que os outros. Durante algum tempo tive uma posição melhor do que muitos dos outros prisioneiros, devido aos meus conhecimentos de alemão e russo, principalmente de alemão. Isso me *dar* vantagem, porque durante esse tempo comia melhor, tinha roupa um pouco nelhor e mais força. Isso me *dar* energia extra para sobreviver. Mas essa situação não demorou muito e no fim eu era como o resto. Passei fome e, como passei fome, tive *le scorbut* — acho que se diz escorbuto, não é? — e depois também tifo e escarlatina. Como eu disse, fiquei lá durante vinte meses, mas sobrevivi. Se tivesse ficado mais um dia, sei que estaria morta. Fez uma pausa e continuou: — Agora, você diz que eu tenho anemia e eu acho que você pode estar certo, por que depois que eu *ficar* livre daquele lugar, teve um médico, um médico da Cruz Vermelha, que me disse para ter cuidado porque podia ficar com anemia. — Sentiu a voz transformar-se num suspiro. — Mas me esqueci, havia tantas outras coisas doentes com o meu corpo que esqueci isso.

Tinham ficado muito tempo calados, ouvindo o vento e o barulho da chuva caindo. Lavado pela tempestade, o ar penetrava, em rajadas frescas, pela janela aberta, trazendo do parque um cheiro de terra molhada e limpa. O vento foi diminuindo e o trovão rumando para leste, na direção de Long Island. Não tardou que apenas uma chuva leve continuasse a se ouvir na escuridão da noite, junto com o murmúrio distante de pneus patinando sobre as ruas encharcadas.

— Você precisa dormir — disse ele. — Vou-me embora.

Mas ela se lembrava de que ele não fora embora, pelo menos imediatamente. No rádio estava tocando a última parte das *Bodas de Fígaro* e ficaram escutando sem falar — Sofia agora estendida na cama, Nathan sentado na cadeira, ao lado dela — enquanto as mariposas esvoaçavam em volta da lâmpada fraca que pendia do teto. Ela fechara os olhos e cochilara, mergulhando num sonho estranho, no qual a alegre e redentora música se misturava suavemente com um cheiro de grama e chuva. Numa ocasião, sentira, contra a face, num movimento tão leve e delicado como o da asa de um inseto, o roçar dos dedos dele, mas isso não demorou mais que um segundo. Depois, ela adormecera e não sentira mais nada.

Mas agora torna-se novamente necessário mencionar que Sofia não foi muito franca ao falar do seu passado, mesmo partindo-se do princípio de que sua intenção fora apresentar uma narrativa muito abreviada. Eu só ficaria sabendo disso mais tarde, quando ela me confessou que tinha deixado de lado muitos fatos importantes da história que contara a Nathan. Não que tivesse mentido (como aconteceu a respeito de um ou dois aspectos cruciais da sua vida, quando me falou dos seus primeiros anos, em Cracóvia). Nem inventou ou distorceu algo importante — seria fácil confirmar quase tudo o que ela disse a Nathan naquela noite. Seus breves comentários sobre o funcionamento do campo de Auschwitz-Birkenau — embora muito sucintos — eram basicamente corretos e ela não exagerara nem subestimara a natureza das suas várias doenças. Com relação ao resto, não há razão para se duvidar do que ela contara a respeito da mãe, da doença e da morte dela, da sequência sobre a carne contrabandeada e da sua prisão pelos alemães, seguida da deportação para Auschwitz. Por que razão, então, ela *deixara de lado* certos elementos e detalhes que seria de esperar que incluísse? Sem dúvida, por causa da fadiga e da depressão que sentia, naquela noite. Podia também haver uma quantidade de outras razões, mas a palavra "culpa", conforme vim a descobrir mais tarde, muitas vezes dominava o seu vocabulário e percebo agora que um horrível sentimento de culpa sempre norteava as narrativas que ela era forçada a fazer sobre o passado. Também me dei conta de que Sofia tendia a encarar a sua história recente através de um filtro de horror a si própria — ao que parece, um fenômeno bastante comum entre os que tinham passado pelo que ela passara. Simone Weil escreve sobre essa modalidade de sofrimento: "A dor esmaga a alma com o desprezo, o nojo e até mesmo o ódio por si mesmo e o sentimento de culpa que o crime deveria provocar, mas não provoca". Assim, no caso de Sofia, talvez fosse esse complexo de emoções o que fazia com que ela guardasse silêncio a respeito de certas coisas — essa terrível culpa, juntamente com um simples, mas bem motivado pudor. Sofia era, de modo geral, sempre reticente quanto à sua estada nas entranhas do inferno — reticente a ponto de isso parecer uma obsessão — mas, se era assim que ela queria que as coisas fossem, a gente tinha que respeitar essa posição.

Deve, porém, ficar claro — embora esse fato fique evidente à medida que a narrativa for se desenvolvendo — que Sofia era capaz de me revelar coisas que nunca na sua vida poderia dizer a Nathan. Havia um motivo simples para isso. Ela estava tão tremendamente apaixonada por Nathan, que o seu amor mais parecia uma loucura e, geralmente, é da pessoa amada que escondemos as mais profundas verdades sobre nós mesmos, quanto mais não seja pela razão muito humana de poupar sofrimento. Ao mesmo tempo, porém, havia circunstâncias e acontecimentos, no seu passado, que tinham que ser falados. Acho que, inconscientemente, ela estava querendo que alguém fizesse as vezes desses confessores religiosos aos quais friamente renunciara. Eu, Stingo, preenchia bem os requisitos. Em retrospecto, compreendo que teria sido insuportável, a ponto de pôr em perigo a sua sanidade mental, ela ter mantido certas coisas trancadas dentro de si. Isso mostrou-se especialmente verdadeiro à medida que o verão foi passando, com o seu clima de emoções brutais, e à medida em que a situação entre Sofia e Nathan foi se aproximando do colapso. Aí, quando ela estava mais vulnerável do que nunca, sua necessidade de expressar toda a agonia e a culpa que sentia era tão urgente, que lembrava o início de um grito, e eu estava sempre pronto a escutar, com minha idolatria canina e meus incansáveis ouvidos. Comecei, também, a entender que, se as piores passagens do pesadelo que ela vivera eram ao mesmo tempo tão incompreensíveis e absurdas a ponto de abalar — mas não desafiar inteiramente — a capacidade de crédito de uma alma fácil de convencer como a minha, nunca seriam aceitas por Nathan. Ou ele não teria acreditado, ou teria achado que ela estava louca. Podia até ter tentado matá-la. De que maneira, por exemplo, Sofia teria encontrado jeito e força para contar a Nathan o episódio em que ela se envolvera com Rudolf Franz Höss, *Obersturmbannführer* das SS, Comandante de Auschwitz?

Falemos um pouco de Höss, antes de voltar a Nathan e a Sofia e aos seus primeiros dias e meses juntos. Höss figurará mais adiante nesta narrativa, como um vilão-chave da Europa Central, mas talvez seja apropriado dar aqui os antecedentes desse moderno monstro gótico. Após ter conseguido apagá-lo da memória por muito tempo, Sofia contou-me que ele voltara à sua consciência recentemente, por coincidência alguns dias antes de eu ter-me instalado no que todos nós passáramos a chamar de Palácio Cor-de-Rosa. Mais uma vez, o horror tivera por cenário um vagão de metrô, abaixo das ruas do Brooklyn. Ela estava folheando um número atrasado da revista *Look*, quando a imagem de Höss parecera pular da página, causando-lhe um tal choque, que o ruído estrangulado que lhe saíra da garganta fizera com que a mulher a seu lado estremecesse também. Höss estava a alguns segundos do ajuste de contas final. O rosto, uma máscara inexpressiva, algemado, abatido e com a barba por fazer, o ex-Comandante estava nitidamente às vésperas de embarcar para a última viagem. Amarrada em volta do seu pescoço via-se uma corda, pendendo de uma forca de metal, em torno da qual um punhado de soldados poloneses fazia os derradeiros preparativos para a viagem dele para o outro mundo. Contemplando aquela triste figura, com o seu rosto já morto, como o de um ator que fizesse o papel de zumbi, no meio de um palco, os olhos de Sofia procuraram, encontraram e identificaram a borrada, mas para sempre gravada silhueta do crematório de Auschwitz. Atirara a revista para o chão, e saltara na estação seguinte, tão perturbada por aquela imagem, obscenamente enraizada em sua memória, que ficara andando, horas a fio e sem rumo, pelas calçadas ensolaradas em redor do museu e do jardim botânico, antes de criar coragem para se apresentar no consultório, onde o Dr. Blackstock logo reparara no seu ar estranho e comentara:

— Você parece que viu um fantasma!

Após um ou dois dias, porém, ela conseguira apagar a foto da sua mente.

Sem que Sofia ou o mundo soubessem, Rudolf Höss, nos meses anteriores ao seu julgamento e à sua execução, ocupara-se em escrever um documento que, nas suas relativamente poucas páginas, revela tanto quanto qualquer livro de grande porte a respeito de uma mente arrastada pelo êxtase do totalitarismo. Anos se passariam antes que surgisse uma tradução em inglês (excelentemente feita por Constantine FitzGibbon). Atualmente parte de um volume chamado *K.L. Auschwitz Visto pelas SS* — editado pelo museu que o governo polonês mantém, hoje em dia, no antigo campo de concentração — essa anatomia da psique de Höss está ao alcance de todos aqueles que desejem conhecer a verdadeira natureza do mal. Trata-se de um obra que deveria ser lida em todo o mundo por professores de filosofia, ministros religiosos, rabinos, *shamans*, historiadores, escritores, políticos e diplomatas, adeptos do liberalismo, independentemente de sexo e convicções, advogados, juízes, especialistas em direito penal, comediantes, diretores cinematográficos, jornalistas, em suma, por todos aqueles preocupados, embora remotamente, em afetar a consciência dos seus semelhantes — e nisso se incluiriam as nossas amadas crianças, esses incipientes líderes americanos, que deveriam estudá-la, juntamente com *O Apanhador no Campo de Centeio, The Hobbit* e a Constituição dos Estados Unidos. Porque nessas confissões se descobrirá que realmente não estamos familiarizados com a verdadeira crueldade. O que é mostrado na maioria dos romances, peças e filmes é medíocre, se não espúrio, uma mistura de violência, fantasia, terror neurótico e melodrama.

A "crueldade imaginária" — para citar, de novo, Simone Weil — "é romântica e variada, ao passo que a crueldade real é sombria, monótona, estéril, tediosa". Não há dúvida de que essas palavras caracterizam Rudolf Höss e o funcionamento da sua mente, um organismo tão esmagadoramente banal, a ponto de constituir um paradigma da tese eloquentemente defendida por Hannah Arendt, alguns anos após ele haver sido enforcado. Höss não podia ser classificado como sádico, nem era um homem violento ou sequer particularmente sinistro. Pode-se mesmo dizer que ele possuía uma certa decência, tendo em vista as suas atribuições. Jerzy Rawicz, o editor polonês da autobiografia de Höss, e também sobrevivente de Auschwitz, tem a inteligência de contrariar seus ex-colegas prisioneiros, com relação às acusações de que Höss espancava e torturava. "Ele nunca se rebaixaria a fazer coisas dessas", insiste Rawicz. "Tinha coisas mais importantes para fazer." O Comandante era um homem caseiro, conforme mais adiante veremos, mas cegamente dedicado ao dever e a uma causa. Assim sendo, transformou-se num mero mecanismo servil, no qual um vácuo moral fora tão perfeitamente limpo de todas as moléculas de hesitações e escrúpulos, que suas descrições dos horríveis crimes que perpetrava diariamente parecem, muitas vezes, alheias a todo o mal, fantasmas de uma inocência cretina. Não obstante, até mesmo esse autômato era feito de carne e osso, como eu ou vocês. Tinha sido educado no catolicismo e por pouco não abraçara o sacerdócio. Pruridos de consciência, até mesmo de remorso, o atacam de vez em quando, como o prenúncio de alguma doença bizarra, e é essa fraqueza, essa reação humana que transparece no implacável e obediente robô, o que ajuda a tornar as suas memórias tão fascinantes, assustadoras e educativas.

Basta meia dúzia de palavras sobre a sua vida pregressa. Nascido em 1900, no mesmo ano e signo de Thomas Wolfe ("Oh, perdido e, pelo vento, ofendido Fantasma..."), Höss era filho de um coronel reformado do Exército Alemão. O pai queria que ele fosse para um seminário, mas a Primeira Grande Guerra eclodiu e, quando Höss tinha apenas dezesseis anos, alistou-se no exército. Participou dos combates no Oriente Próximo — Turquia e Palestina — tornando-se aos dezessete anos, o mais jovem oficial não-comissionado das forças armadas alemãs. Terminada a guerra, juntou-se a um grupo de militantes nacionalistas e, em 1922, conheceu o homem que o dominaria pelo resto da sua vida — Adolf Hitler. A tal ponto Höss se deixou empolgar pelos ideais do Nacional-Socialismo e pelo seu líder, que se tornou um dos primeiros membros inscritos no Partido Nazista. Talvez não seja de estranhar que tivesse cometido o seu primeiro crime de morte pouco depois, o que lhe valeu ser julgado e encarcerado. Desde cedo que o assassínio era o seu dever na vida. A vítima foi um professor chamado Kadow, chefe da facção política liberal que os nazistas consideravam contrária aos seus interesses. Após ter cumprido seis anos de uma sentença que inicialmente o condenara à prisão perpétua, Höss passou a fazendeiro em Mecklenburg, casou, teve cinco filhos. Os anos, no entanto, pareciam pesar-lhe nas mãos, em meio ao trigo e à cevada, perto do tempestuoso Báltico. A necessidade de uma carreira mais de acordo com a sua vocação foi satisfeita quando, em meados da década de 30, encontrou um velho amigo, que conhecera nos primeiros tempos do *Bruderschaft*, Heinrich Himmler, o qual facilmente persuadiu Höss a abandonar a enxada e o arado e experimentar as vantagens de pertencer às forças SS. Himmler, cuja autobiografia revela ter sido (além de tudo o mais) um ótimo juiz de assassinos, sem dúvida adivinhou em Höss um homem sob medida para o importante trabalho que tinha em mente, pois os dezesseis anos seguintes da vida de Höss seriam passados, ou como comandante de campos de concentração, ou em cargos importantes, ligados à administração desses campos. Antes de Auschwitz, seu posto mais destacado fora em Dachau.

Aos poucos, Höss adquiriu o que pode ser chamado de uma relação proveitosa — ou, pelo menos, simbiótica — com o homem que iria ser seu superior imediato: Adolf Eichmann. Eichmann alimentou os dotes naturais de Höss, que levariam a alguns dos mais destacados progressos na *Todentechnologie*. Em 1941, por exemplo, Eichmann começou a achar o problema judeu uma fonte de intolerável aborrecimento, não só devido à evidente imensidão da tarefa, como também às dificuldades práticas que envolviam a "solução final". Até então, o extermínio em massa — realizado pelas tropas SS, numa escala relativamente modesta — fora executado ou por fuzilamento, o que apresentava problemas relacionados com sangueira, impraticabilidade e ineficiência, ou pela introdução de monóxido de carbono num espaço hermeticamente fechado, método igualmente ineficaz e que consumia um tempo proibitivo. Foi Höss quem, após notar a eficiência de um composto de cristais de hidrocianureto, chamado

Zyklon B, quando usado como exterminador dos ratos e das outras pragas que infestavam Auschwitz, sugeriu esse método de liquidação a Eichmann que, segundo Höss, aprovou entusiasticamente a ideia, embora mais tarde negasse isso. (Não se entende por que as experiências desse tipo na Alemanha estavam tão atrasadas. Havia mais de quinze anos que o gás cianureto era utilizado em certas câmaras de execução dos Estados Unidos.) Transformando novecentos prisioneiros de guerra russos em cobaias, Höss achou o gás mais do que adequado ao extermínio de seres humanos e ele logo começou a ser utilizado num sem-número de internos e recém-chegados de várias origens, embora, após abril de 1943, fosse exclusivamente empregado em judeus e ciganos. Höss foi também um inovador no uso de técnicas como campos de minas em miniatura, destinados a explodir e fazer ir pelos ares os prisioneiros que tentassem escapar, cercas de alta voltagem e — seu grande orgulho — uma matilha de ferozes cães policiais Doberman, conhecida como *Hundestaffel*, que lhe dava ao mesmo tempo satisfação e preocupação (patenteada nas suas memórias), de vez que os cães, apesar de especialmente treinados para despedaçar os internos que procurassem fugir, de vez em quando ficavam como que entorpecidos e só pensavam em buscar cantos escondidos onde pudessem dormir. De modo geral, porém, as suas ideias, férteis e inventivas, foram tão bem-sucedidas, que se pode dizer que Höss — num consumado travesti da maneira pela qual Koch, Ehlich, Roentgen e outros fizeram progredir a ciência médica, durante a grande florescência alemã da última metade do século passado — operou uma verdadeira e duradoura metamorfose no conceito do extermínio em massa.

Pelo seu significado histórico e sociológico, é preciso lembrar que, de todos os co-réus de Höss, nos julgamentos de criminosos de guerra efetuados na Polônia e na Alemanha — esses sátrapas e assassinos de segundo plano, que compunham as fileiras das SS em Auschwitz e em outros campos — apenas um punhado tinha uma tradição militar. Mas isso não deveria constituir grande surpresa. Os militares são capazes de cometer crimes abomináveis, haja vista, para falar apenas em tempos recentes, os exemplos do Chile, de My Lai e da Grécia. Mas fazer da mentalidade militar sinônimo de crueldade e torná-la província exclusiva de tenentes e generais é uma falácia dos "liberais"; a crueldade secundária, da qual os militares são frequentemente capazes, é agressiva, romântica, melodramática, excitante, orgástica. A crueldade real, a crueldade sufocante de Auschwitz — sombria, monótona, estéril, tediosa — foi perpetrada quase que exclusivamente por civis. Daí descobrirmos que as folhas de funcionários e membros das SS destacados para os campos de Auschwitz-Birkenau quase não continham soldados profissionais, mas eram compostas de um *pot-pourri* da sociedade alemã, incluindo garçons, padeiros, carpinteiros, donos de restaurante, médicos, um guarda-livros, um empregado dos correios, uma garçonete, um bancário, uma enfermeira, um serralheiro, um bombeiro, um funcionário da alfândega, um advogado, um fabricante de instrumentos musicais, um especialista em construção de máquinas, um assistente de laboratório, o proprietário de uma empresa de caminhões... a lista prossegue com essas ocupações comuns e bem civis. Basta apenas acrescentar que o maior exterminador de judeus da história, o medíocre Heinrich Himmler, era criador de galinhas.

Não há nenhuma novidade em tudo isso: nos tempos modernos, a maioria dos atos criminosos atribuídos aos militares foi perpetrada com a colaboração e o beneplácito da autoridade civil. Quanto a Höss, parece ter sido quase uma anomalia, já que a sua carreira anterior a Auschwitz se estribara na agricultura e nas armas. A evidência mostra que ele fora excepcionalmente dedicado a ambas as coisas e é justamente essa atitude de espírito rigorosa e inflexível — o conceito do dever e da obediência acima de tudo, que existe na mente de todo o bom soldado — que dá às suas memórias uma tão desoladora autenticidade. Lendo a horrível crônica, ficamos convencidos de que Höss é sincero quando expressa os seus escrúpulos, até mesmo a sua repulsa secreta por esta ou aquela cremação ou "seleção", e que grandes dúvidas acompanham os atos que ele é obrigado a cometer. Espreitando por trás de Höss, enquanto ele escreve, sente-se a presença espectral do garoto de dezessete anos, do promissor jovem *Unterfeldwebel* do exército de outra era, quando noções de honra, orgulho e retidão faziam parte do código prussiano, e que o rapaz parece perplexo com a inenarrável depravação em que o adulto está metido. Mas isso ocorreu em outros tempos e em outro lugar, um outro Reich, e o rapaz é escorraçado, juntamente com o horror, e o *ex-Obersturmbannführer* escreve infatigavelmente, justificando os seus atos bestiais em nome da autoridade insensata, do dever e da obediência cega.

A gente fica até certo ponto convencida pela equanimidade desta afirmação: "Devo deixar bem claro que nunca odiei pessoalmente os judeus. É verdade que os considerava como inimigos do nosso povo. Mas só por causa disso eu não via diferença entre eles e os outros prisioneiros e tratava-os todos da mesma maneira. Nunca fiz qualquer distinção. De qualquer forma, o ódio é estranho à minha natureza". No mundo dos crematórios, o ódio é uma paixão desvairada e incontinente, incompatível com o caráter cotidiano da tarefa. Principalmente quando um homem se permitiu abdicar de emoções tão dissipadoras, o fato de fazer perguntas ou duvidar de uma ordem torna-se acadêmico: ele obedece imediatamente. "Quando, no verão de 1941, o *Reichsführer* SS (Himmler) em pessoa me deu ordem para preparar em Auschwitz instalações destinadas ao extermínio em massa, eu não tinha a menor ideia da sua escala ou das suas consequências. Foi, sem dúvida, uma ordem extraordinária e monstruosa. Não obstante, as razões que a motivavam me pareciam certas. Na ocasião, não refleti sobre elas. Tinha recebido uma ordem e cumpria-me levá-la a cabo. Se a exterminação em massa dos judeus era ou não necessária, não cabia a mim opinar, pois me faltava a visão necessária."

E assim tivera início a carnificina, sob o olhar estreito, vigilante e impassível de Höss. "Eu tinha que parecer frio e indiferente a acontecimentos que teriam partido o coração de algum dotado de sentimentos humanos. Não podia sequer desviar os olhos quando temia que minhas emoções viessem à tona. Tinha que assistir friamente, enquanto as mães, carregando os filhos, risonhos ou chorosos, entravam nas câmaras de gás..."

"Certa vez, duas crianças pequenas estavam tão entretidas numa brincadeira qualquer, que se recusaram a deixar que a mãe as puxasse. Até mesmo os judeus do Destacamento Especial relutavam em pegar ao colo as crianças. O olhar suplicante da mãe, que certamente sabia o que estava acontecendo, é algo que nunca esquecerei. As pessoas já estavam na câmara de gás, ficando impacientes. Eu tinha que agir. Todo mundo estava de olho em mim. Fiz um gesto para o suboficial de serviço e ele pegou as crianças, que gritavam e se debatiam, e carregou-as para a câmara de gás, acompanhadas da mãe, que chorava lancinantemente. Minha pena era tão grande, que a minha vontade era sumir, mas não podia demonstrar a menor emoção. (Arendt escreve: "O problema não era tanto em como dominar a sua consciência, como a piedade animal que aflige todos os homens normais em presença do sofrimento físico. O truque empregado... era muito simples e, provavelmente, muito eficiente: consistia em orientar esses instintos no sentido inverso, isto é, em dirigi-los para si próprio, de modo que, em vez de dizer: "Que coisas horríveis eu fiz com as pessoas!", os assassinos pudessem dizer: "Que coisas horríveis eu fui forçado a presenciar no cumprimento dos meus deveres, que horrível tarefa a minha!"). Eu era obrigado a assistir a tudo, hora após hora, dia e noite, à remoção e queima dos corpos, à extração dos dentes, ao corte do cabelo, a todas essas coisas horríveis. Era obrigado a ficar horas a fio de pé, em meio ao mau cheiro, enquanto as covas eram abertas e os corpos removidos e queimados."

"Tinha de olhar pelo olho-mágico das câmaras de gás e contemplar o processo da morte, porque os médicos faziam questão de que eu assistisse... O *Reichsführer* SS enviou vários líderes do partido e oficiais da SS a Auschwitz, para verem com os próprios olhos como se processava o extermínio em massa dos judeus... Várias vezes me perguntaram como é que eu e os meus homens podíamos assistir continuamente a essas operações e aguentar firme. Minha resposta era sempre que a determinação férrea com que tínhamos de cumprir as ordens de Hitler só podia ser conseguida sufocando todas as emoções humanas."

Mas até mesmo o granito ficaria afetado com tais cenas. Uma depressão convulsiva, ansiedade, dúvidas, estremecimentos íntimos, uma *Weltschmerz* que desafiava a compreensão — tudo isso acomete Höss à medida que os assassinatos progridem. Ele é mergulhado num clima que transcende a razão, a crença, a sanidade, o próprio Satã. Não obstante, o seu tom é triste, elegíaco: "Depois que o extermínio em massa começou, eu já não me sentia feliz em Auschwitz... Quando algo me afetava profundamente, eu não podia voltar para casa e para a minha família. Montava no meu cavalo e galopava até ter apagado da mente a horrível cena. Muitas vezes, à noite, eu ia até as cavalariças, procurar alívio entre os meus queridos animais. Quando via meus filhos brincando, felizes, ou minha esposa encantada com o caçula, eu pensava: Até quando nossa felicidade irá durar? Minha mulher não podia entender essas minhas depressões e as atribuía a algum aborrecimento relacionado com meu trabalho. Não havia dúvida de que minha família tinha tudo o que queria em Auschwitz. Qualquer desejo da minha mulher ou das crianças era logo satisfeito. As crianças viviam uma existência livre. O jardim de minha mulher era um paraíso florido. Os presos nunca perdiam a oportunidade de fazer alguma gentileza para a minha mulher ou meus filhos, de maneira a atrair a atenção deles. Nenhum ex-prisioneiro pode dizer que alguma vez tenha sido maltratado na nossa casa. A maior satisfação da minha mulher teria sido dar um presente a cada prisioneiro ligado de qualquer maneira à nossa casa. As crianças estavam sempre me pedindo cigarros para os prisioneiros. Gostavam particularmente dos que trabalhavam no jardim. Toda a minha família demonstrava grande amor pela agricultura e principalmente pelos animais de toda a espécie. Todos os domingos, eu tinha que atravessar os campos com elas e visitar as cavalariças, e nunca podíamos nos esquecer dos canis. Os nossos preferidos eram os dois cavalos e a égua. As crianças sempre tinham no jardim animais, que os prisioneiros lhes traziam: tartarugas, doninhas, gatos, lagartos, sempre havia algo novo e interessante. No verão, banhavam-se na piscininha que havia no jardim, ou no Rio Sola. Mas a grande alegria era quando o Papai tomava banho com eles. Infelizmente, dispunha de muito pouco tempo para dedicar a esses prazeres infantis...”

Foi esse mundo encantado que Sofia descobriu, no início do outono de 1943, numa época em que, à noite, as chamas do crematório de Birkenau ardiam tão alto, que o comando regional alemão, instalado a cem quilômetros de distância, perto de Cracóvia, ficou apreensivo, temendo que o fogo atraísse as forças aéreas inimigas e, de dia, um véu azulado, de carne humana queimada, toldava o sol dourado do outono, espalhando por sobre o jardim, a piscininha, o pomar, as cavalariças e as sebes a sua névoa adocicada, a sua fumaça de matadouro. Não me lembro de Sofia me contar ter alguma vez recebido qualquer presente de Frau

Höss, mas a veracidade do relato de Höss é confirmada quando se sabe que, durante o breve período que Sofia passou em casa do Comandante, da mesma forma que os outros prisioneiros, também ela não foi jamais maltratada. Muito embora isso não fosse, no fim das contas, algo pelo qual dar graças a Deus.

Capítulo Sete

— Talvez você possa entender, Stingo — disse-me Sofia, naquele primeiro dia no parque — como Nathan salvou a minha vida. Foi fantástico! Eu estava muito doente, desmaiando, caindo, e eis que ele chega... como é que vocês dizem mesmo? — o Príncipe Encantado e salva minha vida. E foi tão fácil, como se ele *teve* uma varinha mágica e a *agitou* por cima de mim e eu de repente fiquei boa.

— Quanto tempo levou? — perguntei. — Desde o dia em que...

— Você quer dizer desde o dia em que ele me encontrou? Oh, quase nenhum tempo. Duas semanas, três, algo assim. *Allez!* Fora! — disse ela, jogando uma pequena pedra no maior e mais agressivo dos cisnes, que tentava invadir o nosso promontório. — Fora daqui! *Odeio* esse aí, você não? *Un vrai gonif.* Venha cá, Tadeusz.

E começou a chamar o seu favorito, atraindo-o com os restos de um pão de centeio. Hesitante, o pária avançou com suas penas desgrenhadas e seu olhar triste, bicando as migalhas enquanto Sofia continuava a falar. Escutei atentamente, embora tivesse outras coisas na cabeça. Talvez porque o meu próximo encontro com a divina Lapidus me tivesse feito oscilar entre o êxtase e a apreensão, procurei abafar ambas as emoções bebendo várias latas de cerveja — violando as regras que a mim mesmo impusera sobre tomar álcool durante o dia. Mas precisava de *algo* para acalmar a ansiedade e diminuir meu pulso.

Consultei o relógio, verificando, com nauseante sensação de *suspense*, que ainda faltavam seis horas para que eu batesse à porta de Leslie. Nuvens semelhantes a suspiros de creme, iridescentes confecções disneyanas, avançavam serenamente na direção do oceano, formando desenhos de luz e sombra sobre o nosso pequeno promontório, onde Sofia falava sobre Nathan, e eu escutava, e o barulho do trânsito, nas distantes avenidas do Brooklyn, chegava até nós, intermitente e muito fraco, como uma inofensiva e festiva salva de tiros de canhão.

— O nome do irmão de Nathan é Larry — continuou ela. — É uma pessoa ótima e Nathan adora-o. No dia seguinte, ele me levou ao consultório de Larry, em Forest Hills. Examinou-me de cima a baixo e lembro que, durante o exame, ele *dizer*: "Acho que Nathan acertou com você. É notável, o instinto natural que ele tem para a medicina". Mas Larry não tinha a certeza. Apenas *achava* que Nathan podia estar certo a respeito da deficiência que eu tinha. Era tão pálida! Depois que eu contei para ele todos os sintomas, achou que só podia ser isso. Mas não estava certo, de maneira que marcou consulta com um amigo dele, um *spécialiste* do Hospital Presbiteriano da Universidade de Colúmbia. Um médico de deficiências... não...

— Um médico especializado em deficiências alimentares — acudi, arriscando.

— Exatamente. Um médico chamado Warren Hatfield, que estudou medicina com Larry antes da guerra. Nesse mesmo dia fomos os dois, eu e Nathan, a Nova York, consultar o Dr. Hatfield. Nathan pediu emprestado o carro de Larry e atravessamos a ponte até o hospital. Oh, Stingo, me lembro tão bem, da viagem de carro com Nathan até o hospital. O carro de Larry é um *décapotable* — acho que vocês dizem conversível — e toda a minha vida, desde criança, na Polônia, eu sonhava andar de conversível, como os que eu tinha visto nas revistas e no cinema. Um sonho tão bobo, andar num carro aberto, mas o dia era lindo, de verão, e eu ia ao lado de Nathan e o sol batia na gente e o vento soprava no meu cabelo. Tão estranho! Eu ainda estava doente, mas *sentir-me* tão *bem! Sabia* que eu ia ficar bem. E tudo graças a Nathan.

"Era no princípio da tarde, eu me lembro. Eu nunca tinha ido a Manhattan, a não ser de metrô, à noite, e agora, pela primeira vez, eu via o rio de dia e os incríveis arranha-céus e os aviões no céu claro. Tudo tão majestoso e tão excitante! Quase senti vontade de chorar. Olhava para Nathan com o canto dos olhos enquanto ele falava muito depressa sobre Larry e todas as coisas maravilhosas que ele tinha feito como médico. E depois começou a falar sobre medicina e que apostava que estava certo sobre a minha doença e como ela poderia ser curada etc. E eu não sei como descrever o que eu sentia, olhando para Nathan enquanto subíamos a Broadway. Acho que se poderia chamar de *admiração*. Admiração por esse homem tão bom e amigo ter aparecido e procurar tão seriamente fazer eu ficar boa. Era o meu salvador, Stingo, só isso, e eu nunca tinha tido um salvador antes..."

"Naturalmente, ele estava certo. No hospital, fiquei três dias internada enquanto o Dr. Hatfield me fazia exames e eles mostraram que Nathan *estar* certo. Eu estava profundamente em falta de ferro. Oh, também estou em falta de outras coisas, mas não tão importantes. O principal é o ferro. E, enquanto eu estava lá no hospital, Nathan vinha me visitar todos os dias."

— Que é que você achava disso? — perguntei.

— Disso o quê?

— Bem, eu não quero ser indiscreto — respondi — mas você me descreveu um dos encontros mais fantásticos, mais *arrebatadores* de que eu já tive notícia. Afinal de contas, a essa altura vocês ainda eram quase desconhecidos. Você na verdade não conhecia Nathan, não sabia o que o motivara, além do fato de ele se sentir muito atraído por você para não dizer outra coisa. — Fiz uma pausa e continuei, lentamente: — Repito, Sofia, não quero ser indiscreto, mas sempre tive curiosidade de saber o que se passa na cabeça de uma mulher quando um *cara* simpático, dominador e empreendedor como Nathan surge na sua vida e... bem, para usar sua própria expressão... gera na mulher um sentimento de admiração.

Ela ficou um momento calada, o rosto encantadoramente pensativo. Depois, respondeu:

— Para falar a verdade, eu estava muito confusa. Havia tanto tempo... tanto, tanto tempo, que eu não tinha... como é que eu vou dizer?... nenhuma *ligação* com um homem, você entende o que eu quero dizer? Não tinha pensado muito nisso, era uma parte da minha vida que não tinha muita importância, porque eu estava pondo tanta coisa em ordem. A saúde, principalmente. E, nesse momento, eu só sabia que Nathan estava salvando a minha vida e não pensava muito no que iria acontecer mais tarde. Bem, acho que, de vez em quando, eu pensava como devia a Nathan por tudo aquilo que ele estava fazendo, mas você sabe o mais engraçado, Stingo? Tudo tinha que ver com *dinheiro*. *Essa* era a parte que mais confusão me dava. O dinheiro. À noite, no hospital, eu ficava acordada, pensando e pensando: Estou num quarto particular e o Dr. Hatfield deve custar centenas de dólares. Como é que eu vou conseguir pagar tudo isso? Imaginava coisas terríveis. A pior era ir pedir dinheiro emprestado ao Dr. Blackstock e ele me perguntar para que era e eu ter que explicar que era para pagar aquele tratamento e o Dr. Blackstock ficar furioso comigo por eu estar sendo curada por um *médico*. Não sei por que, mas tenho um grande carinho pelo Dr. Blackstock, o que Nathan não entende. De qualquer maneira, não queria ofendê-lo e tinha pesadelos sobre essa parte do dinheiro...

Bem, não há necessidade de esconder nada. No fim, Nathan pagou tudo — *alguém* tinha que pagar — mas, quando ele pagou, já não havia nada para eu ficar encabulada ou envergonhada. A gente estava apaixonada e não havia tanto assim para pagar, porque, naturalmente, Larry não quis aceitar nada e depois o Dr. Hatfield também não cobrou nada. Estávamos apaixonados e eu estava ficando boa, tomando todos aqueles comprimidos de ferro, que era o que eu precisava para fazer eu florescer como uma rosa. — Estacou e soltou um risinho alegre. — Diabo de pronome! — comentou, imitando o jeito professoral de Nathan. — Não é fazer *eu*, é *me* fazer!

— É realmente incrível — observei — a maneira como ele acertou. Nathan devia ter sido médico.

— Ele queria ser — murmurou ela, após um breve silêncio. — Queria tanto ser médico!

Fez uma pausa e, de repente, tornou-se melancólica.

— Mas essa é outra história — acrescentou, com uma expressão tensa no rosto.

Senti imediata mudança de ânimo, como se a lembrança feliz daqueles primeiros dias tivesse (talvez devido ao meu comentário) ficado sombreada pela consciência de alguma outra coisa — algo perturbador, doloroso, sinistro. E, nesse mesmo instante, com a conveniência dramática que o romancista incipiente, dentro de mim, tanto apreciava, o seu rosto ficou subitamente mergulhado na mais negra das sombras, produzida por uma daquelas nuvens gordas e estranhamente coloridas que, por momentos, obscureciam o sol e nos davam um arrepio outonal. Sofia estremeceu convulsamente e levantou-se. Depois, ficou de pé, com as costas voltadas para mim, agarrando os cotovelos nus com repentina intensidade, como se a brisa que se levantara lhe atravessasse os ossos. Não pude deixar — pela expressão dela e por aquele gesto — de me lembrar novamente da situação tormentosa em que os surpreendera, cinco noites antes, e do quanto ainda me faltava compreender a respeito daquela excruciante ligação. Havia tantos detalhes, tantas pequenas coisas! Morris Fink, por exemplo. O que teria provocado aquele horrível espetáculo de fantoches a que ele assistira e me descrevera? A atrocidade que ele presenciara — Nathan espancando-a enquanto ela jazia caída no chão. Como explicar isso? Como combinar *isso* com o fato de, em cada um dos dias subsequentes, em que eu vira Sofia e Nathan juntos, a palavra "apaixonados" não bastar para dar ideia da natureza do seu relacionamento? E como era possível que esse homem, cuja ternura e bondade Sofia recordava com tanta emoção que, de vez em quando, ao falar comigo, os seus olhos se enchiam de lágrimas — como era possível que esse homem tão sensível se houvesse transformado no demônio vivo que eu vira no *hall* de entrada de Yetta, não fazia muito tempo?

Preferi não insistir no assunto e ainda bem, pois a nuvem continuou seu caminho para leste, permitindo à luz do sol voltar a brilhar. Sofia sorriu, como se os raios do sol tivessem dispersado a melancolia que tomara conta dela e, jogando uma última migalha a Tadeusz, disse que devíamos voltar para a pensão de Yetta. Nathan, contou com um toque de excitação, tinha comprado uma bela garrafa de Borgonha para o jantar e ela ainda tinha que entrar no supermercado de Church Avenue e comprar uns bifes ou uma carne para assar. Acrescentou que ficaria à tarde deitada, prosseguindo na sua luta monumental com "O Urso".

— Gostaria de conhecer esse Sr. *Weel-yam* Faulkner — disse, quando nos dirigíamos a pé para a pensão de Yetta — e lhe dizer que ele torna muito difícil para os poloneses quando não sabe como terminar uma frase. Mas, oh, Stingo, como esse homem escreve! Parece que estou no Mississippi. Stingo, será que alguma vez você vai me levar, com o Nathan, para conhecer o Sul?

A presença cheia de vida de Sofia foi retrocedendo até desaparecer da minha mente, quando entrei no meu quarto e, uma vez mais, com uma ansiedade de fazer parar o coração, fui atacado por pensamentos lascivos com relação a Leslie Lapidus. Tinha tido a insensatez de pensar que, nessa tarde, à medida que as horas que faltavam para o nosso *rendez-vous* se fossem passando, a minha habitual disciplina me permitiria prosseguir na rotina costumeira, escrever cartas para amigos no Sul, ou tomar notas no meu caderno, ou simplesmente estender-me na cama e ler. Estava, então, enfronhado no *Crime e Castigo* e, embora as minhas ambições como escritor tivessem sido consideravelmente diminuídas pela magnificência e profundidade do livro, havia várias tardes que eu avançava na leitura com crescente admiração, sendo que grande parte do meu espanto se relacionava com a figura de Raskolnikov, cuja frustrada carreira em São Petersburgo parecia (excetuando, é claro, o crime) tão semelhante à minha, no Brooklyn. O efeito que o romance tivera sobre a minha pessoa fora de tal ordem, que eu chegara a especular — a sério, o que me assustava — nas consequências físicas e espirituais que sobre mim teriam um pequeno homicídio temperado com metafísica, por exemplo, se eu mergulhasse uma faca no peito de alguma mulher velha e inocente como Yetta Zimmerman. A visão candente do livro me repelia e atraía ao mesmo tempo, mas todas as tardes a atração vencera irresistivelmente. Por isso, a forma como Leslie Lapidus tomara conta do meu intelecto e da minha vontade, pôde ser apreciada pelo fato de que, naquela tarde, eu nem sequer abri o livro.

Nem escrevi cartas ou inscrevi, no meu caderno, nenhuma dessas linhas gnômicas — variando do mordaz ao apocalíptico, e imitando, no estilo, o que havia de pior em Cyril Connolly e André Gide — pelas quais eu procurava fazer uma carreira subsidiária como diarista. (Faz muito que destruí grande parte dessas escorrências da minha psique adolescente, poupando apenas umas cem páginas, aproximadamente, com algum valor nostálgico, inclusive as notas relativas a Leslie e um tratado de novecentas palavras

— surpreendentemente espirituoso, para um diário tão carregado de *angst* e pensamentos profundos — sobre os méritos relativos, os coeficientes de fricção aparente, a fragrância etc., dos vários lubrificantes que eu usara quando praticava o Vício Secreto, resultando vencedor o Ivory Flakes, bem dissolvido em água à temperatura do corpo.) Não, contra todos os ditames da consciência e da ética de trabalho calvinista, e apesar de não estar cansado, deitei-me de costas na cama, imóvel como se estivesse prostrado, espantado com a constatação de que a febre que me tinha acometido durante os últimos dias fizera com que os meus músculos tivessem espasmos, e que era possível adoecer, talvez até seriamente, de êxtase venéreo. Todo eu era uma zona erógena de um metro e quase noventa centímetros. Cada vez que pensava em Leslie, nua e contorcendo-se nos meus braços, como, ela dali a pouco estaria, meu coração dava aquele terrível pulo que, conforme já disse, poderia ser fatal num homem mais velho.

Enquanto jazia, ali, no quarto rosa algodão-doce, e a tarde se escoava minuto a minuto, a sensação de doença foi-se misturando a uma espécie de incredulidade que beirava a demência. É preciso não esquecer que minha castidade estava quase intacta, o que aumentava a impressão de estar vivendo um sonho. Eu não estava apenas às vésperas de trepar. Estava embarcando numa viagem à Arcádia, à Terra de Beulah, às regiões de veludo preto e estrelas cintilantes que ficam para além das Plêiades. Recordei, uma vez mais (quantas vezes havia convocado essa lembrança?) as transparentes indecências que Leslie pronuciara e, ao fazer isso — a minha mente reconstruindo cada dobra e cada curva dos seus úmidos e suculentos lábios, a perfeição ortodontal dos seus reluzentes incisivos, até mesmo um astuto salpico de saliva na beirada do orifício bucal — afigurou-se-me o mais louco dos sonhos que, nessa mesma noite, antes que o sol cumprisse o seu circuito oriental e se erguesse de novo sobre a Baía de Sheepshead, essa boca estivesse — não, eu não podia me permitir pensar naquela doce e escorregadia boca e nos seus iminentes usos. Pouco depois das seis horas, rolei para fora da cama, tomei um chuveiro e fiz a barba pela terceira vez naquele dia. Por fim, vesti o meu solitário terno de *seersucker*, tirei uma nota de vinte dólares do meu tesouro guardado na caixa da Johnson & Johnson, e saí do quarto, rumo à Grande Aventura.

No corredor (na minha memória, os momentos culminantes da minha vida sempre foram acompanhados de imagens-satélites brilhantemente iluminadas), Yetta Zimmerman e o pobre e elefantino Moishe Muskatblit estavam envolvidos numa vigorosa discussão.

— O senhor se considera um jovem religioso e tem a coragem de fazer isso comigo? — Yetta estava quase gritando, numa voz mais cheia de dor do que de raiva. — O senhor diz que foi roubado no metrô? Dou-lhe cinco semanas para me pagar o aluguel. Cinco semanas, levada pela bondade e generosidade do meu coração, e agora o senhor me vem com essa história, mais velha do que a minha avó! Está pensando que eu sou alguma *faygeleh* inocente, para acreditar numa história dessas? *Ha-ha-ha!*

Esse "Ha-ha-ha!" foi tão majestoso, tão carregado de desprezo, que Moishe — gordo e transpirando, no seu negro traje eclesiástico — estremeceu.

— Mas é a pura verdade! — insistiu ele. — Era a primeira vez que eu o ouvia falar, e sua voz juvenil — uma voz de falsete — parecia combinar com o seu vasto e gelatinoso físico. — É verdade; meteram a mão no meu bolso, na estação da Rua Bergen. — Dava a impressão de que ia desatar a chorar. — Foi um crioulo, um criolinho. Tão rápido! Correu pela escada acima antes que eu pudesse fazer alguma coisa. Oh, Sra. Zimmerman...

De novo um *"Ha-ha-ha!"* capaz de fazer estremecer um pedaço de madeira.

— E o senhor acha que eu vou acreditar numa história dessas? Mesmo partindo de um quase-rabino? Na semana passada, o senhor me prometeu, o senhor me *jurou*, por tudo o que era sagrado, que quinta-feira à tarde teria os quarenta e cinco dólares do aluguel. Agora, o senhor me vem com essa história de que foi roubado! — O atarracado volume de Yetta estava inclinado para a frente, numa pose guerreira mas, uma vez mais, achei que havia mais fumaça do que fogo na sua atitude. — Há trinta anos que tenho esta pensão e nunca botei ninguém pra fora. Me orgulho de nunca ter botado ninguém na rua, a não ser em 1938, um *oysvorf* tarado, que peguei vestindo calcinha de mulher. E agora, depois de tantos anos, Deus que me perdoe, mas vou ter que pôr para fora um quase-rabino!

— Por favor! — guinchou Moishe, lançando-lhe um olhar implorativo.

Sentindo que estava me intrometendo, procurei passar por entre a enorme massa dos dois, pedindo licença com um murmúrio, quando ouvi Yetta dizer:

— Ora, *ora*! Onde é que o senhor está indo, seu Romeu?

Compreendi que devia ser o meu terno, recém-chegado da lavanderia, o meu cabelo empastado e, acima de tudo, a minha loção de barba Royall Lyme, que — ocorreu-me de repente — eu passara com tanto abandono, que devia estar cheirando como um jardim tropical. Sorri, não respondi e continuei a andar, ansioso por escapar tanto à discussão quanto à atenção vagamente lasciva de Yetta.

— Aposto como alguma garota de sorte vai ter o seu sonho realizado, esta noite! — exclamou ela, com uma risada.

Fiz um gesto amigável com a mão, na direção dela e lançando um olhar ao infeliz Muskatblit, saí para o belo fim de tarde estival. Enquanto me dirigia para o metrô, ia ouvindo, acima dos débeis protestos dele, a voz rouca e cascalhenta dela, ainda furiosa, mas já descambando, atrás de mim, num tom de paciente tolerância, que me fez ter a certeza de que Moishe dificilmente seria expulso do Palácio Cor-de-Rosa. Yetta, conforme eu já me dera conta, era, no fundo, uma boa praça ou, em outra língua, uma mulher *balbatishesh*.

Contudo, o intenso *judaísmo* daquela breve cena — como se fosse um recitativo tirado de alguma ópera cômica iídiche — fez com que eu ficasse um pouco apreensivo em relação ao outro aspecto do meu próximo encontro com Leslie. Balançando rumo ao norte, num vagão agradavelmente vazio do metrô, tentei ler um exemplar do *Eagle* de Brooklyn, com suas preocupações paroquiais, desisti e, ao pensar em Leslie, ocorreu-me que nunca na vida pusera o pé numa casa judia. Como seria?, pensei. De repente, fiquei com medo de não estar adequadamente vestido e tive a impressão de que deveria usar chapéu. Não, claro que não, tranquilizei-me, isso era só na sinagoga (ou não era?) e passou-me pela mente a visão do feio templo de tijolo amarelo que abrigava a Congregação Rodef Sholem, na cidade da Virgínia onde eu nascera. Quase em frente da igreja presbiteriana — igualmente feia, com aquela horrível pedra cor de barro que dominara a arquitetura das igrejas americanas na década de trinta — onde, quando criança e rapazinho, eu cumpria com os meus deveres dominicais, a silenciosa e fechada sinagoga, com seus portões de ferro e sua Estrela de David, parecia, na sua intimidante quietude, representar para mim tudo o que havia de isolado, misterioso e até mesmo sobrenatural a respeito dos judeus e da judiaria, com a sua religião fumacenta e cabalística.

Pode parecer estranho, mas eu não me sentia particularmente intrigado pelos judeus em si. Penetrando as camadas exteriores da vida civil daquela ativa cidadezinha sulista, os judeus tinham sido profundamente assimilados e se tornado participantes iguais aos outros: comerciantes, médicos, advogados, um espectro de ocupações burguesas. O vice-prefeito era judeu, o grande ginásio local orgulhava-se imensamente dos seus times campeões e dessa verdadeira *avis rara*: uma treinadora judia. Mas eu bem via como os judeus pareciam adquirir uma outra personalidade. Era longe da luz do dia e da competição dos negócios, quando os judeus mergulhavam na quarentena doméstica e na reclusão da fé asiática e sinistra — com suas fumaças de incenso, seus chifres de carneiro e seus tamborins, suas oferendas e suas mulheres veladas, seus hinos lúgubres e seus lamentos estridentes, numa língua morta — que as coisas assumiam um aspecto perturbador, para um jovem presbiteriano de apenas onze anos.

Eu era, suponho, demasiado jovem e por demais ignorante para estabelecer a conexão entre o judaísmo e o cristianismo. Assim sendo, não me dava conta do grotesco, mas agora evidente paradoxo: que, após a escola dominical, quando eu ficava olhando para o sombrio tabernáculo do outro lado da rua (o meu pequeno cérebro atordoado com um aborrecidíssimo episódio do Livro do Levítico, que me tinha sido empurrado à força por um virginal caixa de banco chamado McGehee, cujos ancestrais, à época de Moisés, adoravam árvores na Ilha de Skye e uivavam para a lua) eu acabara de absorver um capítulo da história antiga, imortal e perpétua desse mesmo povo cuja casa de oração encarava com profunda desconfiança e um arrepio de indefinível temor. Pensava, lugubremente, em Abraão e em Isaac. Meu Deus, que coisas incríveis não se passariam naquele santuário pagão! E aos sábados, quando os bons cristãos aparavam os gramados ou faziam compras na loja de departamentos Sol

Nachman. Como jovem estudioso da Bíblia, eu sabia ao mesmo tempo muita coisa e muito pouco sobre os hebreus, de modo que ainda não podia visualizar o que acontecia na Congregação Rodef Sholem. Minha fantasia infantil imaginava-os soprando um *shofar*, cujas notas, rudes e selvagens, ecoavam através de um lugar escuro e sombrio, onde havia uma Arca apodrecendo e uma pilha de pergaminhos. Mulheres *kosher*, inclinadas, os rostos cobertos, usavam véus sobre a cabeça e soluçavam em voz alta. Não se entoavam hinos exaltantes, apenas cantochões monótonos, nos quais se repetia insistentemente uma palavra que soava como "adenoides". Filactérios espectrais esvoaçavam por entre as sombras, qual aves pré-históricas e por todo lado se viam rabinos, com seus gorrinhos, gemendo numa língua gutural, enquanto executavam os seus ritos selvagens — circuncidando bodes, queimando bois, eviscerando cordeiros recémnascidos. Que outra coisa um garoto podia imaginar, depois de estudar o Levítico? Não podia entender como é que a minha adorada Miriam Bookbinder, ou Julie Conn, a treinadora, que todo mundo idolatrava, podiam sobreviver a um tal clima de Sabath.

Agora, uma década depois, eu estava mais ou menos livre dessas fantasias, mas não tão completamente livre que não me sentisse um pouco apreensivo sobre o que iria encontrar *chez* Lapidus, nessa minha primeira entrada numa casa judia. Pouco antes de saltar do metrô, na estação de Brooklyn Heights, dei comigo especulando sobre os atributos físicos do lugar que eu ia visitar e — como já acontecera com a sinagoga — procurando estabelecer associações com trevas e sombras. Isso já não tinha nada a ver com as fantasias da minha infância. Eu já não esperava encontrar nada tão lúgubre quanto os cortiços de beira de ferrovia, sobre os quais lera histórias da vida dos judeus nas décadas de vinte e trinta. Sabia que a família Lapidus devia estar a anos-luz tanto dos cortiços quanto do *shtetl.* Não obstante, tão persistente é o poder do preconceito, que antevia uma morada sombria, quase fúnebre. Na minha imaginação, via salas com lambris de madeira escura, mobiliada com maciças peças de carvalho. Em cima de uma mesa estaria o *menorah,* as velas arrumadas mas apagadas e, sobre outra mesa, a Torá, ou talvez o Talmude, aberto numa página que acabava de ser piedosamente lida pelo velho Lapidus.

Embora escrupulosamente limpa, a casa cheiraria a mofo e seria pouco ventilada, permitindo que o cheiro de peixe *gefilte* frito viesse da cozinha, onde rápida olhadela revelaria uma velha senhora de lenço na cabeça — a avó de Leslie — que me lançaria um sorriso desdentado por sobre a frigideira, mas não diria nada, por não falar inglês. No *living*, a maior parte da mobília seria cromada, semelhante à de um asilo. Antecipei uma certa dificuldade em conversar com os pais de Leslie — a mãe, pateticamente gorda, à maneira das mães judias, encabulada, quase sempre calada, o pai, mais efusivo e agradável, mas sabendo falar apenas sobre o seu ramo — plásticos moldados — numa voz fortemente mesclada das inflexões guturais da sua língua-mãe. Beberíamos Manishewitz e mordiscaríamos *halvah*, embora as minhas papilas gustativas ansiassem desesperadamente por uma garrafa de Schlitz. De repente, abruptamente, minha preocupação número um — *onde*, em que quarto, em que cama ou sofá, naquele ambiente tenso e puritano, eu e Leslie poríamos em prática o nosso glorioso pacto? — foi obliterada da minha mente, quando o trem do metrô entrou na estação de Clark Street-Brooklyn Heights.

Não quero me demorar a contar a minha reação inicial à casa dos Lapidus e em como ela contrastava com a imagem que eu fizera dela. Mas o fato é que (e, após todos estes anos, ainda parece que a estou vendo) a casa na qual Leslie morava era tão espantosamente chique, que passei diante dela várias vezes sem poder me convencer de que o número que ela me dera correspondia mesmo àquela residência da Rua Pierrepont. Quando, por fim, tive a certeza de que era mesmo aquele número, estaquei, tomado de admiração. Em estilo neoclássico, a casa ficava um pouco afastada da rua, separada por um gramado verde, sobre o qual se desenhava o crescente de um caminho de cascalho, onde se destacava um Cadillac sedan *bordeaux*, tão impecável e reluzente, que mais parecia estar numa exposição de automóveis.

Fiquei ali, parado na calçada daquela rua orlada de árvores e de aspecto civilizado, contemplando aquela elegância. Ao lusco-fusco, as luzes refulgiam suavemente dentro da casa, irradiando uma harmonia que, de repente, me fez recordar algumas das mansões da Monument Avenue, em Richmond. Logo depois, numa reviravolta vulgar, ocorreu-me que aquela cena bem poderia fazer parte de um anúncio colorido, desses que saem nas revistas, proclamando as excelências de alguma marca de uísque escocês, de diamantes ou de qualquer outro produto sugestivo de requinte e coisas caras. Mas lembrei-me principalmente da elegante e ainda bela capital da Confederação — possivelmente, uma associação tipicamente sulista, mas foi justificada, em rápida sucessão, pelo jóquei negro, de ferro forjado, que me mostrou a boca rosa num sorriso, quando me aproximei do alpendre e pela empregadinha sassariqueira que me abriu a porta. Preta retinta, com um uniforme cheio de babados, falou num sotaque que meu ouvido — já de sobreaviso — identificou como oriundo da região entre o Rio Roanoke e o Condado de Currituck, na parte superior oriental da Carolina do Norte, um pouco ao sul da fronteira com a Virgínia. Ela comprovou isso ao responder que, realmente, nascera no povoado de South Mills, bem no meio de Dismal Swamp. Rindo do meu bom ouvido, rolou os olhos e disse: — Vá entrando! — Depois, numa tentativa de decoro, comprimiu os lábios e murmurou, numa voz levemente ianquizada: — A Senhorita Law-*pee*dus não vai demorar.

Antecipando uma cara cerveja estrangeira, senti-me desde já ligeiramente embriagado. Minnie (conforme mais tarde vim a saber que se chamava) conduziu-me para um enorme *living* branco-ostra, cheio de sofás voluptuosos, imponentes canapés e poltronas confortáveis a ponto de parecerem pecaminosas. Tudo isso disposto sobre um carpete alto e também branco, sem uma única mancha ou mesmo marca. Por todo o lado havia estantes cheias de livros — velhos e novos, muitos com ar de terem sido lidos. Instalei-me numa poltrona de camurça creme, colocada a meio caminho entre um etéreo Bonnard e um esboço de Degas, representando músicos durante um ensaio. Reconheci imediatamente o Degas, mas de onde, precisamente, não saberia dizer — até que, de repente, me lembrei do período filatélico do fim da minha infância e de ver o quadro reproduzido num selo dos correios da França. *Meu Deus!*, foi só o que pensei.

Eu tinha passado todo o dia num estado de excitação erótica. Ao mesmo tempo, estava totalmente despreparado para tal riqueza, que os meus olhos provincianos só tinham visto nas páginas do *The New Yorker* ou em filmes, mas nunca ao vivo. O choque cultural — súbita fusão da libido com uma embriagadora constatação de lucros imundos, mas muito bem gastos — provocou em mim uma perturbadora mistura de sensações: pulso acelerado, aumento de rubor, salivação acentuada e, finalmente, um enrijecimento espontâneo e exorbitante contra a minha cueca Hanes Jockey, que perduraria por toda a noite, fosse qual fosse a posição em que eu me encontrasse — sentado, de pé, ou mesmo caminhando, ligeiramente encurvado, por entre as mesas cheias do Gage & Tollners', o restaurante onde levei Leslie, um pouco mais tarde, para jantar. Essa condição por assim dizer garanhesca era, naturalmente, um fenômeno relacionado com a minha extrema juventude e que poucas vezes se repetiria (nunca, com a mesma intensidade, depois dos trinta). Eu já havia experimentado esse priapismo várias vezes, mas nunca de maneira tão intensa ou em circunstâncias não exclusivamente sexuais. (Lembrava-me, principalmente, de uma ocasião em que eu devia ter dezesseis anos e, durante uma festa na escola, uma dessas coquetes que já mencionei — e das quais Leslie era, abençoadamente, uma antítese — praticou em mim todos os seus abomináveis truques, respirando no meu pescoço, fazendo cócegas na suarenta palma da minha mão com as pontas dos dedos e insinuado o púbis de cetim contra o meu, com uma tal lascívia, que só mesmo uma força de vontade quase santa, após horas desse tratamento, fizera com que me afastasse da hedionda vampira e mergulhasse, inchado, na noite solitária.) Mas, na casa dos Lapidus, nada disso fora necessário. Havia apenas, junto com a iminente aparição de Leslie, uma excitante constatação — não me envergonho de confessar — de toda aquela abundância de dinheiro. Eu seria também desonesto se não confessasse que, à doce perspectiva de copular, não se seguisse uma passageira imagem de matrimônio, se as coisas se encaminhassem para esse lado.

Não demoraria a ficar sabendo — através de Leslie e de um amigo cinquentão dos Lapidus, um certo Sr. Ben Field, que chegou, com a esposa, logo depois de mim — que a fortuna dos Lapidus se originara de um pedaço de plástico não maior do que um indicador de criança, ou um apêndice de adulto, coisa que, para dizer a verdade, lembrava bastante. Bernard Lapidus, segundo o Sr. Field me contou, enquanto bebericava o seu Chivas Regal, prosperara, nos anos da Depressão, fabricando cinzeiros de plástico. Esses cinzeiros (disse-me Leslie mais tarde, com detalhes) eram do tipo comum: geralmente pretos, redondos e com inscrições como STORK CLUB, "21", EL MOROCCO ou, em lugares mais plebeus, BETTY'S PLACE e JOE'S BAR. Muita gente roubava esses cinzeiros, de modo que a procura nunca acabava. Durante anos, o Sr. Lapidus fabricara centenas de milhares de cinzeiros desse tipo, numa pequena indústria no centro de Long Island, o que lhe permitira viver muito cofortavelmente, com a família, em Crown Heights, então um dos bairros mais cotados de Flatbush. Fora a última guerra que acarretara a transição da simples prosperidade para o luxo, para a mansão reformada da Rua Pierrepont e o Bonnard e o Degas (e uma paisagem de Pissarro, que eu não demoraria a ver, uma vista de uma estradinha perdida, nos arredores de Paris do século passado, tão encantadoramente serena, que senti um nó na garganta).

Pouco antes de Pearl Harbor — prosseguiu o Sr. Field, no seu tom de voz professoral — o governo federal abrira uma concorrência, entre os fabricantes de plástico moldado, para a produção daquele diabólico objeto, com apenas cinco centímetros de comprimento, de formato irregular e contendo, numa das extremidades, uma protuberância que tinha de encaixar, com precisão absoluta, numa abertura de forma igual. Custava uma ninharia fabricar essa peça mas, como o contrato — a concorrência fora ganha pelo Sr. Lapidus — era para produzir dezenas de milhões, a pecinha dera origem a um Golconda, como parte essencial do estopim de cada projétil de artilharia de setenta e cinco milímetros disparada pelo Exército e pelo Corpo de Fuzileiros Navais, durante toda a Segunda Grande Guerra. No banheiro palaciano, que mais tarde precisei usar, havia uma réplica dessa pequena peça de resina polimérica (material, ainda segundo o Sr. Field, de que ela era feita) encaixilhada e pendurada numa parede, e fiquei um bom momento contemplando-a; fascinado, pensando nas inúmeras legiões de japoneses e alemães que teriam sido despachadas para um mundo melhor graças à sua existência e à sua fabricação à sombra da Ponte de Queensboro. A réplica que havia no banheiro era de ouro de dezoito quilates e a sua presença era a única nota de mau gosto na casa. Mas isso era desculpável, naquele ano, em que o ar americano ainda estava tão impregnado do cheiro da vitória. Leslie mais tarde se referiria à peça como "o verme", perguntando-me se não me fazia lembrar "algumas espécies mais gordas de espermatozoides" — uma imagem sugestiva, mas assustadoramente contraditória, considerando-se a função do verme. Falamos filosoficamente sobre isso, mas no fim — e da maneira mais inofensiva — ela manteve uma atitude displicente para com a fonte da riqueza familiar, comentando, com divertida resignação, que "o verme comprou alguns fantásticos impressionistas franceses".

Leslie apareceu, finalmente, ruborizada e bela, num vestido de malha preta, que realçava as suas várias e ondulantes protuberâncias de um modo dolorosamente sedutor. Deu-me um beijo úmido na face, exalando um aroma inocente, de água de colônia, que a fazia parecer fresca como uma rosa e duas vezes mais excitante do que as coquetes que eu conhecera lá no Sul, aquelas absurdas virgens, encharcadas em almiscarados perfumes de odalisca. Aquilo é que era *classe*, pensei, a verdadeira classe judaica. Uma garota que se sentia suficientemente segura de si para usar lavanda Yardley, sem dúvida entendia de sexo. Pouco depois, surgiram os pais de Leslie, um homem elegante, bronzeado e de aspecto agradavelmente astuto, com seus cinquenta e poucos anos, e uma bela mulher de cabelo cor de âmbar e tão jovem de aparência, que passaria facilmente por irmã mais velha da filha. Mal pude acreditar, quando Leslie, mais tarde, me disse que a mãe se formara em 1922, pela Universidade de Barnard.

O Sr. e a Sra. Lapidus não se demoraram o suficiente para que eu formasse mais do que uma breve impressão. Mas essa impressão — de uma certa cultura, de boas maneiras expressas com simplicidade, de sofisticação — fez com que eu estremecesse intimamente ante minha ignorância e as fantasias que me tinham atacado no vagão do metrô, com a ingênua antecipação de um ambiente de sombria modéstia e privação cultural. Quão pouco, afinal de contas, eu conhecia do mundo urbano para além do Potomac, com suas complexidades étnicas! Erradamente, esperara encontrar uma vulgaridade estereotipada. Pensando ver em Lapidus *père* alguém parecido com Schlepperman — o judeu cômico do programa de rádio de Jack Benny, com seu sotaque da Sétima Avenida e seus incríveis solecismos — eu descobrira, em vez disso, um homem distinto, acostumado à riqueza, cujo tom de voz era agradavelmente marcado pelas vogais abertas e pelo langor de Harvard, por onde vim a saber se formara, com brilho, em Química, o que lhe dera o *know-how* necessário para produzir o vitorioso verme. Bebi da ótima cerveja dinamarquesa que me tinham servido. Já estava ficando um pouco *alto* e sentia-me feliz — satisfeito para além do que minha imaginação antecipara. Veio, então, outra maravilhosa revelação. À medida que a conversa se desenrolava, na tépida noite de verão, comecei a perceber que o Sr. e a Sra. Field iam passar um longo fim de semana com o casal Lapidus, na casa de praia destes últimos, no litoral de Jersey. Dali a pouco os quatro partiriam no Cadillac cor de vinho. Compreendi, então, que eu e Leslie ficaríamos à vontade, sozinhos naquela mansão. Não podia acreditar na minha boa sorte. Um fim de semana a sós com Leslie...

Mas talvez se passasse meia hora antes que os Lapidus e os Fields entrassem no Cadillac e rumassem para Asbury Park. No meio-tempo, conversou-se. Tal como o dono da casa, o Sr. Field era também um colecionador de obras de arte e a conversa girou em torno das respectivas aquisições. O Sr. Field estava de olho num quadro de Monet, à venda em Montreal, e deixou transparecer que provavelmente o compraria por trinta, se a sorte o ajudasse. Durante alguns segundos, minha espinha virou um agradável pedaço de gelo. Era a primeira vez que ouvia alguém de carne e osso (e não uma efígie cinematográfica) dizer "trinta" como se fosse uma espécie de diminutivo de "trinta mil dólares". Mas outra surpresa me aguardava. A essa altura, o Pissarro foi mencionado e, como eu ainda não o vira, Leslie pulou do sofá e pediu-me que a acompanhasse. Dirigimo-nos juntos para os fundos da casa onde, na sala de jantar, a encantadora visão — uma tarde de domingo, misturando trepadeiras verde-pálido, muros em ruínas e eternidade — pegava o último raio de luz de um fim de tarde estival. Minha reação foi completamente espontânea.

— Que beleza! — murmurei.

— Não é mesmo? — retrucou Leslie.

Ficamos lado a lado, olhando para a paisagem. Nas sombras do começo da noite, o rosto dela estava tão perto do meu, que eu podia cheirar o aroma do xerez que Leslie estivera bebendo. De repente, a língua dela penetrou na minha boca. Para falar a verdade, eu não convidara aquele prodígio de língua. Ao virar-me, só desejara contemplar-lhe o rosto, esperando apenas que a expressão de deleite estético nele refletido correspondesse à que eu sabia ser minha. Mas nem sequer consegui ver-lhe o rosto, tão instantâneo e urgente foi o ataque da língua. Mergulhando como uma serpente marinha na minha boca aberta de espanto, por pouco não me fez perder os sentidos, ao procurar um ponto inatingível perto da minha úvula: contorcia-se, pulsava, retorcia-se na minha cavidade bucal. Tenho a certeza de que, pelo menos uma vez, virou-se "de cabeça para baixo". Escorregadia como um golfinho, menos molhada do que deliciosamente mucilaginosa e com sabor de Amontillado, teve, por si só, o poder de me fazer recuar contra o umbral da porta, onde fiquei, desamparado, com os olhos hermeticamente fechados, num verdadeiro transe de língua. Quanto tempo isso durou não sei, mas, quando por fim me lembrei de retribuir ou, pelo menos, tentar, e comecei a desenrolar a minha língua com um som estrangulado, senti a dela se retrair, como um balão furado e Leslie afastou a boca da minha, comprimindo o rosto contra o meu.

— Ainda não podemos — disse ela, numa voz agitada. Achei que ela estremecera, mas, sem dúvida, estava apenas respirando com força. Estreitei-a nos braços, murmurando: — Meu *Deus*, Leslie...

Foi tudo o que pude dizer, antes que ela se desvencilhasse de mim. O sorriso de Leslie parecia um pouco impróprio das nossas turbulentas emoções e a voz dela adquiriu um tom suave, despreocupado, que, não obstante, pelo teor das palavras, me deixou quase louco de desejo. Era a mesma cantiga, só que desta vez dita num tom ainda mais doce.

— *Trepar* — falou ela, num murmúrio quase inaudível, ao mesmo tempo em que olhava para mim. — Uma trepada... fantástica.

A seguir, deu meia-volta e encaminhou-se de novo para o salão.

Momentos depois, tendo entrado num banheiro digno dos Habsburgos, com teto de catedral, torneiras e enfeites em estilo rococó dourado, abri a carteira e puxei a ponta de um Trojan pré-lubrificado, colocando-o no seu invólucro, num dos bolsos laterais do paletó, ao mesmo tempo em que tentava me recompor diante de um espelho da altura de uma pessoa, seguro nas extremidades por querubins dourados. Consegui limpar o batom do rosto — um rosto que, para meu desconcerto, tinha o aspecto vermelhão, inflamado, de quem está sofrendo de insolação. Não havia nada que eu pudesse fazer a esse respeito, embora ficasse aliviado de ver que o paletó fora de moda, demasiado comprido, cobria, mais ou menos bem, a braguilha da calça, com sua intransigente rigidez.

Deveria ter suspeitado de algo quando, alguns minutos mais tarde, ao nos despedirmos dos Lapidus e dos Fields, vi o Sr. Lapidus beijar Leslie ternamente na testa e murmurar:

— Comporte-se, minha princesinha!

Muitos anos se passariam, juntamente com muito estudo da sociologia judaica e a leitura de livros como *Goodbye, Columbus* e *Marjorie Morningstar*, antes que eu ficasse sabendo da existência da arquetípica princesa judia, do seu *modus operandi* e do seu significado no esquema das coisas. Mas, naquele momento, a palavra "princesinha", soou-me apenas como afetuosa brincadeira. Intimamente, eu estava rindo do "Comporte-se" quando o Cadillac, com seus faroletes acesos, desapareceu no lusco-fusco. Mesmo assim, quando ficamos sozinhos, pressenti algo na atitude de Leslie — acho que se poderia chamar de um certo nervosismo — que me disse ser necessária uma certa delonga, isso apesar da enorme tensão que tínhamos provocado dentro de nós e da invasão da minha boca, que de repente ansiava por mais língua.

Fiz uma investida para cima de Leslie, tão logo voltamos a entrar, insinuando o meu braço em redor da sua cintura, mas Leslie conseguiu se esgueirar, com uma risadinha e o comentário — demasiado crítico para que eu o pudesse interpretar corretamente — de que "a pressa é inimiga da perfeição". Entretanto, eu estava mais do que disposto a deixar que Leslie assumisse o controle da nossa estratégia mútua, estabelecendo o ritmo da nossa noite, de maneira a permitir que os acontecimentos fossem progredindo até o grande *crescendo*, tão cheia de paixão e desejo como ela estava, num verdadeiro espelho do que eu sentia. Afinal de contas, Leslie não era nenhuma reles mulher, que eu pudesse possuir ali mesmo, sobre o imaculado carpete. Apesar da sua ansiedade e de todo o passado abandono — adivinhei instintivamente — ela queria ser cortejada, seduzida e conquistada como qualquer outra mulher, no que eu concordava, já que a Natureza claramente divisara um tal esquema para aumentar ainda mais também o prazer do homem. Por conseguinte, eu estava mais do que disposto a ser paciente e esperar. Por isso, quando me vi sentado, bastante comportadamente, ao lado de Leslie, sob o Degas, não fiquei nada surpreso com a entrada de Minnie, trazendo champanha e (outra das várias "primícias" que eu iria experimentar nessa noite) caviar *beluga* fresco. Isso provocou, entre eu e Minnie, uma *badinage* de sabor muito sulista, que Leslie obviamente achou divertidíssima.

Conforme já observei, eu ficara perplexo ao descobrir, desde que viera para o Norte, que os nova-iorquinos muitas vezes tendiam a encarar os sulistas ou com extrema hostilidade (como acontecera com Nathan, inicialmente) ou com divertida condescendência, como se os sulistas constituíssem uma espécie de jograis. Embora soubesse que Leslie se sentira atraída pelo meu lado "sério", eu também me encaixava nessa última categoria. Quase esquecera o fato — até Minnie reaparecer — de que, aos olhos de Leslie, eu era uma novidade exótica, um pouco à maneira de Rhett Butler. Minha maneira de ser, tipicamente sulista, era o meu maior trunfo e resolvi jogá-lo ao máximo naquela noite. O seguinte diálogo, por exemplo (que, vinte anos mais tarde, pareceria impossível), fez com que Leslie batesse nas belas coxas vestidas de malha, com uma incontida explosão de riso.

— Minnie, estou *louco* por uma comidinha das nossas. Nada dessas ovas de peixe comunistas.

— Hummmm! *Eu* também — Oh, quem me dera ter aqui um bom prato de tainha salgada. Com canjica. *Isso* é que é comida!

— Que tal umas tripas, Minnie? Tripas com couves?

— Virgem! — (Grandes gargalhadas). — O senhor tá falando em *tripas* pra eu ficar aguada?

Mais tarde, no Gage & Tollner's, enquanto jantávamos ostras e lagosta à luz de lampiões de gás, estive muito perto de experimentar um amálgama de deleite espiritual e sensual como nunca mais senti na vida. Estávamos sentados muito próximos um do outro, numa mesa de canto, longe do zunzum dos outros comensais. Bebemos um extraordinário vinho branco, que estimulou a minha imaginação e me desemperrou a língua, levando-me a contar a história verdadeira do meu avô paterno, que perdera um olho e um joelho em Chancellorsville, e a história inventada do meu tio-avô materno, cujo nome era Mosby e que fora um dos grandes líderes dos guerrilheiros confederados na Guerra de Secessão. Digo que a história era inventada porque Mosby, um coronel da Virgínia, não era nem de longe aparentado comigo. Não obstante, a história era não só bastante autêntica como pitoresca e contei-a com requintes de sotaque, comentários divertidos e toques de bravura, saboreando cada efeito dramático e, no fim, irradiando um tal charme, que Leslie, olhos brilhantes, agarrou-me a mão, como já fizera em Coney Island, e senti-lhe a palma úmida de desejo, ou pelo menos assim me pareceu.

— E depois, que foi que aconteceu? — ouvi-a perguntar, após uma pausa que eu fizera para obter maior efeito.

— Bem, o meu tio-avô Mosby — prossegui — tinha finalmente conseguido cercar aquela brigada da União, lá no vale. Era de noite e o comandante da União estava dormindo na sua tenda. Mosby entrou na tenda escura e cutucou as costelas do general, acordando-o. "General" — disse ele. — "Levante-se. Trago notícias sobre Mosby!" O general, sem reconhecer a voz, mas julgando que fosse um dos seus homens, pulou da cama no escuro e perguntou: *"Mosby!* Vocês o pegaram?" Ao que Mosby respondeu: "Não, General! *Ele é que o pegou!*"

A reação de Leslie não se fez esperar: uma risada de contralto, que levou várias cabeças a se virarem, nas mesas vizinhas, fazendo com que um garçom idoso nos lançasse um olhar fulminante. Assim que ela parou de rir, ficamos um momento calados, contemplando o conhaque. No fim, foi ela quem atacou o assunto que eu sabia ter estado sempre presente em sua mente, e também na minha.

— Uma coisa que me intriga, nessa época — disse ela, pensativa — é que ninguém pensa nessa gente trepando. Em todos esses livros e essas histórias, nunca há uma palavra sequer sobre eles trepando.

— Influência da era vitoriana — disse eu. — Do puritanismo.

— Não sei muito sobre a Guerra de Secessão mas, desde que vi ...*E o Vento Levou*, fiquei imaginando esses generais, esses garbosos generais sulistas, com suas barbas e seus grandes bigodes, os cabelos cacheados, montados num belo cavalo, e aquelas jovens lindas, de saias-balão e calcinhas de babados. Pelo que a gente lê sobre eles, dá ideia de que nunca trepavam. — Fez uma pausa e apertou-me a mão. — Você não sente uma coisa, só de pensar numa dessas beldades de saia-balão e num desses jovens e maravilhosos oficiais trepando como *loucos*?

— Sinto, sim — retruquei, com um arrepio. — Sinto que dá uma visão aumentada da história.

Passava das dez da noite e mandei vir outro conhaque. Ficamos mais uma hora bebendo e, de novo, como em Coney Island, Leslie pegou no leme e dirigiu a conversa para as águas turvas e proibidas aonde eu, pelo menos, nunca me aventurara com uma mulher. Falou repetidamente no seu analista atual, o qual, segundo ela, a fizera tomar consciência do seu ser primitivo e, mais importante ainda, da energia sexual, que só precisava ser liberada para transformá-la na *força bruta* (expressão dela) que agora sentia em si. Enquanto ela falava, a ação benfazeja do conhaque permitia-me passar de leve as pontas dos dedos sobre as comissuras da sua boca expressiva, pintada de vermelhão.

— Eu era uma *pobre-diaba*, antes de fazer análise — disse, com um suspiro. — Metida a intelectual, sem a menor ideia da minha conexão com o meu próprio corpo, com a *sabedoria* que o corpo tinha para me dar. Não tinha a menor consciência do papel desse maravilhoso clitóris, de nada. Por acaso você já leu D. H. Lawrence? *O Amante de Lady Chatterley*?

Tive que dizer que não. Era um livro que eu sempre quisera ler, mas que, encarcerado como se fosse um estrangulador louco, por trás das estantes fechadas à chave da biblioteca da Universidade, sempre me fora negado.

— Leia-o — disse ela, a voz rouca e intensa — Procure lê-lo, para sua salvação. Um amigo meu trouxe um exemplar da França. Posso-lhe emprestar. Lawrence tem a resposta. Oh, ele sabe tanto a respeito de trepar! Diz que, quando a gente trepa, a gente vai para os *deuses negros*. — Ao dizer essas palavras, ela me apertou a mão que, a essa altura, estava entrelaçada com a dela a uns poucos milímetros da tumefação no meu colo, e os olhos dela fitaram os meus com uma expressão tão apaixonada, que precisei de todo o controle para não lhe dar, naquele mesmo instante, um beijo ridículo e *bruto* em público. — Oh, Stingo — repetiu ela. — Eu também acho que trepar é ir para os deuses negros.

— Então, *vamos* para os deuses negros — falei, já agora praticamente sem controle, enquanto pedia urgentemente que me trouxessem a conta.

Algumas páginas atrás, mencionei André Gide e os diários que ele escreveu e que eu tentava emular. Como aluno da Universidade de Duke, eu lera o mestre em francês. Admirara tremendamente os diários e considerara a probidade e a impiedosa autodissecação de Gide um dos feitos verdadeiramente triunfais da mentalidade civilizada do século XX. No meu próprio diário, no início da última parte da minha crônica de Leslie Lapidus — uma Semana da Paixão, conforme mais tarde constataria, que começara naquele domingo de Ramos em Coney Island e terminara comigo na Cruz, às primeiras horas da manhã de sexta-feira, na Rua Pierrepont — estendi-me um bocado sobre Gide e parafraseei de memória alguns dos seus pensamentos e observações. Não vou me demorar nessa passagem, exceto para consignar a minha admiração não só pelas terríveis humilhações que Gide foi capaz de absorver, como pela corajosa honestidade com que sempre parecia determinado a registrá-las: quanto mais terrível a humilhação ou a decepção, eu reparara, mais purificadora e luminosa era a narrativa de Gide nos seus *Diários* — uma catarse na qual o leitor também podia participar. Embora eu já não possa me lembrar com certeza, devia ser a mesma espécie de catarse que eu estava procurando alcançar neste último trecho sobre Leslie — a seguir à minha meditação sobre Gide — que incluo aqui. Mas devo acrescentar que havia algo um pouco estranho nessas páginas. A certa altura, não muito depois de as ter escrito, devo tê-las arrancado, em desespero, do caderno em que escrevia o diário, atirando-as, num bolo, para a parte de trás do caderno, onde por sorte as fui encontrar, quando estava recriando o desenrolar dessa farsa. O que ainda me espanta é a letra: não tem nada a ver com a escrita plácida, diligentemente legível, de garoto de escola, que eu habitualmente empregava. Mais parece um escrevinhar selvagem, indicativo da terrível velocidade das minhas emoções. O estilo, porém, conforme se pode ver, continua dominado por uma característica de autoanálise, calma e sardônica, que Gide talvez tivesse admirado, se pudesse ter lido estas humilhadas páginas:

Eu devia ter pressentido o que estava acontecendo quando entramos no táxi, depois de sair do restaurante. A essa altura, naturalmente, eu estava tão fora de mim, tão tomado de um sentimento de pura luxúria animal, que simplesmente enlacei Leslie antes mesmo de o táxi começar a andar. Imediatamente foi como que uma repetição do momento em que tínhamos ido olhar o Pissarro. A língua dela dentro da minha boca parecia uma truta pulando rio acima para sobreviver. Nunca me passara pela cabeça que beijar podia ser algo tão importante, *tão expressivo. Era evidente que chegara a minha vez de retribuir e foi o que fiz. Enquanto descíamos a Rua Fulton, devolvi-lhe a língua, o que a fez soltar pequenos gemidos acompanhados de estremecimentos. A essa altura dos acontecimentos, eu já estou tão louco, que resolvo fazer algo que sempre tive vontade de fazer, ao beijar uma moça, mas nunca ousara, lá na Virgínia, devido à semelhança que isso podia sugerir com outra coisa. "Enfio e retiro" ritmicamente a língua na boca dela, em longos movimentos copulatórios,* ad libitum. *Isso faz com que Leslie gema de novo e afaste os lábios o tempo suficiente para murmurar: "Puxa! Adivinhe o que eu estou sentindo?" Não me sinto desencorajado por essa estranha manifestação de modéstia. Estou a ponto de enlouquecer. É quase impossível reproduzir minha condição nesse momento. Numa espécie de frenesi controlado, decido que é chegada a hora de fazer a primeira investida direta. Estendo, delicadamente, a mão de maneira a me permitir começar a acariciar-lhe a parte inferior do belo seio esquerdo, ou então do direito, já nem sei qual. Nesse momento, para meu espanto e minha quase total incredulidade, com uma firmeza e uma decisão que nada ficam a dever à minha atitude sub-reptícia, ela coloca o braço numa posição protetora, que significa claramente: "Nada disso". Algo inteiramente inesperado, a tal ponto, que penso que um de nós cometeu um erro, que houve algum mal-entendido, que ela está brincando (uma brincadeira de mau gosto), sei lá. Por isso, pouco depois, com a língua ainda enfiada na garganta dela e enquanto Leslie continua a emitir aqueles gemidos, estico a mão para o outro seio. Pumba! A mesma coisa acontece, o mesmo movimento protetor, o braço dela arriado, como uma dessas barreiras de cruzamento de estrada de ferro. "Passagem proibida!" Não consigo acreditar.*

(Escrevendo, agora, às 8 da noite de sexta-feira, consulto o meu "Manual Merck" e parto do princípio de que estou sofrendo de um caso de "glossite aguda", uma inflamação da superfície da língua, cuja origem é traumática, mas indubitavelmente agravada por

bactérias, vírus e todo o tipo de toxidez resultante de cinco ou seis horas de uma troca salivar sem precedentes na história da minha boca e, talvez, de qualquer outra. O "Manual Merck" me informa que se trata de um estado transitório, que passa após algumas horas de descanso da língua, o que me dá um grande alívio, já que é com enorme dificuldade que como alguma coisa ou bebo mais do que alguns goles de cerveja. A noite está quase caindo, estou escrevendo na pensão de Yetta, sozinho. Nem sequer posso enfrentar Sofia ou Nathan. Para dizer a verdade, estou sofrendo de uma desolação e de uma depressão como nunca senti ou pensei vir a sentir.)

Voltando à Odisseia de Stingo. Naturalmente, quase que para preservar a sanidade mental, procuro explicar, de maneira racional, o bizarro comportamento de Leslie. Evidentemente penso, Leslie não quer que nada se passe num táxi. Uma atitude perfeitamente compreensível. Uma lady no táxi, uma prostituta na cama. Com isso em mente, contento-me com mais contorções de língua, até que o táxi para diante da mansão da Rua Pierrepont. Desembarcamos e entramos na casa às escuras. Leslie abre a porta da frente e comenta que é a noite de folga de Minnie. Deduzo que ela tenha dito isso para enfatizar que vamos ficar a sós. À luz suave do foyer, *o meu membro, por baixo da calça, perdeu completamente o controle, a ponto de dar a impressão de que um cachorrinho urinou no meu colo.*

(Oh, André Gide, prie pour moi! *Esta narrativa está ficando quase insuportável. Como posso tornar críveis — quanto mais humanas — as torturas que passei nas horas que se seguiram? Sobre quais ombros lançar a culpa desse tormento gratuito — nos meus, nos de Leslie, nos do* Zeitgeist? *Nos do analista de Leslie? Certamente alguém merece ser responsabilizado por ter virado a cabeça da pobre Leslie, no seu frio e desolado* plateau. *Pois é exatamente assim que ela chama —* um plateau *— esse limbo onde ela paira, tiritante e solitária.)*

Começamos tudo de novo por volta da meia-noite, num sofá por baixo do Degas. Há um relógio de parede na casa, que bate as horas e, às duas da manhã, não consegui avançar mais do que quando estava no táxi. Estamos agora numa espécie de guerra silenciosa e desesperada e já utilizei todas as táticas possíveis — procurando agarrar seios, coxas, púbis. Nada feito. A não ser pela cavidade oral e pela língua, prodigiosamente ativa, ela podia estar usando armadura. A imagem marcial é mais do que adequada porque, logo que começo a empregar táticas mais agressivas, na semiescuridão da sala, passando a mão pela curva da sua coxa ou tentando introduzir a pata por entre os grudados joelhos dela, Leslie tira a língua da minha boca e murmura coisas como: "Calminha, Coronel Mosby!" ou "Saia já daí, Johnny Reb!"Tudo isso dito numa tentativa de imitar o meu sotaque de Confederado, e com pequenas risadas, mas numa voz que, não obstante, quer dizer Estou Falando Sério e cai sobre mim como um balde de água gelada. De novo não consigo acreditar no que está acontecendo, tudo me parece uma charada. Não posso aceitar o fato de que, após tudo o que ela disse, depois de todos aqueles inequívocos convites, Leslie tenha recuado para uma posição tão indignante. Pouco depois das duas da manhã, quase à beira da loucura de tão excitado, resolvo fazer algo que de antemão sei que provocará uma reação drástica em Leslie — embora eu não possa prever o quão drástica. Em meio à luta, temo que ela nos sufoque a ambos, com o grito abafado que dá, ao perceber o que tem na mão. (Isto depois que abri silenciosamente o zíper da braguilha e coloquei a mão dela sobre o meu membro.) Ela dá um pulo do sofá como se alguém tivesse acendido uma fogueira debaixo dele e, nesse momento, a noite e todas as minhas pobres fantasias se transformam num monte de palha.

(Oh, André Gide, comme toi, je crois que je deviendrai pédéraste!)

Depois, ela soluça como uma criança, sentada ao meu lado, tentando se explicar. Não sei por que, mas sua doçura, sua incapacidade, seu desconsolo e sua tristeza ajudam a controlar a raiva que sinto. Enquanto a princípio tinha vontade de arrancar o precioso Degas da parede e dar-lhe com ele na cabeça — agora, estou a ponto de chorar com ela, não só de frustração, mas também pela própria Leslie e pelo seu psicanalista, que de tal maneira ajudou a criar aquela farsa toda. Fico sabendo de tudo isso à medida que o relógio avança no tempo a caminho do romper do dia e depois que me alivio de todas as minhas queixas e objeções.

— *Não quero ser desagradável* — *murmuro-lhe, no escuro, segurando-lhe a mão.*
— *Mas você me levou a pensar outra coisa muito diferente. Você disse, textualmente, "Aposto como você sabe trepar maravilhosamente".* — *Faço uma longa pausa, exalando fumaça através das sombras que enchem a sala. Depois, digo:* — *Pois é, sei mesmo. E estava querendo. Só isso.*

Após nova e longa pausa e uma porção de soluços abafados, ela retruca:
— *Sei que falei isso e me desculpe se fiz você entender mal, Stingo.* — *Estendo-lhe um lenço de papel.* — *Mas eu não disse que queria trepar com você. Falei abstratamente, não pensando em mim.*

A essa altura, o gemido que eu dou seria capaz de despertar um morto. Ficamos calados durante muito tempo. Entre as três e as quatro da manhã, ouço o apito de um navio, queixoso, triste e distante, vindo do porto de Nova York. Traz-me saudades da minha terra e me enche de uma melancolia indescritível. O apito e a tristeza que ele me traz torna ainda mais difícil suportar a presença de Leslie, quente e bela. É como se fosse uma flor da selva, tentadora e inatingível. Passam-me pela cabeça pensamentos de gangrena, não posso acreditar que o meu membro ainda esteja assim. Teria João Batista sofrido igual tormento? Ou Tântalo? Ou Santo Agostinho?

Leslie é — literal e figurativamente — cem por cento lingual. Toda a sua vida sexual está centralizada na língua. Não é, pois, de estranhar que a inflamada promessa que ela me deu, através desse seu hiperativo órgão, encontre uma correlação nas palavras igualmente inflamadas, mas totalmente espúrias, que ela gosta de pronunciar. Sentado ao seu lado, lembro-me do nome de um fenômeno do qual tomei conhecimento durante um curso sobre psicologia anormal, na Universidade de Duke: "coprolalia", o emprego compulsivo de linguagem obscena, frequentemente observado em mulheres jovens. Quando, por fim, quebro o silêncio e avento a possibilidade de ela ser vítima dessa enfermidade, Leslie não parece tão insultada quanto ferida, e começa de novo a soluçar. Parece que lhe reabri uma ferida dolorosa. Nada disso, diz ela. Passado algum tempo, para de soluçar e diz algo que, horas antes, eu teria considerado como uma piada, mas que agora aceito placidamente e sem surpresa, como sendo a nua e dolorosa verdade.

— Sou virgem — diz ela, num fio de voz.

Após um longo silêncio, replico:

— Não se ofenda, mas acho que você é uma virgem muito doente.

No exato momento em que digo isso, me dou conta da acerbidade das palavras, mas não me arrependo de as ter falado. O apito de um navio volta a gemer na boca do porto, dando-me uma tal sensação de nostalgia, tristeza e desespero, que receio chorar.

— Gosto muito de você, Leslie — consigo dizer. — Só acho que foi injusto da sua parte fazer o que fez comigo. Você não imagina como isso é terrível para um homem.

Depois de ter dito isto, não consigo saber se as palavras dela são ou não um non sequitur, *quando me retruca, na voz mais desolada que eu já ouvi:*

— Oh, Stingo, você não pode imaginar o que é se criar numa família judia.

E começa a discursar sobre o assunto.

Por fim, quando a aurora irrompe e uma profunda fadiga me invade os ossos e os músculos — inclusive aquele músculo do amor, que finalmente começa a oscilar após a sua tenaz vigília — Leslie recria para mim a negra odisseia da sua psicanálise. E, naturalmente, da sua família, da sua horrível família que, apesar do verniz civilizado é, segundo ela, uma autêntica galeria de monstros. O pai implacável e ambicioso, cuja religião são os plásticos moldados e que não deve ter falado mais de vinte palavras com ela desde que Leslie era criança. A pateta da irmã mais nova e o estúpido irmão mais velho. Acima de tudo, a bruxa da mãe que, apesar de formada por Barnard, dominou toda a vida de Leslie, num autêntico clima de vingança e terror, desde o dia em que pegou a filha, então com três anos, brincando consigo mesma e a obrigou a usar talas nas mãos durante meses, como medida profilática. Tudo isso Leslie despeja sobre mim numa pressa louca, como se eu fosse mais um membro da sempre variável falange de médicos e psicanalistas que há quatro anos vêm lhe escutando as desgraças. O sol já brilha, Leslie está tomando café, eu estou bebendo uma cerveja e Tommy Dorsey está tocando na vitrola de dois mil dólares. Exausto, ouço-lhe a catadupa de palavras como se através de camadas de lã, tentando sem muito sucesso pôr tudo em ordem — a confusão de confissões e de termos como reichiano e junguiano, adleriano, um Discípulo de Karen Horney, sublimação, gestalt, fixações, aprender a usar o banheiro e outras coisas de que sempre me dei conta, mas que nunca ouvi nenhum ser humano mencionar num tal tom, que lá no Sul é reservado para Thomas Jefferson, Tio Remus e a Santíssima Trindade. Estou tão cansado, que quase não entendo o que ela quer dizer, quando Leslie me fala do seu analista atual, o quarto, um "reichiano" chamado Dr. Pulvermacher e alude ao seu "plateau". Minhas pálpebras pestanejam, denotando uma necessidade urgente de dormir, mas ela continua, aqueles úmidos e preciosos lábios judeus, para sempre perdidos para mim, levando-me a constatar que, pela primeira vez em muitas horas, o meu pobre membro está tão pequeno e encolhido quanto o verme cuja réplica está pendurada atrás de mim, no banheiro papal. Bocejo, alto como uma fera, mas Leslie nem dá atenção, aparentemente preocupada de que eu não vá embora com raiva dela, que eu tente compreendê-la. Só que eu não sei se quero compreender. Enquanto Leslie continua falando, não posso deixar de refletir na ironia de que se, através daquelas frígidas harpiazinhas da minha terra eu fora traído principalmente por Jesus, nas mãos de Leslie fora ainda mais cruelmente enganado pelo egrégio Doktor Freud. Dois judeus muito vivos, não tenham dúvidas.

— Antes de eu atingir o plateau da vocalização — ouço Leslie dizer, através do delírio surrealista da minha exaustão — eu nunca teria sido capaz de dizer nenhuma dessas palavras que lhe disse. Agora, sou perfeitamente capaz de vocalizá-las. Refiro-me a essas palavras de quatro e cinco letras, que todo mundo deveria ser capaz de dizer. Meu analista — o Dr. Pulvermacher — diz que a repressão de uma sociedade é, em geral, diretamente proporcional à sua repressão à linguagem sexual.

A minha resposta sai misturada com um bocejo tão cavernoso e profundo, que minha voz mais parece um rugido.

— Entendo — bocejo, rugindo. — Isso de vocalizar quer dizer que você pode dizer trepar, mas ainda não pode trepar, certo?

A réplica de Leslie atinge o meu cérebro como uma série de sons imperfeitamente registrados, numa duração de muitos minutos, findos os quais tiro apenas a impressão de que Leslie, agora fazendo algo chamado orgonoterapia, passará os próximos dias sentada numa espécie de caixa, absorvendo pacientemente ondas de energia vindas do éter, o que lhe permitirá passar para o próximo plateau. *Quase dormindo, bocejo mais uma vez e desejo-lhe, mudamente, tudo de bom. De repente,* mirabile dictu, *deixo-me arrastar pelo sono, enquanto ela alvitra a possibilidade de algum dia — algum dia! Tenho um sonho estranho, no qual intimações de felicidade se misturam com dor lancinante. Não devo ter dormitado mais do que alguns minutos. Quando acordo — pestanejando para Leslie, que continua no seu solilóquio — apercebo-me de que me sentei em cima da mão, que me apresso a retirar de sob as nádegas. Os cinco dedos ficam momentaneamente deformados e sem qualquer sensaçāc. Isso ajuda a explicar o triste sonho que tive, no qual, ao abraçar Leslie uma vez mais no sofá, consegui finalmente acariciar-lhe um seio nu, o qual, contudo, parece uma bola de massa velha debaixo da minha mão, por sua vez aprisionada na armação de um maldito sutiã de madeira e arame.*

Agora, muitos anos mais tarde, constato até que ponto a relutância de Leslie — toda a sua inexpugnável virgindade — foi como que um contraponto para a narrativa que me senti compelido a escrever. Só Deus sabe o que poderia ter acontecido se ela realmente fosse a garota experiente e lasciva que me fizera crer. Era tão desejável, que decerto eu me teria tornado seu escravo e acabado por sair do ambiente pé-no-chão da pensão de Yetta Zimmerman e, por conseguinte, da sequência de acontecimentos que compõem a razão de ser desta história. Mas a disparidade entre o que Leslie me prometera e o que ela me dera foi um golpe tão grande, que adoeci fisicamente. Não era nada sério — nada além de um severo ataque de gripe, combinado com uma terrível *fossa* — mas, nos quatro ou cinco dias em que estive de molho (carinhosamente cuidado por Nathan e Sofia, que me traziam sopa de tomate e revistas), pude ver que atingira um momento crítico na vida. Era como se tivesse topado com um rochedo de sexo, no qual houvesse inexplicavelmente naufragado.

Sabia que era bem apessoado, possuidor de inteligência apreciável e do dom sulista da palavra, que me conferia um charme especial. O fato de, apesar de todos esses dotes e do esforço considerável que fizera para explorá-los, não conseguir encontrar uma garota disposta a ir até os deuses negros comigo, me parecia — ali na cama, febril, olhando para o *Life* e pensando na figura de Leslie Lapidus, falando sem parar à luz do amanhecer — algo mórbido e inexplicável que, por mais doloroso que pudesse ser, eu deveria encarar como questão de azar, da mesma forma que as pessoas aceitam uma incapacidade ou um defeito desagradável mas suportável, como um lábio leporino ou uma gagueira. Simplesmente eu não era *sexy* e tinha que me contentar com esse fato. Em compensação, possuía objetivos mais altos. Afinal de contas, eu era um escritor, um artista, e todo mundo sabia que a maioria das grandes obras de arte fora conseguida por homens dedicados que, controlando as energias, não tinham permitido que a falsa ideia da primazia do sexo lhes subvertesse os objetivos mais altos da beleza e da verdade. *Para a frente*, pois, Stingo, disse a mim mesmo, tomando coragem, para a frente com o seu trabalho. Empurrando para trás a luxúria, ponha as paixões a serviço dessa visão que há dentro de você, esperando para vir à luz. Essas e outras exortações monacais acabaram fazendo com que, na semana seguinte, eu me levantasse da cama, sentindo-me limpo, descansado e relativamente aquietado, pronto a prosseguir na luta contra as fadas, os demônios, os chatos, os palhaços, as namoradas e os atormentados pais e mães que estavam começando a encher as páginas do meu livro.

Nunca mais vi Leslie. Despedimo-nos, naquela manhã, num clima de grave e melancólico afeto, e ela me pediu que lhe telefonasse, mas nunca mais o fiz. No entanto, ela continuou a povoar as minhas fantasias eróticas e, com o passar dos anos, muitas vezes me ocupou os pensamentos. Apesar da tortura que ela me infligira, nunca lhe desejei senão o máximo de boa sorte, aonde quer que ela estivesse ou no que quer que se tivesse transformado. Sempre mantive a esperança de que o tempo passado na caixa de orgonoterapia a tivesse levado à realização por que Leslie tanto ansiava, ascendendo-a a um *plateau* acima da mera "vocalização". Mas mesmo que isso tivesse falhado, como as outras formas de tratamento a que se submetera, não duvido de que as décadas seguintes, com o seu extraordinário progresso científico no tocante à libido, tenham dado a Leslie uma bela medida de realização nesse setor. Talvez eu esteja errado, mas um instinto me diz que Leslie acabou se realizando inteiramente. De qualquer maneira, imagino-a agora assim: uma mulher equilibrada, elegante, ainda bela, apesar de levemente grisalha, ajustando-se calmamente à meia-idade, muito sofisticada no seu agora econômico emprego de palavrões, muito bem casada, filoprogenitora e (tenho quase a certeza) multiorgástica.

Capítulo Oito

O tempo, nesse verão, era quase sempre bom, mas às vezes o fim da tarde ficava abafado e úmido e, quando isso acontecia, Nathan e Sofia geralmente me acompanhavam até uma "sala de coquetéis" — meu Deus, que descrição! — chamada The Maple Court, que ficava na Church Avenue e tinha ar refrigerado. Havia relativamente poucos bares naquela parte de Flatbush (coisa que me intrigava até Nathan me explicar que beber não se incluía entre os passatempos dos judeus), mas esse nosso bar fazia bom negócio, contando, entre a sua clientela, predominantemente composta de gente humilde, porteiros irlandeses, motoristas de táxi escandinavos, mestres de obras alemães e gente de outros Estados e de *status* indeterminado, como eu, que por uma razão ou por outra fora parar no bairro. Havia também alguns judeus, com ar um pouco furtivo. The Maple Court era grande, mal iluminado e bastante reles, com um leve e persistente cheiro de água estagnada, mas nós três éramos atraídos para lá nas noites muito quentes devido ao ar refrigerado e ao fato de gostarmos do ambiente. Além do mais, era um lugar barato, onde a cerveja ainda custava dez *cents* o copo. Fiquei sabendo que o bar fora construído em 1933, a fim de comemorar o fim da Proibição, e as espaçosas e algo cavernosas dimensões destinavam-se originalmente a abrigar um salão de danças. Entretanto, esse plano dos primeiros proprietários nunca se realizara, já que, por incrível descuido, não se tinham dado conta de que se haviam instalado num bairro tão fanático da ordem e da compostura quanto uma comunidade batista ou menorita. As sinagogas tinham dito *Não*, assim como a igreja Holandesa Reformada.

The Maple Court não conseguira licença para funcionar como cabaré e todo o *décor* cromado e dourado, incluindo lustres semelhantes a sóis, que iriam girar sobre os bailarinos, como num cenário de filme musical, caiu em desuso e criou uma pátina de sujeira e fumaça. A plataforma elevada, que formava o centro do bar de forma oval e fora desenhada para permitir que *stripteasers* bamboleassem os traseiros sobre uma circum-ambiência de pasmados fregueses, ficara cheia de cartazes empoeirados e garrafas de mentira, anunciando marcas de uísque e cerveja. Mais triste ainda, o grande mural em estilo Art Decô, colocado contra uma das paredes — uma bela peça, feita por mão de artista, com a linha de arra-nha-céus de Manhattan e as silhuetas de uma banda de *jazz* e de coristas levantando as pernas — nunca olhara para uma pista de jubilantes dan-çarinos, mas ficara rachado, salpicado e com uma longa faixa horizontal marcando o lugar onde uma geração de bêbados tinha deixado cair a parte de trás da cabeça. Era a um canto desse mural, um canto afastado da mal iluminada pista de dança, que eu, Nathan e Sofia nos sentávamos, nas noites abafadas em que procurávamos refúgio no The Maple Court.

— Sinto muito você não ter dado certo com Leslie — disse-me Nathan certa noite, após a *débâcle* da Rua Pierrepont. — Via-se que estava desapontado e, ao mesmo tempo, um pouco surpreso pela fato de os seus esforços como casamenteiro terem dado em nada. — Achei que vocês dois eram feitos um para o outro. Em Coney Island, naquele domingo, ela parecia querer comer você com os olhos... e agora você me diz que foi tudo por água abaixo. Que foi que houve? Não posso acredi-tar que ela não estivesse a fim.

— Oh, não, correu tudo muito bem no que diz respeito a sexo — menti. — Pelo menos, *no princípio.*

Por várias razões, não tinha coragem de dizer a verdade sobre nos-so calamitoso encontro e aquele entrevero de duas pessoas virgens. Era por demais doloroso falar no assunto, tanto do ponto de vista de Leslie quanto do meu. Resolvi inventar, mas percebi que Nathan sabia que eu estava improvisando — ele estava morrendo de vontade de rir — e terminei a narrativa com uma ou duas notas freudianas, por exemplo, que Leslie me dissera que só conseguia alcançar o clímax com negros musculosos e pretos como tições, dotados de pênis colossais. Nathan olhou para mim, sorridente, como se eu estivesse brincando com ele e, quando acabei de falar, colocou a mão no meu ombro e disse, naquele seu tom compreensivo de irmão mais velho:

— Sinto muito o que houve entre você e Leslie, garoto, embora não tenha entendido bem. Achei que vocês iam combinar às mil maravilhas. Mas, às vezes, é uma questão de *química*.

Pusemos Leslie de lado. Nesses serões, era eu quem mais bebia, emborcando uma meia dúzia de copos de cerveja. Às vezes, íamos até o bar antes do jantar, mas geralmente preferíamos ir depois. Naquele tempo, não era costume pedir vinho num bar — principalmente num lugar mixuruca como The Maple Court — mas Nathan, sempre à vanguarda de tantas coisas, dava um jeito de que lhe servissem uma garrafa de Chablis, que conservava dentro de um balde de gelo, em cima da mesa, para ele e Sofia irem consumindo aos poucos, durante a hora e meia que geralmente passávamos lá. O Chablis nunca fez mais do que pôr os dois ligeira e agradavelmente altos, coisa visível no brilho que perpassava o rosto moreno dele e que dava à beleza dela um suave rosado de flor.

Nathan e Sofia pareciam um velho casal. Éramos inseparáveis e eu, às vezes, me perguntava se alguns dos mais sofisticados *habitués* do The Maple Court não achariam que formávamos um *ménage à trois*. Nathan era ótimo, encantador, tão perfeitamente "normal" e uma companhia tão fantástica que, se não fossem as breves referências de Sofia (às vezes feitas inadvertidamente, durante os nossos piqueniques no parque) a momentos terríveis no decorrer do ano em que estavam juntos, eu teria apagado inteiramente da memória a horrível cena a que assistira, dos dois brigando, juntamente com outras alusões a outro aspecto, mais negro, da sua pessoa. Como poderia ser de outra maneira, na presença daquela personalidade eletrizante e dominadora, metade mágico, metade irmão mais velho, ao mesmo tempo confidente e guru, que tão generosamente me tirara do isolamento em que estava? Nathan não era um encantador barato. Havia a profundidade de um grande comediante na mais leve das piadas que contava, todas elas praticamente judias. Suas histórias grandes eram verdadeiras obras-primas. Certa vez, quando eu era garoto, assistindo, com meu pai, a um filme de W.C. Fields (creio que se tratava de My Little Chickadee), presenciei algo que só deveria acontecer como uma figura de retórica, ou em obras de ficção, vi meu pai de tal maneira dominado pelo riso, que escorregou da poltrona e foi cair no corredor do cinema! Quase aconteceu comigo a mesma coisa, lá no The Maple Court, quando Nathan contou o que eu sempre recordarei como uma piada de *country club* judeu.

Era como se estivéssemos vendo não um, mas dois comediantes diferentes. O primeiro é Shapiro, que está num banquete, tentando uma vez mais propor para sócio um seu amigo, rejeitado em primeira votação. A voz de Nathan torna-se untuosa, apenas com um leve traço de iídiche, ao personificar Shapiro fazendo a apologia de Max Tannenbaum:

— Para poder lhes dizer que grande ser humano é Max Tannenbaum, vou ter que me servir de todo o alfabeto inglês, de A a Z!

A voz de Nathan torna-se sedosa, astuta. Shapiro sabe que, entre os sócios do clube, existe um — agora cabeceando e cochilando — que vai procurar barrar Tannenbaum. Shapiro confia que esse inimigo, Ginsberg, não acorde. Nathan-Shapiro enuncia:

— A, ele é Admirável, B, ele é Bom, C. ele é Cortês, D, ele é Digno, E, ele é Educado, F, ele é Fino, G, ele é Generoso, H, ele é um Homem.

(A entonação inflamada e, ao mesmo tempo, estudada, com que Nathan enumera as qualidades do amigo, é impecável, insuportavelmente hilariante. Sinto a garganta doer de tanto rir, uma névoa atrapalha-me a visão.)

— I, ele é Inteligente.

Nessa altura dos acontecimentos, Ginsberg acorda, o dedo indicador de Nathan agride furiosamente o ar, sua voz torna-se professoral, arrogante, incrivelmente hostil. Através de Nathan, o terrível, o intransigente Ginsberg troveja:

— J, já lhes digo!

(Grande pausa).

— L, ele é um Ladrão! M, ele é um Mau-Caráter! N, ele é um Néscio! O, ele é um Otário! P, ele é um Paspalho! Q, ele é um Quadrado! R, ele é

Ralé! S, ele é um Safado! T, ele é um Tarado! U, ele é um Unha-de-Fome! V, ele é um Veado! X, ele é um Xexelento! Z, zero é o quanto ele vale!

A interpretação de Nathan era tão sublime, tão engraçada, tão inesperada, que dei comigo imitando meu pai, sem fôlego sem forças, caindo para o lado sobre a banqueta engordurada. Sofia, quase sem ar também, limpava as lágrimas dos olhos. Vi os demais frequentadores do bar olhando estranhamente para nós, sem entender aquele delírio de risos. Voltando ao estado normal, olhei para Nathan com admiração. Ser capaz de divertir os outros daquela maneira era um dom divino, uma bênção.

Mas, se Nathan fosse apenas um *clown*, se ficasse sempre "ligado", representando, teria, é claro, apesar de todos os seus dotes, se transformado num chato. Ele era por demais sensível para fazer eternamente o papel de comediante e seus interesses eram por demais amplos e sérios para fazer com que os momentos que passávamos juntos permanecessem ao nível da palhaçada por mais imaginativa que fosse. Devo acrescentar, também, que sempre senti ser Nathan — talvez pelo fato de ser mais velho, ou pelo simples magnetismo da sua presença — quem impunha o tom das nossas conversas, embora o seu tato natural e o seu sentido das proporções evitassem que ele monopolizasse o palco. Eu também tinha jeito para contar piadas e ele ouvia com atenção. Nathan era o que se chama uma enciclopédia ambulante, de tanto que sabia sobre quase tudo, mas tais eram o seu calor humano, senso de humor e inteligência, que nunca senti, na presença dele, essa raiva que muitas vezes se sente ouvindo falar uma pessoa que gosta de alardear conhecimentos e que amiúde não passa de um imbecil erudito. A extensão dos seus conhecimentos era espantosa e eu tinha constantemente que me lembrar de que estava falando com um homem de ciência, um biólogo (pensava a toda a hora num prodígio como Julian Huxley, cujos ensaios lera na Universidade) — aquele homem que fazia tantas alusões e referências literárias, clássicas e modernas, e que, no espaço de uma hora, podia, sem esforço gratuito, referir-se a Lytton Strachey, *Alice no País das Maravilhas*, o celibato de Lutero, *Sonho de Uma Noite de Verão* e os hábitos reprodutores dos orangotangos de Sumatra, fazendo de tudo isso uma joia de conferência, que, de maneira cômica, mas no fundo séria, tratava da natureza interligada do *voyeurismo* e do exibicionismo sexual.

Tudo me parecia muito convincente. Ele tão brilhante falando de Dreiser quanto da filosofia de Whitehead sobre o organismo. Ou do tema *suicídio*, pelo qual parecia ter uma preocupação especial e ao qual se referia de vez em quando, embora de maneira a não dar a impressão de morbidez. O romance que colocava acima de todos os outros, dizia, era *Madame Bovary*, não só devido à perfeição formal, mas pelo tratamento dado ao suicídio: A morte de Emma tomando veneno parecia tão inevitável a ponto de se transformar num dos símbolos supremos da condição humana, na literatura ocidental. E, certa ocasião, falando da reencarnação (a respeito da qual dizia não ser tão cético que negasse a sua possibilidade), afirmou ter sido, numa vida anterior, o único monge albigenense judeu — um brilhante frade, Frei Nathan le Bon, que sozinho promulgara a louca e obsessiva tendência que a ordem tinha para a autodestruição, com base em que, se a vida é pecaminosa, cumpre apressar o seu fim.

— A única coisa que não previ — observou — é que voltaria a este mundo para viver neste maldito século XX.

Mas, apesar dessa estranha preocupação, nunca, durante aqueles efervescentes serões, senti nele o mais leve sinal da depressão e do desespero a que Sofia aludira, aos violentos ataques de fúria que ela presenciara em primeira mão. De tal maneira personificava tudo o que eu achava atraente e invejava num ser humano, que não podia deixar de suspeitar que o lado sombrio da imaginação polonesa de Sofia tivesse inventado aqueles indícios de negrume e desespero. Essa devia ser, argumentava eu, a maneira de encarar a vida dos poloneses.

Não, eu achava que ele era por demais bondoso e solícito para representar a ameaça que ela deixava entrever. (Embora eu soubesse das suas explosões.) O meu livro, por exemplo, o meu florescente romance. Nunca esquecerei seus generosos comentários. Apesar de haver dito antes que a literatura sulista estava saindo da moda, sua preocupação fraternal pelo meu trabalho fora constante e encorajadora. Certa manhã, quando tomávamos café, ele perguntou se podia dar uma olhada nas páginas que eu escrevera.

— Por que não? — argumentou, com aquele olhar intenso, de testa franzida, que muitas vezes fazia com que o sorriso se confundisse com uma careta bonachona. — Afinal de contas, somos amigos. Não vou interferir, não vou fazer comentários, nem sequer sugestões. Apenas adoraria dar uma olhada.

Fiquei apavorado — pela simples razão de que nenhuma outra pessoa pusera jamais os olhos sobre a minha pilha de laudas amarelas, com suas margens rançosas e cheias de dedadas, e o meu respeito pela inteligência de Nathan era tão grande que, se ele mostrasse que não gostava do que eu escrevera, meu entusiasmo sofreria um severo golpe e talvez eu nem continuasse escrevendo. Entretanto, uma noite resolvi arriscar e, deitando por terra a nobre e romântica resolução de não deixar ninguém ver o livro senão quando a última frase tivesse sido escrita e, mesmo assim, mostrá-lo apenas a Alfred A. Knopf em pessoa, entreguei-lhe umas noventa páginas, que ele leu no Palácio Cor-de-Rosa, enquanto Sofia estava comigo no The Maple Court, recordando sua infância em Cracóvia. Meu coração começou a pular quando Nathan, passada uma hora e meia, irrompeu no bar, a testa coberta de suor, e se sentou ao lado de Sofia, diante de mim. Seu olhar não denotava qualquer emoção. Temi o pior. *Pare!* — tive vontade de gritar: *Você prometeu não fazer comentários!* Mas o seu julgamento pairava no ar como uma trovoada iminente.

— Você andou lendo Faulkner — disse ele lentamente, sem inflexões na voz. — E Robert Penn Warren. — Fez uma pausa. — Tenho a certeza de que leu Thomas Wolfe e até Carson McCullers. Vou quebrar a minha promessa de não fazer comentários.

Pensei: Diabo, ele me *manjou*. Realmente, não passa de um lixo sem originalidade. Tive vontade de sumir por entre os azulejos cor de chocolate do chão do The Maple Court e desaparecer entre as ratazanas que infestavam os esgotos de Flatbush. Fechei os olhos com força — pensando: Nunca deveria ter mostrado o meu trabalho a esse sujeito, que agora vai começar a me dar uma aula sobre a maneira judia de escrever. E, enquanto estava de olhos fechados, suando, nauseado, estremeci ao sentir-lhe as manoplas me agarrando os ombros e os lábios molharem-me a testa com um beijo úmido e desajeitado. Arregalei os olhos, estupefato ante o calor do seu radiante sorriso:

— Vinte e dois anos! exclamou. — E, puxa vida, como você escreve! Vê-se que você andou lendo esses escritores, não seria capaz de escrever um livro se não os tivesse lido. Mas você conseguiu absorvê-los, garoto, e torná-los parte de você. Tem voz *própria*. São as mais interessantes primeiras cem páginas de um escritor desconhecido que alguém já teve a sorte de ler. Quero ler mais!

Contagiada pela exuberância dele, Sofia agarrou o braço de Nathan e sorriu como uma madona, olhando para mim como se eu fosse o autor de *Guerra e Paz*. Engasguei, estupidamente, num amontoado de palavras, quase desmaiando de satisfação, mais feliz, eu acho — com apenas um pequeno risco de hipérbole — do que em qualquer outro momento que pudesse recordar de uma vida de memoráveis realizações, embora despidas de distinção. E o resto do serão ele fez os maiores elogios ao meu livro, injetando-me todo o encorajamento que, no fundo de mim mesmo, eu sabia que estava precisando. Como não iria ter a maior das admirações por tão generoso e estimulante mentor, amigo, salvador e feiticeiro? Nathan era completamente, fatalmente encantador.

Julho chegou, trazendo tempo instável — dias muito quentes, seguidos de outros, estranhamente frescos e úmidos, quando as pessoas que passavam pelo parque se agasalhavam com casacos e suéteres e, por fim, várias manhãs a fio em que uma trovoada parecia querer desabar, mas nunca estourava. Eu achava que podia viver no Palácio Cor-de-Rosa para sempre, ou pelo menos durante os meses e até anos que demorasse a terminar minha obra-prima. Era difícil ater-me aos votos que fizera — ainda me preocupava com a natureza lamentavelmente celibatária de minha existência. Afora isso, achava que a rotina que estabelecera na companhia de Sofia e Nathan era tão satisfatória quanto qualquer outra forma de vida cotidiana que um escritor iniciante pudesse ambicionar. Incentivado pelo entusiasmo de Nathan, escrevia como um louco, sabendo que, quando a fadiga me impedisse de continuar, eu quase sempre podia encontrar Sofia e Nathan, juntos ou em separado, ali por perto, prontos a ouvir uma confidência, a compartilhar de uma preocupação, de uma piada, de uma recordação, de Mozart, de um sanduíche, de uma xícara de café ou de uma garrafa de cerveja. Com a solidão ao largo e a minha criatividade em ebulição, eu não poderia me sentir mais feliz...

Eu não poderia me sentir mais feliz, até que uma terrível sequência de acontecimentos veio perturbar o meu bem-estar e me fez compreender a que ponto era precário o relacionamento entre Sofia e Nathan e quão fundamentados o medo e a premonição de Sofia, mais as insinuações que ela fizera de discórdia entre eles. Seguiu-se uma revelação ainda mais aterradora. Pela primeira vez, desde a noite em que eu chegara à pensão de Yetta, havia aproximadamente um mês, comecei a perceber em Nathan, quase como se fosse um veneno que ele destilasse, uma capacidade latente para a fúria e o desequilíbrio. E comecei também a me dar conta de que o problema que estava dando cabo deles tinha dupla origem, derivando tanto do lado atormentado da personalidade de Nathan quanto da inextinguível realidade do passado imediato de Sofia, soprando a sua horrível fumaça — como se acabasse de sair das chaminés de Auschwitz — de angústia, confusão, autoengano e, sobretudo, culpa...

Uma tarde, eu estava sentado, por volta das seis horas, à nossa mesa costumeira, no The Maple Court, bebericando uma cerveja e lendo o *New York Post*, à espera de Sofia — que devia estar chegando, vinda do consultório do Dr. Blackstock — e de Nathan, que combinara, ao café-da-manhã, vir ter conosco mais ou menos às sete, após um dia de muito trabalho no laboratório. Sentia-me um pouco formal demais, ali sentado, de colete, gravata e terno, que usava pela primeira vez desde a malfadada aventura com a Princesa da Rua Pierrepont. Ficara aborrecido ao descobrir uma mancha causada pelo batom de Leslie, algo apagada, mas ainda descaradamente vermelha, na beirada interna da lapela, mas conseguira, à custa de cuspe, tornar a mancha quase invisível, ou pelo menos o suficiente para que o meu pai não reparasse nela. Estava vestido daquela maneira porque ia esperar o meu pai na Estação Pennsylvania, aonde ele chegaria de trem, vindo da Virgínia, nessa mesma noite. Recebera uma carta dele fazia aproximadamente uma semana, anunciando que viria fazer-me uma breve visita. Seus motivos eram muito simples: dizia que estava com saudades de mim e, como fazia muito não me via (calculei que havia nove meses, ou mais), desejava reafirmar, cara a cara, ao vivo, o amor e os laços que nos uniam. Estávamos em julho, ele tinha férias, aproveitaria para visitar-me. Havia algo de tão tipicamente sulista, de tão *démodé* naquele seu gesto, que parecia vir da Idade da Pedra, mas ao mesmo tempo me aquecia o coração.

Eu sabia, também, que, para o meu pai, representava um grande desgaste emocional vir até a cidade grande, que tanto detestava. O ódio sulista que ele sentia por Nova York não era o ódio primitivo, estrambótico, do pai de um ex-colega meu, que vivia numa das regiões mais paludosas da Carolina do Sul. A recusa desse meu conterrâneo em visitar Nova York baseava-se numa visão apocalíptica, na qual, sentado numa lanchonete de Times Square, entregue aos seus pensamentos, descobria, instalado no banco a seu lado, um enorme, sorridente e malcheiroso negro (civilizada ou rudemente instalado, tanto dava: a proximidade bastava), o que o obrigava a agarrar numa garrafa de Ketchup Heinz e jogá-la na cabeça do atrevido. Resultado: cinco anos na prisão de Sing-Sing. Meu pai tinha conceitos menos loucos a respeito da cidade, embora quase tão intensos. Nenhuma ideia monstruosa, nenhum preconceito racial povoava a imaginação do meu velho — um cavalheiro liberal e um democrata jacksoniano. Detestava Nova York apenas pelo que chamava o seu "barbarismo", a sua falta de cortesia, a sua total ausência de maneiras. O apito estridente do guarda de trânsito, o insulto, ainda mais estridente, das buzinas, as vozes desnecessariamente altas dos cidadãos noturnos de Manhattan atacavam-lhe os nervos, acidificavam-lhe o duodeno, davam-lhe cabo da compostura e da força de vontade. Eu tinha muitas saudades dele e estava comovido pelo fato de ele ter resolvido enfrentar a longa viagem, a barulheira e as hordas humanas da metrópole só para visitar seu único filho.

Esperei, um pouco ansioso, por Sofia. De repente, meus olhos caíram em algo que me prendeu totalmente a atenção. Na terceira página do *Post* havia um artigo, acompanhado de uma fotografia nada lisonjeira, sobre um conhecido demagogo e atiçador racial do Mississippi, o Senador Gilmore Bilbo. De acordo com a reportagem, Bilbo — cuja cara e cujas declarações tinham saturado a imprensa durante os anos de guerra e subsequentes — dera entrada na Clínica Ochsner, de Nova Orleans, a fim de operar um câncer na boca. Uma das inferências a deduzir da notícia era de que Bilbo tinha muito pouco tempo de vida. Na foto, ele já parecia um cadáver. Havia, em tudo aquilo, uma grande ironia: o homem que granjeara a repulsa do público "liberal" de todo o país, inclusive do Sul, pelo seu emprego de palavras como "negrão", "crioulão", "pretalhão", contraíra câncer naquela simbólica parte da sua anatomia. O tiranete que chamara La Guardia, Prefeito de Nova York, de "carcamano" e que se dirigira a um senador judeu como "Meu caro Jacó", sofria de um carcinoma que em breve lhe calaria para sempre a língua suja — era demais e o *Post* sublinhava a ironia do destino. Após ter lido a notícia, soltei um comprido suspiro, pensando que era uma bênção vermo-nos livres do velho diabo. De todos quantos tinham contribuído para denegrir a imagem do moderno Sul, ele fora uma espécie de líder, não propriamente típico dos políticos sulistas mas, devido às suas declarações, aos olhos dos crédulos e até dos não tão crédulos uma imagem arquétipa do homem público sulista, poluindo tudo o que havia de bom, decente e até mesmo exemplar no Sul, com tão tristes resultados quanto aqueles anônimos subantropoides, que recentemente haviam linchado Bobby Weed. Pensei novamente: Já vai tarde, velho pecador.

Contudo, ao mesmo tempo em que a cerveja fazia efeito e eu ruminava o destino de Bilbo, fui tomado de uma outra emoção. Acho que poderia chamar-se pena — muito leve, talvez, mas, não obstante, pena. Que horrível maneira de morrer, pensei. Um câncer desse tipo devia ser terrível, com aquelas células monstruosas evoluindo tão perto do cérebro — horrendas ramificações microscópicas invadindo a face, o nariz, as órbitas, a mandíbula, enchendo a boca com sua fulminante virulência, até que a língua, muito aumentada, apodrecesse e ficasse paralisada. Estremeci. Contudo, não era apenas o golpe mortal sofrido pelo senador que me causava aquela estranha e vaga sensação de pena, e sim outra coisa, abstrata e remota, intangível mas que me preocupava. Sabia algo a respeito de Bilbo — isto é, algo mais do que o cidadão comum americano e, sem dúvida, mais do que os editores do *Post*. Meu conhecimento não era profundo, mas mesmo superficialmente eu sabia de facetas do caráter de Bilbo que davam contornos de carne e cheiro a suor àquela caricatura apresentada pela imprensa. O que eu sabia a respeito de Bilbo não era sequer suficiente para redimi-lo — ele continuaria sendo um sem-vergonha, até que o tumor o sufocasse ou suas excrescências lhe inundassem o cérebro — mas pelo menos permitira-me descobrir arcabouço e dimensões humanas no vilão de *papier-mâché* tipicamente sulista.

Na Faculdade — onde, fora do curso de "escrita criativa", o único curso que eu levara a sério fora o da História do Sul dos Estados Unidos — eu fizera um extenso trabalho sobre o ridículo e abortado movimento político conhecido como Populismo, dando especial atenção aos demagogos do Sul, que tanto tinham enfatizado o seu aspecto mais negativo. Lembro-me de que não se podia considerá-lo um trabalho verdadeiramente original mas, para um garoto de vinte anos, eu me esforçara muito e ganhei um belo "A", numa época em que as notas máximas eram difíceis de conseguir. Baseando-se principalmente no brilhante estudo que C. Vann Woodward fizera sobre Tom Watson, da Geórgia, e concentrando-me em outros heróis populares, como "Pitchfork Ben" Tillman, James K. Vardaman, "Cotton Ed" Smith e Huey Long, eu demonstrara como o idealismo democrático e a preocupação sincera com o homem do povo eram virtudes comuns a todos esses homens, pelo menos no início das suas carreiras, junto com uma oposição concomitante e, principalmente, oral ao capitalismo de monopólios, aos "capitães" da indústria e do comércio e ao "dinheiro alto". Partindo dessa proposição, mostrava como esses homens, basicamente honestos e até visionários, tinham sido derrotados pela sua fatal fraqueza perante a tragédia racial sulista. Porque todos eles, no fim, de uma maneira ou de outra, haviam sido forçados a explorar o medo e o ódio ancestrais do matuto branco pelo negro, a fim de enaltecer o que degenerara em reles ambição e ânsia de poder.

Embora eu não me detivesse muito em Bilbo, ficara sabendo, através de minhas pesquisas (e para minha surpresa, dada a imagem desprezível que ele projetara, na década de 40), que ele também se enquadrava nesse paradoxo. Da mesma forma que os outros, Bilbo iniciara a carreira estribado em princípios esclarecidos e chegara mesmo, tal como seus pares, a promover reformas e a contribuir de maneira positiva para o progresso social. Podia não ter sido muito — comparado com suas horríveis declarações, que teriam feito o maior reacionário da Virgínia estremecer — mas fora algo. Um dos mais odiosos defensores do detestável dogma ministrado abaixo da linha Mason-Dixon, ele me parecia também — ao contemplar-lhe a abatida figura, num amarrotado terno de linho branco, já com a marca da morte no rosto, afastando-se de uma palmeira para entrar na clínica de Nova Orleans — uma das suas principais e mais desgraçadas vítimas, e um leve sentimento de pena acompanhou o meu murmurado adeus. De repente, pensando no Sul, em Bilbo e, uma vez mais, em Bobby Weed, senti a lâmina afiada do desânimo perpassar-me. *Até quando, Senhor?* — perguntei aos sujos e imóveis lustres.

Foi então que avistei Sofia, bem no momento em que ela abria a encardida porta de vidro do bar, fazendo com que um dourado raio de luz lhe iluminasse, exatamente no ângulo certo, a encantadora linha dos malares, logo abaixo dos olhos ovais, com seu quê ensonado e misteriosamente asiático, e a larga harmonia do seu rosto, inclusive — ou, melhor, principalmente — o fino, alongado e levemente arrebitado *"schnoz* polonês", como Nathan amorosamente lhe chamava e que terminava num pequeno botão. Havia momentos em que, através de um gesto despreocupado — abrindo uma porta, escovando o cabelo, atirando migalhas de pão aos cisnes do Prospect Park (tinha algo a ver com movimento, atitude, inclinação de cabeça, jogar de braços, balançar de quadris) — ela criava uma imagem de beleza positivamente fascinante. A inclinação, o movimento e o balançar compunham um todo que era exclusivo de Sofia e, Deus é testemunha, cortava a respiração de quem a via. Digo isso no sentido literal, pois ao mesmo tempo que meus olhos ficavam presos nela, ali parada junto da porta — pestanejando na penumbra, o louro cabelo encharcado do ouro da luz poente — senti sair de mim um pequeno, mas perfeitamente audível soluço. Eu ainda estava estupidamente apaixonado por ela.

— Stingo, você está todo chique, onde é que você vai, está usando cacete, todo elegante — disse ela numa catadupa, mas logo ficou vermelha e se corrigiu com uma risada que a fez sentar ao meu lado e enterrar o rosto no meu ombro, exclamando: — *Quelle horreur!*

— Você tem andado demais com o Nathan — disse eu, rindo também. — Você queria dizer "usando colete".

Eu sabia que toda a gíria sexual que ela empregava era copiada inteiramente de Nathan. Percebera isso desde o momento em que — ao descrever alguns velhos cidadãos de Cracóvia, que tinham dado um jeito de colocar uma folha de figueira sobre uma reprodução do *Davi*, de Michelangelo — ela dissera que eles queriam "cobrir o *schlong* dele".

— Em inglês ou em iídiche, os palavrões soam muito melhor do que em polonês — disse Sofia, quando conseguiu parar de rir. — Sabe como se diz *trepar* em polonês? *Pierdolic.* Não tem a mesma força. Gosto muito mais de *trepar.*

— Eu também.

O rumo que a conversa tomara fez com que eu ficasse nervoso e um pouco excitado (Sofia também pegara de Nathan um jeito inocente com o qual eu ainda não me acostumara) e descobri um modo de mudar de assunto. Fingi indiferença, embora a presença dela ainda me inflamasse, principalmente por causa do perfume que estava usando — a mesma fragrância de ervas, provocante e nada sutil, que me exacerbara a libido naquele primeiro domingo, em que fôramos até Coney Island. Agora, o perfume parecia subir-lhe de entre os seios que, para minha grande surpresa, estavam muito à mostra, apetitosamente emoldurados pelo amplo decote da blusa de seda. Vi logo que a blusa era nova e que não combinava com o estilo de vestir de Sofia. Desde que eu a conhecera, ela sempre se trajara de modo frustrantemente conservador (excluindo as roupas apalhaçadas que vestia para combinar com as de Nathan), de maneira a não atrair os olhares para o seu corpo, principalmente para o busto. Era excessivamente pudica, mesmo numa época em que a silhueta feminina não era valorizada como agora. Eu vira-lhe o busto coberto por sedas, *cashmeres* e um maiô de *nylon*, mas nunca exposto. Minha única explicação era que deveria tratar-se de uma extensão psíquica da maneira puritana com que ela sem dúvida tinha de se tapar, no rígido ambiente católico da Cracóvia de antes da guerra, um costume que Sofia devia achar difícil abandonar. Por outro lado, talvez ela não quisesse expor os efeitos que as passadas privações tinham tido sobre o seu corpo. Às vezes, a dentadura se soltava. O pescoço ainda conservava pequeninas rugas, a parte de trás dos braços estava meio flácida.

Mas, a essa altura, os esforços de Nathan para lhe restaurar a saúde tinham começado a dar frutos ou, pelo menos, tudo indicava que Sofia estava começando a pensar assim, pois libertara os belos e levemente sardentos semiglobos até o limite que o recato permitia, e olhei para eles com satisfação. Tudo o que era preciso para ter lindos peitos, pensei, era uma boa alimentação americana. Isso fez com que eu desviasse o foco do meu devaneio erógeno das poucas oportunidades que tivera de contemplar o seu ultradesejável, harmoniosamente proporcionado pêssego de *derrière*. Mas logo descobri que ela se vestira daquela maneira *sexy* porque tinha um encontro muito especial com Nathan. Ele ia nos revelar, a Sofia e a mim, algo fantástico relacionado com seu trabalho.

— Como assim? — perguntei.

— O trabalho dele — repetiu ela. — As pesquisas. Ele me disse que ia nos dizer esta noite sobre a sua descoberta. Vai ser uma bomba.

— Que maravilha! — exclamei, sinceramente impressionado. — Você está falando dessas pesquisas sobre as quais ele guardou tanto *mistério?* Quer dizer que ele conseguiu chegar ao resultado que esperava?

— Foi o que ele disse, Stingo! — Os olhos dela brilhavam. — Vai nos contar tudo esta noite.

— Puxa, que emocionante! — disse eu, sentindo um entusiasmo sincero.

Não sabia virtualmente nada sobre o trabalho de Nathan. Embora ele me tivesse falado por alto e em grandes linhas (para mim bastante impenetráveis) sobre a natureza técnica das pesquisas (enzimas, transferência de íons, membranas permeáveis etc., além do feto daquele miserável coelho), ele nunca me explicara — nem eu, por discrição, havia perguntado — nada sobre os motivos daquele complexo e, sem dúvida, desafiador empreendimento biológico. Sabia também, através dela, que Nathan tampouco falara com Sofia sobre as pesquisas. Minha primeira conjetura — imaginativa demais até mesmo para um ignorante de coisas científicas, como eu era (já estava começando a lamentar o clima *fin de siècle* e lilás dos meus tempos de Faculdade, com sua total imersão na poesia metafísica e em Literatura Comparada, o seu completo desdém pela política e o mundo cru e sujo, a sua cotidiana homenagem à *Kenyon Review*, à Nova Crítica e ao ectoplásmico Sr. Eliot) — fora de que ele estava procurando criar vida num tubo de ensaio. Talvez Nathan estivesse fundando uma nova raça de *Homo sapiens*, melhor, mais bonita e sensível do que os pobres sofredores dos nossos dias. Cheguei a visualizar um Super-Homem embriônico, que Nathan podia estar fabricando na Pfizer, um homúnculo de dois e meio centímetros de altura e traços bem marcados, completo com capa e um "S" gravado no peito, pronto a pular para as páginas em cor da *Life* como mais um maravilhoso artefato da nossa era. Mas isso era fruto da imaginação e eu na verdade não tinha a menor ideia do trabalho de Nathan. A notícia que Sofia me dera a respeito atuou sobre mim como um choque elétrico. Quis saber mais.

— Ele me ligou esta manhã para o trabalho — explicou ela — e disse que queria almoçar comigo para me dizer uma coisa. A voz dele parecia tão excitada! Eu não fazia ideia do que podia ser. Estava telefonando do laboratório e achei estranho porque quase nunca almoçamos juntos. Trabalhamos tão longe um do outro! Além disso, Nathan diz que estamos tanto tempo juntos, que almoçar também juntos é talvez um *pouco... de trop.* Bem, mas ele ligou esta manhã e insistiu para eu almoçar com ele e nos encontramos num restaurante italiano perto de Lafayette Square, onde fomos no ano passado, quando nos conhecemos. Oh, Nathan estava excitadíssimo! Parecia até com febre. E, quando a gente estava comendo, ele começou a me contar o que tinha acontecido. Escute só, Stingo. Disse que, esta manhã, ele e a sua equipe de pesquisas chegaram ao *ponto* que estavam esperando. Disse que estavam bem à beira da descoberta final. Oh, ele nem podia comer, de tanta alegria! E você sabe, Stingo, que enquanto Nathan estava me contando essas coisas, eu lembrei que tinha sido naquela mesma mesa, há um ano, que ele pela primeira vez me falou do seu trabalho? Disse que o que ele fazia era segredo. O que era *precisamente* ele não podia dizer, nem mesmo para mim. Mas eu me lembro dele dizer que, se tivesse resultado, acabaria sendo um dos maiores progressos médicos de todos os tempos. Essas foram as suas palavras exatas, Stingo. Disse que não se tratava apenas do seu trabalho, que havia outros trabalhando, mas que ele estava muito orgulhoso da sua contribuição. E repetiu de novo: um dos maiores progressos médicos de todos os tempos! Disse que ganharia o *Prêmio Nobel!*

Fez uma pausa e vi que o rosto dela estava rosado de entusiasmo.

— Puxa, Sofia — falei — isso é maravilhoso. De que se trata? Ele não lhe deu nenhuma *dica?*

— Não, só disse que teríamos que esperar até esta noite. Não pôde me dizer qual era o segredo ao almoço, só que tinham conseguido chegar ao ponto que queriam. Existe um grande segredo nas companhias que fabricam drogas, como a Pfizer, por isso é que Nathan às vezes é tão misterioso. Mas eu compreendo.

— Não entendo como algumas horas podem fazer diferença — comentei, impaciente.

— Pois é, mas ele disse que fazia. Seja como for, Stingo, muito em breve vamos saber do que se trata. Não é incrível, não é *formidable?*

Apertou-me a mão até eu sentir as pontas dos dedos insensíveis.

Só pode ser *câncer*, pensei, durante o solilóquio de Sofia. Eu estava cheio de orgulho e felicidade, compartilhando a radiante exuberância dela. É uma cura para o *câncer*, pensei. Aquele fantástico filho-da-mãe, aquele gênio científico, que eu tinha o privilégio de ter como amigo, havia descoberto uma *cura para o câncer.* Fiz sinal para o garçom trazer mais cerveja. *Uma cura para o câncer!*

Mas, nesse momento, pareceu-me que Sofia sofrera uma mudança tão sutil quanto perturbadora. O entusiasmo, a alegria tinham-na abandonado e uma nota de preocupação — de apreensão — tomara-lhe conta da voz. Era como se ela estivesse acrescentando um *post-scriptum* desagradável e sombrio a uma carta que fora tão mais falsamente alegre pela necessidade de, no fim, dar a notícia fatal. (P.S. Quero o divórcio.)

— Saímos do restaurante — continuou ela — porque ele disse que antes de voltar para o trabalho, queria me comprar alguma coisa, para comemorar a descoberta. Algo para eu usar esta noite, quando a gente fosse comemorar juntos. Algo chique e *sexy.* Fomos até uma butique muito elegante, onde já tínhamos estado antes, e ele me comprou este conjunto de saia e blusa. Mais sapatos, chapéus e bolsas. Você gosta desta blusa?

— É sensacional — declarei, não escondendo a admiração.

— É muito... *atrevida*, eu acho. De qualquer maneira, Stingo, enquanto estávamos na loja e ele já tinha pago e estávamos para sair, vi algo estranho em Nathan. Já tinha visto antes e sempre fico um pouco assustada. De repente, ele disse que estava com dor de cabeça aqui atrás, na nuca. Ficou também muito pálido e começou a suar. Como se a excitação *era* demais para ele e dava uma reação que o fazia ficar um pouco doente. Disse que ele devia ir para casa e se deitar, não voltar para trabalhar, mas ele falou que não, precisava voltar ao laboratório, ainda havia muito o que fazer. A dor de cabeça, ele disse, era horrível. Eu queria tanto *para* ele ir para casa e descansar, mas ele disse que precisava voltar à Pfizer. Pediu três aspirinas à dona da butique e logo ficou calmo, não mais excitado como estava. Até quieto, até *mélancholique*. Se despediu de mim com um beijo e disse que se encontraria comigo esta noite aqui — com você, Stingo. *Quer* para nós três irmos até o Lundy's comemorar, com um maravilhoso jantar, por ele ir ganhar o Prêmio Nobel de 1947.

Fui obrigado a lhe dizer que não podia ir com eles, devido à coincidência da chegada do meu pai. A expectativa de notícias fabulosas era tão excitante, que não podia me conformar com não estar presente quando Nathan as comunicasse.

— Você não pode imaginar como sinto, Sofia — falei — mas tenho que ir esperar meu pai na Estação Pennsylvania. Quem sabe se, antes de eu ir, Nathan não me diz pelo menos do que se trata? Depois, daqui a uns dias, quando o meu velho tiver ido embora, podemos marcar outro jantar comemorativo.

Ela parecia não me prestar muita atenção e ouvi-a continuar a falar, numa voz aparentemente preocupada:

— Só espero que ele esteja bem. Às vezes, quando ele fica tão excitado e tão feliz, ele tem essas horríveis dores de cabeça e sua tanto, que até parece que esteve na chuva, fica todo molhado e a felicidade vai embora. Não acontece a toda a hora, mas às vezes ele fica tão *estranho!* É como se ficasse *tellement agité*, tão feliz, que parece um avião subindo e subindo até a estratosfera, onde o ar é tão fino, que ele já não pode mais voar e só pode cair e *afundar*. Oh, Stingo, espero que Nathan esteja *ok*.

— Escute, ele *vai* estar *ok* — tranquilizei-a, sem muita convicção. — Qualquer pessoa com uma história para contar como a de Nathan tem o direito de parecer um pouco estranho.

Embora eu não compartilhasse da sua apreensão, tinha de confessar a mim mesmo que as palavras dela me haviam colocado um pouco de pé atrás. Não obstante, tratei de afastá-las da cabeça. Só queria que Nathan chegasse logo, com notícias do seu triunfo e uma explicação para aquele mistério tão tantalizante.

A vitrola começou a berrar. O bar estava começando a se encher com os seus *habitués* — a maioria, homens de meia-idade, rostos fechados mesmo no verão, norte-europeus cristãos, com panças flácidas e sedes sérias, que manobravam os elevadores e consertavam as tubulações das habitações judias de dez pavimentos, cujas feias fileiras de tijolo bege se estendiam, quarteirão após quarteirão, até atrás do parque. Excetuando Sofia, poucas mulheres se aventuravam a entrar ali. Nunca vi uma única prostituta — o bairro convencional e a cansada e reles clientela afastavam sequer a ideia de tal ocupação — mas, nessa noite, havia duas freiras sorridentes, que se aproximaram de mim e de Sofia com uma espécie de cálice e um murmurado pedido de esmola, em nome das Irmãs de São José. O seu inglês era absurdamente deficiente. Pareciam italianas eram extremamente feias — sobretudo uma delas, que tinha no canto da boca uma horrível verruga, do tamanho, da forma e da cor de uma barata do Clube-Residência da Universidade, da qual saía um tufo de cabelos. Desviei os olhos, mas procurei no bolso e puxei para fora duas moedas. Sofia, porém, ao ver o cálice, disse um "Não!" tão veemente, que as freiras recuaram, espavoridas, e deram meia-volta. Olhei para Sofia, espantado.

— Que azar, duas freiras — disse ela e, passado um pouco, acrescentou: — *Odeio* freiras! Não eram horríveis?

— Pensei que você tivesse sido educada como uma doce menina católica — comentei, meio irônico.

— E fui — replicou ela — mas isso foi há muito tempo. De qualquer maneira, eu odiaria freiras mesmo se ligasse para a religião. Estúpidas *virgens!* E tão feias! — Um tremor percorreu-a e ela abanou a cabeça. — Horríveis! Oh, como detesto essa estúpida religião!

— Sabe que isso é estranho, Sofia? — falei. — Me lembro de que, faz algumas semanas, você me falou da sua infância devota, da sua fé religiosa etc. Que foi que...

Ela abanou de novo a cabeça, numa enérgica negativa, e pousou os dedos finos nas costas da minha mão.

— Por favor, Stingo, essas freiras me fazem sentir tão *pourrie* — tão pobre! Essas mulheres se abaixando...

Hesitou, aparentemente perdida.

— Acho que você quer dizer se rebaixando — corrigi.

— Isso. Se rebaixando diante de um Deus que deve ser um *monstro!* Stingo, se Ele existe, é um monstro! — Fez uma pausa. — Não quero falar sobre religião. Odeio a religião. Só é boa para *des analphabètes*; para as gentes imbecis. — Deu uma olhadela no relógio e comentou que já passava das sete. A ansiedade refletiu-se na sua voz. — Oh, espero que Nathan esteja *ok.*

— Não se preocupe, ele vai estar ótimo — repeti, num tom que procurava ser tranquilizador. — Escute, Sofia, Nathan realmente tem estado sob uma pressão tremenda, com essas pesquisas, seja qual for a sua natureza. Essa pressão só pode fazer com que ele se comporte... bem, de maneira estranha. Entende o que quero dizer? Não se preocupe com ele. Eu também teria dor de cabeça, se tivesse resultado nessa incrível realização. — Fiz uma pausa. Senti-me compelido a acrescentar: — Seja ela qual for. — Acariciei-lhe a mão. — Agora, por *favor*, fique calma. Daqui a um minuto ele estará aqui, tenho certeza.

A essa altura, fiz nova referência ao meu pai e à chegada dele a Nova York (mencionando, comovido, a sua generosa preocupação comigo e o seu apoio moral, embora sem falar no escravo Artiste e na sua participação no meu destino, duvidando que Sofia tivesse suficiente compreensão da história americana, pelo menos por ora, para poder entender as complexidades da dívida que eu tinha para com aquele jovem negro) e continuei, de modo geral, a exaltar a sorte dos rapazes que, como eu, e eram relativamente poucos, possuíam pais tão tolerantes, tão despidos de egoísmo e tão dispostos a acreditar cegamente num filho louco a ponto de querer arrancar algumas folhas da coroa de louros da arte. Eu estava ficando um pouco *alto*. Pais com tanta largueza de visão e amplitude de espírito eram *raros*. Mostrei-me sentimental, começando a sentir os lábios formigarem, da cerveja.

— Você tem sorte de ainda *ter* pai — disse Sofia, numa voz distante. — Tenho tantas saudades do meu pai!

Senti-me um pouco envergonhado — não, inadequado seria mais certo — lembrando-me de repente da história que ela me contara, algumas semanas antes, a respeito do pai, sendo arrebanhado com outros professores de Cracóvia, como se fossem porcos, das metralhadoras nazistas, dos caminhões sem ar, de Sachsenhausen, da morte por fuzilamento nos campos nevados da Alemanha. Meu *Deus*, pensei, afinal de contas, os americanos tinham sido poupados de muito, na nossa era. Claro, tínhamos feito a nossa parte como guerreiros, mas como era escassa a nossa cota de pais e filhos, comparada com o terrível martírio de todos aqueles inúmeros europeus! A nossa dose de sorte era suficiente para nos fazer engasgar.

— Foi há tanto tempo — continuou ela — que já não *sinto* como antes, mas tenho saudades dele. Era um homem tão *bom!* Isso é que faz tudo tão horrível, Stingo! Quando a gente pensa em todas as gentes más — poloneses, alemães, russos, franceses, de todas as nacionalidades — que escaparam, gente que matou judeus e ainda está viva. Na Alemanha e em lugares como a Argentina. E meu pai — esse homem bom — que teve que *morrer!* Não é o bastante para fazer a gente não acreditar em Deus? Quem pode acreditar num Deus que virou as costas para as pessoas, desse jeito?

Aquele desabafo — aquela breve ária — me surpreendera. Seus dedos tremiam ligeiramente, mas ela não demorou a se acalmar. E uma vez mais — como se tivesse se esquecido de que já me dissera, ou talvez porque a repetição lhe desse algum conforto — traçou o retrato imaginário do pai, em Lublin, muitos anos antes, salvando judeus de um *pogrom* russo, com risco da própria vida.

— Qual a palavra para *l'ironie*, na sua língua?

— Ironia — falei.

— Sim, é uma ironia que um homem como o meu pai arriscou a vida pelos judeus e morreu e os matadores de judeus viverem, tantos deles, até hoje.

— Eu não chamaria a isso ironia, Sofia, e sim a maneira como o mundo é — concluí, algo sentencioso, mas sério, sentindo necessidade de urinar.

Levantei-me e dirigi-me ao banheiro, cambaleando ligeiramente, tendo na pele um brilho de Rheingold, a bela cerveja servida no The Maple

Court. *Curtia* muito o banheiro dos homens, onde, inclinado para a frente sobre o vaso, podia pensar na vida, enquanto Guy Lombardo, Sammy Kaye, Shep Fields ou outra qualquer orquestra igualmente inócua chegava debilmente aos meus ouvidos, vinda da vitrola, do outro lado da parede. Era maravilhoso ter vinte e dois anos, estar um pouco bêbado e saber que tudo ia de vento em popa na mesa de trabalho, feliz com o ardor criativo e a "grande certeza" que Thomas Wolfe não se cansava de exaltar — a certeza de que as fontes da juventude nunca secariam e de que a terrível angústia sofrida por todo artista encontraria recompensa na fama, na glória e no amor de belas mulheres.

Enquanto urinava, feliz, olhei para os escritos de homossexuais (escritos naquela parede não pelos *habitués* do The Maple Court, e sim por fregueses passageiros, que davam um jeito de rabiscar nas paredes de qualquer lugar onde homens se aliviassem) e, deliciado, contemplei uma vez mais a manchada, mas ainda vívida caricatura na parede: fazendo jogo com o mural lá fora, era uma obra-prima de inocente lascívia dos anos 30, mostrando o Camundongo Mickey e o Pato Donald espreitando, através dos interstícios de uma treliça de jardim, a pequena Betty Boop, de coxas e pernas voluptuosas, agachando-se para fazer pipi. De repente, levei um susto, ao sentir uma presença sobrenatural, como que de um enorme abutre negro, antes de me aperceber de que as duas freiras tinham entrado no banheiro errado. Saíram voando, soltando horrorizados guinchos em italiano, e fiz votos de que tivessem visto o meu *shlong.* Teria sido a entrada das duas — duplicando a premonição de azar que Sofia tivera, alguns momentos antes — que pressagiou o que iria acontecer dali a quinze minutos, mais ou menos?

Ouvi a voz de Nathan erguer-se sobre o ritmo da banda de Shep Fields, quando me aproximava da mesa. A voz não era tão alta quanto incrivelmente dominante e atravessava a música como se fosse um serrote. Tive vontade de fugir assim que a ouvi, mas não ousei, sentindo no ar algo que me impelia na direção da voz de Sofia. Tão totalmente imerso estava Nathan na mensagem rancorosa que desejava transmitir a Sofia, tão obcecado parecia, naquele momento, que pude ficar longos minutos

à espera, junto da mesa, escutando, encabulado, Nathan atacá-la sem piedade, inteiramente alheio à minha presença.

— Já não lhe disse que a única coisa que exijo de você é *fidelidade?* —
disse ele.

— Já, mas... — ela não conseguiu terminar a frase.

— E não lhe disse que, se você voltasse a sair com esse tal de Katz,
nem que desse apenas dez passos com esse *shmatte* barato, eu lhe quebraria
os ossos?

— Foi, mas...

— E esta tarde ele trouxe você de novo para casa no carro dele! Fink
viu. Como se isso não bastasse, você levou o maldito filho-da-mãe para o
seu quarto. E ficou lá uma hora com ele. Quantas vezes ele trepou com
você, duas? Oh, eu aposto como o tal de Katz sabe fazer muita coisa com
o seu gordo pau de quiroprático!

— Nathan, por favor, me deixe explicar! — implorou ela, numa voz
que ameaçava se quebrar.

— Cale essa maldita boca! Não há nada a explicar! Você teria guardado segredo, se o meu amigo Morris não me tivesse contado que viu vocês
dois subindo juntos para o quarto.

— Eu *não* teria guardado segredo — gemeu ela. — Eu lhe teria contado *agora!* Você não me deu chance, querido!

— Cale-se!

De novo a voz não era tão alta quanto gélida e dominante, cortante e
terrível. Desejei sumir, mas fiquei como que pregado atrás dele, hesitante,
à espera. Minha euforia desaparecera e senti o sangue pulsar contra o meu
pomo-de-adão.

Sofia procurou convencê-lo.

— Nathan, querido, *escute!* A única razão de ele ter ido até o quarto foi
por causa da vitrola. A parte de trocar os discos não estava funcionando,
você sabe disso, e eu falei com ele e ele disse que talvez podia consertar,
que entendia muito de vitrolas. E *consertou*, querido. Mais nada. Vou lhe
mostrar, vamos até o meu quarto ligar a vitrola...

— Oh, eu aposto como o velho Seymour é muito entendido — atalhou Nathan. — Ele faz massagem na sua coluna enquanto está trepando

com você? Põe as suas vértebras em ordem com aquelas mãos nojentas, o charlatão...

— Nathan, *por favor!* — suplicou ela, inclinando-se para ele. O sangue parecia ter-lhe abandonado completamente o rosto, que tinha agora uma expressão de agonia.

— Oh, você é uma uva, não há dúvida — disse ele lentamente, com um sarcasmo insuportavelmente pesado.

Era evidente que tinha ido à pensão da Yetta após ter voltado do laboratório. Deduzi isso não só pela sua referência à incrível indiscrição de Morris Fink, mas pela maneira como estava vestido, com o seu mais elegante terno de linho creme e uma camisa sob medida, na qual reluziam grandes abotoaduras de ouro. Cheirava agradavelmente, a uma colônia leve. Via-se que pretendera emular a elegância de Sofia e fora a casa vestir-se. Lá chegando, porém, deparara com provas da traição de Sofia — ou com o que ele imaginava ser traição — e agora não havia dúvida de que não só a comemoração fora por água abaixo, como a noite iria terminar em desastre.

Tremendo intimamente, sustive a respiração e escutei Nathan dizer:

— Você é mesmo uma uva de polaca. Nunca devia ter deixado você se degradar, continuando a trabalhar para aqueles charlatães, aqueles médicos de araque. Já é horrível você aceitar o dinheiro que eles ganham esticando as colunas de velhos judeus ignorantes, acabados de chegar de Danzig, com dores que podem ser reumatismo ou até mesmo câncer, mas que ficam sem diagnosticar porque esses malditos parlapatões os convencem de que uma simples massagem na espinha vai lhes devolver a saúde. Não entendo como você conseguiu me fazer aceitar essa sua nojenta colaboração com uma dupla de criminosos. Mas o que não posso *tolerar* é que, nas minhas costas, você deixe um desses dois entrar em você...

Ela tentou interromper.

— Nathan!

— Cale-se! Estou farto de você e do seu comportamento de rameira!

Não falava alto, mas havia algo de selvagem na sua fúria, mais ameaçador do que se a voz fosse um rugido. Era uma raiva fina, terrível, quase burocrática, e as palavras que empregava — "comportamento de rameira" — soavam absurdamente puritanas e rabínicas.

— Pensei que você veria claro, que abandonaria essa sua atitude após aquela aventura com o *Doutor* Katz. — A ênfase em *Doutor* denotava todo o seu desprezo. — Pensei que você já tivesse ficado prevenida, depois daquilo que aconteceu no carro dele. Mas, não. Acho que você fica quente demais naquele lugar. Por isso, quando peguei você com Blackstock, não fiquei *espantado*, dada a sua estranha predileção por pênis quiropráticos — não fiquei *espantado* mas, quando me aborreci com você, pensei que teria aprendido a lição e abandonaria essa *degradante* promiscuidade. Mas que nada. Mais uma vez eu estava errado. A seiva libidinosa que ocorre de maneira tão frenética nas suas veias polonesas não lhe dá mesmo trégua e uma vez mais você resolveu cair nos braços ridículos — para não dizer *vis* e *debochados* — do Doutor Seymour Katz.

Sofia começara a soluçar baixinho dentro de um lenço que apertava entre os dedos.

— Não, querido — ouvi-a murmurar. — *Não é verdade.*

A enunciação enfática, didática, de Nathan poderia ter soado, em diferentes circunstâncias, vagamente cômica — um arremedo de si mesma — mas estava carregada de tal ameaça, de uma raiva tão grande e de uma tão tremenda convicção, que não pude deixar de estremecer e sentir aproximar-se algo terrível, que não saberia dizer o que era. Ouvi meu próprio gemido, perfeitamente audível acima da arenga, e ocorreu-me que aquele horrível ataque contra Sofia era muito semelhante ao que eu presenciara da outra vez, distinguindo-se principalmente pelo tom de voz — fortíssimo, algumas semanas antes, agora singularmente contido, mas não menos sinistro. De repente, tive consciência de que Nathan reparara em mim. Disse, com a mesma tranquila hostilidade e sem me olhar:

— Por que é que você não se senta ao lado da *première putain* da Avenida Flatbush?

Sentei-me mas não disse nada, pois minha boca estava seca e sem voz. Assim que me sentei, Nathan pôs-se de pé.

— Acho que um pouco de Chablis vai ajudar a animar a nossa comemoração.

Olhei para ele, boquiaberto, ouvindo-o falar naquele tom seco e declamatório. De repente, tive a impressão de que Nathan estava se controlando ao máximo, como se quisesse evitar que todo o seu grande arcabouço explodisse ou viesse abaixo, como uma marionete. Dei-me conta, pela primeira vez, de que rios de suor lhe escorriam face abaixo, embora o nosso canto fosse ventilado por uma brisa quase frígida. Havia também algo de estranho nos seus olhos — o que, exatamente, eu não saberia dizer. Uma espécie de excitação nervosa e febril, um intercâmbio anormal e frenético de neurônios devia estar ocorrendo debaixo de cada milímetro quadrado da sua pele. Estava tão carregado emocionalmente, que parecia ter sido eletrificado, ou entrado num campo magnético. Não obstante, procurava conter-se.

— Uma pena — disse ele, de novo num tom cheio de ironia — é realmente uma pena, meus amigos, a nossa comemoração não poder prosseguir nos termos da exaltada homenagem que programara para esta noite. Uma homenagem às horas dedicadas à perseguição de um nobre objetivo científico, que hoje, finalmente, viu a luz do triunfo. Uma homenagem a dias e anos de pesquisas devotadas, por parte de uma equipe, pesquisas essas que resultaram na vitória sobre uma das maiores maldições que afligem a humanidade sofredora. É uma pena — repetiu, após prolongada pausa, quase insuportável na carga que impunha aos segundos de silêncio. — É mesmo uma pena que nossa comemoração tenha que ser de tipo mais mundano, isto é, para celebrar o necessário término das minhas relações com a doce sereia de Cracóvia — essa inimitável, essa incomparável, essa tragicamente infiel filha do prazer, essa dádiva da Polônia aos concupiscentes quiropráticos de Flatbush — Sofia Zawistowska! Mas, esperem, vou buscar o Chablis, para podermos brindar!

Como uma criança apavorada, agarrando-se ao pai no meio da multidão, Sofia apertou-me os dedos. Vimos Nathan abrir caminho por entre os frequentadores em mangas de camisa. Virei-me para olhar para Sofia. Seu olhar estava completamente desvairado, diante da ameaça de Nathan. Nunca mais a palavra "desvairada" teve para mim outra acepção senão a do pânico refletido nos olhos dela.

— Oh, Stingo — gemeu ela — eu sabia que isto ia acontecer. Sabia que ele ia me acusar de ser infiel. Sempre acontece isso quando ele tem uma dessas estranhas *tempêtes*. Meu Deus, não posso suportar quando ele fica assim. Desta vez, sei que ele vai me deixar.

Tentei acalmá-la.

— Não se preocupe, a crise vai passar.

Mas eu próprio não acreditava nas minhas palavras.

— Oh, não, Stingo, algo terrível vai acontecer. Eu sei! Sempre é assim. Primeiro, ele fica excitado e cheio de alegria. Depois, cai lá do alto e, quando ele cai, é sempre porque eu fui infiel e ele fala que vai me deixar. — Cravou de novo os dedos na minha mão, com tanta força, que receei que suas unhas me fizessem sangrar. — E o que eu disse para ele era *verdade* — acrescentou, depressa. — A respeito de Seymour Katz. Não aconteceu nada, Stingo, nada mesmo. O Dr. Katz não significa nada para mim, eu só trabalho para ele, do mesmo modo que para o Dr. Blackstock. E é verdade o que eu disse sobre ele ter consertado a vitrola. Foi só isso que ele fez no meu quarto, consertou a vitrola, mais nada. *Eu juro!*

— Sofia, *acredito* em você — garanti, sem graça diante da veemência com que ela procurava convencer-me, a mim, que já estava convencido. — Por favor, *acalme-se*.

O que aconteceu a seguir pareceu-me totalmente sem sentido e horrível. Percebo agora até que ponto tive culpa, pela maneira desajeitada com que enfrentei a situação, pela falta de tato com que lidei com Nathan, num momento em que era necessária suprema delicadeza. Se eu tivesse sabido levá-lo, ele poderia ter descarregado toda a fúria — por mais irracional e intimidante que fosse — e, de pura exaustão, caído num estado em que seria bem mais fácil tratar com ele. Eu poderia ter conseguido controlá-lo. Mas compreendo também que, a essa altura, eu era muito inexperiente: longe de mim a ideia de que Nathan — apesar do tom maníaco da sua voz, da empolada oratória, da transpiração, da estranha expressão do seu olhar, da enorme tensão, de todo o quadro que ele apresentava, de alguém cujo sistema nervoso, até os mais diminutos gânglios, estava à beira de terrível convulsão pudesse estar perigosamente perturbado. Achei que ele estava apenas se mostrando o tipo acabado do machão. Isso, repito, devido à minha pouca idade e falta de vivência. Violentas demonstrações de perturbações nervosas não faziam parte da minha experiência — eu pouco conhecia do lado louco, gótico, da educação sulista, apenas o lado gentil e bem-comportado — encarei a explosão de Nathan como uma chocante falha de caráter, uma falta de decência, e não como produto de uma aberração da mente.

Era como naquela primeira noite, semanas atrás, no corredor de Yetta, quando ele tinha investido contra Sofia e me provocado a respeito de linchamentos, gritando "Otário" na minha cara. Eu vislumbrara um brilho, nos seus olhos, algo estranho e feroz, que me fizera sentir como se água gelada me percorresse as veias. De modo que, ali sentado, ao lado de Sofia, paralisado de embaraço, espantado com a extraordinária transformação que tomara conta daquele homem, que eu tanto admirava e amava, mas ao mesmo tempo sentindo a indignação invadir-me, pela angústia que ele estava infligindo a Sofia, resolvi que tinha de fazer algo. Nathan não insultaria mais Sofia e faria bem em tomar cuidado comigo. Essa poderia ter sido uma decisão sensata se eu estivesse lidando com um amigo querido, que simplesmente se tivesse deixado dominar pelo mau gênio, mas dificilmente (embora eu ainda não me apercebesse disso) com um homem subitamente atacado de paranoia.

— Você não notou nada de esquisito no olhar dele? — murmurei para Sofia. — Ele não terá tomado demasiadas aspirinas, ou coisa parecida?

A inocência daquela pergunta era — percebo agora — quase inconcebível, tendo em vista o que depois saberia ser a causa daquelas pupilas dilatadas, do tamanho de moedas; mas, naqueles dias, eu estava aprendendo uma quantidade de coisas novas.

Nathan voltou com a garrafa de vinho já aberta e sentou-se. O garçom trouxe copos, que colocou diante de nós. Fiquei aliviado de ver que a expressão do rosto de Nathan estava um pouco mais branda, diferente da máscara rancorosa de alguns momentos antes. Mas a tensão perdurava-lhe nos músculos da face e do pescoço e o suor continuava a brotar: formava-lhe gotículas na testa, semelhantes — observei, irrelevantemente — ao mosaico de pequenas gotas sobre a garrafa de Chablis. Foi então que vi, pela primeira vez, os grandes semicírculos de transpiração debaixo dos seus braços. Encheu-nos os copos de vinho e, embora eu evitasse olhar para Sofia, vi que a mão dela, segurando o copo, tremia. Tinha cometido o erro crasso de conservar, em cima da mesa, debaixo do meu cotovelo, o número do *Post,* dobrado na página em que vinha a fotografia de Bilbo. Vi Nathan olhar para a foto e fazer uma careta de malévola satisfação.

— Li esse artigo ainda há pouco, no metrô — disse ele, erguendo o copo. — Proponho um brinde à morte lenta e dolorosa do Boca-Suja Bilbo, senador pelo Mississippi.

Fiquei um momento calado. Não levantei o copo, como Sofia. Tinha a certeza de que ela só estava brindando por espírito de obediência. Finalmente, falei, da maneira mais casual possível:

— Nathan, quero propor um brinde ao *seu* sucesso, à *sua* grande descoberta, seja ela qual for. Ao maravilhoso trabalho a que você tem se dedicado, segundo Sofia. Parabéns! — Estendi a mão e bati-lhe de leve, afetuosamente, no braço. — Vamos parar com essa brincadeira sem graça — propus, procurando injetar uma nota conciliatória — e ficar calmos enquanto você nos diz, exatamente, que diabo é que vamos comemorar! Puxa vida, esta noite a gente só quer brindar a *você!*

Um arrepio desagradável perpassou-me, ao sentir a brusquidão com que ele afastou o braço do contato da minha mão.

— Impossível — disse Nathan, fixando os olhos em mim. — A minha sensação de triunfo foi seriamente abalada, se não totalmente destruída, pela traição de uma pessoa que eu *amava*. — Ainda sem coragem de olhar para ela, ouvi Sofia soltar um soluço rouco. — Esta noite, não vamos brindar à vitoriosa Higeia — sentenciou ele, segurando o copo bem alto, o cotovelo apoiado sobre a mesa. — Em vez disso, brindemos à dolorosa morte do Senador Bilbo.

— *Você* talvez, Nathan — retruquei. — Eu não. Não vou brindar à morte de *ninguém*, dolorosa ou não, e você tampouco devia brindar. Logo você, que deveria dar o exemplo. Por acaso você não trabalha para curar doenças? É uma brincadeira muito sem graça, essa. Acho obsceno, brindar à morte. — O súbito tom pontifício era algo que eu não conseguia reprimir. Ergui meu copo.

— À vida! — brindei. — À sua vida, à *nossa*... — Fiz um gesto incluindo Sofia. — À nossa *saúde*. À sua grande descoberta.

Apesar do tom de súplica na minha voz, Nathan permaneceu insensível e de rosto fechado, recusando-se a beber. Com um espasmo de desespero, abaixei lentamente o copo, sentindo pela primeira vez um começo de raiva subir-me da região do estômago, uma raiva lenta, dirigida, em partes iguais, contra a atitude odiosa e ditatorial de Nathan, a maneira horrível como tratava Sofia e (eu mal acreditava no meu reflexo) a terrível maldição que lançara sobre Bilbo. Vendo que ele não respondia ao brinde, pousei o copo e disse, com um suspiro:

— Bem, acabemos com isso, então.

— À morte de Bilbo — persistiu Nathan. — Para que ele grite de dor e tenha uma agonia bem lenta.

Senti o sangue pulsar atrás dos olhos e o meu coração começou a pular como louco. Foi com grande esforço que consegui controlar a voz.

— Nathan — falei. — Não faz muito tempo, lembro-me de lhe ter feito um elogio. Disse que, apesar da sua profunda animosidade para com o Sul, você pelo menos conservava um pouco de senso de humor a respeito dele, ao contrário de muita gente, ao contrário do típico liberal burraldo nova-iorquino. Mas agora estou começando a achar que estava enganado. Não gosto de Bilbo, jamais gostei mas, se você pensa que há alguma graça em brindar pela morte dele, está errado. Recuso-me a brindar à morte de *qualquer* homem.

— Quer dizer que você não brindaria à morte de Hitler? — interveio ele rapidamente, com um brilho mau no olhar. Repliquei, imediatamente:

— *Claro* que brindaria à morte de Hitler. Mas isso é uma coisa completamente diferente! Bilbo não é Hitler!

Ao mesmo tempo em que dizia isso a Nathan, via, com desespero, como estávamos duplicando a substância, se não as palavras exatas, do furioso colóquio em que nos tínhamos envolvido, naquela primeira tarde, no quarto de Sofia. Desde aquela ensurdecedora discussão, que quase descambara em briga, eu me convencera, erroneamente, de que ele abandonara a sua ideia fixa a respeito do Sul. Naquele momento, porém, havia na sua atitude o mesmo veneno e a mesma fúria que tanto me tinham assustado naquele radiante domingo, um dia que, durante tanto tempo me parecera confortavelmente remoto. Novamente eu estava assustado, agora ainda mais, pois augurava que, desta feita, a nossa briga não encontraria reconciliação em pedidos de desculpas, piadas e abraços de amizade.

— Bilbo não é Hitler, Nathan — repeti. Ouvi a minha voz tremer.

— Deixe-me lhe dizer uma coisa. Durante todo este tempo em que o conheci, embora não nos conheçamos há muito tempo eu possa ter tido uma impressão errada, você me pareceu uma das pessoas mais sofisticadas e bem informadas que já conheci...

— Não me elogie — interrompeu ele. — Com isso você não vai conseguir nada — sua voz era ríspida, ameaçadora.

— Não estou elogiando — continuei. — Só estou dizendo a verdade. Mas aonde quero chegar é ao seguinte: o seu ódio do Sul, que às vezes se confunde com ódio ou, pelo menos, antipatia por mim, é *incompreensível*, espantoso, em alguém que, como você, conhece tantas coisas e é tão inteligente e sensato. É por demais *primitivo* da sua parte, Nathan, ser assim tão *cego* quanto à natureza do mal...

Numa discussão, principalmente quando acalorada e carregada de má vontade, sempre levei a pior. Minha voz treme, fica estridente, começo a suar, um meio-sorriso me aflora ao rosto. Pior ainda, sangue-frio me foge, ao mesmo tempo em que a lógica que possuo em circunstâncias mais plácidas, me abandona como uma criança mal-agradecida. (Durante algum tempo, pensei que poderia dar um bom advogado. A carreira das leis e as salas de tribunais, nas quais, por algum tempo, eu alimentara fantasias de representar dramas, à semelhança de Clarence Darrow, perderam apenas um incompetente, quando me decidi pelo ofício das letras.)

— Você parece não ter nenhum sentido da História — prossegui, rapidamente, minha voz subindo uma oitava. — Será porque vocês, judeus, chegaram há tão pouco tempo aos Estados Unidos e, vivendo principalmente nas grandes cidades do Norte, são *cegos* e não têm o menor interesse nem qualquer compreensão da trágica concatenação de acontecimentos que produziu a loucura racial no Sul? Você leu *Faulkner*, Nathan, e mesmo assim tem essa intolerável atitude de superioridade para com o Sul e não consegue ver que Bilbo é muito menos um vilão do que um desgraçado produto de um horrível sistema? — Fiz uma pausa, tomei fôlego e afirmei: — Sinto pena da sua cegueira.

Se eu tivesse parado por aí, poderia me vangloriar de ter levado a melhor, mas, conforme já disse, o bom senso geralmente me abandona no decurso das discussões e a minha energia semi-histérica arrasou-me para regiões da mais profunda burrice.

— Além do mais — insisti — você não se dá conta do homem que Theodore Bilbo foi. — Ecos do meu trabalho universitário martelavam-me o cérebro com o ritmo de fichário dos versos brancos eruditos. — Quando governador, Bilbo levou ao Mississippi uma série de reformas importantes — falei — inclusive a criação de uma comissão de estradas e de uma corte especial para julgar indultos. Fundou o primeiro sanatório para tuberculosos. Incluiu trabalhos manuais e noções de mecânica agrícola no currículo escolar. E, finalmente, estabeleceu um programa para combater carrapatos...

Minha voz terminou num sussurro.

— Estabeleceu um programa para combater carrapatos — repetiu Nathan.

Espantado, percebi que a bem modulada voz de Nathan era um perfeito arremedo da minha: pedante, pomposa, impossível.

— Houve uma epidemia da chamada febre texana, entre as vacas do Mississippi — persisti, incontrolavelmente. — Bilbo fez com que...

— Seu imbecil — interrompeu Nathan. — Seu idiota. Febre texana! *Palhaço!* Está querendo me dizer que a glória do Terceiro Reich foi uma rede de autoestradas sem igual no mundo e que Mussolini fez com que os trens italianos não se atrasassem?

Ele tinha-me na mão — eu devia ter sabido, assim que usei a palavra "carrapatos" — e o sorriso que lhe assomara brevemente ao rosto, um sorriso sardônico e um brilho no olhar, atestadores da minha derrota, dissolveram-se quando ele pousou o copo.

— Já terminou o discurso? — perguntou, numa voz demasiado alta.

A ameaça que lhe escurecia o rosto provocou em mim uma sensação de medo. De repente, Nathan ergueu o copo e bebeu o vinho de um só gole.

— Este brinde — anunciou, num tom frio — é em honra do meu completo afastamento de vocês dois, seus pobres-diabos.

Um sentimento de perda atravessou-me o peito, ao ouvir essas palavras. Senti dentro de mim uma espécie de luto antecipado.

— *Nathan...* — disse, apaziguador, e estendi-lhe a mão, enquanto Sofia recomeçava a soluçar.

Mas ele ignorou meu gesto.

— Afastamento — disse, inclinando de leve o copo na direção de Sofia — de você, Rameira nº I do Reino dos Charlatães. — E, virando-se para mim: — E de você, Sucata do Sul.

Seus olhos estavam tão destituídos de vida quanto bolas de bilhar e o suor escorria-lhe em bicas do rosto. Eu tinha tanta consciência — em um plano — daqueles olhos e da pele do seu rosto, sob a transparência do suor, quanto — num nível puramente auditivo, mas tão sensível, que tive a impressão de que meus ouvidos iam explodir — das vozes das Andrews Sisters, berrando, na vitrola, "Don't Fence Me In".

— Agora — disse ele — talvez vocês me permitam dizer-lhes algo que pode ser de utilidade para a podridão que existe no fundo dos *dois*.

Vou passar por cima tudo, menos a pior parte da sua tirada, que não demorou mais de alguns minutos, embora parecesse demorar horas. Sofia foi a mais visada pelo ataque e, obviamente, a que mais sofreu, pois eu só tive que ouvir e vê-la padecer. Em comparação com ela, fui alvo de uma bronca relativamente leve, em primeiro lugar. Nathan disse que não sentia ódio por mim, apenas desprezo. Mesmo esse desprezo pouco tinha de pessoal, prosseguiu, pois eu não era responsável pela maneira como fora educado, ou pelo lugar onde nascera. (Disse tudo isso com um meio-sorriso trocista e uma voz suave e controlada, ressoando, aqui e ali, com o sotaque negro que empregara naquele distante domingo.) Durante muito tempo, cultivara a ideia de que eu era um bom sulista, prosseguiu, um homem emancipado, que conseguira escapar à maldição do preconceito racial peculiar àquela região. Não era tão estupidamente cego (apesar das minhas acusações) a ponto de não saber que existiam sulistas bons. Até bem recentemente, pensara que eu fosse um deles. Mas minha recusa em me juntar a ele na execração de Bilbo só vinha reafirmar o que ele descobrira sobre meu "recalcitrante" e "incorrigível" racismo, desde a noite em que lera a primeira parte do meu livro.

Meu coração encolheu-se, ao ouvir essas palavras.

— Que é que você quer *dizer?* — perguntei, numa voz que mais parecia um gemido. — Pensei que você tivesse *gostado*...

— Você tem um certo talento, à maneira tradicional do Sul. Mas faz uso de todos os velhos clichês. Não quis ferir-lhe os sentimentos, mas aquela velha negra, no início do livro, a que está à espera do trem, junto com os outros, é uma caricatura, saída do Amos'n' Andy. Parecia que eu estava lendo um romance escrito por alguém acostumado a escrever *shows* ultrapassados. Seria cômico — aquele travesti de uma negra — se não fosse tão desprezível. Acho que você vai escrever o primeiro livro cômico sulista.

Meu Deus, como eu era vulnerável! Senti-me engolfado pelo mais veloz desespero. Se outra pessoa, que não Nathan, tivesse dito isso... Mas, com aquelas palavras, ele minara totalmente a alegria e a confiança que eu tinha no meu trabalho e que o seu encorajamento implantara em mim. Era tão esmagadora, aquela brutal condenação, que senti como se a própria alma estremecesse e se desintegrasse. Procurei uma resposta que, por mais que eu procurasse, não me saía da boca.

— Você foi muito afetado por essa degenerescência — continuou ele. — É algo que não pode evitar. Não o faz, nem ao seu livro, mais atraentes, mas pelo menos é possível sentir que você é mais um receptor passivo do veneno do que um... como é que eu posso dizer?... Um disseminador disposto e convicto. Como, por exemplo, Bilbo.

Nesse ponto, sua voz se ergueu abruptamente, perdendo o sotaque negro com o qual fora tocada e substituindo-o por espinhosos ditongos poloneses, quase exatamente iguais aos de Sofia. E foi então, conforme eu disse, que a sua ânsia de castigar se transformou numa verdadeira perseguição.

— *Peut-être* após todos esses meses — disse ele, olhando bem para Sofia — você pode me explicar o mistério de por que você está aqui, você entre todas as pessoas, andando pelas ruas, encharcada em perfumaria excitante, entregue a amores sub-reptícios com não só um, mas dois — contem bem, senhoras e senhores — dois *quiropráticos*. Em resumo, embolando enquanto o sol brilha, enquanto em *Auschwitz* os fantasmas de milhões de mortos ainda buscam uma resposta. — De repente, ele deixou de lado a veia cômica. — Me explique a razão por que, oh, bela Zawistowska, *você* habita a terra dos vivos. Que truques e estratagemas não terão saído dessa encantadora cabeça para lhe permitir respirar o claro ar polonês, enquanto multidões em Auschwitz *morriam lentamente, asfixiadas por gás?* Gostaria muito de que você me respondesse a isso.

Um gemido terrível escapou dos lábios de Sofia, tão alto e atormentado, que só mesmo os estridentes gritos das Andrews Sisters evitaram que ele fosse ouvido em todo o bar. Maria, na sua angústia, aos pés da Cruz, não teria soltado um gemido mais triste. Virei-me de modo a olhar para Sofia. Jogara o rosto para baixo, tentando escondê-lo, e levara as mãos fechadas aos ouvidos. As lágrimas que lhe escorriam pelas faces iam cair na fórmica da mesa. Pareceu-me ouvi-la dizer: "Não! Não! *Menteur!* Mentira!"

— Não faz muitos meses — persistiu ele — no meio da guerra, na Polônia, várias centenas de judeus que escaparam de um dos campos de morte procuraram refúgio nos lares de poloneses distintos, como você. Essa gente fina recusou-lhes abrigo. Não só isso. Mataram praticamente todos aqueles em que puderam pôr as mãos. Já chamei a atenção de você para isso, de modo que me responda de novo: foi o mesmo antissemitismo pelo qual a Polônia conquistou renome mundial — foi um antissemitismo parecido que guiou o seu destino, que a ajudou, que, por assim dizer, a *protegeu,* permitindo-lhe ser uma dentre um punhado de pessoas que sobreviveram, enquanto *milhões morriam?* — A voz dele tornou-se dura, cortante, cruel. — *Faça o favor de explicar!*

— Não! Não! Não! — soluçou Sofia. Ouvi de novo minha própria voz.

— Nathan, *pelo amor de Deus,* deixe-a em paz!

Tinha-me levantado. Mas ele não me deu atenção.

— Que subterfúgios você usou para fazer com que a *sua* pele se salvasse, enquanto que a de outros virava fumaça? Você colaborou, trapaceou, usou o seu belo corpo...

— *Não!* — ouvi-a gemer, de maneira ainda mais atormentada. — Não! Não!

Tive uma reação inexplicável e, receio, covarde. Tendo-me posto de pé, estava a ponto (sentia esse impulso dentro de mim, como uma poderosa vibração) de inclinar-me para a frente e agarrar Nathan pelo colarinho, obrigando-o a se levantar para um confronto cara a cara, como Bogart fizera tantas vezes no meu passado e no de Bogart, entrelaçados. Não podia suportar, um segundo a mais que fosse, ver como Nathan a tratava. Mas, tendo-me levantado, tendo sido arrastado pelo impulso, transformei-me, com misteriosa velocidade, num triunfante paradigma de titica de galinha. Senti um tremor nos joelhos, a boca ressequida emitiu uma série de vocábulos sem sentido, e dei comigo correndo para o banheiro dos homens, bendito santuário e refúgio de um espetáculo de ódio e crueldade como eu nunca pensara testemunhar. Só vou ficar aqui um minuto, pensei, curvado sobre o vaso. Tenho que recuperar o autodomínio, antes de sair e enfrentar Nathan. Num estupor de sonâmbulo, agarrei a alavanca da válvula do vaso, qual adaga gelada na minha mão, dando repetidas descargas, ao mesmo tempo em que os escritos dos homossexuais — *Marvin chupa!... Disque Ulster 1-2316 para um encontro inesquecível* — me penetravam pela centésima vez no cérebro, qual mensagens hieroglíficas e dementes. Desde a morte de minha mãe que eu não chorava, e sabia que também agora não choraria, embora as marcas contra os ladrilhos, misturando-se com a poeira, indicassem que eu estava muito perto de chorar. Fiquei uns três ou quatro minutos naquela miserável, indecisa posição. Depois, resolvi sair e enfrentar de qualquer jeito a situação, apesar de não estar de posse de nenhuma estratégia e sentir um medo terrível. Mas, quando abri a porta, vi que Sofia e Nathan tinham ido embora.

Fiquei tonto de preocupação e desespero. Não tinha a menor ideia de como lidar com a presente situação, que tinha todo o aspecto de ser de briga irreconciliável. Era evidente que precisava pensar no que fazer, pensar numa forma de tentar consertar as coisas — acalmar Nathan e, ao mesmo tempo, remover Sofia do alcance da fúria dele — mas eu estava tão desnorteado, que parecia ter tomado um anestésico: sentia-me virtualmente incapaz de pensar. Decidi ficar um pouco mais no The Maple Court, esperando poder traçar um brilhante plano de ação. Sabia que, quando meu pai chegasse à Estação Pennsylvania, e não me visse, iria direto para o hotel — o McAlpin, na Broadway, à altura da Rua Trinta e Quatro. (Naquele tempo, todo mundo da nossa região e da posição social — classe média — do meu pai, ficava ou no McAlpin, ou no Taft; os poucos de maiores posses preferiam o Waldorf-Astoria.) Telefonei para o McAlpin e deixei recado, dizendo que iria ter com ele mais tarde. Depois, voltei para a mesa (mais um mau sinal, pensei, o fato de, ao saírem às pressas, Nathan ou Sofia terem derrubado a garrafa de Chablis, a qual, apesar de não se ter partido, estava caída pingando borra no chão) e fiquei duas horas inteiras meditando sobre o que fazer para reunir os cacos de nossa fragmentada amizade. Não seria coisa fácil, dadas as colossais dimensões da fúria de Nathan.

Por outro lado, lembrando-me de como, no domingo seguinte a uma "tempestade" semelhante, ele fizera tentativas de reconciliação de tal modo quentes e ansiosas a ponto de causarem embaraço, e chegara mesmo a pedir-me desculpas pelo seu comportamento, ocorreu-me que ele talvez recebesse de bom grado qualquer gesto de apaziguamento que eu pudesse fazer. Deus era testemunha do quanto isso me custaria. Cenas como aquela de que eu participara tinham sobre mim o efeito de uma surra, exauriam-me, e o que eu realmente desejava fazer era cair numa cama e dormir. Enfrentar de novo Nathan era uma ideia intimidante, carregada de ameaça em potencial. Senti-me suando como Nathan, o estômago embrulhado. A fim de criar coragem, resolvi esperar e beber quatro, cinco ou, talvez, seis copos de Rehingold. A visão de Sofia, patética e descabelada, completamente desmantelada, dava-me ânsias de vômito. Finalmente, quando a noite caiu sobre Flatbush, fui andando, com passos algo cambaleantes, pelas ruas quentes e escuras, até o Palácio Cor-de-Rosa, olhando, com um misto de esperança e apreensão, para o suave clarão, cor de vinho *rosé*, que saía por entre a persiana da janela de Sofia, sinal de que ela estava no quarto. Ouvi música. Ou ela estava ouvindo rádio, ou era a vitrola. Não sei por que fiquei, ao mesmo tempo, alegre e triste ao ouvir o belo concerto de Haydn para violoncelo, espraiando-se suavemente pela noite de verão, quando me aproximei da casa. Crianças chamavam umas às outras na beira do parque e os seus gritos, doces como o pipilar de aves, misturavam-se ao som meditativo do violoncelo e me enchiam de um profundo, doloroso e irrecapturável sentimento de saudade.

Prendi a respiração, angustiado, diante da visão que se me deparou, no segundo andar. Um tufão que tivesse varrido o Palácio Cor-de-Rosa não teria causado mais estragos. O quarto de Sofia parecia ter sido todo revirado. As gavetas da cômoda haviam sido puxadas para fora e esvaziadas, a cama tivera toda a roupa arrancada, o guarda-vestidos fora saqueado.

Jornais espalhavam-se pelo chão. As prateleiras estavam vazias de livros. Os discos tinham sumido. A não ser pelos pedaços de jornal, nada mais sobrara. Havia uma única exceção — a vitrola. Sem dúvida demasiado grande e pesada para ser carregada, permanecera sobre a mesa, e o som do concerto de Haydn, que lhe saía da garganta, causou-me um arrepio, como se estivesse ouvindo música numa sala de concertos da qual o público tivesse misteriosamente fugido. A alguns passos dali, no quarto de Nathan, o efeito era o mesmo: tudo fora levado ou, se ainda lá estava, era empacotado e embalado em caixas de papelão, que pareciam prontas para uma transferência imediata. O calor pairava, pegajoso, no corredor, um calor demasiado intenso até para uma noite de verão — acrescentando perplexidade à apreensão que me dominava — e, por um instante, pensei que algo deveria estar pegando fogo por trás das paredes cor-de-rosa, até que, de repente, avistei Morris Fink agachado a um canto, mexendo num radiador ligado ao máximo.

— Deve ter sido ligado acidentalmente — explicou ele, pondo-se de pé ao me ver aproximar. — Nathan deve tê-lo ligado por acaso, quando estava pegando na mala e nas suas coisas.

— *Tome*, diabo — rosnou para o radiador, dando-lhe um pontapé. — Talvez você assim aprenda.

O vapor que saía do aparelho cedeu, com um assobio, e Morris Fink encarou-me com seus olhos lúgubres e sem brilho. Nunca tinha notado antes que ele se parecia tanto com um roedor.

— Você precisava ter visto o pandemônio.

— Que foi que houve? — perguntei, cada vez mais apreensivo. — Cadê Sofia? Cadê Nathan?

— Foram embora, os dois. Romperam de vez.

— Que é que você quer dizer com *de vez?*

— Isso mesmo — respondeu ele. — Acabaram. De uma vez por todas. Foram embora e ainda bem. O clima nesta casa ficava doentio, com aquele maldito Nathan. Sempre brigando e gritando.

— Graças a Deus que foram embora.

Senti um desepero na voz ao perguntar:

— Mas para *onde* é que foram? Disseram-lhe para onde iam?

— Não — respondeu ele. — Não foram na mesma direção.

— Não foram na mesma direção? Você está querendo dizer... — Vi os dois voltarem pra casa faz umas duas horas, quando eu vinha chegando do cinema. Ele já estava gritando com ela feito louco. Pensei com os meus botões: "Puxa, vida, lá vem outra briga, depois de umas semanas de calma. Talvez eu tenha que salvá-la de novo desse *meshuggener*. Mas aí, quando entrei, vi que ele estava obrigando ela a fazer as malas. Estava no quarto dele, embalando as coisas dele, e ela estava no quarto dela, botando tudo para fora. Durante todo esse tempo, ele não parava de berrar para ela os piores palavrões!

— E Sofia...

— Ela não parava de chorar, os dois fazendo as malas, ele berrando e dizendo que ela era uma puta e uma rameira, e Sofia chorando que nem uma Madalena. Fiquei horrorizado. — Fez uma pausa, engoliu em seco e continuou, mais devagar: — Não percebi que estavam fazendo as malas pra ir embora de vez. Aí, ele olhou lá de cima, me viu e perguntou pela Yetta. Respondi que ela fora a Staten Island, visitar a irmã. Ele me jogou trinta dólares para pagar o aluguel, dele e de Sofia. Aí, percebi que estavam indo embora de vez.

— Quando foi que eles foram embora? — perguntei, tomado de um sentimento de perda tão doloroso como se alguém tivesse morrido. — Não deixaram nenhum endereço?

— Já lhe disse que foram *cada um para o seu lado* — falou ele, impaciente. — Quando acabaram de embalar tudo, desceram a escada. Não faz mais de vinte minutos. Nathan me deu uma grana pra ajudar a descer a bagagem e tomar conta da vitrola. Diz que vai voltar pra apanhar ela, junto com umas caixas. Quando a bagagem já tava na calçada, me mandou ir até a esquina e chamar dois táxis. Quando voltei com os táxis, ele ainda tava berrando com ela e eu disse pra mim mesmo: "Bem, pelo menos desta vez ele não bateu nela, nem nada". Mas ainda estava gritando com ela, principalmente a respeito de Owswitch. Uma coisa assim.

— A respeito do quê?

— Owswitch, foi o que ele disse. Chamou ela novamente de puta e perguntou uma porção de vezes como é que ela havia *sobrevivido a Owswitch*. Que será que ele queria dizer com isso?

— Chamou-a de... — gaguejei, quase sem poder falar. — E depois?

— Depois ele deu a ela cinquenta *mangos*, acho que foi isso, e disse ao chofer pra levar ela para um endereço qualquer em Nova York, em Manhattan. Acho que era o nome de um hotel, mas não sei dizer. Falou que estava feliz por não ter mais que olhar pra ela. Nunca vi ninguém chorar tanto como Sofia. Depois que ela foi embora, ele botou as coisas dele no outro táxi e saiu na direção oposta, subindo a Flatbush Avenue. Acho que deve ter ido pra casa do irmão, lá no Queens.

— Quer dizer que foram mesmo embora — murmurei, profundamente abalado.

— E ainda bem — replicou ele. — Aquele sujeito era um *golem!* Mas de Sofia eu tenho pena. Era uma boa garota, *sabia?*

Durante um momento, não consegui dizer nada. A suave música de Haydn, carregada de saudades, enchia o quarto abandonado com as suas doces, simétricas e melancólicas cadências, aumentando a minha sensação de vazio, de perda irreparável.

— Sim — disse eu, finalmente. — Eu sei.

— Que diabo será isso de Owswitch? — perguntou Morris Fink.

Capítulo Nove

Dos muitos que escreveram sobre os campos de concentração nazistas, poucos o fizeram como maior paixão e percepção do que o crítico George Steiner. O seu livro de ensaios, *Language and Silence*, caiu-me nas mãos no ano da sua publicação, 1967 — um ano de grande significação para mim, além do fato bastante trivial de marcar exatamente duas décadas desde aquele meu verão no Brooklyn. Meu Deus, como o tempo passara, desde que eu conhecera Sofia, Nathan e Leslie Lapidus! A tragédia doméstica que eu tanto me esforçara por trazer a lume, na pensão de Yetta Zimmerman, havia muito fora publicada (conquistando aplausos muito acima das minhas esperanças juvenis). Escrevera outras obras de ficção e algumas peças, pouco entusiásticas e não-comprometidas, do jornalismo, tão em moda nos anos sessenta. Não obstante, o meu coração ainda estava todo voltado para a arte do romance — apregoadamente moribundo, ou mesmo, livre-nos Deus, mortinho da silva — e eu tive o prazer, nesse ano de 1967, de poder refutar a sua morte (pelo menos, para minha satisfação pessoal), editando um livro que, além de preencher minhas exigências estéticas e filosóficas como romancista, teve centenas de milhares de leitores — nem todos eles, conforme vim a saber mais tarde, tão satisfeitos quanto eu. Mas essa é uma outra história e, se me derem licença, simplificarei as coisas dizendo que esse ano foi de modo geral, muito compensador para mim.

Este pequeno introito justifica-se pelo fato de — como tantas vezes acontece, após vários anos passados a trabalhar duramente numa criação difícil — eu me ter visto a braços com uma espécie de depressão, uma crise da vontade, que me fazia hesitar sobre o que fazer a seguir. Muitos escritores passam por isso, após terminar uma obra ambiciosa. É como uma pequena morte, a gente sente vontade de voltar para um útero bem úmido e se transformar num óvulo. Mas o dever chamava e, de novo, como tantas vezes antes, pensei em Sofia. Durante vinte anos, Sofia e a vida dela — a vida pregressa e o tempo que passáramos juntos — e Nathan e a vida dele, e os problemas de Sofia e todas as circunstâncias que haviam levado aquela pobre e loura polaca à destruição, tinham-me afligido a memória como um tique repetido e irradicável. A paisagem e as figuras vivas daquele verão, à semelhança de uma foto amarelada, descoberta nas páginas negras e enrugadas de um velho álbum, tinham ficado cada vez mais poeirentas e indistintas, à medida que o tempo me arrastava para a idade madura. No entanto, a agonia daquele verão ainda clamava por uma explicação. Foi assim que, nos últimos meses de 1967, comecei a pensar seriamente no triste destino de Sofia e Nathan. Sabia que, mais cedo ou mais tarde, teria que lidar com ele, como fizera, tantos anos antes, e com tanto êxito, com outra jovem que amara sem esperança — a malfadada Maria Hunt. Por várias razões, muitos anos ainda se passariam antes que eu começasse a escrever a história de Sofia como ia fazendo até aqui. Mas os preparativos que fiz nessa ocasião exigiram que eu me torturasse, absorvendo o máximo que podia encontrar de literatura relativa à *l'univers concentrationnaire*. E, ao ler George Steiner, experimentei o choque da redescoberta.

"Uma das coisas que não consigo entender, embora muitas vezes tenha escrito sobre ela, procurando dar-lhe uma perspectiva suportável", escreve Steiner, "é a relação temporal". Steiner acaba de citar descrições da morte brutal de dois judeus, no campo de extermínio de Treblinka. "Precisamente à mesma hora em que Mehring e Langner estavam sendo massacrados, a grande maioria dos seres humanos, a três quilômetros de distância, nas fazendas polonesas, ou a oito mil quilômetros dali, em Nova York, estava dormindo, ou comendo, ou assistindo a um filme, ou fazendo amor, ou tremendo ante a ideia de ter que ir ao dentista. É aí que a minha imaginação falha. Os dois planos simultâneos de experiência são tão diferentes, tão irreconciliáveis com qualquer escala comum de valores humanos, sua coexistência é um paradoxo de tal forma horrível — Treblinka simboliza ambas, porque alguns homens o construíram e quase todos os demais homens permitiram que ele existisse — que fico pensando: será que existem mesmo, como querem a ficção científica e a especulação gnóstica, diferentes espécies de tempo no mesmo mundo, "bons tempos" e camadas envolventes de tempos desumanos, em que os homens caem nas mãos lentas da danação em vida?"

Até ler essa passagem, eu pensara, bastante ingenuamente, que só eu tinha pensado nisso, que só *eu* ficara obcecado com a relação temporal — a ponto de, por exemplo, tentar, com mais ou menos sucesso, averiguar o que fizera no dia 1º de abril de 1943, o dia em que Sofia, chegando a Auschwitz, caíra nas "mãos lentas da danação em vida". Numa determinada altura do fim de 1947 — apenas alguns anos depois do início da odisseia de Sofia — fiz um esforço de memória, numa tentativa de me situar, no tempo, dia em que Sofia atravessara os portões do inferno. O dia 1º de abril de 1943 — o dia de pregar peças e sustos — tinha uma urgência mnemônica para mim e, após ter passado em revista algumas das cartas do meu pai, que corroboravam os meus movimentos, pude constatar o fato absurdo de que, na tarde em que Sofia desembarcou na plataforma da estação de Auschwitz, em Raleigh, Carolina do Norte, fazia uma bela manhã de primavera, e eu me enchera de bananas. A razão para comer tanta banana era que, dali a uma hora, eu iria me submeter a um exame médico para poder me alistar no Corpo de Fuzileiros Navais. Aos dezessete anos, já com mais de um metro e oitenta, mas pesando apenas 61 quilos, sabia que tinha de engordar uns dois quilos para satisfazer os requesitos mínimos de peso. O estômago inchado como uma dessas crianças que passam fome, nu em cima da balança, diante de um velho sargento, que olhou para a minha magreza de adolescente e exclamou "Nossa, que varapau!" (fez também uma brincadeira a respeito da data), passei no exame por uma questão de gramas.

Nesse dia, eu ainda não tinha ouvido falar em Auschwitz, ou em qualquer outro campo de concentração, nem no genocídio dos judeus europeus, nem sequer muita coisa a respeito dos nazistas. Para mim, o inimigo, naquela guerra mundial, eram os japoneses, e a minha ignorância da angústia que pairava, como um sinistro *smog* cinzento, sobre lugares com nomes como Auschwitz, Treblinka, Bergen-Belsen, era completa. Mas isso não se aplicava também à maioria dos americanos, ou mesmo à maioria dos seres humanos que viviam além do perímetro do horror nazista?

"Essa noção de planos diferentes de tempo, simultâneos, mas não análogos ou interligados", continua Steiner, "pode ser necessária para nós, que não estávamos lá, que vivíamos como se em outro planeta."

Concordo. Principalmente quando (fato geralmente esquecido) para milhões de americanos, o símbolo de tudo quanto havia de mau, durante esse tempo, não eram os nazistas, apesar de desprezados e temidos, e sim as legiões de soldados japoneses que pululavam nas selvas do Pacífico, como vesgos e raivosos macacos, e cuja ameaça ao continente norte-americano parecia muito mais perigosa, para não dizer mais repulsiva, em vista da sua raça amarela e dos seus estranhos hábitos. Mas, mesmo se uma atitude tão preconceituosa com relação a um inimigo oriental não tivesse sido real, a maioria das pessoas pouco poderia saber sobre os campos de morte nazistas, e isso torna as ruminações de Steiner ainda mais instrutivas. O elemento de ligação entre esses "diferentes planos de tempo" é, naturalmente — para nós, que não estivemos lá — alguém que *esteve* lá, o que me traz de volta a Sofia. A Sofia e, em particular, ao seu relacionamento com o *SS Obersturmbannführer* Rudolf Franz Höss.

Já aludi várias vezes à relutância de Sofia em falar de Auschwitz, do seu silêncio a respeito daquela fétida parte do seu passado. Como ela própria (conforme certa vez me confessara) tinha conseguido anestesiar a mente contra as lembranças daquele período, não admira que nem Nathan nem eu conseguíssemos saber o que acontecera com ela num plano *cotidiano* (principalmente durante os últimos meses), além do fato evidente de que ela quase morrera de desnutrição e de mais de uma doença contagiosa. Assim, o calejado leitor, acostumado ao perene festim de atrocidades do nosso século, ver-se-á aqui poupado de uma crônica detalhada das mortes, dos espancamentos, dos morticínios por gás, das torturas, das experiências médicas criminosas, das privações lentas, dos ultrajes, dos acessos de fúria e outros, à semelhança das feitas por Tadeusz Borowski, Jean-François Steiner, Olga Lengyel, Eugen Kogon, André Schwarz-Bart, Elie Wiesel e Bruno Bettelheim; para citar apenas alguns dos mais eloquentes em expurgar o elemento infernal do seu coração. Minha visão da estada de Sofia em Auschwitz é necessariamente particularizada, e talvez um pouco distorcida, embora apenas honestamente. Mesmo se ela tivesse decidido revelar a Nathan ou a mim os terríveis detalhes dos seus vinte meses de Auschwitz, eu poderia ter sido constrangido a puxar o véu, porque, conforme George Steiner observa, não é claro "que aqueles que não se envolveram inteiramente possam abordar tais agonias sem ficar marcados". Devo confessar que durante muito tempo me preocupou a sensação de ser um intruso no terreno de uma experiência tão bestial, tão inexplicável, tão indiscutivelmente exclusiva daqueles que sofreram e morreram, ou sobreviveram a ela. Uma sobrevivente, Elie Wiesel, escreveu: "Os romancistas têm feito livre uso (do Holocausto) nas suas obras... Ao fazer isso, baratearam-no, tiraram-lhe grande parte da sua substância. O Holocausto transformou-se num assunto *quente*, na moda, capaz de atrair atenção e obter um sucesso imediato..." Não sei se isso é válido, mas tenho noção desse risco.

Contudo, não posso aceitar a sugestão de Steiner de que a resposta é o silêncio, de que é melhor "não acrescentar a trivialidade do debate sociológico, da forma literária, ao inenarrável". Tampouco concordo com a ideia de que "na presença de certas realidades, a arte é trivial, ou mesmo impertinente". Acho isso um pouco hipócrita, principalmente porque Steiner não ficou calado. E apesar de quase cósmico na sua incompreensibilidade, como pode parecer, o símbolo do mal, em que Auschwitz se transformou, permanece impenetrável apenas enquanto evitarmos penetrá-lo, mesmo que inadequadamente; e o próprio Steiner acrescenta, imediatamente, que a segunda melhor opção é "procurar compreender". Pensei que seria possível fazer um esforço para compreender Auschwitz procurando compreender Sofia, a qual, no mínimo, era um poço de contradições. Embora não fosse judia, sofrera tanto quanto qualquer judeu que houvesse sobrevivido aos mesmos padecimentos e — penso que isso ficará claro — de certo modo, bem profundo, sofrera mais do que a maioria. (É extremamente difícil, para muitos judeus, ver além da já consagrada natureza da fúria genocida nazista, e por isso me parece menos um defeito do que uma falha desculpável, nas emocionantes meditações de Steiner, um judeu, que ele faça apenas uma referência *en passant* às multidões de não-judeus — aos milhares de eslavos e ciganos — tragadas pelas máquinas de morte dos campos, morrendo de maneira tão selvagem quanto os judeus, embora por vezes menos metodicamente.)

Se Sofia tivesse sido apenas uma vítima — arrastada, qual folha soprada pelo vento, um grão de poeira humano, sem vontade, como tantos e tantos dos seus semelhantes — teria parecido apenas patética, mais uma vítima fugida da tempestade, que viera parar no Brooklyn sem segredos a serem desvendados. Mas acontece que, em Auschwitz (coisa que ela foi aos poucos me confessando, naquele verão) ela fora uma vítima, sim, mas ao mesmo tempo também uma cúmplice — por mais ambíguos e desprovidos de calculismo que fossem os seus desígnios — da matança em massa, cujo nauseabundo resíduo saía, em espirais de fumaça, das chaminés de Birkenau, sempre que ela olhava por sobre os prados outonais, das janelas da mansarda da casa do seu captor, Rudolf Höss. E nisso residia uma (embora não a única) das principais causas do seu terrível sentimento de culpa — sentimento que escondia de Nathan e que, sem desconfiar da sua natureza ou da sua veracidade, ele tantas vezes e tão cruelmente inflamava. Pois ela não podia escapar à sufocante lembrança de que houvera um tempo na sua vida em que desempenhara o papel de conspiradora num crime — o papel de uma obcecada antissemita, de uma apaixonada, ávida e obstinada inimiga dos judeus.

Houve apenas dois acontecimentos importantes durante a sua estada em Auschwitz sobre os quais Sofia me falou, mas nunca mencionou nenhum deles a Nathan. Ao primeiro — o dia da sua chegada ao campo — já fiz alusão, mas ela não me falou disso senão em nossas últimas horas juntos. O segundo acontecimento, relativo ao seu breve relacionamento com Rudolf Höss nesse mesmo ano, e às circunstâncias que a levaram a ele, foi-me por ela descrito numa chuvosa tarde de agosto, no The Maple

Court. Ou, antes, numa tarde e numa noite chuvosas de agosto. Porque, embora ela me contasse o episódio com Höss, em detalhes ao mesmo tempo tão febris e cuidadosos, que adquiriram, para mim, a qualidade gráfica, cinemática, de algo que eu tivesse observado, a lembrança, a fatiga e a tensão emocionais que isso lhe causou, fizeram-na romper em lágrimas irreprimíveis e tive que recompor mais tarde o resto da história. A data do encontro no soturno sótão de Höss foi-me — da mesma forma que a sua chegada, no dia 14 de abril — muito fácil de guardar e continua sendo, pois era o aniversário de três dos meus heróis: meu pai, o outonal Thomas Wolfe e Nat Turner, o fanático demônio negro, cujo fantasma me povoara a imaginação durante toda a infância e adolescência. Foi no dia 3 de outubro e ficou para sempre guardado na memória de Sofia por ser o aniversário do seu casamento com Casimir Zawistowski, em Cracóvia.

E quais, perguntei a mim mesmo (acompanhando as especulações de George Steiner sobre a existência de uma sinistra e metafísica distorção no tempo), eram as atividades do velho Stingo, soldado-raso do Corpo de Fuzileiros Navais dos Estados Unidos, no momento em que a terrível poeira final — formando uma translúcida cortina de pó, tão espesso que, segundo as palavras de Sofia, "se podia senti-lo nos lábios, como se fosse areia" — de uns 2.300 judeus de Atenas e das ilhas gregas se seguia sobre o panorama em que ela antes fixara o olhar, obscurecendo os rebanhos de carneiros que pastavam serenamente, de tal maneira, que parecia que um tremendo *fog* se deslocara dos pântanos do Vístula? A resposta é extraordinariamente simples. Eu estava escrevendo uma carta de parabéns — a carta em si facilmente obtida, não faz muito tempo, de um pai que sempre guardou todos os meus escritos (desde que eu era muito novo), na certeza de que eu estava destinado a uma futura glória literária. Transcrevo aqui o parágrafo central, que se seguia a uma efusiva expressão de parabéns. Espanta-se, hoje em dia, a sua patetice de colegial, mas acho válido citá-la, para melhor enfatizar a terrível e gritante incongruência. Se se levar em conta a marcha da história, será possível ser caridoso. Além do mais, eu tinha apenas dezoito anos.

Destacamento dos Fuzileiros Navais, Unidade V-12 de Treinamento da Marinha dos EE.UU. Universidade Duke, Durham, Carolina do Norte

3 de outubro de 1943.

... de qualquer maneira, Papai, amanhã o time de Duke vai jogar contra o de Tennessee e a atmosfera é de pura (mas contida) histeria. Naturalmente, temos grandes esperanças e, quando você receber esta carta, estará praticamente decidido se o nosso time vai ter alguma chance no campeonato, porque, se derrotarmos o Tennessee — nosso mais forte adversário — o resto provavelmente será fácil. Não há dúvida de que o time da Geórgia parece bem forte e muita gente está apostando nele para o primeiro lugar. A propósito, você ouviu falar que o Rose Bowl pode ser disputado de novo aqui, (mesmo que não fiquemos em primeiro lugar) porque o governo é contra grandes ajuntamentos ao ar livre na Califórnia? Aparentemente, com medo de sabotagem por parte dos japoneses. Esses macacos estragaram um bocado a vida de uma porção de americanos, não é mesmo? De qualquer maneira, seria ótimo se o Rose Bowl fosse disputado aqui. Talvez você pudesse vir assistir, mesmo que a gente não fosse às finais. Acho que já lhe disse que, devido a uma coincidência alfabética (tudo obedece a ordem alfabética, nas Forças Armadas), Pete Strohmyer e Chuckie Stutz são meus colegas de alojamento. Todos aprendendo a ser oficiais dos Fuzileiros. Stutz jogou no segundo time de Auburn, no ano passado, e não preciso lhe dizer quem é Strohmyer. O nosso quarto está sempre assim de repórteres e fotógrafos, parecem camundongos. (*Aptidão precoce para a metáfora.*) Talvez você tenha visto a foto de Strohmyer no *Time* da semana passada, ilustrando um artigo em que ele era chamado de o mais notável *field runner* desde Tom Harman e, talvez, até, desde Red Grange. Ainda por cima, ele é um grande sujeito e eu não seria sincero se não confessasse que gosto de ser seu colega de quarto, principalmente porque as moças que andam em volta de Strohmyer são tão numerosas (e encantadoras), que sempre sobra alguma para o seu filho Stingo. Depois do jogo contra o Davidson, no último fim de semana, nos divertimos pra valer...

Os 2.300 judeus gregos que estavam sendo mortos e cremados ao mesmo tempo em que eu escrevia essas linhas, não se divertiam, lembrou Sofia. Tinham marcado como que um ponto de partida para um contínuo ato de extermínio em massa em Auschwitz. A matança dos judeus húngaros, no ano seguinte — pessoalmente supervisionada por Höss, que voltara ao campo após ausência de vários meses, a fim de coordenar a chacina, tão ansiosamente esperada por Eichmann, numa operação batizada de *Aktion Höss* — envolveu múltiplas matanças, muito maiores em volume. Mas esse assassinato em massa foi, na evolução do campo de Auschwitz-Birkenau, enorme, um dos maiores jamais encenados, complicado por problemas logísticos e planejamentos de espaço e disposição dos restos mortais, nunca até então considerados a um nível tão complexo. Era hábito de Höss relatar, por via aérea militar, em cartas com o carimbo de *"streng geheim"* — "segredo militar" — ao *Reichsführer SS*, Heinrich Himmler, a natureza geral, a condição física e a composição estatística das "seleções" quase diárias (em certos dias havia várias), pelas quais os judeus que chegavam de trem eram separados em duas categorias: os suficientemente saudáveis para poderem trabalhar durante algum tempo, e os imediatamente condenados a morrer. Por razões de extrema juventude, velhice, enfermidade, efeitos da viagem ou de doenças anteriores, relativamente poucos dentre os judeus que chegavam a Auschwitz, vindos de qualquer país, eram considerados aptos para o trabalho. Em certa ocasião, Höss comunicou a Eichmann que a média dos escolhidos para sobreviver durante algum tempo se situava entre vinte e cinco e trinta por cento. Mas, por algum motivo, os judeus gregos tinham menos sorte do que os naturais de outros países. Os judeus que desembarcavam de trens oriundos de Atenas, quando examinados pelos médicos das SS, encarregados de proceder à seleção, eram considerados tão fracos, que só pouco mais do que um entre cada dez era designado para ficar do lado direito da estação — o dos destinados a viver e trabalhar.

Höss estava intrigadíssimo com esse fenômeno, profundamente impressionado. Numa comunicação endereçada a Himmler, naquele dia 3 de outubro — um dia que Sofia recordava como tendo a primeira marca do outono, apesar da fumaça e do mau cheiro, que tanto prejudicavam a percepção da mudança de estações — Höss achava que o fenômeno só podia ser atribuído a uma de quatro razões plausíveis, ou talvez a uma combinação das quatro, que fazia com que os judeus gregos saíssem dos trens de gado num tal estado de deterioração, com tantos prisioneiros já mortos ou moribundos: subnutrição no ponto de origem; a extrema duração da viagem, combinada com a péssima situação das estradas de ferro iugoslavas, através das quais os deportados eram obrigados a passar; a mudança abrupta do clima seco mediterrâneo para o ar úmido nas cercanias do curso superior do Vístula (embora Höss acrescentasse, num aparte nada característico, pela sua informalidade, que até isso era estranho, já que, pelo menos no verão, Auschwitz era "mais quente do que dois infernos juntos"); e, por último, um traço de caráter, *Ratlosigkeit*, comum às pessoas dos climas meridionais e, consequentemente, de fraco estofo moral, que simplesmente fazia com que elas não resistissem ao choque de serem arrancadas do seu meio e levadas para um destino desconhecido. No aspecto desmazelado, lembravam-lhe os ciganos, que, não obstante, estavam acostumados a viajar. Ditando essas teorias lenta e deliberadamente a Sofia, numa voz seca, dura e sibilante, que ela sabia ser típica dos alemães do norte, originários da região báltica, ele só parava para acender cigarros (fumava um atrás do outro e Sofia notou que os dedos da sua mão direita, pequenos e gorduchos, para um homem tão magro, estavam tingidos de castanho) e para pensar, durante segundos, com a mão na testa. Levantou a cabeça e perguntou, educadamente, se estava falando depressa demais.

— *Nein, mein Kommandant.*

O venerável método de taquigrafia alemã (Gabelsberger), que ela aprendera, aos dezesseis anos, em Cracóvia, e tantas vezes utilizara a serviço do pai, voltara-lhe à memória com notável facilidade, após tantos anos de não-utilização. Ela própria se espantava da velocidade e proficiência com que tomava ditado e murmurou uma pequena oração de agradecimento ao pai, o qual, apesar de jazer na sepultura, em Sachsenhausen, lhe propiciara aquela possibilidade de salvação. Parte do seu pensamento estava voltado para o pai — "o Professor Bieganski" — como costumava pensar nele, tão formal e distante tinha sido o relacionamento entre eles — quando Höss, parando no meio de uma frase, deu uma tragada no cigarro, tossia um pigarro de fumante e ficou olhando para o campo outonal, o rosto anguloso, bronzeado e nada feio envolto na fumaça azul do cigarro. Naquele momento, o vento soprava para o outro lado das chaminés de Birkenau e o ar estava claro. Embora o tempo lá fora já estivesse frio, no sótão da casa do Comandante, sob o teto inclinado, estava bastante quente, graças ao calor conservado sob as traves do teto e aumentado pelo que emanava do brilhante sol do começo da tarde. Várias moscas varejeiras, aprisionadas detrás das vidraças, zumbiam suavemente em meio à quietude, ensaiavam pequenos voos pelo ar e voltavam a tentar sair, zumbindo até desistir. Havia também uma ou duas vespas preguiçosas. O sótão estava todo caiado de branco asséptico, como se fosse um laboratório: limpíssimo, com poucos móveis, austero. Höss transformara-o no seu escritório particular, numa espécie de refúgio e santuário, onde executava o seu trabalho mais pessoal, urgente e confidencial. Nem mesmo os seus adorados filhos, que corriam à vontade pelos outros três andares da casa, tinham permissão para entrar ali, naquela toca de burocrata com sensibilidade de monge.

O único mobiliário compunha-se de uma mesa simples, de pinho, de um fichário de aço, de quatro cadeiras duras, e de um divã, onde às vezes Höss se deitava, procurando alívio para as enxaquecas que frequentemente o acometiam. Havia um telefone, mas geralmente estava desligado. Em cima da mesa viam-se pilhas de papel de correspondência oficial, uma ordenada coleção de canetas e lápis, uma enorme máquina de escrever preta, com a marca Adler gravada. Durante os últimos dez dias, Sofia ficara muitas horas sentada, diariamente, batendo a correspondência, ora naquela máquina, ora em outra, menor (guardada, quando não em uso, debaixo da mesa) que tinha um teclado polonês. Às vezes, como agora, sentava-se numa das outras cadeiras e tomava ditado. Höss tinha tendência para ditar várias palavras de enxurrada e depois fazer pausas quase intermináveis — durante as quais quase se ouvia o fio do seu pensamento, o emaranhado raciocínio gótico — e, durante esses hiatos, Sofia ficava olhando para as paredes, nuas a não ser por um supremo exemplo de *kitsch* que ela já vira antes, um multicolorido Adolf Hitler de perfil heroico, vestido como um Cavaleiro do Santo Graal, numa armadura de aço inoxidável Solingen. O único adorno daquela cela monacal poderia ter sido o Sagrado Coração de Jesus. Höss ruminava, coçando o queixo proeminente. Sofia esperava. Ele tirara a túnica de oficial, desabotoara o colarinho da camisa. O silêncio, lá em cima, era etéreo, quase irreal. Só dois sons interligados se ouviam agora e, mesmo assim, muito de leve — um ruído abafado, que fazia parte do próprio ambiente de Auschwitz e era tão rítmico quanto o barulho do mar: o ofegar das locomotivas e o rolar remoto dos vagões de gado.

— *Es kann kein Zweifel sein...* — recomeçou ele, mas logo estacou abruptamente. — "Não pode haver dúvida..." Não, isso é demasiado forte. Devo dizer algo menos positivo?

O ponto de interrogação era ambíguo. Ele falava agora, como já fizera uma ou duas vezes antes, com um estranho tom inquisitivo na voz, como se desejasse saber a opinião de Sofia sem comprometer sua autoridade, perguntando diretamente. Efetivamente, tratava-se de uma pergunta endereçada a ambos. Conversando, Höss era extremamente bem-falante, mas o seu estilo epistolar, Sofia observara, embora funcional e de pessoa que conhecia a língua, descambava frequentemente em períodos desajeitados e labirínticos. Tinha o ritmo de um homem cuja cultura era essencialmente militar, um perene ajudante-de-ordens. Höss caiu numa das suas prolongadas pausas.

— *Aller Wahrscheinlichkeit nach* — sugeriu Sofia, com certa hesitação, embora não tanta quanto alguns dias antes. — Isso é muito menos positivo:

— "Muito provavelmente" — repetiu Höss. — Sim, ótima ideia. Permite ao *Rechsführer* formar a sua própria opinião sobre o assunto. Escreva isso, então, seguido de...

Sofia sentiu um quê de satisfação, quase de prazer, diante daquele comentário. Era como se uma barreira houvesse sido abaixada, embora apenas de leve, entre os dois, após tantas horas nas quais a atitude dele fora metalicamente impessoal, as frases ditadas à maneira de um homem de negócios, com a gélida indiferença de um autômato. Apenas uma vez — e isso brevemente, no dia anterior — ele deixara cair a barreira. Ela não podia ter a certeza, mas pareceu-lhe até detectar um certo calor na voz, como se ele de repente estivesse falando com *ela,* um ser humano, em vez de uma escrava, *eine shmutzige Polin,* arrancada ao formigueiro de insetos doentes e moribundos, por uma sorte incrível (ou pela graça de Deus, como ela às vezes devotamente refletia) e em virtude de ser, sem dúvida, uma das pouquíssimas prisioneiras, se não a única, que, bilíngue em polonês e alemão, sabia também escrever à máquina em ambas as línguas e taquigrafar pelo método Gabelsberger. Foi em taquigrafia que completou o penúltimo parágrafo da carta de Höss para Himmler:

"Muito provavelmente, terá de ser reestudado o problema de transporte dos judeus gregos, caso estiverem sendo efetuadas mais deportações de Atenas num futuro próximo. Estando o mecanismo da Ação Especial em Birkenau sobrecarregado além de todas as expectativas, sugiro, respeitosamente, que, no caso específico dos judeus gregos, sejam considerados outros destinos nos territórios ocupados do Leste, tais como, por exemplo, o KL Treblinka ou o KL Sobibor."

Höss fez uma pausa e acendeu um novo cigarro, com a ponta ainda acesa do outro. Estava olhando, com ar enleado, através da janela parcialmente aberta. De repente, soltou uma pequena exclamação, o suficientemente alto para que Sofia temesse haver algo de errado. Mas um rápido sorriso se espraiou pelo rosto dele e ela ouviu-o dizer: — *Aaah!* — ao mesmo tempo em que se inclinava para a frente, a fim de contemplar o campo em volta da casa.

— *Aaah!* — disse ele de novo, contendo a respiração e chamando-a: — Depressa! Venha até aqui!

Sofia levantou-se e aproximou-se dele, de tal maneira, que lhe podia sentir o contato do uniforme, acompanhando-lhe o rumo do olhar.

— Harlekin! — exclamou Höss. — Não é uma beleza?

Um esplêndido cavalo árabe, todo branco, galopava como louco no campo, todo ele músculos e velocidade, roçando a cerca do *paddock* com a cauda, que esvoaçava atrás dele como uma pluma de fumaça. Balançava a nobre cabeça com arrogância, como se totalmente possuído pela fluidez que lhe esculpia e dava movimento às patas nervosas, e pela força cheia de saúde que emanava de todo o seu ser. Sofia já o tinha visto antes, embora nunca em pleno galope poético. Era um cavalo polonês, um dos muitos aprisionados durante a guerra, e agora pertencia a Höss.

— Harlekin! — ouviu-o exclamar de novo, extasiado. — Que maravilha!

O cavalo galopava sozinho. Não se via pessoa alguma. Alguns carneiros pastavam. Para além do campo, recortando-se contra o horizonte, ficavam os bosques, começando já a tingir-se da cor de chumbo do outono da galícia. Casas de camponeses, bastante descuidadas, pontilhavam aqui e ali a orla da floresta. Embora triste e sem graça, Sofia preferia essa paisagem à que se avistava do outro lado do sótão, que dava para um pedaço do campo à beira da estrada de ferro, onde as seleções tinham lugar, e para os alojamentos, encimados pelo cartaz de ferro forjado, cujas letras, do ponto onde ela se encontrava, se liam ao contrário: ARBEIT MACHT FREI. Sofia sentiu um arrepio perpassá-la, ao mesmo tempo em que uma brisa lhe roçava o pescoço e Höss lhe tocava de leve a beira do ombro com as pontas dos dedos. Nunca a tinha tocado antes. Sofia estremeceu de novo, embora achasse que o toque era impessoal.

— Olhe só para Harlekin — murmurou ele.

O majestoso animal parecia voar em volta da cerca, levantando atrás de si um pequeno ciclone de poeira ocre.

— São os maiores cavalos do mundo, esses puros-sangues árabes-poloneses — comentou Höss. — Harlekin é um triunfo da raça. — Abruptamente, voltou ao ditado, fazendo um gesto a Sofia para que se sentasse. — Onde é que eu estava? — perguntou.

Ela leu o último parágrafo.

— Ah, sim! — disse ele. — Concluindo: "Mas, enquanto não recebermos mais informações, esperamos que a decisão deste comando, de empregar a maior parte dos judeus gregos aptos a trabalhar no Destacamento Especial, em Birkenau, seja aprovada. Colocar esses elementos debilitados nas proximidades da Ação Especial parece o mais indicado pelas circunstâncias. Fechar parágrafo. *Heil Hitler!* Assine como de costume e bata imediatamente."

Apressando-se a obedecer, sentando-se à máquina e colocando no carro uma folha original e cinco cópias, Sofia manteve a cabeça inclinada para o que estava fazendo, sabendo que, na mesa à sua frente, ele pegara imediatamente num manual oficial e começara a ler. Com o canto do olho, viu que o livro não era um manual verde, das SS, e sim um manual azul, do Exército, com um título que quase lhe cobria toda a capa: *Métodos Modernos de Medir e Prognosticar o Escoamento dos Tanques Sépticos em Condições Desfavoráveis de Solo e Clima*. Como Höss aproveitava o tempo!, pensou ela. Um ou dois segundos no máximo tinham decorrido entre as suas últimas palavras e o ato de agarrar o manual, em cuja leitura estava agora totalmente imerso. Sofia ainda sentia a pressão dos dedos dele no seu ombro. Abaixou os olhos, batendo a carta à máquina, nem por um momento perturbada pelas informações que sabia estarem implícitas nas circunlocuções finais de Höss: "Ação Especial", "Destacamento Especial". Poucos internos ignoravam a realidade por trás daqueles eufemismos ou, tendo acesso aos comunicados de Höss, não seriam capazes de traduzir livremente: "Estando os judeus gregos tão enfraquecidos e à beira da morte, esperamos ter agido bem destinando-os à unidade de serviço nos crematórios, onde mexerão com os cadáveres, extraindo-lhes os dentes de ouro e jogando os corpos nos fornos, até que, completamente exaustos, também eles estejam prontos para as câmaras de gás". Pela mente de Sofia passou essa adaptação da carta de Höss, enquanto batia à máquina as palavras, articulando um conceito que, seis meses antes, quando da sua chegada ao campo, lhe teria parecido monstruoso e inacreditável, mas que agora era apenas um lugar-comum do novo universo que ela habitava, não mais estranho do que (no outro mundo que conhecera) ir à padaria comprar pão.

Terminou a carta sem um erro, acrescentando um ponto de exclamação à saudação ao Führer com tão vigorosa precisão, que a máquina emitiu um leve eco. Höss levantou os olhos do manual, pediu, com gesto, a carta e uma caneta, que Sofia se apressou a lhe dar. Ficou de pé, enquanto Höss escrevia um *post-scriptum* de tom mais íntimo numa tira de papel, que ela prendera à folha original, murmurando alto as palavras, conforme era seu hábito:

— "Caro Heini: Sinto muito não poder me encontrar com você amanhã em Posen, para onde esta carta está sendo enviada por correio aéreo. Boa sorte no seu discurso aos "Veteranos" SS. — Rudi." — Devolveu-lhe a carta, dizendo: — Tem que sair logo, mas faça primeiro a carta para o padre.

Sofia voltou a sentar-se, substituindo com esforço a máquina alemã pela de teclado polonês. Fabricada na Tchecoslováquia, era muito menos pesada do que a alemã e de modelo mais recente. Era também mais veloz e mais macia ao toque. Começou a bater a carta, traduzindo ao mesmo tempo as anotações em taquigrafia que Höss lhe ditara na tarde anterior. Relacionava-se com um pequeno, mas embaraçoso problema, que afetava as relações da comunidade. Lembrava também *Os Miseráveis*, de que ela se lembrava tão bem! Höss recebera uma carta do pároco de uma aldeia próxima — mas situada além do perímetro da área imediatamente vizinha, que fora desocupada de todos os habitantes poloneses. A queixa do pároco era que um pequeno grupo de guardas do campo, embriagados (desconhecia-se o número exato), penetrara na igreja durante a noite, roubando do altar um par de preciosos candelabros de prata — insubstituíveis, pequenas obras de arte trabalhadas à mão e datadas do século XVII. Sofia traduzira em voz alta, para Höss, a carta do padre, escrita num polonês torturado e cheio de farpas, consciente da ousadia, até mesmo da impertinência, da carta: uma ou outra, ou simples estupidez, haviam feito com que um insignificante pároco de aldeia escrevesse uma carta daquelas ao Comandante de Auschwitz. Não obstante, havia uma certa manha, o tom da carta quase raiava o servilismo ("roubar o precioso tempo do ilustre Comandante"), quando não era excessivamente delicado ("e compreendemos que o consumo excessivo de álcool possa ter provocado tal ação, sem dúvida não pré-concebida"), mas o fato era que o pobre pároco escrevera num estado de aflição, como se ele e o seu rebanho tivessem sido espoliados da sua mais valiosa propriedade, o que decerto acontecera. Lendo a carta em voz alta, Sofia enfatizara o tom obsequioso, que diminuía um pouco o desespero do padre e, ao terminar, Höss soltara uma exclamação de aborrecimento.

— Candelabros! — dissera. — Por que cargas d'água hei de ter problemas com candelabros?

Ela levantara os olhos a tempo de ver a sombra de um sorriso sardônico nos lábios dele e percebera — pela primeira vez, após tantas horas na sua presença impessoal, em que qualquer pergunta que ele lhe fizesse fora estritamente relacionada com a taquigrafia e a tradução — que a pergunta dele, retórica e meio irônica, fora, pelo menos em parte, dirigida a ela. Ficara tão espantada, que deixara cair o lápis. Sentira a boca entreabrir-se, mas não dissera nada e não conseguira reunir coragem suficiente para devolver-lhe o sorriso.

— A igreja — disse ele. — Temos de fazer um esforço para não contrariar a igreja local, mesmo em se tratando de uma aldeia. É uma questão de política.

Sofia não respondeu. Abaixou-se e apanhou o lápis do chão. Depois, dirigindo-se abertamente a ela, Höss perguntou:

— *Você* naturalmente é católica, não?

Sofia não sentiu nenhum sarcasmo no tom dele, mas durante algum tempo não conseguiu responder. Quando, por fim, o fez, afirmativamente espantou-se ao ouvir a própria voz acrescentar, num tom absolutamente espontâneo:

— E o *senhor*?

O sangue subiu-lhe às faces, ao compreender a extrema idiotice das suas palavras.

Mas, para sua surpresa e seu alívio, ele não mudou de expressão ao responder, numa voz calma e impassível:

— Já fui católico, mas agora sou um Gottgläbiger. Acredito na existência de um ser divino, em algum lugar. Antes, eu tinha fé em Cristo. — Fez uma pausa. — Mas rompi com o cristianismo.

Isso foi tudo. Falara de maneira tão indiferente como se estivesse contando como pusera de lado uma roupa usada. Mudando de assunto, passara novamente a tratar de trabalho, dizendo-lhe para escrever um memorando ao *SS Sturmbannführer* Fritz Hartjenstein, oficial-comandante da guarnição das SS, no sentido de ser feita uma busca aos candelabros nos alojamentos dos soldados e enviados todos os esforços para descobrir os culpados e colocá-los à disposição do chefe de disciplina do campo. O memorando seria batido em cinco vias, com uma cópia para o *SS Oberscharführer* Kurt Knittel, chefe do Setor VI (*Kulturabtelung*) e supervisor do treinamento político da guarnição, e outra para o *SS Sturmbannführer* Konrad Morgen, chefe do comitê especial das SS, encarregado de investigar atos de corrupção nos campos de concentração.

Voltou, então, a sua atenção para a aflição do pároco, ditando uma carta em alemão, que ordenara a Sofia traduzir para a língua do padre, e que agora, no dia seguinte, ela estava transcrevendo à máquina, satisfeita por poder converter a emaranhada prosa alemã de Höss em delicados rendilhados de dourado polonês. "Caro Padre Chybinski, estamos chocados com a notícia de vandalismo na sua igreja. Nada nos repugna mais do que a ideia de falta de respeito para com símbolos sagrados e faremos tudo o que estiver ao nosso alcance para que lhe sejam devolvidos os seus preciosos candelabros. Embora os soldados desta guarnição tenham sido inculcados com os mais altos princípios de disciplina exigidos de todos os homens das tropas SS — e de todos os alemães servindo em territórios ocupados — é inevitável acontecerem lapsos e esperamos sinceramente poder contar com a sua compreensão..." A máquina de Sofia tiquetaqueava na quietude do sótão, enquanto Höss se debruçava sobre os seus mapas e organogramas, as moscas zumbiam e o movimento dos vagões, ao longe, fazia um barulho incessante, semelhante a uma trovoada de verão.

Quando estava terminando (com o rotineiro *Heil Hitler!*) o coração dela deu mais uma vez um pulo, pois Höss dissera algo e, ao levantar os olhos, Sofia viu que ele a fitava. Embora o ruído da máquina não a tivesse deixado ouvir bem, tinha quase certeza de que ele dissera:

— Que lindo lenço!

Com dedos esvoaçantes, Sofia ergueu mecanicamente a mão — embora num gesto coquete — a fim de tocar o lenço que lhe cobria o alto da cabeça. De pano barato, quadriculado de verde e feito no campo, o lenço escondia-lhe o crânio e os ridículos tufos de cabelo, crescendo após terem sido tosquiados exatamente seis meses antes. Representava, também, um raro privilégio. Só às presas que tinham a sorte de trabalhar na casa de Höss era permitido disfarçar daquela maneira a degradante calvície que, num grau mais ou menos avançado, todos os internos, homens e mulheres, ostentavam, naquele mundo hermeticamente fechado por cercas eletrificadas. O pequeno grau de dignidade que o seu uso conferia a Sofia era uma das coisas pelas quais ela sentia verdadeira gratidão.

— *Danke, mein Kommandant!* — disse Sofia, numa voz hesitante.

A ideia de conversar com Höss, em qualquer plano acima ou diferente do de uma secretária em regime de *part-time*, a enchia de apreensão, de um nervosismo quase intestinal. E esse nervosismo era aumentado pelo fato de que conversar com Höss era algo que ela desejava intensamente. Sentiu o estômago regurgitar de medo — não do Comandante, mas de que os nervos lhe falhassem, que lhe faltasse o jeito, o poder de improvisação, a sutileza de maneiras, o dom histriônico, a capacidade de *convicção* pela qual ela desesperadamente ansiava reduzi-lo a uma posição vulnerável e, quem sabe, levá-lo a satisfazer as modestas exigências da sua vontade.

— *Danke schön!* — disse, alto demais, pensando: Fique calada, sua estúpida, ou o que é que ele vai pensar de você?

Expressou sua gratidão numa voz mais suave e, num gesto calculado, moveu os longos cílios e voltou os olhos modestamente para baixo.

— Foi Lotte quem me deu o lenço — explicou. — *Frau* Höss deu-lhe dois e ela se lembrou de me dar este, para eu cobrir a cabeça. — Acalme-se, pensou. Não fale demais, por enquanto.

Ele estava passando em revista a carta para o padre, embora tivesse confessado não saber uma só palavra de polonês. Sofia ouviu-o dizer:

—... *diese unerträgliche Sprache* — num tom divertido, torcendo os lábios de modo a tentar pronunciar algumas das palavras mais difíceis daquela "língua impossível". Mas logo desistiu e se pôs de pé. — Muito bem — disse. — Espero termos tranquilizado o coitado do padreco.

Levou a carta até a porta do sótão, que abriu e, desaparecendo momentaneamente da vista de Sofia, gritou para o andar de baixo, onde o ordenança, *Untersturmführer* Scheffler, estava sempre à espera dessas ordens peremptoriamente berradas. Sofia escutou a voz de Höss, abafada pelas paredes, mandando Scheffler entregar imediatamente a carta, em mãos, na igreja. A voz de Scheffler respondeu, em tom de deferência, mas mal dando para distinguir as palavras:

— Vou subir já, Comandante!

— Não, eu desço e lhe entrego a carta — Sofia ouviu Höss retrucar, impaciente.

Havia um mal-entendido qualquer, que o Comandante procurava retificar, resmungando, enquanto descia os poucos degraus que levavam ao andar de baixo, batendo com os tacões das botas de montaria, a fim de conferenciar com o ordenança, um jovem e robusto tenente de Ulm, que ele estava domando. As vozes deles vinham lá debaixo, num colóquio opaco, monótono. Foi então que, através ou acima das palavras, por brevíssimo instante, Sofia ouviu algo que — insignificante em si mesmo e apesar de passageiro — mais tarde permaneceria como uma das mais indeléveis sensações que ela conservava das inúmeras lembranças fragmentadas daquele tempo e daquele lugar. Assim que ouviu a música, soube que ela provinha da maciça eletrola que dominava o salão sobrecarregado de móveis, sofás e poltronas cor de damasco, situado quatro andares abaixo. A vitrola quase não parara de tocar, durante as horas do dia daquela semana e meia que ela passara na casa de Höss — pelo menos sempre que ela estivera no raio de alcance do alto-falante, no úmido canto do porão, onde dormia sobre uma enxerga de palha, ou ali em cima, no sótão, quando a porta, intermitentemente aberta, permitia que o som subisse até as traves do teto.

Sofia quase nunca prestava atenção à música, fazia o possível por não ouvi-la, pois nunca passava de barulhentas marchas alemãs, canções cômicas tirolesas, *yodelers*, coros de *glockenspiels* e acordeons, tudo misturado com melosos acordes de *Trauer* e lacrimosas melodias originais dos cafés e cabarés de Berlim, coisas como *Nur nicht aus Liebe weinen*, gorjeado pela cantora predileta de Hitler, Zarah Leander, e tocada vezes sem conta, com monótona e impiedosa obsessão, pela castelã — Hedwig, a estridente e enfeitada mulher de Höss. Sofia cobiçara a vitrola até senti-la como uma ferida no peito, deitando-lhe olhares furtivos quando passava pelo salão, sempre que precisava ir dos seus alojamentos, no porão, para o sótão. A sala era uma réplica de uma ilustração que ela certa vez encontrara numa edição polonesa de *The Old Curiosity Shop*, carregada de antiguidades francesas, italianas, russas e polonesas, de todos os períodos e estilos. Parecia obra de algum enlouquecido decorador, que tivesse distribuído, sobre o reluzente soalho, os sofás, poltronas, cadeiras, escrivaninhas, *chaises-longes* e *poufs* de um palácio em embrião — jogando num único cômodo, embora grande e largo, a mobília destinada a uma dezena de salas. Não obstante, mesmo no meio daquela confusão, a vitrola se destacava, também ela em estilo pseudo-antigo, toda em opulenta cerejeira. Era a primeira vez que Sofia via um toca-discos eletricamente amplificado — os que conhecera haviam sido pequenos aparelhos de manivela — e sentia-se tomada de desespero pelo fato de uma tal maravilha de máquina só transmitir *Dreck*. Uma olhada mais de perto mostrara-lhe que se tratava de uma Stromberg Carlson, que ela presumira ser sueca, até que Bronek — um prisioneiro polonês, de aparência simplória, mas muito arguto, que trabalhava como pau-pra-toda-a-obra na casa do Comandante e era o maior transmissor de fofocas e informações — lhe dissera tratar-se de uma vitrola americana, tirada da casa de algum ricaço ou de uma embaixada estrangeira no Ocidente, e transportada para ali, em meio às toneladas de objetos roubados de todos os cantos da Europa. Rodeando a vitrola, viam-se quantidades de álbuns de discos em vitrines envidraçadas. Sobre o aparelho empoleirava-se uma gorda boneca bávara, de celuloide rosa, soprando um saxofone dourado. Euterpe, a Musa da música, pensara Sofia, continuando a andar...

> *Die Himmel erzählen die Ehre Gotten,*
> *und seiner Hände Werk*
> *zeigt an das Firmament!*

O coro etéreo, elevando-se através da abafada conversa entre Höss e seu ordenança, no andar inferior, causou-lhe uma exaltação tão surpreendente, que Sofia se ergueu do seu lugar à máquina de escrever, como se numa homenagem, tremendo levemente. Que teria acontecido? Que imbecil ou engraçadinho teria colocado aquele disco na vitrola? Ou teria sido a própria Hedwig Höss, num súbito ataque de loucura? Sofia não sabia, mas isso não importava (ocorreu-lhe, mais tarde, que devia ter sido a segunda filha dos Höss, Emmi, uma lourinha de onze anos, com um rosto perfeitamente redondo e sardento, mexendo, entediada, em músicas ao mesmo tempo novas e estranhas). Mas isso não vinha ao caso. A extática hosana perpassou-lhe a pele como se fossem mãos divinas, provocando-lhe arrepios. Durante longos segundos, o *fog* e a noite da sua existência, através dos quais cambaleara como uma sonâmbula, se evaporaram como se derretidos por um sol ardente. Aproximou-se da janela.

Na vidraça entreaberta, viu o reflexo do seu rosto, pálido sob o lenço quadriculado. Logo abaixo, as listras azuis e brancas da sua grosseira bata de prisioneira. Pestanejando, chorando, olhando através da própria e diáfana imagem, avistou de novo o mágico cavalo branco, agora pastando, o prado, os carneiros, mais além e, ainda mais longe, como se nos confins do mundo, os cinzentos bosques outonais, transmutados, pela incandescência da música, num friso de majestosa folhagem, implausivelmente bela, cheia de graça imanente. "Pai Nosso..." — começou ela, em alemão. Carregada pela música, fechou os olhos, enquanto o trio de arcanjos entoava o seu misterioso louvor à Terra em movimento:

> *Dem kommenden Tage sagt es der Tag.*
> *Die Nacht, die verschwand*
> *der folgenden Nacht...*

— De repente, a música parou — contou-me Sofia. — Não, não exatamente aí, mas logo depois. Parou no meio do último trecho. Você conhece-o, talvez? Diz que "Em todas as terras ressoa a Verbo...". A música parou de repente e eu senti um vazio completo. Não terminei o Padre-Nosso, a oração que tinha começado. Não sei mais, acho que talvez foi nesse momento que comecei a perder a fé. Mas a verdade é que não sei mais *quando* Deus me abandonou. Ou eu O abandonei. De qualquer maneira, senti um vazio, como se descobrisse uma coisa preciosa num sonho onde tudo é real — alguma coisa ou *alguém* incrivelmente precioso — para depois acordar e ver que a pessoa desapareceu. Para sempre! Aconteceu tantas vezes na minha vida, acordar com esse sentimento de perda! E, quando aquela música parou, foi a mesma sensação e, de repente, eu soube — tive o pressentimento — que nunca mais ouviria aquela música. A porta ainda estava aberta e ouvi Höss e Scheffler falando no andar inferior. E, lá embaixo, Emmi — tenho a certeza de que foi ela — pôs, adivinhe, o quê na vitrola? *A Polca do Barril de Cerveja.* Senti tanta raiva, que era capaz de matá-la, aquela garota gorducha, com um rosto de lua-cheia, feito de margarina. Estava tocando *A Polca do Barril de Cerveja* tão alto, que dava para ouvir no jardim, nos alojamentos, até em Varsóvia. Cantada em inglês, aquela música horrível.

"Mas eu sabia que tinha que me controlar, esquecer a música, pensar em outras coisas. Precisava usar toda a *inteligência* de que dispunha, para poder conseguir o que eu queria de Höss. Sabia que ele detestava os poloneses, mas isso não tinha importância. Eu já tinha feito essa — *comment dit-on, fêlure...* fenda! — essa fenda na máscara e agora precisava andar depressa porque o tempo era essencial. Bronek, o preso que trabalhava na casa de Höss, tinha contado para nós, mulheres, no porão, que corria o boato de que Höss ia em breve ser transferido para Berlim. Eu tinha que andar depressa, se *queria* — é, vou dizer logo, se queria *seduzir* Höss, mesmo ficando com vontade de vomitar só de pensar, esperando poder seduzir ele com a mente em vez de com o meu corpo. Esperando não precisar usar o meu corpo e poder provar pra ele, Stingo, que Zofia Maria Bieganska Zawistowska, muito bem, podia ser *eine schmutzige Polin, tierisch*, um animal, uma escrava, *Dreckpolack* etc., mas continuava sendo tão Nacional Socialista quanto Höss e deveria ser solta daquela cruel e injusta prisão. *Voilà!*"

"Finalmente, Höss subiu de novo a escada, ouvi as botas dele nos degraus e A *Polca do Barril de Cerveja*. Tomei a decisão de parecer atraente para ele, ali de pé, junto da janela. *Sexy*, entende? Desculpe, Stingo, mas você sabe o que eu quero dizer — parecendo como se quisesse trepar, como se quisesse que ele me pedisse para trepar. Mas, oh, os meus olhos! Meu Deus, os meus olhos! Estavam todos vermelhos, de chorar, e eu ainda estava chorando e tinha medo de isso estragar o meu plano. Mas consegui parar e limpar os olhos com as costas da mão. E olhei de novo para ver a beleza dos bosques. Mas o vento tinha feito mudar tudo e vi a fumaça dos fornos de Birkenau descer sobre os campos e os bosques. Aí, Höss entrou.

Feliz Sofia. É difícil acreditar mas, a essa altura da sua estada no campo, seis meses depois da chegada, ela não só estava gozando de bastante boa saúde, como lhe tinham sido poupados os piores efeitos da fome. Sempre que recordava esse período (e raramente o fazia com grandes detalhes, de modo que eu nunca tive dela a sensação de estar vivendo no inferno, obtida através de narrativas escritas, mas evidentemente ela vira o inferno, sentira-o, respirara-o). Dava a entender que era razoavelmente bem alimentada, pelo menos em comparação com a fome que os prisioneiros comuns suportavam diariamente. Durante os dez dias que passara no porão de Höss, por exemplo, comia restos da cozinha e sobras da mesa de Höss, quase sempre vegetais e pelancas de carne — pelos quais se sentia grata. Estava conseguindo viver um pouco acima do nível de sobrevivência, mas isso graças apenas à sua sorte. Em todos os mundos escravos sempre se estabelece uma hierarquia, uma ordem de importância, níveis de influência e privilégio. Graças à sua boa sorte, Sofia não demorou a ser incluída numa pequena elite.

Essa elite, composta de apenas algumas centenas entre os milhares de prisioneiros que povoavam Auschwitz a qualquer momento, eram aqueles que, mediante manobras ou, por obra da sorte, tinham começado a ocupar alguma função que as SS consideravam indispensável ou, pelo menos, de importância vital. ("Indispensável", aplicado no sentido estrito, aos prisioneiros de Auschwitz, seria um *non sequitur.*) Tais deveres prometiam uma sobrevivência temporária ou mesmo prolongada, se comparados com os papéis desempenhados pela grande maioria dos internos, os quais, devido à sua condição supérflua e substituível, tinham apenas um fim: trabalhar até o ponto de exaustão e depois morrer. Como qualquer grupo de artesãos bem dotados, a elite à qual Sofia pertencia (e que incluía grandes alfaiates da França e da Bélgica, encarregados de fazer belas roupas com os tecidos arrancados, na estação, aos judeus condenados, sapateiros e fabricantes de artefatos de couro da melhor qualidade, jardineiros experientes, técnicos e engenheiros possuidores de determinadas especializações, e um punhado, que como Sofia, combinava o conhecimento de línguas e a prática de secretariado) fora poupada ao extermínio pela razão pragmática de que os seus talentos eram tão preciosos quanto poderiam ser, para um campo de concentração. Por isso, até que uma cruel reviravolta do destino os derrubasse — uma ameaça provável e diária — os que pertenciam à elite, pelo menos não sofriam o rápido mergulho na desintegração que era o fado de quase todos os demais.

Talvez se entenda melhor o que houve entre Sofia e Rudolf Höss se procurarmos, por um momento, examinar a natureza e o funcionamento de Auschwitz em geral, mas principalmente durante os seis meses seguintes à chegada de Sofia, em abril de 1943. Sublinho a data, porque ela é importante. Muita coisa pode ser explicada, quanto à metamorfose por que o campo passou, em decorrência de uma ordem (inquestionavelmente oriunda do Füher), transmitida a Höss através de Himmler, durante a primeira semana de abril de 1943. A ordem foi uma das mais importantes e abrangentes promulgadas desde que a "solução final" germinara nos cérebros fecundos dos taumaturgos nazistas: os recém-construídos crematórios e câmaras de gás de Birkenau seriam utilizados *apenas* para o extermínio de judeus. Esse edito revogava todas as ordens precedentes, que permitiam a morte, nas câmaras de gás, de não-judeus (principalmente poloneses, russos e outros eslavos), na mesma base "seletiva" de saúde e idade empregada para os judeus. Havia uma necessidade tecnológica e logística nas novas diretivas, derivando não de qualquer preocupação que os alemães pudessem ter em preservar os eslavos e outros "arianos" não-judeus, e sim de uma crescente obsessão — que começara com Hitler e assumia agora proporções de autêntica mania nas mentes de Himmler, Eichmann e seus colegas do comando das SS — apressar finalmente a matança dos judeus, até não sobrar nem um sequer na Europa. A nova ordem era, com efeito, um sinal verde para uma operação de limpeza: as câmaras e os crematórios de Birkenau, apesar de enormes, apresentavam certas limitações tanto de espaço quanto do ponto de vista térmico. Com sua absoluta e inconteste prioridade nas listas de *der Massenmord*, os judeus ficavam com uma súbita e acostumada exclusividade. Com raras exceções (os ciganos eram uma delas), Birkenau era agora unicamente deles. Só pensar no número de judeus "fazia os meus dentes doerem à noite", escreveu Höss, querendo dizer que trincava os dentes e que, apesar da sua falta de imaginação, era capaz de usar uma frase descritiva.

Auschwitz revela-se, assim, na sua dupla função: como uma central de assassínio em massa e como um vasto campo, dedicado à prática da escravatura. Mas de uma nova forma de escravatura — com seres humanos sendo constantemente substituídos e liquidados. Essa dualidade passa muitas vezes despercebida. "A maior parte da literatura sobre os campos de concentração tende a sublinhar apenas o seu papel como lugares de extermínio", escreveu Richard I. Rubenstein, no seu magistral livrinho *The Cunning of History*. "Lamentavelmente, poucos teóricos éticos ou pensadores religiosos prestaram atenção ao fato político, altamente significativo, de que os campos eram, na realidade, uma nova forma de sociedade." O seu livro — obra de um professor americano de religião — é pequeno em volume, mas vasto e profundo nas suas dimensões finais (o subtítulo, *"Assassinato em Massa e o Futuro da América"* dá bem uma ideia da sua ambiciosa — e aterrada — tentativa de profetizar e de fazer uma síntese histórica) e não há espaço, aqui, para fazer justiça à sua força e à sua complexidade, ou às ressonâncias morais e religiosas que consegue despertar. Trata-se, sem dúvida, de um dos livros essenciais sobre a era nazista, uma necrópsia terrivelmente acurada e uma urgente consideração do nosso incerto amanhã. Essa nova forma de sociedade desenvolvida pelos nazistas, e sobre a qual Rubenstein escreve (ampliando a tese de Arendt) é uma "sociedade de domínio total", evoluindo diretamente da instituição da escravatura, conforme era praticada pelas grandes nações do Ocidente, mas levada a uma despótica apoteose em Auschwitz, através de um conceito inovador que, por contraste, faz com que a velha escravatura de plantação, mesmo a mais bárbara, pareça brincadeira: esse conceito novo baseava-se na simples, mas absoluta *disponibilidade* da vida humana.

Era uma teoria que acabava com todas as anteriores hesitações sobre perseguições. Por mais premente que pudesse ser o dilema do excesso de gente, os tradicionais escravocratas ocidentais eram constrangidos, pelo cristianismo, a evitar tudo o que se parecesse com uma "solução final" para resolver o problema do excesso de braços. Não se podia dar um tiro num escravo improdutivo; sofria-se com o Velho Sam, quando ele ficava velho e fraco, e deixava-se que o pobre morresse em paz. (Não é bem assim. Há provas, por exemplo, de que, nas Índias Ocidentais, na metade do século XVIII, os senhores europeus, durante algum tempo, não sentiam o menor escrúpulo em fazer com que os seus escravos trabalhassem até morrer. Em geral, porém, o que eu disse se aplica aos fatos.) Com o Nacional Socialismo, acabou-se com todo e qualquer antigo resquício de piedade. Os nazistas, conforme Rubenstein faz ver, foram os primeiros escravagistas a pôr de lado todos os sentimentos humanos com relação à própria essência da vida. Foram os primeiros "capazes de transformar seres humanos em instrumentos totalmente dependentes da sua vontade, mesmo quando se lhes mandava deitar na cova para serem mortos a tiros".

Os que chegavam a Auschwitz tinham, através de métodos discriminatórios de cálculos de custos e outras fórmulas avançadas de lucro e prejuízo, a sua existência de trabalho calculada num período fixo de três meses. Sofia ficou sabendo disso um dia ou dois após a sua chegada, quando, arrebanhada com várias centenas de outros recém-chegados — mulheres polonesas de todas as idades, na sua maioria, lembrando aves depenadas, com suas roupas esfarrapadas e crânios reluzentes, acabados de tosquiar — as palavras de um funcionário das SS, um certo *Haupsturmführer* Fritch, penetraram na sua consciência traumatizada, ao articular os desígnios daquela Cidade da Dor, dizendo que os que nela entrassem deviam abandonar toda a esperança.

— Lembro-me das suas palavras exatas — contou-me Sofia. — Ele disse: "Vocês estão entrando num campo de concentração, não num sanatório, e só há um meio de sair daqui — pela chaminé". E disse mais: "Quem não gostar, pode tentar se enforcar nos arames farpados. Se houver judeus neste grupo, fiquem sabendo que não têm o direito de viver mais de duas semanas". Depois, ele perguntou: "Há alguma freira aqui? Da mesma forma que os padres, as freiras só têm um mês de vida. Os demais têm três meses."

Dessa maneira os nazistas tinham, com arte consumada, criado uma morte-em-vida mais terrível do que a própria morte, e mais calculadamente cruel, porque poucos dos condenados inicialmente — naquele primeiro dia — podiam saber que aquela escravidão de tortura, doença e fome era apenas um simulacro de vida, através da qual estariam viajando irresistivelmente para a morte. Conclui Rubenstein: "Os campos foram, portanto, muito mais uma ameaça permanente para o futuro da humanidade do que teriam sido, se funcionassem unicamente como um exercício de extermínio em massa. Um centro de extermínio só pode produzir cadáveres, ao passo que uma sociedade de domínio total cria um mundo de mortos-vivos...".

Ou, conforme Sofia disse:

— A maioria deles, se tivesse sabido o que os esperava, no dia em que chegaram, teria rezado para morrer nas câmaras de gás.

O desnudamento e a revista dos presos, que invariavelmente tinham lugar tão logo chegavam a Auschwitz, raramente permitiam aos internos ficar com coisa alguma do que possuíam. Contudo, graças à natureza caótica e, muitas vezes, até desleixada, do processo, havia ocasiões em que um recém-chegado tinha a sorte de conservar algum objeto pessoal ou um artigo qualquer de vestuário. Combinando o seu próprio engenho com o descuido de um dos guardas das SS, Sofia conseguira ficar com um par de botas de couro muito velho, mas ainda usável, que possuía desde os tempos de Cracóvia. Dentro de uma das botas, embutido no forro, havia um pequeno compartimento em forma de fenda e, no dia em que ela ficara de pé, à espera do Comandante, junto da janela do sótão, o compartimento continha um enrugado e sujo — mas ainda legível — panfleto de umas doze páginas e quatro mil palavras, tendo na capa o seguinte: *Die polnische Judenfrage: Hat der Nationalsozialismus die Antwort?* Ou seja: *O problema judeu na Polônia: O Nacional Socialismo Tem a Solução?* Era, provavelmente, a mais flagrante evasão de Sofia (relacionada com a mais estranha das suas mentiras) o fato de, anteriormente, ela insistir sempre, ao me falar do passado, no extraordinário liberalismo e na tolerância da sua educação, não só me enganando — como tenho a certeza de que enganara a Nathan — como escondendo de mim, até o último momento, uma verdade que, a fim de justificar as suas transações com o Comandante, ela não mais podia ocultar: que o panfleto fora escrito por seu pai, pelo Dr. Zbigniew Bieganski, Professor Emérito de Jurisprudência da Universidade de Cracóvia; Doutor em Direito *honoris causa*, pelas Universidades de Karlowa, Bucareste, Heidelberg e Leipzig.

Não era fácil para ela contar-me tudo aquilo, confessou-me Sofia, mordendo os lábios e levando nervosamente os dedos à face tensa e pálida. Era especialmente difícil pôr a nu as próprias mentiras, após ter criado um quadro tão perfeito de retidão e decência paternas: o exemplar pai de família socialista preocupado com a aproximação do terror, um homem que ela apresentara como um quase-santo, um herói, que arriscara a própria vida para salvar judeus dos terríveis *pogroms* realizados pelos russos. Quando me contou aquilo, sua voz tinha um tom de desvario. As mentiras dela! Sofia dava-se conta de como elas minavam a sua credibilidade em geral, quando forçada, como agora, pela consciência, a admitir que tudo o que contara a respeito do pai fora simples invenção. Porque era isso — uma invenção, uma mentira, mais uma fantasia destinada a erguer uma frágil barreira, uma desesperada linha de defesa entre aqueles a quem ela amava, como eu e o seu sufocante sentimento de culpa. Acaso eu não a perdoaria, perguntou, agora que via não só a verdade, como a sua necessidade de contar aquela mentira? Dei-lhe uma pancadinha nas costas da mão e disse que sim, naturalmente, claro que a perdoava.

Porque eu não poderia compreender o relacionamento com Rudolf Höss, continuou Sofia, a menos que soubesse da verdade a respeito do pai dela. Não me mentira inteiramente, insistiu, quando me descrevera os maravilhosos anos da sua infância. A casa em que vivera, na pacífica Cracóvia, fora, sob muitos aspectos, um lugar cheio de calor e segurança, naqueles anos entre as duas guerras. Pairava nela um clima de serenidade doméstica, criada principalmente por sua mãe, mulher amorosa e expansiva, cuja memória Sofia sempre veneraria, quanto mais não fosse pela paixão pela música, que transmitira à filha. Imagine-se a vida calma de quase todas as famílias de professores do mundo ocidental, durante aqueles anos das décadas de vinte e trinta — com chás rituais, serões musicais, verões povoados de passeios ao campo, jantares com estudantes e viagens de meio de ano à Itália, anos de estudos em Berlim e Salzburgo — e ter-se-á uma ideia da vida de Sofia naqueles tempos, da atmosfera civilizada e jovial que a cercava. Por sobre essa cena, porém, pairava uma nuvem sinistramente sombria, uma presença opressiva e sufocante, que poluía as próprias fontes da sua infância e juventude. Era a constante, toda-poderosa, realidade do seu pai, um homem que exercera sobre a família e, principalmente, sobre Sofia, uma tirania tão inflexível e, ao mesmo tempo, tão sutil, que só quando ela ficara adulta compreendera o quanto o odiava.

São raros os momentos da vida em que a intensidade de uma emoção sepulta, que a gente sentiu por outra pessoa — uma animosidade reprimida ou uma paixão desvairada — vem à tona da consciência com perfeita clareza. Às vezes, é como que um cataclismo físico, para sempre inolvidável. Sofia disse que nunca esqueceria o exato momento em que a revelação do ódio que sentia pelo pai a envolveu com uma horrível radiância, a ponto de não conseguir falar, e pensar que ia desmaiar.

Ele era um homem alto e de aspecto robusto, geralmente metido numa casaca e numa camisa de colarinho duro, com uma gravata de *foulard*. Um traje fora de moda, mas não grotesco, na Polônia daquele tempo. Seu rosto era tipicamente polonês: maçãs do rosto altas e bem marcadas, olhos azuis, lábios bastante cheios, nariz largo e de ponta arrebitada, orelhas delicadas. Usava costeletas e seu cabelo, claro e fino, era sempre bem penteado para trás. Dois dentes artificiais, de prata, empanavam-lhe ligeiramente a boa aparência, mas só quando ele abria muito a boca. Entre os colegas, era tido como uma espécie de dândi, embora não de maneira excessiva. A considerável reputação acadêmica servia-lhe de salvaguarda contra o ridículo. Era respeitado, apesar dos pontos de vista extremados — um ultraconservador num corpo docente de direitistas. Não apenas catedrático de Direito, mas também um advogado que de vez em quando defendia causas, firmara-se como uma autoridade no uso internacional de patentes — principalmente ligadas ao intercâmbio entre a Alemanha e os países da Europa do Leste — e os honorários que ganhara como advogado, tudo de maneira perfeitamente ética, permitiam-lhe viver num plano algo mais elevado do que a maioria dos seus colegas da Universidade, com uma elegância discreta. Era um conhecedor de vinhos Moselle e de charutos Upmann. No campo da religião, era católico praticante, embora não se pudesse considerá-lo beato.

O que Sofia me contara antes sobre a juventude e a educação dele era aparentemente verdade: seus anos de estudos em Viena, à época de Francisco José, tinham-lhe alimentado a paixão pró-teutônica, inflamando-o para sempre com uma visão da Europa salva pelo pan-germanismo e pelo espírito de Richard Wagner. Era um amor tão puro e tão duradouro quanto sua aversão pelo bolchevismo. Como podia a pobre e atrasada Polônia (Sofia muitas vezes o ouvira dizer), perdendo a sua identidade com cada novo opressor — principalmente com os bárbaros russos, que agora também estavam sob o tacão do Anticristo comunista — encontrar a salvação e o progresso cultural senão através da intervenção da Alemanha, que tão magnificamente combinara uma tradição histórica de radiância mítica com a supertecnologia do século XX, criando uma síntese profética, que deveria servir de modelo às nações menos desenvolvidas? Que melhor nacionalismo para uma nação sem estrutura, como a Polônia, do que o prático, mas esteticamente fascinante, nacionalismo do Nacional Socialismo, do qual *Die Meistersinger* era uma influência não menos civilizadora do que as grandes e novas autoestradas?

Além de não ser nem um liberal, nem sequer remotamente socialista, conforme Sofia me dissera a princípio, o professor era membro de uma facção política por demais reacionária, o Partido Nacional Democrático, mais conhecido como ENDEK, entre cujos preceitos básicos figurava um antissemitismo militante. Fanático em relacionar os judeus com o comunismo internacional e vice-versa, o movimento tinha uma influência especial nas universidades, onde, no início da década de 20, a violência física contra os estudantes judeus se transformara em algo endêmico. Membro da ala moderada do Partido, o Professor Bieganski, então um catedrático em ascensão, de trinta e poucos anos, escrevera um artigo, publicado num dos principais jornais políticos de Varsóvia, deplorando esses ataques, o que mais tarde faria Sofia pensar — quando descobrira o artigo — se ele não teria sofrido um espasmo de humanismo utópico e radical. Estava, é claro, completamente enganada — como estava iludida ou, talvez, fingindo (e, nesse caso, culpada de mais outra mentira) ao dizer que o pai odiava o governo despótico do Marechal Pilsudski, por ter feito vigorar, na Polônia do fim da década de vinte, um regime virtualmente totalitário. O pai dela odiava realmente o marechal, conforme mais tarde ela viria a saber, odiava-o com fúria, mas porque, à maneira paradoxal dos ditadores, ele promulgara edito após edito protegendo os judeus. O professor exultara quando, após a morte de Pilsudski, em 1935, as leis que garantiam direitos aos judeus foram relaxadas, expondo uma vez mais os judeus poloneses ao terror das perseguições. De novo, porém, pelo menos a princípio, o Professor Bieganski aconselhara moderação. Aderindo a um rejuvenescido grupo fascista, conhecido como Partido Nacional Radical, que começara a exercer influência sobre os estudantes das universidades polonesas, o professor — agora uma voz dominante — aconselhara temperança, acautelando uma vez mais contra a onda de espancamentos que de novo se abatia sobre os judeus, não só nas universidades, como nas ruas. Não obstante, o seu repúdio à violência baseava-se menos em ideologia do que numa estranha delicadeza. Com toda a sua aparente aflição, ele aferrava-se à obsessão que por tanto tempo tomara conta dele: começou, metodicamente, a filosofar sobre a necessidade de eliminar os judeus de todos os cargos, começando pela Universidade.

Escreveu furiosamente sobre o problema, em polonês e em alemão, mandando inúmeros artigos para as mais conhecidas publicações políticas e legais da Polônia e para centros culturais como Bonn, Mannheim, Munique e Dresden. Um dos temas principais era o dos "judeus supérfluos" e tratou demoradamente do problema da "transferência de população" e "expatriação". Fora membro de uma missão governamental, enviada a Madagascar para sondar a possibilidade de criar territórios judeus. (Tinha trazido uma máscara africana para Sofia — e ela lembrava-se de como ele voltara bronzeado.) Embora se abstendo de sugerir violência, começou a mudar de pensamento e sua insistência na necessidade de uma solução imediata e *prática* para o problema, era cada vez mais convicta. A vida do professor tornara-se algo frenética com a sua atuação como um dos principais ativistas do movimento de segregação e fora ele um dos responsáveis pela ideia de "bancos de gueto" separados para os estudantes judeus. Era um penetrante analista da crise econômica. Fazia discursos inflamados em Varsóvia. Numa economia em depressão, argumentava, que direito tinham os judeus dos guetos de competir por empregos com os honestos poloneses, que acorriam à cidade vindos de todos os pontos do país? Em fins de 1938, no auge da paixão, começou a escrever sua obra-prima, o panfleto acima mencionado, no qual, pela primeira vez, abordava a ideia — muito cautelosamente, de maneira quase ambígua — da "abolição total". Abolição, *não brutalidade,* mas abolição total. A essa altura dos acontecimentos, ou melhor, havia já vários anos, Sofia encarregava-se de transcrever grande parte do que o pai ditava e, humilde e subserviente como qualquer ordenança, ocupava-se de todos os serviços de secretariado de que ele precisasse. Esse trabalho submisso, que ela executava pacientemente, como qualquer moça polonesa, segundo a tradição de completa obediência ao *pater-famílias,* culminara num fim de semana, no inverno de 1938, quando batera à máquina o manuscrito de *O Problema Judeu na Polônia: O Nacional Socialismo Tem a Solução?* Nesse momento, ela compreendeu ou, antes, começou a compreender o que o pai pretendia.

Apesar das perguntas que lhe fazia, enquanto Sofia me contava essas coisas, foi-me difícil obter um quadro nítido da sua infância e juventude, embora algumas coisas ficassem bastante claras. Sua subserviência ao pai, por exemplo, era completa, tão completa quanto em qualquer cultura neopaleolítica, em que se exigisse completa submissão de parte dos filhos. Ela nunca questionara essa submissão, contou-me. Fazia parte da sua educação, a tal ponto que nem quando estava crescendo se rebelara. Era bem o fruto da tradição católica polonesa, segundo a qual venerar o pai era algo devido e necessário. Confessava, inclusive, ter gostado dessa submissão, dos "Sim, Papai" e "Não, Obrigada, Papai" que era obrigada a dizer diariamente, dos favores e atenções que tinha de retribuir, do respeito ritualístico, da forçada dedicação que dividia com a mãe. Talvez até fosse, admitia, cem por cento masoquista. Afinal de contas, mesmo quando se lembrava de coisas que a haviam feito sofrer, tinha de concordar em que o pai não era cruel com ela. Possuía um senso de humor brincalhão, embora rude e, apesar de todo o ar superior e majestoso, uma vez ou outra condescendia em dar pequenas recompensas. Para poder viver feliz, um tirano doméstico não pode ser totalmente insensível.

Talvez fossem essas qualidades mitigadoras (permitir que Sofia se aperfeiçoasse no francês, que ele tinha na conta de língua decadente, deixar que a mãe testemunhasse seu amor por outros compositores além de Wagner, gente sem qualquer importância, como Fauré, Debussy e Scarlatti), que faziam Sofia aceitar, sem ressentimento consciente, o completo domínio que ele exercia sobre a sua vida, mesmo depois de ela já estar casada. Além disso, na qualidade de filha de um membro respeitado, se bem que pitorescamente controvertido, do corpo docente da Universidade (muitos, mas não todos os seus colegas partilhavam dos pontos de vista étnicos do Professor), Sofia tinha apenas uma ideia vaga das crenças políticas do pai, da raiva que o consumia. Ele tinha o cuidado de não falar nisso com a família, embora, naturalmente, durante os anos da sua adolescência,

Sofia não pudesse ignorar totalmente a animosidade do pai para com os judeus. Mas era coisa rotineira, na Polônia, ter um pai antissemita. Quanto a ela — enfronhada nos estudos, na igreja, nos amigos e nos modestos acontecimentos sociais daqueles tempos, em leituras, em filmes (muitos filmes, quase todos americanos), no estudo do piano, com a mãe, e até mesmo em um ou dois flertes inocentes — a sua atitude com relação aos judeus, a maioria dos quais habitava o gueto de Cracóvia, aparições raramente visíveis, era, no máximo, de indiferença. Sofia insistiu nisso e eu acredito nela. Tratava-se de um assunto que simplesmente não lhe dizia respeito — pelo menos, até que, na condição de sua secretária, começou a se aperceber da extensão e profundidade da paixão que assolava o pai.

O professor obrigara-a a aprender datilografia e taquigrafia quando tinha apenas dezesseis anos. Talvez estivesse já pensando em utilizá-la. Talvez antecipasse que iria precisar dos seus serviços. O fato de ela ser sua filha lhe garantiria medidas extras de conveniência e segredo. Seja como for, embora durante anos ela tivesse trabalhado vários fins de semana, batendo à máquina grande parte da correspondência bilíngue do pai, relacionada com patentes (por vezes fazendo uso de um Dictaphone de fabricação britânica, que ela detestava, por causa do som sinistro e distante que dava à voz dele), Sofia nunca, até o Natal de 1938, fora chamada para datilografar os muitos ensaios do professor. Até então, isso fora feito pelos assistentes dele na Universidade. Foi, pois, como que uma revelação, como que o nascer de uma nova era, ficar sabendo da filosofia de ódio que o dominava, quando o pai a fizera tomar nota, em taquigrafia Gabelsberger, e depois transcrever à máquina, em polonês e alemão, o texto completo da sua obra-prima *O Problema Judeu na Polônia* etc. Lembrava-se ainda da excitação que, de vez em quando, transparecia na voz dele, ao tirar baforadas de um charuto, enquanto andava de um lado para o outro do seu enfumaçado e úmido escritório, e ela ia obedientemente anotando, no bloco de taquigrafia, os símbolos espectrais do seu bem formulado, preciso e fluente alemão.

Tinha um estilo amplo, mas discriminatório, pontilhado de ironia. Era capaz de ser ao mesmo tempo cáustico e sedutoramente convincente. O seu alemão era soberbo, o que ajudara o Professor Bieganski a conseguir fama em centros de propagação do antissemitismo tais como o Welt-Dients, de Erfurt. Seu modo de escrever tinha um encanto idiosssincrático. (Certa vez, durante aquele verão no Brooklyn, emprestei a Sofia um volume de H.L. Mencken, que era então — como agora — um dos meus ídolos, e lembro-me de ela ter comentado que o estilo abrasivo de Mencken lhe recordava o do pai.) Tomava os ditados dele com cuidado mas, devido ao fervor que o acometia, de um modo algo apressado, de maneira que só quando começou a bater à máquina a matéria, para enviá-la à tipografia, é que se apercebeu de como fervilhava, naquele caldeirão de alusões históricas, hipóteses dialéti-cas, imperativos religiosos, precedentes legais e proposições antropológicas, a presença nublada e sinistra de uma única palavra — repetida várias vezes — que a intrigava, confundia e assustava, aparecendo, daquela maneira, num texto também persuasivamente prático, uma polêmica que expressava, com laivos de ironia, a insidiosa propaganda que Sofia mais de uma vez ouvira, à mesa do jantar. Mas aquela palavra de tal modo a alarmou, que foi como se ela estivesse abrindo os olhos pela primeira vez. Porque repetidamente ele a fizera substituir "abolição total" *(vollständige Abschaffung)* por *Vernichtung.*

Extermínio. No fim das contas, a coisa era tão simples e inequívoca quanto isso. Mesmo assim, apesar de introduzida de maneira tão sutil, de mergulhada no caldo agradavelmente temperado da animosidade dis-cursiva e pitorescamente acre do professor, a palavra, com a sua força e o seu significado — e, portanto, a sua plena significação, afetando toda a substância do ensaio — era tão horrível, que Sofia teve de empurrá-la para o fundo da sua mente, durante todo aquele gélido inverno em que se ocupou dos artigos apaixonados do pai. Ficou preocupada com a reação dele, se ela batesse um, acento errado, omitisse um *umlaut.* E continuara reprimindo o real significado de *Vernichtung* até o momento, no chuvoso anoitecer daquele domingo, em que, correndo, com o maço de folhas datilografadas, ao encontro do pai e de Casimir, seu marido, num café da Praça do Mercado, compreendera o horror do que ele tinha dito e escrito e que ela, como sua cúmplice, batera à máquina.

— *Vernichtung* — disse, em voz alta.

Ele quer dizer, pensou, com estúpido atraso, que eles deveriam ser todos mortos.

Como a própria Sofia insinuou, talvez a sua imagem melhorasse, caso se pudesse dizer que a percepção do ódio que sentia pelo pai não só coincidira, como fora motivada pelo fato de se aperceber que ele era um matador de judeus em potencial. Mas, embora essas duas constatações tivessem vindo quase ao mesmo tempo, Sofia disse-me (e nesse ponto eu acredito nela, como em outras ocasiões, por razões intuitivas) que devia estar emocionalmente madura para o ódio cego que de repente sentira pelo pai, e que talvez teria reagido da mesma maneira se o professor não tivesse feito a menor menção ao iminente e desejado morticínio. Segundo ela, não poderia dizer ao certo. Estamos falando aqui de verdades capitais a respeito de Sofia e considero um testemunho suficiente da sua sensibilidade o fato de, apesar de durante tantos anos exposta à influência rancorosa, distorcida, discordante da obsessão paterna, e agora imersa, qual uma criatura se afogando, nas águas venenosas da sua teologia, ela ter conseguido conservar o instinto humano de reagir com choque e horror, estreitando as atrozes laudas contra o peito e apressando-se através das velhas ruas escurecidas de Cracóvia, rumo à revelação.

— Nessa noite, meu pai estava à minha espera num dos cafés da Praça do Mercado. Lembro-me de que o tempo estava muito frio e úmido, pedaços de granizo cortavam o ar, como se estivesse para nevar. Meu marido, Kazik, estava sentado à mesa com meu pai, me esperando também. Cheguei muito atrasada, porque tinha passado toda a tarde batendo à máquina os manuscritos e demorou muito mais do que eu tinha pensado. Estava com muito medo de que meu pai ficasse furioso com o meu atraso. Tinha feito tudo tão depressa, um verdadeiro trabalho de urgência, e o tipógrafo — que ia imprimir o panfleto em alemão e polonês — ia se encontrar com meu pai no café a uma hora marcada, para apanhar as laudas. Antes, meu pai tinha planejado corrigir o trabalho, lá mesmo, no café. Ele ia corrigir as laudas em alemão, enquanto Kazik passava em revista o texto em polonês. Era assim que estava combinado, mas eu me atrasei muito e, quando cheguei, o tipógrafo já estava sentado com meu pai e Kazik. Meu pai estava muito zangado e, por mais que eu pedisse desculpa, vi que ele estava furioso. Pegou nas laudas e mandou eu me sentar. Sentei-me e senti uma coisa no estômago, de tanto medo que tinha da raiva dele. É estranho, Stingo, como a gente se lembra de certos detalhes. Meu pai estava tomando chá e Kazik estava bebendo conhaque *slivovitz* e o tipógrafo — um homem que eu já tinha visto antes, chamado Roman Sienkiewicz, é, igual ao nome do famoso escritor — estava bebendo vodca. Me lembro disso claramente por causa do chá do meu pai, isto é, depois de trabalhar a tarde toda, eu estava completamente exausta e tudo o que eu queria era uma xícara de chá, como a que o meu pai estava tomando. Mas eu nunca teria coragem de pedir, nunca! Me lembro de olhar para o bule e para a xícara dele, morrendo de vontade de tomar uma xícara de chá bem quente. Se eu não tivesse chegado tão tarde, meu pai teria me oferecido chá, mas agora ele estava furioso comigo e não falou nada e eu fiquei sentada, olhando para as unhas, enquanto meu pai e Kazik começavam a ler as laudas.

"A impressão que eu tive foi que eles levaram horas. O tipógrafo — um homem gordo, de bigode, que ria um bocado — ficou esperando e eu falei com ele sobre o tempo, coisas assim, mas principalmente fiquei sentada à mesa, calada, louca por tomar chá, como se estivesse morrendo de sede. Por fim, meu pai levantou os olhos das laudas, olhou para mim e disse: "Quem é esse Neville Chamberlain, que tanto gosta das obras de Richard Wagner?" Ele me olhou fixo e eu não entendi exatamente o que ele queria dizer, só que estava terrivelmente aborrecido comigo. Não entendi e perguntei: "Que é que o senhor quer dizer com isso, papai?" Ele repetiu a pergunta, dessa vez *avec l'accent on Neville* e, de repente, compreendi que tinha feito um grande erro. Porque havia um escritor inglês Chamberlain, que meu pai estava usando no ensaio para reforçar a sua filosofia. Não sei se você ouviu falar nele, escreveu um livro chamado *Die Grundlagen des...* Oh, em português acho que tem o nome de *Fundações do Século XIX*, cheio de amor pela Alemanha e de adoração por Richard Wagner e um ódio muito grande dos judeus, dizendo que eles contaminam a cultura da Europa e assim por diante. Meu pai tinha por esse Chamberlain uma grande admiração, só que eu compreendi que, quando ele ditou o nome para mim, eu tinha inconscientemente escrito Neville uma porção de vezes, porque nessa altura ele estava muito em evidência devido a Munique, em vez de escrever *Houston* Chamberlain, que era o nome do Chamberlain que odiava judeus. E fiquei morta de medo, porque tinha repetido o erro sei lá quantas vezes, nas notas de rodapé, na bibliografia e por tudo quanto era lugar."

"E, oh, Stingo, que vergonha! Porque meu pai era tão obcecado com a perfeição, que ele não podia *fermer les yeux* para esse erro... mas tinha de fazer um bicho-de-sete-cabeças e ouvi ele dizer, diante de Kazik e Sienkiewicz, *isto*, que eu nunca vou esquecer, de tão cheio de desprezo: "Sua inteligência é *nula*, igual que à da sua mãe. Não sei de onde você tirou o corpo, mas a cabeça você não herdou de mim". E ouvi Sienkiewicz dar uma risada, mais de embaraço do que de outra coisa, eu acho, e olhei para Kazik e ele estava dando um sorrisinho, só que eu não fiquei espantada de ver que a cara dele tinha o mesmo ar de desprezo do meu pai. Acho melhor eu lhe dizer já, Stingo, que falei outra mentira para você. Eu também não amava Kazik; amava o meu marido tanto quanto um desconhecido que nunca tivesse visto. Tantas mentiras que eu lhe contei, Stingo! Sou uma verdadeira *menteuse*.

"Meu pai continuou falando na minha falta de inteligência e eu senti o rosto arder, mas tapei os ouvidos, desliguei. Papai, papai, me lembro de dizer para mim mesma, *por favor*, tudo o que eu quero é uma xícara de chá! Aí, meu pai parou de me atacar e voltou a ler as laudas que eu tinha batido. De repente, fiquei com muito medo, ali sentada, olhando para as mãos. Estava muito frio. Aquele café parecia uma premonição do inferno. Ouvia as pessoas murmurando em volta de mim e tudo parecia como os últimos quartetos de Beethoven, você sabe, carregado de dor... E lá fora, na rua, soprava um vento triste e, de repente, percebi que todo mundo estava murmurando sobre a guerra que vinha vindo. Tive a sensação de ouvir canhões a distância, no horizonte, além da cidade. Senti um medo horrível, fiquei com vontade de me levantar e sair correndo, mas tinha que ficar ali. Por fim, ouvi meu pai perguntar a Sienkiewicz quanto tempo demoraria a imprimir o panfleto e Sienkiewicz disse que dois dias. Percebi que meu pai estava falando com Kazik sobre a distribuição dos panfletos entre os professores e os alunos da Universidade. Estava pensando mandar a maior parte dos panfletos para vários lugares da Polônia, da Alemanha e da Áustria, mas queria passar algumas centenas dos panfletos em polonês entre os colegas — de mão em mão. E compreendi que estava dando ordens a Kazik — porque mandava nele tanto quanto em mim — para distribuir os panfletos pessoalmente, na Universidade, assim que eles ficassem prontos. Só que, naturalmente, ele ia precisar de ajuda. E ouvi meu pai dizer: "Sofia vai ajudar você na distribuição".

"E aí eu compreendi que a única coisa no mundo que eu não queria ser forçada a fazer era ter que mexer mais com esses panfletos. Fiquei revoltada de pensar que tinha de ir até a Universidade com um monte de panfletos e entregar um a cada professor. Mas, assim que meu pai falou isso — "Sofia vai ajudar você na distribuição" — eu vi que *iria* ajudar Kazik a distribuir aqueles panfletos, como tinha feito tudo o que ele mandava desde que era criança, fazendo recados, trazendo-lhe coisas, aprendendo a bater à máquina e a tomar ditado em taquigrafia, só para ele poder me usar quando bem queria. E um terrível vazio tomou conta de mim quando percebi que não havia nada que eu podia fazer, nenhum jeito de dizer não, de falar: "Papai, não vou ajudar a espalhar essa coisa". Mas, você vê, Stingo, há uma verdade que eu preciso lhe contar e que nem agora eu consigo entender. Porque talvez pareceria muito melhor se eu dissesse que não queria ajudar a distribuir aqueles panfletos porque finalmente tinha entendido o que eles diziam: Morte aos Judeus! Isso era mau, terrível e eu mal podia acreditar que ele tinha escrito aquilo.

"Mas, para falar a verdade, era outra coisa, muito diferente. Por fim, eu entendia que aquele homem, meu pai, aquele homem não tinha mais sentimento por mim do que por uma criada, uma camponesa ou uma escrava, e agora, sem uma palavra de agradecimento pelo meu trabalho, ia me fazer... rastejar! Sim, rastejar pela Universidade, como um jornaleiro qualquer, mais uma vez fazendo o que ele queria só por ele dizer que eu *tinha* de fazer aquilo. E eu era uma mulher feita e queria tocar Bach e, naquele momento, senti vontade de morrer — não tanto pelo que ele queria me obrigar a fazer, mas porque não tinha jeito de dizer não. Não tinha maneira de dizer — você sabe, Stingo — "Vá para o diabo, pai!" Nesse momento ele disse "Zozia" e eu olhei e vi ele sorrindo para mim, vi os dois dentes postiços dele brilhando e o sorriso era agradável. "Zozia — disse ele — você não quer uma xícara de chá?" E eu respondi: "Não, obrigada, papai. Não quero chá". Ao mesmo tempo, para não perder o controle, eu estava mordendo a parte de dentro do lábio com tanta força, que o sangue saiu e eu senti o gosto dele na língua. Meu pai voltou-se para falar com Kazik e, nesse momento, foi que eu senti aquela pontada de ódio, como se fosse uma dor, e fiquei tonta a ponto de ter medo de cair no chão. Sentia um calor em todo o corpo, como se estivesse em chamas e disse para mim mesma: *Eu o odeio* — com uma terrível sensação de espanto. Era incrível, a surpresa que aquele ódio me causava, como que uma dor inesperada — como se um facão de açougueiro se tivesse cravado no meu coração."

A Polônia é uma terra bela, de uma beleza que corta o coração e penetra no mais fundo da alma. Sob muitos aspectos (conforme me apercebi, através dos olhos e da memória de Sofia, naquele verão, e pessoalmente, anos mais tarde) assemelha-se ao Sul dos Estados Unidos — ou, pelo menos, ao Sul de outros tempos, não tão distantes assim. Não é apenas a paisagem nostálgica que dá origem à semelhança — o alagadiço mas inesquecível monocromo dos pantanais do Rio Narew, por exemplo, com o seu ar e a sua atmosfera de savana da costa da Carolina, ou a quietude dominical de uma viela lamacenta, numa aldeia da Galícia, onde, com um pouco de imaginação se poderiam transplantar, para um vilarejo perdido do Arkansas, aquelas casinhas desbotadas pelas intempéries, mal ajambradas, levantadas no meio de terreiros sem vegetação, onde algumas galinhas magras ciscam — mas também o espírito da nação, o seu coração violentado e melancólico, atormentado, como o do Velho Sul, pela adversidade, pela pobreza e pelas derrotas.

Imagine-se uma terra espoliada não durante uma década, mas durante milênios, e poder-se-á compreender apenas um aspecto de uma Polônia pisoteada, com tédio e regularidade, por franceses, suecos, austríacos, prussianos, russos, e possuída até por cobiçosos turcos. Despojada e explorada como o Sul e da mesma forma que ele, uma sociedade pobre, agrária e feudal, a Polônia compartilha, com o Velho Sul, de um baluarte contra todas as suas humilhações imemoriais: o orgulho. O orgulho e a lembrança de passadas glórias. Orgulho dos seus ancestrais e dos nomes de família, além da — é preciso não esquecer — sua largamente fictícia aristocracia, ou nobreza. Os nomes de Radziwill e Ravenel são pronunciados com a mesma altivez, intensa mas ligeiramente oca. Na derrota, tanto a Polônia quanto o Sul dos Estados Unidos desenvolveram um nacionalismo frenético. Não obstante, mesmo pondo de lado essas importantes semelhanças, que são muito reais e tiveram a sua origem em fontes históricas parecidas (acrescente-se uma arraigada hegemonia religiosa, autoritária e puritana em espírito), descobrem-se correspondências mais superficiais, embora nitidamente culturais: a mesma paixão por carne de cavalo e títulos militares, o domínio sobre as mulheres (juntamente com uma lascívia velada), a tradição de contar histórias, o gosto pela aguardente — e ser o alvo de piadas de mau gosto.

Finalmente, existe uma sinistra zona de semelhança entre a Polônia e o Sul dos Estados Unidos que, embora nada superficial, faz com que as duas culturas combinem tão perfeitamente, que quase pareçam uma só — a questão da raça, que em ambos os mundos produziu crises seculares, como que de pesadelo, de esquizofrenia. Na Polônia e no Sul, a presença do preconceito racial deu ao mesmo tempo origem a um sentimento de crueldade e compaixão, intolerância e compreensão, inimizade e fraternidade, exploração e sacrifício, ódio e amor. Embora se possa dizer que os mais negros dentre esses sentimentos tenham geralmente levado a melhor, deve-se também registrar, em nome da verdade, uma longa crônica na qual a decência e a honra conseguiram, em várias ocasiões, controverter o domínio absoluto do ódio reinante, quase sempre em meio aos maiores obstáculos, seja em Poznan ou em Yazoo City.

Assim, quando Sofia me contou o seu conto de fadas sobre o risco que o pai correra para proteger alguns judeus em Lublin, ela decerto devia saber que não me estava pedindo para acreditar no impossível: que os poloneses, em inúmeras ocasiões, no passado próximo e distante, arriscaram a vida para salvar judeus dos opressores, é algo que todo mundo sabe. Eu não estava predisposto a duvidar de Sofia, que, lutando contra o demônio da sua consciência esquizoide, tinha decidido lançar sobre o professor uma luz falsamente benigna e até mesmo heroica. Mas, se é verdade que milhares de poloneses abrigaram judeus, esconderam judeus, deram a vida pelos judeus, também é certo que, na agonia da sua conjugada discórdia, os perseguiram com terrível selvageria. Era nesse espírito dualístico polonês que o Professor Bieganski se inseria e fora nesse mesmo espírito que Sofia resolvera apresentá-lo a mim, de modo a explicar os acontecimentos de Auschwitz.

Vale a pena recordar a história do panfleto. Obediente ao pai até o fim, Sofia, juntamente com Kazik, distribuíra o panfleto pelos corredores da Universidade, mas o resultado fora um grande fiasco. Em primeiro lugar, os membros do corpo docente, como aliás todo mundo em Cracóvia, estavam por demais preocupados com a guerra que se aproximava — e que estalaria meses depois — para prestarem muita atenção à mensagem de Bieganski. O inferno estava começando a tomar conta de tudo. Os alemães exigiam a anexação de Gdansk, queriam um "corredor"; enquanto Neville Chamberlain hesitava, os hunos sacudiam os débeis portões poloneses. As velhas ruas empedradas de Cracóvia ressoavam diariamente com um pânico abafado. Nessas circunstâncias, como esperar que até mesmo os racistas mais convictos, dentre o professorado, ligassem para a dialética velada do Professor? Havia demasiadas coisas no ar, para que as pessoas se deixassem levar por algo tão batido quanto a opressão dos judeus.

Naquele momento, toda a Polônia se sentia potencialmente oprimida. Além disso, o professor tinha feito cálculos basicamente errados, a ponto de se poder questionar a sua capacidade de discernir. Não se tratava apenas da sua sórdida inserção do *Vernichtung* — nem o mais reacionário dos professores tinha estômago para tal coisa, mesmo apresentada de um modo corrosivo e swiftianamente ridículo — mas a sua idolatria do Terceiro Reich e o seu êxtase pan-germânico tornavam-no cego e surdo ao patriotismo dos colegas. Sofia apercebeu-se de que, alguns anos antes, durante o ressurgimento do fascismo na Polônia, seu pai poderia ter conseguido algumas conversões, mas que agora, com a Wehrmacht às portas, aqueles teutões berrando por Gdansk e os alemães provocando incidentes em todas as fronteiras, só uma sublime loucura podia fazer com que ele perguntasse se o Nacional Socialismo tinha a solução para algo que não fosse a destruição da Polônia. O resultado foi que, enquanto o professor e seu panfleto passavam despercebidos em meio ao caos que se aproximava, seu pai sofria alguns reveses inesperados. Dois jovens estudantes, membros do corpo de reservistas do Exército Polonês, deram-lhe uma surra num dos vestíbulos da Universidade, quebrando-lhe um dedo e, uma noite, Sofia lembrava-se de que algo estilhaçara a janela da sala de jantar — uma das pedras que calçavam as ruas, pintada com uma suástica negra.

No entanto, como patriota que era, ele não merecia isso e, pelo menos, uma coisa deve ser dita em defesa do professor: Sofia tinha a certeza de que ele não escrevera aquele panfleto com a ideia de incorrer no favor dos nazistas. Escrevera-o baseado no ponto de vista da cultura polonesa e, além disso, o professor era, na sua opinião, um pensador por demais escravo dos seus princípios, demasiado compromissado com as verdades filosóficas, para ter cogitado sequer de procurar transformar o panfleto num instrumento de progresso pessoal, para não falar de salvação corporal. (Na verdade, as exigências do conflito que se avizinhava impediram o ensaio de ser distribuído na Alemanha.) Por outro lado, o Professor Bieganski não era um *quisling*, um colaborador no sentido que ora damos à palavra, já que, quando o país fora invadido, em setembro, e Cracóvia, virtualmente poupada, se tornara a sede do governo da Polônia, não fora com a intenção de trair a pátria que ele procurara oferecer seus serviços ao Governador-Geral e amigo de Hitler, Hans Frank, mas apenas como conselheiro e perito num campo em que poloneses e alemães tinham um adversário mútuo e um profundo interesse comum — *die Judenfrage.* Havia até um certo idealismo nesse seu esforço.

Odiando agora o pai, odiando o lacaio dele — e seu marido — quase com igual intensidade, Sofia esgueirava-se por entre os seus vultos murmurantes, no *hall* da casa, quando o professor, impecavelmente trajado, na sua casaca, com o seu glamouroso cabelo grisalho muito bem cortado e cheiroso a *Kölnischwasser*, se preparava para sair, de manhã. Mas ele não devia lavar muito a cabeça. Sofia lembrava-se de ver caspa sobre os esplêndidos ombros. Os seus murmúrios combinavam preocupação e esperança. A sua voz tinha um estranho sibilar. Sem dúvida, hoje, embora o Governador-Geral se tivesse recusado a recebê-lo no dia anterior — sem dúvida, hoje (principalmente com o seu perfeito domínio do alemão) ele seria cordialmente recebido pelo chefe da *Einsatzgruppe der Sicherheitspolizei*, para quem tinha uma carta de recomendação de um amigo comum de Erfurt (um sociólogo, um dos principais teóricos nazistas do problema judaico) e que não poderia deixar de se sentir impressionado por aquelas credenciais, por aqueles diplomas honorários (em pergaminho autêntico) concedidos pelas Universidades de Heidelberg e Leipzig, pelo volume de ensaios publicado em Mainz, *Die polnische Judenfrage* etc. Sem dúvida, hoje...

Desgraçadamente para o professor, embora ele pedisse, manobrasse e se esforçasse, indo a uma dezena de gabinetes no mesmo número de dias, as tentativas, cada vez mais urgentes, em nada resultaram. Devia ser para ele um enorme golpe, não conseguir um momento de atenção por parte dos burocratas. Mas o professor errara nos seus cálculos, sob todos os pontos de vista. Emocional e intelectualmente, ele era o herdeiro romântico da cultura alemã de um outro século, de uma época irremediavelmente desaparecida, mas não tinha a menor ideia do quanto seria impossível para ele insinuar-se nos corredores daquela potência moderna, toda ela de aço inoxidável e botas altas, o primeiro Estado tecnocrático, com suas *Regulierungen und Gesetzverordnungen*, seus sistemas de fichários eletrônicos e processos de classificação, suas cadeias impessoais de comando, seus métodos de processamento de dados, seus serviços de decodificação, suas redes telefônicas, com linha direta para Berlim — tudo trabalhando a uma enorme velocidade e sem tempo a perder com um obscuro professor de Direito polonês e sua pilha de documentos, sua caspa, seus radiantes bicúspides, suas costeletas fora de moda e seu cravo na lapela. O professor fora uma das primeiras vítimas da máquina de guerra nazista, simplesmente por não ser "programado" — era quase tão simples quanto isso. Quase, mas não inteiramente, pois a outra razão importante para o fato de ele ser rejeitado era a sua condição de *Polack*, palavra alemã que tem a mesma conotação de desprezo em alemão que em inglês. Como era polaco e, ao mesmo tempo, um intelectual, seu rosto ansioso, sorridente, suplicante era quase tão mal visto nos quartéis-generais da Gestapo quanto o de um transmissor de febre tifoide, mas o professor, obviamente, não tinha a menor ideia de como estava atrasado no tempo.

E, embora não pudesse aperceber-se disso, enquanto andava de um lado para o outro naqueles dias do começo do outono, o relógio avançava inexoravelmente para o seu fim. Aos olhos indiferentes do Moloch nazista, ele era mais um número marcado. Por isso, naquela cinzenta e úmida manhã de novembro, em que Sofia, ajoelhada sozinha na Igreja de Santa Maria, tivera o pressentimento que antes me descrevera, e correra de volta à Universidade — para descobrir o belo pátio medieval invadido por tropas alemãs, que mantinham cento e oitenta professores sob a mira dos fuzis e das metralhadoras — o professor e Kazik estavam entre os infelizes que tremiam de frio, mãos erguidas ao céu. Mas ela nunca mais voltara a vê-los. Na sua versão posterior (e, estou convencido, verdadeira) da história da sua vida, contou-me que não sentira muito a detenção do pai e do marido — a essa altura, já estava demasiado alienada de ambos para que isso a afetasse profundamente — mas foi forçada a sentir, embora num outro nível, um choque penetrando-lhe os ossos, um medo glacial e uma devastadora sensação de perda. Todo o sentido que tinha do seu valor como pessoa — da sua identidade — veio de repente à tona. Porque, se os alemães podiam cometer aquele ataque obsceno contra dezenas de professores indefesos e insuspeitos, só Deus sabia os horrores que aguardavam a Polônia nos próximos anos. E fora por essa razão apenas que Sofia se atirara, soluçando, nos braços da mãe. Mulher doce e submissa, ela conservara um amor fiel pelo marido e, através do simulacro de sofrimento que representava, Sofia não pudera deixar de sentir pena da mãe.

Quanto ao professor — sugado como se fosse uma larva para a vasta sepultura do K.I. Sachenhausen, continuação do insano leviatã de tormentos engendrado anos antes no K.I. Dachau — seus esforços para sair foram em vão. E a ironia é ainda maior quando se sabe que os alemães tinham, sem o desconfiar, detido e condenado um homem que, mais tarde, poderiam ter considerado um grande profeta — o excêntrico filósofo eslavo, cuja antevisão da "solução final" precedera à de Eichmann e seus colegas (até mesmo, talvez, à de Adolf Hitler, o cérebro que sonhara e concebera tudo) e que tinha a mensagem em seu poder. *"Ich habe meine Flugschrift"*, escrevera ele à mãe de Sofia, num bilhete contrabandeado para fora do campo de concentração, a única notícia que receberam dele. "Tenho comigo o meu panfleto. *Ich verstehe nicht, warum...* Não posso compreender por que não me deixam falar com as autoridades e fazê-las entender..."

A força da carne mortal — e do amor mortal — é surpreendentemente forte, sobretudo quando esse amor está alojado numa recordação de infância: caminhando ao lado dela, passando os dedos por entre o emaranhado da sua loura cabeleira, ele a levara, certa vez, para andar numa charrete puxada por um pônei, numa fragrante manhã de verão, cheia do canto dos pássaros dos jardins abaixo do Castelo de Warwel.

Sofia lembrava-se disso e não pudera sufocar um momento de angústia, ao receber a notícia da morte do pai, e ao vê-lo cair — protestando até o fim que estavam enganados — sob uma fuzilaria de balas, contra o paredão de Sachenhausen.

Capítulo Dez

Afundado no solo e rodeado por grossas paredes de pedra, o porão da casa de Höss, onde Sofia dormia, era um dos poucos lugares do campo onde nunca penetrava o cheiro de carne humana queimada. Essa era uma das razões pela qual ela procurava abrigo nele sempre que podia, embora a parte do porão reservada à sua enxerga fosse úmida e mal iluminada, cheirando a mofo e a podre. Atrás das paredes, a água corria incessantemente nos canos que vinham dos esgotos e dos banheiros da casa e, de vez em quando, tinha o sono perturbado pelo esgueirar peludo de uma ratazana. Mas, apesar de tudo, aquele purgatório era bem melhor do que qualquer alojamento — mesmo aquele em que ela vivera durante os seis meses anteriores, com algumas dezenas de outras internas relativamente privilegiadas, que trabalhavam nos escritórios do campo. Muito embora lhe fosse poupada grande parte da brutalidade que era o destino dos prisioneiros comuns, no resto do campo, o barulho constante e a falta de privacidade tinham feito com que Sofia quase não pudesse dormir. Além disso, nunca pudera manter-se limpa. Ali, porém, dividia o alojamento apenas com um punhado de prisioneiras. E, dos vários luxos proporcionados pelo porão, o primeiro era ficar perto da lavanderia. Sofia fazia bom uso dessa proximidade, ou melhor, era obrigada a isso, já que a dona da casa, Hedwig Höss, tinha pela sujeira a fobia da típica *hausfrau* da Vestefália e fazia questão de que todos os internos alojados sob o seu teto se apresentassem não só limpos, como em perfeitas condições de higiene: potentes antissépticos eram adicionados à água de lavagem das roupas e os presos domiciliados na Mansão Höss cheiravam a germicida. Havia mais uma razão para isso: a mulher do comandante tinha verdadeiro pavor de que a família fosse contagida por alguma doença que os internos pudessem ter.

Outra coisa preciosa de que Sofia desfrutava no porão era a possibilidade de dormir. Depois da falta de comida e de privacidade, a impossibilidade de dormir era uma das principais deficiências do campo. Desejado pelos prisioneiros com uma ânsia próxima da luxúria, o sono permitia a única escapatória aos onipresentes tormentos e, por mais estranho que pudesse parecer (ou talvez não seja tão estranho assim) geralmente trazia sonhos agradáveis porque, conforme Sofia observou certa vez, as pessoas tão próximas da loucura ficariam completamente loucas se, ao fugir de um pesadelo, tivessem de enfrentar outros, durante o sono. Assim, graças ao silêncio e ao isolamento do porão dos Höss, Sofia pudera, pela primeira vez em meses, dormir e mergulhar no reconfortante refúgio dos sonhos.

O porão fora dividido em duas partes mais ou menos iguais. Sete ou oito prisioneiros homens ficavam do outro lado da divisão de madeira; na sua maioria poloneses, trabalhavam na casa fazendo pequenos serviços, lavando louça na cozinha — e dois deles eram jardineiros. Exceto quando passavam uns pelos outros, os homens e as mulheres quase nunca se falavam. Além de Sofia, havia mais três internas do lado de cá da divisão. Duas eram costureiras judias, irmãs de meia-idade, oriundas de Liège. Testemunhas vivas do sentido prático tão comum nos alemães, as irmãs tinham sido poupadas às câmaras de gás graças unicamente à sua habilidade como costureiras. Eram as favoritas de *Frau Höss*, a qual, juntamente com as três filhas, se beneficiava do talento delas. Passavam o dia costurando e reformando grande parte das roupas mais finas, tiradas das judias encaminhadas às câmaras de gás. Havia vários meses que habitavam a casa e estavam gorduchas e complacentes. Sua atividade sedentária permitia-lhes adquirir uma aparência banhuda, que contrastava bizarramente com o aspecto emaciado dos demais internos. Sob a proteção de Hedwig, pareciam ter perdido completamente o medo do futuro e estar perfeitamente bem-humoradas, costurando num solário do segundo andar, onde arrancavam etiquetas com os nomes de Cohen, Lowenstein e Adamowitz de peles caras e roupas acabadas de lavar, após terem sido despidas, por vezes escassas horas antes, de judeus recém-desembarcados dos vagões de gado. Falavam pouco, com um sotaque belga, que Sofia achava duro e difícil de entender.

A outra ocupante da cela de Sofia era uma mulher asmática, chamada Lotte, também de meia-idade, uma testemunha de Jeová, originária de Koblenz. Assim como as costureiras judias, também ela fora bafejada pela sorte e salva da morte por injeção, ou alguma tortura lenta no "hospital", para servir de preceptora dos dois filhos mais jovens dos Höss. Criatura magra, sem formas, com queixo prognata e mãos enormes, lembrava, no físico, uma das brutais guardas femininas que haviam sido transferidas do K.I. Ravensbrück, uma das quais atacara Sofia selvagemente, pouco depois da sua chegada. Mas Lotte tinha um temperamento amigo e generoso, que contrastava com o seu ar ameaçador. Fora uma espécie de irmã mais velha para Sofia, dando-lhe conselhos vitais sobre como se comportar na mansão, juntamente com várias observações valiosas a respeito do Comandante e seu *ménage*. Dissera-lhe, principalmente, para ter cuidado com a governanta, Wilhelmine. Mulher horrível, Wilhelmine também era interna do campo, uma alemã que fora condenada por falsificação de documentos. Ocupava dois quartos, no andar de cima. Agrade-a bem, aconselhara Lotte, bajule-a ao máximo e não terá problemas. Quanto a Höss, ele também gostava de ser lisonjeado, mas era preciso usar de sutileza, pois ele não era nenhum idiota.

Pessoa simples, cem por cento devota, praticamente analfabeta, Lotte enfrentava os ventos adversos de Auschwitz como um navio forte e resistente, tranquila na sua fé. Não procurava fazer proselitismo, limitando-se a dizer a Sofia que, pelos seus padecimentos, seria amplamente recompensada no Reino de Jeová. Os demais, inclusive Sofia, iriam sem dúvida parar no inferno. Mas não havia espírito de vingança nesse pronunciamento, nem nos comentários que Lotte fizera quando — com falta de ar, certa manhã, ofegando e parando com Sofia no primeiro andar, quando ambas subiam para trabalhar — farejara o cheiro da pira funerária de

Birkenau e murmurara que os judeus bem o mereciam, pelo que tinham feito. Afinal de contas, não tinham sido eles os primeiros traidores de Jeová?

— A raiz de todos os males, *die Hebräer* — resfolegara.

Ao acordar, nessa manhã do dia que comecei a descrever, o décimo em que ela trabalhara para o Comandante no seu gabinete do sótão e aquele em que ela decidira tentar seduzi-lo — ou, se não seduzi-lo (pensamento ambíguo), tentar dobrá-lo à sua vontade e aos seus planos — pouco antes de os seus olhos se abrirem para a penumbra cheia de teias de aranha do porão, Sofia teve consciência do ofegar asmático de Lotte, na sua enxerga, contra a parede da frente. Logo depois, acordou, sobressaltada, distinguindo, através das pálpebras ainda pesadas, o grande vulto de um corpo a um metro de distância, deitado sob um cobertor de lã todo comido de traças. Sofia teria esticado a mão para cutucar Lotte, como fizera mais de uma vez, anteriormente, mas, embora o barulho de pés no chão da cozinha, acima dela, lhe dissesse que já era de manhã, quase hora de todos se levantarem, pensou: "Vou deixá-la dormir". A seguir, como uma nadadora mergulhando em profundezas amnióticas e confortadoras, esforçou-se por voltar ao sonho do qual fora despertada.

No sonho, ela era uma menininha, escalando, haveria bem uns doze anos, as Dolomitas com sua prima Krystyna, ao mesmo tempo em que conversavam em francês. Estavam à procura de *edelweiss*. Picos escuros e nebulosos erguiam-se à volta delas. Enigmática, como todos os sonhos, envolta em perigos, a visão tinha também sido quase que insuportavelmente bela. Acima delas, a delicada flor branca acenava-lhe dentre as rochas e Krystyna, subindo à frente de Sofia por um caminho que dava vertigens, gritara: "Zozia, eu lhe trago a flor!"

Depois, Krystyna parecera escorregar e, em meio a uma chuva de pedras, ameaçar cair. O sonho transformara-se num pesadelo. Sofia rezara por Krystyna como rezaria por si mesma: Anjo da Guarda, não a desampareis... Repetira vezes sem conta a oração. Anjo da Guarda, não a deixeis cair! De repente, o sonho fora iluminado pelo sol dos Alpes e Sofia olhara para cima. Serena e triunfante, numa auréola de luz dourada, a criança sorria para Sofia, empoleirada num promontório de musgo, segurando na mão o raminho de *edelweiss*. "Zozia, je l'ai trouvé!", gritou Krystyna.

E, no sonho, a sensação que Sofia tivera de segurança, de perigo esconjurado, de oração ouvida e de jubilante renascer fora tão dolorosa que, ao acordar e ouvir o barulho da respiração de Lotte, seus olhos estavam cheios de lágrimas salgadas. Fechara de novo as pálpebras e pendera a cabeça para trás, numa fútil tentativa de recapturar a alegria que sentira, quando Bronek lhe sacudiu o ombro.

— Trouxe uma *boia* fina pras damas, esta manhã — anunciou.

Acostumado aos hábitos germânicos da casa, chegara exatamente na hora. Carregava a comida numa velha panela de cobre, quase sempre restos do jantar dos Höss, na noite anterior. Era sempre fria, aquela ração matinal (como se fosse para dar de comer a animais domésticos, a cozinheira deixava-a todas as noites na panela, junto da porta da cozinha, onde Bronek a apanhava ao romper do dia), e geralmente consistia numa gordurosa coleção de ossos, com pedaços de carne e sebo agarrados, crostas de pão (nos dias de maior sorte, untados com um pouco de margarina), sobras de legumes e, por vezes, uma maçã ou uma pera meio comidas. Em comparação com a comida servida aos prisioneiros do campo, era uma refeição soberba, quase um banquete, em termos de quantidade e, como o desejum era ocasionalmente — e inexplicavelmente — acrescido de iguarias como sardinhas em lata ou um pedaço de chouriço polonês, via-se que o Comandante fazia questão de que as pessoas que trabalhavam na sua casa não passassem fome. Além disso, embora Sofia tivesse que dividir a sua panela com Lotte, e as duas irmãs judias fizessem o mesmo, frente a frente, como se debruçadas sobre uma manjedoura, cada uma tinha direito à sua colher de alumínio — um luxo nunca visto, de que nenhum outro interno gozava.

Sofia ouviu Lotte acordar com um gemido, murmurando sílabas desconexas, possivelmente uma invocação matinal a Jeová, num sepulcral sotaque renano. Colocando a panela no meio delas, Bronek disse:

— Vejam, o resto de um pernil de porco, ainda com bastante carne, um bocado grande de pão e uns bons pedaços de repolho. Vi logo que vocês, meninas, iam comer bem, assim que ouvi dizer, ontem, que Schmauser vinha jantar.

Pálido e calvo, à luz do amanhecer, membros angulosos como os de um louva-a-deus, Bronek passou a falar num alemão estropiado, para que Lotte entendesse:

— *Aufwecken, Lotte!* — murmurou, dando-lhe com o cotovelo. — *Aufwecken, mein schöne Blume, mein kleine Engel!*

Se Sofia estivesse disposta a rir, aquela pantomima entre Bronek e a preceptora, que obviamente gostava das atenções dele, ter-lhe-ia proporcionado um alívio cômico.

— Acorde, minha traça de Bíblia — insistiu Bronek e, nesse momento, Lotte levantou-se e sentou-se.

Inchado de sono, seu rosto de lápide parecia ao mesmo tempo monstruoso e etereamente plácido, como uma dessas efígies da Ilha da Páscoa. Sem mais preâmbulos, atirou-se, esfomeada, à comida.

Sofia esperou um momento. Sabia que Lotte, uma boa alma, só tiraria a sua parte, de modo que resolveu antecipar o prazer que sentiria. Salivou, só de ver os gordurosos restos na panela e abençoou o nome de Schmauser, um *SS Obergruppenführer,* o equivalente a Tenente-Coronel e, por conseguinte, superior de Höss. Havia dias que toda a casa andava num rebuliço por causa da sua visita. A teoria de Bronek provara estar certa: todo mundo anda de um lado para o outro, dizia ele, e Höss vai lhe servir um tal banquete, que muita coisa vai sobrar e até as baratas vão ficar doentes.

— Que tal está o tempo lá fora, Bronek? — perguntou Lotte, entre duas colheradas de comida.

Assim como Sofia, ela sabia que ele entendia do tempo como todo bom camponês.

— Fresco. Vento soprando de oeste. Sol, de vez em quando, mas muitas nuvens baixas, que não deixam o ar subir. O cheiro agora é horrível, mas pode ficar melhor. Um bocado de judeus saindo pela chaminé. Querida Sofia, você não vai comer?

Disse essa última frase em polonês, rindo, deixando ver as gengivas pálidas, das quais saíam os pedaços de três ou quatro dentes, como finas lascas brancas.

A carreira de Bronek em Auschwitz coincidia com a história do campo. Fora um dos primeiros internos e começara a trabalhar na casa de

Höss pouco depois da sua chegada. Era um ex-fazendeiro das proximidades de Miastko, no extremo Norte da Polônia. A maior parte dos seus dentes caíra em decorrência de uma experiência sobre deficiências vitamínicas, a que ele fora submetido, como se fosse um camundongo ou um porquinho-da-Índia. Fora sistematicamente privado de ácido ascórbico e outros elementos essenciais, até lhe caírem os dentes. Possivelmente, ficara também um pouco *pancada*. Fosse como fosse, tinha tido essa sorte inexplicável que bafejava certos presos. Ordinariamente, teria sido liquidado depois de terminada a experiência, por meio de uma injeção no coração. Mas ele possuía a resistência e o vigor do bom camponês. A não ser pela queda dos dentes, quase não fora afetado pelos outros sintomas do escorbuto — cansaço, fraqueza, perda de peso etc. — que as circunstâncias faziam prever. Permanecera rijo como um bode, o que o levara a ser examinado pelos médicos das SS e, finalmente, a atrair a atenção de Höss. Chamado a dar uma olhada naquele fenômeno, Höss achara algo em Bronek — talvez fosse a língua que ele falava, o cômico alemão de um rude polonês da Pomerânia — que lhe despertara a simpatia. Colocara Bronek sob a proteção da sua casa, onde desde então ele trabalhava, gozando de certos pequenos privilégios, como andar por toda a casa, colecionando fofocas, e gozar de uma isenção geral da vigilância constante, apanágio dos favoritos — pois existem favoritos em todas as sociedades escravocratas. Era perito em juntar restos de comida e, de vez em quando, aparecia com as mais extraordinárias surpresas em matéria de alimentos, geralmente oriundas de fontes misteriosas. Mais importante ainda — Sofia ficara sabendo — Bronek, apesar da aparência apatetada, estava em contato diário com o campo e era um valioso informante de um dos mais fortes grupos da Resistência Polonesa.

As duas modistas mexeram-se nas sombras, do outro lado do chão.

— *Bonjour, mesdames* — disse Bronek, alegremente. — O vosso desjejum já vem. — Voltou-se de novo para Sofia. — Também lhe trouxe uns figos — disse. — Figos de verdade, imagine!

— Onde foi que você conseguiu *figos?* — perguntou Sofia, maravilhada, ao receber das mãos de Bronek aquele tesouro.

Apesar de velhos e embrulhados em celofane, deixaram uma sensação de calor na palma da sua mão e, levando o embrulho ao rosto, viu as marcas do delicioso suco congelado na pele verde-acinzentada, respirou o aroma distante e voluptuoso, muito atenuado, mas ainda doce, da fruta madura. Comera uma vez figos, anos atrás, na Itália. Seu estômago reagiu com um ruído alegre. Havia meses... não, anos, que nem se lembrava de que tal fruta existia. *Figos!*

— Bronek, não posso acreditar! — exclamou.

— Deixe-os para mais tarde — disse ele, dando outro pacote a Lotte. — Não coma todos de uma vez. Coma primeiro essa droga que veio lá de cima. É comida para porcos, mas a melhor que vocês vão ter durante muito tempo. Digna dos porcos que eu criava em Pomorze.

Bronek falava sem parar. Sofia ficou ouvindo-o tagarelar, enquanto mastigava avidamente o frio e gorduroso pedaço de porco. Mas as suas papilas gustativas saboreavam-no como se fosse ambrosia, procurando as pequenas bolsas de gordura de que o seu corpo tanto precisava. Qualquer tipo de gordura lhe servia. A sua imaginação recriou o festim do qual Bronek participara, como ajudante de garçom: o soberbo leitão, os molhos, as batatas coradas, o repolho servido com castanhas, as geleias e galantinas, um belo pudim de sobremesa, tudo empurrado, pelas goelas abaixo dos SS, com a ajuda de velhas garrafas de vinho tinto húngaro Sangue de Touro, servido (quando um dignitário como um *Obergruppenführer* estava presente) numa esplêndida baixela de prata czarista, roubada de algum museu saqueado no *front oriental.* A propósito disso, percebeu Sofia, Bronek falava agora, no tom de quem se orgulha de ouvir coisas importantes.

— Procuram parecer felizes — dizia ele — e, no começo, parecem estar. Mas depois começam a falar na guerra e tudo muda de figura. Como ontem à noite. Schmauser disse que os russos estavam se preparando para recapturar Kiev. Do *front* russo só vinham más notícias. E da Itália também, afirmou Schmauser. Os ingleses e os americanos estão avançando, todo mundo está morrendo que nem moscas. — Bronek pôs-se de pé e fez um gesto na direção das duas irmãs. — Mas a grande notícia, *mesdames,* vocês talvez não vão acreditar: *Rudi está de partida!* Rudi vai ser transferido de volta a Berlim!

Sofia parou de comer a horrível carne e quase se engasgou, ao ouvir aquelas palavras. *De partida?* Höss ia ser mandado embora do campo? Não podia ser verdade! Sentou-se na enxerga e puxou a manga de Bronek.

— Você tem certeza? — perguntou.

— Estou lhes dizendo o que ouvi Schmauser falar com Rudi, depois que os outros oficiais foram embora. Disse que ele tinha feito um belo trabalho, mas que precisavam dele na Central de Berlim, de modo que podia ir se preparando para ser imediatamente transferido.

— Que é que você quer dizer com *imediatamente?* — insistiu ela. — Hoje, no mês que vem, quando?

— Não sei — respondeu Bronek — mas só pode ser em breve. — A voz denotava toda a sua preocupação. — Eu não estou gostando nada. Quem será que vem para o lugar dele? Quem sabe algum *sádico,* algum *gorila!* Aí, talvez Bronek também... — revirou os olhos e passou o indicador de um lado ao outro do pescoço. — Ele podia ter-me mandado matar, podia ter-me mandado para a câmara de gás, como os judeus. Era o que eles faziam, na época. Mas me trouxe para aqui e me tratou como um ser humano. Não pensem que eu não vou sentir, quando Rudi for embora.

Mas Sofia, preocupada, não prestou mais atenção em Bronek. Entrara em pânico ante a notícia da partida de Höss, fazendo com que ela compreendesse que tinha de agir com urgência, se pretendia levá-lo a prestar atenção na sua pessoa e procurar realizar, através dele, o que se propunha. Durante a hora que se seguiu, entregue, junto com Lotte, à lavagem da roupa dos Höss (os presos que habitavam a casa eram poupados das intermináveis e tormentosas chamadas do resto do campo. Felizmente, Sofia só tinha que lavar os vastos montes de roupa suja vinda de cima — anormalmente vastos, devido à obsessão que *Frau Höss* tinha de micróbios e sujeira), imaginou toda a espécie de *sketches* e situações nas quais ela e o Comandante chegavam finalmente, a um relacionamento mais íntimo, que lhe permitia contar a história necessária à sua redenção. Mas o tempo começara a trabalhar contra ela. A menos que agisse imediatamente e, talvez, até, com uma certa dose de audácia, ele podia ir embora e tudo o que ela planejara daria em nada. Sua ansiedade era horrível e irracionalmente misturada com uma sensação de fome.

Escondera o pacote de figos na bainha interna e descosida da bata listrada de prisioneira. Um pouco antes das oito, quando teria que subir os quatro lanços de escadas que levavam ao escritório do sótão, não pôde resistir mais à vontade de comer alguns figos. Entrou numa espécie de vão, debaixo da escada, de modo a não ser vista pelos outros internos, e abriu freneticamente o celofane. As lágrimas afloraram-lhe aos olhos, quando os tenros e pequenos globos de fruta (levemente úmidos e deliciosamente texturados, na sua pungente doçura, que se misturava com arquipélagos de minúsculas sementes) lhe deslizaram, um por um pela goela abaixo. Louca de prazer, nem um pouco envergonhada da gula e da saliva açucarada que lhe escorria pelos dedos e pelo queixo, devorou-os todos. Seus olhos ainda estavam nublados e Sofia ouviu a si mesma arquejar de satisfação. Depois de ficar um momento na sombra, para dar tempo a que os figos se acomodassem no estômago e a expressão retomasse a habitual compostura, começou a subir lentamente até o andar superior da casa. A subida não demorava mais do que alguns minutos, mas foi interrompida por duas ocorrências singularmente memoráveis, que se encaixaram, com terrível adequação, no clima alucinatório das suas manhãs, tardes e noites na mansão dos Höss...

Em patamares diferentes — um no andar logo acima do porão e o outro pouco abaixo do sótão — havia janelas que davam para o lado oeste do campo, do qual Sofia geralmente procurava desviar os olhos, embora nem sempre com sucesso. Faziam parte desse panorama alguns elementos corriqueiros — em primeiro plano, um campo de exercícios de terra batida, um pequeno alojamento de madeira, as cercas eletrificadas, rodeando um agrupamento de elegantes choupos — mas também se avistava a plataforma da estrada de ferro, onde se procedia à seleção dos recém-chegados. Invariavelmente, filas de vagões de carga se encarreiravam, à espera, formando um sombrio pano de fundo para um confuso quadro de crueldade e loucura. A plataforma ficava a uma distância média, demasiado próxima para ser ignorada, demasiado afastada para ser vista com nitidez. Talvez fosse, diria ela mais tarde, a sua chegada lá, o seu desembarque naquele *qual* de concreto e as associações que isso lhe trazia, o que a levava a evitar a cena, desviar os olhos, varrer para longe as fragmentadas e trêmulas aparições que, daquele posto de observação, se registravam imperfeitamente, como essas formas nebulosas e granulosas que se veem nos noticiários do cinema mudo: a coronha de um fuzil erguida para o céu, cadáveres sendo arrancados de dentro dos vagões de gado, um ser humano de *papier-mâché* sendo empurrado para dentro de uma vala.

Às vezes, parecia-lhe que não havia violência e tinha apenas uma terrível impressão de ordem, de fileiras de pessoas movendo-se docilmente, numa submissa procissão. A plataforma ficava demasiado longe para que o som chegasse até ali, a música louca da banda dos prisioneiros, que recebia cada trem que chegava, os gritos dos guardas, o latir dos cães — nada disso se ouvia, embora, de vez em quando, fosse impossível não ouvir um tiro de pistola. Assim, o drama dava a sensação de ser representado num caridoso vácuo, do qual estivessem excluídos os gemidos de dor, os gritos de terror e demais ruídos daquela iniciação infernal. Talvez fosse por isso, pensou Sofia, enquanto subia os degraus, que de vez em quando ela sucumbia à irresistível tentação de olhar — o que fez agora, vendo apenas a fila de vagões acabados de chegar e ainda por descarregar, e os guardas SS rodeando o trem, envoltos na fumaça do vapor que saía da locomotiva. Sabia, pelos manifestos recebidos por Höss no dia anterior, que aquele era o segundo de dois carregamentos, totalizando 2.100 judeus da Grécia.

A sua curiosidade satisfeita, deu meia-volta e abriu a porta do salão, que tinha de atravessar para subir a escada principal. Na vitrola, uma voz de contralto enchia a sala com lamentações de amante, enquanto Wilhelmine, a governanta, escutava, cantarolando a música ao mesmo tempo em que passava em revista uma pilha de *lingerie* de seda. Estava sozinha, em meio ao salão, inundado de sol.

Wilhelmine (reparou Sofia, procurando passar correndo) vestia um robe dado pela patroa, tinha os pés metidos em chinelos cor-de-rosa, com enormes pompons, e o cabelo, tingido de vermelho, todo em papelotes. O rosto estava rubro de ruge e ela desafinava horrivelmente. Virou-se, quando Sofia passou, lançando-lhe um olhar que não parecia desagradável, coisa difícil, de vez que o rosto em si era o mais desagradável que Sofia já vira. (Por mais que pareça uma intrusão e falha de persuasão gráfica, não posso resistir a reproduzir aqui a reflexão maniqueísta de Sofia, naquele verão: "Se alguma vez você escrever a respeito do que aconteceu, Stingo, diga apenas que Wilhelmine foi a única mulher bonita que eu já conheci — não, ela não era bonita, mas vistosa, com aqueles traços duros que algumas prostitutas têm — a única mulher vistosa que o diabo dentro dela fez ficar horrorosa. Não posso descrevê-la de outra maneira. Era uma feiura total. Olhar para ela fazia o sangue gelar dentro de mim.)

— *Guten Morgen* — murmurou Sofia, sem parar.

Mas Wilhelmine de repente a fizera estacar, com um sibilante:

— *Espere!*

O alemão é uma língua sonora e a voz dela era gritante.

Sofia voltou-se para se confrontar com a governanta. Apesar de muitas vezes se terem visto, nunca se haviam falado. Embora estivesse sorridente, a mulher inspirava apreensão. Sofia sentiu o pulso acelerar, a boca ficar seca. *"Nur nicht aus Liebe weinen"*, gemia a voz lacrimosa, arranhando o *shellac* amplificado, ecoando de parede a parede. Uma galáxia de grãos de poeira pairava à luz oblíqua da manhã, subindo e descendo através do imponente salão, sobrecarregado de armários e escrivaninhas, sofás e cadeiras douradas. Nem sequer é um museu, pensou Sofia, e sim um monstruoso depósito de mercadorias. De repente, Sofia deu-se conta de que o salão cheirava a desinfetante, como a roupa que ela vestia. A governanta disse, em tom abrupto:

— Quero lhe dar uma coisa.

E sorriu, mexendo na pilha de *lingerie*. O monte de calcinhas de seda, com ar de acabadas de lavar, estava sobre uma cômoda de tampo de mármore, incrustada de madeira colorida e enfeitada com tiras e arabescos de bronze, um móvel enorme, que pareceria enorme até em Versalhes, de onde bem poderia ter sido roubado.

— Bronek trouxe-as ontem à noite, da unidade de lavanderia — prosseguiu ela, na sua voz estridente. — *Frau Höss* gosta de dar roupa de baixo às presas. Sei que vocês não recebem *lingerie* e Lotte andou se queixando de que esses uniformes arranham o bumbum.

Sofia respirou fundo. Sem tristeza, nem choque, nem sequer espanto, a ideia atravessou-lhe a mente com a rapidez de um pardal: tudo tirado de judias mortas.

— São muito limpas. Algumas são de seda finíssima. Desde que a guerra começou que eu não via coisa tão fina. Que tamanho você usa? Aposto como você nem sabe.

E os seus olhos brilharam indecentemente.

Tudo acontecera tão de repente, aquela súbita e gratuita caridade, que Sofia não se apercebera logo, mas não demorou a ter uma premonição e a ficar alarmada — tanto pela maneira com que Wilhelmine quase pulara sobre ela (pois agora percebia que fora isso o que ela fizera), alerta como uma tarântula, à espera de que ela emergisse do porão, quanto pela precipitada oferta e a ridícula generosidade.

— Essa fazenda grosseira não lhe irrita o bumbum? — ouviu Wilhelmine perguntar, *a mezza-voce* e com um leve tremor, que tornava a pergunta ainda mais insinuante do que o olhar sugestivo, ou as palavras que haviam posto Sofia de sobreaviso: *Aposto como você nem sabe.*

— É... — disse Sofia, terrivelmente embaraçada. — *Não!* Eu não sei.

— Venha — murmurou ela, indicando um canto escuro, atrás de um piano de cauda Pleyel. — Experimente uma calcinha.

Sofia avançou, sem resistir, sentindo os dedos de Wilhelmine tocarem-lhe de leve a orla do uniforme.

— Você me interessa muito. Ouvi-a falando com o Comandante. Você fala um alemão maravilhoso, parece alemã. O Comandante diz que você é polonesa, mas eu não acredito! Você é bonita demais para ser polonesa.

As palavras, vagamente febris, sucediam-se umas às outras, enquanto ela empurrava Sofia para um canto, na parede, aonde não chegava a luz.

— Todas as polonesas que há aqui são tão comuns e tão feias, tão *lumpig!* Mas você... você deve ser sueca, não? Ou, pelo menos, ter sangue sueco. Parece mais sueca do que outra coisa e ouvi dizer que há muita gente de sangue sueco no Norte da Polônia. Pronto, aqui ninguém nos vê e você pode experimentar um par de calcinhas, para que o seu belo bumbum continue branco e macio.

Até esse momento, afastando os maus pensamentos, Sofia dissera a si mesma que a atitude da mulher *talvez* fosse inocente, mas agora, tão próxima, os sinais do voraz interesse — primeiro, a sua respiração acelerada e depois a vermelhidão, espalhando-se como uma erupção pelo seu rosto bestialmente atraente, metade Valquíria, metade rameira — não deixavam dúvida quanto às suas intenções. Não passavam de uma isca muito pouco sutil, aquelas calcinhas. E, num espasmo de estranho regozijo, passou pela cabeça de Sofia que, naquela casa onde tudo era ordenado e programado com uma disciplina psicótica, aquela desgraçada só podia usufruir do sexo assim, verticalmente, num canto atrás de um piano de cauda, durante os poucos, preciosos e livres minutos que se seguiam ao desjejum, quando as crianças tinham acabado de sair para a escola da guarnição e antes que a rotina diária tivesse início. Todas as outras horas do dia, até o último tique-taque do relógio, estavam preenchidas. *Voilà!* Como era difícil, numa casa onde imperava o regulamento das SS, gozar de um pouco de amor lésbico!

— *Schnell, schnell, meine Süsse!* — murmurou Wilhelmine, num tom mais insistente. — Levante um pouco a saia, querida... um pouco mais alto!

A bruxa jogou-se para a frente e Sofia sentiu-se engolfada em flanela cor-de-rosa, faces pintadas, cabelos tingidos — um miasma avermelhado, fedendo a perfume francês. A governanta agiu com frenesi de louca. Sua língua pegajosa e vulpina demorou-se apenas um ou dois segundos na orelha de Sofia, enquanto as mãos lhe acariciavam urgentemente os seios e lhe apalpavam as nádegas. Depois, recuou com uma expressão de lascívia tão intensa, que quase se confundia com angústia, antes de se atirar a coisas mais sérias, ajoelhando-se e apertando os quadris de Sofia com os braços. *Nur nicht aus Liebe weinen...*

— Gatinha sueca... minha belezinha — murmurou ela. — Ah, *bitte...* mais alto!

Tendo-se decidido, momentos antes, Sofia não resistiu nem protestou. Numa espécie de auto-hipnose, colocara-se além da repulsa, sabendo que, de qualquer maneira, estava tão indefesa quanto um inseto aleijado — e permitiu que as suas coxas fossem separadas e aquele focinho animalesco e aquela língua dura como uma bala se enfiassem no que, constatou, com vaga satisfação, era a sua secura, tão ressequida como areia de deserto. Balançou-se nos calcanhares, ergueu os braços preguiçosamente e não resistiu, sentindo apenas a mulher acariciá-la freneticamente, a cabeleira vermelha e cacheada oscilando como uma enorme e esfrangalhada papoula.

De repente, ouviu-se um estrondo na outra extremidade do salão, uma porta se abriu de repente e a voz de Höss chamou:

— Wilhelmine! Onde é que você está? *Frau* Höss está esperando por você no quarto.

O Comandante, que deveria estar no seu escritório do sótão, saíra por um momento da rotina, e o medo que a sua presença inesperada causava na casa foi imediatamente transmitido a Sofia, que temeu que o súbito e espasmódico cravar das unhas de Wilhelmine nas suas coxas pudesse fazer com que as duas se desequilibrassem e caíssem. Língua e cabeça afastaram-se mais do que depressa. Durante segundos, sua adoradora permaneceu imóvel, como que paralisada, o rosto rígido de pavor. Mas logo se seguiu o alívio. Höss voltou a chamar, fez uma pausa, praguejou e saiu depressa, as botas batendo na direção da escada que levava ao sótão. E a governanta largou-a, exausta, e deixou-se cair nas sombras, como se fosse uma boneca de trapos.

Foi só quando Sofia já estava subindo a escada, momentos depois, que a reação tomou conta dela, fazendo com que as pernas ficassem tão fracas, a ponto de ela ser forçada a se sentar. O fato de ter sido atacada não fora o que a tinha deixado assim — não era nada de novo, ela quase fora violentada por uma guarda, meses antes, pouco depois de ter chegado ao campo — nem a reação de Wilhelmine, procurando pôr-se a salvo, depois de Höss ter subido (— Não conte ao Comandante — dissera, ameaçadora, e depois repetira as mesmas palavras, como se implorando a Sofia, louca de medo, antes de sair da sala. — Ele nos mataria!) Por um momento, Sofia sentiu que aquela situação comprometedora tinha, de certa forma, lhe dado uma vantagem sobre a governanta. A menos que — (e um segundo pensamento tomou conta dela e a fez sentar, tremendo, num degrau) — a menos que aquela falsificadora, que gozava de tanto poder na casa, se aproveitasse daquele momento de pervertida lascívia para se vingar de Sofia, compensasse a sua frustração transformando o amor em vingança, corresse ao Comandante com uma história de sedução (como se fosse a outra quem tivesse tomado a iniciativa) e, dessa maneira, destruísse os já precários fundamentos do futuro de Sofia. Sabia, com base no horror que Höss tinha do homossexualismo, o que lhe aconteceria se estourasse um tal escândalo e sentiu, de repente — como todos os demais prisioneiros, sufocando no seu limbo cheio de medo — a agulha fantasma injetar-lhe a morte no centro do coração.

Acocorada na escada, inclinou-se para a frente e enfiou a cabeça nas mãos. A confusão de ideias na sua mente causou-lhe uma ansiedade que ela mal podia suportar. Estaria ela melhor agora, após o episódio com Wilhelmine, ou correria maior perigo? Não saberia dizer. O apito do campo — agudo, harmônico, mais ou menos em si menor, e recordando-lhe sempre um acorde, pejado de tristeza, parcialmente recapturado, da *Tannhäuser* — sacudiu a manhã, marcando oito horas. Ela nunca chegara atrasada ao sótão, mas hoje ia chegar e pensou no seu atraso e em Höss esperando — Höss, que media os seus dias em milissegundos — com verdadeiro terror. Pôs-se de pé e continuou a subir, sentindo-se febril e tensa. Demasiadas coisas caíam em cima dela ao mesmo tempo. Demasiados pensamentos, demasiados choques e apreensões. Se ela não se controlasse, não se esforçasse ao máximo para manter o autocontrole, sabia que poderia simplesmente desmoronar, como um fantoche que acabou de fazer o seu número e depois, abandonado pelo dono, tomba num monte inerte. Uma ligeira dor no osso púbico recordou-lhe a cabeça endemoniada da governanta.

Ofegante, Sofia chegou ao patamar do andar logo abaixo do sótão, onde uma janela parcialmente aberta se debruçava para o mesmo lado oeste, com seu campo de exercícios descendo na direção da melancólica fileira de choupos, para além da qual se viam os vagões de carga em fila, sujos da poeira da Sérvia e das planícies húngaras. Desde o seu encontro com Wilhelmine, as portas dos vagões tinham sido abertas pelos guardas e, agora, centenas de condenados à morte, recém-chegados da Grécia, enchiam a plataforma. Apesar da pressa, Sofia teve que parar e olhar por um instante, atraída ao mesmo tempo por um sentimento de morbidez e medo. Os choupos e a horda de guardas SS obscureciam a maior parte da cena. Ela não podia ver claramente os rostos dos judeus gregos, nem o que eles usavam: quase só dava para distinguir um tom de cinza. Mas a plataforma refulgia aqui e ali, de roupas multicoloridas, verdes e azuis e vermelhos, tons tipicamente mediterrâneos, enchendo-a de saudades daquela terra que ela nunca vira, senão em livros na sua imaginação, e trazendo-lhe à mente os versos infantis que aprendera no colégio de freiras — a pequena Irmã Bárbara recitando, no seu cômico francês eslavo:

Ó que les îles de ta Grèce sont belles!
et écouter tout autour les cris dei hirondelles
voltigeant dans l'azur parmi ler oliviers!

Pensava que havia muito tempo se acostumara ao cheiro, ou pelo menos se resignara a ele. Mas, pela primeira vez, nesse dia, o adocicado, pestilento cheiro de carne consumida pelo fogo, entrou-lhe pelas narinas como se estivesse num matadouro, atacando-lhe de tal maneira os sentidos, que a sua vista se turvou e a multidão na plataforma distante — parecendo, por um momento, uma festa campestre, vista de longe — como que desapareceu do seu raio de visão. E involuntariamente, com uma crescente sensação de horror e repugnância, levou as pontas dos dedos aos lábios.

... la mer à l'ombre d'un haut figuier...

Ao mesmo tempo em que se apercebia de onde Bronek obtivera a fruta, os figos liquefeitos subiram-lhe, azedos, à boca, saindo e espalhando-se pelo chão, entre seus pés. Com um gemido, Sofia encostou a cabeça na parede e começou a vomitar, junto à janela. Depois, com as pernas bambas, afastou-se da sujeira que fizera e caiu de mãos e joelhos no chão de ladrilhos, contorcendo-se e presa de um sentimento de estranheza e perda como nunca experimentara.

Jamais esquecerei o que ela me contou a respeito: constatou que não conseguia se lembrar do próprio nome.

— Oh, meu Deus, *ajudai-me!* — exclamou, em voz alta. — *Não sei quem sou!*

Permaneceu por algum tempo agachada, tremendo como estivesse no Pólo.

Um relógio-cuco, no quarto de Emmi, a filha de cara de lua-cheia, anunciou a hora com oito toques. Estava pelo menos cinco minutos atrasado, observou Sofia, com interesse e satisfação. Levantou-se lentamente e continuou a subir os degraus que lhe faltavam, até o vestíbulo, onde as fotos emolduradas de Goebbels e Himmler eram os únicos enfeites da parede e, sempre subindo, até a porta do sótão, aberta, com a sagrada divisa da corporação gravada na parte de cima da lareira: *Minha Honra é Minha Lealdade* — sob a qual Höss esperava, debaixo da imagem do seu amo e senhor, na pureza branca daquele retiro de celibatário, tão imaculado, que, à aproximação cambaleante de Sofia, as próprias paredes, ao sol resplandecente daquela manhã de outono, pareciam lavadas por uma luz quase sacramental.

— *Guten Morgen, Herr Kommandant!* — disse ela.

Durante todo esse dia, Sofia não pôde afastar da cabeça a perturbadora notícia de que Höss ia ser transferido de volta a Berlim. Isso significava que ela teria que andar depressa, se quisesse fazer o que tinha planejado. Por isso, nessa mesma tarde, decidiu agir e pedir silenciosamente a Deus que lhe desse o necessário sangue-frio para levar a cabo seu plano. A certa altura — esperando que Höss regressasse ao sótão, sentindo as emoções voltarem mais ou menos ao normal, após o tumulto provocado no seu coração pelo breve trecho da Criação, de Haydn — ela se sentira encorajada por algumas mudanças no comportamento do Comandante. Por um lado, o à-vontade da sua atitude, depois, a sua tentativa, embora desajeitada, de conversar, seguida do insinuante toque da sua mão no ombro de Sofia (ou estaria ela vendo demais nesse gesto?), quando tinham parado para olhar o cavalo árabe. Tudo isso parecia indicar a Sofia que a impenetrável máscara do Comandante estava começando a se fissurar.

Depois, houve a carta a Himmler, que ele lhe ditara, sobre a situação dos judeus gregos. Nunca antes ela transcrevera correspondência que não se relacionasse, de alguma forma, com assuntos poloneses e a língua polonesa — as cartas oficiais, endereçadas a Berlim, costumavam ser entregues a um *Scharführer*, que subia a intervalos regulares, a fim de bater à máquina as missivas de Höss para os vários engenheiros-chefes e pró-cônsules das SS. Agora, ela refletia sobre a carta a Himmler, pensando: O simples fato de ele a ter posto a par de um assunto tão delicado não indicaria... o quê?

Pelo menos, que ele lhe permitira, por uma razão qualquer, tomar parte em assuntos confidenciais, coisa negada à maioria dos internos — apesar do seu *status* privilegiado — e a certeza de que poderia atingi-lo antes que o dia terminasse aumentou ainda mais. Talvez nem precisasse fazer uso do panfleto *(tal pai, tal filha)*, escondido no interior de uma das suas botas, desde o dia em que saíra de Varsóvia.

Ele ignorou o que ela temia pudesse ser um fator de distração — os seus olhos, vermelhos de tanto chorar — ao entrar na sala. Sofia ouviu *A Polca do Barril de Cerveja* tocando lá embaixo. Höss segurava uma carta, que aparentemente lhe fora entregue pelo ordenança. O rosto do Comandante estava vermelho de raiva. Uma veia, semelhante a uma minhoca, pulsava logo abaixo do seu cabelo tosquiado.

— Eles sabem que é obrigatório escrever em alemão, mas estão sempre contrariando os regulamentos! Malditos poloneses cretinos! — Entregou-lhe a carta. — Que é que diz aí?

— "Mui digno Comandante..." — principiou ela a traduzir.

Sofia comunicou-lhe que a carta (caracteristicamente bajuladora) era de um empreiteiro local, fornecedor de cascalho aos operadores alemães da fábrica de concreto do campo, que dizia ser impossível transportar a quantidade necessária de cascalho dentro do tempo marcado, devido às condições de extrema umidade do terreno em redor da pedreira, que não só tinham provocado vários deslizamentos, como dificultado e tornado mais lenta a operação do equipamento. Por conseguinte, se o mui digno Comandante tivesse paciência (continuou Sofia a traduzir), o prazo de entrega seria alterado da seguinte maneira — mas Höss interrompeu-a, impaciente, acendendo um cigarro com o que tinha nos dedos, tossindo e pigarreando, ao mesmo tempo em que exclamava um rouco: — Basta!

A carta tinha irritado visivelmente o Comandante. Apertou os lábios, numa careta de tensão, murmurou: *"Vorwünscht!"* — e ordenou que Sofia fizesse uma tradução da carta para o *SS Haptsturmführer* Weitzmann, chefe do setor de construções do campo, com o seguinte comentário anexo: "Acenda uma fogueira debaixo desse sujeito e ponha-o para andar!"

Nesse exato momento, Sofia viu a terrível dor de cabeça atacar Höss com prodigiosa rapidez, como se fosse um relâmpago que tivesse sido conduzido através da carta do vendedor de cascalho e atingido a cripta ou o labirinto onde a enxaqueca solta as suas toxinas, logo abaixo do crânio. O suor começou a sair, ele levou a mão à testa, num pequeno balé de dedos brancos, e seus lábios entreabriram-se, revelando uma falange de dentes que se trincavam de dor. Sofia já presenciara aquilo alguns dias antes, durante um ataque muito mais fraco. Agora, a enxaqueca voltava em grande escala. Höss soltou um assobio de dor.

— Meus comprimidos — murmurou. — Pelo amor de Deus, onde estão os meus comprimidos?

Sofia dirigiu-se rapidamente para a cadeira ao lado do divã, sobre a qual ele costumava guardar o vidro de ergotamina que usava para aliviar aqueles ataques. Encheu um copo com água e estendeu-o, junto com dois comprimidos de ergotamina, a Höss, que os engoliu revirando os olhos para ela com uma expressão desvairada, como se quisesse exprimir, assim, as dimensões da sua angústia. Depois, com um gemido e a mão na testa, afundou no divã e ficou estendido, olhando para o teto branco do sótão.

— Quer que eu chame o médico? — perguntou Sofia. — Lembro-me que, da última vez, ele lhe disse...

— Basta não falar — retrucou ele. — Não aguento ouvir nada agora.

Sua voz tinha um tom lamentoso de cachorrinho ferido.

Durante o último ataque, cinco ou seis dias antes, ele a mandara de volta ao porão, como se não quisesse que ninguém, nem mesmo uma interna, testemunhasse sua agonia. Agora, porém, se limitara a virar-se para o lado, ficando rígido e imóvel, exceto pelo arfar do peito, sob a camisa. Como não fizesse qualquer outro sinal para ela, Sofia continuou a trabalhar. Começou a bater uma tradução livre da carta do empreiteiro, na sua máquina alemã, constatando, sem qualquer choque ou sequer muito interesse, que a queixa do fornecedor de cascalho (teria esse pequeno aborrecimento, pensou, provocado a enxaqueca do Comandante?) significava mais uma pausa crítica na construção do novo crematório de Birkenau. A interrupção da obra, ou a sua demora — isto é, a aparente inabilidade de Höss em orquestrar, de maneira satisfatória, todos os elementos de fornecimento, construção e mão-de-obra relacionados com o novo complexo forno-e-câmara-de-gás, cujo término estava atrasado de dois meses — era o principal espinho na sua vida e, agora, a causa evidente de todo o seu nervosismo e da ansiedade que ela observara nele nos últimos dias. Se essa fosse, conforme Sofia suspeitava, a razão da sua dor de cabeça, seria possível que o fracasso em construir o crematório a tempo se relacionasse, de certa maneira, com o seu súbito chamado de volta à Alemanha? Ela estava batendo a primeira linha da carta à máquina e, ao mesmo tempo, fazendo a si mesma essas perguntas, quando a voz de Höss quebrou abruptamente o silêncio, levando-a a estremecer. E, quando Sofia voltou os olhos na direção dele, constatou, com uma curiosa mistura de esperança e apreensão, que ele devia estar olhando para ela havia bastante tempo, do divã onde jazia. Fez-lhe sinal para que se aproximasse e ela levantou-se e obedeceu mas, como ele não fez nenhum gesto para que ela se sentasse, Sofia permaneceu de pé.

— Estou melhor — disse ele, numa voz cansada. — Essa ergotamina é milagrosa. Não só reduz a dor, como acaba com a náusea.

— Ainda bem, *mein Kommandont* — retrucou Sofia.

Sentia os joelhos trêmulos e, embora não soubesse o motivo, não ousava olhar para a cara dele. Em vez disso, fixou os olhos no objeto que mais se destacava: o heroico *Führer*, na sua cintilante armadura de aço, a expressão confiante e serena sob a madeixa caída na testa, olhando na direção do Valhalla e de mil anos de um futuro inquestionável. Parecia a melhor pessoa deste mundo. De repente, lembrando-se dos figos que tinha vomitado, horas antes, na escada, Sofia sentiu uma ferroada de fome no estômago e a fraqueza e o tremor nas pernas aumentaram. Durante muito tempo, Höss não conseguiu dormir — e nem ela olhar para ele. Estaria ele, em silêncio, avaliando-a, aquilatando-a, estudando-a? *Vamos querer um barril de risos, risos, risos*, entoaram, estridentemente, as vozes na vitrola. A agulha emperrando no horrível disco, repetia vezes sem conta um gordo acorde do acordeão.

— Como foi que você veio parar aqui? — perguntou, finalmente, Höss.

Sofia não se fez de rogada.

— Foi por causa de uma *lupanka* ou, como nós, que falamos alemão, dizemos, *ein Zuzammentreiben*, uma batida em Varsóvia, na primavera passada.

Eu estava num trem, em Varsóvia, quando a Gestapo fez uma batida e me apanharam com um embrulho ilegal de carne, parte de um presunto...

— Não, não é isso — interrompeu Höss. — Não quero saber como foi que você veio parar no campo, e sim como foi que você conseguiu sair do alojamento das mulheres, como foi colocada no *pool* de estenografia. São raras as internas que têm a sorte de trabalhar como taquígrafas. Pode se sentar.

— É, eu tive muita sorte — disse Sofia, sentando-se e sentindo a calma tomar conta da sua voz, ao mesmo tempo em que olhava para Höss.

Reparou que ele continuava a transpirar profusamente. Deitado, os olhos fechados, jazia, rígido e suado, numa poça de sol. Havia algo de estranhamente indefeso na pessoa do Comandante, assim, deitado no divã. A sua camisa cáqui estava encharcada, uma quantidade de minúsculas gotas de suor adornavam-lhe o rosto. Mas ele já não parecia sentir tanta dor, embora a intensidade inicial da enxaqueca o tivesse empapado todo — até mesmo nas claras espiras de pelo que saíam dentre os botões da túnica — no pescoço, nos louros pelos dos seus pulsos.

— Tive realmente muita sorte. Foi um belo presente do destino.

Após um momento de silêncio, Höss perguntou:

— Que é que você quer dizer com isso?

Sofia decidiu imediatamente arriscar, aproveitar a abertura que ele lhe dera, por mais absurdamente insinuantes e atrevidas que as suas palavras pudessem parecer. Depois de todos aqueles meses e da vantagem momentânea que lhe havia sido dada, seria mais derrotista continuar a bancar a escrava de língua presa do que parecer presunçosa, mesmo que isso envolvesse a possibilidade de passar por insolente. De modo que o jeito era ir em frente, pensou ela. E disse, embora procurando evitar um tom muito intenso, conservando na voz o timbre queixoso de quem tinha sido injustamente presa.

— O destino me trouxe para o senhor — prosseguiu, dando-se conta do melodrama das suas palavras — porque eu sabia que só o senhor compreenderia.

Höss continuou calado. No andar de baixo, *A Polca do Barril de Cerveja* foi substituída por uma *Liederkranz* de *yodelers* tiroleses. O silêncio do Comandante perturbou-a e, de repente, Sofia sentiu que estava sendo objeto do escrutínio dele. Talvez estivesse cometendo um erro terrível. A náusea aumentou dentro dela. Através de Bronek (e por observação própria), sabia que ele detestava os poloneses. Por que diabo seria ela uma exceção? Insulado, pelas janelas fechadas, do mau cheiro de Birkenau, o sótão cheirava a cal, pó de tijolo, madeira e mofo. Era a primeira vez que ela reparava naquele cheiro, sentindo-o como um fungo nas narinas. Em meio ao desajeitado silêncio entre os dois, Sofia escutou o zumbir das moscas varejeiras, o barulho suave que elas faziam batendo contra o teto. O ruído dos vagões de carga, ao longe, era quase inaudível.

— Compreender o quê? — perguntou ele, por fim, num tom distante, dando-lhe mais uma pequena abertura através da qual fazer uma tentativa.

— Que um erro tinha sido cometido. Que não sou culpada de nada, isto é, de nada realmente sério. E que eu deveria ser solta imediatamente.

Pronto, ela o dissera, depressa e bem, com um fervor que até a ela surpreendera. Tinha pronunciado as palavras que durante dias ensaiara, sem saber se teria coragem de dizê-las. Agora, o pulsar do seu coração era de tal maneira violento, que o peito lhe doía, mas Sofia se orgulhava de como conseguira controlar a voz. Também estava satisfeita com o tom melífluo do seu sotaque, atraentemente vienense. O pequeno triunfo impeliu-a a prosseguir:

— Sei que o senhor pode achar bobagem minha, *Mein Kommandant*. Confesso que talvez pareça pouco plausível, mas acho que o senhor concordará em que, num lugar como este, tão vasto, envolvendo tantas pessoas, possam ocorrer certos erros, certos erros graves. — Fez uma pausa, escutando o bater do seu coração, perguntando a si própria se ele não o escutaria também, mas consciente de que sua voz permanecia inalterada. — Comandante — continuou Sofia, insistindo um pouco na nota de súplica — espero que o senhor acredite em mim, se lhe disser que o meu internamento foi um terrível erro judiciário. Como o senhor sabe, sou polonesa e, realmente, culpada do crime de que me acusaram em Varsóvia: contrabandear comida. Mas foi um pequeno crime, eu só procurava alimentar minha mãe, que estava muito doente. Suplico-lhe que procure entender que isso não foi *nada*, tendo em vista o meu *background* e a minha educação.

Hesitou, muito agitada. Estaria fazendo demasiada força? Deveria parar por aí e deixá-lo dar o próximo passo, ou deveria prosseguir? Não demorou a se decidir: vá até o ponto aonde você quer chegar, seja breve, mas continue.

— Entenda, Comandante, sou oriunda de Cracóvia, onde a minha família era toda pró-Alemanha, muitos anos antes desses milhares de adeptos do Terceiro Reich, que admiram o Nacional Socialismo e os princípios do Führer. Meu pai era profundamente *Judenfeindlich...*

Höss deteve-a com um gemido.

— *Judenfeindlich* — murmurou, numa voz sonolenta. — *Judenfeindlich*. Quando deixarei de escutar essa palavra, "antissemita"? Meu Deus, estou farto disso! — Deixou escapar um suspiro rouco. — Judeus, *judeus!* Será que vou ouvir sempre falar em judeus?

Sofia recuou, diante daquela demonstração de impaciência, sentindo que sua estratégia surtira um efeito contrário: ela avançara demais o sinal. O processo mental de Höss, longe de inepto, era tão sem imaginação e tão direto quanto o focinho de um tamanduá, e permitia poucos desvios. Quando, um momento antes, ele perguntara: "Como foi que você veio parar aqui?" e especificara que ela explicasse apenas *como*, era apenas isso que lhe interessava, e não queria falar de destino, erros judiciários e assuntos relacionados com *Judenfeindlich*. Como se as palavras dele tivessem soprado um vento glacial sobre ela, Sofia mudou de tática, pensando: faça a vontade dele, conte-lhe toda a verdade; seja breve, mas diga a verdade. De qualquer maneira, se ele quisesse, poderia descobrir facilmente a verdade.

— Muito bem, Comandante, vou-lhe explicar como foi que me colocaram no *pool* das estenógrafas. Foi por causa de uma altercação que tive com uma *Vertreterin* no alojamento das mulheres, quando cheguei aqui, em abril último. Ela era assistente da chefe de alojamento. Para falar com franqueza, eu tinha pavor dela, por causa de...

Hesitou, um pouco temerosa de tocar numa possibilidade de caráter sexual, embora soubesse que seu tom de voz já a sugerira. Mas Höss, agora de olhos completamente abertos e encarando-a, antecipou o que ela estava tentando dizer:

— Sem dúvida ela era lésbica — falou, num tom cansado, mas ácido e exasperado. — Uma dessas prostitutas saídas dos cortiços de Hamburgo, que mandaram para Ravensbrück e que o Quartel-General resolveu transferir para cá, na ideia equivocada de que exerceriam *disciplina* sobre vocês, sobre as internas. Que farsa! — Fez uma pausa. — Ela era lésbica, não? E tentou abusar de você, não? Era de se esperar. Você é uma jovem muito bonita. — Fez nova pausa, enquanto Sofia digeria aquela última observação. (Quereria dizer algo?) — Desprezo homossexuais — prosseguiu ele. — Imaginar as pessoas praticando esses atos, dignos de animais, me dá vontade de vomitar. Nunca pude, sequer, olhar para um homossexual, homem ou mulher. Mas é algo que se tem que enfrentar, quando as pessoas estão confinadas.

Sofia pestanejou. Como uma tira de filme projetada em ritmo de cinema mudo, reviu o episódio daquela manhã, a cabeleira vermelha de Wilhelmine se afastando do seu púbis, os lábios úmidos e famintos abertos num oh! petrificado, os olhos brilhantes de terror. Vendo a repulsa estampada no rosto de Höss, pensando na governanta, teve que suprimir um grito ou uma risada.

— Incrível! — acrescentou o Comandante, fazendo uma careta.

— Não foi uma simples sugestão — disse ela, sentindo as faces em fogo. — Ela *tentou* me violentar. — Não se lembrava de ter jamais pronunciado a palavra "violentar" diante de um homem e o rubor aumentou ainda mais. — Foi muito desagradável — disse, após um momento. — Eu não sabia que o... o desejo de uma mulher por outra pudesse ser tão... tão violento. Mas fiquei sabendo.

— Quando confinadas, as pessoas se comportam de maneira diferente, estranha. Conte-me como foi.

Mas, antes que Sofia pudesse continuar, ele enfiou a mão no bolso da túnica, colocada sobre as costas da outra cadeira, do lado do divã, e tirou para fora um tablete de chocolate.

— Engraçadas — disse, numa voz quase distraída — essas dores de cabeça. No início, dão uma náusea terrível mas, assim que o remédio começa a fazer efeito, sinto-me cheio de fome.

Tirando o invólucro do chocolate, estendeu o tablete na direção dela. A princípio hesitante, surpresa — pois era o primeiro gesto desse tipo que ele fazia — Sofia partiu nervosamente um pedaço e enfiou-o na boca, consciente de que estava demonstrando uma grande gula, apesar de todos os seus esforços para parecer indiferente. Não tinha importância.

Prosseguiu com a narrativa, falando rapidamente, enquanto via Höss devorar o resto do chocolate, cônscia de que o recente ataque por parte da governanta de confiança, do homem com quem estava falando lhe garantia uma certa vivacidade de tom.

— É, a mulher era uma prostituta e uma lésbica. Não sei de que parte da Alemanha ela era... acho que do norte, pois falava *Plattdeutsch.* Mas sei que era uma mulher enorme e que tentou me violentar. Havia dias que estava de olho em mim. Uma noite, na latrina, aproximou-se. A princípio, não foi violenta. Prometeu-me comida, sabão, roupa, dinheiro, tudo o que eu quisesse. — Sofia parou um momento, o olhar fixo nos olhos azuis-violeta de Höss, que tinham uma expressão interessada, fascinada. — Eu estava horrivelmente faminta, mas... da mesma forma que o senhor, Comandante, sinto nojo dos homossexuais, de modo que não me foi difícil resistir, dizer que não. Procurei empurrá-la, mas aí a *Vertreterin* ficou furiosa e me atacou. Gritei e tentei argumentar com ela, mas ela me encostou contra a parede e começou a me fazer coisas com as mãos. Aí, a chefe chegou. — A chefe do alojamento pôs um fim naquilo — continuou Sofia. — Mandou a *Vertreterin* embora e disse para eu ir falar com ela, no seu quarto, nos fundos do alojamento. Não era má pessoa... mais uma prostituta, como o senhor diz, mas boa pessoa. Tinha-me ouvido gritar com a *Vertreterin*, explicou, e ficara espantada, porque todas as recém-chegadas ao alojamento eram polonesas e ela queria saber onde eu tinha aprendido a falar um alemão tão bom. Conversamos e vi que ela gostara de mim. Não acho que fosse lésbica. Era de Dortmund e estava encantada com o meu alemão. Disse que talvez pudesse me ajudar. Deu-me uma xícara de café e mandou-me embora. Depois disso, falamos várias vezes e vi que ela havia simpatizado comigo. Alguns dias mais tarde, ela me disse para ir de novo ao seu quarto e um dos seus oficiais, Comandante, estava lá, o *Hauptscharführer* Günther, da administração do campo. Fez-me várias perguntas, perguntou quais as minhas qualificações e, quando eu lhe disse que sabia bater à máquina e era taquígrafa em polonês e alemão, informou que talvez eu pudesse ser colocada no *pool* de datilografia. Tinha ouvido dizer que havia falta de gente que soubesse línguas. Passados alguns dias, disse-me que eu ia ser transferida. E foi assim que vim parar aqui...

Höss tinha acabado de comer o chocolate e, apoiando-se num dos cotovelos, preparou-se para acender mais um cigarro.

— Em resumo — concluiu Sofia — trabalhei no setor de estenografia até uns dez dias atrás, quando me disseram que precisavam de mim para um trabalho especial aqui. E aqui...

— E aqui — interrompeu ele, com um suspiro — você tem tido muita sorte.

O que Höss fez a seguir causou-lhe profundo espanto. Ergueu a mão livre e, com a maior delicadeza, tirou algo do lábio superior de Sofia. Era um pedacinho do chocolate que ela comera e que agora estava entre o dedo indicador e o polegar dele. Viu-o levar lentamente os dedos sujos aos lábios e pôr o pequenino floco castanho na boca. Sofia fechou os olhos, tão perturbada com aquela grotesca e estranha comunhão, que seu coração disparou de novo e sentiu uma espécie de vertigem.

— Que foi que houve? — ouviu-o perguntar. — Você está branca. — Nada, *mein Kommandant* — respondeu ela. — Estou só um pouco tonta, mas já vai passar.

Conservou os olhos fechados.

— *Que foi que eu fiz de errado?*

A voz saiu-lhe num grito, tão alto que a assustou, e ela mal tinha aberto os olhos, quando o viu levantar-se do divã, ficar ereto encaminhar-se para a janela. O suor empapava-lhe as costas da camisa e pareceu-lhe que todo o corpo dele tremia. Sofia ficou confusa, olhando para Höss, após ter pensado que a história do chocolate poderia ter sido o prelúdio de algo mais íntimo entre os dois. Mas talvez tivesse sido: ele estava agora se lastimando, como se a conhecesse havia anos, o punho cerrado e afundado na outra mão.

— Não posso imaginar o que eles acham que fiz de errado. Essa gente de Berlim é impossível. Pedem coisas sobre-humanas a um simples ser humano, que em três anos só tem feito o melhor que pode. Não atendem a razões, não sabem o que é ter que lidar com empreiteiros que não respeitam os compromissos, com intermediários, com fornecedores que se atrasam ou simplesmente não entregam a mercadoria. Nunca lidaram com esses poloneses! Fiz o melhor que pude e esta é a recompensa que recebo. Esse *fingimento*! Fingem que é uma promoção e sou chutado para

Oranienburg e tenho que engolir a intolerável afronta de vê-los colocar Liebehenschel no meu lugar! Liebehenschel, esse vaidoso insuportável, com a sua reputação de ultraeficiente. Tudo isso me dá *náuseas*! Não existe a menor gratidão neste mundo.

Havia mais petulância na sua voz do que raiva ou ressentimento.

Sofia levantou-se e aproximou-se dele, sentindo outra abertura, embora pequena.

— Desculpe-me, Comandante — disse — perdoe-me se o que lhe vou sugerir mostrar que estou errada, mas acho que talvez isso seja um *tributo* ao senhor. Talvez eles compreendam muito bem suas dificuldades, os seus esforços, e como eles o deixaram exausto. Peço-lhe novamente desculpas, mas, durante os poucos dias em que trabalhei neste escritório, não pude deixar de notar que o senhor está sempre sob uma tensão extraordinária, submetido às maiores pressões... — Como fora cuidadosa sua solicitude! Ouvia a voz sair-lhe, mas continuava com os olhos fixos na nuca dele. — Talvez essa transferência seja, na realidade, uma recompensa à sua... à sua devoção.

Calou-se e seguiu o olhar de Höss, fito no campo além da casa. Levada pelo vento, a fumaça de Birkenau tinha sido varrida para longe, pelo menos momentaneamente e, à luz clara do sol, o grande e belo cavalo branco galopava de novo em volta do *paddock*, levantando um pequeno remoinho de pó. Através da janela fechada, podiam ouvir o ruído das suas patas contra o chão. Da garganta do Comandante saiu um silvo de ar, enquanto procurava no bolso o maço de cigarros.

— Oxalá você estivesse com a razão — disse ele — mas duvido. Se ao menos eles fizessem ideia da *magnitude*, da *complexidade*! Parecem não ter conhecimento dos *números* enormes relacionados com essas Ações Especiais. Das intermináveis multidões! Esses judeus vêm de todos os países da Europa, milhares, milhões, como os arenques que, na primavera, invadem a Baía de Mecklenburg. Nunca sonhei que o mundo contivesse tantos representantes do *das Erwählte Volk*.

O Povo Escolhido. O uso que ele fez da frase permitiu a Sofia avançar um pouco mais, aumentando a abertura pela qual — tinha agora a certeza — penetrara, embora de leve.

— *Das Erwählte Volk* — a voz dela repetiu, com desprezo. — O Povo Escolhido, o Povo Eleito, se o senhor me permite dizer isso, está finalmente pagando o justo preço por ter, de maneira arrogante, se afastado do resto da humanidade, por se ter considerado o único povo digno de salvação. Honestamente, não vejo como eles podem esperar não pagar, após terem cometido, durante tantos anos, tantas blasfêmias, do ponto de vista dos cristãos. (De repente, a imagem do pai surgiu diante dela, monstruosa.) Sofia hesitou, mas logo prosseguiu, tecendo mais uma das suas mentiras, impelida para a frente como se fosse um pedaço de madeira, flutuando sobre uma corrente de invenções e falsidades. — Já não sou cristã. Assim como o senhor, Comandante, abandonei a fé católica, com seus pretextos e suas evasivas. No entanto, é fácil perceber por que os judeus inspiraram tanto ódio aos cristãos e às pessoas como o senhor — *Gottgläubiger*, conforme o senhor me disse, esta manhã — pessoas idealistas, que só desejam uma nova ordem, num mundo novo. Os judeus ameaçaram essa ordem e é justo que, finalmente, sofram por isso. Eu diria que é um castigo de Deus.

Ele ainda estava de costas para ela quando retrucou, serenamente:

— Você fala com aparente conhecimento de causa. Para uma mulher, fala como se tivesse conhecimento dos crimes de que os judeus são capazes. Isso me põe curioso. São tão poucas as mulheres que têm conhecimento ou compreensão de alguma coisa!

— Sim, mas *eu* tenho, Comandante! — disse Sofia, vendo-o dar meia-volta e olhar para ela, pela primeira vez, com atenção. — Tenho conhecimento pessoal, além de experiências pessoais...

— Como, por exemplo?

Impulsivamente — Sofia sabia que estava se arriscando — inclinou-se e tirou o desbotado panfleto da pequena fenda na sua bota.

— Pronto! — exclamou, brandindo-o diante dele, mostrando a capa, com o título. — Conservei isto contra o regulamento, sei que corri um risco enorme. Mas quero que o senhor saiba que essas poucas páginas representam tudo aquilo que eu defendo. Sei, por trabalhar com o senhor, que a "solução final" tem sido mantida em segredo. Mas este é um dos primeiros documentos poloneses sugerindo uma "solução final" para o problema judeu. Colaborei com meu pai, de quem já lhe falei, na sua feitura. Naturalmente, não espero que o senhor o leia em pormenor, com tantos problemas e preocupações como tem. Mas peço-lhe, pelo menos, que o leve em consideração... Sei que meus problemas não têm importância para o senhor... mas, se pudesse dar uma olhada nele... talvez se apercebesse da injustiça do meu internamento... Também lhe posso falar mais acerca de minhas atividades a favor do Reich, em Varsóvia, onde revelei o esconderijo de vários judeus intelectuais, procurados havia muito tempo...

Sentia que estava falando demais. Na sua fala havia uma falta de conexão, que a preveniu de que devia parar, o que ela fez, rezando para não perder o controle. Por baixo do uniforme de presa, junto com o suor da esperança e da trepidação, sentia que, finalmente, conseguira plantar-se, na consciência dele, como uma realidade de carne e osso. Embora de maneira imperfeita e apenas momentânea, estabelecera contato: isso ela podia perceber, pelo olhar penetrante que Höss lhe lançou, ao tirar-lhe o panfleto da mão. Encabulada, coquete, Sofia desviou os olhos, ao mesmo tempo em que um dito dos camponenses da Galícia lhe vinha à cabeça: *Estou entrando no ouvido dele.*

— Você acha, então, que é inocente — disse Höss, num tom que encheu Sofia de coragem.

— Repetindo — respondeu ela, mais do que depressa — confesso minha culpa do pequeno crime que resultou no meu internamento aqui, o contrabando de um pequeno pedaço de carne. Só estou pedindo que esse crime seja confrontado não apenas com meus antecedentes como simpatizante polonesa do Nacional Socialismo, como com o meu envolvimento ativo na guerra sagrada contra os judeus e o que eles representam. O panfleto na sua mão, *Mein Kommandant*, pode ser facilmente autenticado e provará o que eu lhe disse. Imploro-lhe, ao senhor, que tem o poder de conceder clemência e liberdade, que considere meu internamento à luz de minhas atuações passadas e que me permita voltar à vida que eu levava em Varsóvia. Acho que não é pedir muito a um homem justo, como o senhor, e que detém o poder da misericórdia.

Lotte dissera a Sofia que Höss era vulnerável à lisonja, mas ela agora temia ter exagerado — principalmente ao vê-lo apertar de leve os olhos e ao ouvi-lo dizer:

— O seu fervor me faz ficar curioso. O que é que a faz odiar os judeus com tal... com tal intensidade?

Sofia já inventara uma história para tal emergência, baseada na teoria de que, embora um espírito pragmático, como o de Höss, pudesse apreciar o veneno do seu *Antisemitismus* de uma maneira abstrata, o lado mais primitivo desse mesmo espírito poderia gostar de um toque de melodrama.

— Esse documento, Comandante, contém as minhas razões filosóficas, as que eu desenvolvi com o meu pai, na Universidade de Cracóvia. Quero enfatizar que teríamos expressado o nosso sentimento contra os judeus mesmo que a nossa família não houvesse sofrido uma horrível calamidade. — Höss continuou a fumar, impassível, à espera de que ela prosseguisse. — A libertinagem sexual dos judeus é conhecida, uma das suas características mais detestáveis. Antes de sofrer um terrível acidente, meu pai era grande admirador de Julius Streicher por essa razão: ele aplaudia a maneira pela qual *Herr* Streicher satirizava, de um modo tão instrutivo, esse traço degenerado do caráter judeu. E nossa família tinha um motivo especialmente cruel para concordar com os pontos de vista de *Herr* Streicher. — Fez uma pausa e olhou para o chão, como se estivesse recordando uma coisa muito triste. — Eu tinha uma irmã jovem, que estudava também no colégio de freiras de Cracóvia, um ano atrás de mim. Uma noite, há uns dez invernos, ela estava passando perto do gueto, quando sofreu um ataque sexual por parte de um judeu — depois, soube-se que ele era açougueiro — que a arrastou para um beco e a estuprou repetidamente. Fisicamente, minha irmã sobreviveu ao ataque, mas psicologicamente ficou destruída. Dois anos mais tarde, cometeu suicídio por afogamento. Sem dúvida, esse terrível fato veio comprovar, de uma vez por todas, a profundidade da compreensão de Julius Streicher quanto às atrocidades de que os judeus são capazes.

— *Kompletter Unsinn!* — exclamou Höss, cuspindo as palavras. — Tudo isso me parece uma completa *bobagem!*

Sofia teve a sensação de quem, caminhando serenamente por um atalho no meio da floresta, se sente de repente caindo num buraco. Que teria ela dito de errado? Inadvertidamente, deixou escapar um pequeno gemido.

— Estou me referindo... — começou ela.

— Bobagem! — repetiu Höss. — As teorias de Streicher são boas para o lixo. Detesto a sua linguagem pornográfica. Mais do que qualquer outra pessoa, ele prestou um desserviço ao Reich e ao Partido, para não falar na opinião mundial, com os seus escritos sobre os judeus e as suas tendências sexuais. Ele não entende nada desses assuntos. Todo mundo que conhece judeus atestará que, ao contrário, no campo sexual eles são inibidos, não-agressivos, até mesmo patologicamente reprimidos. O que aconteceu com a sua irmã foi, sem dúvida, uma aberração.

— *Aconteceu!* — mentiu ela, chocada com o rumo inesperado que as coisas tinham tomado. — Eu juro...

Höss interrompeu-a:

— Eu não duvido que tenha acontecido, mas deve ter sido um tarado, uma aberração. Os judeus são capazes de cometer muitos crimes, mas não são estupradores. O que Streicher tem escrito no seu jornal, todos estes anos, só tem provocado o maior dos ridículos. Se ele tivesse dito a verdade, retratando os judeus como eles *realmente* são — interessados em monopolizar e dominar a economia mundial, envenenando a moral e a cultura, tentando, através do bolchevismo e de outros meios, derrubar os governos civilizados — ele teria cumprido uma função necessária. Mas o retrato do judeu como um libertino, com um pau enorme... — usou a palavra coloquial, *Schwanz*, o que a espantou, assim como o gesto que fez com as mãos, medindo um órgão de um metro de comprimento. — ...é um cumprimento imerecido à masculinidade dos judeus. A maioria dos homens judeus que pude observar é desprezivelmente neutra, como se não tivesse sexo. *Weichlich.* Frouxos. E isso os torna ainda mais repulsivos.

Sofia cometera um erro tático com relação a Streicher (sabia muito pouco sobre o Nacional Socialismo, mas como poderia imaginar a que ponto iam os ciúmes e os ressentimentos, as brigas e as discórdias que reinavam entre os membros do Partido de todos os níveis e categorias?). Mas agora isso não parecia ter importância. Höss, envolto na fumaça cor de lavanda do seu quadragésimo cigarro do dia, de repente desistiu da sua tirada contra o *Gauleiter* de Nuremberg, deu um tapa no panfleto e disse algo que fez com que o coração dela parecesse uma bola de chumbo em brasa:

— Este documento não significa *nada* para mim. Mesmo que você fosse capaz de demonstrar, de maneira convincente, que colaborara na sua feitura, isso provaria muito pouco. Só que você despreza os judeus. O que não me impressiona, pois me parece um sentimento muito difundido. — Os olhos dele ficaram gélidos e distantes, como se estivesse fitando um ponto além da cabeça dela. — Além do mais, você parece esquecer que é polonesa e, por conseguinte, uma inimiga do Reich, mesmo que não tivesse sido considerada culpada de um ato criminoso. Entre as altas autoridades, o *Reichsführer*, por exemplo, há quem considere os poloneses e a Polônia iguaizinhos aos judeus. *Menschentiere*, igualmente indignos, igualmente poluídos, do ponto de vista racial, igualmente merecedores de aversão. Os poloneses que vivem na Mãe-Pátria estão começando a ser marcados com um P — um sinal de muito mau agouro para vocês. — Hesitou um momento. — Pessoalmente, não endosso completamente esse ponto de vista. No entanto, para ser sincero, alguns de meus contatos com os seus patrícios me causaram uma tal frustração e uma tal raiva, que mais de uma vez senti que havia causas reais para esse sentimento de ódio. A maioria das mulheres são apenas feias.

Sofia começou a chorar, embora isso nada tivesse a ver com o que ele dizia. Não planejara chorar — era a última coisa em que pensara, uma tal demonstração de fraqueza — mas não conseguiu controlar-se. As lágrimas jorraram-lhe e ela escondeu o rosto nas mãos. Tudo — tudo — fracassara: o seu precário equilíbrio fora por água abaixo e ela sentia-se como se tivesse sido atirada do alto de uma montanha. Não fizera nenhum progresso. Estava liquidada. Soluçando incontrolavelmente, ficou parada, com as lágrimas escorrendo-lhe por entre os dedos, pressentindo a aproximação do fim. Olhou para a escuridão das suas mãos molhadas e juntas, e ouviu os estridentes tiroleses cantando no salão, numa confusão de vozes, misturadas com um clangor de tubas, trombones e acordeões.

Und der Adam hat Liebe erfunden,
Und der Noah den Wein, ja!

Quase sempre aberta, a porta do sótão foi de repente fechada com um ranger de dobradiças, lentamente, gradualmente, como se por uma força relutante. Sofia sabia que só podia ter sido Höss quem fechara a porta e teve consciência do barulho das suas botas, aproximando-se dela, e dos seus dedos, agarrando-lhe com firmeza o ombro, antes mesmo de que ela afastasse as mãos dos olhos e erguesse a cabeça. Forçou-se a parar de chorar. O clamor por trás da porta fechada fora abafado.

Und der David hat Zither erschall...

— Você tem flertado descaradamente comigo — ouviu-o dizer, com voz tensa.

Abriu os olhos. Os dele pareciam desvairados e a maneira como olhavam em volta — aparentemente sem controle, pelo menos durante um breve momento — encheu-a de terror, principalmente por lhe darem a impressão de que ele ia levantar o braço e bater-lhe. Mas logo, com um suspiro profundo, pareceu reconsquistar o autocontrole. Seu olhar ficou normal, ou quase e, quando voltou a falar, as palavras saíram-lhe com a habitual firmeza militar. Mesmo assim, o modo de respirar — rápido, mas fundo — e um certo tremor nos lábios denotavam toda a sua perturbação, que Sofia, porém, com um terror ainda maior, não pôde deixar de identificar como uma extensão da raiva que ele sentia dela. Qual o motivo, ela não saberia dizer: seria pelo panfleto, pelo fato de ela ter flertado com ele, por ter elogiado as ideias de Streicher, por ser uma polonesa suja ou, talvez, por todos esses motivos juntos? De repente, para sua surpresa, apercebeu-se de que, embora o que ele sentia englobasse uma certa e vaga raiva, não era raiva dela e sim de outra pessoa ou de outra coisa. A mão, comprimindo-lhe o ombro, machucava-a. Höss deixou escapar um som nervoso, como se estivesse engasgado.

A seguir, relaxando a pressão sobre o ombro dela, disse algo que, na sua ansiedade étnica, Sofia percebeu ser uma réplica ridícula da preocupação de Wilhelmine, essa manhã.

— É difícil acreditar que você seja polonesa, com seu esplêndido alemão e sua aparência. Essa pele tão clara e as linhas do seu rosto, tão tipicamente arianas... Você tem um rosto muito mais fino do que o da maioria das mulheres eslavas. No entanto, você é o que diz que é: polonesa. — Sofia percebeu um tom ao mesmo tempo desconexo e evasivo na voz dele, como se a sua mente estivesse andando em círculos, sem saber como se expressar. — Não gosto de mulheres que flertam, é apenas um meio de procurar se insinuar e conseguir favores, ou alguma recompensa. Sempre detestei esse traço nas mulheres, esse grosseiro uso do sexo, tão desonesto, tão transparente. Você tornou as coisas muito difíceis para mim, fez-me pensar em coisas idiotas, distraiu-me dos meus deveres. Essa tentativa de flertar comigo foi extremamente irritante, mas a verdade é que a culpa não foi toda sua, você é uma mulher muito atraente.

"Há alguns anos, quando eu saía da minha fazenda e ia a Lübeck — na época, eu era muito jovem — vi uma versão muda do filme *Fausto*, na qual a mulher que fazia a Gretchen era incrivelmente bela e me causou profunda impressão. Tão loura, um rosto tão perfeito e tão claro, um corpo tão harmonioso... Fiquei dias, semanas, pensando nela. Ocupava-me os sonhos, obcecava-me. O nome da atriz era Margarete-Qualquer-Coisa, o sobrenome me escapa. Sempre pensei nela simplesmente como Margarete. Se o filme fosse falado, tenho certeza de que ela falaria um alemão puríssimo, parecido com o seu. Vi o filme mais de dez vezes. Mais tarde, soube que ela havia morrido muito jovem — de tuberculose, se não me engano — e isso me entristeceu terrivelmente. O tempo passou e eu fui-me esquecendo dela — pelo menos, já não me obcecava, embora nunca tenha conseguido esquecê-la inteiramente."

Höss fez uma pausa e apertou-lhe de novo o ombro, com força, machucando-a, e Sofia pensou, com um choque: estranho, provocando-me essa dor, ele está, na verdade, procurando expressar um pouco de ternura... Os *yodelers*, no salão, tinham finalmente se calado. Involuntariamente, Sofia fechou os olhos, tentando não fazer uma careta de dor e agora cônscia — no escuro recesso da sua mente — da sinfonia de morte que vinha do campo: o clangor metálico, o rolar dos vagões de carga e o longínquo apito de uma locomotiva, ao mesmo tempo triste e estridente.

— Sei muito bem que, sob muitos aspectos, não sou como a maioria dos homens de formação militar. Nunca me senti bem no meio deles. Sempre fui distante, solitário. Jamais gostei de prostitutas. Fui a um bordel apenas uma vez na vida, quando era muito jovem, em Constantinopla. Foi uma experiência que me encheu de repugnância, tenho nojo de prostituta. Há algo, na pureza, na beleza radiante de um certo tipo de mulher — clara de pele e de cabelos, embora, quando verdadeiramente ariana, possa ser um pouco mais morena — que me leva a idolatrar essa beleza quase a ponto de adorá-la. Essa atriz, Margarete, era uma dessas mulheres — assim como uma mulher que conheci em Munique, durante alguns anos, uma pessoa esplêndida, com quem tive um relacionamento apaixonado e um filho ilegítimo. Basicamente, acredito na monogamia. Muito raramente tenho sido infiel à minha esposa. Mas essa mulher era... era o mais acabado exemplo desse tipo de beleza: perfeita de traços e do mais puro sangue nórdico. Minha atração por ela estava muito acima de algo tão cru como a simples atração sexual; estava relacionada com um glorioso esquema de procriação. Era algo exaltante, depositar o meu sêmen dentro de um vaso tão belo. E você me inspira o mesmo desejo.

Sofia conservou os olhos fechados à medida que aquela torrente de verborreia nazista, com suas excitadas imagens e seus suculentos termos teutônicos, subia pelos tributários da sua mente, quase lhe afogando a razão. De repente, a umidade do suarento peito dele, atingiu-lhe as narinas, como um pedaço de carne rançosa, e ela soltou uma exclamação abafada, sentindo o corpo dele estreitar o seu, junto com um roçar de joelhos, de cotovelos e barba despontando. Tão insistente, no seu ardor, quanto a governanta, ele era incomparavelmente mais desajeitado: os seus braços, em volta dela, pareciam múltiplos, como os de uma enorme mosca mecânica. Sofia conteve a respiração, enquanto as mãos dele lhe faziam uma espécie de massagem nas costas. E o *coração* dele — o seu galopante coração! Sofia nunca imaginara que um simples coração fosse capaz de uma reação tão romântica, de bater contra o dela como um tambor, através da camisa suada. Tremendo como se estivesse muito doente, ele não tentou nada tão ousado quanto um beijo, embora Sofia estivesse certa de sentir uma protuberância — a língua ou o nariz dele — rodear-lhe a orelha coberta pelo lenço de cabeça. Nisso, uma batida abrupta na porta fez com que ele se afastasse rapidamente dela, murmurando um suave, miserável:

— *Scheiss!*

Era outra vez o ordenança, Scheffler. Pedindo perdão ao Comandante, ali mesmo, da soleira da porta, comunicou que *Frau* Höss resolvera ir ao cinema, no centro de recreação da guarnição, e mandara perguntar se poderia levar Iphigenie com ela. Iphigenie, a filha mais velha do casal, estava convalescendo de uma gripe que durava já uma semana, e madame desejava saber se, na opinião do Comandante, a menina já estava o suficientemente bem para ir com ela à matinê. Ou deveria perguntar ao Dr. Schmidt? Höss rosnou uma resposta que Sofia não entendeu, mas foi durante essa breve troca de palavras que ela teve um pressentimento, uma intuição de que a interrupção, com seu sabor doméstico, só poderia apagar para sempre o momento mágico no qual o Comandante, à maneira de um Tristão de alma aflita, tivera a fraqueza de se deixar seduzir. Quando ele se voltou de novo para ela, Sofia percebeu imediatamente que o pressentimento estava certo e que a sua causa corria o maior perigo.

— Quando ele se voltou para mim — disse ela — o seu rosto estava ainda mais atormentado do que antes. Tive de novo a estranha sensação de que ia me bater. Em vez disso, porém, ele chegou muito perto de mim e disse: "Desejaria ter relações com você" — usou a palavra *Verkehr*, que, em alemão, tem o mesmo som estúpido e formal que "relações". "Ter relações com você me permitiria relaxar, talvez até esquecer." De repente, o seu rosto mudou, como se *Frau* Höss tivesse transformado tudo de um momento para outro. O rosto dele ficou muito calmo e impessoal e ele disse: "Mas não posso e não vou ter, é demasiado arriscado. Acabaria mal". Afastou-se de mim, deu-me as costas e encaminhou-se para a janela. Ouvi-o dizer: "Além do mais, uma gravidez aqui seria fora de questão". Stingo, pensei que ia desmaiar. Sentia-me muito fraca, por todas as emoções e tensões por que passara e também, eu acho, de fome, de não ter comido nada desde aqueles figos que vomitara, de manhã, além do pedacinho de chocolate que ele me tinha dado. Virou-se de novo e disse: "Se eu não estivesse de partida, correria o risco. Seja qual for o seu *background*, sinto que, do ponto de vista espiritual, poderíamos nos entender. Não me importaria de correr um grande risco para ter relações com você". Pensei que ele fosse me tocar ou agarrar de novo, mas não. — "Mas eles querem se livrar de mim e eu tenho que ir embora" — disse ele. — "E você também. Vou mandá-la de volta ao Bloco Dois, de onde você veio. Amanhã mesmo". E virou-me de novo as costas.

"Fiquei apavorada — prosseguiu Sofia. — Tinha tentado me aproximar dele, fracassado, e agora ele ia me mandar embora e todas as minhas esperanças iam por água abaixo. Tentei falar com ele, mas as palavras não saíam, eu parecia engasgada. Era como se ele fosse me jogar de novo no inferno e eu não pudesse fazer nada — nada mesmo. Fiquei olhando para ele e procurando falar. O belo cavalo árabe ainda corria pelo *paddock* e Höss estava encostado à janela, olhando para ele. O vento tinha soprado a fumaça de Birkenau. Ouvi Höss murmurar algo a respeito da sua transferência para Berlim, numa voz muito amarga. Lembro-me de ele usar palavras como "fracasso" e "ingratidão", e de dizer, claramente: *"Eu sei como desempenhei bem o meu dever"*. Depois, ficou muito tempo sem dizer nada, apenas olhando para o cavalo e, por fim, ouvi-o dizer o seguinte, tenho quase a certeza de que essas foram as suas palavras exatas: "Libertar-se do corpo de homem, mas continuar a viver na Natureza. Ser aquele cavalo, viver dentro desse animal. Isso seria ser livre"."

Sofia fez uma pausa e depois disse:

— Nunca esqueci essas palavras. Foram tão...

E parou de falar, os olhos brilhantes, fitos no fantasmagórico passado. ("Foram tão...") O *quê*?

Depois que Sofia me contou tudo isso, ficou muito tempo calada, os olhos atrás das mãos e a cabeça inclinada para a mesa, entregue a uma sombria reflexão. Durante toda a longa narrativa, ela conseguira controlar-se, mas agora o brilho úmido entre os seus dedos revelou-me que estava chorando. Deixei-a chorar em silêncio. Havia horas que estávamos sentados, naquela chuvosa tarde de agosto, os cotovelos apoiados sobre uma das mesas de fórmica do The Maple Court. Tinha decorrido três dias desde o rompimento entre Sofia e Nathan, que descrevi páginas atrás. Talvez seja bom lembrar que, quando os dois desapareceram, eu estava indo ao encontro do meu pai, em Manhattan. (A visita dele fora muito importante para mim — na verdade, eu decidira voltar para a Virgínia com ele — e pretendo descrevê-la, com detalhes, mais adiante.) Desse encontro, eu regressara, abatido, ao Palácio Cor-de-Rosa, esperando encontrar o mesmo quadro que deixara, horas antes — jamais antecipando a presença de Sofia, que descobri, como por milagre, no meio do pandemônio do seu quarto, enfiando seus últimos pertences numa velha mala. De Nathan, nem sombra — o que achei ótimo — e, depois desse nosso encontro, ao mesmo tempo doce e melancólico, eu e Sofia corrêramos, no meio de uma chuvarada de verão, para o The Maple Court. Não é preciso dizer que fiquei satisfeitíssimo de constatar que Sofia parecia tão feliz de me ver quanto eu de respirar o aroma que emanava do seu rosto e do seu corpo. Pelo que sabia, a não ser Nathan e, talvez, Blackstock, eu era a única pessoa no mundo que podia se jactar de conhecer Sofia com alguma intimidade, e a senti agarrar-se à minha presença como se ela lhe desse vida.

Parecia estar ainda muito abalada com a deserção de Nathan (disse, não sem um certo humor negro, que pensara várias vezes em se jogar da janela do hotel de má-morte, no Upper West Side, em que jazera, naqueles três dias) mas, se a dor pela partida dele lhe abalara o espírito, era essa mesma dor, eu percebia, que lhe permitia abrir ainda mais as comportas da memória, numa poderosa e catártica torrente. Mas uma dúvida até hoje me persegue. Deveria eu ter ficado alarmado com algo, no comportamento de Sofia, que até ali nunca observara? Ela começara a beber, não muito — nem sequer a ponto de lhe alterar a fala — mas as três ou quatro doses de uísque com água que tomou, no decorrer daquela tarde cinzenta e chuvosa, foram uma surpresa, para alguém que, como Nathan, até ali fora relativamente abstêmia. Talvez eu devesse ter-me preocupado mais com aqueles copos de Schenley's junto dela. De qualquer maneira, fiquei na minha cervejinha habitual e mal reparei nessa nova tendência de Sofia. Não teria reparado, mesmo porque, quando Sofia recomeçou a falar (enxugando os olhos e — numa voz tão controlada quanto lhe era possível, dadas as circunstâncias — retomando a crônica daquele dia com Rudolf Franz Höss), ela disse algo tão surpreendente, que senti todo o rosto como que envolto numa espécie de geada. Contive a respiração, as pernas fraquejaram. Pelo menos, tive a certeza de que ela não estava mentindo...

— Stingo, o meu filho estava lá, também, em Auschwitz. Sim, eu tinha um filho, Jan, que me tinham tirado no dia em que cheguei ao campo e colocado num lugar chamado Campo das Crianças. Ele só tinha dez anos. Sei que você deve achar estranho que, durante todo esse tempo que você me conheceu, eu nunca lhe tenha falado nada sobre o meu filho, mas isso é uma coisa que eu nunca fui capaz de contar a ninguém. É demasiado difícil, difícil demais para mim, até pensar nisso. Sim, eu contei a Nathan uma vez, muitos meses atrás. Contei muito depressa e, depois, disse que nunca mais queria falar nisso outra vez. Por isso, agora, eu só estou lhe contando porque você nunca seria capaz de compreender o que aconteceu comigo e Höss se não soubesse de Jan. Depois, não vou falar mais nele e você nunca vai me fazer nenhuma pergunta. Nunca...

"Seja como for, aquela tarde, quando Höss estava olhando pela janela, eu falei com ele. Sabia que tinha de jogar a minha última cartada, revelar para ele o que *au jour le jour* eu tinha enterrado até de mim — com medo de morrer de dor. Tinha que fazer alguma coisa, gritar, suplicar, esperando poder, não sei como, tocar aquele homem para ele ter um pouco de pena, se não de mim, da única coisa que eu tinha no mundo pela qual viver. Por isso, controlei a voz e disse: *"Herr Kommandant*, sei que não posso pedir muita coisa para mim e que o senhor precisa fazer de acordo com o regulamento, mas suplico-lhe que faça só uma coisa para mim, antes de ser mandado para Berlim. Tenho um filho pequeno no Campo D onde estão os garotos presos. O nome dele é Jan Zawistowski, e tem dez anos de idade. Fiquei sabendo o número dele, vou lhe dar. Ele estava comigo quando eu cheguei, mas não o vejo há seis meses. Desejo vê-lo. Temo pela saúde dele, com o inverno se aproximando. Suplico-lhe que pense numa maneira de soltá-lo. A saúde dele não é boa e ele é tão novinho!" Höss não respondeu, ficou olhando para mim fixo, sem pestanejar. Eu estava começando a perder o autocontrole. Estendi a mão e toquei a camisa dele. Depois agarrei-a, dizendo: "Por favor, se a minha pessoa o impressionou nem que seja um pouco, suplico-lhe que faça isso por mim. Não estou pedindo para *me* soltar, só para soltar o meu filho. Há uma maneira de fazer isso, se quiser eu lhe digo... Por favor, faça isso por mim. *Por favor!"*

"Vi que estava outra vez sendo apenas um verme na vida dele, um pedaço de *Dreck* polonês. Ele agarrou-me o pulso, tirou a minha mão da camisa dele e disse: "Chega!" Nunca esquecerei o *frenesi* da sua voz, ao dizer: *"Ich kann es unmöglich tun!"* Isto é: "Está fora de questão eu fazer isso". Disse mais: "Seria *fora da lei*, soltar qualquer prisioneiro sem ter autorização para isso". De repente, percebi que tinha tocado em algum terrível nervo dele, só por mencionar aquilo. "É realmente incrível, a sua sugestão! Por quem você me toma, por algum *Dümmling* que espera poder manipular? Só porque expressei um sentimento especial por você? Pensa que pode me levar a fazer uma coisa fora da lei só porque demonstrei um pouco de afeto?" E acrescentou: "Acho isso desprezível!"

— Será que você entende, Stingo, se eu lhe disser que não pude me controlar e me joguei em cima dele, passei os braços em volta da cintura dele e supliquei, sei lá quantas vezes, "Por favor, por favor"? Mas percebi, pela rigidez dos seus músculos e o tremor de todo o seu corpo, que ele tinha acabado comigo. Mesmo assim, continuei a pedir: "Pelo menos, deixe-me ver o meu filho, deixe-me visitá-lo, só uma vez, por favor, faça só isso por mim. Será que o senhor não entende isso? O senhor também tem filhos. Me deixe vê-lo, abraçá-lo só uma vez, antes de voltar para o campo". E, ao mesmo tempo em que eu dizia isso, Stingo, ajoelhei-me diante dele e encostei o rosto nas suas botas.

Sofia parou, contemplando durante algum tempo aquele passado que agora parecia tê-la recapturado de maneira tão completa e irresistível. Bebeu vários goles de uísque, distraidamente, como se recordasse. E vi que, como se procurasse alguma forma de realidade que eu pudesse lhe oferecer, ela agarrara a minha mão e a apertava com força, enquanto dizia, no seu inglês:

— Tem-se falado tanto do comportamento das pessoas num lugar como Auschwitz! Na Suécia, quando eu estava naquele centro de refugiados, muitas vezes um grupo de gente que tinha estado lá — em Auschwitz ou em Birkenau, para onde mais tarde fui mandada — se lembrava de como aquelas várias pessoas tinham agido. Por que um homem tinha se tornado um *Kappo*, cruel com os companheiros e fazendo com que muitos morressem? Ou por que aquele outro homem ou aquela mulher tinha feito este ou aquele ato de bravura, às vezes dando a vida para que outros pudessem viver? Ou cedendo o seu pão ou uma batatinha ou uma sopa rala para alguém que estava morrendo de fome, mesmo que eles próprios também estivessem famintos? Mas também havia gente — homens, mulheres — capazes de matar ou trair outro prisioneiro em troca de um pouco de pão. As pessoas agiam de maneira muito diferente no campo, algumas de maneira covarde e egoísta, outras, corajosamente — não havia uma regra fixa. Mas Auschwitz era um lugar tão horrível, Stingo, tão incrivelmente horrível, que a gente não podia dizer que esta pessoa *deveria* ter feito isto ou aquilo de maneira nobre, como se fosse no mundo normal. Quando um homem ou uma mulher fazia uma coisa nobre, era para admirar como se fosse num outro lugar qualquer, mas os nazistas eram assassinos e, quando não estavam matando, estavam transformando as pessoas em animais de modo que, se o que as pessoas faziam não era nobre, ou mesmo se agiam como animais, era preciso compreender, condenando, talvez, mas sentindo pena ao mesmo tempo, porque você sabia como era fácil você também virar animal.

Sofia fez uma pausa e fechou os olhos, como se em grave meditação. Depois, olhou uma vez mais para a distância.

— Por isso, existe uma coisa que ainda é um mistério para mim. Porque é que, eu sabendo de tudo isso e que os nazistas também me tinham transformado num animal como os outros, continuo sentindo tanta culpa por todas as coisas que fiz lá e pelo fato de estar viva. Esse sentimento de culpa é uma coisa de que não consigo me livrar e sei que nunca conseguirei. — Fez nova pausa e disse: — Acho que é porque...

Mas hesitou, não conseguindo completar o pensamento, e ouvi um tremor na sua voz (talvez mais de cansaço, agora, do que por qualquer outra razão) quando ela disse:

— Sei que nunca vou me livrar dele. Nunca. Talvez essa seja a pior coisa que os alemães me deixaram.

Finalmente, largou minha mão e, olhando-me fixo no rosto, disse:

— Rodeei as botas de Höss com os meus braços. Encostei a face naquelas frias botas de couro, como se elas fossem feitas de pele ou de alguma coisa quente e confortadora. E sabe que mais? Acho até que lambi, com a língua, aquelas botas nazistas. E quer saber o que mais? Se Höss me tivesse dado uma faca ou uma pistola e me tivesse dito para matar alguém, um judeu, um polonês, não importa, eu teria obedecido sem pensar, até com alegria, se em troca disso eu pudesse ver o meu filho um só minuto e abraçá-lo. Então, ouvi Höss dizer: "Levante-se! Demonstrações desse tipo me ofendem". Mas, quando comecei a me levantar, a voz dele ficou menos dura e ele disse: "Claro que você pode ver seu filho, Sofia". Era a primeira vez que ele pronunciara o meu nome. Aí, oh, meu Deus, Stingo, ele me *abraçou* de novo e falou: "Sofia, Sofia, claro que você pode ver seu filho. Você acha que eu podia lhe negar isso? *Glaubst du, dass ich ein Ungeheuer bin*? Você acha que eu sou algum monstro?"

Capítulo Onze

— Filho, o Norte está convencido de que tem uma verdadeira patente com relação à virtude — disse meu pai, tocando de leve, com o dedo indicador, o seu olho preto. — Mas o Norte está errado. Você acha que os cortiços do Harlem representam, para os negros, um progresso sobre um pedaço de plantação de amendoins no Condado de Southampton? Você acha que os negros podem viver felizes nessa horrível pobreza? Filho, um dia destes, o Norte vai acabar lamentando essas hipócritas tentativas de magnanimidade, esses gestos pensados e transparentes, que atendem pelo nome de *tolerância*. Um dia, guarde bem o que eu lhe digo, vai ficar demonstrado que o Norte está tão mergulhado em preconceitos quanto o Sul, se não mais. Pelo menos, no Sul os preconceitos estão à vista. Mas aqui... — Fez uma pausa e levou de novo o dedo ao olho machucado. — *Estremeço*, só de pensar na violência e no ódio que germinam nesses cortiços.

O protótipo do liberal sulista, consciente das injustiças perpetradas no Sul, meu pai nunca fora dado a pôr as várias culpas raciais do Sul nas costas do Norte. Por isso, foi com certa surpresa que o ouvi falar assim, sem saber — naquele verão de 1947 — quão proféticas as suas palavras provariam ser.

Passava bastante da meia-noite e estávamos sentados no escuro e acolhedor bar do Hotel McAlpin, para onde eu o levara, após a desastrosa altercação que ele tivera com um chofer de táxi chamado Thomas McGuire,

Licença nº 8608, uma hora após a sua chegada a Nova York. O velho (Uso essa expressão apenas no sentido vernacular-paternal do termo. Aos cinquenta e nove anos, ele tinha uma aparência jovem e saudável) não ficara muito ferido, mas houvera um considerável bate-boca e um alarmante derramar de sangue, oriundo de um corte superficial na testa, que necessitara de curativo. Depois de tudo terminado e quando estávamos bebendo (ele, uísque, eu, a bebida dos meus verdes anos — Rheingold) e conversando, principalmente sobre o golfo que separava essas chagas urbanas ao norte do Chesapeake dos campos elíseos do Sul (nisso, o meu pai não podia ter sido *menos* profético, pois não previu Atlanta), pude refletir, sombriamente, em como a briga que meu pai tivera com Thomas McGuire me permitira, pelo menos momentaneamente, esquecer meu recente desespero.

Porque, conforme o leitor talvez se lembre, tudo isso aconteceu poucas horas depois daquele momento, no Brooklyn, em que eu partira do princípio de que Sofia e Nathan haviam desaparecido para sempre da minha vida. Estava convencido — pois não tinha motivo para pensar de outra maneira — de que nunca mais a veria. E assim, a melancolia que tomara conta de mim quando saí da pensão de Yetta Zimmerman e peguei o metrô para ficar com meu pai em Manhattan, quase me provocara um dos piores mal-estares físicos que eu já conhecera — o pior desde a morte de minha mãe. A essa altura, era algo que me causava ao mesmo tempo um sofrimento e uma ansiedade incríveis. Os sentimentos alternavam-se. Olhando estupidamente para as luzes, ora incandescentes, ora escurecidas, do túnel do metrô, senti a combinação de dor como um peso imenso e opressivo em cima dos ombros, comprimindo-me os pulmões e fazendo com que a respiração saísse aos arranques. Não conseguia chorar, mas por várias vezes senti vontade de vomitar. Era como se eu tivesse testemunhado uma morte súbita e insensata, como se Sofia (e também Nathan porque, apesar da raiva, do ressentimento e da desilusão que ele me causara, estava por demais envolvido no nosso relacionamento a três para que eu de repente pusesse de lado o afeto e a amizade que sentia por ele) houvesse sido morta num desses catastróficos acidentes de trânsito, que acontecem num abrir e fechar de olhos, deixando os sobreviventes demasiado estonteados para poderem sequer amaldiçoar os céus. Tudo o que eu sabia, enquanto o trem do metrô avançava pelas gotejantes catacumbass debaixo da Oitava Avenida, era que, com uma rapidez em que ainda mal podia acreditar, eu fora separado das duas pessoas de quem mais gostava, e a sensação de perda que isso produzira estava me causando uma angústia semelhante à de ser enterrado vivo debaixo de uma tonelada de cinzas.

— Admiro tremendamente a sua coragem — disse meu pai, enquanto jantávamos num Schrafft's. — As setenta e duas horas que planejo passar nesta cidade são o máximo que a maioria dos mortais oriundos de lugares civilizados, pode suportar. Não sei como é que você aguenta. Deve ser a sua juventude, a maravilhosa flexibilidade da sua pouca idade, que lhe permite ser seduzido, em vez de devorado, por esta cidade tentacular. Nunca estive lá, mas será *possível*, conforme você me escreveu, que certos trechos do Brooklyn lembrem *Richmond*?

Apesar da longa viagem de trem, meu pai estava muito bem disposto, o que me ajudou a esquecer um pouco o caos espiritual em que me encontrava. Disse que não vinha a Nova York desde o fim da década de trinta e que a cidade lhe parecia ainda mais babilônica do que nunca, na sua dissoluta ostentação.

— É um resultado da guerra, filho — sentenciou aquele engenheiro, que ajudara a construir cidades navais do tamanho dos porta-aviões *Yorktown* e *Enterprise*. — Tudo neste país ficou mais rico. Foi necessária essa guerra para nos tirar da Depressão e nos transformar na mais poderosa nação da Terra. Se há uma coisa que nos vai fazer ficar à frente dos comunistas durante muitos anos, é justamente isso: dinheiro, que temos em quantidade.

(Não se pense, por essa alusão, que o meu pai era, sequer remotamente, um desses fanáticos anticomunistas. Conforme já disse, ele tinha notáveis tendências esquerdistas, para um sulista: seis ou sete anos mais tarde, no auge da histeria macarthista, pediria demissão do cargo de Presidente da seção da Virgínia dos Filhos da Revolução Americana, à qual, principalmente por razões de ordem genealógica, fora filiado durante um quarto de século, quando essa tradicional organização publicou um manifesto de apoio ao Senador por Wisconsin.)

Contudo, por mais sofisticados que possam ser em questões econômicas, os visitantes do Sul (ou de qualquer outro lugar do interior) raramente deixam de ficar espantados com os preços de Nova York, e meu pai não era exceção, resmungando diante da conta cobrada pelo jantar. Acho que andava por volta de quatro dólares — imaginem! — nada exorbitante, pelos padrões da metrópole, naqueles tempos sem inflação, e mesmo para a comida mais do que comum do Schrafft's.

— Por quatro dólares, na nossa terra — queixou-se ele — você se banquetearia durante todo o fim de semana.

Mas o bom humor logo lhe voltou, enquanto subíamos a Broadway, em meio à noite cálida, atravessando Times Square, um lugar que fez com que o velho adotasse uma expressão de puritano espanto — embora ele nunca tivesse sido puritano — reação essa, eu acho, provocada menos por desaprovação do que por choque, como que uma bofetada na cara, diante da fauna que povoa essa zona.

Ocorre-me agora que, comparada com a Sodoma em que mais tarde se transformou, a Times Square daquele verão oferecia pouco mais, em termos de corrupção carnal, do que uma praça qualquer de uma cidade cristã, como Omaha ou Salt Lake City. Não obstante, já possuía algumas prostitutas e alguns travestis desfilando por entre os arco-íris e redemoinhos de néon, e ouvir as exclamações murmuradas do meu pai — ele ainda pronunciava *"Jerusalém!"* com a franqueza rústica de uma personagem saída de uma peça de Sherwood Anderson — e ver o olhar dele seguir o iridescente gingar de uma prostituta mulata, num misto de incredulidade e involuntária lascívia, ajudou-me a sair um pouco das profundezas sombrias em que eu mergulhara. Andaria ele com mulheres?, perguntei a mim mesmo. Viúvo havia nove anos, sem dúvida bem que merecia, mas, como a grande maioria dos sulistas (ou dos americanos, em geral) da sua geração, ele era reticente a ponto de fazer segredo sobre sua vida sexual, que para mim era um mistério. Para falar a verdade, eu esperava que, à sua idade madura, ele não se tivesse deixado sacrificar no altar de Onan, como o seu pobre filho — ou teria eu interpretado mal o seu olhar e estaria ele por fim, misericordiosamente livre dessa febre?

Tomamos um táxi em Columbus Circle e voltamos ao McAlpin. Eu devia estar de novo na fossa, pois ouvi-o perguntar:

— Que foi que houve, filho?

Murmurei algo a respeito de uma dor de estômago — responsabilizando a comida do Schrafft's — e deixei as coisas nesse pé. Por mais que sentisse necessidade de desabafar com alguém, achava impossível falar sobre aquela recente reviravolta em minha vida. Como poderia eu dar uma ideia adequada das dimensões da minha perda, quanto mais abordar as complexidades da situação que levara a essa perda: a minha paixão por Sofia, o maravilhoso sentimento de amizade por Nathan, a cena de loucura de que ele dera provas, algumas horas antes, e a súbita e final deserção? Não sendo leitor de romances russos (com os quais, sob certos aspectos melodramáticos, aqueles acontecimentos guardavam alguma semelhança), meu pai teria achado a história completamente além da sua compreensão.

— Você não estará com demasiados problemas de dinheiro? — perguntou ele, acrescentando ter consciência de que o produto da venda do jovem escravo Artiste, que me enviara semanas antes, não poderia durar toda a vida.

Depois, com delicadeza, começou a sondar a possibilidade de eu voltar a viver no Sul. Mal tinha tocado no assunto — tão por alto e de maneira tão hesitante, que nem me dera tempo de responder — quando o táxi parou diante do McAlpin.

— Não me parece muito saudável — disse ele — viver num lugar com gente como essa que acabamos de ver.

Foi então que testemunhei um episódio mais ilustrativo da triste divisão entre o Norte e o Sul do que qualquer obra de arte, ou tratado de sociologia. E tudo por causa de dois erros mutuamente imperdoáveis, ambos baseados em reações culturais tão distantes uma da outra quanto Saskatoon da Patagônia. O erro inicial foi cometido por meu pai. Embora as gorjetas, no Sul — pelo menos, até então — tivessem sido geralmente ignoradas ou jamais levadas a sério, ele devia ter sabido que um níquel não era gorjeta que se desse a Thomas McGuire — seria preferível não lhe dar gorjeta nenhuma. O erro de McGuire foi reagir, rosnando para o meu pai, com um gesto furioso: "Pão-duro de merda". Isso não quer dizer que um motorista de táxi *sulista*, não acostumado a gorjetas ou, pelo menos, acostumado a receber poucas gorjetas e apenas de vez em quando, não se tivesse sentido um pouco insultado. Contudo, por mais violenta que fosse no íntimo sua reação, não teria perdido as estribeiras. Nem significa que as orelhas de um nova-iorquino não teriam ardido, ao ouvir o epíteto que ele lançara a meu pai, mas a verdade é que tais palavras são tão comuns nas ruas e nas bocas dos motoristas de táxi da grande cidade, que a maioria dos habitantes de Nova York teria simplesmente engolido a raiva e não dado troco.

Já com um pé fora do táxi, meu pai enfiou o nariz na janela da frente e perguntou, numa voz incrédula:

— Que foi que ouvi o senhor dizer?

A pergunta é importante — não foi "Que é que o senhor disse" ou "Que foi que o senhor disse?" — Mas a ênfase em "ouvi" dava a entender que o aparelho auditivo nunca, até então, sofrera um ataque semelhante. McGuire era uma mancha de pescoço nodoso e cabelos avermelhados, nas sombras do táxi. Não olhei bem para a cara dele, mas a voz era bastante jovem. Se ele tivesse sumido com o carro na escuridão da noite, tudo poderia ter acabado bem mas, embora eu pressentisse uma leve hesitação, senti também uma intransigência, uma indignação escocesa contra o níquel do meu pai, à altura da raiva do velho pelo que acabara de ouvir. Quando McGuire respondeu, ele deu até uma forma consideravelmente mais gramatical ao seu pensamento:

— *Eu disse que o senhor deve ser um pão-duro de merda.*

A voz do meu pai saiu num grito contido, não muito alto, mas pulsando de fúria:

— Pois eu acho que o *senhor* deve pertencer à ralé desta cidade odiosa, que o gerou e a toda a sua raça de bocas-sujas! — declamou ele, mergulhando rapidamente na retórica dos seus ancestrais. — Ralé detestável, vocês são tão civilizados quanto ratazanas de esgoto! Em qualquer lugar decente dos Estados Unidos, uma pessoa como você, vomitando essas sujeiras, seria levada para a praça pública e chicoteada! — Sua voz subira um pouco: as pessoas paravam debaixo da marquise iluminada do

McAlpin. — Mas este não é um lugar decente nem civilizado e por isso vocês têm liberdade de cuspir o seu linguajar pútrido em cima dos seus concidadãos...

Foi interrompido, em meio à torrente de palavras, pela saída apressada de McGuire, que acelerou o táxi inesperadamente. Segurando-se no ar, meu pai girou na direção da calçada e foi lançado, como se fosse cego, contra o poste de um anúncio de Proibido Estacionar: o barulho da sua cabeça, batendo no aço do poste, produziu como num desenho animado, um *boinnng* ressonante. Mas não foi nada divertido. Pensei que a coisa fosse terminar tragicamente.

Contudo, lá estava ele, meia hora mais tarde, bebendo uísque puro e falando contra a "patente sobre a virtude" que o Norte julgava ter. Tinha sangrado um bocado mas, por sorte, o "médico interno" do McAlpin estava andando pelo saguão do hotel bem no momento em que eu entrara com a vítima. Parecia um beberrão, mas sabia fazer um bom curativo. Água fria e uma atadura tinham estancado o sangue, mas não a indignação do velho. Afogando as mágoas no bar do McAlpin, o olho inchado fazendo-o parecer ainda mais uma cópia do seu pai, privado de uma das vistas havia oitenta e tantos anos, em Chancellorville, continuou a amaldiçoar Thomas McGuire, numa ladainha de bile. Estava já ficando chato, apesar do linguajar pitoresco, e percebi que a ira do velho não se baseava em esnobismo nem em puritanismo — trabalhando num estaleiro e, antes disso, na Marinha Mercante, seus ouvidos, decerto, estavam acostumados a tais mimos — mas em algo tão simples quanto a sua arraigada crença nas boas maneiras e no decoro público. *"Concidadãos!"* Tratava-se, na realidade, de um tipo de igualdade frustrada, da qual, eu estava começando a compreender, ele derivava muito do seu sentido de alienação. Por outras palavras, as pessoas apregoavam a sua igualdade quando eram incapazes de falar umas com as outras em termos humanos. Acalmando-se, acabou por deixar McGuire para lá e estender a sua animosidade contra todos os diversos pecados e fracassos do Norte: a arrogância, a hipócrita alegação de superioridade moral. De repente, apercebi-me do quão tipicamente sulista ele era e surpreendeu-me o fato de isso não parecer, de maneira alguma, contradizer seu liberalismo básico.

Finalmente, a diatribe — talvez combinada com o choque do ferimento que sofrera, por mais leve que fosse — pareceu cansá-lo. Empalideceu e instei-o a subir e se deitar, o que ele fez relutantemente, estendendo-se numa das camas do quarto de casal que reservara para os dois, cinco andares acima da barulhenta avenida. Eu passaria duas insones e (graças, principalmente, ao desespero que sentia pela perda de Nathan e Sofia) desmoralizadoras noites naquele quarto, encharcado de suor sob um velho e barulhento ventilador preto, que dispensava ar com avareza de miserável. Apesar do cansaço, meu pai continuou a falar sobre o Sul. (Percebi, mais tarde, que pelo menos parte da sua visita tinha a sutil missão de me arrancar às garras do Norte. Embora nunca o dissesse diretamente, o velho, sem dúvida, dedicara grande parte da sua viagem a uma tentativa de evitar que eu me radicasse definitivamente com os ianques.) Nessa primeira noite, seus últimos pensamentos, antes de adormecer, foram relacionados com a esperança de que eu deixasse aquela cidade horrível e voltasse para a região na qual nascera e me criara. Sua voz era distante, ao murmurar algo a respeito de "dimensões humanas".

Aqueles dias foram passados como se pode imaginar que um jovem de vinte e dois anos procuraria passar com um pai sulista descontente, durante um verão nova-iorquino. Visitamos duas atrações turísticas que ambos confessamos nunca antes ter visitado: a Estátua da Liberdade e o terraço do Empire State Building. Fizemos uma excursão de barco em redor de Manhattan. Fomos ao Radio City Music Hall, cochilando durante uma comédia com Robert Stack e Evelyn Keyes. (Lembro-me de que, através de tudo isso, a tristeza que eu sentia pela perda de Sofia e Nathan me envolvia como se fosse um sudário.) Fomos até o Museu de Arte Moderna, embora eu temesse a reação do velho, que, ao contrário, ficou entusiasmado — os Mondrians claros e octogonais causando um deleite todo especial aos seus olhos de técnico. Comemos no extraordinário autosserviço do Horn and Hardart's, no Nedick', no Stauffer's e — numa extravagância do que, naquele tempo, eu considerava como sendo *haute cuisine* — num Longchamps. Fomos a um ou dois bares (inclusive, acidentalmente, a um lugar frequentado por *gays*, na Rua Quarenta e Dois, onde vi a cara do meu pai, diante daquelas estranhíssimas aparições, ficar primeiro cinzenta e depois desfigurada pelo choque), mas sempre nos recolhíamos cedo, depois de mais conversa sobre aquela fazenda, em meio aos campos de amendoim do Tidewater. Meu pai ressonava — oh, Deus, como ressonava! Na primeira noite, eu consegui, não sei como, cochilar no meio dos seus roncos. Mas recordo como esses prodigiosos assobios (produto de um septo desviado, tinham-no afligido durante toda a vida e, nas noites de verão, através das janelas abertas, tinham acordado os vizinhos) formaram, na última noite, uma espécie de contraponto para a minha insônia, levando-me a sentir uma breve, mas terrível crise de culpa, um espasmo de erotismo que caiu sobre mim como um demônio devorador e, finalmente, uma quase intolerável lembrança do Sul, que me fez ficar acordado através das horas pardacentas do amanhecer.

Culpa. Ali deitado, lembrei-me de que, quando garoto, meu pai nunca me castigara severamente, a não ser uma vez — e isso por um crime pelo qual eu mais do que merecia ser punido, pois se relacionava com minha mãe. Um ano antes de ela morrer, quando eu tinha doze anos, o câncer que a vinha devorando começara a se infiltrar nos ossos. Um dia, sua perna enfraquecida cedera, ela caíra e fraturara a tíbia, que nunca mais se consolidara, fazendo com que ela tivesse que usar um aparelho e caminhar dificilmente, com a ajuda de uma bengala. Não gostava de ficar deitada e preferia sentar-se, sempre que possível, com a perna estendida, dentro do aparelho, e apoiada num tamborete, ou num pufe. Tinha apenas cinquenta anos e eu sabia que ela sabia que ia morrer. Às vezes, via-lhe o medo estampado no rosto. Minha mãe lia livros sem parar — os livros eram o seu narcótico, até a dor intolerável começar e narcóticos de verdade substituírem Pearl Buck — e a minha mais forte recordação dela, durante aquele último período da sua vida, é de lhe ver a cabeça grisalha, com o rosto suave, abatido, de óculos, inclinado sobre *You Can't Go Home Again* (muito antes de eu ter lido uma única palavra escrita por Wolfe, ela já era sua devotada admiradora, mas também lia *best-sellers* com títulos como O *Pó Será o Meu Destino, O Sol Foi o Meu Fim*), uma imagem de absorta e plácida contemplação, tão doméstica, à sua maneira quanto um quadro de Vermeer, a não ser pelo cruel aparelho de metal apoiado sobre o tamborete. Lembro-me também de uma manta estampada e muito gasta, com a qual, no tempo frio, ela costumava cobrir o regaço e a perna prisioneira. Naquela região da Virgínia, é raro a temperatura descer muito, mas nos meses de inverno pode de repente fazer muito frio, pegando as pessoas de surpresa. Na nossa pequena casa, tínhamos uma fornalha de carvão na cozinha, secundada, na sala, por uma lareira em miniatura.

Era num sofá, diante dessa lareira, que minha mãe ficava lendo, nas tardes de inverno. Como filho único, eu era clássica, mas não exageradamente mimado: uma das poucas obrigações que eu tinha, depois da escola, durante os meses de inverno, era correr para casa e verificar se a lareira estava bem abastecida já que, embora a minha mãe ainda não estivesse totalmente inválida, as poucas forças não lhe permitiam colocar lenha na fogueira. Tínhamos telefone, mas ficava numa outra sala, separada por degraus que ela não podia descer. Já deve ser fácil adivinhar a natureza do crime que cometi: uma tarde, abandonei minha mãe, seduzido pela promessa de um passeio com um colega e seu irmão crescido, num Packard Clipper, um dos carros mais luxuosos da época. Eu estava louco com aquele carro, embriagado com a sua elegância vulgar. Atravessamos, numa vaidade idiota, o campo coberto de geada e, quando a tarde foi caindo e a noite chegou, o termômetro também caiu. As cinco da tarde — já noite, no inverno, o Clipper parou numa floresta de pinheiros, longe de casa, e eu me apercebi do súbito vento gelado que soprava. Pela primeira vez, pensei na lareira e na minha pobre mãe e fiquei alarmado. Meu Deus, como me senti *culpado...*

Dez anos mais tarde, deitado numa cama do quinto andar do McAlpin e ouvindo o meu pai roncar, pensei, com uma pontada de angústia, no meu sentimento de culpa (que nunca conseguira apagar). Mas era uma angústia mesclada de uma estranha gratidão pela maneira com que o velho lidara comigo. No fundo (não creio que já tenha mencionado isso), ele era um verdadeiro cristão, desses para quem a caridade é a maior das virtudes. Naquele cinzento fim de tarde — lembro-me dos flocos de neve dançando ao vento, enquanto o Packard rodava — meu pai voltara do trabalho e estava ao lado de minha mãe meia hora antes de eu chegar. Quando entrei, ele estava falando algo entredentes e massageando-lhe as mãos. As paredes de estuque da pequena casa tinham deixado o inverno entrar como se fosse um terrível assaltante. O fogo, na lareira, havia horas morrera, e ele encontra-a tremendo debaixo da manta, os lábios, amargurados e lívidos, o rosto branco de frio e de medo. A sala estava cheia de fumaça, de uma tora que ela tentara empurrar para a lareira com a bengala. Só Deus sabe que visões polares a tinham acometido quando ela voltara a se recostar entre seus *best-sellers*, todos aqueles livros-do-mês com que procurara barricar-se contra a morte, colocara a perna sobre o tamborete, com o custoso movimento de ambas as mãos, que tão bem recordo, e sentira as tiras de metal do aparelho ficarem, aos poucos, geladas como estalactites, contra aquele inútil membro, roído pelo câncer. Quando entrei pela porta, lembro-me que uma coisa me impressionou até o mais fundo da alma: os olhos dela. Aqueles olhos cor de mel, por trás dos óculos, e a maneira ainda apavorada pela qual fitaram os meus, para logo se afastarem. Foi essa *rapidez* com que ela afastou o olhar que para sempre definiria minha culpa: rápido como uma machadinha decepando um membro. E compreendi, com horror, a que ponto eu sentia a sua aflição. Ela chorou, então, e eu chorei também, mas separadamente, e ficamos ouvindo um ao outro chorar como se estivéssemos separados por um grande e desolado lago.

Tenho certeza de que meu pai — habitualmente tão bom e tolerante — me disse palavras duras. Mas não foram essas palavras que guardei para sempre, e sim o frio — o frio horrível e a escuridão do depósito de lenha para onde me levou e onde me obrigou a ficar, até bem depois da noite ter caído sobre a aldeia e o frígido luar penetrar pelas fendas da minha cela. Quanto tempo fiquei ali, chorando e tremendo, não sei dizer. Sentia apenas que estava sofrendo exatamente da mesma maneira que a minha mãe, e que o meu padecimento não podia ser mais adequado: acho que ninguém jamais suportou um castigo com menos rancor. Não creio que tenha ficado encarcerado mais de duas horas, mas de boa vontade teria ficado ali até o amanhecer, ou até morrer congelado — desde que pudesse expiar o meu crime. Acaso o sentido de justiça do meu pai teria instintivamente percebido essa necessidade que eu tinha de ser punido adequadamente? De qualquer maneira — e, com o seu jeito calmo, ele fizera o possível — o meu crime nunca conseguiu ser expiado, pois na minha mente ficou sempre gravado o fato sórdido da morte de minha mãe.

Ela teve uma morte terrível, num transporte de dor. Sete meses mais tarde, em meio ao calor de julho, partiu para sempre, num estupor de morfina, enquanto durante toda a noite anterior eu recordava aquelas fracas brasas, na sala fria e enfumaçada, e pensava com horror que o meu abandono, naquele dia, a fizera entrar no longo declínio do qual ela nunca se recuperara. Odioso sentimento de culpa, corrosivo como água salgada. À semelhança do tifo, pode-se carregar, durante toda a vida a toxina da culpa. Rolando sem sossego, sobre o úmido e mal recheado colchão do McAlpin, senti a dor atravessar-me o peito como um arpão gelado, ao recordar o medo nos olhos da minha mãe, perguntando-me, mais uma vez, se meu crime não teria apressado sua morte, se ela me teria perdoado. Deixa pra lá, pensei. E, impelido por um barulho no quarto ao lado, comecei a pensar em sexo.

O vento que saía pelo septo desviado do meu pai transformara-se numa verdadeira rapsódia da selva — gritos de macacos, berros de araras, sopros de paquidermes. Através dos interstícios, por assim dizer, dessa tapeçaria de ruídos, ouvi o casal no apartamento ao lado embolar — como diria meu velho. Suspiros baixos, uma cama estremecendo, um grito incontrolável de prazer. Meu Deus, pensei, me revirando de um lado para o outro, continuaria eu toda a vida sendo apenas um solitário ouvinte do ato amoroso e nunca, nunca, um participante? Cheio de desespero, recordei que conhecera Sofia e Nathan assim: Stingo, a desgraçada testemunha auditiva. Como se quisesse aumentar o sofrimento que o casal do outro lado da parede me infligia, meu pai mudou de posição, com um súbito grunhido, e calou-se momentaneamente, fazendo com que meus ouvidos tivessem acesso a cada detalhe do ato. Parecia estar mesmo ali, ao alcance da mão — oh, meu amor, meu amor, ofegava a mulher — um ruído rítmico (que minha imaginação amplificava como um alto-falante) levou-me a grudar a orelha na parede. Espantei-me com o grave colóquio: ele perguntava se a estava satisfazendo, depois se ela alcançara o "clímax". Ela respondeu que não sabia. Problemas, problemas. Seguiu-se um súbito silêncio (uma mudança, calculei, de posição) e o prisma *voyeur* da minha mente imaginou Evelyn Keyes e Robert Stack num tremendo *soixante-neuf*, embora eu logo abandonasse essa fantasia, pois a lógica me obrigava a reformular a minha *mise-en-scène* com personagens mais passíveis de se hospedarem no McAlpin — dois sensuais professores de dança, Mr. e Mrs. Universo, um casal de Chattanooga, em insaciável lua-de-mel etc. — o desfile pornográfico que passou pela minha cabeça transformando-se alternadamente num caldeirão e numa imolação. (Impossível, para mim, imaginar, então — nem teria acreditado, se me tivessem dito — que, numa questão de apenas algumas décadas, os malcheirosos cinemas da avenida, logo abaixo, me permitiriam, por cinco dólares, contemplar, sem qualquer ansiedade livremente, as mais diversas modalidades do ato sexual, como os conquistadores tinham contemplado o Novo Mundo: reluzentes vulvas cor de coral, tão impressionantes quanto os portais das Cavernas de Carlsbad; pelos púbicos semelhantes a luxuriantes selvas; priápicas máquinas de ejacular do tamanho de sequoias; jovens e belas Pocahontas de lábios úmidos e faces sonhadoras, nas mais diversas e detalhadas atitudes chupadoras.)

Sonhei com a querida e boquirrota Leslie Lapidus. A humilhação que eu passara com ela forçara-me, naquelas últimas semanas, a apagá-la da minha memória. Mas agora, conjurando-a no plano "superior-feminino", recomendado pelos dois famosos consultores em assuntos amorosos (os Drs. Van de Velde e Marie Stopes) que eu estudara clandestinamente em casa, alguns anos antes, deixei que Leslie trepasse em cima de mim até eu ficar sufocado pelos seus seios e quase afogado na escura torrente dos seus cabelos. As palavras dela no meu ouvido — palavras agora sinceras, não fingidas — eram exaltantemente obscenas e saciadoras. Desde a puberdade, as minhas sessões de autoerotismo, embora bastante inventivas, tinham, de modo geral, sido presididas pela moderação protestante. Essa noite, porém, o meu desejo se assemelhava a um estouro de gado e fui virtualmente esmagado por ele. Oh, Senhor, como meus testículos doíam, enquanto eu imaginava tremendas trepadas, não só com Leslie, como com as duas outras feiticeiras que haviam despertado a minha paixão e que eram, naturalmente, Maria Hunt e Sofia. Pensando nas três, constatei que uma fora vítima dos preconceitos sulistas, outra, uma judia formada por Sarah Lawrence e, a última, uma polaca — um trio que se distinguia não só pela diversidade, como porque todas estavam mortas. Não realmente mortas (só a encantadora Maria Hunt, fora ao encontro do seu Criador), mas extintas, terminadas, no que me dizia respeito.

Seria possível, pensei, em meio às minhas loucas fantasias, que esse desejo tivesse sido inflamado pela constatação de que todas as três me tinham escorregado por entre os dedos devido a uma falha ou deficiência trágica de minha pessoa? Ou que a sua inacessibilidade — a certeza de que tinham desaparecido para sempre, da minha vida — fosse uma das *causas* daquele inferno de luxúria? Meu pulso doía. Eu estava espantado com a minha promiscuidade sem escrúpulos. Imaginei uma rápida troca de parceiras e Leslie metamorfoseou-se em Maria Hunt, com quem eu embolava numa praia da Baía de Chesapeake, num meio-dia de verão. Na minha imaginação, os olhos dela reviravam, freneticamente, sob as pálpebras, e ela mordia o lóbulo da minha orelha. Imagine, pensei, *imagine* — eu estava possuindo a heroína do meu romance! Consegui prolongar por muito tempo o êxtase com Maria. Ainda estávamos trepando como martas, quando meu pai, com um ruído estrangulado, abortou um ronco, pulou da cama e se dirigiu ao banheiro. Esperei, com a mente em branco, até ele voltar para a cama e recomeçar a roncar. Então, com um desejo incontrolável e tumultuoso como enormes ondas de dor, dei comigo fazendo desesperadamente amor com Sofia. Porque fora ela quem eu desejara, durante todo esse tempo. Coisa estranha, pois durante todo aquele verão o meu desejo por Sofia fora tão juvenilmente idealizado e tão desgraçadamente romântico a ponto de eu nunca permitir que uma vivida e multifacetada fantasia de sexo com ela invadisse, perturbasse e muito menos tomasse conta da minha mente. Agora, quando o desespero pela sua perda apertava minha garganta como se fossem mãos, compreendi, pela primeira vez, como era grande o meu amor por ela e o quanto imenso o meu desejo. Com um gemido o suficientemente alto para tirar meu pai do seu tormentoso sono — um gemido que devia parecer inconsolável — abracei a fantasmagórica Sofia e alcancei o orgasmo pronunciando o seu adorado nome. No escuro, meu pai sobressaltou-se. Senti a mão dele tocar-me.

— Você está bem, filho? — perguntou, numa voz preocupada.

Fingindo ainda estar dormindo, murmurei algo intencionalmente ininteligível. Mas ambos estávamos acordados.

A preocupação na sua voz transformou-se em divertimento.

— Você gritou "sopa" — disse ele. — Que pesadelo mais louco! Até parecia que você estava morto de fome.

— Não me lembro — menti.

Ele ficou um momento calado. O ventilador zumbia, intermitentemente penetrado pelos ruídos noturnos da cidade. Por fim, ele falou:

— Você está preocupado com alguma coisa, está-se vendo. Não quer me dizer o que é? Talvez eu possa ajudar. É alguma garota, uma mulher?

— É — assenti, após alguma hesitação. — É uma *mulher.*

— Não quer me contar? Também tive problemas dessa ordem.

Ajudou um pouco, falar com ele, embora minha narrativa fosse vaga e omitisse detalhes: tratava-se de uma refugiada polonesa, alguns anos mais velha do que eu, com uma beleza que eu não conseguia expressar, uma vítima da guerra. Aludi *en passant* a Auschwitz, mas não falei de Nathan. Amara-a durante algum tempo, continuei, mas, por várias razões, a situação tornara-se impossível. Passei por cima os detalhes: a sua infância na Polônia, como viera parar no Brooklyn, o que ela fazia, o mau estado físico em que chegara. Um belo dia, ela simplesmente tinha desaparecido, contei-lhe, e não esperava que voltasse. Fiquei um momento calado e depois acrescentei, numa voz estoica:

— Acho que, passado algum tempo, vou conseguir superar isso.

Tornei claro que desejava mudar de assunto. Falar sobre Sofia começara a me dar de novo espasmos de dor no estômago.

Meu pai murmurou algumas palavras de conforto e depois calou-se.

— Que tal está indo o seu trabalho? — perguntou, por fim. Eu evitara falar no assunto.

— Como vai indo o livro?

Senti a dor no estômago acalmar.

— Está indo muito bem — respondi. — Pude trabalhar bastante, lá no Brooklyn. Pelo menos até acontecer essa história com essa moça, esse rompimento. Fez com que tudo parasse, inclusive o meu trabalho.

Isso, naturalmente, era simplificar muito as coisas. Eu encarava com autêntico pavor a possibilidade de voltar à pensão de Yetta Zimmerman e procurar trabalhar em meio a um sufocante vácuo, sem Sofia ou Nathan, escrevendo num lugar que era um museu de recordações dos bons tempos passados juntos e, agora, para sempre acabados.

— Acho que vou começar a trabalhar logo, logo — acrescentei, desanimado, sentindo nossa conversa morrer. Meu pai bocejou.

— Bem, se você realmente quiser trabalhar — murmurou, numa voz pesada de sono — aquela velha fazenda em Southampton está à sua espera. Sei que seria o lugar ideal para você trabalhar. Espero que pense nisso, filho.

Começou de novo a ressonar, dessa vez sem imitar os sons de um jardim zoológico e sim um tremendo bombardeio, como se fosse a trilha sonora de um documentário cinematográfico sobre o cerco de Stalingrado. Desesperado, enfiei a cabeça no travesseiro.

Mas consegui cochilar e até dormir um pouco. Sonhei com o meu fantasmagórico benfeitor, o jovem escravo Artiste, e o sonho misturou-se com outro, cujo personagem central era outro escravo que eu ficara conhecendo anos antes — Nat Turner. Acordei com um suspiro. O dia estava nascendo. À luz opalescente, olhei para o teto, escutando o ulular de um carro da polícia lá embaixo, na rua. O grito da sirene foi ficando cada vez mais alto, mais estridente, quase louco, provocando em mim o mesmo alarme de sempre. Depois, o som foi se afastando até desaparecer para os lados da Cozinha do Inferno. Meu Deus, pensei, como é possível que o Sul e essa estridência urbana coexistam neste século? Não dava para entender.

Essa manhã, meu pai preparava-se para regressar à Virgínia. Talvez tivesse sido Nat Turner quem suscitara a torrente de recordações, a quase febril nostalgia do Sul que me envolveu, ali, deitado à luz florescente da manhã. Ou talvez fosse apenas que a fazenda onde meu pai me oferecera viver de graça me parecesse uma ideia muito mais atraente, agora, que perdera os meus entes queridos. De qualquer maneira, comemos panquecas de espuma de borracha na cafeteria do McAlpin e fiz o meu velho abrir a boca de espanto ao lhe pedir para comprar outra passagem e me esperar na Estação Pennsylvania. Voltaria para o Sul com ele e me instalaria na fazenda, anunciei, numa explosão de alívio e esperança. Só precisava do resto da manhã para fazer as malas e despedir-me de vez da pensão de Yetta Zimmerman.

No entanto, conforme já contei, as coisas não aconteceram assim — pelo menos nessa altura. Telefonei a meu pai do Brooklyn, para lhe dizer que decidira ficar na cidade, apesar de tudo. Porque, nessa manhã, encontrara Sofia no Palácio Cor-de-Rosa, sozinha em meio à bagunça daquele quarto que julgara que ela tivesse abandonado para sempre. Vejo agora que cheguei num momento misteriosamente decisivo. Mais dez minutos e ela já teria recolhido as coisas que faltavam e ido embora e eu certamente nunca mais a teria visto. É idiota, tentar adivinhar o passado. Mas, mesmo hoje, não posso deixar de pensar que talvez tivesse sido melhor para Sofia se lhe houvesse sido poupada a minha intervenção acidental. Quem sabe ela não teria conseguido, não teria sobrevivido noutro lugar — talvez fora do Brooklyn ou mesmo da América?

Uma das menos conhecidas, mas mais sinistras operações contidas no plano-mestre nazista era o programa chamado Lebensborn. Produto do delírio filogenético nazista, o Lebensborn (ao pé da letra, a fonte da vida) tinha por fim aumentar as fileiras da Nova Ordem, inicialmente através de um programa de procriação sistemática, e depois pelo sequestro organizado, nos países ocupados, de crianças racialmente "adequadas", que eram enviadas para o interior da Mãe-Pátria, colocadas no seio de famílias fiéis ao Führer e lá criadas num ambiente de Nacional Socialismo. Teoricamente, as crianças deveriam ser de pura cepa germânica. Mas o fato de muitas dessas jovens vítimas serem polonesas é mais uma prova do cinismo e do pragmatismo com que os nazistas frequentemente tratavam as questões raciais, já que, embora os poloneses fossem considerados sub-humanos e, juntamente com os outros povos eslavos, dignos sucessores dos judeus na política de extermínio, em muitos casos satisfaziam certas exigências físicas — traços faciais capazes de ombrear com os possuidores de sangue nórdico e, mais frequentemente, uma luminosa lourice, que agradava, mais do que nada, ao senso estético nazista.

O Lebensborn nunca alcançou o vasto escopo que os nazistas tinham previsto, mas obteve algum sucesso. As crianças arrancadas aos pais, só em Varsóvia, somaram dezenas de milhares e a grande maioria delas — rebatizadas como Karl ou Liesel, Heinrich ou Trudi, tragadas pelo Reich — nunca mais voltaria a ver os verdadeiros pais. Por outro lado, inúmeras crianças que haviam passado pelo crivo inicial, mas depois reprovadas em testes raciais mais rigorosos, acabaram exterminadas — algumas, em Auschwitz. O programa, naturalmente, era para ser secreto, como a maioria dos sinistros planos de Hitler, mas tais iniquidades dificilmente poderiam ser inteiramente escondidas. No fim de 1942, o louro e lindo filho de cinco anos de uma amiga de Sofia, que morava num apartamento do mesmo prédio, arrasado pelas bombas, em Varsóvia, fora raptado e nunca reaparecera. Embora os nazistas tivessem procurado lançar uma cortina de fumaça em volta do caso, todo mundo sabia, inclusive Sofia, quem eram os culpados. O que mais tarde viria a impressionar Sofia era o fato de aquele conceito de Lebensborn — que, em Varsóvia, de tal maneira a horrorizara, a ponto de muitas vezes ela esconder o filho, Jan, num armário, ao ouvir passos subindo a escada — em Auschwitz tornou-se algo com que ela sonhava e que febrilmente desejava. Fora insinuado por uma amiga e colega de infortúnio — sobre a qual mais tarde voltarei a falar — e acabou sendo para Sofia a única maneira de salvar a vida de Jan.

Nessa tarde com Rudolf Höss, contou-me ela, tivera a intenção de abordar o programa do Lebensborn com o Comandante. Precisaria fazê-lo de maneira inteligente e com tato, mas era uma possibilidade. Nos dias que haviam precedido o confronto entre os dois, ela raciocinara, com considerável lógica, que o Lebensborn poderia ser a única maneira de tirar Jan do Campo das Crianças, principalmente porque ele fora criado falando alemão e polonês, como Sofia. Contou-me então algo que nunca me dissera antes. Conquistando a confiança do Comandante, planejava sugerir-lhe que usasse a sua imensa autoridade para fazer com que um lindo menino polonês, louro e falando perfeitamente o alemão, com sardas caucasianas, olhos muito azuis e o perfil de um futuro piloto da Luftwaffe, fosse transferido do Campo das Crianças para alguma unidade burocrática em Cracóvia, Katowice ou Wroclaw, que se encarregaria de mandá-lo para a segurança de um lar na Alemanha. Ela não precisaria saber o destino da criança, abdicaria de qualquer informação quanto ao seu paradeiro ou ao seu futuro, desde que tivesse a certeza de que ele estava a salvo no coração do Reich, onde provavelmente sobreviveria, em vez de permanecer em Auschwitz, onde sem dúvida acabaria morrendo. Mas, naturalmente, nessa tarde tudo fora por água abaixo. Tomada de pânico e completamente confusa, Sofia pedira diretamente a Höss por Jan e, diante da imprevisível reação dele — da sua ira — ela ficara completamente desnorteada, incapaz de falar-lhe no Lebensborn, mesmo que tivesse cabeça para se lembrar disso. No entanto, nem tudo estava perdido. A fim de ter uma oportunidade de sugerir a Höss essa maneira tão pouco ortodoxa de salvar o filho, ela teve que esperar — o que provocara uma estranha e tormentosa cena no dia seguinte.

Mas Sofia não foi capaz de me contar tudo isso de uma só vez. Essa tarde, no The Maple Court, após me descrever como caíra de joelhos diante do Comandante, ela de repente estacou e, afastando os olhos de mim, na direção da janela, permaneceu muito tempo calada. Depois, pediu desculpas e desapareceu por alguns minutos no toalete. A vitrola recomeçara a tocar: de novo as Andrew Sisters. Olhei para o relógio de plástico, cheio de sujeira de moscas, que anunciava uísque Carstairs: eram quase cinco e meia e constatei, com espanto, que Sofia passara quase a tarde inteira falando comigo. Antes desse dia, eu nunca tinha ouvido falar em Rudolf Höss mas, na sua simples eloquência, ela o tinha feito existir tão nitidamente como qualquer aparição que povoasse meus sonhos mais neuróticos. Era fácil de perceber, porém, que ela não podia continuar infinitamente a falar naquele homem e no seu passado, daí a maneira firme como resolvera interromper a narrativa. E, decerto, apesar da sensação de mistério e suspense que me deixara, eu não iria ter a coragem de pedir que ela continuasse. Queria que Sofia se calasse, apesar do choque de saber que ela tivera um filho. O que ela contara já lhe custara demasiado, podia-se ler no seu olhar negras recordações, que sua mente talvez não fosse capaz de suportar. Por isso, disse a mim mesmo que o assunto, pelo menos por ora, estava encerrado.

Pedi mais uma cerveja ao desmazelado garçom irlandês e fiquei à espera de que Sofia voltasse. Os *habitués* do The Maple Court, os guardas de folga, os ascensoristas, os porteiros de edifícios e demais frequentadores do bar, tinham começado a chegar, exalando uma nuvem fina de vapor, restos da tempestade de verão, que durara horas. A trovoada ainda se ouvia nos cofins do Brooklyn, mas o ruído suave da chuva, semelhante ao som ritmado de um sapateado, me dizia que o pior já passara. Escutei, sem interesse, discussões sobre os Dodgers, assunto que naquele verão beirava a loucura. Bebi a cerveja com um súbito, furioso desejo de me embebedar, em parte devido às imagens que Sofia evocara de Auschwitz e que me deixaram um cheiro horrível nas narinas, como o dos excrementos podres e das pilhas de ossos em decomposição que eu certa vez vira entre o mato do vazadouro de Nova York — um lugar escondido numa ilha, que eu conhecera num passado recente, e, da mesma forma que Auschwitz, um domínio onde imperava um cheiro de carne queimada e, também ele, um *habitat* de prisioneiros. Eu ficara baseado nessa ilha durante algum tempo, ao término da minha carreira militar, e pareceu-me sentir de novo aquele horrível fedor de matadouro. Para afastá-lo, bebi de um só gole a cerveja. Mas outra parte da minha fossa relacionava-se com Sofia e olhei para a porta do banheiro das senhoras tomado de súbita ansiedade — e se ela me tivesse escapado? Se tivesse desaparecido? — incapaz de imaginar como enfrentar a nova crise que ela injetara na minha vida, ou a minha loucura por ela, que mais parecia uma estúpida fome patológica e que praticamente me paralisara a vontade. A minha educação presbiteriana não antecipara uma tal situação.

Porque o terrível era que agora, quando a tinha redescoberto — quando a sua presença tinha começado a se debruçar sobre mim, como uma bênção — Sofia parecia uma vez mais estar a ponto de sumir da minha vida. Nessa mesma manhã, quando eu deparara com ela no Palácio Cor-de-Rosa, uma das primeiras coisas que ela me dissera era que estava de partida. Voltara apenas para pegar algumas coisas que tinha deixado no quarto. O Dr. Blackstock, sempre solícito, preocupado com o seu rompimento com Nathan, encontrara-lhe um minúsculo mas adequado apartamento, muito mais perto do consultório, no centro do Brooklyn, e ela estava-se mudando para lá. O meu coração sofrera um baque. Era evidente que, embora Nathan a tivesse deixado de vez, ela ainda era louca por ele: a menor alusão a ele, da minha parte, fez com que seus olhos se toldassem de tristeza. Mesmo pondo isso de lado, eu não tinha coragem de manifestar minha paixão por ela. Sem parecer idiota, não podia acompanhá-la à sua nova morada, a quilômetros de distância — mesmo que tivesse meios para me mudar também. Sentia-me tolhido, mas ela evidentemente estava saindo da órbita de minha existência, com o seu amor não-correspondido. Havia algo de tão temível nessa constatação, que comecei a sentir náuseas. E também uma tremenda ansiedade. Por isso, vendo que Sofia não voltava do banheiro, após o que me pareceu uma eternidade (ter-se-iam passado apenas alguns minutos), levantei-me, com a intenção de invadir o toalete, à procura dela — quando ela apareceu. Para minha alegria e surpresa, Sofia estava sorridente. Até hoje me lembro com frequência de Sofia no The Maple Court. Por coincidência ou por desígnio celestial, um raio de sol empoeirado, atravessando as últimas nuvens da tempestade em debandada, tocou-lhe por um instante a cabeça e o cabelo, rodeando-os com um imaculado halo quatrocentista. Tendo em vista minha paixão, não precisava que ela parecesse angelical, mas era o que Sofia parecia. Depois, o halo evaporou-se, ela avançou para mim com a seda da sua saia batendo, inocente e voluptuosamente, contra o contorno do púbis, e ouvi um escravo ou um burro, lá embaixo, nas minas de sal do meu espírito, soltar um leve e dolorido gemido. Até quando, Stingo, até quando, meu irmão?

— Desculpe ter demorado tanto, Stingo — disse ela, sentando-se ao meu lado. — Depois do que ela me contara naquela tarde, era difícil acreditar que Sofia pudesse estar tão alegre. — No banheiro, encontrei uma velha *bohémienne* russa, uma... uma *diseuse de bonne aventure*.

— O quê? — perguntei. — Ah, você se refere a uma vidente. Vira várias vezes a velha bruxa no bar, uma das muitas ciganas do Brooklyn.

— É. Ela leu a palma da minha mão — disse Sofia, toda animada — Falou comigo em russo. E sabe o que mais? Ela disse: "Você teve má sorte recentemente. Relacionada com um homem. Um amor infeliz. Mas não tenha medo. Tudo vai acabar bem". Não é maravilhoso, Stingo?

Era minha opinião, então, e continua sendo agora — perdoem-me a discriminação — que até as mulheres mais sensatas são passíveis de se empolgar por esses *frissons* de ocultismo, mas deixei pra lá e não disse nada: os bons augúrios pareciam ter dado uma grande alegria a Sofia e eu estava ansioso por compartilhar do seu bom humor. (Mas que quereria isso dizer?, preocupei-me. Nathan fora *embora*.) Contudo, The Maple Court começara a vibrar com sombras de maus presságios. Eu estava desejoso de um pouco de sol e, quando sugeri que aproveitássemos o fim da tarde para caminhar um pouco, ela concordou imediatamente.

A tempestade limpara Flatbush. Os relâmpagos tinham caído perto dali, na rua havia um cheiro de ozona, que eclipsava inclusive o aroma a chucrute e *bagels*. Minhas pálpebras pareciam pesadas. Pestanejei com dificuldade, confrontado com a luz ofuscante do sol. Depois do sombrio relato de Sofia e do crepuscular lusco-fusco do The Maple Court, os edifícios burgueses, em volta do Prospect Park, pareciam refulgir, quase mediterrâneos, qual uma Atenas plana e cheia de vegetação. Caminhamos até a esquina do Passeio e observamos as crianças jogando beisebol no campo de areia. No céu, o teco-teco, com sua faixa esvoaçante, onipresente nesse verão no Brooklyn, contra um fundo azul riscado de nuvens, anunciava mais emoções noturnas no hipódromo do Aqueduto. Durante muito tempo, ficamos acocorados num pedaço de gramado mal-cuidado, malcheiroso e molhado da chuva, enquanto eu explicava a Sofia os fundamentos do beisebol. Ela era uma aluna atenta e eu de tal maneira me deixei arrastar pela vocação didática, que todas as dúvidas e perplexidades sobre o passado de Sofia, ainda na minha mente desde a sua recente narrativa, acabaram como que varridas do meu pensamento, inclusive a mais terrível e misteriosa das interrogações: o que acontecera, afinal, com o filho dela?

Essa pergunta voltou a me perturbar, quando regressamos à pensão de Yetta. Fiquei pensando se ela alguma vez seria capaz de revelar o fim que Jan levara. Mas eu agora estava com outra preocupação mais premente, que começara a sentir dentro de mim, a respeito da própria Sofia. E a dor intensificou-se quando ela disse de novo que ia se mudar naquela mesma noite para seu novo apartamento. E aquela noite significava *agora*.

— Vou sentir falta de você, Sofia — deixei escapar, quando subíamos os degraus de entrada do Palácio Cor-de-Rosa. — Estava consciente do *vibrato* na minha voz, que traduzia todo o meu desespero.

— Vou sentir muita falta de você!

— Ora, nós vamos continuar a nos ver, não se preocupe, Stingo. Afinal, eu não vou para muito longe. Vou continuar morando no Brooklyn.

As suas palavras tranquilizaram-me um pouco, mas muito pouco: revelavam lealdade e uma *certa* ternura, junto com o desejo — um desejo resoluto — de conservar os velhos laços de amizade. Mas não denotavam emoção. Afeto por mim ela possuía — disso, eu estava certo — mas paixão, não. A respeito disso eu podia dizer que tinha alimentado esperanças, mas não desmedidas ilusões.

— Vamos jantar muitas vezes juntos — disse ela, enquanto eu a acompanhava até o segundo andar. — Não se esqueça, Stingo, também vou sentir saudades de você. Afinal, você é o melhor amigo que eu tenho. Você e o Dr. Blackstock.

Entramos no quarto dela. Já parecia vazio. Surpreendi-me de ver que o rádio-vitrola continuava lá. Lembrava-me de ter ouvido Morris Fink dizer que Nathan pretendia voltar e carregar a vitrola, mas evidentemente não o tinha feito. Sofia ligou o rádio na WQXR e os acordes da abertura de *Russlan e Ludmilla* ressoaram no quarto. Era o tipo de música romântica que ambos mal tolerávamos, mas ela não desligou e o rufar dos tambores tártaros fez vibrar as paredes.

— Vou escrever o meu endereço para dar a você — disse ela, remexendo no interior da bolsa, uma bolsa cara — marroquina, se não me engano — de couro fino e trabalhado, que me chamou a atenção porque me lembrei do dia, algumas semanas antes, em que Nathan, num rasgo de amor e generosidade, a comprara para ela. — Você vai vir me visitar e vamos jantar juntos. Há uma porção de restaurantes bons e baratos, lá. Engraçado, onde estará a tira de papel com o endereço? Nem eu mesma me lembro do número. Fica numa rua chamada Cumberland, acho que perto de Fort Greene Park. Ainda vamos poder dar passeios a pé juntos, Stingo.

— Mas eu vou me sentir muito só, Sofia — retruquei.

Ela levantou os olhos do rádio, piscou, numa expressão que poderia ser considerada maliciosa, completamente alheia à minha indisfarçada Sofiamania e disse o que eu não queria ouvir:

— Você não vai demorar a encontrar uma moça bonita, Stingo, pode ter certeza! Alguém muito *sexy*, como Leslie Lapidus, só que menos *coquette*, mais *complaisante...*

— Oh, Sofia! — gemi. — Deus me livre das Leslies deste mundo!

De repente, toda aquela situação — a partida iminente de Sofia, a bolsa marroquina e o quarto quase vazio, com recordações de Nathan e do passado recente, de música, hilaridade e belos momentos juntos — causou-me uma tal tristeza, que deixei escapar outro gemido, o suficientemente alto para que o espanto se estampasse no olhar de Sofia. E, completamente fora de mim, agarrei-lhe com firmeza os braços.

— Nathan! — exclamei. — Nathan! Nathan! O que foi que aconteceu? Que foi que *aconteceu*, Sofia? *Me diga!* — Eu estava tão perto dela, que um ou dois perdigotos foram parar nas suas faces. — Eis um sujeito incrível, loucamente apaixonado por você, o protótipo de Príncipe Encantado, um homem que adora você. Vê-se na cara dele, Sofia, essa adoração. E, de repente, você já não faz parte da vida dele. Que diabo de coisa é essa, Sofia? Não me diga que é tudo por causa de uma suspeita idiota de que você lhe foi *infiel*, conforme ele disse na outra noite, no The Maple Court! Tem que haver algo mais profundo. E que me diz de *mim*? — Comecei a bater no peito, a fim de enfatizar o meu envolvimento na tragédia. — Que me diz da maneira como ele me tratou? Por que, meu Deus? Sofia, acho que não preciso lhe dizer que Nathan era como um *irmão* para mim, o irmão que nunca tive. Nunca conheci ninguém como ele, em toda a minha vida, ninguém mais inteligente, mais generoso, mais engraçado, mais divertido, mais... ninguém tão *fora de série*. Eu *amava* esse cara! Foi ele, quem, quando lhe dei para ler as primeiras páginas do meu livro, me deu estímulo para continuar escrevendo. Acho que ele fez isso por *amor*. E, de repente, sem nenhuma razão, ele se vira para mim como um cão raivoso. Volta-se para mim, diz que tudo o que eu escrevi é uma merda, trata-me como se eu fosse o sujeito mais desprezível que ele já conheceu e me corta da sua vida com a mesma firmeza e a mesma frieza com que cortou você. — Minha voz subira a oitavas descontroladas, tornando-se quase um *mezzo-soprano*. — Não posso suportar isso, Sofia! *Que é que nós podemos fazer?*

As lágrimas que escorriam pelas faces de Sofia mostraram-me que eu não lhe devia ter desabafado daquela maneira. Devia ter tido mais controle sobre as emoções. Via agora que não lhe teria causado maior dor se ela estivesse com uma cicatriz inflamada e eu lhe tivesse arrancado os pontos, numa horrível bola de suturas recentes e carne violentada. Mas eu não podia evitar. Ao contrário, sentia a dor dela juntar-se à minha numa enorme confluência e continuar a fluir, enquanto eu prosseguia:

— Ele não pode agarrar no amor das pessoas e pisoteá-lo desse jeito. É injusto! É... é... — gaguejei. — É *desumano!*

Ela afastou-se de mim, soluçando. Havia algo de sonambúlico na maneira como atravessou o quarto, com os braços pendentes, na direção da cama. De repente, caiu de bruços na colcha cor de abricó e enterrou o rosto nas mãos. Não se ouviam os soluços, mas os seus ombros se sacudiam. Aproximei-me da cama e fiquei olhando para ela, procurando controlar a voz.

— Sofia — falei. — Me desculpe, mas eu não entendo nada, não entendo nada a respeito de Nathan e nem talvez, a seu respeito, embora ache que sou capaz de entender muito mais a respeito de você do que dele.

Fiz uma pausa. Eu sabia que era como abrir outra ferida, mencionar um assunto sobre o qual ela própria achara tão difícil falar — e não tinha Sofia, com os seus próprios lábios, me prevenido disso? — mas algo me impelia a revelar o que tinha a dizer. Estendi o braço e pousei de leve a mão no seu ombro nu. A pele dela estava quente e parecia pulsar sob meus dedos como a garganta de um pássaro assustado.

— Sofia, na outra noite... na outra noite, no The Maple Court, quando ele... quando ele nos *expulsou da sua vida*, nessa noite horrível, sem dúvida ele sabia que você tinha um filho naquele lugar; ainda há pouco você me disse que lhe tinha contado. Então, como é que ele pôde ser tão cruel com você, provocando-a daquele jeito, perguntando-lhe como é que você conseguiu sobreviver, quando tantos outros foram... — A palavra quase me estrangulou, como um osso atravessado na garganta, mas consegui expeli-la. — ... foram mortos nas câmaras de gás. Como é que ele pôde fazer isso com você? Como é possível alguém amá-la e ser tão cruel?

Ela ficou um momento calada, ali deitada, com o rosto enterrado nas mãos. Sentei-me na beira da cama, ao lado dela, e acariciei a superfície quente, quase febril, do seu braço, contornando delicadamente a marca da vacina. Daquele ângulo eu podia ver-lhe a terrível tatuagem negro-azulada, a fileira de números perfeitamente legível, uma pequena cerca de arame farpado, formada por algarismos ordenados, entre os quais um "sete" cortado ao meio por um tracinho, à moda europeia. Respirei aquele perfume de ervas, que ela costumava usar. Será possível, Stingo — perguntei a mim mesmo — que ela alguma vez venha a sentir algo por você? De repente, pensei se seria capaz de me declarar a ela. Não, claro que não. Ali deitada, Sofia parecia terrivelmente vulnerável, mas o desabafo tinha-me esgotado, deixando-me abalado e vazio de desejo. Levantando os dedos, toquei os fios soltos do seu louro cabelo. Finalmente, percebi que ela havia parado de chorar e ouvi-a dizer:

— A culpa não foi dele. Ele sempre teve esse demônio, que só aparecia quando ele estava com uma das suas *tempêtes.* Foi o demônio que tomou conta dele, Stingo.

Não sei qual das duas imagens nesse momento, ambas aparecendo simultaneamente na orla da minha consciência, me causou um arrepio ao longo de toda a coluna vertebral: se a do negro e monstruoso Caliban ou se a do terrível *golem* de Morris Fink. Só sei que estremeci e que, no meio do espasmo, perguntei:

— Que é que você quer dizer, Sofia... com essa história de demônio?

Ela não respondeu imediatamente. Em vez disso, após um longo silêncio, ergueu a cabeça e disse algo numa voz macia e serena, que me surpreendeu, por parecer não ter nada a ver com a Sofia que eu conhecia.

— Stingo — disse ela — não posso sair daqui tão depressa. Demasiadas recordações. Faça-me um grande favor. Por favor, vá até Church Avenue e me compre uma garrafa de uísque. Quero me embebedar.

Comprei o uísque — uma garrafa de um quinto de litro — que a ajudou a me contar alguns maus momentos que ela passara durante o turbulento ano em que vivera com Nathan, antes de eu entrar em cena. Coisas que talvez não houvesse necessidade de repetir aqui, se não fosse o fato de ele voltar para de novo se apossar das nossas vidas.

Em Connecticut, num ponto qualquer da bela, serpenteante e arborizada estrada que se estende de norte a sul, ao longo da margem do rio, entre New Milford e Canaan, tinha existido uma velha estalagem, com soalhos de carvalho, um ensolarado quarto branco com bordados encaixilhados nas paredes, dois ofegantes *Irish setters* no andar de baixo e um cheiro de lenha de macieira queimando na lareira — e fora lá, contou-me Sofia nessa noite, que Nathan tentara acabar com a vida dela e, logo a seguir, com a sua, no que em vernáculo é conhecido como um pacto de morte. Isso acontecera no outono, quando as folhas estavam incandescentes, alguns meses depois de eles terem se conhecido na biblioteca da Universidade do Brooklyn. Sofia disse que nunca esqueceria o terrível episódio por muitas razões (por exemplo, fora a primeira vez que ele *erguera* a voz para ela, desde que tinham se conhecido) mas nunca seria capaz de esquecer a *principal* razão: a insistência dele (também pela primeira vez, desde que estavam juntos) para que ela justificasse, a contento, por que sobrevivera a Auschwitz, enquanto "os outros" (conforme ele dizia) tinham morrido.

Quando Sofia me descreveu essa cena e, depois, o que acontecera a seguir, lembrei-me, naturalmente, do horrível comportamento de Nathan naquela noite, no The Maple Court, quando ele se despedira de nós. Ia chamar a atenção de Sofia para a semelhança e interrogá-la a respeito, mas a essa altura — devorando um enorme prato de espaguete, num pequeno restaurante italiano que ela e Nathan costumavam frequentar, em Coney Island Avenue — ela estava de tal maneira mergulhada na crônica da sua vida em comum, que hesitei e resolvi ficar calado. A minha atenção voltou-se para o uísque. Era estranho, o modo como Sofia bebia uísque. Para começar, tinha a resistência de um hussardo polonês: era extraordinário ver aquela encantadora, reservada e, geralmente, correta criatura emborcar tanto uísque. Um quarto da garrafa de Seagram que eu lhe comprara já havia sido consumido, quando tomamos um táxi para o restaurante. (Ela insistira também em levar a garrafa, da qual, é importante dizer, eu não bebi, mantendo-me, como sempre, fiel à cerveja.) Atribuí esse novo hábito à dor por Nathan tê-la abandonado.

Mesmo assim, eu estava mais impressionado pela maneira de Sofia beber do que pela quantidade. Porque o fato é que aquele poderoso uísque, misturado apenas com um pouco de água, não tinha, aparentemente, nenhum efeito sobre a língua dela, ou sobre o processo mental. Pelo menos, foi isso o que constatei, quando pela primeira vez testemunhei o seu novo hábito. Com perfeita compostura, cada madeixa loura no seu lugar, ela era capaz de beber toda a garrafa com a facilidade de uma empregada de bar retratada por Hogarth. Fiquei pensando se ela não estaria protegida por alguma adaptação genética ou cultural ao álcool, que os povos eslavos parecem compartilhar com os celtas. Excetuando um leve rubor, havia apenas duas maneiras pelas quais o Seagram's 7 parecia alterar a sua expressão ou a sua atitude. Fazia com que ela falasse, pusesse tudo para fora. Não que ela alguma vez tivesse ocultado algo de mim, ao falar sobre Nathan, sobre a Polônia ou sobre o seu passado. Mas o uísque transformava a sua narrativa, tornava-se precisa, com uma cadência perfeitamente articulada, uma dicção lubrificada, na qual grande parte das pesadas consoantes polonesas ficava magicamente atenuada. A coisa que o uísque fazia era terrivelmente frustrante para mim: libertava praticamente todas as suas reticências a respeito do sexo. Com um misto de desconforto e deleite, ouvi-a falar sobre a sua vida amorosa com Nathan. As palavras saíam-lhe numa voz desinibida, encantadoramente despudorada, como a de uma criança que tivesse descoberto os primeiros nomes feios.

— Ele dizia que eu trepava maravilhosamente — anunciou ela, nostalgicamente e, pouco depois, acrescentou: — Adorávamos trepar diante do espelho.

Meu Deus, se Sofia soubesse o que me passava pela cabeça, quando ela falava essas coisas!

Mas, na maioria das vezes, o seu tom era fúnebre, ao falar de Nathan, com um emprego persistente do pretérito. Era como se falasse de alguém há muito tempo morto e enterrado. E, quando ela me contou a história do "pacto de morte", num fim de semana passado na paisagem outonal de Connecticut, fiquei triste e espantado. Mesmo assim, não acreditava que meu espanto, diante desse lamentável incidente, pudesse ter sido suplantado por *qualquer* outra forma de surpresa quando, pouco depois de me falar desse abortado *rendez-vous* com a morte, Sofia me revelou uma outra coisa ainda mais horrível.

— Acho que você sabe, Stingo — disse ela, um pouco hesitante — que Nathan estava sempre tomando drogas. Não sabia se você podia perceber isso ou não. De qualquer maneira, não fui cem por cento sincera com você. Nunca fui capaz de falar nisso.

Drogas, pensei, ó *Deus misericordioso!* Realmente, era-me quase impossível acreditar. O atualizado leitor desta narrativa talvez já tenha pressentido isso a respeito de Nathan, mas a mim nunca passara, sequer, pela cabeça uma coisa dessas. Em 1947, eu era tão inocente no tocante a drogas quanto ao sexo. (Oh, os ingênuos anos quarenta e cinquenta!) A nossa atual cultura das drogas ainda não vira, naquele ano, sequer as primeiras luzes do amanhecer, e a ideia que eu fazia de um viciado (se é que alguma vez pensara nisso) estava ligada à imagem de loucos de olhar desvairado, metidos em camisas-de-força e jogados em hospícios, de molestadores de crianças, de zumbis perambulando pelas ruelas de Chicago, de chineses letárgicos, em alcovas enfumaçadas etc. Havia a imagem das drogas consumidas pelos depravados irrecuperáveis, quase tão chocante quanto a de certas imagens do ato sexual — que, até os meus pelo menos treze anos, imaginara como um ato bestial, cometido, às escondidas, contra louras oxigenadas, por enormes ex-condenados bêbados e barbudos, com os sapatos calçados. Quanto a drogas, decerto eu nada sabia sobre os tipos e as sutis gradações dessas substâncias. Excetuando o ópio, não creio que fosse capaz de dizer o nome de uma única droga, e o que Sofia revelara a respeito de Nathan produziu em mim o efeito imediato de ter tomado conhecimento de algo criminoso. (O fato de *ser* criminoso era apenas incidental, para o choque provocado pela notícia.) Disse-lhe que não acreditava, mas Sofia garantiu que era verdade e quando, logo após, o choque se transformou em curiosidade e lhe perguntei o que ele tomava, ouvi pela primeira vez o termo "anfetamina".

— Ele costumava tomar Benzedrina — disse ela. — E cocaína. Mas em doses enormes, a ponto de, às vezes, ele ficar maluco. Era fácil, para ele, consegui-las na Pfizer, no laboratório onde ele trabalhava, embora, naturalmente, não seja legal.

Então, era isso, pensei, perplexo, era *isso* o que estava por trás daqueles ataques de fúria, de violência, de paranoia. Como eu tinha sido cego!

No entanto, ela sabia agora — continuou — que, na maior parte do tempo, ele conseguia controlar-se. Nathan sempre fora temperamental, cheio de vida, extrovertido, agitado. Como, durante os primeiros cinco meses em que tinham estado juntos (e estavam constantemente juntos), Sofia raramente o vira fazer uso "da coisa", só mais tarde fizera a conexão entre as drogas e o que pensava ser um comportamento algo frenético, mas comum. E disse mais que, durante aqueles meses do ano anterior, o comportamento dele — drogado ou não — a sua presença na vida dela, toda a sua pessoa, tinham-lhe proporcionado os dias mais felizes que ela jamais conhecera. Constatara quão desnorteada e perdida tinha estado, quando chegara ao Brooklyn e fora morar na pensão de Yetta; procurando não perder a razão, tentando sepultar o passado debaixo das mais fundas camadas da memória, ela *pensava* que tinha controle sobre si mesma (afinal, o Dr. Blackstock não lhe havia dito que ela era a mais eficiente secretária-recepcionista que jamais conhecera?), mas na realidade ela estava à beira de um colapso emocional, tão pouco à frente do seu destino quanto um cachorrinho lançado num redemoinho.

— Aquele ataque no metrô fez-me ver isso — disse ela.

Embora se tivesse recuperado momentaneamente do trauma sofrido, sabia que estava como num tobogã — caindo inexoravelmente e cada vez mais rápido — e mal podia pensar no que teria acontecido, se Nathan (entrando, como ela, na biblioteca, naquele dia memorável, à procura de um livro esgotado de contos de Ambrose Bierce — bendito Bierce!) não tivesse surgido como um cavaleiro redentor e tratado de a devolver à vida.

Vida. Era isso. Ele virtualmente lhe tinha dado vida. Devolvera-lhe (ajudado por seu irmão, Larry) a saúde, fazendo com que a anemia que a consumia fosse tratada no Hospital Presbiteriano de Colúmbia, onde o brilhante Dr. Hatfield descobrira outras deficiências que precisavam ser corrigidas. Por exemplo que, apesar de se terem passado tantos meses, ela ainda sofria de efeitos residuais do escorbuto. Prescrevera-lhe enormes comprimidos e logo as pequenas hemorragias superficiais, que a tinham atormentado, desapareceram. Mais extraordinária ainda fora a mudança nos seus cabelos. A bela cabeleira dourada sempre tinha sido a sua maior vaidade mas, tendo sofrido o diabo, como o resto do seu corpo, ficara baça e sem vida. O Dr. Hatfield também tratara disso e não decorrera muito tempo — mais ou menos seis semanas — para que Nathan ronronasse como um gato no cio ante aquela luxuriante lourice, alisando-a sensualmente e insistindo para que Sofia servisse de modelo para anúncios de xampu.

Sob a supervisão de Nathan, o esplêndido aparelho da medicina americana fizera com que Sofia atingisse um estado de saúde física quase incrível para alguém que, como ela, sofrera tantos estragos — e isso incluía os maravilhosos dentes novos, que tinham substituído os dentes postiços temporários colocados pela Cruz Vermelha na Suécia e eram obra de outro amigo e colega de Larry — um dos melhores protéticos de Nova York. Eram dentes difíceis de esquecer, equivalentes, em termos dentários, às obras-primas de Benvenuto Cellini: dentes fabulosos, com um brilho de madrepérola. Cada vez que ela abria bem a boca, eu me lembrava de Jean Harlow em sedutores *close-ups* e, em um ou dois memoráveis dias de sol, em que Sofia rira às gargalhadas, seus dentes tinham iluminado o ambiente como um *flash.*

Por isso, transportada de volta à terra dos vivos, ela só podia ter saudades do tempo maravilhoso que passara com Nathan, durante todo o verão e o princípio do outono. A generosidade dele era infinita e, embora a mania do luxo não fizesse parte da natureza dela, Sofia gostava de viver bem e aceitara suas delicadezas com prazer — tanto pela alegria que ele usufruía do simples fato de dar, como pelas coisas que ele lhe dava. E ele lhe dava tudo o que ela queria: álbuns de discos de música maravilhosa, entradas para concertos, livros poloneses, franceses e americanos, jantares divinos, em restaurantes de todas as nacionalidades do Brooklyn e de Manhattan. Da mesma forma que para o vinho, Nathan tinha um paladar apurado para a culinária (reação, dizia ele, a uma infância passada a *kreplach* e peixe *gefilte*) e uma das suas alegrias era experimentar a comida dos inúmeros restaurantes de Nova York.

O dinheiro não parecia ser problema, pois seu emprego na Pfízer era evidentemente bem remunerado. Comprava-lhe roupas finas (inclusive os divertidos "costumes" combinados em que eu os vira, da primeira vez em que saíra com eles), anéis, brincos, pulseiras, broches, colares. E havia os filmes. Durante a guerra Sofia sentira quase tanta falta do cinema quanto da música. Em Cracóvia, antes da guerra, tinha havido uma época em que ela se enchera de filmes americanos — os inocentes romances dos anos trinta, com astros como Errol Flynn e Merle Oberon, Clark Gable e Carole Lombard. Também adorava os filmes de Walt Disney, principalmente Mickey Mouse e a *Branca de Neve*. E — puxa, vida! — Fred Astaire e Ginger Rogers em *O Picolino*. E, agora, no paraíso nova-iorquino de cinemas, ela e Nathan por vezes tomavam uma verdadeira indigestão de filmes — vendo seis, sete filmes num único fim de semana, começando na sexta à noite e indo até a última sessão de domingo. Quase tudo o que ela possuía havia sido dado por Nathan, inclusive, declarou ela, com uma risada, o seu diafragma. Fazer com que um dos amigos de Larry lhe colocasse um diafragma fora o último e simbólico toque do programa de Nathan com relação a ela. Sofia nunca tinha usado um diafragma e aceitara-o com satisfação, vendo nele como que a marca do seu rompimento com a Igreja, um sinal de liberação.

— Stingo — disse ela — eu nunca pensei que duas pessoas pudessem *trepar* tanto. Ou gostar tanto de *trepar*.

O único espinho naquele canteiro de rosas, contou-me Sofia, era o emprego dela. Ou seja, o fato de ela continuar a trabalhar para o Dr. Hyman Blackstock, que, afinal de contas, era um quiroprático. Para Nathan, irmão de um médico famoso e um jovem que se tinha na conta de cientista devotado (e para quem os cânones da ética eram tão sagrados como se ele próprio tivesse feito o juramento de Hipócrates), a ideia de ela trabalhar para um charlatão era quase intolerável. Disse-lhe, sem mais rodeios que, na sua opinião, era o mesmo que ganhar a vida como prostituta e implorou-lhe que deixasse o emprego. Durante muito tempo, fizera piada com a coisa, inventando todo o tipo de histórias sobre os quiropráticos e suas práticas, que a faziam rir, embora a atitude dele lhe permitisse achar que as suas objeções não eram para ser levadas demasiado a sério. Mesmo assim, quando as queixas dele aumentaram e a animosidade se tornara mais patente, ela se recusara firmemente a sequer cogitar em deixar o emprego, por mais que isso pudesse aborrecer Nathan. Fora um dos raros aspectos no relacionamento entre os dois em que Sofia não conseguira adotar um ponto de vista subserviente. E achava que tinha razões para isso. Afinal, não estava *casada* com Nathan. Tinha que sentir uma certa independência. Tinha que permanecer trabalhando, num ano em que encontrar emprego era tão difícil, principalmente para uma moça que (conforme ela sempre dizia a Nathan) não tinha "talentos especiais". Além disso, sentia-se à vontade no emprego, onde podia falar na sua língua nativa com o patrão, e tinha acabado por apreciar bastante a pessoa de Blackstock. Era como um padrinho ou um tio querido para ela e Sofia não escondia isso. Infelizmente, acabara constatando que aquela amizade, completamente inócua, sem qualquer laivo de romance, fora mal interpretada por Nathan, aumentando ainda mais a sua animosidade. Teria, talvez, sido cômico, se, o seu absurdo sentimento de ciúme não contivesse sementes de violência, e outras coisas ainda piores...

Antes disso, uma outra tragédia afetara Sofia, tragédia essa que é contada aqui para tornar mais compreensíveis os acontecimentos precedentes. Relacionava-se com a esposa de Blackstock, Sylvia, e o fato de ela ser uma "alcoólatra problema". Tudo começara mais ou menos quatro meses depois de Sofia e Nathan terem começado a andar juntos, no início do outono...

— Eu sabia, no fundo, que ela gostava de beber — diria mais tarde Blackstock a Sofia, num tom desesperado — mas não tinha ideia da magnitude do problema.

Confessou, com um terrível sentimento de culpa, não ter querido ver: ao voltar para casa, em St. Albans, após ter passado o dia no consultório, procurava ignorar a fala pastosa da mulher, depois de um único coquetel, geralmente um Manhattan, que ele próprio preparava, atribuindo o andar trôpego e a fala embolada da esposa a uma simples intolerância ao álcool. Mas, apesar disso, sabia que estava se iludindo, que o seu amor por ela o fazia evitar a verdade, revelada alguns dias após a sua morte. Escondidas num armário do quarto de vestir de Sylvia — santuário jamais invadido por Blackstock — havia mais de setenta garrafas vazias de Southern Comfort, das quais a pobre mulher aparentemente não soubera como se livrar, embora evidentemente não tivesse dificuldades em adquirir o poderoso licor e armazená-lo em caixas. Blackstock percebera — ou se permitira, finalmente, perceber — só quando já era tarde demais, que aquilo vinha acontecendo havia meses, ou mesmo anos.

— Se eu não a tivesse mimado tanto! — lamentou-se com Sofia. — Se eu tivesse enfrentado o fato de que ela era uma... — hesitou em pronunciar a palavra — ...uma *alcoólatra*, poderia tê-la submetido a um *tratamento psicanalítico*, conseguido que ela se curasse. — Era horrível ouvi-lo recriminar-se daquele jeito. — A culpa é minha, só minha — chorava.

E, destacando-se na sua corte de culpas havia o fato de, sabedor do problema dela, continuar permitindo que ela guiasse o próprio carro.

Sylvia era o seu bichinho de estimação e era justamente assim que ele a chamava: meu bichinho de estimação. Não tinha mais ninguém com quem gastar o que ganhava e, por isso, em vez de se queixar, como a maioria dos maridos, ele encorajava-a a fazer compras em Manhattan. Acompanhada de algumas amigas — coradas, gorduchas e ociosas como ela — Sylvia percorria os famosos *magazins* Altman, Bergdorf e Bonwit, mais meia dúzia de butiques de luxo, e voltava a Queens com o banco traseiro do carro cheio de caixas e sacolas de roupas, a maioria das quais acabava guardada, por estrear, nas gavetas da sua cômoda ou no fundo dos seus muitos guarda-vestidos, onde Blackstock mais tarde iria encontrar dúzias de conjuntos e vestidos sem usar, mas manchados de mofo. O que Blackstock não sabia era que, após a orgia de compras, Sylvia geralmente se embriagava com a amiga que a acompanhara. Costumava ir ao bar do Westbury Hotel, na Avenida Madison, onde o *barman* era simpático e discreto. Mas sua capacidade de absorver o Southern Comfort — que até no Westbury era a sua bebida preferida — estava declinando rapidamente e o desastre fora súbito, terrível e quase indecentemente bizarro.

Regressando uma tarde a St. Albans, pela ponte de Triborough, ela perdera o controle do carro que dirigia a uma velocidade desenfreada, batera na traseira de um caminhão e fora chocar-se contra a mureta da ponte, onde o Chrysler se espatifara completamente. A amiga de Sylvia, uma certa Sra. Braunstein, morrera três horas mais tarde, no hospital. Sylvia fora decapitada, coisa em si já horrível. Mas o mais intolerável, para Blackstock, fora o fato de a cabeça ter desaparecido, atirada, com o enorme impacto, no East River. (Na vida de cada um de nós há casos estranhos, em que mais tarde cruzamos o caminho de alguém relacionado com o que se considerava um acontecimento abstrato. Nessa primavera, eu lera, com um arrepio, a seguinte manchete no *Daily Mirror:* CONTINUA A PROCURA DA CABEÇA DE MULHER CAÍDA NO RIO, jamais imaginando que em breve teria uma ligação, embora distante, com o marido da vítima.)

Blackstock era um suicida em potencial. Sua dor era como uma inundação... amazônica. Parou indefinidamente de trabalhar, deixando os pacientes entregues aos cuidados do seu assistente, Seymour Katz. Anunciou, pateticamente, que talvez nunca mais voltasse a clinicar, retirando-se para Miami Beach. Não tinha parentes próximos e, vendo o sofrimento dele — tão profundo, que ela não podia deixar de se emocionar — Sofia deu consigo atuando como uma espécie de parente, uma irmã mais jovem ou uma filha. Durante os dias em que se procedeu à procura da cabeça de Sylvia, Sofia ficou quase constantemente ao lado de Blackstock, na casa de St. Albans, ministrando-lhe sedativos, preparando-lhe chá, escutando-lhe pacientemente as lamentações e elegias. Dezenas de pessoas entravam a saíam, mas ela era o seu apoio. Ele recusara-se a permitir que Sylvia fosse enterrada sem a cabeça. Sofia teve que criar coragem para falar, de maneira teórica, sobre o problema. (E se ela nunca fosse encontrada?) Mas, felizmente, a cabeça não demorou a aparecer, levada, pela maré, para a Ilha de Riker. Foi Sofia quem atendeu ao telefonema do Instituto Médico Legal e quem, premida pelo legista, conseguiu fazer (embora com grande dificuldade) com que Blackstock desse uma última olhada nos restos mortais. Finalmente reunido, o corpo de Sylvia fora enterrado no cemitério judeu de Long Island. Sofia ficou espantada com a quantidade de amigos e clientes do doutor presentes ao funeral. Entre eles havia um representante pessoal do Prefeito de Nova York, um inspetor da polícia, e Eddie Cantor, o famoso cômico do rádio, de cuja coluna Blackstock tratara.

Regressando ao Brooklyn no carro fúnebre, Blackstock encostara a cabeça no ombro de Sofia e chorara copiosamente, repetindo-lhe, em polonês, o quanto ela significava para ele, como se Sofia fosse a filha que ele e Sylvia não haviam tido. O luto judeu foi posto de lado. Blackstock preferia ficar só. Sofia foi com ele até a casa de St. Albans e ajudou-o a cuidar de algumas coisas. A noite estava começando quando — apesar de ela insistir em tomar o metrô — ele a levou ao Brooklyn no seu enorme Fleetwood, deixando-a à porta do Palácio Cor-de-Rosa justo na hora em que o crepúsculo outonal caía sobre o Prospect Park. Ele parecia muito mais resignado e chegou a fazer umas brincadeiras. Também tinha tomado um ou dois uísques fracos, embora não fosse homem dado a beber. Mas, em frente à pensão, ele de novo se deixara levar pela dor e, à luz crepuscular, abraçara-a convulsivamente, mergulhando o rosto no pescoço dela, murmurando palavras desconexas em iídiche e soluçando como Sofia nunca vira. Tão envolvente fora o seu abraço, tão *total*, que Sofia começara a pensar se, na sua desolação, ele não estaria querendo algo mais do que conforto e carinho filial. Sentiu nele uma urgência quase sexual, mas afastou essa ideia da mente. Blasckstock era tão puritano! E se, durante todo o tempo em que trabalhara como sua secretária, ele nunca fizera qualquer tentativa de cortejá-la, parecia muito pouco provável que o fizesse agora, acabrunhado como estava pelo sofrimento. Esta sua suposição viria a provar-se correta, embora ela mais tarde tivesse razões para lamentar aquele molhado, demorado e desconfortável abraço. Porque, por um desses azares do destino Nathan assistira a ele da janela.

Sofia estava exausta de ter que servir de muro das lamentações para o doutor e ansiava por se deitar cedo. Outra razão para querer ir cedo para a cama, refletiu, excitada, era o fato de no dia seguinte, sábado, ela e Nathan desejarem sair bem cedo para Connecticut. Havia dias que Sofia só pensava nesse passeio. Embora desde criança, na Polônia, tivesse ouvido falar na maravilha que era a Nova Inglaterra no outono, Nathan aumentara-lhe a expectativa, descrevendo a paisagem que ela iria ver, à sua maneira deliciosa e extrovertida, afirmando que aquele espetáculo singularmente americano, único na Natureza, era um *rendez-vous* estético ao qual simplesmente não se podia faltar. Dera de novo um jeito de pedir emprestado o carro de Larry para o fim de semana e reservara um quarto numa conhecida estalagem. Só isso já bastaria para aguçar o apetite de Sofia pelo passeio, mas, ainda por cima, a não ser no enterro e numa única tarde de verão passada em Montauk com Nathan, ela nunca estivera fora dos limites da cidade de Nova York. De modo que aquela experiência americana, tão promissoramente bucólica, dava-lhe uma alegria antecipada, semelhante à dos longínquos verões da sua infância, quando o trem saía da estação de Cracóvia rumo à Viena, ao Alto Adige e à neblina das Dolomitas.

Subindo ao segundo andar, Sofia começara a pensar no que deveria vestir. O tempo tinha esfriado e ela ponderava quais dos seus "costumes" combinados seria mais apropriado para usar no campo, em outubro, até que, de repente, se lembrou de um duas-peças de *tweed* que Nathan lhe comprara duas semanas antes, no Abraham & Strauss. Quando estava subindo, ouviu a Rapsódia para Contralto de Brahms tocada na vitrola, com a voz de Marian Anderson florescendo um triunfo conquistado ao desespero. Talvez fosse o cansaço ou as emoções retardadas que o funeral lhe causara, mas a música trouxe-lhe uma doce sensação de falta de ar e os seus olhos ficaram velados de lágrimas. Sofia apressara-se, o coração batendo mais forte, por saber que a música indicava a presença de Nathan. Mas, ao abrir a porta — dizendo: "Cheguei, querido!" — ficou surpresa de não encontrar ninguém no quarto. Ele dissera que estaria à sua espera a partir das seis horas, mas tinha ido embora.

Sofia deitara-se para tirar um cochilo mas, de tão exausta, dormira muito tempo, embora aos arrancos. Acordando no escuro, vira, à luminosidade do despertador, que já passava das dez e fora tomada de imediato alarme. Nathan! Era tão fora dos hábitos dele não estar em casa na hora marcada, ou pelo menos não deixar um bilhete! Foi tomada de uma frenética sensação de deserção. Pulou da cama, acendeu a luz e começou a andar de um lado para o outro do quarto. Só podia pensar que ele tivesse voltado para casa, depois do trabalho, saído para comprar algo e sofrido algum acidente. Os sons estridentes de um carro policial, que havia pouco lhe tinham atravessado os sonhos, traziam-lhe a certeza de uma catástrofe. Uma parte da sua mente lhe dizia que isso era idiota, mas era algo que ela não conseguia evitar. Seu amor por Nathan era tão absorvente e, ao mesmo tempo, de tal maneira marcado por uma dependência infantil, que o terror que a cercava, na sua inexplicável ausência, a desmoralizava tão completamente quanto o medo de ser abandonada pelos pais, que ela tantas vezes sentira, quando criança. Sabia que, agora, o seu medo era também irracional. Ligando o rádio, procurou distração num noticiário. Continuou a andar de um lado para o outro, imaginando os mais terríveis acidentes e estava a ponto de chorar, quando ele entrou, barulhentamente e de repente. Nesse instante, ela sentiu como que uma bênção — como se estivesse ressuscitando. Lembrara-se de pensar: não é possível sentir tanto amor!

Ele a abraçara com força.

— Vamos trepar — murmurara-lhe ao ouvido. — Mas logo: — Não, não, antes tenho uma surpresa para você.

Tremendo nos seus braços, sentindo-se tão frágil quanto o caule de uma flor, ela arriscou:

— Jantar...

— Quem falou em jantar? — disse ele, soltando-a. — Temos coisa melhor para fazer.

E, enquanto ele dançava em volta dela, feliz, Sofia vira, nos olhos dele, aquele brilho estranho que, juntamente com o tom dominante da sua voz — quase frenético, maníaco — lhe dizia que ele tomara algo. No entanto, embora nunca o tivesse visto tão agitado, não ficara alarmada. Aliviada, achando graça, sim, mas não alarmada. Não era a primeira vez que o via "alto".

— Vamos a uma *jam session* em casa do Morty Haber — anunciou ele, esfregando o nariz contra a face dela. — Vista logo o casaco. Vamos *comemorar!*

— Comemorar o que, meu bem? — perguntou ela.

O amor que tinha por ele e a sensação de haver ressuscitado eram, naquele momento, tão loucos, que Sofia teria tentado atravessar o Atlântico a nado, se Nathan lhe tivesse ordenado isso. Não obstante, ela estava perplexa e quase engolfada pela febre elétrica que parecia consumi-lo (uma intensa sensação de fome também a aguilhoava), e estendeu as mãos numa vã tentativa de acalmá-lo.

— Comemorar o quê? — perguntou, de novo, sem poder se conter diante do entusiasmo dele.

Beijou-lhe o *schnoz.*

— Lembra-se da experiência que eu lhe contei? — disse ele. — Aquela classificação sanguínea em que estivemos toda a semana trabalhando? O problema de que eu lhe falei, relacionado com enzimas de soro?

Sofia assentiu com a cabeça. Nunca entendera nada sobre as pesquisas de laboratório que ele fazia, mas sempre o ouvira com atenção, como se fosse uma plateia de uma só mulher, ouvindo as suas complexas dissertações sobre fisiologia e os enigmas químicos do corpo humano. Se ele fosse um poeta, teria lido os seus versos. Mas ele era um biólogo e falavalhe sobre macrócitos, sobre a eletroforese da hemoglobina e sobre resinas obtidas por intercâmbios de íons. Sofia não entendia nada daquilo, mas gostava de ouvir porque amava Nathan e, por isso, respondeu à pergunta dele, bastante retórica:

— Ah, sim.

— Descobrimos a resposta esta tarde. Encontramos a solução do problema, Sofia! Era a nossa maior barreira. Agora, tudo o que precisamos fazer é repetir mais uma vez toda a experiência para o Departamento de Controle de Padrões, uma simples formalidade. Só isso e teremos aberto o caminho para a mais importante conquista médica de toda a história!

— Viva! — exclamou Sofia.

— Me dê um beijo — murmurou ele junto dos lábios dela e, enfiando-lhe a língua na boca, começou a fazer movimentos suavemente copulatórios.

De repente, retirava abruptamente a língua.

— Bom, vamos celebrar em casa do Morty.

— Estou com fome! — exclamou ela.

Não era uma objeção muito firme, mas Sofia sentiu-se compelida a fazê-la, devido às fisgadas no estômago.

— Podemos *comer* em casa do Morty — replicou ele, alegre. — Não se preocupe. Vai haver muita coisa pra comer.

— *Atenção, atenção. Nuremberg, urgente!*

Os dois pararam ao mesmo tempo, diante da voz do locutor, com sua cadência estudada e bem modulada. Sofia viu o rosto de Nathan perder, durante um segundo, toda a mobilidade, como se estivesse congelado, e depois vislumbrou, num espelho, o seu próprio queixo deslocado para o lado e uma expressão de dor nos olhos, como se tivesse partido um dente. O locutor estava dizendo que o ex-Marechal de Campo Hermann Göring fora encontrado morto na sua cela da prisão de Nuremberg. Suicidara-se, aparentemente ingerindo cianureto, contido numa cápsula ou comprimido que escondera em alguma parte do seu corpo. Arrogante até o fim (prosseguiu a voz do locutor), o líder nazista evitara, assim, morrer pelas mãos dos seus inimigos, seguindo o exemplo de Joseph Goebbels, Heinrich Himmler e o chefe de todos, Adolf Hitler... Sofia sentiu um calafrio percorrer-lhe o corpo e viu o rosto de Nathan voltar à vida, ao mesmo tempo em que exclamava:

— Meu Deus, ele passou a perna no carrasco, driblou a forca, o filho-da-puta!

Pulou para junto do rádio, enquanto Sofia andava de um lado para o outro, inquieta. Tentara, com feroz determinação, varrer da mente tudo o que se relacionasse com a guerra, e ignorara completamente os julgamentos de Nuremberg, que durante todo o ano tinham dominado as manchetes. A sua aversão aos assuntos sobre esses julgamentos tinha feito com que ela não lesse os jornais, impedindo-a de melhorar — ou, pelo menos, ampliar — o seu conhecimento do inglês. Expulsara tudo da cabeça, como a maioria das coisas que diziam respeito ao seu passado imediato. Realmente, a tal ponto se alienara do último ato do Crepúsculo dos Deuses, representado no palco de Nuremberg, que nem sequer sabia que Göring fora condenado à forca, e a notícia de que ele vencera o carrasco quando faltavam poucas horas para a sua execução deixou-a estranhamente indiferente.

Alguém chamado H.V. Kaltenborn estava pronunciando um desses prolongados e portentosos registros biográficos *post-mortem* — a voz mencionava, entre outras coisas, que Göring fora viciado em drogas — e Sofia começou a rir de Nathan, que monologava em contraponto à deprimente biografia:

— Onde *diabo* ele teria escondido a cápsula de cianureto? No ânus? Não é possível que não lhe revistassem o ânus — mais de dez vezes! Mas, com aquelas enormes bochechas, é bem capaz de alguma coisa ter escapado. Em que outro lugar? No umbigo? Num dente? Será que os imbecis dos militares não revistaram o umbigo dele? Talvez numa dobra de banha, debaixo do queixo, na papada! Aposto que o Gorducho escondeu a cápsula na papada! Mesmo quando estava rindo para Shawcross, para Telford Taylor, rindo da loucura de todo o processo, ele devia estar com a cápsula escondida debaixo da papada...

O rádio fez um barulho e Sofia ouviu o comentarista dizer:

— A maioria dos observadores é de opinião de que Göring, mais do que qualquer outro líder alemão, foi o responsável pela instituição dos campos de concentração. Embora de aparência jovial, lembrando em muito um bufão de ópera cômica, Göring, segundo se acredita, foi o verdadeiro autor intelectual de lugares como Dachau, Buchenwald, Auschwitz...

De repente, Sofia foi para trás do biombo chinês, sentindo um crescente mal-estar diante de todas aquelas coisas que ela tanto procurara esquecer. Por que não havia deixado o maldito rádio desligado? Através do biombo, ouvia o solilóquio de Nathan, que agora já não lhe parecia tão engraçado, pois sabia como ele ficava *ligado*, perturbado com notícias relacionadas com o passado próximo. Às vezes, ficava tomado de uma fúria que a assustava, tal a rapidez com que transformava a sua personalidade exuberante numa criatura desesperada, angustiada.

— Nathan! — disse ela. — Nathan, por favor, desligue o rádio e vamos logo para a casa do Morty. Estou morta de fome!

Mas sabia que ele não a tinha ouvido, ou não lhe dera atenção; e ficou pensando se as raízes da obsessão dele pelos crimes nazistas, por toda aquela intolerável história, que ela ansiava por esquecer com o mesmo empenho que ele aparentemente insistia em recordar, não se originariam num documentário que tinham visto, algumas semanas antes. Porque, no RKO Albee, onde haviam ido ver um filme com Danny Kaye (o seu cômico predileto), o divertido clima de *nonsense* tinha sido abruptamente quebrado por uma breve sequência, parte de um documentário, mostrando o gueto de Varsóvia. Sofia fora arrastada por uma onda de recordações. Mesmo em meio às ruínas, a configuração do gueto lhe era familiar (ela morara perto dele) mas, como sempre que apareciam no cinema cenas sobre a Europa destruída pela guerra, ela procurara apertar os olhos, para ver tudo através de uma cortina de neblina. Mesmo assim, percebera que se tratava de uma cerimônia religiosa, em que um grupo de judeus descobria um monumento comemorativo do seu massacre e do seu martírio, e uma voz de tenor entoava um réquiem em hebraico sobre a cena desolada e cinzenta, como um anjo que tivesse uma adaga atravessada no coração. Na escuridão da sala, Sofia ouvira Nathan murmurar a palavra *Kaddish* e, quando saíram para a luz do sol, ele passara os dedos pelos olhos e ela vira as lágrimas rolarem-lhe pelas faces. Ficara chocada, pois era a primeira vez que via Nathan — o seu Danny Kaye, o seu adorado comediante — chorar.

Saiu de trás do biombo chinês.

— Vamos, querido — disse, num tom quase implorativo, mas percebeu que ele não ia arredar pé tão cedo de perto do rádio. Ouviu-o gargalhar, num riso irônico:

— Os calhordas! Deixaram o Gorducho escapar, como os outros!

Enquanto pintava os lábios, Sofia refletia, espantada, a que ponto os julgamentos de Nuremberg e suas revelações tinham tomado conta dos pensamentos de Nathan durante os últimos dois meses. Nem sempre fora assim: durante os primeiros dias que tinham passado juntos, ele mal parecera dar-se conta das experiências por que ela passara, embora as suas consequências — as suas deficiências alimentares, a anemia, o desaparecimento dos dentes — tivessem merecido uma constante e devotada preocupação da parte dele. Sem dúvida, ele não ignorara inteiramente a existência dos campos, pensou Sofia. A certeza da sua existência fora, para Nathan, como para muitos americanos, parte de um drama demasiado distante, demasiado abstrato, demasiado *estrangeiro* (e, por conseguinte, demasiado difícil de compreender) para que a mente pudesse registrá-la em toda a sua extensão. Mas, de uma hora para a outra, tinha havido uma mudança nele, uma súbita reviravolta: aquele documentário focalizando o gueto de Varsóvia tinha-o afetado terrivelmente e isso fora seguido, quase que imediatamente, por uma série de artigos no *Herald Tribune*, que lhe chamara a atenção: uma análise "em profundidade" de uma das mais satânicas revelações obtidas no tribunal de Nuremberg, em que o programa de extermínio dos judeus de Treblinka — quase inacreditável, tal a magnitude dos seus dados estatísticos — fora exposto ao mundo estupefato.

A revelação fora lenta, mas inexorável. As primeiras notícias das atrocidades cometidas nos campos de concentração tinham sido tornadas públicas na primavera de 1945, quando terminara a guerra na Europa. Já se havia passado ano e meio, mas o leque de horríveis detalhes, o acúmulo de fatos, empilhando-se não só em Nuremberg, mas também nos outros tribunais, como enormes montes de esterco, começavam a pesar mais do que a consciência de muita gente era capaz de suportar, até mais do que as primeiras notícias e as primeiras fotos de cadáveres, amontoados e desenterrados com tratores, sugeriam. Ao olhar para Nathan, Sofia percebeu que estava vendo uma pessoa confrontada com uma constatação tardia, nas últimas fases do choque. Até então, ele simplesmente não se permitira acreditar. Mas agora acreditava. Compensara o tempo perdido lendo tudo o que havia sobre os campos, sobre Nuremberg, sobre a guerra, sobre o antissemitismo e o extermínio dos judeus europeus (muitas noites, em que Sofia e Nathan poderiam ter ido ao cinema ou a um concerto, haviam sido sacrificadas às incessantes perambulações de Nathan pela sucursal do Brooklyn da Biblioteca Pública de Nova York, em cuja sala de imprensa ele tomava centenas de anotações sobre as revelações de Nuremberg e de onde tirava livros com títulos como *O Judeu e o Sacrifício Humano*, *A Nova Polônia e os Judeus* e *A Promessa que Hitler Cumpriu*) e, com a sua surpreendente capacidade de guardar coisas, tornara-se um especialista sobre o nazismo e os judeus, como em tantos outros campos do conhecimento. Não seria possível, perguntara ele certa vez a Sofia — falando como um biólogo celular — que, ao nível do comportamento humano, o fenômeno nazista pudesse ser comparado a uma enorme colônia de células que tivesse degenerado moralmente, criando o mesmo tipo de alterações na humanidade que um tumor maligno provoca no corpo humano? Várias vezes lhe fizera essa pergunta, durante o fim do verão e o outono, e comportava-se como uma criatura perturbada e obcecada.

— À semelhança de muitos outros líderes nazistas, Hermann Göring proclamava amor pelas artes — dizia H.V. Kaltenborn, na sua voz de grilo velho — mas era um amor à maneira típica nazista. Foi Göring o principal responsável, no alto-comando alemão, pelo saque de museus e coleções particulares em países como a Holanda, a Bélgica, a França, a Áustria, a Polônia...

Sofia sentiu vontade de tapar as orelhas. Porventura aquela guerra, aqueles terríveis anos, não poderiam ser empurrados para um canto escuro da mente e esquecidos? Procurando distrair de novo a atenção de Nathan, dissera:

— Estou tão feliz com o êxito da sua experiência! Quando é que vamos começar a celebrar?

Nem resposta. A voz do comentarista continuava a despejar o seu seco boletim biográfico. Pelo menos, pensou Sofia, a propósito da obsessão de Nathan, não precisava temer ser arrastada por ela. Como em tantas outras coisas relacionadas com os seus sentimentos, ele sempre mostrara muita consideração. Era um dos poucos pontos sobre os quais Sofia usara de firmeza: tornara claro a Nathan que não queria nem podia falar sobre suas experiências no campo de concentração. Quase tudo o que lhe tinha contado fora dito com escassos detalhes, naquela noite, sempre recordada, em que tinham-se conhecido, ali mesmo, naquele quarto. As poucas palavras que ela dissera eram tudo o que Nathan sabia. Depois disso, não precisara explicar-lhe a recusa em mencionar esse período de sua vida. Ele fora maravilhosamente compreensivo e Sofia estava certa de que Nathan entendia a sua repugnância em trazer tudo aquilo à tona. Assim, exceto quando ele a levara para fazer exames e testes no hospital da Universidade de Colúmbia e fora absolutamente necessário, por razões de diagnóstico, falar sobre alguma forma específica de maus-tratos ou privações, nunca tocavam sequer em Auschwitz. Mesmo assim, ela falara em termos mais ou menos críticos, mas ele compreendera. E sua compreensão era outro dos motivos pelos quais Sofia abençoava o dia em que tinham-se conhecido.

Ouviu desligar o rádio e Nathan foi para trás do biombo e tomou-a nos braços. Sofia estava acostumada a essas acometidas de *cowboy*. Os olhos dele brilhavam, ela sentia como ele estava *alto* das vibrações que pulsavam através da sua pessoa, como que originárias de alguma nova e misteriosa fonte de energia reprimida. Beijou-a e mais uma vez a língua dele penetrou-lhe na boca. Sempre que estava sob os efeitos do que quer que fosse que ele tomava, transformava-se num touro, febrilmente sexual, tratando-a com uma rudeza que, geralmente, tinha o poder de lhe fazer o sangue fluir mais rápido, preparando-a para recebê-lo. E, naquele momento, Sofia sentiu o calor e a umidade emanarem de si, ao mesmo tempo em que ele lhe colocava a mão no pênis e ela o acariciava, tão rígido e bem definido sob a calça de flanela quanto a ponta de um cabo de vassoura. Sentiu as pernas bambas, soltou um gemido e puxou-lhe o zíper da braguilha. Em tais momentos, formava-se, entre a mão dela e o pênis dele, uma conexão simbiótica e tão natural, que lhe lembrava a da mão de bebê estendida para agarrar um dedo colocado à sua frente.

De repente, porém, ele se afastara.

— Vamos indo! — falou. — E acrescentou: — Vamos deixar isso pra mais tarde. Vai ser uma noite inesquecível!

Sofia não tinha dúvidas. Fazer amor com Nathan, quando ele estava sob os efeitos da anfetamina, era algo do outro mundo e que parecia não acabar mais...

— Nunca imaginei que alguma coisa fosse acontecer, senão já no fim da festa — contou-me Sofia. — Dessa *jam session* em casa do Morty Haber. Nunca tinha sentido esse medo com Nathan. Morty Haber tinha uma espécie de galpão num prédio perto da Universidade de Brooklyn e a festa foi lá. Morty — acho que vocês se conheceram naquele domingo, na praia — ensinava Biologia na Universidade, era um dos melhores amigos de Nathan. Eu gostava dele mas, para ser franca, Stingo, não ia muito com a maioria dos amigos de Nathan, homens ou mulheres. O meu inglês não era muito bom, não estou mentindo quando digo que podia falar melhor do que entender, e ficava perdida quando eles começavam a falar depressa, sempre de coisas que eu não conheço nem me interessam — Freud, psicanálise, frustração por não ter pênis grande e coisas assim, que talvez me interessassem mais se eles não falassem de modo tão *solene* e *sério*. Oh, eu me dava bem com eles, desligava o sorriso e pensava em outras coisas quando eles começavam a falar na teoria do orgasmo etc. *Quel ennui!* E acho que eles também simpatizavam comigo, embora parecessem desconfiar um pouco de mim, acho que porque eu nunca falava muito do meu passado e também por ser a única *shiksa* da turma e, ainda por cima, polonesa. Isso me fazia parecer estranha e misteriosa, eu acho.

"De qualquer maneira, já era tarde quando chegamos na festa. Tentei convencê-lo pra não fazer isso mas, antes de sairmos da pensão da Yetta, Nathan tomou outro comprimido de benzedrina — que ele chamava de Benny — e, quando entramos no carro do irmão, Nathan estava *alto*, muito *alto*, como uma ave, uma águia. No rádio do carro estava tocando *Don Giovanni* — Nathan sabia o libreto de cor, em italiano, e começou a cantar a plenos pulmões. Tão envolvido ficou com a ópera, que esqueceu de entrar no desvia para a Universidade de Brooklyn e desceu toda a Avenida Flatbush, praticamente até o mar. Dirigia muito depressa e eu estava ficando um pouco preocupada. Tudo isso fez a gente chegar atrasada na festa, devia passar das onze horas. Era uma festa grande, havia pelo menos cem pessoas, mais um famoso conjunto de *jazz* — esqueci o nome do homem que tocava clarinete — e ouvi a música quando estávamos entrando. Alta demais, pensei. Não gosto tanto assim de jazz, embora um pouco já estivesse começando a gostar, antes de... antes de Nathan ir embora."

"A maioria das pessoas era composta de alunos da Universidade, professores, mas tinha gente de tudo quanto era lugar. Algumas moças muito bonitas, modelos em Manhattan, muitos músicos, alguns negros. Eu nunca tinha visto tantos negros de perto, pareciam muito exóticos e adorei ouvir eles rindo. Todo mundo estava bebendo e se divertindo. Havia também uma fumaça com cheiro estranho, era a primeira vez que eu sentia aquele cheiro e Nathan me disse que era maconha. A maioria das pessoas parecia muito feliz e no princípio a festa não estava má, até que estava boa. Eu não imaginava o que ia acontecer. Morty estava na porta, quando chegamos. A primeira coisa que Nathan falou com ele foi sobre a sua experiência, só faltava gritar para todo mundo. "Morty, Morty" — disse ele — "conseguimos! Resolvemos o problema daquele soro!" Morty já sabia — como eu já disse, ele ensinava biologia — e ele e Nathan brindaram com cerveja e outras pessoas lhe deram parabéns. Me lembro de como eu estava feliz de ser amada por aquele homem maravilhoso, que ia ficar para sempre na história das pesquisas médicas. E aí,

Stingo, quase desmaiei, quando ele passou a mão pelos meus ombros, me apertou e disse, bem alto: "Devo tudo à dedicação e ao companheirismo desta encantadora moça, a mulher mais admirável que já saiu da Polônia, desde Marie Sklodowska Curie, e que vai me dar a honra de se tornar minha esposa!"

"Stingo, eu gostaria de poder descrever o que senti. Imagine! *Casar* com ele! Não podia acreditar, mas estava acontecendo. Nathan me beijando e as pessoas todas sorrindo e nos dando os parabéns. Pensei que estava sonhando tudo aquilo, de tão *inesperado*. Ele já tinha falado em a gente se casar, mas sempre como se estivesse brincando e, embora essa ideia me excitasse, eu nunca tinha levado a sério. Agora, eu estava tonta, achava que estava sonhando."

Sofia fez uma pausa. Sempre que fazia a anatomia do passado, do seu relacionamento com Nathan e do mistério que o próprio Nathan constituía, tinha o hábito de enfiar o rosto entre as mãos, como se à procura de uma resposta ou de uma pista na escuridão formada pelas palmas semifechadas. Foi o que ela fez. Passados vários segundos, levantou a cabeça e prosseguiu:

— Agora, é tão fácil ver que aquele... aquele anúncio era só porque ele estava *alto*. Mas, naquele tempo eu não era capaz de fazer essa conexão. Pensei que fosse verdade a gente ir se casar e não me lembro de nunca me ter sentido tão feliz. Bebi um pouco de vinho e a festa ficou maravilhosa. Nathan saiu de perto e eu fiquei falando com alguns amigos dele. Todo mundo me dava parabéns. Havia um negro, amigo de Nathan, que eu sempre gostei, um pintor chamado Ronnie Não-Sei-Quê. Fui até o terraço com Ronnie e uma garota oriental muito *sexy*, esqueci o nome dela, e Ronnie me perguntou se eu queria um pouco de chá. Não entendi logo. Naturalmente, pensei que ele estava falando, você sabe, da bebida que a gente toma quente, com açúcar e limão, mas aí ele riu e eu vi que estava falando de maconha. Fiquei com um pouco de medo — sempre tive medo de perder o controle — mas estava me sentindo tão feliz, que resolvi experimentar. Ronnie me deu um cigarrinho e logo entendi por que as pessoas gostavam de fumar maconha — a sensação era maravilhosa!

"A maconha me fez ver tudo diferente. Estava frio, no terraço mas, de repente, eu me senti quente e o mundo, a noite e o futuro, tudo me parecia lindo. *Une merveille, la nuit!* Brooklyn lá embaixo, com um milhão de luzes. Fiquei no terraço durante muito tempo, falando com Ronnie e a jovem chinesa, e escutando a música de *jazz*, olhando para as estrelas e me sentindo melhor do que nunca em toda a minha vida. Acho que não tinha percebido quanto tempo tinha passado porque, quando voltei para dentro, era tarde, quase quatro horas. A festa ainda estava animada, com muita música, mas algumas pessoas tinham ido embora e, durante algum tempo, fiquei procurando Nathan, sem conseguir descobrir onde ele estava. Perguntei a vários convidados e eles me indicaram uma sala numa das pontas do galpão. Fui até lá e encontrei Nathan com seis ou sete pessoas, todo mundo quieto, como se alguém tivesse sofrido um acidente e estivessem discutindo o que fazer. Estava muito pesado o ambiente lá dentro e acho que foi então que comecei a me sentir um pouco aflita, vendo que algo muito sério ia acontecer com Nathan. Foi uma sensação horrível, como se uma onda gelada me tivesse derrubado."

"Estavam todos escutando, no rádio, sobre os enforcamentos na prisão de Nuremberg. Era uma transmissão especial, em ondas curtas, mas direta, e ouvi o repórter da CBS, falando muito longe, descrevendo o que estava acontecendo em Nuremberg. Disse que Von Ribbentrop já tinha sido enforcado e, eu acho que Jodl também, e depois disse que o próximo era Julius Streicher. Streicher! Não pude aguentar! De repente, senti que estava toda suada, passando mal. É difícil descrever, porque, naturalmente, eu devia estar louca de alegria por aqueles homens estarem sendo enforcados — eu não passei mal por causa disso, foi porque, de repente, me lembrei de muita coisa que desejava esquecer. Tive essa mesma sensação na primavera passada, acho que já lhe disse, Stingo, quando vi naquela revista o retrato de Rudolf Höss com uma corda amarrada em volta do pescoço. Por isso, naquela sala, com aquela gente escutando a reportagem sobre os enforcamentos em Nuremberg, senti vontade de fugir e pensei: Será que eu nunca vou poder me libertar do passado? Olhei para Nathan. Ele ainda estava *alto*, dava para ver nos seus olhos, mas ouvia o rádio como todo mundo, e o seu rosto estava sombrio, como se ele estivesse sentindo dor. Dava até medo olhar para a cara dele e dos outros. Toda a alegria da festa tinha desaparecido, pelo menos naquela sala. Parecia uma missa por alma de um morto. Por fim, o noticiário acabou, ou talvez tivessem desligado o rádio, e as pessoas começaram a falar muito sérias, com uma súbita paixão.

"Eu conhecia todo mundo, eram todos amigos de Nathan. Um deles principalmente eu me lembrava, já tinha falado com ele antes. Seu nome era Harold Schoenthal, devia ter mais ou menos a idade de Nathan e ensinava eu acho que filosofia, na Universidade. Era muito sério, mas eu gostava dele um pouco mais que dos outros, achava que ele era uma pessoa *sensível*. Sempre me parecia muito infeliz e atormentado, muito consciente de ser judeu e falando muito. Nessa noite, me lembro que ele estava todo excitado, embora não tenha tomado nada, como Nathan, nem mesmo cerveja ou vinho. Tinha uma aparência *impressionante*, com a cabeça careca um bigode caído, como uma foca em cima de um *iceberg*, e uma grande barriga. Não parava de andar de um lado para o outro, com seu cachimbo — as pessoas sempre escutavam, quando ele falava — e começou a dizer coisas como "Nuremberg é uma *farsa*, essas execuções são uma *farsa*. Tudo para dar uma impressão de vingança!" E mais: "Nuremberg não passa de um simulacro de justiça, quando todo mundo sabe que o ódio aos judeus continua envenenando o povo alemão. O povo alemão é que devia ser exterminado — o povo que deixou esses homens governá-lo e matar judeus. Não esse — esse punhado de vilões de parque de diversões". E continuou: "Já pensaram na Alemanha do futuro? Vamos deixar que essa gente fique de novo rica e mate de novo os judeus?" Era como ouvir um famoso pregador. Eu tinha ouvido dizer que ele hipnotizava os alunos e me lembro de ficar fascinada, olhando para ele e escutando o que ele dizia. Quando falava dos judeus, a sua voz tinha uma terrível *angoisse*. Perguntou onde os judeus podiam viver em paz, atualmente. E respondeu, em nenhum lugar. *Alors,* perguntou, onde é que os judeus alguma vez tinham vivido em paz? de novo respondeu: em nenhum lugar.

"De repente, percebi que ele estava falando da Polônia, de como, num dos julgamentos, em Nuremberg ou em outro tribunal, tinha havido um depoimento segundo o qual, durante a guerra, alguns judeus tinham fugido de um dos campos de concentração da Polônia procurado viver em segurança entre a população local, mas os poloneses não tinham querido ajudá-los, matando todos os judeus. Schoenthal disse que esse fato horrível provava que os judeus nunca podem estar a salvo em nenhum lugar — quase gritou essas três palavras: *em nenhum lugar!* Nem mesmo na América! *Mon Dieu*, ainda me lembro da fúria dele. Quando falou da Polônia, eu me senti ainda pior e o meu coração começou a pular depressa, embora eu não achasse que ele estava pensando em mim. Disse que a Polônia era o pior exemplo, talvez ainda pior do que a Alemanha, ou pelo menos igual, porque não tinha sido na Polônia, depois da morte de Pilsudski, que protegia os judeus, que as pessoas perseguiam os judeus sempre que tinham oportunidade? Não tinha sido na Polônia que jovens estudantes judeus, inofensivos, haviam sido segregados, obrigados a sentar em carteiras separadas, nas escolas, e tratados pior do que os negros no Mississippi? O que fazia as pessoas pensarem que isso não podia acontecer na América? E, ouvindo Schoenthal falar assim, naturalmente eu não pude deixar de pensar no meu pai, que tinha ajudado a criar essa ideia. De repente, foi como se a presença, *l'esprit*, do meu pai estivesse ali naquela sala, muito perto de mim, e senti vontade de abrir um buraco no chão. Não podia aguentar mais. Durante tanto tempo eu tinha afastado essas coisas de mim, enterrado, varrido para debaixo do tapete — talvez eu fosse covarde, mas não podia fazer de outro jeito — e agora tudo estava sendo posto a nu por aquele Schoenthal! *Merde*, era demais para mim!"

"Por isso, quando Schoenthal ainda estava falando, cheguei para junto de Nathan e murmurei que precisávamos ir para casa, se ele não se lembrava da viagem a Connecticut, no dia seguinte. Mas Nathan nem se mexeu. Era como se estivesse hipnotizado, igual aos alunos de Schoenthal, só olhando para ele, escutando cada palavra que ele dizia. Finalmente, disse que ia ficar, que eu fosse para casa sozinha. Tinha aquele olhar desvairado. Fiquei assustada. Ele disse: "Não vou poder dormir até o Natal", com aquele olhar de louco. "Vá para casa agora, durma, que de manhã cedo eu vou apanhá-la". Saí correndo, tampando os ouvidos ao que Schoenthal dizia, àquelas palavras que quase estavam me matando. Peguei um táxi para casa, sentindo-me na fossa, completamente esquecida de que Nathan tinha dito que a gente ia casar, com uma vontade enorme de gritar."

Connecticut.

A cápsula na qual repousava o cianureto de sódio (minúsculos cristais granulados, tão incaracterísticos como o Alka-Seltzer, explicou Nathan, e igualmente solúveis na água, derretendo-se quase que imediatamente, embora não fossem efervescentes) era realmente muito pequena, menor do que qualquer comprimido que ela tivesse visto, e também metalicamente refletiva: quando ele a ergueu, alguns centímetros acima do rosto de Sofia, apoiado no travesseiro — segurando-a entre o polegar e o indicador e fazendo com que a cápsula, oblonga e rosada, descrevesse uma pequena pirueta no ar — ela pôde distinguir, na sua superfície, a imagem refletida das folhas outonais do lado de fora do quarto, incendiadas pelo pôr-do-sol. Ainda sonolenta, Sofia respirou o aroma de comida que vinha da cozinha, dois andares abaixo — uma mistura de pão quente e, pareceu-lhe, repolho — e ficou vendo a cápsula dançar lentamente na mão dele. O sono invadia-lhe o cérebro, como uma maré crescente. Sentia uma onda de vibrações formadas ao mesmo tempo pelo som e pela luz, apagando toda e qualquer apreensão — num estupor azul de Nembutal. Ela não devia chupá-la e sim mordê-la com força, disse-lhe ele, mas não precisava se preocupar: sentiria um gosto agridoce, parecido com o de amêndoas, um cheiro semelhante ao de pêssegos e, depois, nada. Um *nada* negro e profundo — *rien nada nothing!* — obtido de maneira tão rápida e completa, que não daria nem tempo para sentir dor. Talvez, disse ele, um desconforto momentâneo, mas tão breve e leve quanto um soluço. *Rien nada niente nothing!*

— Depois, Irma, meu amor, depois...

Um soluço.

Sem olhar para ele, olhando para a fotografia âmbar de uma vovó desbotada e imobilizada nas sombras da parede, Sofia murmurou:

— Você prometeu não fazer isso. Faz tanto tempo que você prometeu...

— Prometi o quê?

— Não me chamar de Irma.

— Sofia — disse ele, sem emoção. — Sofia querida. Não Irma, claro, Sofia. Sofia querida.

Parecia agora muito mais calmo, o frenesi da manhã, a loucura da tarde controlados ou, pelo menos, momentaneamente acalmados pelo mesmo Nembutal que ele lhe dera — o bendito barbitúrico que, para horror deles, pensaram que Nathan não fosse encontrar mas que, havia apenas duas horas, ele encontrara. Estava agora mais calmo, mas, ela sabia, ainda fora de si. Estranho, pensou, como, nessa forma tranquilizada do seu desvario ele não parecia terrível ou ameaçador, apesar da inequívoca ameaça da cápsula de cianureto, a pouco mais de dez centímetros dos olhos dela. A minúscula marca registrada, com o nome Pfizer, estava nitidamente impressa na gelatina, mas a cápsula era diminuta. Nathan explicou que se tratava de uma cápsula especial para uso em veterinária, feita para conter antibióticos a serem ministrados a gatos pequenos e cachorrinhos novos, que ele obtivera como receptáculo para a dose de cianureto e que, devido a problemas técnicos, as cápsulas tinham sido mais difíceis de conseguir do que os dez grãos de cianureto de sódio — cinco grãos para ela e cinco para ele. Sofia sabia que ele não estava brincando. Numa outra altura ou num outro lugar, teria encarado tudo aquilo como mais uma das brincadeiras mórbidas de Nathan: o brilhante invólucro cor-de-rosa abrindo-se, no último minuto, entre os dedos dele, para revelar uma pequena flor, uma pequenina pedra preciosa, um beijo de chocolate. Mas não depois daquele dia e do seu interminável delírio. Ela sabia, sem dúvida alguma, que o pequeno invólucro continha a morte. No entanto, era estranho, nada sentia, a não ser uma grande lassidão, vendo-o levar a cápsula aos lábios e inseri-la entre os dentes, mordendo-a com força suficiente para dobrar a superfície, sem quebrá-la. A ausência de terror seria devida ao Nembutal ou à intuição de que ele ainda estava fingindo? Não era a primeira vez que fazia aquilo. Tirou a cápsula da boca e sorriu. — *"Rienada niente nothing".*

Lembrava-se da primeira vez que Nathan flertara com a morte, menos de duas horas antes, naquele mesmo quarto, embora parecesse ter decorrido uma semana, um mês. E, pensava agora, graças a que maravilhosa alquimia (teria sido o Nembutal?) ele cessara de falar ininterruptamente? Só parara de falar por alguns momentos, desde aquela manhã, por volta das nove horas, quando subira correndo os degraus do Palácio Cor-de-Rosa e a acordara...

... Olhos ainda fechados, a cabeça pesada de sono, Sofia ouve Nathan estalar os dedos:

— De pé, vamos! — Ouve-o dizer: — Schoenthal tem razão. Se aconteceu na Europa, por que não pode acontecer aqui? Os cossacos estão chegando! Aqui está um judeu que vai correr para o mato!

Sofia acorda, antecipando o abraço dele, perguntando a si própria se colocou o diafragma antes de se deitar, lembrando-se de que sim e rolando preguiçosamente, sorridente, ao encontro dele. Recorda a glutoneria de Nathan quando *alto*. Recorda-a com volúpia, não só a ternura inicial, os dedos dele nos bicos dos seios e movendo-se, suave mas insistentemente, entre as pernas dela, como tudo o mais, e uma coisa em especial, também esperada com um desejo finalmente liberado (*Adieu, Cracow!*), desinibido, radiante: a capacidade que ele tem de fazê-la alcançar o orgasmo — não uma ou duas vezes, mas repetidamente, até ela sentir uma quase sinistra perda de identidade, como se descesse a cavernas profundas e não pudesse ter a certeza de estar perdida em si mesma ou nele, numa sensação de inseparabilidade total. (É quase a única vez em que Sofia pensa ou fala em polonês, murmurando contra a orelha dele: *"Wez mnie, wez mnie"*, palavras que lhe saem misteriosa e espontaneamente, e significam: "Me tome, me tome", embora, certa vez em que Nathan lhe perguntara o que queriam dizer, ela fosse obrigada a mentir, respondendo: "Quer dizer: *Trepe comigo!*".) Trata-se, como Nathan às vezes proclama, exausto, da Supertrepada do século XX — em contraste com o insípido trepar dos homens através dos séculos, antes da descoberta do sulfato de benzedrina. Agora, Sofia convida-o a vir para a cama, mas ele não responde. E, intrigada, ela ouve-o dizer de novo:

— De pé! Vamos! O judeu aqui vai levar você para um passeio no campo!

— Mas, Nathan... — diz ela.

A voz dele, interrompendo-a, é ao mesmo tempo insistente e excitada.

— Vamos logo! Temos que pôr logo o pé na estrada!

Sofia sente-se frustrada, ao mesmo tempo em que a recordação de passados pudores (*Bonjour, Cracow!*) lhe faz sentir uma certa vergonha do seu urgente e deslavado desejo.

— Levante-se! — ordena ele.

Nua, Sofia sai da cama, vê Nathan olhar para a manhã ensolarada, enquanto inala profundamente — de uma nota de dólar — o que ela percebe ser cocaína...

* * *

... À luz crepuscular da Nova Inglaterra, para além da mão dele e do veneno, Sofia podia ver o inferno folhoso, uma árvore tingida de vermelho mesclando-se com outra, recortada no mais violento tom de ouro. Lá fora, os bosques aguardavam, quietos, a aproximação da noite e as vastas manchas, como mapas de cor, estavam imóveis, nenhuma folha bulindo, à luz do sol poente. Ao longe, os carros passavam na estrada. Sofia tinha sono, mas não queria dormir. Viu que havia duas cápsulas entre os dedos dele, gêmeas, identicamente cor-de-rosa.

— Dele e dela é um dos mais simpáticos conceitos contemporâneos — ouviu-o dizer. — Dele e dela no banheiro, em toda a casa, por que não em cápsulas de cianureto, por que não o nada dele e dela, hein, Sofia querida? — Alguém bateu à porta e a mão de Nathan estremeceu levemente, em resposta. — Sim? — disse, com voz suave.

— Sr. e Sra. Landau — falou uma voz do outro lado da porta — aqui é a Sra. Rylander. Não *queria* incomodá-los... — A voz era melosa. — ... mas fora da estação, a cozinha fecha às sete horas. Só queria avisar. Desculpem interromper a sua sesta. Os senhores são os únicos hóspedes, de modo que não há pressa, só queria avisar. Meu marido está preparando a sua especialidade para o jantar, picadinho de carne com repolho.

Silêncio.

— Muito obrigado — disse Nathan. — Não vamos demorar.

Barulho de passos descendo a velha escada atapetada, a madeira guinchando como um animal ferido. Nathan estava rouco de tanto falar.

— Pense, Sofia querida — estava dizendo agora, enquanto acariciava as duas cápsulas — pense o quanto intimamente a vida e a morte estão interligadas na Natureza, que contém tudo, as sementes da nossa felicidade e da nossa dissolução. Por exemplo, o cianureto de sódio está espalhado por toda a Mãe Natureza e numa incrível abundância, sob a forma de glicosídio, isto é, combinado com açúcar. Nas amêndoas amargas, nos caroços dos pêssegos, em certas espécies dessas folhas outonais, na pera. Imagine, portanto que, quando esses seus perfeitos dentes de porcelana trincam um delicioso macarrão, o gosto que você sente está apenas a uma molécula de distância do desta cápsula...

Sofia fechou os ouvidos à voz dele, olhando de novo para a incrível folhagem, semelhante a um lago de fogo. Sentiu o cheiro de repolho que vinha da cozinha e lembrou-se de outra voz, a voz de Morty Haber, cheia de nervosa solicitude: "Não fique com esse ar tão culpado. Você não podia fazer nada. Muito tempo antes de vocês se conhecerem ele já era viciado. A coisa pode ser controlada? Sim. Não. Talvez. Não *sei*, Sofia! Oxalá eu soubesse! Ninguém sabe muita coisa a respeito de anfetaminas. Até certo ponto, elas são relativamente inofensivas. Mas é evidente que podem ser perigosas, podem viciar, principalmente quando misturadas com drogas como a cocaína. Nathan gosta de aspirar cocaína por cima das *Bennies* e eu acho isso muito perigoso. Ele pode perder o controle e mergulhar numa área de psicose onde ninguém o possa alcançar. Consultei todos os dados e posso garantir que é perigoso, muito perigoso... Ora, deixe pra lá, Sofia. Não quero falar mais nisso mas, se ele perder o controle, entre logo em contato comigo, ou com o Larry..."

Olhou para as folhas e sentiu os lábios insensíveis. O Nembutal! Pela primeira vez em minutos, tentou mudar de lugar no colchão. Imediatamente, sentiu uma dor aguda nas costelas, onde ele a chutara...

— A fidelidade lhe assentaria bem melhor — ouve-o dizer, acima do ruído do vento, batendo contra o para-brisas do conversível.

Embora estivesse frio, Nathan arriou a capota. Sentada ao lado dele, Sofia cobriu-se com uma manta. Não entendeu bem o que ele disse e perguntou, quase gritando:

— Que foi que você disse, querido?

Ele vira-se para olhar para ela e Sofia vê-lhe os olhos, agora desvairados, as pupilas quase sumidas, como que engolidas pelas violentas elipses castanhas.

— Eu disse que a *fidelidade* lhe assentaria bem melhor, para usar uma expressão elegante.

Sofia é tomada de espanto e de um medo vago. Afasta o olhar, o coração pulando. Nunca, em todos aqueles meses em que estão juntos, ele se mostrou assim, furioso com ela. A surpresa inunda-a como chuva fria sobre a carne nua. Que é que ele quer dizer com aquilo? Fixa o olhar na paisagem, na bem cuidada vegetação à beira da estrada, na floresta mais atrás, com sua folhagem explosiva, no céu azul, no sol radiante, nos postes telefônicos. BEM-VINDO A CONNECTICUT / DIRIJA COM CUIDADO. Apercebe-se de que ele está dirigindo muito depressa. Ultrapassam carro após carro, com um deslocamento de ar e um ruído trepidante. Ela ouve-o dizer:

— Ou, para *não* usar uma expressão elegante, seria melhor você não andar *trepando por aí*, principalmente onde eu possa ver!

Sofia abre a boca de espanto, não pode acreditar que ele esteja dizendo aquilo. Como se Nathan a tivesse esbofeteado, sente a cabeça descair, mas logo se volta para ele.

— Querido, por que é que você...

Mas ele ruge:

— Cale-se!

E de novo as palavras saem em catadupa, numa continuação da semicoerência com que ele a vem atacando desde que saíram do Palácio Cor-de-Rosa, uma hora antes.

— A impressão que se tem é de que essa sua bela boceta polonesa é irresistível para o seu patrão, esse adorável charlatão de Forest Hills, no que, aliás, ele tem toda a razão, eu que o diga, que não só a engordei como tenho gozado dos prazeres que ela proporciona, posso bem entender que o Dr. Flimflam a deseje de todo coração e com o pau indócil... — Ouve-o soltar uma gargalhada de louco. — Mas, você cooperar nisso, servir de marafona para esse charlatão e, *depois*, se exibir diante dos meus olhos, como você fez ontem à noite, deixando-o enfiar a nojenta língua de quiroprático na sua garganta... Oh, minha putinha polonesa, isso é mais do que eu posso suportar.

Incapaz de falar, Sofia fixa o olhar no velocímetro: 70, 75, 80... Não é tanta velocidade assim, diz consigo mesma, pensando em quilômetros, mas logo cai em si e, intimamente, corrige: *Milhas!* Vamos perder completamente o controle do carro! Pensa: Só pode ser loucura, esse ciúme, essa ideia de que eu estou dormindo com *Blackstock.* Atrás deles, ouve-se o som distante de uma sirene, ela de repente se apercebe de uma luz vermelha, refletindo-se, qual amora minúscula, no para-brisas. Abre a boca, prepara a língua para falar. (— Querido! — tenta dizer) mas não consegue... Enquanto isso, ele não para de falar... Parece a trilha sonora de um filme, reunida por um chimpanzé, parcialmente coerente mas sem conseguir fazer sentido. A paranoia faz com que ela se sinta fraca e doente.

— Schoenthal tem toda a razão, essa história do suicídio ser moralmente errado não passa de bobagem sentimental, baseada na ética judaico-cristã. Depois do Terceiro Reich, o suicídio deveria ser a única opção de todo ser humano consciente, não é verdade, Irma? — (Por que, de repente, ele a chamava de Irma?) — Mas eu não devia ficar surpreso com a sua pressa de abrir as pernas para qualquer um que lhe apareça pela frente. Para ser franco, e eu nunca lhe disse isso, muita coisa em você tem sido um mistério para mim desde que nos conhecemos. Eu devia ter desconfiado de que você era uma *goy kurveh,* mas que outra coisa senão uma maldita *Schadenfreude* faria com que me sentisse atraído por uma réplica tão perfeita de Irma Griese? Ela era um pedaço, segundo as pessoas presentes no tribunal de Nuremberg, até os promotores lhe tiravam o chapéu, oh, merda, minha querida mãe sempre dizia que eu tinha uma atração fatal por *shiksas* louras, por que é que você não pode ser um judeu decente, Nathan, e casar com uma boa moça, como a Shirley Mirmelstein, que é tão bonita e tem um pai que ganhou uma nota em *lingerie,* e tem uma casa de veraneio em Lake Placid?

(A sirene continua atrás deles. — Nathan — diz ela — a polícia vem aí.)

— Os brâmanes *veneram* o suicídio, como muitos orientais, que é que há de tão importante na morte, *reinada niente nothing,* de modo que, após considerar, não faz muito, eu disse para mim mesmo, *ok,* a bela Irma Griese foi enforcada por ter matado, pessoalmente, milhares de judeus em Auschwitz, mas a lógica indica que uma porção de Irmas Griese conseguiram escapar, por isso, essa *nafka* polonesa com quem eu estou vivendo, será que ela é cem por cento polonesa, parece polonesa, mas também *echt*-nórdica, como uma estrela alemã de cinema fazendo-se passar pela Condessa de Cracóvia, para não mencionar esse alemão puríssimo que tenho ouvido sair, com tal precisão, dos seus encantadores lábios de donzela do Reno. Uma polaca! Ah, pobre de mim! *Das machst du andern weisinachen!* Por que é que você não confessa, Irma? Você andou trepando com os SS, não? Foi assim que você conseguiu sair de Auschwitz, Irma? Confesse!

(Ela tapou as orelhas com ambas as mãos, soluçando: "Não! Não!" Sente o carro desacelerar abruptamente. O grito da sirene transforma-se num grunhido de dragão. O carro da polícia encosta ao lado.)

— *Confesse*, sua puta fascista!...

... Deitada na penumbra, vendo as folhas perderem a cor, Sofia ouviu o ruído da urina dele, colidindo com a água no vaso, e recordou: em meio às folhas fantásticas, na floresta, de pé sobre ela, ele tentara urinar na sua boca, falhara — tinha sido o começo da sua queda. Mexeu-se na cama, sentindo o cheiro do repolho, os olhos pousando, sonolentos, nas duas cápsulas que ele depositara no cinzeiro. ESTALAGEM DA CABEÇA DO JAVALI, diziam as letras em estilo antigo, em volta da beira do cinzeiro, UM MARCO NO CONTINENTE AMERICANO. Bocejou, pensando em como tudo aquilo era estranho, em como era estranho ela não temer a morte, se realmente ele ia obrigá-la a engoli-la, mas temer apenas que a morte o levasse, esquecendo-a. Que, por um maldito imprevisto, como ele diria, a dose letal só fizesse efeito sobre Nathan e ela fosse de novo uma indefesa sobrevivente. Não posso viver sem ele, ouviu a si própria murmurar alto, em polonês, consciente da pieguice da ideia, mas também da sua verdade. A morte dele seria a *minha* agonia, o meu fim. À distância, o apito de um trem atravessou o vale com seu nome estranho, Housatonic, o seu grito bem mais melodioso do que o dos seus congêneres europeus, mas provocando a mesma melancolia no coração.

Pensou na Polônia. Nas mãos de sua mãe. Raramente pensava na mãe, aquela doce alma, sempre pronta a se apagar, e agora, por um momento, só conseguiu pensar nas suas elegantes e expressivas mãos de pianista, com os seus dedos ao mesmo tempo fortes e suaves, como um dos noturnos de Chopin que ela tocava, a pele cor de marfim recordando-lhe o branco desbotado dos lilases. Tão extraordinariamente brancas, que Sofia só em retrospecto relacionara a sua beleza translúcida com a tuberculose que já nessa altura a estava consumindo e que finalmente lhe imobilizara as mãos. Mamãe, mamãe, pensou. Tantas vezes aquelas mãos lhe tinham acariciado a cabeça quando, garotinha, ela dissera a oração noturna que todas as crianças polonesas sabem de cor, mais do que qualquer cantiguinha infantil: *Anjo de Deus, meu anjo da guarda, fica sempre do meu lado: de manhã, durante o dia e à noite, vem sempre em minha ajuda. Amém.* Num dos dedos das mãos de sua mãe havia um fino anel de ouro, em forma de cobra, cujo olho era um minúsculo rubi. O Professor Bieganski comprara-o em Aden, no regresso da sua viagem a Madagascar, onde fora estudar a localização para a realização do seu sonho, a recolocação dos judeus poloneses. Como era possível ser tão vulgar? Teria demorado a adquirir uma tal monstruosidade? Sofia sabia que a mãe detestava o anel, mas que o usava por constante deferência para com o pai. Nathan parara de urinar. Sofia pensou no pai e na sua luxuriante cabeleira loura, toda suada nos bazares da Arábia...

... — Para corridas de automóveis, existe a pista de Daytona Beach — diz o policial. — Isto aqui é a pista do Parque Merritt, para aqueles que nós chamamos de motoristas. Pra que tanta pressa?

É um rapaz louro, jovem, de cara sardenta e agradável. Usa um chapéu de xerife do Texas. Nathan não responde, continua olhando para a frente, mas Sofia sente-o murmurar rapidamente, sempre falando, só que agora *sotto voce*.

— O senhor quer acabar, junto com essa linda moça, no necrotério?

O policial tem uma placa com o nome: S. GRZEMKOWSKI.

Sofia diz:

— *Przepraszam...* (— Por favor...)

Grzemkowski sorri, responde:

— *Czy jestes Polakiem?*

— Sim, sou polonesa — diz Sofia e, encorajada, continua a falar na sua língua, mas o policial interrompe:

— Só entendo algumas palavras. Minha família é polonesa, mas mora em New Britain. Escute, por que a pressa?

Sofia responde:

— Meu marido está muito nervoso. A mãe dele está morrendo em...
— Procura pensar num lugar em Connecticut, acaba dizendo: — Em Boston. É por isso que estamos indo tão depressa.

Sofia olha para a cara do policial, para os olhos inocentemente azuis, para a expressão levemente bucólica, de camponês. Pensa: ele podia estar cuidando de vacas num vale dos Cárpatos.

— Por favor — repete, inclinando-se por cima de Nathan, fazendo beicinho — por favor, a mãe dele está morrendo. Prometemos ir mais devagar daqui para a frente.

O rosto de Grzemkowski retoma a expressão policial, diz, numa voz seca:

— Ficam avisados, tratem de diminuir a velocidade. Nathan diz:

— *Merci beaucoup, mon chef!*

Olha para o infinito. Seus lábios não param de trabalhar, como se ele estivesse falando com alguém alojado dentro de si. Começou a transpirar abundantemente. O policial vai embora. Sofia ouve Nathan murmurar para si mesmo, e o carro recomeça a andar. É quase meio-dia. Rumam para o norte (agora, mais moderadamente), através de bosques, nuvens e tempestades de folhas multicoloridas, num frenesi aéreo — ora arrotando bolas de cor, ora explodindo como estrelas, num espetáculo diferente de tudo o que Sofia jamais viu ou imaginou — o murmúrio que ela não consegue entender torna-se vocal, irrompe num novo espasmo de paranoia. E, na sua fúria, aterroriza-a tanto quanto se ele tivesse soltado, no interior do carro, uma gaiola cheia de ratazanas famintas. Polônia. Antissemitismo. E que foi que *você* fez, querida, quando eles incendiaram os guetos? Sabe o que um bispo polonês disse para outro bispo polonês? "Se eu soubesse que você vinha me visitar, teria assado um judeu!" *Ha-ha-ha!*

Nathan, *não*, pensa ela, não me faça sofrer assim! *Não me faça recordar!* As lágrimas rolam-lhe pelas faces abaixo, ao mesmo tempo em que ela o puxa pela manga.

— Eu nunca lhe disse! Eu nunca lhe disse! — grita ela. — Em 1939, meu pai arriscou a vida para salvar judeus! Escondeu judeus debaixo do soalho do seu gabinete, na Universidade, quando a Gestapo chegou. Ele era um bom homem, morreu por causa deles... — Ela se engasga no pegajoso bolo da mentira que acabou de pronunciar e ouve a própria voz exclamar:

— Nathan, Nathan! Acredite em mim, querido, acredite em mim!

LIMITE URBANO DE DANBURY.

— Assado um judeu! *Ha-ha-ha!*

Ele continua a falar, falar, falar, e ela agora mal ouve, pensando: se eu pudesse convencê-lo a parar e a comer em algum lugar, poderia escapulir e dar um telefonema para Morty ou para Larry, dizer para eles virem... Pensa e diz:

— Querido, estou com tanta fome, será que não podíamos parar...

Mas ouve apenas, em meio à conversa incessante:

— Irma, meu amor, Irma *Liebchen*, eu não poderia comer uma única bolacha que fosse nem que você me pagasse mil dólares, oh, merda, Irma, estou voando, estou no céu, nunca estive tão alto, nunca, e estou louco por você-ê-ê, sua *nafka* fascista, ei, sinta só... — Estende o braço e coloca a mão dela sobre o contorno das suas calças, pressiona-lhe os dedos contra o seu pênis inchado, ela sente-o pulsar, contrair-se e depois pulsar de novo. — Uma trepada, isso é que eu estou precisando, uma das suas trepadas polacas de quinhentos *zlotys*, ei, Irma, quantos paus de SS você chupou para conseguir sair de lá, quanto esperma de raça superior você engoliu em troca da *Freiheit?* Escute, fora de brincadeira, preciso ser chupado, oh, nunca voei tão alto, meu Deus, se esses belos lábios me chupassem *agora!* Debaixo do céu azul e dessas folhas ardentes do outono, do belo outono, se você chupasse o meu sêmen, espesso como as folhas de outono sobre os regatos de Vallombrosa, isto é de John Milton...

... Nu, ele voltou para a cama e deitou-se, com todo o cuidado, ao lado dela. As duas cápsulas ainda brilhavam no cinzeiro e Sofia perguntou a si mesma, sonolenta, se ele as teria esquecido, ou se de novo a provocaria com a sua ameaça cor-de-rosa. O Nembutal, fazendo com que ela mergulhasse no sono, puxava-lhe as pernas como a quente correnteza de um mar suave.

— Sofia querida — disse ele, numa voz também sonolenta. — Sofia querida, eu só tenho pena de duas coisas.

— Do quê, querido? — perguntou ela. — E, como ele deixou de responder, ela repetiu: — Do quê?

— Só disto — disse ele, por fim — que, depois de tanto trabalho no laboratório, de todas essas pesquisas, eu não veja os frutos.

Estranho, pensou ela, enquanto Nathan falava, a voz dele, pela primeira vez naquele dia, perdera o seu histérico tom de ameaça, de obsessão, de crueldade, estava agora familiar, terna, com aquela ternura que era tão dele e que durante todo o dia ela estivera certa de que não conseguiria recapturar. Teria ele, também, sido salvo no último instante, estaria ele sendo levado de volta, serenamente, para o porto de salvação dos barbitúricos? Esqueceria ele simplesmente a morte e se deixaria arrastar pelo sono?

Ouviu-se um ranger na escada, lá fora, e de novo a untuosa voz de mulher:

— Sr. e Sra. Landau, por favor, me desculpem, mas meu marido quer saber se os senhores gostariam de um drinque antes do jantar. Temos de tudo, mas meu marido prepara um maravilhoso rum quente.

Passado um momento, Nathan respondeu:

— Ótimo, muito obrigado, diga a ele para preparar dois runs quentes.

E Sofia pensou: parece o outro Nathan. Mas logo o ouviu murmurar, baixinho:

— A outra coisa é que nem eu nem você jamais tivemos filhos.

Ela olhou para a penumbra, sentiu as unhas da mão cortarem, como lâminas, a carne da palma, sob a colcha da cama, e pensou: por que é que ele tem que falar nisso agora? Eu sei, ele me disse hoje que eu era uma masoquista, uma puta masoquista, e que só estava me dando o que eu queria. Mas por que é que ele ao menos não me poupa essa agonia?

— Eu estava falando sério, ontem à noite, quando disse que íamos casar — ouviu-o dizer.

Não respondeu. Ficou pensando, como num sonho, em Cracóvia, nos tempos passados e no clip-clop-clip-clop dos cascos dos cavalos sobre o gasto empedrado das ruas. Sem nenhum motivo, viu, na escuridão de um cinema, a imagem do Pato Donald andando de um lado para o outro, gorro de marinheiro caído, falando em polonês; depois, ouviu a suave risada da mãe e pensou: se eu pudesse destrancar o passado, nem que fosse um pouquinho só, talvez pudesse lhe contar. Mas o passado, ou o sentimento de culpa, ou sei lá o que, me fecha a boca. Por que não posso lhe dizer o que eu, também, sofri? E perdi...

... Mesmo com o seu louco refrão, repetido vezes sem conta — "Não me provoque, Irma Griese" — mesmo com a mão dele torcendo-lhe sem pena o cabelo, como se querendo arrancá-lo pela raiz, mesmo com a outra mão no ombro dela, apertando-o até lhe causar dor, mesmo com a sensação que ele transmite, ali deitado, estremecendo, de homem que atravessou a fronteira e se afundou no seu próprio submundo demente — mesmo com o medo febril que a envolve, ela não pode deixar de sentir o mesmo prazer de sempre ao chupá-lo, interminavelmente, amorosamente. Seus dedos cravam-se na terra do bosque em que ele jaz, debaixo dela: Sofia sente a terra penetrar-lhe debaixo das unhas. O chão é úmido e frio, ela sente cheiro de fumaça de lenha e, através das suas pálpebras, filtra-se a incrível fogueira da folhagem. E ela continua chupando, chupando. Debaixo dos seus joelhos, pedaços de xisto lhe ferem a carne, mas ela não faz nenhum movimento para aliviar a dor.

— Oh, meu Deus, me chupe, Irma, chupe o judeu!

Ela segura-lhe os testículos entre as palmas das mãos, acaricia a delicada penugem. Como sempre imagina, dentro da sua boca, a superfície escorregadia de uma palmeira de mármore, a cabeça macia esponjosa, suas frondes crescendo e florescendo na escuridão do seu cérebro.

"Este relacionamento, esta coisa única entre nós, esta simbiose — recorda — só podia resultar do encontro de um grande, rijo solitário *schlong* semita, evitado com êxito por uma horda de horrorizadas princesas judias, e um par de belas mandíbulas eslavas, famintas de amor."

E pensa, — mesmo em meio ao seu desconforto, ao seu medo: Sim, ele até me deu isso. Rindo, tirou de mim aquele sentimento de culpa, quando disse que era absurdo eu sentir vergonha de ter tanta vontade de chupar um pênis, não era culpada de o meu marido ser frígido e não querer que eu fizesse isso, e o meu amante em Varsóvia não sugerir tal coisa e eu não ter coragem de tomar a iniciativa — eu era, disse ele, vítima de dois mil anos de condicionamento judaico-cristão, desse mito de que só os veados gostam de chupar. *Me* chupe, ele sempre disse, goze, goze! Por isso, mesmo agora, com a nuvem de medo em volta dela, enquanto ele a provoca e maltrata — mesmo assim, o prazer que ela sente não é um simples gozo, mas uma ventura perenemente renovada, e os arrepios percorrem-lhe a espinha, enquanto ela chupa e chupa e chupa. Nem sequer se surpreende de que, quanto mais ele lhe puxa o cabelo, quanto mais ele a humilha, com o detestado "Irma", maior é o seu desejo de engolir-lhe o pênis e, quando ela para, por um minuto apenas, e, ofegando, ergue a cabeça e diz: "Meu Deus, como eu gosto de chupar você!" — as palavras são pronunciadas com o mesmo ardor simples e espontâneo de sempre. Ela abre os olhos, vislumbra-lhe o rosto torturado, recomeça, ouvindo a voz dele se transformar num grito que ecoa nos flancos da colina cheia de rochas.

— Me chupa, sua porca fascista, Irma Griese, puta assassina de judeus!

A deliciosa palmeira de mármore, com seu tronco escorregadio inchando e expandindo-se, lhe diz que ele está à beira do orgasmo, lhe diz para se preparar a fim de receber a torrente, o jato de elite de palmeira e, nesse instante de expectativa, como sempre, sente os olhos marejados de inexplicáveis lágrimas...

... — Estou descendo — ouviu-o murmurar no quarto, após um longo silêncio. — Pensei que ia me estatelar, mas estou descendo suavemente. Graças a Deus, encontrei os barbitúricos. Fez uma pausa e insistiu: — Foi difícil encontrar os *barbies,* não foi?

— Foi — respondeu ela, agora muito sonolenta.

Lá fora, era quase noite e as folhas incandescentes tinham perdido o brilho, misturando-se com o cinzento céu outonal. A luz do quarto bruxuleava. Sofia virou-se, ao lado de Nathan, olhou para a parede onde a vovó de outro século, lenço na cabeça e envolta num halo ectoplásmico cor de âmbar, lhe devolvia o olhar, com uma expressão ao mesmo tempo bondosa e perplexa. Pensou, preguiçosamente: "O fotógrafo disse para ficar quietinha durante um minuto."

Bocejou, cochilou, bocejou de novo.

— Onde foi que os achamos? — perguntou Nathan.

— No porta-luvas do carro — disse ela. — Você tinha guardado eles lá, esta manhã, e depois esqueceu onde tinha botado o vidrinho de Nembutal.

— Puxa, eu estava mesmo *alto*. No espaço. No espaço sideral! — Com um súbito arredar das cobertas, soergueu-se e estendeu os braços na direção dela. — Oh, Sofia, puxa vida, eu amo você!

Passou um braço em volta dela e atraiu-a para si. Simultaneamente, ela gritou. Não foi um grito alto, mas a dor foi violenta, real, e o grito que ela deu foi pequeno, mas igualmente real:

— *Nathan!...*

... (Mas ela não grita quando a ponta do seu sapato bem engraxado lhe acerta com força entre as costelas, recua, volta a acertá-la no mesmo lugar, tirando-lhe o ar e fazendo com que uma flor branca de dor irrompa no seu peito.)

— *Nathan!*

É um gemido desesperado, mas não um grito. O rouco fluxo da sua respiração mistura-se, nos ouvidos dela, com a voz dele, saindo em grunhidos brutos e metódicos:

— *Und die... SS Mädchen... spracht..* isso e pra você aprender.., seu *Jüdinschwein* imundo!

Ela não se encolhe diante da dor, absorve-a, guardando-a em algum porão ou recipiente de lixo, no fundo do seu ser, onde armazenou toda a selvageria dele, as suas ameaças, as suas provocações, as suas imprecações. Nem chora, de novo deitada no meio do bosque, numa espécie de promontório espinhoso e coberto de mato, no alto da colina, para onde ele a puxou e arrastou, e de onde ela pode ver através das árvores, lá embaixo, o carro, a capota arriada, diminuto e solitário no estacionamento, em meio às folhas e aos papéis que o vento faz remoinhar. A tarde, agora parcialmente encoberta, está chegando ao fim. Parece que há horas que estão na floresta. Por três vezes ele a chuta. O pé recua uma vez mais e Sofia espera, tremendo menos de medo ou de dor do que devido ao frio outonal que lhe penetra as pernas, os braços, os ossos. Mas desta vez o pé não a acerta; pousa sobre as folhas.

— Vou mijar em você! — ouve-o dizer, e logo: — *Wunderbar*, que bela ideia!

Agora, ele usa o sapato como um instrumento para obrigar o rosto dela a confrontá-lo, a olhar para cima. O couro é frio e escorregadio contra a face dela. E, ao vê-lo abrir a braguilha e, a uma ordem dele, abrir a boca, Sofia cai numa espécie de estupor e recorda as palavras dele: Minha querida, acho que você não tem o menor amor-próprio. Isso dito com enorme ternura, após um certo episódio: ao ligar do laboratório, numa tarde de verão, ele expressara vontade de comer *Nusshörnchen*, uns doces que tinham saboreado juntos em Yorkville, após o que, sem que ele soubesse, ela imediatamente viajara quilômetros de metrô, de Flatbush até a Rua Oitenta e Seis e, depois de muito procurar, encontrara os doces, voltara com eles, passadas muitas horas, e o surpreendera com um radiante:

— *Voilà, monsieur, die Nusshörnchen!*

— Mas você não *devia* ter feito isso — dissera-lhe ele, com ternura — é uma loucura satisfazer todos os meus caprichos, minha doce Sofia. Acho que você não tem nenhum amor-próprio!

(E ela pensando, então como agora, eu faria qualquer coisa por você, *qualquer coisa!*) Mas agora, aquela tentativa de urinar nela marca o início do pânico que toma conta dele.

— Abra a boca! — ordena-lhe ele.

Sofia espera, boca aberta, lábios trêmulos. Mas ele não consegue. Uma, duas, três gotas suaves e quentes, caem-lhe na testa, e isso é tudo. Ela fecha os olhos, à espera. Sente apenas que ele está de pé por cima dela, a umidade e o frio debaixo dela, e um distante pandemônio de vento, galhos de árvore, folhas. Ouve-o, então, começar a gemer, um gemido entrecortado de terror.

— Oh, meu Deus, eu vou me estatelar!

Abre os olhos, fixa-os nele. Subitamente esverdeado, o rosto dele lembra-lhe a barriga de um peixe. E ela nunca (e mais naquele frio!) viu um rosto suar tanto: o suor parece untá-lo como se fosse óleo.

— Eu vou me estatelar! — ele geme. — *Vou me estatelar!* — Deixa-se cair de cócoras ao lado dela, enfia a cabeça nas mãos, tapa os olhos, geme, treme. — Oh, meu Deus, eu vou me estatelar. Irma, você precisa me ajudar!

E, numa fuga precipitada, como que num sonho, eles descem montanha abaixo, ela guiando-o pelo caminho cheio de pedras, como se fosse uma enfermeira fugindo com um ferido, de vez em quando olhando para trás, a fim de ajudá-lo a levantar-se, quando ele tropeça, meio cego pela própria mão, qual pálida venda sobre os olhos. Descem ao longo de um regato, atravessam uma ponte de tábuas, mais bosques pintados de rosa forte, laranja, escarlate, cortados pelas finas manchas brancas das bétulas. Ouve-o murmurar:

— Eu vou me estatelar!

Por fim, chegam à clareira, ao abandonado estacionamento do parque estadual, onde o carro aguarda perto de um latão de lixo virado, o cenário uma nuvem ciclônica de velhas embalagens de leite, rodopiantes pratos de papelão, invólucros de chocolates. Até que enfim! Nathan pula para o banco de trás, onde está a bagagem, agarra na sua mala, e joga-a no chão, começa a revistá-la como um apanhador de papéis à procura de um tesouro indescritível. Sofia fica de lado, sem saber o que dizer, enquanto o conteúdo da mala voa pelo ar, emoldurando a carroceria do carro: meias, camisas, roupa de baixo, gravatas, tudo atirado aos quatro ventos, como se o dono de uma camisaria tivesse ficado louco.

— O maldito Nembutal! — ruge ele. — Onde foi que eu o pus? Merda! Meu Deus, eu preciso...

Mas não acaba de falar. Endireita-se, dá meia-volta e se atira no banco dianteiro, onde começa freneticamente a tentar abrir o porta-luvas. *Eureka!*

— Água! — pede, numa voz entrecortada. — Água!

Mas ela, apesar da dor e da confusão, antecipou aquele momento, debruçou-se sobre o banco traseiro e pegou, na cesta de piquenique ainda por tocar, uma água tônica. Luta com o relutante saca-rolhas, abre a tampinha de uma garrafa e enfia-a na mão dele. Nathan engole os comprimidos e, ao vê-lo, um estranho pensamento lhe ocorre. Pobre-diabo, pensa ela, justamente as palavras que ele — sim, ele mesmo — murmurara, semanas antes, ao assistir a *Farrapo Humano*, com um enlouquecido Ray Milland à procura da salvação numa garrafa de uísque. "Pobre-diabo", murmurara Nathan.

Agora, com a garrafa de água tônica emborcada e os músculos da garganta trabalhando apressadamente, ele lembra-lhe aquela cena do filme e ela pensa: pobre-diabo. O que, em si mesmo, não seria estranho, reflete, se não fosse o fato de ser a primeira vez que sente uma emoção, relacionada com Nathan, tão degradante quanto a piedade. Não pode suportar ter pena dele. E o choque dessa constatação faz com que o rosto dela fique entorpecido. Deixa-se abater, lentamente, até ficar sentada no chão, com a cabeça apoiada no carro. A sujeira gira em volta dela em remoinhos de vento e poeira. A dor nas costelas, logo abaixo do peito, a apunhala, como o súbido retorno de uma horrível lembrança. Toca nas costelas com as pontas dos dedos, de leve, traçando o dolorido contorno do lugar onde a ponta do sapato a atingiu, pensando se ele não lhe terá fraturado algo. Agora entorpecida, apercebe-se de que perdeu toda a noção do tempo. Mal o ouve quando, do banco dianteiro, onde Nathan jaz estendido, com uma perna tremendo (a beirada, suja de lama, da calça é tudo o que ela pode ver), ele murmura algo que, apesar de abafado e obscuro, soa como "a necessidade de morrer".

E uma risada se segue, não muito alta: *Ha-ha-ha-ha...* Durante muito tempo, não se ouve um único som. Por fim, ela diz, baixinho:

— Querido, você não deve me chamar de Irma.

— Eu não podia suportar que ele me chamasse de Irma — contou-me Sofia. — Podia aceitar tudo de Nathan, menos isso... que ele me confundisse com Irma Griese. Vi essa mulher uma ou duas vezes no campo — esse monstro de mulher. Perto dela, Wilhelmine parecia um anjo. Doía muito mais do que os seus chutes, ele me chamar de Irma Griese. Antes de a gente chegar na estalagem, tentei fazer ele parar de me chamar de Irma e, quando ele começou a me chamar Sofia querida, vi que já não estava tão *alto* — tão louco, embora continuasse brincando com as cápsulas de veneno. Isso me assustava, eu não sabia até onde ele ia chegar. Estava fora de mim com a ideia de nossa vida juntos e não queria morrer — separadamente ou com ele. Mas o Nembutal começou a fazer efeito, ele foi descendo aos poucos das alturas e, quando me apertou, doeu tanto, que eu pensei que fosse desmaiar e soltei um grito e aí ele viu o que tinha feito. Ficou muito preocupado, murmurando, na cama: "Sofia, Sofia, que foi que eu lhe fiz, como é que eu posso ter machucado você desse jeito?" Mas os outros comprimidos, que ele chamava de *Barbies*, estavam começando a fazer efeito e ele mal podia manter os olhos abertos e dali a pouco estava dormindo.

"Lembro-me de que a dona da estalagem subiu de novo e perguntou, através da porta, quando é que a gente ia descer, estava ficando muito tarde, quando é que a gente ia tomar o rum quente e jantar. E, quando respondi que estávamos cansados e só queríamos dormir, ela ficou muito aborrecida e disse que era a maior falta de consideração, mas eu nem liguei, estava tão cansada e com tanto sono! Voltei para a cama e deitei-me ao lado de Nathan. Estava começando a dormir, quando pensei nas cápsulas de veneno que ainda estavam no cinzeiro e fiquei cheia de pânico, porque não sabia o que fazer com elas. Eram tão perigosas! Não podia jogar as cápsulas pela janela ou mesmo na cesta de papéis porque tinha medo de elas se abrirem e os vapores matarem alguém. Pensei no vaso, mas fiquei com medo de os vapores envenenarem a água, ou mesmo a terra, e não sabia o que fazer. Só sabia que precisava fazer alguma coisa para Nathan não as encontrar, de modo que resolvi arriscar e jogar elas no vaso, no banheiro. Ainda tinha um pouco de luz lá. Peguei com cuidado nas cápsulas e atravessei o quarto às escuras até o banheiro, onde joguei elas no vaso. Não boiaram, como eu tinha imaginado, mergulharam como pedras. Dei a descarga e elas sumiram."

"Voltei para a cama e peguei no sono. Nunca dormi um sono tão profundo e sem sonhos. Não sei dizer quanto tempo dormi, mas, sei que, no meio da noite, Nathan acordou gritando. Devia ser alguma reação a todas aquelas drogas. Não sei, mas foi horrível, ouvir ele gritar no meio da noite, ao meu lado, como um demônio louco. Ainda não entendo como é que ele não acordou todo mundo numa distância de quilômetros. Acordei de um pulo e ele começou a gritar sobre morte, destruição, enforcamentos, gás, judeus ardendo em fornos e não sei o que mais. Eu tinha passado o dia todo assustada, mas aquilo era pior do que nada. Ele tinha ficado o dia todo como louco, de vez em quando melhorando, mas agora parecia que ia enlouquecer de vez. "Precisamos morrer!", gritava ele no escuro. E repetiu, numa espécie de gemido comprido: "A morte é uma necessidade" — com a mão estendida na direção da mesa, como se procurando o veneno. O estranho é que tudo isso só demorou alguns minutos. Ele estava muito fraco, me pareceu. Segurei ele com os braços, fiz com que ele se deitasse e fiquei repetindo: "Querido, durma, está tudo bem, você teve um pesadelo". Coisas assim. Mas acho que teve efeito sobre ele, porque ele logo adormeceu de novo. Estava muito escuro naquele quarto. Dei-lhe um beijo no rosto. Agora, a pele dele estava fria."

"Nem sei quantas horas a gente dormiu. Quando eu finalmente acordei, vi, pela luz do sol na janela, que já era de tarde. As folhas brilhavam do lado de fora da janela, como se todo o bosque estivesse pegando fogo. Nathan ainda estava dormindo e eu fiquei muito tempo deitada ao lado dele, pensando. Sabia que não podia guardar mais tempo aquilo que era a última coisa na terra que eu queria me lembrar. Mas não podia mais escondê-la de mim e nem de Nathan. Não podíamos viver juntos se eu não lhe contasse. Eu sabia que algumas coisas eu nunca lhe poderia contar — *nunca!* — mas havia pelo menos uma coisa que ele tinha que saber, se não, não poderíamos continuar, nunca poderíamos casar, nunca. E, sem Nathan, eu seria... nada. De maneira que resolvi contar a ele essa coisa que não era bem um segredo, só uma coisa que eu nunca tinha mencionado porque a dor que ela me fazia sentir ainda era insuportável. Nathan continuava dormindo. Seu rosto estava muito pálido, mas toda a loucura tinha sumido e ele parecia em paz. Tive a sensação de que talvez todas aquelas drogas tinham feito o demônio e a *tempête* ir embora, e que ele agora era de novo o Nathan que eu amava."

"Levantei-me e fui até a janela, olhar a floresta — as árvores em fogo eram tão bonitas, que eu quase esqueci a dor do lado e tudo o que tinha acontecido, o veneno e as loucuras que Nathan tinha feito. Quando eu era garotinha em Cracóvia e muito religiosa, costumava fazer uma brincadeira que eu chamava de "a forma de Deus". Eu via uma coisa muito bonita — uma chama, ou o lado verde de uma montanha, ou a luz iluminando o céu — e tentava descobrir a forma de Deus nessa coisa, como se Deus tomasse a forma do que eu estava olhando e eu fosse capaz de ver Ele lá. E nesse dia, olhei pela janela para aquelas árvores incríveis que desciam até o rio e para o céu tão claro, e por um momento me senti de novo garotinha e comecei a procurar ver a forma de Deus nessas coisas. Havia um cheiro maravilhoso de fumaça no ar e vi fumaça subindo ao longe, na floresta, e a forma de Deus nela. Mas aí, me veio à cabeça o que eu realmente sabia, o que realmente era a verdade: que Deus me tinha deixado para sempre. Senti que podia ver Ele virando as costas para mim como um enorme animal, e atravessando as folhas. Puxa, Stingo, eu vi as *costas* Dele, sumindo por entre as árvores. O sol desapareceu, nesse momento, e eu senti um vazio tão grande — sabendo o que ia ter que dizer..."

Quando Nathan finalmente acordou, eu estava ao lado dele, na cama. Ele sorriu, disse algumas palavras e eu vi que ele mal sabia o que tinha acontecido nas últimas horas. Dissemos umas coisas bobas um para o outro, dessas coisas que a gente fala quando está ainda com sono, e depois eu me inclinei e falei:

— Querido, preciso lhe contar uma coisa.

Ele interrompeu, com uma risada.

— Não fique tão... — Mas logo perguntou: — O que é?

E eu disse:

— Você sempre pensou que eu era uma mulher que veio da Polônia, que nunca tinha casado, sem família ou passado. Foi mais fácil para mim dar essa impressão, porque eu não queria desenterrar o passado. Acho que também, talvez, tenha sido mais fácil para você.

Ele parecia sofrer e eu disse:

— Mas *preciso* lhe contar. Eu fui casada e tive um filho, um menino chamado Jan, que foi comigo para Auschwitz.

Parei de falar, olhei para o outro lado e ele ficou muito tempo calado, até que exclamou:

— Oh, Deus, oh, meu Deus!

Repetiu isso sei lá quantas vezes. Depois, ficou de novo calado e, por fim, disse:

— Que aconteceu com ele? Que aconteceu com o seu garotinho?

— Não sei — respondi. — Nunca mais soube dele.

E ele perguntou:

— Você quer dizer que ele morreu?

— Não sei — repeti. — Talvez. Não faz diferença.

E foi tudo o que consegui dizer. Só disse mais uma coisa:

— Agora, que eu lhe contei, você tem que prometer nunca mais me perguntar sobre o meu filho, nem falar nele. Eu também não vou falar.

E ele me prometeu, dizendo apenas: "Sim". — Mas havia tanta tristeza no rosto dele, que eu tive que olhar para o outro lado.

— Não me pergunte, Stingo, por que, depois de tudo isso, eu ainda estava pronta para Nathan urinar em cima de mim, me bater, me apunhalar, fazer comigo o que ele quisesse. Passou-se algum tempo antes de ele falar de novo. Aí ele disse: "Sofia querida, eu estou louco, você sabe. Quero pedir desculpas pela minha loucura". E, passado algum tempo, perguntou: "Quer trepar?" E eu respondi, sem pensar duas vezes: "Quero, sim. Quero!" E passamos o resto da tarde fazendo amor, e isso me fez esquecer a dor mas também Deus, e Jan, e todas as coisas que eu tinha perdido. E tive a certeza de que eu e Nathan íamos viver mais algum tempo juntos.

Capítulo Doze

Às primeiras horas da manhã, após o seu longo solilóquio, tive que pôr Sofia na cama. Eu estava espantado de que, após ter bebido tanto, ela continuasse falando coerentemente mas, às quatro horas da manhã, quando o bar fechou, vi que estava completamente bêbada. Tomamos um táxi de volta ao Palácio Cor-de-Rosa — pouco mais de quilômetro e meio de trajeto — e, a caminho, ela dormiu contra o meu ombro. Consegui fazê-la subir a escada, empurrando-lhe a cintura por detrás, mas as pernas dela cambaleavam perigosamente. Soltou um pequeno suspiro quando a ajudei a se deitar, toda vestida, e a vi mergulhar imediatamente numa espécie de coma. Eu também estava bêbado e exausto. Joguei a manta em cima dela e desci para o meu quarto, onde, depois de me despir, caí na cama e dormi como um cretino.

Acordei com o sol do fim da manhã no meu rosto e, nos ouvidos, o pipilar dos passarinhos nos áceres e plátanos e o ruído distante de vozes adolescentes — tudo refletido através de um crânio dolorido e consciente da pior ressaca que tinha experimentado nos últimos dois anos. Não é preciso dizer que a cerveja também pode minar o corpo e a alma, se tomada em quantidade suficiente. Sucumbi a uma abrupta e terrível ampliação de todas as sensações: o lençol, sob as minhas costas nuas, parecia feito de barba de milho, o chilrear de um pardal soou como o guincho de um pterodáctilo, a roda de um caminhão, batendo num bueiro, na rua, deu-me a impressão de que eram as portas do inferno se fechando. Todos os meus gânglios tremiam. Uma outra coisa: eu estava louco de desejo, tomado de uma concuspicência induzida pelo álcool. Normalmente vítima de uma luxúria nunca satisfeita — como a esta altura o leitor já deve estar sabendo — eu ficava, durante aquelas felizmente raras crises de pós-alcoolismo, totalmente escravo do impulso sexual, capaz de deflorar uma criança de cinco anos, independentemente do sexo, pronto a copular com quase qualquer vertebrado possuidor de sangue quente. Nem o onanismo podia acalmar aquele imperioso, febril, desejo. Era por demais forte, provinha de fontes demasiado procriadoras para poder ser autossatisfeito. Não acho exagerado descrever esse desvario (pois era um desvario) como primordial: "Eu teria trepado com lama" era a descrição do Corpo de Fuzileiros Navais para um tal estado. De repente, com uma resolução máscula, que me agradou, pulei para fora da cama, pensando na praia e em Sofia, no andar de cima.

Pus a cabeça para fora do quarto e chamei o nome dela. Ouvi os débeis acordes de uma peça de Bach. A resposta de Sofia, atrás da porta, embora indistinta, pareceu-me bastante animadora. Recuei e fui cuidar das minhas abluções matinais. Era sábado. Na noite anterior, numa aparente efusão (talvez provocada pelo álcool) de afeto, Sofia me prometera passar todo o fim de semana na pensão, antes de se mudar para o seu novo apartamento, perto de Fort Greene Park. Também concordara, entusiasticamente, em ir comigo à praia. Eu nunca estivera em Jones Beach, mas sabia que era uma praia bem menos cheia do que Coney Island. Enquanto me ensaboava, debaixo do chuveiro tépido, no caixão rosado e vertical que me servia de boxe, comecei a pensar a sério em Sofia e no futuro imediato. Estava mais do que nunca consciente da natureza tragicômica da minha paixão por ela. Por um lado, tinha bastante senso de humor para me dar conta do ridículo que a mera existência de Sofia me obrigava a fazer. Tinha lido literatura romântica suficiente para saber que meus delírios frustrados exemplificavam às mil maravilhas, no seu desespero, o termo "mal-amado".

No entanto, tratava-se apenas de uma meia-piada, porque a ansiedade e o sofrimento que aquele amor unilateral me causava eram tão cruéis quanto se eu tivesse descoberto que estava com alguma doença fatal. A única cura para essa doença era o amor dela — e um amor genuíno parecia tão remoto quanto uma cura para o câncer. Às vezes (e essa era uma delas) eu era capaz de amaldiçoá-la em voz alta, pois quase teria preferido o desprezo e o ódio de Sofia àquele sentimento, que podia ser descrito como afeto ou amizade, mas nunca como amor. Na minha mente ainda soava o seu relato da noite anterior, com a horrível visão de Nathan, da sua brutalidade, da sua desesperada ternura, do seu perverso erotismo e do seu odor de morte.

— O diabo a carregue, Sofia! — exclamei, pronunciando lentamente as palavras, enquanto ensaboava o púbis. — Nathan agora está fora da sua vida, de uma vez por todas! Essa força letal acabou, terminou, *kaput!* Por isso, agora, trate de me amar, Sofia. Me eme! Ame a vida!

Enquanto me enxugava, eu considerava, da maneira mais objetiva possível, as objeções práticas que Sofia poderia ter contra mim como pretendente, partindo do princípio de que eu fosse capaz de romper as barreiras emocionais e conquistar o amor dela. Eram muito problemáticas, essas possíveis objeções. Em primeiro lugar, eu era vários anos mais jovem (e uma espinha pós-adolescente, próxima do meu nariz, e vislumbrada no espelho naquele exata momento, sublinhava esse fato), mas isso era o de menos, conforme indicavam vários precedentes históricos. Em segundo lugar, eu não era nem de longe tão abonado, financeiramente, quanto Nathan. Embora não pudesse ser considerada interesseira, Sofia gostava da vida farta à maneira americana. O autossacrifício não estava entre as suas qualidades mais evidentes e perguntei a mim mesmo, com um gemido baixo, mas audível, como diabo eu iria poder pagar as despesas de ambos. Nesse momento, como que em resposta a esse pensamento, estendi o braço e tirei a caixa de Johnson & Johnson, onde guardava o meu dinheiro, do seu esconderijo, no armário do banheiro. E, para meu horror, vi que todos os meus dólares haviam desaparecido da caixinha. Alguém me roubara!

Dentre o tumulto de emoções que me varre, após um roubo — tristeza, desespero, raiva, ódio da raça humana — a que geralmente vem por último é uma terrível suspeita. Não pude deixar de acusar intimamente

Morris Fink, que andava por toda a casa e tinha acesso ao meu quarto, e os escrúpulos que senti diante daquela suspeita sem prova baseavam-se no fato de eu ter começado a sentir uma certa simpatia por ele. Fink tinha-me feito um ou dois pequenos favores, o que só vinha complicar a desconfiança que agora sentia por ele. E, naturalmente, não podia revelar essa suspeita nem mesmo a Sofia, que recebeu a notícia do roubo com mostras de solidariedade.

— Oh, Stingo, não! Pobre Stingo! — Pulou da cama, onde, apoiada nos travesseiros, lia uma tradução francesa de *The Sun Also Rises.* — Stingo! Quem pode ter feito uma coisa dessas com você? — Vestindo um robe de seda florida, atirou-se impulsivamente em cima de mim. Meu sofrimento era tão intenso, que não reagi sequer à deleitosa pressão dos seus seios. — Stingo, roubaram você? Que horror!

Senti os lábios tremerem. Estava desprezivelmente à beira das lágrimas.

— Foi-se tudo embora! Trezentos e não sei quantos dólares, tudo o que eu tinha! Como é que eu vou poder escrever meu livro, agora? Todo o dinheiro que eu tinha, excetuando... — abri a carteira. — quarenta dólares. *Quarenta dólares* que tive a sorte de carregar comigo quando saímos, ontem à noite. Oh, Sofia, que desgraça! — Meio conscientemente, dei comigo imitando Nathan: — *Oy*, será que eu tenho *tsuris*?

Sofia tinha a misteriosa habilidade de acalmar paixões, mesmo as de Nathan, quando ele não estava totalmente fora de si. Uma estranha feitiçaria, que eu nunca pude definir exatamente, mas que tinha algo a ver com o fato de ela ser europeia e uma qualidade obscura e sedutoramente maternal. "Shhhh!", costumava dizer, num tom de fingida censura, e a pessoa acabava rindo. Embora minha desolação não me permitisse rir, Sofia conseguiu me acalmar.

— Stingo — disse ela, brincando com os ombros da minha camisa — o que aconteceu com você é terrível! Mas você não pode ficar como se uma bomba atômica lhe tivesse caído sobre a cabeça. Você está parecendo um bebê grande, pronto para chorar. Que são trezentos dólares? Logo, quando você for um grande escritor, vai ganhar trezentos dólares por semana! Agora, isso parece o fim, ficar sem dinheiro, *mais, chéri, ce n'est pas tragique*, você não pode fazer nada, então, o melhor é esquecer e ir comigo até Jones Beach, como a gente tinha combinado. *Allons-y!*

As palavras dela ajudaram um bocado e eu logo me acalmei. Por mais terrível que tivesse sido a perda do dinheiro, compreendi que tinha razão, que eu quase nada podia fazer para alterar as coisas, de modo que resolvi tentar esquecer e, pelo menos, gozar o resto do fim de semana com Sofia. Na segunda-feira, haveria tempo suficiente para enfrentar o monstruoso futuro. Comecei a pensar na nossa ida à praia com a mesma euforia escapista com que um sonegador de impostos procura esquecer o passado no Rio de Janeiro.

Bastante surpreso com as minhas puritanas objeções, tentei proibir Sofia de enfiar a garrafa de uísque meio consumida na sua bolsa de praia. Mas ela insistiu alegremente, dizendo:

— Você não é o único que está de ressaca, Stingo.

Foi nesse momento que pela primeira vez me preocupei seriamente com o fato de ela beber tanto. Acho que, até então, considerara essa sua sede como uma aberração temporária, uma forma de escape ou de consolo, pelo fato de Nathan a ter abandonado. Agora, eu já não estava tão certo. A preocupação e a dúvida me assaltavam, enquanto viajávamos num sacolejante vagão do metrô. Não demoramos a saltar. O ônibus para Jones Beach saía de um terminal mixuruca, na Avenida Nostrand, cheio de gente ansiosa por conquistar um lugar ao sol. Eu e Sofia fomos os últimos a subir no ônibus. Parado num túnel sepulcral, o veículo estava malcheiroso, escuro como breu e silencioso como um túmulo, embora repleto de compacta massa de corpos humanos. O efeito do silêncio era sinistro, inquietante — enquanto abríamos caminho para as traseiras do carro, pensei que aquela gente toda devia, pelo menos, resmungar algo, dar um suspiro, algum sinal de vida — até que nos sentamos nos bancos rotos e de molas partidas.

Nesse momento, o ônibus saiu para o sol e pude distinguir nossos companheiros de viagem. Eram todos crianças, judeus nos primeiros anos da adolescência e todos surdos-mudos. Ou, pelo menos, parti do princípio de que eram judeus, pois um dos garotos segurava um grande cartaz escrito à mão, onde se lia: ESCOLA DE SURDOS-MUDOS BETH ISRAEL. Duas senhoras de aspecto maternal percorriam o ônibus de um lado para o outro com sorrisos alegres, agitando os dedos na linguagem por sinais, como se estivessem dirigindo um coro silencioso. Aqui e ali, uma criança, igualmente sorridente, respondia com mãos que pareciam asas levantando voo. Senti-me estremecer, no fundo da minha ressaca. Uma horrível sensação de tristeza tomou conta de mim. Meus nervos, a visão daqueles inocentes e o cheiro a gás de combustão que escapava do motor, tudo se combinava para me provocar um estado de ansiedade quase intolerável, aumentado pela voz de Sofia, ao meu lado, e o sabor amargo do que ela precisava dizer. Começara a tomar pequenos goles da garrafa e a falar sem parar. Mas o que realmente me espantou foi o que ela disse a respeito de Nathan, o rancor na sua voz. Mal podia acreditar e pus a culpa no uísque. Por sobre o ronco do motor e a névoa azulada de gás carbônico, ouvi o que Sofia dizia com crescente embaraço, ansiando pela pureza da praia.

— Ontem à noite — disse ela — ontem à noite, Stingo, depois que lhe contei o que aconteceu em Connecticut, compreendi uma coisa pela primeira vez. Compreendi que estava feliz de Nathan me ter deixado. Verdadeiramente feliz. Eu era tão dependente dele e isso não era bom. Não podia *me mexer* sem ele. Não podia tomar nenhuma *décision* sem pensar primeiro em Nathan. Eu sei que devia muito a ele, ele fez muito por mim — mas não era saudável eu ser apenas uma gatinha para ele trepar e fazer festas.

— Mas você disse que ele era viciado em drogas — interrompi, sentindo uma estranha necessidade de defendê-lo. — Não é verdade que ele só se portava mal com você quando estava *alto*?

— Drogas! — exclamou ela, abruptamente. — Sim, ele tomava drogas, mas isso tem que servir de pretexto? Sempre um pretexto! Estou tão farta de gente que sempre diz que temos de ter pena de um homem que depende de drogas e que isso explica o seu comportamento! Que merda de barulho, Stingo! — continuou ela, num perfeito *nathanismo*. — Ele quase me matou. Me bateu e me machucou! Por que deveria continuar amando um homem assim? Você sabia o que ele me fazeu (*sic*) e que eu não contei a você ontem à noite? *Partiu* uma das minhas costelas, quando me bateu com o pé. Teve que me levar num médico — graças a Deus, não foi o Larry — e tirei radiografias e tive que andar um mês e meio *enfaixada*.

Tivemos que inventar uma história para contar ao médico — que eu tinha escorregado, caído e partido a costela. Oh, Stingo, ainda bem que estou livre desse homem, tão cruel, tão... *malhonnête*.

Estou feliz de me ver livre dele — repetiu, limpando uma manchinha de suor do lábio. — Estou *muito* feliz, se você quer saber a verdade. Não preciso mais de Nathan. Ainda sou jovem, tenho um bom emprego, sou *sexy*, posso encontrar outro homem facilmente. Talvez eu casar (*sic*) com Seymour Katz! Queria ver a cara de Nathan, se eu casasse com esse quiroprático com quem ele me acusou falsamente de ter um caso. E os amigos dele! Os amigos de Nathan!

Virei-me a fim de olhar para ela. Havia um brilho furioso nos seus olhos, a voz era estridente e eu ia dizer-lhe para falar mais baixo, mas logo me lembrei de que no ônibus só eu escutava.

— Eu não podia com os amigos dele. Gostava muito do irmão, Larry. Vou sentir falta de Larry e também gostava muito de Morty Haber. Mas os outros amigos, aqueles *judeus*, com a sua mania de psicanálise, sempre falando nos seus pequenos males, se preocupando com os seus brilhantes cérebros e os seus analistas! Você ouviu eles falar, Stingo, entende o que eu estou dizendo. Alguma vez ouviu coisa mais ridícula? "Meu analista isto, meu analista aquilo..." E tão incrível, que até parece que eles *sofreram* alguma coisa, esses endinheirados judeus americanos com seus médicos que recebem não sei quantos dólares por hora para examinar as suas alminhas judias! Aaaah!

Um tremor perpassou-lhe o corpo e ela virou o rosto.

Algo na fúria e na amargura de Sofia, combinado com o seu constante beber — tudo aquilo tão novo, para mim — agravou o meu nervosismo, até ficar quase insuportável. Enquanto ela continuava a falar sem parar e sem cuidado, eu me dava conta, vagamente, de que sofrera algumas lamentáveis alterações no meu físico. Estava com violenta azia, suando como um mineiro de carvão, e uma tumescência neurastênica fizera com que o meu estimado membro ficasse rígido, contra a perna da minha calça. Além disso, o ônibus parecia guiado pelo diabo. Resfolegando e sacudindo através das formações de bangalôs de Queens e Nassau, num estrépito de mudanças, e em meio a um inferno de fumaça, o decrépito veículo parecia destinado a nos aprisionar para sempre. Como que hipnotizado, ouvia a voz de Sofia erguer-se, como uma ária, sobre a pantomima das crianças. E desejava estar melhor preparado, emocionalmente, para aceitar o fardo do que ela dizia.

— Judeus! — exclamou ela. — É a pura verdade, no fundo são todos iguais *sous la peau*. Meu pai é que tinha razão quando dizia que nunca tinha conhecido um judeu que dava alguma coisa de graça, sem pedir alguma coisa em troca. Um *quid pro quo*, como ele dizia. E como Nathan era um exemplo disso! Eu sei que ele me ajudou muito, me fez ficar bem, mas para quê? Você pensa que ele fazeu (*sic*) isso por amor, por bondade? Não, Stingo, ele só fazeu (*sic*) isso para poder me usar, me ter, trepar comigo, me bater, me possuir como um objeto! Só isso, como um *objeto*. Tão judeu por parte de Nathan, fazer isso — ele não estava me dando amor, estava me *comprando*, como todos os judeus. Não espanta que os judeus eram tão odiados na Europa, pensando que podiam comprar tudo que desejavam com um pouco de dinheiro, um pouco de *Geld. Até amor*, eles pensar (*sic*) que podem comprar! — Agarrou-me a manga e o cheiro do uísque passou por cima dos vapores de gasolina. — Meu Deus, como eu odeio os judeus! Oh, as mentiras que eu contei pra você, Stingo! Tudo que eu lhe contei sobre Cracóvia foi mentira. Toda a minha infância, toda a minha vida eu realmente odiei os judeus. Eles mereceram esse ódio, os porcos judeus *cochons!*

— Por favor, Sofia, *por favor* — retruquei.

Sabia que ela estava fora de si, sabia que não podia estar falando sério e que simplesmente achava mais fácil atacar os judeus do que Nathan, por quem, obviamente, ainda estava apaixonada. Aquele desabafo me incomodava, embora achasse que compreendia as suas origens. Não obstante, o poder da sugestão é grande, a sua fúria tocou-me numa certa suscetibilidade atávística e, enquanto o ônibus entrava, sacolejando, no estacionamento de Jones Beach, dei comigo meditando sombriamente sobre o roubo que sofrera — e sobre Morris Fink. *Fink!* Aquele cachorro fedorento, pensei, esforçando-me em vão por arrotar.

Os pequenos surdos-mudos desembarcaram conosco, apinhando-se à nossa volta, pisando nos nossos pés, cercando-nos, ao mesmo tempo em que enchiam o ar com seus gestos de borboleta. Parecia que não íamos poder nos livrar deles, que formavam um acompanhamento silencioso na nossa marcha até a praia. O céu, tão azul no Brooklyn, estava agora encoberto, o horizonte, cor de chumbo, o mar, inchado de ondas preguiçosas. Apenas alguns banhistas salpicavam a areia. O ar estava abafado, pesado. Sentia-me quase que insuportavelmente deprimido, embora os nervos estivessem em chamas. Nos meus ouvidos ecoava um delirante, inconsolável trecho da *Paixão Segundo São Mateus*, que jorrara do rádio de Sofia nessa manhã e, sem qualquer motivo especial, mas em adequada antifonia, lembrei-me de uns versos do século XVII, que lera não havia muito tempo: "... já que a Morte deve ser *a Lucina* da vida, e até os Pagãos pudessem duvidar, se viver desse modo era morrer...". Transpirava, no úmido casulo da minha *angst*, preocupado com o roubo e a minha quase-miséria, preocupado com o meu livro e de que maneira terminá-lo, pensando se deveria ou não apresentar queixa contra Morris Fink. Como se em resposta a algum sinal silencioso, as crianças surdo-mudas de repente se dispersaram como pequenas aves marinhas. Eu e Sofia pusemo-nos a caminhar, ao longo da beira d'água, sob um céu tão cinzento que impressionava, os dois sozinhos.

— Nathan tinha tudo o que é mau nos judeus — disse ela. — Nada do pouco que é bom.

— E o que é que é bom neles? — perguntei, em voz alta e rancorosa. — Foi esse judeu do Morris Fink que roubou o dinheiro do meu armário de remédios, tenho a certeza! Maldito judeu, louco por dinheiro!

Dois antissemitas, num sábado de verão.

Uma hora mais tarde, calculei que Sofia tivesse bebido quase meio litro de uísque. Parecia uma *habituée* de um dos bares poloneses de Gary, Indiana. Não obstante, não se percebia nenhum lapso na sua coordenação motora. Apenas a sua língua parecia ter-se desprendido das rédeas (tornando-lhe a fala não ininteligível, mas simplesmente descuidada e, por vezes, demasiado rápida) e, como na noite anterior, constatei, espantado de que maneira o uísque a libertava de inibições. Entre outras coisas, a perda de Nathan parecia ter tido sobre ela um efeito perversamente erótico, fazendo-a falar de passados amores.

— Antes de eu ser mandada para o campo, tive um amante em Varsóvia. Era bem mais jovem do que eu. Não tinha nem vinte anos. O nome dele era Jozef. Nunca falei dele com Nathan, não sei por quê. — Fez uma pausa, mordeu o lábio e depois disse: — Sei, sim. Porque eu sabia que Nathan era tão ciumento, feito louco, que ia me odiar e me castigar por eu ter um amante mesmo no *passado*. Por isso não falei uma palavra com ele sobre Jozef. Imagine, odiar alguém no passado que tinha sido amante. E estava morto.

— Morto? — ecoei. — Como foi que ele morreu?

Mas ela parecia não ter ouvido. Mudou de posição, sobre a manta que tínhamos estendido na areia. Na sua bolsa de praia, tinha — para minha grande surpresa e ainda maior alegria — trazido quatro latas de cerveja. Não fiquei sequer aborrecido por ela ter esquecido de me oferecê-las mais cedo. A essa altura, estavam, é claro, quentes, mas eu não estava ligando. (Também eu precisava beber algo alcoólico.) Ela abriu a terceira, pingando espuma, e estendeu-a para mim. Tinha trazido alguns sanduíches de aspecto estranho, mas não os tocamos. Deliciosamente isolados, estávamos numa espécie de *canyon* entre duas dunas altas, cheias de vegetação. De onde estávamos, o mar — batendo impassível contra a areia e de um estranho tom verde-acinzentado, como óleo de máquina — era plenamente visível, mas nós não podíamos ser vistos, exceto pelas gaivotas que pairavam sobre nós, no ar parado. A umidade rodeava-nos numa neblina quase palpável, o disco pálido do sol aparecia por trás das nuvens carregadas, que se moviam lentamente. De certa maneira, aquela paisagem era muito melancólica e eu não teria desejado ficar lá muito tempo, mas a bendita Schlitz tinha acalmado, temporariamente pelo menos, meu primitivo medo. Só a minha indocilidade persistia, agravada pela proximidade de Sofia, no seu maiô branco de Lastex, e pela solidão arenosa onde nos encontrávamos, cuja clandestinidade me tornava um pouco febril. Eu estava num estado de excitação tal — o primeiro ataque desse tipo, desde a noite com Leslie Lapidus — que a ideia de uma auto-castração não me pareceu, por um fugaz momento, inteiramente frívola. Movido pelo pudor, eu jazia de barriga para baixo, no meu *short* de praia verde-vomitado, do Corpo de Fuzileiros Navais, desempenhando, como de hábito o paciente papel de confessor. E de novo, quando estendi as antenas, elas trouxeram de volta a constatação de que não havia evasivas, nada de equívoco no que ela estava tentando dizer.

— Mas havia outra razão pela qual eu não contaria a Nathan sobre Jozef — continuou ela. — Eu não contaria a ele mesmo que ele não fosse ficar ciumento.

— Que é que você está querendo dizer? — perguntei.

— Que ele não acreditaria em nada sobre Jozef — em nada mesmo. E tinha de novo relação com os judeus.

— Não estou entendendo.

— É tudo muito complicado.

— Procure explicar.

— Também tinha relação com as mentiras que eu já tinha contado a Nathan sobre o meu pai — disse ela. — Eu estava ficando... como é mesmo que se diz?... Num beco sem saída.

Respirei fundo.

— Escute, Sofia, você está me pondo confuso. Explique-se, por favor.

— *Ok*. Escute Stingo, Nathan nunca acreditaria em nada bom sobre o povo polonês com relação aos judeus. Eu não poderia convencer ele (*sic*) de que havia poloneses decentes, que tinham arriscado suas vidas para salvar judeus. Meu pai... — Calou-se um momento, pigarreou e hesitou, antes de dizer: — Meu pai. Ora, eu já contei para você. Menti para Nathan sobre o meu pai, como menti para você. Mas acabei falando a verdade para *você*. Não *podia* contar a Nathan porque... porque sou uma covarde. Compreendi que meu pai era um monstro tão grande que precisava esconder a verdade sobre ele, embora o que ele era e o que ele tinha fazido (*sic*) não tirem da minha culpa, não era nada para eu precisar me sentir culpada. — Hesitou de novo. — Foi tão decepcionante! Menti sobre o meu pai e Nathan se recusou a acreditar. Depois disso, eu vi que nunca ia poder lhe contar sobre Jozef, que era bom e valente — e isso teria sido a verdade. Me lembro de uma coisa que Nathan dizia, e que me parecia tão americana: "Ganha-se um e perde-se outro". Só que eu não ganhei nada.

— Que aconteceu com Jozef? — insisti um pouco impaciente.

— A gente morava num edifício em Varsóvia que foi bombardeado mas consertado, de maneira que se podia viver nele, embora muito mal. O lugar era horrível. Você não pode imaginar como era horrível Varsóvia durante a ocupação. Tão pouco para comer, água racionada e o inverno era tão frio! Eu trabalhava numa fábrica que fazia papel betuminado. Trabalhava dez, onze horas por dia. O papel betuminado fazia as minhas mãos sangrar sem parar. Eu não trabalhava pelo dinheiro, mas para ter um cartão de trabalho porque, com um cartão de trabalho, eu não iria ser mandada para a Alemanha, trabalhar num campo de concentração. Vivia num apartamento pequeninho, no quarto andar do edifício, e Jozef vivia com sua meia-irmã no andar térreo. A irmã se chamava Wanda e era um pouco mais velha do que eu. Os dois estavam envolvidos com o *underground...* não é assim que se diz, em inglês, o movimento de Resistência? Gostava (*sic*) de poder descrever Jozef bem, mas não posso, não tenho as palavras. Eu amava ele tanto! Mas não desse jeito romântico. Ele era pequeno, musculoso e nervoso. Bastante moreno para ser polonês. Estranho, não fazíamos muito amor, embora dormíssemos na mesma cama. Ele dizia que tinha de preservar as suas energias para a luta. Não tinha muito estudo, era como eu — a guerra não deixou a gente continuar estudando. Mas tinha lido um bocado e era muito inteligente. Não era nem comunista, era anarquista. Venerava a memória de Bakunin e era um completo ateu, o que também era estranho, porque nesse tempo eu ainda era muito católica e às vezes ficava pensando como podia amar aquele rapaz que não acreditava em Deus. Mas a gente fez um acordo de nunca falar sobre religião e não falava.

"Jozef assassin... — Sofia estacou, pensou um pouco e corrigiu: — Matava, ele matava poloneses que traíam judeus, diziam onde os judeus estavam escondidos. Esse era o trabalho dele para a Resistência. Havia judeus escondidos por toda a Varsóvia, não judeus do gueto, *naturellement*, mas judeus *assimilés*, muitos deles intelectuais. Havia muitos poloneses que traíam os judeus para os nazistas, às vezes por dinheiro, às vezes por nada. Jozef era um dos que a Resistência mandava matar os que traíam. Estrangulava eles com uma corda de piano. Fazia conhecimento com eles e depois os estrangulava. Cada vez que matava um, ele vomitava. Matou mais de seis ou sete pessoas. Eu, Jozef e Wanda tínhamos uma amiga no prédio do lado, que a gente gostava muito — uma moça linda, chamada Irena, devia ter uns trinta e cinco anos, tão linda! Tinha sido professora antes da guerra. Estranho, ela ensinava literatura americana e me lembro que era especialista num poeta chamado Hart Crane. Você conhece ele, Stingo? Ela também trabalhava para a Resistência, pelo menos a gente pensava isso — porque depois ficamos sabendo, secretamente, que ela era uma agente dupla e também traía muitos judeus. De modo que Jozef tinha que matá-la embora gostasse muito dela. Estrangulou ela (*sic*) com o arame de piano, uma noite, e passou o dia seguinte todo no meu quarto, olhando pela janela para o espaço e sem dizer uma palavra."

Sofia calou-se. Enfiei a cara na areia e, pensando em Hart Crane, estremeci com o grito de uma gaivota, o barulho ritmado das ondas contra a praia. *E você a meu lado, bendita agora enquanto as sereias cantam para nós, nos tecem disfarçadamente com o dia...*

— Como foi que ele morreu? — perguntei de novo.

— Depois que ele matou Irena, os nazistas descobriram tudo sobre ele. Mais ou menos uma semana depois. Os nazistas tinham uns gigantes ucranianos que matavam. Chegaram uma tarde, quando eu estava trabalhando, e cortaram o pescoço de Jozef. Quando eu cheguei, Wanda já tinha encontrado ele, sangrando até a morte na escada...

Minutos se passaram antes que um de nós falasse. Tudo o que Sofia dissera era absolutamente verdadeiro, e a desolação tomou conta de mim, um sentimento relacionado com um peso na consciência e, embora o lado lógico da minha mente me dissesse que eu não devia me sentir culpado por acontecimentos cósmicos, que me tinham tratado de uma maneira ou de outra, não podia deixar de encarar a minha vida com repugnância. O que tinha feito o velho Stingo, enquanto Jozef (para não falar em Sofia e Wanda) a contorcia em meio aos horrores da guerra? Ouvido Glenn Miller tocar, bebido cerveja, matado tempo em bares, batido papo. Meu Deus, que mundo mais insensível! De repente, após um silêncio quase interminável, com o rosto ainda afundado na areia, senti os dedos de Sofia entrarem pelo meu calção e afagarem de leve aquela zona espetacularmente sensível onde a coxa e a nádega se encontram, a um escasso centímetro dos meus testículos, numa sensação ao mesmo tempo surpreendente e terrivelmente erótica. Um gorgolejo involuntário subiu-me do fundo da garganta. Os dedos recuaram.

— Stingo, vamos tirar a roupa — pareceu-me ouvi-la dizer. — Que foi que você disse? — retruquei, incrédulo.

—Vamos tirar as roupas e ficar nus.

Leitor, imagine algo, por um momento. Imagine que você vem vivendo, há bastante tempo, com a bem-fundada suspeita de que sofre de alguma doença fatal. Certa manhã, o telefone toca e você ouve o médico dizer: "Não precisa se preocupar, tudo não passou de um falso alarme". Ou imagine o seguinte: Você tem tido severos reveses financeiros, que quase o levaram à miséria e o fizeram pensar em pôr termo à vida. De novo o bendito telefone toca, dizendo que você ganhou meio milhão de dólares na loteria. Não estou exagerando (lembro ter mencionado antes que nunca vira uma mulher nua) ao afirmar que tais notícias não teriam provocado a mistura de espanto e felicidade animalesca que a sugestão de Sofia causou em mim. Combinado com o toque dos seus dedos, inconfundivelmente lascivo, fez com que eu engolisse ar com incrível rapidez. Acho que caí no estado conhecido, em Medicina, como hiperventilação e por um momento temi desmaiar.

Olhando para cima, vi-a despir o seu maiô Cole of California e contemplei, a centímetros de distância, o que pensei que somente veria depois de ter atingido o começo da meia-idade: um corpo de mulher jovem, nu e cor de creme, com seios fartos, de bicos castanhos, um ventre liso e ligeiramente arredondado, tendo no meio um umbigo inesquecível (calma, meu coração, me lembro de pensar) um belo triângulo simétrico, com pelo púbico cor de mel. Meu condicionamento cultural — dez anos de garotas negaceantes e um *blackout* universal da figura humana — quase me tinham feito esquecer que as mulheres possuíam esse último item, e eu ainda estava olhando para ele, completamente pasmado, quando Sofia se virou e começou a correr na direção do mar.

— Como é, Stingo! — exclamou. —Tire a roupa e vamos cair n'água!

Levantei-me e fiquei observando-a, extasiado. Não digo mais do que a pura verdade, quando afirmo que nenhum cavaleiro cristão, casto e obcecado com o Graal, teria olhado de queixo mais caído para o objeto da sua devoção do que eu, quando pela primeira vez vi o traseiro em movimento de Sofia — um delicioso coração às avessas. Logo depois, ela entrou na água escura.

Acho que foi mero estupor o que fez com que eu não fosse atrás dela. Tanta coisa acontecera, e tão depressa, que meus sentidos estavam em rodopio e eu parecia enraizado na areia. Aquela reviravolta — a horrível história que ela me contara sobre Varsóvia, seguida, num abrir e fechar de olhos, daquela deslavada lascívia — que diabo significava aquilo? Eu estava terrivelmente excitado, mas também muito confuso, sem nenhum precedente para me guiar. Num excesso de pudor — apesar de, naquele lugar, ninguém nos ver — tirei o calção e fiquei de pé, sob o estranho e cinzento céu estival, desajeitadamente exibindo o meu estado para os serafins. Bebi um grande gole da última lata de cerveja, num misto de apreensão e alegria. Fiquei vendo Sofia nadar. Nadava bem e dava a impressão de sereno prazer. Esperava que não fosse sereno demais e, por um instante, me preocupei com o fato de ela estar nadando após ter tomado tanto uísque. O ar estava abafado, mas eu me sentia presa de tremores e arrepios semelhantes aos provocados pela malária.

— Oh, Stingo — disse ela, rindo, quando voltou. — *Tu bandes.*

— *Tu...* quê?

— Você está excitado.

Ela apercebera-se imediatamente. Sem saber o que fazer, mas procurando evitar extremos de *gaucherie*, eu me colocara, sobre a manta, numa posição o mais despreocupada possível, com as partes ocultas debaixo do antebraço. Mas a tentativa não fora bem-sucedida e Sofia, ao sentar-se a meu lado, apercebera-se. Rolamos como golfinhos para os braços um do outro. Desisti completamente de procurar reviver a torturada excitação daquele abraço. Dei comigo soltando pequenos relinchos de pônei enquanto a beijava, mas isso foi *tudo* o que consegui fazer. Agarrei-a pela cintura num abraço de maníaco, temendo machucá-la e fazer com que ela se desintegrasse debaixo dos meus dedos grosseiros. As suas costelas pareciam frágeis. Pensei no chute de Nathan, mas também na fome que ela passara. Meu tremor continuava, mas agora eu só estava consciente do gosto de uísque em sua boca e das nossas línguas entrelaçadas.

— Stingo, você está tremendo tanto — murmurou ela, afastando a boca da canina insistência da minha língua. — Fique calmo!

Mas eu via que estava salivando estupidamente — mais uma humilhação que a minha mente registrava, ao mesmo tempo em que os nossos lábios se colavam. Não podia entender por que razão a minha boca salivava tanto e essa preocupação fazia com que eu não explorasse seios, traseiro ou — valha-me Deus! — aquele recesso que figurara de maneira tão excitante nos meus sonhos. A sensação que eu tinha era de estar diabolicamente entrevado, como se dez mil professoras de catecismo se houvessem reunido sobre Long Island, numa tremenda nuvem, e a sua presença me paralisasse os dedos. Os segundos escoaram-se como minutos, os minutos como se fossem horas e nada de eu conseguir fazer qualquer movimento. Até que, como se para pôr fim ao meu sofrimento, ou talvez num esforço para ajudar, a própria Sofia resolveu tomar a iniciativa.

— Você tem um belo *schlong*, Stingo — disse ela, agarrando-me delicadamente, mas com uma firmeza sutil, de conhecedora.

— Obrigado — murmurei. — Mal podia acreditar (Ela está me agarrando aí, pensei), mas procurei afetar um inexistente *savoir-faire*. — Por que é que você o chama de *schlong*? Lá no Sul nós lhe damos outro nome. — Minha voz tremia.

— É assim que Nathan chama ele — respondeu ela. — Como é que vocês lhe chamam lá no Sul?

— Às vezes, de pinto — murmurei. — Em alguns lugares do Sul, nervo ou papa-terra. Ou, então, rédea.

— Ouvi Nathan chamá-lo de pau. E também de *putz.* — Você gosta do meu?

Mal podia acreditar nos meus ouvidos.

— É uma graça.

Não me lembro mais o que foi — se é que foi alguma coisa, em especial — que fez com que esse incrível diálogo terminasse. Naturalmente, ela deveria ter-me elogiado com outros adjetivos — "enorme", *"une merveille"*, até mesmo "grande" serviria, tudo menos "uma graça" — e talvez tenha sido o meu silêncio o que a impeliu a começar a acariciar-me e a massagear-me com um zelo que misturava a habilidade de uma cortesã com a perícia de uma ordenhadora. Era delicioso. Ela suspirava, ofegante, eu suspirava também e, quando Sofia murmurou: "Deite-se de costas, Stingo, querido", passaram-me pela mente as cenas de insaciável sexo oral com Nathan, que ela descrevera com tamanha franqueza. Mas aquilo era demais, demais para mim — aquela divina fricção e (Meu Deus, pensei, ela me chamou de "querido"!) o súbito incitamento a juntar-me a ela no paraíso: com um balido como o de um carneiro sendo morto, fechei as pálpebras e, sem poder mais me controlar, abri as comportas. Depois, morri. Sem dúvida a hora não era para rir, mas ela riu.

Minutos mais tarde, porém, vendo o meu desespero, Sofia disse: — Não fique triste, Stingo. Isso acontece às vezes.

Fiquei caído como um saco de papel molhado, os olhos cerrados, incapaz de contemplar as profundezas do meu fracasso. *Ejauilatio praecoz* (Psicologia 4 na Universidade de Duke). Uma esquadrilha de diabinhos repetia a frase com ar debochado, no poço escuro do meu desespero. Achei que nunca mais abriria os olhos para o mundo — sentia-me um molusco aprisionado na areia, a mais inferior das criaturas do mar.

Ouvi-a rir de novo e olhei temeroso para cima.

— Escute, Stingo — dizia Sofia, diante dos meus olhos incrédulos. — Isto é bom para a pele.

E via-a tomar um gole de uísque diretamente da garrafa, enquanto, com a outra mão — a que me tinha dado tanto prazer e tanta mortificação — massageava o rosto com o meu esperma.

— Nathan sempre dizia que tem muitas vitaminas maravilhosas — disse ela.

Não sei por que, meus olhos se fixaram na tatuagem dela; naquele momento, parecia inteiramente sem sentido.

— Não fique com esse ar tão *tragique*, Stingo. Não é o fim do mundo. Acontece com todos os homens às vezes, principalmente quando são jovens. *Par example*, em Varsóvia, quando eu e Jozef tentamos fazer amor pela primeira vez, ele fazeu (*sic*) a mesma coisa, exatamente. Ele também era virgem.

— Como é que você sabia que eu era virgem? — perguntei, com um suspiro.

— Ora, eu vejo essas coisas, Stingo. Sabia que você não tinha tido sucesso com a tal de Leslie, que você estava só inventando quando falou que tinha ido para a cama com ela. Pobre Stingo... Bem, para ser franca, eu não tinha a certeza, eu só desconfiava. Mas não errei, não é?

— Não — gemi. — Eu era puro como a neve.

— Jozef era tão parecido com você em tantas coisas... sincero, franco, com essas qualidades que faziam ele parecer um garotinho, de certa maneira. É difícil descrever. Talvez por isso eu gostar (*sic*) tanto de você, Stingo, por você me lembrar muito o Jozef. Eu talvez tivesse casado com ele se ele não tivesse sido matado (*sic*) pelos nazistas. Nunca pudemos descobrir quem traiu ele depois de ele matar Irena. Nunca ninguém descobriu o mistério, mas alguém deve ter contado. A gente costumava fazer piqueniques como este. Era muito difícil, durante a guerra — a comida era tão pouca — mas, uma ou duas vezes a gente ia até o campo, no verão, e estendia uma manta, assim mesmo...

Tudo aquilo era espantoso. Após toda a fogosa sexualidade de apenas alguns momentos atrás — apesar do fracasso, o acontecimento mais transcendental do seu tipo que eu jamais vivera — ela trazia à baila reminiscências, como se estivesse sonhando de olhos abertos, aparentemente tão pouco tocada pela nossa prodigiosa intimidade, quanto se tivéssemos dado uns inocentes passos de dança na pista. Isso se devia, até certo ponto, ao efeito do álcool? A essa altura, ela já estava com os olhos um pouco vidrados e falando como um leiloeiro. Fosse qual fosse a causa, este pouco caso me causou uma aguda tristeza. Ali estava ela, despreocupadamente, esfregando os meus espermatozoides nas faces, como se fosse algum creme Pond's, falando comigo (depois de me ter chamado de "querido") — não a *nosso* respeito, mas sobre um amante morto e enterrado havia anos. Teria Sofia esquecido que, apenas alguns minutos atrás, ela estivera a ponto de me iniciar nos mistérios do sexo, um sacramento pelo qual eu esperava ansiosamente desde os catorze anos? Seria possível às mulheres desligar o desejo que sentiam, como se fosse um interruptor de luz? E *Jozef?* A preocupação que ela demonstrava pelo amante era de enlouquecer, e eu mal podia suportar a ideia de que a paixão que ela durante alguns momentos mostrara por mim fosse o resultado de uma transferência de identidade, que eu fosse apenas um substituto momentâneo de Jozef, carne para ocupar espaço numa fantasia efêmera. De qualquer maneira, notei que ela estava ficando algo incoerente. A voz tinha uma entonação ao mesmo tempo espessa e hesitante e os lábios moviam-se de modo estranho e artificial, como se entorpecidos pela Novocaína. Era um bocado alarmante, aquele ar hipnotizado. Tirei-lhe da mão a garrafa, quase vazia.

— Me faz ficar doente, Stingo, *doente*, pensar como as coisas podiam ter sido, se Jozef não tivesse morrido. Eu gostava muito dele. Muito mais do que de Nathan, para falar a verdade. Jozef nunca me maltratou, como Nathan fazeu (*sic*). Quem sabe? Talvez a gente tivesse casado e, então, a vida teria sido tão diferente! *Par exanple*, eu teria afastado ele da má influência da meia-irmã, Wanda, e isso teria sido uma coisa tão boa! Cadê a garrafa, Stingo?

Enquanto ela falava, eu derramava — atrás das minhas costas e sem que ela visse — o que restava do uísque na areia.

— A garrafa, cadê? Foi a *kwetch* da Wanda, que *kwetch* que ela era! — (Adorei a expressão *kwetch*, de novo influência de Nathan!) — Foi ela a responsável por Jozef ser matado (*sic*). Está bem, eu sei — *il fallait que...* era necessário *alguém* vingar os judeus traídos, mas por que todas as vezes Jozef ter que matar? Por quê? Wanda tinha poder para isso, *a kwetch*. Ela era uma líder da Resistência, mas você acha *justo* fazer o irmão ser o único matador da nossa parte da cidade? Ele vomitava, cada vez que matava, Stingo. Vomitava! Ficava *quase louco!*

Contive a respiração, vendo o rosto dela empalidecer e, num gesto desesperado, procurar, com a mão, a garrafa.

— Sofia — falei. — Sofia, o uísque acabou.

Distraída, mergulhada nas recordações, ela pareceu não ouvir e estar à beira das lágrimas. De repente, e pela primeira vez, compreendi o significado da expressão "melancolia eslava": a tristeza escurecera-lhe o rosto como uma nuvem preta sobre um campo nevado.

— Maldita Wanda! Ela foi a causa de tudo. De tudo! De Jozef morrer, de eu ir para Auschwitz, *de tudo!*

Começou a soluçar e as lágrimas, escorrendo, lhe fizeram trilhas desfiguradoras nas faces. Fiquei ali, sem saber o que fazer. E, embora Eros houvesse batido asas, estendi os braços e atraí Sofia para mim. O rosto dela ficou contra o meu peito.

— Stingo, estou tão infeliz! — gemeu Sofia. — Que aconteceu com Nathan? Que aconteceu com Jozef? Que aconteceu com *todo mundo*? Oh, Stingo, eu queria morrer!

— Shhh, Sofia — falei suavemente, açariciando-lhe o ombro nu. — Tudo vai dar certo! (Se desse!)

— Me aperte, Stingo — murmurou ela, numa voz desesperada. — Sinto-me tão infeliz! Oh, meu Deus, tão infeliz! Que é que eu vou fazer agora? Estou tão só!

O uísque, a exaustão, a tristeza, o calor — sem dúvida, foi tudo isso que fez com que ela dormisse nos meus braços. Cheio de cerveja e frustrado, também eu sentia sono. Colando-me ao corpo dela como se fosse um cobertor, sonhei sonhos sem sentido, como sempre — sonhos dentro de sonhos, de uma ridícula corrida atrás de um prêmio inatingível, que me levasse a destinos desconhecidos, subindo escadas íngremes e angulosas, remando através de canais de águas paradas, atravessando becos e labirínticos pátios (onde via o meu adorado professor de inglês na Universidade de Duke, metido no seu terno de *tweed* e manobrando uma locomotiva), passando por quilômetros e quilômetros de porões e túneis brilhantemente iluminados, e também por uma horrível rede de esgotos. Como sempre, meu objetivo era um enigma, embora parecesse, vagamente, ter algo a ver com um cão perdido. Quando acordei, estremunhado, a primeira coisa que percebi foi que Sofia se soltara dos meus braços e desaparecera. Soltei um grito que, não obstante, ficou entalado no fundo da minha boca, saindo como um gemido estrangulado. Senti o coração começar a pular, aflito. Vestindo rapidamente o calção, subi para um lado da duna, de onde podia avistar toda a praia — mas não vi nada, em toda aquela sombria expansão de areia, nada em absoluto. Ela sumira mesmo.

Olhei atrás das dunas, numa espécie de pântano coberto de vegetação. Ninguém. E ninguém, também, na praia próxima, exceto uma forma humana indistinta, atarracada, avançando na minha direção. Corri para o vulto, que aos poucos se definiu como sendo de um banhista corpulento e moreno, mastigando um cachorro-quente. Tinha o cabelo preto, alisado com brilhantina e repartido no meio, sorria amavelmente.

— O senhor por acaso viu uma moça loura, linda, muito loura..? — gaguejei.

Ele fez que sim, sorridente.

— Onde? — perguntei, aliviado.

— *No hablo inglés* — foi a resposta.

Ficou gravada na minha memória, essa breve troca de palavras — talvez porque, no momento preciso em que ouvi a resposta dele, avistei Sofia por cima do seu ombro cabeludo, a cabeça não maior do que um ponto dourado, lá longe, em meio às ondas verde-petróleo. Não hesitei nem meio segundo em mergulhar atrás dela. Sou um nadador passável mas, nesse dia, estava possuído de uma bravura olímpica, sentindo, enquanto cortava as ondas, que o medo e o desespero me estimulavam os músculos das pernas e dos braços, dando-me uma força que eu não sabia que possuía. Progredi rapidamente mas, mesmo assim, fiquei espantado de ver como ela conseguira afastar-se da praia e, quando parei um pouco, para tentar localizá-la, percebi, desanimado, que Sofia continuava nadando, aparentemente a caminho da Venezuela. Gritei uma, duas vezes, mas ela continuou a nadar.

— Sofia, volte! — berrei, mas foi como se gritasse para o ar.

Enchi os pulmões, disse uma pequena oração ao Deus cristão — a primeira vez que rezava, em não sei quantos anos — e recomecei a nadar com mais ímpeto, na direção daquela molhada cabeleira loura. De repente, vi que estava aumentando a velocidade. Através da névoa salina que me velava os olhos, a cabeça de Sofia foi ficando cada vez maior e mais próxima. Compreendi que ela parara de nadar e, dali a segundos, estava junto dela. Mergulhada quase até os olhos, ela ainda não estava a ponto de se afogar, mas seu olhar parecia o de um gato acuado. Estava engolindo água à beira da exaustão.

— Não! Não! — disse ela, tentando afastar-me com fúteis gestos de mão.

Mas eu aproximei-me, agarrei-a com firmeza pela cintura e rugi um "Cale-se!" com histérica premência.

Quase chorei de alívio, ao constatar que, uma vez nos meus braços, ela não tentava lutar mas, apoiando-se a mim, deixou-se levar lentamente na direção da praia, soltando pequenos soluços, que borbulhavam contra a minha face e me entravam pelo ouvido.

Assim que a arrastei para a praia, ela caiu de quatro na areia e vomitou meio galão de água salgada. Depois, estendeu-se de bruços à beira da água e, como se acometida de um ataque epilético, começou a tremer descontroladamente, numa convulsão de dor como eu nunca tinha visto num ser humano.

— Oh, meu Deus! — gemia. — Por que você não me deixou morrer? Por que não me deixou afogar? Tenho sido tão má — tão horrivelmente má! Por que você não me deixou morrer?

Fiquei de pé, olhando para o seu corpo nu, sem saber o que fazer. O banhista solitário, a quem eu perguntara se tinha visto Sofia, olhava para nós. Vi que tinha os lábios sujos de *ketchup* e que estava dizendo algo num espanhol quase inaudível. De repente, deixei-me cair ao lado de Sofia, sentindo-me terrivelmente cansado, e passei uma das mãos pelas suas costas nuas. Uma impressão táctil persistiu até hoje: o contorno da sua coluna, cada vértebra distinguível, toda ela subindo e descendo com a sua torturada respiração. Tinha começado a cair uma chuva fina e quente, que formava gotículas sobre meu rosto. Pus a cabeça contra o ombro dela e ouvi-a dizer:

— Você devia me ter deixado afogar, Stingo. Ninguém é tão má quanto eu! Ninguém!

Finalmente, consegui fazer com que ela se vestisse e tomamos um ônibus de volta ao Brooklyn e ao Palácio Cor-de-Rosa. Com a ajuda de café, ela acabou sossegando e dormindo o resto da tarde. Quando acordou, já de noite, ainda estava muito nervosa — a lembrança daquele nadar solitário, mar afora, evidentemente a afligia — mas, apesar disso, parecia relativamente bem, para quem tinha desejado morrer. Do ponto de vista físico, pouco tinha sofrido, embora o fato de ter engolido tanta água salgada a fizesse soluçar e, durante horas, arrotar de um modo nada digno de uma dama.

Depois — bem, Deus sabe que ela já me fizera penetrar fundo no seu passado, mas também deixara muitas perguntas por responder. Talvez ela achasse que não podia voltar ao presente senão completamente limpa e que tinha de revelar o que até então escondera de mim e (quem sabe?) até de si mesma. E assim, durante o resto daquele chuvoso fim de semana,

Sofia me contou muito mais sobre a sua temporada no inferno. (Muito mais, mas não tudo. Uma coisa continuava enterrada dentro dela, no reino do inenarrável.) E eu pude finalmente discerir os contornos dessa "maldade" que a perseguira, inexoravelmente, de Varsóvia até Auschwitz e, de lá, para aquelas ruas burguesas do Brooklyn, atormentando-a como um demônio.

Sofia fora feita prisioneira em meados de março de 1943, vários dias depois de Jozef ter sido morto pelos guardas ucranianos. Num dia cinzento, ventoso e com nuvens que ainda lhe davam um ar de fim de inverno. Lembrava-se de que fora no fim da tarde. Quando o veloz trem elétrico de três vagões onde ela viajava parara, nos arredores de Varsóvia, ela sentira algo mais forte do que uma simples premonição: certeza, a certeza de que ia ser enviada para um dos campos de concentração. Esse pressentimento tomara conta dela antes mesmo de os agentes da Gestapo — meia dúzia ou talvez mais — entrarem no vagão e ordenarem que todos descessem. Sofia percebeu que se tratava da *lupanka* — batida — que pressentira no momento exato em que o pequeno trem estacara: algo naquela parada brusca e inesperada lhe dissera isso. O cheiro acre e metálico das rodas freando contra os trilhos e a maneira pela qual, de repente, os passageiros, sentados ou de pé, tinham tombado para a frente, tentando em vão segurar-se, tampouco a tinham enganado. Não se trata de um acidente, pensara; é a polícia alemã. E logo após escutara berrar a ordem:

— *Raus!*

Tinham encontrado o presunto de doze quilos quase imeditamente. O estratagema que ela empregara — prender o pacote, embrulhado em jornais, ao seu corpo, debaixo do vestido, de maneira a parecer grávida — era por demais batido para chamar ainda mais a atenção sobre Sofia, do que para servir de ardil. Mesmo assim, ela o experimentara, convencida pela fazendeira que lhe vendera a preciosa carne.

— A senhora pode, pelo menos, tentar — dissera-lhe a mulher. — Vão pegá-la na certa, se a virem carregando o embrulho na mão. Além disso, a senhora se veste como uma intelectual, não como uma das nossas *babas* camponesas. Isso vai ajudar.

Mas Sofia não previra nem a *lupanka*, nem o seu rigor. E, assim, o agente da Gestapo, empurrando-a contra uma parede de tijolos, não fizera nenhum esforço para esconder o seu desprezo diante daquela polaca imbecil, tirando um canivete do bolso e inserindo a lâmina com delicadeza quase informal na placenta de mentira, enquanto ria e caçoava. Sofia lembrava-se do cheiro de queijo no hálito do nazista e do seu comentário, à medida que o canivete mergulhava na coxa do que fora, até bem pouco tempo, um despreocupado porco.

— Você perdeu a fala, *Liebschen*?

O terror fizera com que ela não pudesse dizer nada além de alguns desesperados lugares-comuns, mas, mesmo assim, recebera um elogio pela correção do seu alemão.

Tinha a certeza de que iria ser torturada, mas conseguira escapar. Os alemães pareciam muito ocupados, naquele dia: nas ruas da cidade, centenas de poloneses estavam sendo encurralados e presos, e por isso, o crime que ela cometera (embora grave, contrabandear carne), e que, em outra qualquer ocasião, certamente faria com que ela fosse submetida ao mais severo dos escrutínios, passara despercebido ou fora esquecido, em meio à confusão geral. Mas não a sua pessoa ou o seu presunto. No quartel-general da Gestapo, em Varsóvia — aquela terrível antessala de Satã — o presunto jazia, desembrulhado e rosado, em cima de uma mesa, entre ela, algemada, e um agente de monóculo, quase igualzinho a Otto Kruger, que desejava saber onde ela obtivera a carne. A intérprete, uma moça polonesa, tivera um ataque de tosse.

— Você *ser* contrabandista? — perguntara ele, em voz berrada e num polonês horrível e, quando Sofia lhe respondera em alemão, recebera o segundo elogio do dia, acompanhado de um grande sorriso nazista, de molar de ouro, parecendo saído de um filme de 1938. Mas o elogio não fora feito em tom de amabilidade. Por acaso ela não avaliava a seriedade do que fizera, não sabia que carne de qualquer tipo, mas principalmente daquela qualidade, era destinada ao Reich? Com uma unha comprida, arrancara uma gorda fatia de presunto e levara-a à boca *Hochlitätfleisch*. De repente, a sua voz se tornara dura, rosnada. Onde conseguira ela aquela carne? Quem a fornecera? Sofia lembrara-se da pobre camponesa, sabedora da vingança que cairia sobre ela, e procurando ganhar tempo, replicara:

— Não era para mim, a carne, e sim para a minha mãe, que mora no outro lado da cidade. Ela está muito doente, com tuberculose.

Como se um sentimento altruísta pudesse ter o menor efeito sobre aquela caricatura de nazista, que já estava sendo chamado por batidas na porta e pelo toque do telefone! Que dia aquele, para os alemães, com a sua *lupanka!*

— Não tenho nada com a sua mãe! — rugira. — Quero saber onde você conseguiu essa carne! Trate de dizer logo, ou será pior para você!

Mas o bater na porta continuara, outro telefone começara a tocar e a pequena sala transformara-se num hospício em miniatura. O oficial da Gestapo dera ordens para levar aquela porca polonesa dali — e fora a última vez que Sofia ouvira, ou ao presunto.

Noutro dia qualquer, ela poderia não ter sido presa. A ironia do destino não a deixara sossegar, enquanto aguardava, numa cela quase totalmente às escuras, junto com uma dúzia de pessoas de ambos os sexos, todas elas desconhecidas. A maioria — embora não todas — era formada por jovens de vinte e trinta e poucos anos. Algo na atitude delas — talvez fosse apenas o seu silêncio obstinado — lhe dizia que eram membros da Resistência, ou AK — Armis Krajowa. De repente, ocorreu-lhe que, se ela tivesse esperado só mais um dia (conforme tinha planejado) para viajar até Nowy Dwór à procura de carne, não estaria naquele vagão de trem, que, agora percebia, devia ter sido cercada a fim de pegar alguns membros da AK que nele viajavam. Lançando uma rede para pegar o máximo de peixes, como tantas vezes faziam, os nazistas apanhavam toda a espécie de peixinhos, pequenos mas interessantes e, nesse dia, Sofia fora um deles. Sentada no chão de pedra (era já meia-noite), fora tomada de desespero, ao pensar em Jan e Eva, em casa, sem ninguém para olhar por eles. Nos corredores, do lado de fora da cela, o vaivém era constante, com o arrastar de pés e o empurrar de corpos, à medida que a cadeia se enchia das vítimas da *blitz* daquele dia. Através das grades que encimavam a porta da cela, Sofia vislumbrara rapidamente um rosto familiar e o seu coração ficara ainda mais pesado. O rosto estava todo ensanguentado e pertencia a um jovem que ela conhecia apenas pelo nome próprio, Wladyslaw, editor de um jornal do *underground*. Tinha falado com ele várias vezes, no apartamento de Wanda e Jozef, situado no andar abaixo do seu. Não sabia explicar por que, mas nesse momento tivera a certeza de que Wanda também havia sido presa. Logo depois, outra coisa lhe viera à cabeça. *Ave Maria*, murmurara, numa oração instintiva, e quase desmaiara ao compreender que o presunto (pondo de lado o fato de ter sido devorado pela Gestapo) sem dúvida já fora esquecido, e que o destino dela — qualquer que fosse — estaria ligado ao destino daqueles membros da Resistência. E esse destino encheu-se de um negro pressentimento, capaz de tornar insignificante a palavra "terror".

Sofia passara a noite inteira sem dormir. Estava escuro e frio na cela, e ela só podia distinguir o fato de que o vulto humano — jogado na cela, aos seus pés, durante as primeiras horas da manhã — era de mulher. Quando a primeira luz do dia penetrou pelas grades, ela ficara chocada, embora não surpresa, ao ver que a mulher que dormitava ao lado dela era Wanda. Aos poucos, fora-se apercebendo do enorme hematoma na face de Wanda — repulsivo, lembrando uvas roxas amassadas. Fez menção de acordá-la, pensou melhor, hesitou, retirou a mão; nesse momento, Wanda acordou e gemeu, piscou os olhos e encarou Sofia. Jamais poderia esquecer a expressão de espanto no rosto pisado de Wanda.

— Zozia! — exclamou, abraçando-a. — Que diabo está *você* fazendo aqui?

Sofia começou a chorar, com tal desespero, contra o ombro de Wanda, que se passou muito tempo antes que ela pudesse dizer uma só palavra. A força que emanava de Wanda era, como sempre, consoladora, os seus murmúrios, as suas palmadinhas nas costas, ao mesmo tempo de irmã, de mãe e de enfermeira. Sofia poderia ter adormecido nos seus braços. Mas a ansiedade torturava-a e, conseguindo parar de chorar, contou como fora presa no trem, as palavras saindo, uma atrás da outra, precipitadamente, cônscia da necessidade que tinha de obter resposta à pergunta que, durante as últimas doze horas, quase a enlouquecera:

— As crianças, Wanda! Jan e Eva. Que aconteceu com elas?

— Nada. Estão aqui, neste prédio. Os nazistas não lhes fizeram mal. Prenderam todo mundo que morava no nosso edifício, inclusive os seus filhos. Uma limpeza em regra.

Uma expressão atormentada velou-lhe as feições duras e fortes, agora desfiguradas pelo horrível machucado.

— Meu Deus, eles pegaram tanta gente do movimento, hoje! Eu sabia que não disporíamos de muito tempo, depois que mataram Jozef. Foi uma catástrofe!

Pelo menos, as crianças não tinham sofrido. Sofia abençoou Wanda, tomada de um enorme alívio. Sem poder se conter, passou os dedos sobre a face ferida, sobre a carne roxa e esponjosa, mas sem a tocar — e começou de novo a chorar.

— Que foi que eles lhe fizeram, Wanda, querida? — murmurou.

— Um desses gorilas da Gestapo me jogou escada abaixo e depois me pisoteou. Oh, esses...

Levantou os olhos para o céu, mas a imprecação que ia dizer morreu-lhe nos lábios. Os alemães tinham sido amaldiçoados durante tanto tempo, que o pior dos insultos, por mais novo que fosse, soava fraco e gasto — melhor ficar calada.

— Não foi nada de grave. Acho que ele não quebrou nada. Aposto como parece bem pior do que é.

Abraçou de novo Sofia, procurando consolá-la.

— Pobre Zozia, imagine *você* caindo na armadilha deles.

Wanda! Como poderia Sofia definir o que sentia por Wanda — um sentimento composto de amor, inveja, desconfiança, dependência, hostilidade e admiração? Eram tão parecidas em tantas coisas, mas ao mesmo tempo tão diferentes. No início, fora a paixão pela música que as aproximara. Wanda fora para Varsóvia estudar canto no Conservatório, mas a guerra pusera um fim a essas aspirações, como ao caso de Sofia. Quando, por acaso, Sofia fora morar no mesmo prédio que Wanda e Jozef, haviam sido Bach e Buxtehude, Mozart e Rameau os cimentadores da sua amizade. Wanda era uma jovem alta, de aspecto atlético, com pernas e braços longos e cabelos ruivos. Tinha os olhos mais cor de safira que Sofia jamais vira. O seu rosto era uma nuvem de pequeninas sardas cor de âmbar. Um queixo demasiado proeminente apagava a ideia de beleza, mas ela possuía uma vivacidade, uma intensidade que por vezes a iluminava de maneira espetacular, fazendo com que ela se transformasse numa fogueira viva e cintilante (Sofia, ao pensar em Wanda, costumava lembrar-se da palavra *fougueuse*), que combinava com a sua cabeleira.

Havia pelo menos uma forte semelhança no *background* de Sofia e de Wanda: as duas tinham sido criadas num ambiente de devoção ao germanismo. Wanda tinha inclusive um sobrenome alemão, Muck-Horch von Kretechmann — resultado de ela ter nascido de pai alemão e mãe polonesa em Lodz, onde a influência da Alemanha no comércio e na indústria, principalmente de têxteis, fora enorme, para não dizer quase completa. Seu pai, fabricante de artigos de lã baratos, fizera-a aprender alemão desde cedo. Como Sofia, ela falava a língua fluentemente e sem sotaque, mas de alma e coração era polonesa. Sofia nunca teria acreditado que um patriotismo tão violento pudesse existir no peito de uma pessoa, mesmo numa terra de inflamados patriotas. Wanda era a reencarnação da jovem Rosa Luxemburgo, a quem idolatrava. Quase nunca falava do pai, nem procurava explicar por que rejeitara de maneira tão completa a sua herança alemã. Sofia só sabia que Wanda respirava, se embriagava e sonhava com a ideia de uma Polônia livre — e, mais ainda, de um proletariado polonês liberado, após o término da guerra — fora essa paixão que a tornara um dos membros mais engajados da Resistência. Não tinha medo, não dormia, era muito inteligente — um ferro em brasa. Seu perfeito conhecimento da língua dos conquistadores tornava-a, naturalmente, extremamente valiosa para o movimento *underground*, sem falar no seu zelo e nas suas outras capacidades. E fora o fato de saber que Sofia também dominava perfeitamente o alemão, mas se recusava a colocar esse dom a serviço da Resistência, que a princípio fizera com que Wanda perdesse a paciência com ela e, mais tarde, levara as duas amigas à beira da discórdia — pois Sofia tinha verdadeiro pavor de se envolver na luta clandestina contra os nazistas, e tal atitude parecia, aos olhos de Wanda, não só antipatriótica, como um ato de covardia moral.

Algumas semanas antes de Jozef ter sido assassinado e da *blitz*, alguns membros da Resistência tinham roubado uma camioneta da Gestapo, levando-a para a cidadezinha de Pruszków, não longe de Varsóvia. A camioneta continha um tesouro de documentos e planos e Wanda vira logo que as volumosas pastas continham itens ultrassecretos. Mas eram em grande número e precisavam ser urgentemente traduzidos. Quando Wanda pedira a Sofia que a ajudasse a traduzir os documentos, Sofia uma vez mais fora incapaz de dizer sim e tinham voltado a discutir.

— Eu sou socialista — dissera Wanda — e *você* não segue nenhuma linha política. Além disso, ainda guarda muito do cristianismo. Eu não tenho nada com isso. Antigamente, eu não sentiria senão desprezo por você, Zozia, desprezo e desgosto. Ainda tenho amigos que se recusam a manter relações com uma pessoa como você. Mas acho que amadureci. Detesto a estúpida rigidez de alguns dos meus camaradas. Além do mais, gosto de você, como você deve saber. Por isso, não estou procurando apelar para você com base na política, ou mesmo por razões ideológicas. Você não gostaria de se dar com a maioria dos meus amigos, *eles* não fazem absolutamente o *seu* gênero — outra coisa que eu acho que você também sabe. Seja como for, nem todo mundo no movimento é político. Apelo para você *em nome da humanidade*. Estou tentando apelar para o seu sentido de *decência*, como *ser humano e polonesa*.

A essa altura, como de hábito após as tiradas de Wanda, Sofia se afastara, sem responder. Olhara para fora da janela, para a desolação que era Varsóvia naquele inverno, com os seus prédios destruídos pelas bombas, seus montes de escombros amortalhados (não havia outra palavra) sob a neve sulfurosa e enegrecida de fuligem — uma paisagem que antes lhe trouxera aos olhos lágrimas de tristeza, mas que agora só lhe provocava uma estranha apatia, de tal maneira parecia fazer parte do dia-a-dia de uma cidade saqueada, amedrontada, faminta, moribunda. Se o inferno tivesse subúrbios, eles decerto se pareceriam com aquela paisagem. Chupou as pontas dos dedos feridos. Não tinha dinheiro sequer para luvas baratas. Trabalhar sem luvas, na fábrica de papel-betuminado, estragara-lhe as mãos. Um dos polegares ficara seriamente infeccionado e doía. Olhou para Wanda e respondeu:

— Já lhe disse e vou lhe dizer de novo: não posso e não vou ajudar. Isso é tudo.

— E as razões são as mesmas, não?

— São.

Por que não podia Wanda aceitar a sua decisão, desistir, deixá-la em paz? A sua insistência era demais.

— Wanda — disse Sofia, suavemente —, não quero falar mais no assunto. Custa-me repetir o que deveria ser claro para você, pois sei que você é uma pessoa basicamente sensível. Mas, na minha posição, repito, *não posso* arriscar-me, com filhos...

— Outras mulheres que trabalham para a Resistência também têm filhos — interrompeu Wanda, abruptamente. — Será que você não pode enfiar isso na cabeça?

— Já lhe disse que não sou como *"outras mulheres"* e que não trabalho para a Resistência — retrucou Sofia, já exasperada. — Eu sou *eu mesma!* Tenho de agir de acordo com a minha consciência. *Você* não tem filhos. É fácil para você falar assim. Não posso pôr em risco a vida dos meus filhos. Eles já estão sofrendo bastante.

— Acho muito egoísmo da sua parte, Zozia, colocar-se num plano diferente das outras mulheres. Incapaz de se sacrificar...

— Eu já me *sacrifiquei* — disse Sofia amargamente. — Perdi pai e marido, e minha mãe está à morte, com tuberculose. Até *onde* eu preciso me sacrificar, quer me dizer?

Wanda não podia fazer ideia do ódio — ou da indiferença — que Sofia tinha pelo pai e pelo marido, mortos havia três anos em Sachsenhausen; não obstante, o que ela dissera até certo ponto era verdade, e Sofia detectou em Wanda uma consequente moderação de tom. A sua voz tornou-se quase súplice.

— Você não precisaria ficar numa posição vulnerável, Zozia. Não lhe pediria para fazer nada de verdadeiramente arriscado. Nada nem de longe parecido com o que algumas camaradas têm feito, inclusive eu. Trata-se apenas de usar a cabeça, a inteligência. Há tantas coisas que você pode fazer e que seriam preciosas, com o seu conhecimento do alemão! Monitorizar as suas transmissões em ondas curtas, traduzir esses documentos que foram roubados da camioneta da Gestapo, em Pruzsków. Vamos direto ao assunto. Esses papéis valem ouro, não tenho a menor dúvida! Eu poderia ajudar a traduzi-los, mas são muitos e tenho mil outras coisas em mente. Será que você não entende, Zozia, como poderia ser útil, se pudéssemos lhe entregar alguns desses documentos, de maneira a que ninguém desconfiasse? — Fez uma pausa e prosseguiu, num tom insistente: — Você precisa reconsiderar, Zozia. Está ficando *indecente* da sua parte. Pense no que você pode fazer por todos nós. Pense na sua pátria! Pense na Polônia!

O crepúsculo estava caindo. No teto, uma pequenina lâmpada latejava, sem forças — naquela noite até que estavam com sorte, muitas vezes não havia luz. Desde o amanhecer Sofia estivera carregando pilhas de papel betuminado de um lado para o outro e sentia agora as costas lhe doerem ainda mais do que o seu polegar inchado infeccionado. Como de costume, sentia-se suja, imunda. Seus olhos, cansados e irritados, pousaram na paisagem desolada sobre a qual o sol nunca parecia lançar seus raios. Bocejou, exausta, não mais ouvindo a voz de Wanda, ou melhor, não mais escutando o que ela dizia, numa voz que era agora estridente, inspiradora. Pôs-se a pensar onde estaria Jozef, se ele estaria a salvo. Sabia apenas que ele estava atrás de alguém no outro lado da cidade, o arame do piano escondido debaixo do paletó — um rapaz de dezenove anos, entregue à sua missão de morte e vingança. Não estava apaixonada por ele, mas... bem, *gostava* muito dele, do seu calor na cama, ao lado dela, e só sossegaria quando ele voltasse. Ave Maria, pensou, que vida! Lá embaixo, na rua feia — cinzenta e sem atrativos, como a sola gasta de um sapato — um pelotão de soldados alemães marchava em meio ao vento gélido, os colarinhos das túnicas esvoaçando, fuzis ao ombro. Sofia viu-os dobrar a esquina, desaparecer numa rua onde, se não fosse um prédio meio bombardeado, ela sabia que poderia ver a forca de aço e ferro montada na calçada, tão funcional quanto uma arara onde vendedores de roupas usadas expunham sua mercadoria, e da qual um sem-número de cidadãos de Varsóvia tinham pendido e continuavam pendendo. *Meu Deus, aquilo não acabaria nunca?*

Ela estava por demais cansada para tentar sequer uma brincadeira sem graça, mas *ocorreu-lhe* responder ao que Wanda dissera, expressando o que estava no fundo do seu coração: A única coisa que talvez me levasse a trabalhar para o movimento seria o rádio, seria poder ouvir Londres. Mas não notícias sobre a guerra, não notícias sobre as vitórias dos Aliados, não as ordens do governo polonês no exílio. Nada disso. Muito simplesmente, eu arriscaria a vida como você faz e, mais ainda, daria o braço ou a mão, só para escutar, uma vez mais, Sir Thomas Beecham dirigindo

Cosí fan tutte. Que ideia mais chocante, mais egoísta — Sofia apercebia-se disso, mas não podia fazer nada, era o que ela sentia.

Por um momento sentiu vergonha de pensar assim, vergonha de entreter tais pensamentos no mesmo prédio em que dividia quartos com Wanda e com Jozef, duas pessoas tão corajosas e altruístas, cuja dedicação à humanidade e aos seus compatriotas, cuja preocupação pelos judeus eram o oposto de tudo o que o seu pai representara. Apesar de não ter culpa nenhuma, ela se sentira degradada, contaminada por ter ajudado o pai no seu último ano de vida, com aquele horrível panfleto, e a sua breve amizade com os dois irmãos lhe trouxera como que um sentimento de absolvição. Estremeceu e a febre da vergonha aumentou. Que diriam eles, se soubessem a respeito do Professor Bieganski ou que, havia três anos, ela carregava na bota um exemplar do panfleto? E por que razão? *Por que inconfessável razão?* Para usá-lo como uma cunha, um instrumento de possível negociação com os nazistas, se alguma vez surgisse a oportunidade? Sim, disse para sim mesma, *sim* — não havia como fugir àquele vergonhoso fato. E, ouvindo Wanda falar de dever e sacrifício, ficou tão perturbada que, para não deixar transparecer, expulsou o panfleto da mente, como algo insuportável.

— Há uma altura na vida em que todo ser humano precisa assumir uma posição — dizia Wanda. — Você sabe que eu acho você muito bonita e que Jozef seria capaz de morrer por você! — A voz dela elevou-se. — Mas você não pode continuar a nos tratar assim. Precisa assumir responsabilidades, Zozia. Precisa escolher!

Nesse momento Sofia avistou os filhos, lá embaixo, na rua. Vinham andando lentamente pela calçada, conversando, parando de vez em quando, como as crianças costumam fazer. Alguns transeuntes passaram por eles, com pressa de chegar em casa. Um velho, encurvado para se defender do vento, deu um encontrão em Jan, que fez um gesto malcriado com a mão e depois continuou a andar com a irmãzinha, falando... falando. Fora apanhar Eva na sua aula de flauta — coisa improvisada e irregular (dependendo das pressões diárias), dada num porão semidestruído, a umas dez quadras de distância. O professor, um homem chamado Stefan Zaorski, fora flautista da Orquestra Sinfônica de Varsóvia e Sofia tivera que adulá-lo muito para que ele aceitasse Eva como aluna. Além do dinheiro que Sofia lhe podia pagar — e que era bem pouco — não havia grande incentivo que levasse um músico sem trabalho a dar aulas, naquela cidade arrasada — havia melhores (embora quase todas ilegais) maneiras de ganhar o pão cotidiano. O artritismo tomara-lhe conta dos joelhos, o que só piorava as coisas. Mas Zaorski, homem ainda novo e solteirão, tinha uma paixão por Sofia (como tantos outros homens, que bastavam vê-la para ficarem apaixonados) e sem dúvida concordara para poder deliciar-se contemplando, de vez em quando, a beleza dela. Além do mais, Sofia insistira e acabara convencendo Zaorski de que não podia pensar em criar Eva sem lhe dar uma educação musical. Seria o mesmo que dizer não à vida.

A flauta. A flauta encantada. Numa cidade de pianos destruídos ou desafinados, parecia um ótimo instrumento para uma criança travar conhecimento com a música. Eva ficara louca com a flauta e, passados quatro meses, Zaorski estava entusiasmado com a menina, espantado com a sua vocação, tratando-a como se fosse uma criança prodígio (o que poderia ter sido), como Landowska, como Paderewski, mais um nome polonês no panteão da música — acabara recusando até a pequena quantia que Sofia lhe podia pagar. Zaorski vinha agora descendo a rua, surgido como que por encanto, parecendo um fantasma louro — um homem de ar faminto, rosto vermelho, cabelos cor de palha e a preocupação estampada nos olhos pálidos. A suéter de lã que ele usava, de um verde sujo, era um mosaico de buracos de traça. Espantada, Sofia inclinou-se para a frente. Aquele homem neurótico e generoso tinha, evidentemente, seguido Eva, ou antes, corrido o melhor que podia atrás das crianças, percorrendo todas aquelas quadras por algum motivo que Sofia não podia atinar qual fosse. De repente, ela entendeu: pedagogo apaixonado, trotara atrás de Eva para corrigir, explicar ou exemplificar algo que lhe tinha ensinado na última aula — uma questão de colocação de dedos ou de fraseado? Sofia não sabia, mas ficou comovida.

Abriu de leve a janela, a fim de chamar o trio, agora perto da entrada do prédio vizinho. Eva usava o louro cabelo em tranças. Perdera os dentes da frente. Como, pensou Sofia, podia tocar flauta? Zaorski fizera Eva abrir o seu estojo de couro e tirar a flauta, colocara-a diante da menina e, sem soprar, demonstrara um *arpeggio* mudo com os dentes. Depois, levou o instrumento aos lábios e tocou várias notas. Durante um momento, Sofia não conseguiu ouvir. Enormes sombras cruzavam o céu hibernal: era uma esquadrilha de bombardeiros da Luftwaffe, atroando o ar em formação cerrada rumo à Rússia, voando muito baixo — cinco, dez, vinte monstruosas máquinas, enchendo o céu com os seus contornos de aves de rapina gigantes. Vinham todos os fins de tarde, sacudindo o prédio com suas vibrações. A voz de Wanda ficou afogada sob o ronco deles.

Depois que os aviões passaram, Sofia olhou de novo para baixo e pôde ouvir Eva tocar, mas só por um momento. A música era-lhe familiar, mas ela não conseguia dizer de quem era — Händel, Pergolesi, Gluck? — um doce trinado cheio de nostalgia e maravilhosa simetria. Uma dúzia de notas ao todo, não mais do que isso, mas que soaram fundo na alma de Sofia, falando-lhe de tudo o que ela fora, de tudo o que ela desejava ser — e de tudo o que esperava para os filhos, no futuro que Deus lhes permitisse. Seu coração afundou, sentiu-se fraca, tonta, como se consumida por um amor doloroso, devorador. E, ao mesmo tempo, alegria — uma alegria inexplicavelmente combinada com desespero — perpassou-lhe a pele, qual brisa refrescante.

Mas o breve trinado da flauta se evaporou no ar quase tão depressa como tinha começado.

— Ótimo, Eva! — ouviu a voz de Zaorski dizer. — Perfeito!

E viu o professer acariciar primeiro a cabeça de Eva, depois a de Jan, antes de dar meia-volta e subir, com dificuldade, a rua, rumo ao porão onde morava. Jan puxou uma das tranças de Eva, que logo gritou:

— *Para*, Jan!

As crianças entraram no prédio e Sofia ficou algum tempo calada. Por fim, onvindo os filhos subirem, correndo, a escada, respondeu, em voz baixa:

— Já escolhi. Mais uma vez lhe digo: *Não quero me envolver.* Acabou. *Schduss!*

Sua voz elevou-se, ao dizer essa última palavra, e a si mesma perguntou por que teria falado em alemão. — *Schluss — aus!* Está decidido!

Mais ou menos cinco meses antes de Sofia ter sido presa, os nazistas tinham feito tudo para que o norte da Polônia ficasse *Judenrein* — limpo de judeus. Com início em novembro de 1942 e prolongando-se até o fim de janeiro de 43, fora instituído um programa de deportação, pelo qual os milhares de judeus habitantes da região a nordeste de Bialystok foram metidos em trens e levados para campos de concentração espalhados por todo o país. Conduzidos primeiro a Varsóvia, a maioria desses judeus oriundos do norte acabou em Auschwitz. Entrementes, na própria Varsóvia verificara-se uma pausa na ação contra os judeus — pelo menos em termos de deportações em massa. Isso se devia, talvez, ao fato de as deportações a partir de Varsóvia terem sido por demais extensas. Antes da invasão alemã da Polônia, em 1939, a população judia de Varsóvia era de aproximadamente 450.000 habitantes — depois de Nova York, a maior concentração de judeus em qualquer cidade do mundo. Três anos mais tarde, os judeus que viviam em Varsóvia eram apenas 70.000 — quase todos os outros tinham morrido, não apenas em Auschwitz, mas também em Sobibor, Belzec, Chelmno, Maidanek e, principalmente, Treblinka. Este último campo estava situado numa zona rural, a uma distância convenientemente pequena de Varsóvia e, ao contrário de Auschwitz, em grande parte dedicado a trabalhos forçados, tornou-se um lugar quase que inteiramente consagrado ao extermínio em massa. Não fora coincidência o fato de as enormes "recolocações" do gueto de Varsóvia, ocorridas em julho e agosto de 1940 e que haviam transformado o bairro num quarteirão-fantasma, terem tido lugar ao mesmo tempo que se construía o bucólico esconderijo de Treblinka, com suas câmaras de gás.

Seja como for, dos 70.000 judeus que haviam permanecido na cidade, mais ou menos a metade vivia "legalmente" no gueto semidestruído (na ocasião em que Sofia apodrecia na cadeia da Gestapo, muitos deles estavam se preparando para morrer como mártires no levante de abril, poucas semanas depois). A maioria dos restantes 35.000 — cidadãos clandestinos do chamado intergueto — sobrevivia desesperadamente, entre as ruínas, como animais acuados. Não bastava serem perseguidos pelos nazistas. Estavam sempre com medo de serem traídos por "caçadores de judeus" — alvos da ação justiceira de Jozef — e por outros poloneses venais, como a já mencionada professora de Literatura Americana. Acontecia até (e não era raro) serem descobertos graças a artimanhas de outros judeus. Era horrível, conforme Wanda não se cansava de dizer a Sofia, que a traição e o assassinato de Jozef tivessem dado aos nazistas a oportunidade que eles tanto aguardavam. Que tristeza, toda aquela seção da Resistência ter caído nas mãos deles! Mas, acrescentara ela, ninguém podia esperar. Por isso, fora realmente por causa dos judeus que todos tinham terminado na mesma panela. É significativo saber que no movimento havia vários judeus e que, embora a Resistência, como nos demais países da Europa, tivesse outras preocupações além de socorrer os judeus (havia, inclusive, uma ou duas facções, na Polônia, confessamente antissemitas), tal ajuda, de modo geral, ainda encimava a lista de prioridades. Por isso, pode-se dizer que fora pelo menos devido em parte à sua atuação a favor dos judeus perseguidos e caçados, que dezenas de membros da Resistência haviam sido presos, e que Sofia — a alienada, a não-envolvida — fora também aprisionada.

Durante quase todo o mês de março, inclusive o período de duas semanas que Sofia passara na prisão da Gestapo, o transporte de judeus do distrito de Bialystok para Auschwitz, via Varsóvia, cessara temporariamente. Isso explica, provavelmente, por que Sofia e os membros da Resistência — agora totalizando perto de 250 prisioneiros — não foram enviados imediatamente para o campo de concentração. Os alemães, sempre com a obsessão da eficiência, estavam esperando encaixar os novos cativos num carregamento maciço de carne humana e, como não estavam sendo deportados judeus de Varsóvia, era necessário aguardar. Um outro ponto — a interrupção na deportação de judeus de nordeste — precisa ser comentado, pois parece relacionado com a construção dos crematórios de Birkenau. Desde que começara a funcionar, o crematório de Auschwitz juntamente com a câmara de gás, servira como meio principal de morticínio em massa para todo o campo. Suas primeiras vítimas haviam sido prisioneiros de guerra russos. Tratava-se de uma construção já existente: os prédios de Auschwitz constituíam o núcleo de um antigo quartel de cavalaria, que fora confiscado pelos alemães. Anteriormente, o edifício, baixo e comprido, com telhado inclinado, servira de armazém de vegetais e os alemães evidentemente tinham achado a sua arquitetura adequada ao fim em vista: o grande porão subterrâneo, onde antes se empilhavam nabos e batatas, era perfeitamente apropriado para a asfixia em massa de pessoas, assim como as antessalas adjacentes eram ótimas para a instalação de fornos crematórios. Só se precisava acrescentar uma chaminé.

Mas o local era por demais limitado para as hordas de condenados que tinham começado a invadir o campo. Embora vários pequenos *bunkers* temporários, destinados ao extermínio, tivessem sido construídos em 1942, havia uma crise de instalações para matar e dispor dos corpos, que só seria completamente resolvida com a construção dos imensos crematórios de Birkenau. Os alemães — ou melhor, os seus escravos, judeus ou não — tinham trabalhado duro durante todo o inverno. O primeiro desses quatro incineradores gigantes fora posto a funcionar uma semana depois de Sofia ter sido capturada pela Gestapo, o segundo apenas oito dias mais tarde — poucas horas antes de ela chegar a Auschwitz, no primeiro dia de abril. Sofia partira de Varsóvia no dia trinta de março. Nesse dia, ela, Jan, Eva e perto de 250 membros da Resistência, inclusive Wanda, tinham sido embarcados num trem que continha 1.800 judeus, enviados de Malkinia, um campo de trânsito a nordeste de Varsóvia, onde o restante da população judia do distrito de Bialystok ficara confinado. Além dos judeus e dos membros da Resistência, viajava no trem um contigente de poloneses — cidadãos de Varsóvia, aproximadamente duzentos homens e mulheres — que haviam sido capturados pela Gestapo numa das suas espasmódicas, mas inflexíveis *lupankas*. Neste caso, as vítimas não eram culpadas de nada a não ser da má sorte de haverem sido presas na rua errada, a uma hora errada. Ou, no máximo, a natureza da sua culpa era meramente técnica, para não dizer ilusória.

Entre esses infelizes estava Stefan Zaorski, que não possuía licença para trabalhar e já havia confidenciado a Sofia o medo que sentia de acabar sendo preso. Sofia ficou espantada ao saber que também ele fora capturado. Viu-o ao longe, na prisão e, depois, rapidamente, no trem, mas não conseguiu falar com ele, em meio à confusão de corpos e ao pandemônio. Aquele fora um dos maiores carregamentos humanos a chegar a Auschwitz. O tamanho do carregamento talvez seja uma prova de como os alemães estavam ansiosos por experimentar as novas instalações de Birkenau. Não se procedeu a uma seleção, entre os judeus, para ver quais seriam destinados aos trabalhos forçados e, embora não fosse raro todo um trem ser exterminado, a matança, neste caso, deveria ser interpretada como expressando o desejo dos alemães em explorar e pôr à prova o seu mais recente, maior e mais requintado instrumento da tecnologia do crime: todos os 1.800 judeus pereceram na inauguração do Crematório II. Nem um só escapou de ser imediatamente enviado para as câmaras de gás.

Embora Sofia se abrisse comigo, ao falar sobre a sua vida em Varsóvia, sobre a sua captura e o tempo que passara presa, mostrava-se estranhamente reticente quanto à sua deportação para Auschwitz e a sua chegada ao campo. A princípio, pensei que isso se devesse ao horror das recordações, e não me enganava, mas só mais tarde ficaria sabendo a causa real do seu silêncio — na verdade, na ocasião pouco pensei sobre ela. Por isso, se os parágrafos precedentes, com seu acúmulo de estatísticas, parecem algo abstratos ou estáticos, isso se deve à minha tentativa de recriar, tantos anos depois, um pano de fundo mais amplo para os acontecimentos nos quais Sofia e os outros foram forçados a participar, utilizando dados que dificilmente estariam ao alcance de quem não se interessasse profissionalmente por eles, naquele ano tão distante, logo ao término da guerra.

Tenho pensado muito, desde então. Muitas vezes meditei sobre qual teria sido a reação do Professor Bieganski se soubesse que o destino da filha e, principalmente, o dos netos, fora estreitamente relacionado com o sonho que ele compartilhava com os seus ídolos nazistas: o extermínio dos judeus. Apesar de admirar o Reich, ele era um bom polonês. Devia ter sido, também, excepcionalmente astuto com referência a questões ligadas ao poder. É difícil entender como não compreendera que a grande máquina de morte acionada pelos nazistas contra os judeus europeus, acabaria engolindo também seus compatriotas — um povo odiado com tal ferocidade, que só mesmo um ódio ainda maior pelos judeus servia de proteção contra seu eventual extermínio. Foi esse ódio aos poloneses que acabou condenando à morte o professor. Mas sua obsessão devia tê-lo tornado cego a muitas coisas, e não deixa de ser irônico — mesmo que os poloneses e outros povos eslavos não fossem os próximos da lista a ser eliminados — ele não ter previsto que um ódio tão forte só poderia recair sobre a própria origem destruidora, tal como farpas de metal sugadas por um poderoso ímã. Sofia disse-me certa vez — enquanto continuava a revelar certas passagens de sua vida em Cracóvia, que até ali escondera — que, apesar do desdém que o professor mostrava por ela, o amor que sentia pelos dois netinhos era completo e genuíno. É impossível imaginar qual teria sido a reação desse homem atormentado, se ele tivesse vivido para ver Jan e Eva caírem no poço negro que a sua imaginação construíra para os judeus.

Nunca me esquecerei da tatuagem de Sofia. Aquela pequena excrescência, semelhante a uma fileira de minúsculas marcas de dentes no antebraço dela, era o único detalhe, na sua aparência, que — na noite em que a vi pela primeira vez, no Palácio Cor-de-Rosa — logo me trouxe à mente a ideia errada de que ela era judia. Na vaga e mal informada mitologia daquele tempo, os sobreviventes judeus e aquelas patéticas marcas estavam indissoluvelmente ligados. Mas, se eu tivesse sabido então da metamorfose que o campo sofrera, durante a terrível quinzena de que acabei de falar, teria compreendido que a tatuagem tinha uma conexão direta e importante com o fato de Sofia ter sido marcada como se fosse judia, embora não o fosse. Era isso... Ela e os outros não-judeus tinham adquirido uma classificação que, paradoxalmente, os distinguira dos imediatamente condenados à morte. Nisso estava envolvido um revelador aspecto burocrático. A tatuagem de prisioneiros "arianos" só foi introduzida em fins de março e Sofia devia ter estado entre os primeiros recém-chegados nãojudeus a receber a marca. Embora inicialmente pudesse parecer estranha, a nova política é fácil de explicar. Com a "solução final" agora resolvida os judeus consignados em números satisfatórios para as novas câmaras de gás, não haveria mais necessidade de que eles fossem marcados. A ordem de Himmler era de que todos os judeus, sem exceção, morressem. Substituindo-os no campo, agora *Judenrein*, ficariam os arianos, tatuados, para poderem ser identificados — escravos morrendo, lentamente, de um outro tipo de morte. Daí a tatuagem de Sofia. (Pelo menos, eram essas as linhas-mestras do plano original. Mas, como tantas vezes acontece, o plano mudou mais uma vez, as ordens foram alteradas. Estabeleceu-se um conflito entre a volúpia de matar e a necessidade de mão-de-obra. Com a chegada ao campo dos judeus alemães, no fim daquele inverno, decretou-se que todos os prisioneiros fisicamente capazes — homens e mulheres — fossem aproveitados para trabalhar. Por isso, na comunidade dos mortos-vivos, da qual Sofia passou a fazer parte, judeus e não-judeus foram misturados.)

E depois houve o Dia Primeiro de Abril, o dia das brincadeiras de mau-gosto. *Poisson d'avril*. Em polonês, como em latim, *Prima Aprilis*. Cada vez que o dia volta, nestas recentes décadas domésticas, é a associação da data com Sofia que me faz ficar angustiado, quando exposto a essas inocentes, bobas brincadeirinhas, perpetradas pelos meus filhos ("Caiu, caiu, 1º de abril, papai!"). O bondoso *paterfamilias*, geralmente tão tolerante, fica mal-humorado e antissocial como um urso. Odeio o dia primeiro de abril como odeio o Deus judaico-cristão. Foi esse o dia que marcou o fim da viagem de Sofia e, para mim, a brincadeira de mau gosto relaciona-se menos com essa coincidência do que com o fato de, apenas quatro dias mais tarde, uma ordem enviada de Berlim a Rudolf Höss decretar que não fossem mais enviados para as câmaras de gás os prisioneiros não-judeus.

Durante muito tempo, Sofia se recusou a me fornecer quaisquer detalhes sobre a sua chegada, ou talvez o seu equilíbrio emocional não lhe permitisse fazer isso — e talvez ela tivesse razão. Mas, antes mesmo de eu ficar sabendo de toda a verdade, pude recriar uma imagem bastante aproximada dos acontecimentos daquele dia — um dia que os registros descrevem como tendo sido prematuramente quente e precursor da primavera, com as flores já em botão, o ar ensolarado e claro. Os 1.800 judeus foram embarcados em caminhões e levados para Birkenau, numa operação que começou ao meio-dia e levou duas horas. Conforme eu já disse, não houve nenhuma seleção: homens, mulheres e crianças perfeitamente saudáveis — todos morreram. Pouco depois disso, como se tomados do mesmo desejo de limpeza, os oficiais SS encarregados de administrar o campo mandavam mais um carregamento — duzentos membros da Resistência — para as câmaras de gás. Também eles partiram em caminhões, deixando no campo uns cinquenta dos seus camaradas, incluindo Wanda.

Seguiu-se uma estranha interrupção e uma espera que se prolongou durante toda a tarde. Nos dois vagões ainda ocupados, além dos remanescentes do grupo da Resistência, permaneciam Sofia, Jan, Eva e vários poloneses que haviam sido capturados na última *blitz* realizada em Varsóvia. A demora estendeu-se por mais algumas horas, até quase o entardecer. Na rampa, os homens das SS — os oficiais, os médicos, os guardas — pareciam indecisos. Ordens de Berlim? Contraordens? Pode-se apenas imaginar as razões do seu nervosismo. Mas isso não é importante. Por fim, ficou claro que eles tinham resolvido prosseguir no seu trabalho, mas dessa vez em termos de seleção. Os oficiais mandaram que todo mundo descesse e formasse fileiras. Foi a vez dos médicos entrarem em ação. O processo de seleção demorou pouco mais de uma hora. Sofia, Jan e Wanda foram mandados para o campo. Mais ou menos metade dos prisioneiros teve essa sorte. Entre os condenados à morte no Crematório II, de Birkenau, estavam o professor de música Stefan Zaorski e sua aluna, Eva Maria Zawistowska, que dali a pouco mais de uma semana completaria oito anos de vida.

Capítulo Treze

Chegou o momento de apresentar uma breve vinheta, que tentei recriar a partir das recordações de Sofia, com base no que ela me contou naquele fim de semana de verão. Desconfio de que o indulgente leitor não possa aperceber-se imediatamente da sua relação com Auschwitz, mas — conforme se verá mais adiante — tem muito a ver, e de todas as tentativas de Sofia para compreender as circunstâncias do seu confuso passado, esse fragmento figura entre os mais perturbadores e estranhos.

Estamos de novo em Cracóvia, nos primeiros dias de junho de 1937. As personagens são Sofia, seu pai e o Dr. Walter Dürrfeld, de Leuna, próximo de Leipzig, um dos diretores da IG Farbenindustrie, esse *Interessengemeinschaft*, ou grupo — inconcebivelmente grande, mesmo para a época — cujo tamanho e prestígio fazem com que o Professor Bieganski sinta uma enorme euforia. Sem falar no Dr. Dürrfeld, o qual, graças à especialidade do professor — os aspectos legais e internacionais das patentes industriais — é bastante conhecido por ele como um dos capitães da indústria alemã. Seria desmerecer desnecessariamente o professor e enfatizar demasiadamente o deslumbramento que ele de vez em quando demonstra, diante de manifestações da força e do poderio alemães, mostrá-lo grotescamente servil na presença de Dürrfeld. Afinal de contas, ele possui uma reputação ilustre como intelectual e como advogado. É também um homem acostumado ao trato social. Não obstante, Sofia percebe que seu pai está lisonjeadíssimo com o privilégio de poder falar com aquele titã e o seu desejo de agradar quase a deixa encabulada. Não se trata de um encontro profissional, mas apenas social, recreativo. Dürrfeld e sua esposa estão fazendo uma viagem de férias através da Europa Oriental e um amigo comum, em Düsseldorf — uma autoridade em patentes, como o professor — preparou o encontro através de cartas e de uma enxurrada de telegramas de última hora. Devido ao programa de Dürrfeld, o encontro não pode tomar muito tempo, nem sequer incluir um almoço ou um jantar: uma breve visita à universidade, com seu esplendoroso Collegium Maius, dali para o Castelo de Wawel, a fim de ver as tapeçarias, uma pausa para uma xícara de chá — e mais nada. Uma tarde agradavelmente passada em boa companhia, antes da partida, no trem-leito, para Wroclaw. O professor lastima não haver mais tempo. Quatro horas é tudo do que o ilustre visitante dispõe.

Frau Dürrfeld está indisposta — um ataque de *der Durchfall* obrigou-a a permanecer nos aposentos do casal, no Hotel Francuski. Enquanto os três tomam chá, de volta do castelo de Wawel, o Professor pede desculpas, talvez com demasiada ênfase, pela má qualidade da água de Cracóvia, e expressa, talvez com demasiado sentimento, o quanto lastima não ter podido senão beijar a mão da encantadora *Frau* Dürrfeld antes de ela correr para o quarto. Dürrfeld assente, polidamente. Sofia impacienta-se. Sabe que, mais tarde, o professor vai pedir a sua ajuda para reproduzir a conversa no seu diário. Sabe também que foi convocada por duas razões — porque ela é um *knockout*, como se diz nos filmes americanos, esse ano, e porque, pela sua presença, *savoir faire* e domínio da língua, ela pode demonstrar, a esse distinto visitante, a esse dinâmico empresário, até que ponto a fidelidade aos princípios da cultura e da educação alemãs pode produzir (até mesmo numa pequena cidade eslava) aquela perfeita réplica de uma *fräulein*, que nem o maior purista racial do Reich poderia desaprovar. Pelo menos, ela representa o papel. Sofia continua a se impacientar, pedindo a Deus que a conversa — caso pender para questões mais sérias — se abstenha de tocar em política nazista — ela está começando a ficar enojada diante do fanatismo racial do pai e não suporta escutar, ou ser forçada a ecoar, por dever filial, tão perigosas imbecilidades.

Mas não precisa-se preocupar. Na mente do professor, são a cultura e os negócios — e não a política — que norteiam, com tato, a conversa. Dürrfeld escuta, com um sorriso. Educado e atento, é um belo homem de quarenta e poucos anos, esbelto, com uma pele rosada e saudável, e (Sofia repara bem nesse detalhe) unhas imaculadamente limpas. Parecem quase polidas, pintadas, as meias-luas como que de marfim. Toda a sua pessoa é impecável e o seu terno de flanela cinza-grafite, inconfundivelmente inglês, faz com que a roupa de listras largas do professor pareça reles e fora de moda. Os cigarros que ele fuma, ela também repara, são igualmente ingleses — Craven A's. Enquanto escuta o que o professor tem a dizer, a expressão dos seus olhos é agradável, divertida, interrogativa. Sofia sente-se vagamente atraída por ele — não, fortemente. Cora, sabe que as suas faces estão ruborizadas. O pai está agora disseminando joias da história na conversa, enfatizando o efeito da cultura e da tradição alemãs na cidade de Cracóvia e em todo o sul da Polônia. Que duradoura e indelével tradição! Naturalmente, não é preciso dizer (embora o professor esteja dizendo), que Cracóvia passou quase um século sob o domínio altamente benéfico da Áustria — *natiirlich*, isso o Dr. Dürrfeld sabia, mas acaso ele sabia que a cidade era talvez a única, na Europa Oriental, a possuir a sua própria constituição, chamada, até agora, de "os direitos de Magdeburgo" e baseada em leis medievais formuladas na cidade de Magdeburgo? Não era, pois, de espantar que a comunidade tivesse raízes profundas nas leis e nos usos alemães, no próprio espírito da Alemanha, a ponto de até agora os cidadãos de Cracóvia nutrirem uma apaixonada devoção pela língua que, conforme disse Von Hofmannsthal (ou terá sido Gerhart Hauptmann?), é a mais expressiva desde o grego antigo. De repente, Sofia dá-se conta de que o pai está falando dela. Até mesmo a sua filha, continua ele, a pequena Zozia, cuja cultura talvez não seja das mais amplas, não só tem um perfeito domínio do *Hochsprache*, o alemão-padrão, ensinado nas escolas, como também do coloquial *Umgangssprache* e, além disso, é capaz de imitar, para deleite do doutor, qualquer sotaque em particular.

Seguem-se alguns minutos constrangedores (para Sofia), durante os quais, compelida pelo pai, ela se vê obrigada a pronunciar uma frase qualquer em vários sotaques alemães. Trata-se de uma capacidade de imitação que pegou facilmente em criança e que desde então o professor vem explorando, deliciado — uma das coisas que ele faz que mais a irritam. Sofia, por natureza, tímida, detesta ser forçada a imitar vários tipos de sotaque diante de Dürrfeld mas, com um sorriso contrafeito e amarelo, obedece, falando, a pedido do pai, em suábio, depois na indolente cadência da Baviera, a seguir, como um natural de Dresden, de Frankfurt, logo após, no sotaque, em Baixo Alemão, de um nativo de Hannover e, finalmente — cônscia de que o desespero se reflete nos seus olhos — fazendo uma imitação do falar de um habitante da Floresta Negra.

— *Entzückend!* — ouve Dürrfeld exclamar, juntamente com uma risada divertida. — Fantástico!

E percebe que Dürrfeld, achando graça nas imitações, mas sentindo o constrangimento dela, resolveu pôr um ponto final na coisa. Terá ele ficado ofendido com a ideia do professor? Sofia não pode garantir, mas espera que sim. Papa, Papa, du *bist ein... Oh, merde...*

Sofia mal pode dissimular o tédio, mas consegue permanecer atenta. O professor passou agora, sutilmente (sem denotar curiosidade) ao segundo assunto que mais lhe interessa — a indústria e o comércio, principalmente a indústria e o comércio alemães e o poderio que acompanha essas atividades, agora tão incrementadas. É fácil conquistar a confiança de Dürrfeld: os conhecimentos que o professor possui sobre o mundo dos negócios internacionais são enciclopédicos. Sabe quando abordar um assunto, quando evitá-lo, quando ser direto, quando ser discreto. Não menciona sequer uma só vez o Führer. Aceitando, com demasiadas demonstrações de gratidão, o charuto cubano que Dürrfeld lhe oferece, expressa a sua profunda admiração por um recente feito alemão, a respeito do qual leu no jornal financeiro suíço que assina. Trata-se da venda, para os Estados Unidos, de uma grande quantidade de borracha sintética, recém-aperfeiçoada pela IG Farbenindustrie. Que bela vitória para o Reich!, exclama o professor — e Sofia repara que Dürrfeld, aparentemente difícil de se deixar levar por adulações, sorri e começa a falar animadamente. Parece estimulado pela abordagem técnica que o professor deu ao assunto. Inclina-se para a frente e, pela primeira vez, utiliza as bem cuidadas mãos para exprimir os seus pontos de vista. Sofia não presta muita atenção aos detalhes, olha para Dürrfeld apenas como mulher: ele é muito atraente, pensa, mas logo se envergonha. (Casada, mãe de dois filhos pequenos, como é possível!)

Embora procurando controlar-se, Dürrfeld deixa-se arrastar por um sentimento de raiva: cerra o punho, a região em volta da boca fica tensa. Com indignação mal disfarçada, refere-se ao imperialismo, tanto dos *die Engländer* como dos *die Holländer*, à conspiração por parte de duas ricas potências para controlar os preços da borracha natural, a fim de tirar os outros países do mercado. E acusam a IG Farben de práticas monopolizadoras! Que outra coisa poderíamos fazer? pergunta, numa voz cáustica, cortante, que surpreende Sofia, tão pouco de acordo está com a sua anterior equanimidade. Não admira que o mundo esteja espantado com o nosso golpe! Com os ingleses e os holandeses como únicos donos da Malásia e das Índias Orientais, fixando preços astronômicos para o mercado mundial, que outra coisa podia a Alemanha fazer, senão empregar os seus conhecimentos tecnológicos para obter um substituto sintético não apenas econômico e durável, como também...

— *Resistente ao óleo!* — pronto, o professor tirou as palavras da boca de Dürrfeld.

Resistente ao óleo! Está bem informado, esse astuto professor, em cuja memória se alojou o fato saliente de que é a *resistência ao óleo* do novo produto sintético a qualidade revolucionária, a chave do seu grande valor para a indústria. Outro toque de adulação que quase funciona: Dürrfeld sorri, agradado dos conhecimentos do professor. Mas, como tantas vezes acontece, o pai de Sofia não sabe quando parar. Começa a se exibir, murmurando termos químicos como "nitrila", "Buna-N", "polimerização dos hidrocarbonetos". Seu alemão é melífluo — mas agora Dürrfeld, distraído da sua justificada raiva contra os ingleses e os holandeses, volta a olhar para o inchado professor com as sobrancelhas arqueadas e uma expressão levemente irritada e entediada.

Mas por mais incrível que pareça, o professor pode ser encantador. Às vezes, é capaz de se redimir. E, assim, a caminho da grande mina de sal de Wieliczka, ao sul da cidade, os três sentados no banco traseiro da limusine do hotel — um velho e bem cuidado Daimler, cheirando a lustra-móveis — o seu bem ensaiado monólogo sobre a indústria salineira polonesa e sua história milenar é cativante, brilhante, tudo, menos tedioso. Está exercendo um talento que fez dele um grande conferencista e orador. Já não parece pomposo nem convencido. O nome do rei que fundou a mina de Wieliczka, Boleslaw, o Acanhado, proporciona uma ou duas piadas, que põem novamente Dürrfeld à vontade. Quando ele se encosta no assento, Sofia sente aumentar a simpatia por ele: quão pouco se parece com um poderoso industrial alemão, pensa ela. Olha-o de soslaio, tocada pela sua completa falta de arrogância, por algo obscuramente humano, vulnerável — será apenas uma certa solidão? os campos reverdecem, estão cheios de flores silvestres — a primavera polonesa está em pleno auge voluptuoso. Dürrfeld comenta a beleza da paisagem, genuinamente encantado. Sofia sente a pressão do braço dele contra o dela e a sua pele nua fica toda arrepiada. Esforça-se — em vão, no banco lotado — por afastar-se. Estremece, mas logo se acalma.

Dürrfeld a tal ponto se mostra sensível à beleza da paisagem, que é constrangido a pedir desculpas: não devia ter deixado os ingleses e os holandeses enfurecê-lo daquela maneira, diz ele ao professor. Perdoe-me a explosão, mas é que as práticas monopolizadoras deles e a negativa em fornecer um produto natural, como a borracha, que todos os países do mundo deveriam receber equitatitivamente, são abomináveis. Decerto um filho da Polônia que, como a Alemanha, não tem ricas colônias ultramarinas, pode compreender isso. Decerto que não é o militarismo, nem um cego desejo de conquista (sentimentos falsamente imputados a certas nações, entre elas a Alemanha, imaginem, a *Alemanha!*) o que torna uma guerra provável, mas sim essa *avareza*. Que é que uma nação como a Alemanha pode fazer, quando — sem as colônias, sem o equivalente a Sumatra, a Bornéu — enfrenta um mundo hostil, cheio de piratas profissionais? O legado de Versalhes! A única coisa que tem a fazer é apelar para a criatividade, manufaturar os seus próprios produtos — sejam eles quais forem! — com base no seu próprio gênio e depois ficar de costas para a parede, enfrentando uma hoste de inimigos. O pequeno discurso termina. O professor sorri e chega mesmo a aplaudir.

Dürrfeld cala-se. Apesar da tirada apaixonada, está senhor da si. Não falou com raiva ou alarme, mas com uma eloquência fácil, suave, e Sofia sente-se afetada pelas palavras e pela convicção que elas traduzem. Não entende quase nada de política e de negócios internacionais, mas sabe que ele falou com convicção. Não pode dizer se o que mais a excita são as ideias de Dürrfeld ou a sua presença física — talvez seja uma mistura de ambas as coisas — mas acha sensato e sincero o que ele disse e não há dúvida de que ele não se parece em nada com o protótipo do nazista, alvo de tantos ataques por parte das diminutas facções liberais e radicais da universidade. Talvez ele *não* seja nazista, pensa, com otimismo — mas não, um homem com uma posição tão importante tem que ser filiado ao Partido. Sim? Não? Bem, isso não importa. Duas coisas ela sabe: sente dentro de si um agradável, excitante erotismo, que a enche do mesmo sentimento de perigo que experimentou em Viena, quando criança, no alto da apavorante roda-gigante do Prater — um perigo ao mesmo tempo delicioso e quase insuportável. (No entanto, ao mesmo tempo que a emoção toma conta dela, Sofia não pode deixar de se lembrar de uma cena cataclísmica, que lhe dá a liberdade, a permissão de entreter um tal desejo: a silhueta do marido, de robe, de pé na porta do quarto do casal, apenas um mês antes. E as palavras de Kazik, tão dolorosas como se um facão de cozinha lhe tivesse retalhado o rosto. Você precisa enfiar isto na sua cabeça dura, que talvez seja mais dura do que o seu pai diz. Se eu não sou mais capaz de funcionar com você não é por falta de virilidade, mas porque quase tudo em você, principalmente o seu corpo, me deixa totalmente apático... Não posso nem suportar o cheiro da sua cama.)

Momentos mais tarde, do lado de fora da entrada da mina, quando os dois estão contemplando um campo inundado de sol e ondulante de cevada ainda verde, Dürrfeld faz-lhe perguntas sobre a sua vida. Sofia responde que é apenas uma dona-de-casa, mulher de um professor da universidade, mas que estuda piano e espera poder continuar ses estudos em Viena, dentro de um ano ou dois. (Ficam por um momento a sós, de pé, perto um do outro. Jamais Sofia sentiu tanto desejo de ficar a sós com um homem. O que possibilitou esse momento foi uma pequena crise — um cartaz anunciando que as visitas estão proibidas, que a mina está fechada para obras, o professor afastando-se, uma cascata de desculpas brotando-lhe dos lábios, e pedindo que esperem um pouco, que a sua amizade pessoal com o superintendente vai resolver o impasse.) Dürrfeld diz que ela parece tão jovem, que custa acreditar que já tenha dois filhos. Sofia explica que casou muito cedo. Ele diz que também tem dois filhos. "Sou um pai de família." O comentário soa de maneira ambígua. Pela primeira vez, os seus olhos se encontram, o olhar dele mistura-se com o dela — um olhar de impudente admiração, e ela desvia os olhos com um sentimento de culpa adulterina. Afasta-se um pouco dele, protegendo os olhos com a mão, perguntando, em voz alta, onde estará o pai. Ouve o tremor na sua garganta. Uma voz, no fundo dela, lhe diz que deve ir logo de manhã cedo à missa. Por cima do ombro, a voz dele pergunta se ela já esteve na Alemanha. Sofia responde que sim; num verão, há anos atrás, passou uma temporada em Berlim, quando das férias do pai. Mas ela era ainda criança.

Diz que adoraria voltar à Alemanha, a fim de visitar o túmulo de Bach, em Leipzig — e estaca, encabulada, sem saber por que falou nisso, embora colocar flores no túmulo de Bach seja, há muito tempo, o seu desejo secreto. Mas no sorriso dele há compreensão. Leipzig, minha terra natal!, exclama. E acrescenta: podíamos ir visitar o túmulo de Bach, se você fosse à Alemanha. Podíamos visitar todos os santuários musicais. Sofia estremece intimamente — aquele "podíamos", aquele "se você fosse à Alemanha". Deverá tomar aquilo como um convite? Delicado, até mesmo evasivo — mas não obstante um convite. Sente uma veia latejar na testa e muda de assunto. Temos ótima música em Cracóvia, diz. A Polônia está cheia de bons músicos. Sim, retruca ele, mas não como a Alemanha. Se ela resolvesse ir, ele a levaria a Bayreuth — por acaso ela gosta de Wagner? — ou aos grandes festivais Bach, ou ouvir Lotte Lehmann, Kleiber, Gieseking, Furtwängler, Backhaus, Fischer, Kempff... A voz dele parece um murmúrio amoroso e melódico, flertando de modo ao mesmo tempo delicado e atrevido, irresistível (e, agora, para desgosto dela), provocantemente excitante. Se ela gosta de Bach, deve também gostar de Telemann. Brindaremos à memória dele em Hamburgo! E à de Beethoven, em Bonn! Nesse momento, um barulho de passos no cascalho anuncia a volta do professor. Chega falando pelos cotovelos, dizendo: "Abre-te, Sésamo!" Sofia quase pode ouvir o seu coração murchar como um balão, pulsando doentiamente. Meu pai, pensa ela, representa tudo o que a música não é...

E isso (de acordo com o registrado na sua memória) é quase tudo. O fantástico castelo subterrâneo de sal, que ela tantas vezes visitou e que pode ou não ser, conforme afirma o professor, uma das sete maravilhas da Europa feitas pela mão do homem, é menos um anticlímax do que um espetáculo que simplesmente não é registrado pela sua consciência, de tal maneira se sentiu agitada por aquele sentimento indefinível, que caiu sobre ela tão inesperadamente quanto um raio, fazendo-a sentir-se fraca e mesmo um pouco doente. Não ousa deixar que os seus olhos encontrem de novo os de Dürrfeld, embora olhe mais uma vez para as mãos dele: por que razão a fascinam? E, enquanto descem no elevador e passeiam por aquele reino branco e reluzente de cavernas, labirintos e transeptos — uma catedral às avessas, um monumento subterrâneo há séculos de trabalho humano, mergulhando em direção ao centro do mundo — Sofia ignora a presença de Dürrfeld e a aula ambulante do pai, que ela já ouviu mais de dez vezes. Pensa, preocupada, como pode ser vítima de uma emoção ao mesmo tempo tão idiota e tão devastadora. Vai ter que afastar de vez aquele homem da cabeça. Isso mesmo, expulsá-lo do seu pensamento... *Allez!*

E foi o que ela fez. Mais tarde, contou-me que de tal maneira afastara Dürrfeld do pensamento, que, depois que ele e a mulher saíram de Cracóvia — mais ou menos uma hora após a visita à mina de Wieliczka — ela nunca mais pensara nele, nem sequer como uma longínqua figura romântica. Talvez isso fosse o resultado de uma inconsciente força de vontade, talvez fosse apenas por achar fútil entreter a esperança de voltar a vê-lo. Como uma pedra despencando numa das grutas sem fundo de Wieliczka, ele desaparecera da sua lembrança — mais um flerte inócuo, consignado a um poeirento álbum de recordações por abrir. No entanto, seis anos mais tarde, Sofia voltaria a vê-lo, quando o objeto da paixão de Dürrfeld — a borracha sintética — e o seu lugar na história fizeram com que aquele príncipe dos empresários se tornasse o rei do enorme complexo industrial da Farben, conhecido como IG-Auschwitz. O encontro dos dois, no campo de concentração, foi ainda mais rápido e menos pessoal do que o de Cracóvia. No entanto, desses dois encontros, Sofia ficaria com duas fortes impressões, altamente significativas e interligadas, a saber: Durante aquele passeio primaveril, na companhia de um dos mais destacados antissemitas da Polônia, o seu admirador, Walter Dürrfeld, assim como o seu anfitrião, não dissera uma única palavra a respeito dos judeus. Seis anos mais tarde, quase tudo o que ela ouviria dos lábios de Dürrfeld se referiria aos judeus e ao plano de extermínio em massa.

No decorrer daquele longo fim de semana em Flatbush, Sofia não me falou sobre Eva senão para me contar, em poucas palavras, o que eu já disse: que a menina fora morta em Birkenau, no mesmo dia em que eles tinham chegado.

— Eva foi levada — disse ela — e eu nunca mais a vi.

Não acrescentou nada mais e, naturalmente, não insisti. Só havia uma palavra para qualificar aquilo — terrível — e essa informação, dada de uma maneira tão lacônica, deixou-me sem fala, maravilhado com o autocontrole de Sofia. Voltou rapidamente a falar de Jan, que sobrevivera à seleção e que, conforme ela ficou sabendo por alto, alguns dias mais tarde, fora jogado num campo especial, conhecido como Campo das Crianças. Pude apenas deduzir, pelo que ela me contara, que, após seis meses em Auschwitz, o choque e a dor causados pela morte de Eva provocaram um sofrimento que podia tê-la destruído, se não fosse o fato de Jan ter sobrevivido, estar vivo e, embora não o pudesse ver, a esperança de vir algum dia conseguir isso, fora o suficiente para sustentá-la durante as fases iniciais do pesadelo. Quase todos os seus pensamentos se concentravam no filho e a poucas informações que conseguia a respeito dele, de tempos em tempos — que estava resistindo bem, que estava *vivo* — davam-lhe o estímulo necessário para suportar aquela infernal existência.

Mas Sofia, conforme eu já disse antes e ela explicara a Höss, naquele estranho dia em que quase houvera algo entre os dois, fazia parte da elite e, consequentemente, tivera "sorte" em comparação com a maioria dos recém-chegados. No começo, fora destinada a um alojamento comum, no qual, de acordo com a marcha habitual dos acontecimentos, ela teria, sem dúvida, padecido aquela calculada e abreviada morte-em-vida que era o destino de quase todos os internos. (Foi a essa altura que Sofia me repetiu as palavras de boas-vindas do SS *Hauptsturmführer* Fritsch: Ainda me lembro das suas palavras exatas. Ele disse: "Vocês estão chegando a um campo de concentração, não a um sanatório, e daqui só há um meio de sair — pela chaminé. Quem não gostar, pode tentar se enforcar com arame farpado. Se houver judeus neste grupo, fiquem desde já sabendo que não têm direito de viver mais do que duas semanas". A seguir perguntou: "Tem alguma freira aqui? Freiras e padres têm direito a um mês de vida. O resto, a três meses". Sofia tivera consciência de que estava condenada à morte apenas vinte e quatro horas depois da sua chegada, e as palavras de Fritsch apenas confirmavam essa certeza.) Mas, conforme ela mais tarde explicou a Höss, num episódio que já contei, uma estranha sucessão de acontecimentos — o ataque sofrido por ela, no alojamento, por parte de uma lésbica, uma briga, a intervenção de uma chefe de bloco compreensiva — a levaram a conseguir trabalho como estenógrafa e tradutora e a se transferir para outro alojamento, onde estava temporariamente a salvo dos conflitos, quase sempre redundantes em morte, que faziam o dia-a-dia do campo. E, ao fim de seis meses, mais um golpe de sorte a pusera no relativo conforto da proteção da família Höss. Mas antes disso houvera um encontro decisivo. Poucos dias antes de se mudar para a casa do Comandante, Wanda — que fora alojada num dos horríveis canis de Birkenau e a quem Sofia não via desde aquele dia 14 de abril em que tinham chegado — dera um jeito de chegar à presença de Sofia e, em meio a um tumultuoso diálogo, enchera-a de esperanças a respeito de Jan e da possibilidade de ele ser salvo, ao mesmo tempo em que a apavorava com apelos a uma coragem que Sofia tinha a certeza de não possuir.

— Você vai ter que trabalhar para nós todos os momentos em que estiver naquele ninho de ratos — murmurara Wanda, a um canto dos alojamentos. — Não imagina a oportunidade que isso representa. É o que a Resistência sempre sonhou, ter alguém como você numa situação dessas! Vovê vai ter que estar de olhos e ouvidos atentos a cada minuto. Escute, querida, é muito importante que você revele o que está acontecendo. Mudanças de pessoal, alterações na política, transferências na cúpula desses porcos das SS — tudo isso é valioso, em termos de informação. Notícias sobre a guerra! Qualquer coisa que possa contrabalançar a imunda propaganda nazista. O moral alto é a única coisa que nos resta, neste inferno. Um rádio, por exemplo: isso seria precioso! Suas chances de conseguir um rádio vão ser nulas mas, se você pudesse roubar temporariamente um rádio, só para a gente ouvir Londres, isso equivaleria a salvar milhares e milhares de vidas.

Wanda estava doente. O terrível ferimento no seu rosto nunca se curara inteiramente. As condições, nos alojamentos femininos, em Birkenau, eram horríveis e uma bronquite crônica, que sempre a ameaçara, tinha-se decretado, levando-lhe às faces um rubor tão vivo e alarmante, que quase rivalizava com a sua cabeleira vermelho-tijolo, ou com o pouco que sobrara dela, após a tosquia. Com um misto de horror, dor e sentimento de culpa, Sofia teve a intuição de que aquela seria a última vez em que poria os olhos na sua brava, decidida e luminosa amiga.

— Não posso ficar mais do que alguns minutos — disse Wanda.

De repente, passou do polonês para um alemão rápido e coloquial, murmurando para Sofia que a ajudante de chefe de bloco, parada a pouca distância, com uma cara horrível — uma ex-prostituta de Varsóvia — tinha todo o aspecto de ser uma traidora nojenta, o que ela realmente era. Apressou-se, pois, a pôr Sofia a par dos seus planos sobre o Lebensborn, procurando fazer com que ela entendesse que, por mais quixotesco que pudesse parecer, talvez fosse a única maneira de assegurar a saída de Jan do campo.

Exigiria um grande esforço por parte de Sofia, continuou Wanda, um bocado de coisas que ela sabia que Sofia instintivamente se recusaria a fazer. Parou, sacudida por um doloroso acesso de tosse, e depois prosseguiu:

— Senti que tinha de falar com você, quando soube que você ia ser transferida para a casa do Comandante. Sabemos de tudo. Há muito tempo que eu queria falar com você, mas agora tornou-se absolutamente necessário. Arrisquei tudo para vir até aqui falar com você, se me pegarem, estou frita! Mas, neste ninho de cobras, se a pessoa não arrisca, não consegue nada. Vou repetir e quero que você me acredite: Jan está bem, o melhor que se pode estar aqui. Vi-o três vezes, atrás da cerca. Não vou lhe mentir, ele está magrinho, tanto quanto eu. É horrível, lá no Campo das

Crianças, tudo é horrível em Birkenau, mas pelo menos as crianças não passam tanta fome quanto os demais. O motivo não sei, mas não pode ser por problemas de consciência. Uma vez, consegui levar-lhe algumas maças. Ele está aguentando bem, vai sobreviver. Chore e desabafe, querida, sei que é horrível, mas você não deve perder a esperança. E precisa tentar fazê-lo sair daqui antes que chegue o inverno. Ora, a ideia do Lebensborn pode parecer estranha, mas a coisa existe mesmo — lembra-se da criança dos Rydzón? — e você tem que procurar se valer disso para fazer com que Jan saia daqui. Eu sei que você pode perdê-lo de vista se ele for mandado para a Alemanha, mas pelo menos ele viverá bem e é bem possível que você possa reavê-lo. Esta guerra não vai durar para sempre.

Escute, tudo depende do tipo de relacionamento que você tiver com Höss. Não só o que possa acontecer com Jan e com você, mas com todos nós, Zozia querida. Você precisa *usar* o homem; afinal, vão estar morando sob o mesmo teto. Pelo menos uma vez na vida, você vai ter que pôr de lado esse seu puritanismo cristão e utilizar-se do sexo para o bem de todos. Desculpe, Zozia, mas se você trepar com ele, vai ter o homem no papo. O pessoal da Resistêcia sabe tudo sobre ele, assim como sabe tudo a respeito do Lebensborn. Höss é mais um burocrata com um desejo bloqueado por um corpo de mulher. Use o seu! E, acima de tudo, use o homem! Não lhe vai custar nada pegar num garoto polonês e entregá-lo ao tal programa — afinal, só irá beneficiar o Reich. E dormir com Höss não será colaboracionismo da sua parte, e sim espionagem, quinta-coluna! Por tudo isso, o jeito é trabalhar o homem. Pelo amor de Deus, Zozia, esta é a sua oportunidade! O que você fizer naquela casa pode significar tudo para nós, para todos os poloneses, para todos os judeus, para todos os miseráveis neste campo, *tudo!* Suplico-lhe: não nos deixe na mão!

O tempo estava no fim. Wanda precisava ir. Mas, antes de partir, deu as últimas instruções a Sofia. Havia, por exemplo, um certo Bronek, um pau-pra-toda-obra, que trabalhava na casa do Comandante. Ele seria o elo entre a mansão e o movimento de Resistência dentro do campo. Aparentemente um alcaguete das SS, ele não era o puxa-saco de Höss que todos pensavam. Höss confiava nele, ele era "o polaco do Comandante" mas, no fundo daquela criatura simples, superficialmente servil, batia o coração de um patriota, que já provara ser capaz de executar certas missões, desde que não exigissem muita inteligência e não fossem por demais complicadas. Na verdade, ele não era estúpido — apenas uma vítima das experiências médicas, que lhe tinham prejudicado o processo mental. Assim, não era capaz de dar início a nada por sua própria iniciativa, mas estava sempre pronto a colaborar com a sua Polônia. Sofia não tardaria a descobrir, disse Wanda, que Bronek estava de tal maneira encaixado no seu papel de pobre-diabo submisso e inofensivo que, do ponto de vista de Höss, ele estava acima de qualquer suspeita — e nisso se estribava a natureza crucial das suas funções como agente e elo da Resistência. Confie em Bronek, disse Wanda, e sirva-se dele, se puder. Estava na hora de Wanda ir embora e, após um demorado e choroso abraço, ela se foi — deixando Sofia com uma sensação de fraqueza e de não saber o que fazer.

E assim viera a passar dez dias na casa do Comandante — um período que culminara naquele dia movimentado e carregado de angústia, que ela recordava nos menores detalhes e que eu já descrevi: um dia em que a sua ousada e pouco sutil tentativa de seduzir Höss não resultara na possibilidade de liberdade para Jan, mas apenas na promessa, ao mesmo tempo amargamente decepcionante e tão desejada, de poder ver o filho. (E isso poderia ser por demais rápido para que ela pudesse aguentar.) Um dia em que ela fracassara miseravelmente e, num misto de pânico e esquecimento, não falara com o Comandante sobre o Lebensborn, perdendo assim a maior chance que tinha de proporcionar-lhe um meio legítimo de remover Jan do acampamento. (*A menos*, pensou, ao descer a escada para o porão, ao fim da tarde, a menos que tivesse sangue-frio suficiente para lhe falar dos seus planos, na manhã seguinte, quando Höss lhe prometera levar o garoto ao escritório, para que ela o visse.) Fora também nesse dia que, aos seus outros temores e angústias, se acrescentara o fardo quase intolerável de um desafio e de uma tremenda responsabilidade. E quatro anos mais tarde, num bar do Brooklyn, ela me contaria a vergonha que ainda sentia ao se lembrar de como esse desafio e essa responsabilidade a tinham apavorado e acabado por vencê-la. Essa foi uma das partes mais difíceis da sua confissão e o foco do que ela repetidamente chamava "a sua maldade". E comecei a ver que essa "maldade" ia muito além do que — na minha opinião — era um injustificado sentimento de culpa por ter tentado seduzir Höss ou manipulá-lo através do panfleto que seu pai escrevera. Comecei a perceber como, entre os seus outros atributos, a maldade é capaz de paralisar completamente. No fim, recordou Sofia, angustiada, o seu fracasso se reduzira a uma trivial, embora muito importante, aglomeração de metal, vidro e plástico — ao rádio que Wanda pensava que Sofia nunca teria a incrível oportunidade de roubar. E ela deitara por terra essa oportunidade...

No andar logo abaixo do patamar que servia de antessala para o escritório de Höss, ficava um pequeno quarto ocupado por Emmi, a filha de onze anos da ninhada de cinco do Comandante. Sofia passara várias vezes pelo quarto, a caminho ou de volta do escritório, e observara que a porta quase sempre ficava aberta — nada demais, refletira, quando se sabia que o menor furto, naquela autêntica fortaleza, estava quase tão fora de cogitações quanto um crime de morte. Sofia parara muitas vezes para contemplar aquele impecável quarto de dormir de menina, que teria sido comum em Augsburg ou em Münster: uma cama resistente, com uma colcha florida, animais de pelúcia sobre uma cadeira, alguns troféus de prata, um relógio cuco, uma parede cheia de molduras de madeira entalhada, contendo fotos (uma cena alpina, a Juventude Hitlerista em parada, uma paisagem marítima, a dona do quarto de maiô, pôneis brincando, retratos do Führer, o "Tio Heini" Himmler, Mamãe sorrindo, Papai sorrindo, em trajes civis), uma cômoda com diversas caixas para guardar joias e coisinhas e, sobre a mesma, um rádio portátil. Era o rádio que sempre fazia com que Sofia parasse para olhar. Raríssimas vezes vira ou ouvira o rádio funcionando, sem dúvida porque a sua voz era abafada pela enorme vitrola do salão, sempre tocando, dia e noite.

Uma vez, ao passar pela porta do quarto, Sofia reparara no rádio ligado — valsas modernas, calcadas em Strauss, entoadas por uma voz que identificava a emissora como uma estação da Wehrmacht, possivelmente Viena, ou talvez Praga. Os acordes, límpidos, ouviam-se perfeitamente bem. Mas o rádio não a fascinara pela música que transmitia, mas por si mesmo — pelo seu tamanho, pelo seu formato, pela sua beleza, a sua inacreditável pequenez, que o tornava tão fácil de ser carregado. Sofia nunca teria imaginado que a tecnologia conseguisse fazer um rádio tão compacto e portátil, mas a verdade é que nunca a sua atenção se detivera no que o Terceiro Reich e a sua recém-nascida ciência eletrônica tinham feito durante todos aqueles anos. O rádio não era maior do que um livro de tamanho médio. O nome Siemens estava escrito num painel lateral. De cor marrom-escura, a parte dianteira, de plástico, levantava-se para formar a antena, ficando de sentinela sobre o chassi cheio de tubos e baterias, tão pequeno, que poderia caber na palma da mão de um homem. O rádio provocava em Sofia ao mesmo tempo terror e desejo. E, ao anoitecer daquele dia de outubro, após se ter defrontado com Höss, quando descia de volta ao porão, ela vira o rádio através da porta aberta e sentira uma súbita dor de barriga, só de pensar que, finalmente, sem mais hesitações ou demoras, tinha diante de si a oportunidade de roubá-lo.

Estava no patamar envolto em sombras, a poucos passos da escada que levava ao sótão. O rádio estava transmitindo uma canção romântica qualquer. Em cima, ouvia-se o barulho das botas do ordenança de Höss, andando de um lado para o outro. Höss tinha saído para inspecionar o campo. Sofia ficou um momento parada, sentindo-se sem forças, faminta, cheia de frio e à beira de adoecer ou de desmaiar. Nenhum outro dia da sua vida fora mais comprido do que aquele, no qual tudo o que ela esperara conseguir acabara em nada. Não, não era bem assim. A promessa de Höss, de pelo menos deixar que ela visse Jan, já era algo. Mas ter estragado as coisas daquela maneira, ter voltado virtualmente ao ponto de onde viera — era algo que ela não podia aceitar nem compreender. Fechou os olhos e apoiou-se à parede, acometida de tonteira e náusea, provocadas pela fome. Naquele mesmo lugar, essa manhã, ela havia vomitado os figos. A sujeira havia muito fora limpa por algum criado polonês ou SS mas, na sua imaginação, persistia uma enjoativa fragrância agridoce e a fome de repente lhe atacou o estômago num espasmo de dor. Sem ver, Sofia ergueu a mão e os seus dedos tocaram inesperadamente em algo peludo, como se fossem os cabeludos testículos do diabo. Soltou um grito abafado e, abrindo os olhos, viu que a sua mão tocara o queixo de um veado, abatido em 1938 — conforme Höss dissera a um visitante das SS, e ela ouvira — bem na nuca, a trezentos metros de distância, "a olho nu", nas encostas acima de Königssee, tão perto de Berchtesgaden, que o Führer, se ele estivesse lá (e, quem sabe, talvez estivesse!) poderia ter ouvido o tiro fatal...

Agora, os protuberantes olhos de vidro do cervo, perfeitos até no raiado de sangue, devolviam-lhe imagens duplas de si mesma: fraca, abatida, o rosto dividido em planos cadavéricos, Sofia olhou para a sua duplicata, pensando em como, na sua exaustão e na tensão e indecisão daquele momento, poderia manter a sanidade mental. Nos dias em que subira e descera a escada, passando pelo quarto de Emmi, tinha imaginado uma estratégia que a enchia de medo e ansiedade. Sentia-se impelida pela necessidade de não trair a confiança de Wanda, mas... meu Deus, as dificuldades eram tantas! O fator-chave estava contido numa só palavra: suspeita. O desaparecimento de um instrumento tão raro e valioso como um rádio teria repercussões sumamente graves, incluindo a possibilidade de represálias, castigos, torturas ou mesmo a morte. Todos os internos que moravam na mansão seriam automaticamente alvo de suspeita, os primeiros a ser interrogados, revistados, açoitados — inclusive as gordas modistas judias! Mas havia um elemento do qual Sofia tinha de depender — o fato de haver na casa membros das SS. Se apenas uns poucos prisioneiros, como Sofia, tinham acesso aos andares superiores da casa, um roubo desses ficaria fora de questão, seria o mesmo que um suicídio. Mas dezenas de SS subiam ao escritório de Höss, diariamente — mensageiros, portadores de ordens, memorandos, manifestos e transferências, toda a espécie de *Sturmanns, Rottenführers* e *Unterscharführer,* em várias missões, vindos de todos os cantos do campo. Também eles poderiam ter cobiçado o pequeno rádio de Emmi. Havia pelo menos alguns capazes de cometer um furto e tampouco eles ficariam imunes às suspeitas. Na verdade, pelo simples fato de mais membros das SS do que prisioneiros terem acesso ao escritório de Höss no sótão, parecia lógico, a Sofia, presumir que internos de confiança, como ela, poderiam escapar à suspeita mais imediata — permitindo-lhe uma maior oportunidade de se ver livre do rádio.

Tudo era uma questão de precisão, conforme ela murmurara para Bronek no dia anterior: com o rádio escondido debaixo da bata, desceria correndo a escada e o entregaria a ele, na escuridão do porão. Bronek, por sua vez, passaria o radinho para o seu contato, do outro lado dos portões da mansão. Entrementes, o roubo seria descoberto. O porão seria virado do avesso. Durante a busca Bronek andaria de um lado para o outro, acusando, fingindo um zelo odioso de colaborador. Apesar de toda a fúria, não se descobriria nada. Os amedrontados prisioneiros aos poucos se acalmariam. Na guarnição, um *Unterscharführer* cheio de espinhas seria acusado do furto — uma pequena vitória para a Resistência. E, nas profundezas do campo, perigosamente amontoados no escuro, em volta da preciosa caixa de plástico, homens e mulheres escutariam, ao longe, uma *polonaise* de Chopin, vozes de exortação, boas notícias e apoio, sentir-se-iam de novo vivos.

Sofia sabia que tinha de agir rapidamente e roubar o rádio, ou nunca mais teria outra oportunidade. E, assim pensando, avançou, o coração disparado, sentindo o medo dentro dela, como um mau companheiro, e esgueirou-se para dentro do quarto. Só precisava dar alguns passos mas, ao fazê-lo, sentiu algo errado, um erro qualquer de tática e, ao colocar a mão na superfície plástica do rádio, teve um pressentimento que encheu todo o quarto como um grito mudo. Mais tarde recordaria, várias vezes, que, no momento exato em que pusera a mão no cobiçado objeto, cônscia do seu erro (por que se lembraria de uma partida de *críquete?*), ouvira a voz do pai em algum remoto jardim da sua mente, quase exultando de desprezo: *Você faz tudo errado*. Mas logo ouvira outra voz atrás dela, tão pouco surpreendente e inevitável, que até mesmo o frio, didático e germânico, sentido de *Ordnung* contido nas palavras não a espantou:

— As suas funções podem fazer com que você suba e desça, mas nada, não tem nada que fazer aqui neste quarto.

Sofia deu meia-volta e viu-se frente a frente com Emmi.

A menina estava junto da porta do armário. Era a primeira vez que Sofia a via tão de perto. Vestia apenas uma calcinha de *rayon* azul pálido e os seus precoces seios de menina de onze anos estavam protegidos por um sutiã da mesma cor desbotada. O rosto era muito branco e incrivelmente redondo, como uma bolacha por cozer, coroado de cabelos louros e frisados. As feições eram ao mesmo tempo corretas e degeneradas. Encerrados naquela moldura esférica, o nariz, a boca e os olhos pareciam pintados — a princípio, Sofia pensou, sobre uma boneca, depois, sobre uma bola de encher. Olhando bem, ela parecia menos depravada do que... *pré-inocente?* Por nascer? Sem conseguir falar, Sofia ficou olhando para ela e pensando: papai tinha razão, eu faço tudo errado. A primeira coisa que eu tinha que fazer era me certificar das coisas.

Gaguejou e conseguiu dizer:

— Desculpe, *gnädigen Fräulein*, eu estava apenas... Mas Emmi interrompeu:

— Não tente se explicar. Você entrou aqui para roubar o meu rádio. Eu vi! Você já estava com a mão nele.

O rosto de Emmi era quase inexpressivo, ou talvez fosse esse o seu natural. Com um ar seguro de si, apesar de estar quase nua, abriu a porta do armário embutido e vestiu um robe de toalha branca. Depois, voltou-se e disse, calmamente:

— Vou contar ao meu pai. Você vai ser castigada.

— Eu só queria olhar para o rádio! — inventou Sofia. — Juro! Passei por aqui tantas vezes! Nunca tinha vista um rádio tão... tão pequeno... tão... tão *diferente!* Não podia acreditar que funcionasse. Só queria...

— Você está mentindo — atalhou Emmi. — O que você queria era roubá-lo. Eu vi pela expressão do seu rosto que você ia roubá-lo e não apenas olhar para ele.

— Por favor, acredite em mim! — disse Sofia, contendo a custo um soluço e sentindo um terrível cansaço, as pernas pesadas e frias. — Eu não ia roubar o seu...

Mas parou, sabendo que nada mais importava, após ter fracassado daquela maneira absurda. Só que, no dia seguinte, ia poder ver o seu filho — de que maneira poderia Emmi interferir nisso?

— Você *ia* roubá-lo, sim — insistiu a menina. — Custou setenta marcos. Estava pensando ouvir música, lá no porão? Você é uma polaca suja e os polacos são todos ladrões. Minha mãe diz que os polacos são ainda mais ladrões do que os ciganos, e mais sujos, também. — Franziu o nariz. — Você cheira mal!

Sofia sentiu os olhos fundos e soltou um gemido. Devido à tensão, à fome, ao sofrimento e ao terror, o seu período atrasara pelo menos uma semana (coisa que já lhe acontecera duas vezes, desde que estava no campo). Agora, de repente, uma sensação de calor e umidade, seguida de um fluxo anormalmente grande, juntou-se à tonteira. O rosto de Emmi, uma mancha lunar, ficou preso naquela teia cada vez maior de negrume e Sofia sentiu-se cair, cair, cair... Como que embalada pelas ondas indolentes do tempo, mergulhou num bendito estupor, até ser despertada por um som distante e ululante, que foi se tornando cada vez mais alto, e acabou se transformando num rugido selvagem, de urso polar. Pareceu-lhe estar flutuando sobre um *iceberg*, varrido por ventos frígidos. As narinas ardiam-lhe.

— *Acorde!* — disse Emmi.

O rosto, branco de cera, estava tão próximo, que ela sentiu a respiração da menina na sua face. Apercebeu-se, então, de que estava deitada de costas no chão, com a garota agachada a seu lado, brandindo um vidro de amônia sob o seu nariz. A janela fora escancarada, a fim de deixar o ar gélido entrar no quarto. O ruído que ouvira fora a sirene do campo, agora decrescendo. Ao nível dos olhos, perto do joelho nu de Emmi, estava um pequeno estojo de pronto-socorro, com uma cruz verde.

— Você desmaiou — disse a menina. — Não se mexa. Mantenha a cabeça na horizontal por um minuto, para que o sangue a irrigue. Inale fundo. O ar frio vai ajudar você a recuperar os sentidos. Entretanto, fique quieta.

A lembrança do que acontecera voltou-lhe rapidamente e Sofia teve a impressão de estar representando uma peça na qual faltava o primeiro ato. Não havia apenas um minuto (não podia ter decorrido muito tempo) que a menina a acusara de ter roubado o rádio. Era a mesma criatura que agora a socorria com eficiência que se poderia chamar de humanitária, embora não pudesse ser confundida com um sentimento de compaixão? O seu desmaio trouxera à tona, naquela assustadora *Mädel*, com seu rosto de feto inchado, os impulsos reprimidos de uma enfermeira? As respostas a essas perguntas foram dadas quando Sofia gemeu e fez menção de se mexer.

— *Você precisa ficar imóvel!* — ordenou Emmi. — Tenho um diploma de primeiros socorros. *Faça o que eu lhe digo!*

Sofia ficou imóvel. Não usava roupa de baixo e não sabia até que ponto estava manchada de sangue. A parte de trás do avental parecia empapada. Surpresa com os seus escrúpulos, dadas as circunstâncias, receou ter sujado o chão do quarto de Emmi. Algo na atitude da menina fazia aumentar a sensação que tinha de estar ao mesmo tempo sendo atendida e espezinhada. A voz de Emmi era igualzinha à do pai dela, gélida e distante. E, na sua eficiência, tal falta de meiguice (agora, ela esbofeteava as faces de Sofia, explicando que o manual de primeiros socorros ensinava que uns bons tapas ajudavam a fazer voltar a si uma vítima de *die Synkope*, como ela insistia em chamar, com precisão médica, um simples desmaio) parecia um *Obersturmbannführer* em miniatura, de tal maneira o espírito e a essência da SS estavam dentro dela.

Por fim, a barragem de tapas nas faces de Sofia criou, aparententemente, um rosado satisfatório e a menina ordenou que ela se levantasse e se sentasse bem direita, encostada à cama. Sofia obedeceu lentamente, de repente satisfeita por ter desmaiado naquele momento e daquela maneira. Porque, ao olhar para o teto, através de pupilas que aos poucos voltavam ao seu foco normal, viu que Emmi se levantara e a contemplava com uma expressão quase bondosa ou, pelo menos, de tolerante curiosidade, como se da sua mente houvesse sido expulsa a fúria que sentia por Sofia ser polaca e ladra. Ter bancado a enfermeira dera-lhe autoridade suficiente para satisfazer o mais frustrado dos membros das SS e agora ela voltava a assumir as feições redondas de menina.

— Vou-lhe dizer uma coisa — murmurou. — Você é muito bonita. Wilhelmine disse que você deve ter sangue sueco.

— Que insígnia é essa bordada no seu roupão? — perguntou Sofia, numa voz suave e solícita, procurando tirar partido da trégua. — É um bocado bonita!

— É a insígnia do campeonato de natação. Fui campeã da minha categoria, principiantes. Tinha só oito anos. Seria bom se a gente tivesse campeonatos de natação aqui, mas por causa da guerra, não temos. O jeito é nadar no Sola, mas eu detesto, porque a água é poluída. Consegui o melhor tempo, no campeonato de principiantes.

— Onde é que foi, Emmi?

— Em Dachau. Havia uma ótima piscina para as crianças da guarnição. Aquecida e tudo. Mas isso foi antes de nós sermos transferidos.

Dachau era muito melhor do que Auschwitz. Também, ficava no Reich. Veja só os meus troféus. O do meio, o grande, foi entregue pelo Chefe da Juventude Hitlerista, Baldur von Schirach. Vou-lhe mostrar o meu álbum de recortes.

Abriu uma das gavetas da cômoda e dela tirou um enorme álbum, cheio de fotos e recortes. Trouxe-o para junto de Sofia, parando apenas para ligar o rádio. Estalos e assobios encheram o ar. Mexeu num botão e os ruídos desapareceram, substituídos por um coro distante de madeiras e metais, exultante, vitorioso, händeliano: um arrepio percorreu a espinha de Sofia como uma bênção de gelo.

— *Das bin ich* — repetia a menina, apontando para si mesma numa sucessão de fotos de roupa de banho, a carne juvenil, gorducha e pálida como um cogumelo. Nunca teria feito sol em Dachau?, pensou Sofia, num desespero nauseado e sonolento.

— *Das bin ich... und das bin ich* — continuou Emmi numa voz infantil, apontando para as fotos com o gordo polegar, o encantado *"essa sou eu"* murmurado vezes sem conta, como uma fórmula mágica. — Também comecei a aprender a dar saltos de trampolim — falou. — Olhe só, esta sou eu.

Sofia parou de olhar para as fotos — tudo lhe parecia uma só mancha — e os seus olhos procuraram a janela, aberta contra o céu de outubro, onde a estrela vespertina brilhava, qual gota de cristal. Uma agitação no ar, um súbito espessamento da luz em volta do planeta, marcaram o início da fumaça, arrastada para leste pelo vento fresco da noite. Pela primeira vez, desde aquela manhã, Sofia sentiu — inexorável, como se fosse a mão de um estrangulador — o cheiro de seres humanos queimando. Birkenau estava consumindo o último carregamento de judeus vindos da Grécia. Trombetas! Do rádio vinha o hino triunfante, hosanas, balidos de carneiros, anunciações de anjos, fazendo Sofia pensar em todas as manhãs por nascer da sua vida. Começou a chorar e disse, a meia-voz:

— Pelo menos, amanhã vou ver Jan. Pelo menos isso.

— Por que é que você está chorando? — perguntou Emmi.

— Não sei — respondeu Sofia, e quase acrescentou: — Porque tenho um filhinho no Campo D. E porque seu pai, amanhã, vai-me deixar vê-lo. Ele tem quase a sua idade.

Em vez disso, uma voz no rádio calou-a, interrompendo o coro de metais:

— *Ici Londres!*

Prestou atenção à voz, distante mas momentaneamente clara, uma transmissão destinada aos franceses mas alcançando os Cárpatos e chegando até ali, àquele *anus mundi.* Sofia bendisse o locutor desconhecido como se fosse uma pessoa amada, atenta à cascata de palavras:

— *L'Italie a déclaré qu'un état de guerre existe contre l'Allemagne...*

Embora não soubesse exatamente como, ou por que, o seu instinto, combinado com um júbilo sutil na voz do locutor de Londres (a qual, olhando fixo para Emmi, teve a certeza de que a menina não entendia) disse-lhe que essa notícia significava o princípio do fim para o Reich. Não importava que a Itália estivesse arrasada — era como se ela tivesse ouvido a notícia da ruína certeira do nazismo. E, esforçando-se para distinguir o que a voz dizia, em meio à estática, continuou a chorar, consciente agora de que chorava por Jan, mas também por outras coisas, principalmente por si mesma, pelo seu fracasso em roubar o rádio e a certeza de que nunca mais teria coragem para tentar roubá-lo de novo. Aquela sua paixão protetora e maternal que, em Varsóvia, alguns meses antes, Wanda condenara como sendo egoísta e indecente, era algo que, submetido à prova mais cruel, Sofia não podia vencer — e ela chorava agora, com vergonha do seu fracasso. Colocou os dedos trêmulos diante dos olhos.

— Estou chorando porque estou com fome — disse a Emmi num murmúrio; e isso, em parte, era verdade. Tinha medo de desmaiar de novo.

O mau cheiro piorou. Um pálido clarão refletiu-se no horizonte noturno. Emmi dirigiu-se à janela, a fim de fechá-la para evitar a entrada do ar frio, da pestilência, ou de ambos. Seguindo-a com os olhos, Sofia reparou num quadrinho na parede (bordado em caligrafia alemã), emoldurado em pinho recortado e laqueado.

Assim como o Pai Celestial, salvou as pessoas
do pecado e do Inferno,
Hitler salva o Povo Alemão
da destruição.

A janela fechou-se com estrépito:

— Esse mau cheiro é dos judeus ardendo — disse Emmi, voltando para junto de Sofia. — Mas eu acho que você sabe disso. É proibido falar disso aqui em casa, mas você... ora, você é apenas uma prisioneira. Os judeus são o principal inimigo do nosso povo. Eu e minha irmã Iphigenie fizemos uns versinhos a respeito dos judeus. Começa assim: *"Der Itzig..."*

Sofia abafou um grito e tapou os olhos com as mãos. — Emmi, Emmi... — murmurou.

Olhos fechados, viu novamente diante dela a menina como se fosse um feto, só que crescida, gigantesca, um leviatã sem cérebro e sereno, abrindo caminho, silenciosamente, através das águas negras de Dachau e Auschwitz.

— Emmi, Emmi! — conseguiu dizer. — Por que razão o nome do Pai Celestial está neste quarto?

Foi esse, diria ela, muito mais tarde, um dos últimos pensamentos religiosos que lhe acudiram.

Depois dessa noite — sua derradeira noite como prisioneira residente na casa do Comandante — Sofia passou quase mais quinze meses em Auschwitz. Conforme eu já disse, devido ao seu silêncio, esse longo período permaneceu (e permanece ainda) quase um completo mistério para mim. Mas há uma ou duas coisas que eu posso dizer com certeza. Quando ela saiu da Mansão Höss, teve a sorte de prosseguir como tradutora e datilógrafa no *pool* das estenógrafas, continuando assim entre o pequeno grupo das presas relativamente privilegiadas. Por isso, embora a sua vida fosse horrível e as privações por vezes severas, durante muito tempo pôde escapar à lenta e inevitável sentença de morte que era o destino da grande maioria dos internos. Foi só durante os últimos cinco meses de internamento, quando as forças russas começaram a avançar de leste e o campo sofreu uma dissolução gradual, que Sofia padeceu verdadeiramente. Transferida para o campo das mulheres, em Birkenau, foi vítima de doenças que quase lhe causaram a morte.

Durante todos aqueles meses, quase não sentira desejo sexual. A doença e a fraqueza física, naturalmente, ajudam a explicar essa ausência de desejo — principalmente durante os horríveis meses passados em Birkenau — mas tinha a certeza de que havia nisso, também, uma razão psicológica: o mau cheiro e a presença da morte faziam com que qualquer impulso generativo parecesse literalmente obsceno, a ponto de permanecer num nível tão baixo, que praticamente não se fazia sentir. Pelo menos, fora essa a reação de Sofia e ela me disse que muitas vezes se perguntara se não teria sido essa falta de desejo amoroso que enfatizara ainda mais o sonho que tivera, naquela última noite em que dormira no porão da casa do Comandante. Ou talvez tivesse sido o sonho que ajudara a extinguir toda e qualquer manifestação de desejo. Como a maioria das pessoas, Sofia raramente se lembrava por muito tempo dos sonhos com detalhes vivos e significativos, mas aquele sonho fora tão violenta, inequívoca e agradavelmente erótico, tão blasfemo e assustador, tão inesquecível que, muito mais tarde, ela seria levada a crer (com um toque de comicidade, que só a passagem do tempo poderia permitir) que ele bem poderia ter afugentado todos os pensamentos a respeito do sexo, pondo de lado a falta de saúde e o desespero em que vivia...

Após ter saído do quarto de Emmi, Sofia descera a escada e caíra, exausta, na enxerga, adormecendo quase que imediatamente, na expectativa do dia em que, por fim, voltaria a ver o filho. Logo se vira andando sozinha por uma praia — à maneira dos sonhos, ao mesmo tempo familiar e estranha. Uma praia no Mar Báltico, e algo lhe dizia que ficava no litoral de Schleswig-Holstein. À sua direita via-se a Baía de Kiel, batida pelo vento e pouco funda, salpicada de barcos à vela; à esquerda, conforme ela caminhava para o norte, na direção das costas distantes da Dinamarca, estendiam-se grandes dunas e, atrás delas, uma floresta de pinheiros destacava-se ao sol do meio-dia. Embora ela estivesse vestida, sentia-se nua, como se estivesse envolta num tecido transparente, e despudoramente provocante, consciente dos quadris gingando entre as dobras da saia fina, atraindo os olhares dos banhistas sob as sombrinhas, ao longo da praia. Não demorou que eles ficassem para trás. Através do capim, um caminho vinha dar à praia. Sofia continuara por ele, cônscia de que um homem a seguia e de que os olhos dele estavam fixos nas suas cadeiras e no balanço do seu andar. O homem alcançou-a, olhou para ela e Sofia devolveu-lhe o olhar. Não reconheceu o rosto, que era de um homem de meia-idade, mas de aspecto jovem, louro, muito germânico e atraente — mais do que isso, fazia-a sentir as pernas bambas de desejo. Quem seria o homem?

Procurou na memória (a voz, tão familiar, murmurando *"Guten Tag"*) e achou que ele era um famoso cantor, um *Heldentenor* da Ópera de Berlim. Ele sorriu para ela, com belos dentes brancos, acariciou-lhe as nádegas, disse algumas palavras ao mesmo tempo quase incompreensíveis e flagrantemente lascivas, e desapareceu. Ela sentiu o cheiro do ar marinho.

Estava agora na porta de uma capela, situada sobre uma duna de onde se via o mar. Não o via, mas sentia a presença do homem. A capela era simples e ensolarada, com bancos de madeira a cada lado e, sobre o altar, uma cruz de pinho sem pintar, quase primitiva, na sua angulosidade sem adornos, e aparentemente central, na recordação de Sofia. Entrara na capela, tomada de desejo, e ouvira a si própria rir. Por quê? Por que haveria de rir, quando a capelinha foi de repente invadida pela dor de uma voz de contralto, entoando a trágica cantata *Schlage doch, gewünschte Stunde?* Ficou diante do altar, agora despida; a música, vinda de algum ponto ao mesmo tempo próximo e distante, envolvia-lhe o corpo como uma bênção. Riu de novo. O homem da praia reapareceu. Estava nu, mas ela não conseguia identificá-lo. Já não sorria: uma expressão horrível toldava-lhe o rosto, excitando-a, aumentando-lhe o desejo. Ordenou-lhe que olhasse para baixo. Seu pênis estava engrossado e ereto. Disse-lhe que se ajoelhasse e o chupasse, o que ela fez, louca de desejo, pondo para trás o prepúcio e expondo uma glande azul-escura e tão enorme, que temeu não poder rodeá-la com os lábios. Mas conseguiu fazê-lo, com uma sensação de asfixia que a encheu de prazer, ao mesmo tempo em que a música de Bach, pejada de sons mortais e temporais, lhe causava calafrios. *Schlage doch, gewünschte Stunde!* O homem afastou-a, disse-lhe para se virar, ordenou-lhe que se ajoelhasse no altar, sob o símbolo esquelético e cruciforme do sofrimento de Cristo, reluzente como um feixe de ossos nus. Sofia obedeceu, ficou de quatro, ouviu um tropel de cascos no chão da capela, sentiu cheiro de fumaça, gritou de prazer ao sentir o ventre cabeludo rodear-lhe as nádegas nuas, o acerado cilindro bem no fundo da sua vagina, bombeando por trás, cada vez com mais força...

O sonho ainda não lhe saíra da cabeça quando horas mais tarde, Bronek veio acordá-la, trazendo o seu balde com restos de comida.

— Esperei por você ontem à noite, mas você não veio — disse ele. — Esperei o máximo que pude, mas ficou tarde demais. O homem junto do portão teve que ir embora. Que aconteceu com o rádio?

Falava baixo. Os outros ainda dormiam.

Aquele sonho! Sofia não conseguia expulsá-lo da cabeça, depois de tantas horas. Sacudiu a cabeça, estonteada. Bronek repetiu a pergunta.

— Me ajude, Bronek — disse Sofia desanimada, olhando para o homenzinho.

— Que é que você quer dizer com isso?

— Vi alguém... *horrível.* — Sabia que o que dizia não fazia sentido. — Meu Deus, que fome!

— Coma logo, então — disse Bronek. — É o que sobrou do coelho guisado que eles comeram no jantar. Tem um bocado de carne agarrada.

Os restos eram gordurosos, repugnantes e frios, mas Sofia devorou-os, faminta, vendo o peito de Lotte, que dormia na enxerga ao lado, subir e descer. Entre dentadas, informou a Bronek que estava de partida.

— Meu Deus, desde ontem que estava morta de fome — murmurou. — Muito obrigada.

— Eu esperei — disse ele. — Que foi que aconteceu?

— A porta do quarto da menina estava trancada — mentiu ela. — Tentei entrar, mas a porta estava trancada.

— E hoje você vai voltar aos alojamentos. Sofia, vou sentir saudades de você.

— E eu de você, Bronek.

— Talvez você ainda possa pegar o rádio, se voltar de novo ao sótão. Eu posso fazer com que ele saia daqui, esta tarde.

Por que o imbecil não se calava? Para ela, o rádio era um assunto encerrado — encerrado! Antes, não lhe teria sido difícil escapar às suspeitas, mas agora logo desconfiariam dela. Se o rádio sumisse, a terrível menina contaria a todo mundo o que tinha acontecido na noite anterior. Tudo o que tivesse a ver com o rádio estava fora de questão, principalmente num dia como aquele, que lhe acenava com a certeza de poder abraçar Jan —

coisa que ela esperava com uma ansiedade além da expectativa. Por isso, voltou a mentir:

— Vamos ter que esquecer o rádio, Bronek. Não há como roubá-lo. O monstrinho tranca sempre a porta do quarto.

— Muito bem, Sofia — disse Bronek. — Mas, se você vir algum jeito, é só me dar o rádio depressa. Aqui, no porão.

Deu uma risadinha.

— Rudi nunca desconfiaria de mim. Ele acha que me tem no papo. Que eu sou débil mental.

E, na penumbra da manhã, o seu orifício cheio de dentes partidos deitou sobre Sofia um sorriso luminoso e enigmático.

Sofia tinha uma crença confusa na premonição e até mesmo na clarividência (em várias ocasiões, tinha pressentido ou previsto coisas que iam acontecer), embora não visse nisso nada de sobrenatural. Admito que ela se inclinasse para uma explicação sobrenatural, até eu a convencer do contrário. Uma lógica interior nos convencia de que tais momentos de suprema intuição tinham origem em "chaves" perfeitamente naturais — circunstâncias que haviam sido enterradas na memória, ou jazido, adormecidas, no subconsciente. O sonho que ela tivera, por exemplo. A não ser metafisicamente, parecia impossível explicar o fato de que o seu parceiro amoroso, no sonho, fosse um homem que ela acabara reconhecendo como sendo Walter Dürrfeld, e que tivesse sonhado com ele uma noite antes de voltar a vê-lo pela primeira vez em seis anos. Ultrapassava os limites da plausibilidade que aquele bem-educado e sedutor visitante, que tanto a cativara em Cracóvia, voltasse a aparecer-lhe em carne e osso, horas após aquele sonho (com o mesmo rosto e a mesma voz da figura do sonho) — quando em todo aquele tempo ela não pensara nele ou sequer ouvira falar no seu nome.

Não teria mesmo? Mais tarde, ao passar em revista as suas recordações, Sofia lembrara-se de que *tinha* ouvido falar no nome dele, e mais de uma vez. Quantas vezes tinha ouvido Rudolf Höss dizer a Scheffler, o ordenança, para ligar para Herr Dürrfeld, na fábrica Buna, sem se aperceber (exceto no seu subconsciente) de que se tratava do seu antigo admirador? Sem dúvida, mais de uma dúzia de vezes Höss telefonara para um certo

Dürrfeld. Além disso, o mesmo nome figurara com destaque em alguns dos papéis e memorandos de Höss nos quais, de vez em quando, ela pusera os olhos. Assim, após analisar todas essas "chaves", não foi nada difícil explicar o papel de Walter Dürrfeld como protagonista no estranho *Liebestraum* de Sofia. Nem por que o seu amante no sonho se transformara tão facilmente no demônio.

Nessa manhã, a voz que ela ouvira, na antessala do escritório de Höss, era idêntica à do homem que lhe aparecera no sonho. Não penetrara imediatamente no escritório, como todas as manhãs, naqueles últimos dez dias, embora ansiasse por entrar e estreitar o filho nos braços. O ordenança de Höss, talvez sabendo que ela ia embora, ordenara-lhe, bruscamente, que esperasse do lado de fora, fazendo com que uma dúvida a invadisse. Seria possível que, já que Höss lhe prometera deixá-la ver Jan, o garotinho estivesse lá dentro, escutando o estranho diálogo entre Höss e o homem que tinha a mesma voz do que lhe aparecera no sonho? Mal podia suportar o olhar de Scheffler, vendo, pelo seu jeito gélido, que voltara a ser apenas uma presa comum, sem qualquer privilégio. Sentiu essa hostilidade e fixou os olhos na foto encaixilhada de Goebbels, que adornava a parede. Ao fazer isso, imaginou Jan de pé entre Höss e o outro homem, olhando ora para o Comandante, ora para o desconhecido, com uma voz tão familiar. De repente, como um acorde saído dos tubos metálicos de um órgão, ouviu as seguintes palavras, vindas do passado: *Poderíamos visitar todos os grandes santuários musicais.* Abriu a boca, cônscia do espanto do ordenança diante do som abafado que dela saiu. Como se tivesse recebido um soco, aquela voz fez com que recuasse e murmurasse, para si mesma, o nome do seu dono. Por um momento, aquele dia de outubro e a tarde primaveril, anos atrás, em Cracóvia, confundiram-se, misturaram-se.

— Rudi, eu sei que você é a autoridade responsável — dizia Walter Dürrfeld — e tenho o máximo respeito pelos seus problemas! Mas eu também tenho que prestar contas e parece não haver maneira de resolver este assunto. Você responde aos seus superiores, eu sou responsável perante os acionistas, que fazem pé firme numa coisa: me forneceram mais judeus para poder manter um ritmo pré-fixado de produção, não só em Buna, como nas minhas minas. Precisamos daquele carvão! Até agora, não temos nos atrasado muito. Mas todas as previsões estatísticas são, pelo menos, assustadoras. Preciso de mais judeus!

A voz de Höss saiu a princípio abafada, mas depois a sua resposta foi clara:

— Não posso *forçar* o *Reichsführer* a decidir sobre isso. Você sabe que a única coisa que posso pedir é uma certa orientação e também sugestões. Mas, não sei por que, ele parece incapaz de tomar uma decisão sobre esses judeus.

— E, naturalmente, a sua opinião pessoal...

— A minha opinião pessoal é de que só os judeus realmente fortes e saudáveis devem ser escolhidos para trabalhar num lugar como Buna e nas minas da Farben. Os doentes saem muito caros, por causa dos gastos com os médicos. Mas a minha opinião pessoal não pesa, aqui. Precisamos esperar por uma decisão.

— Você não pode *pressionar* Himmler a tomar uma decisão? — A voz de Dürrfeld denotava irritação. — Como seu amigo, ele poderia...

Seguiu-se uma pausa.

— Já lhe disse que só posso fazer sugestões — retrucou Höss. — E acho que você sabe quais têm sido as minhas sugestões. Compreendo o seu ponto de vista, Walter e não me ofendo por você não pensar como eu. Você quer corpos a qualquer custo. Até mesmo uma pessoa idosa e com uma tuberculose avançada pode dispender um certo número de unidades térmicas de energia...

— Justamente! — interrompeu Dürrfeld. — E é só isso o que eu peço, para começar. Um período de experiência de, digamos, umas seis semanas, para ver de que modo se poderiam utilizar esses judeus que presentemente estão sendo submetidos à...

Pareceu hesitar.

— À Ação Especial — disse Höss. — Mas aí está o x do problema, será que você não entende? O *Reichsführer* está sendo pressionado de um lado por Eichmann e, do outro, por Pohl e Maurer. É uma questão de segurança *versus* mão-de-obra. Por razões de segurança, Eichmann quer que todos os judeus sejam submetidos à Ação Especial, não importa a idade ou as condições físicas de cada um. Ele não pouparia nem um lutador judeu em perfeita forma física, se é que existe tal coisa. Não há dúvida de que as instalações de Birkenau foram construídas para atender a essa política. Mas veja com os seus próprios olhos o que aconteceu! O *Reichsführer* teve que modificar os planos iniciais com respeito à Ação Especial para todos os judeus — isso, naturalmente, como uma concessão a Pohl e a Maurer — a fim de satisfazer à demanda de mão-de-obra, não só na sua fábrica Buna, como nas minas e em todas as fábricas de armamentos com mão-de-obra fornecida por este comando. O resultado é uma divisão — completamente pelo meio. Uma divisão... Você sabe... Qual é mesmo a palavra para isso? Aquela palavra estranha, aquele termo de psicologia, que significa...

— *Die Schizophrenie.*

— Isso mesmo — retrucou Höss. — Como é mesmo o nome daquele médico de Viena? O nome me escapa...

— Sigmund Freud.

Seguiu-se um minuto de silêncio. Durante o pequeno intervalo, Sofia, quase sem poder respirar, continuou a se concentrar na imagem de Jan, na sua boca levemente aberta debaixo do nariz arrebitado, dos seus olhos azuis, ora fixos no Comandante (andando de um lado para o outro do escritório, como era seu hábito) ora no dono daquela voz de barítono — não mais o diabólico sedutor do seu sonho, mas simplesmente o homem que a encantara com promessas de passeios a Leipzig, Hamburgo, Bayreuth, Bonn. *Você é tão jovem!* aquela mesma voz murmurara. *Uma menina!* E mais: *Eu sou um pai de família.* Ela estava tão ansiosa por ver Jan, tão cheia de expectativa pelo encontro (mais tarde, se lembraria da dificuldade que tivera em respirar), que a sua curiosidade quanto ao aspecto atual de Walter Dürrfeld beirava a indiferença. No entanto, algo naquela voz — um quê de apressado, de peremptório — lhe disse que iria vê-lo dali a minutos, e as últimas palavras que ele dirigiu ao Comandante — com todas as nuanças de tom e significado — ficariam gravadas na sua memória como se num arquivo, ou nos sulcos de um disco que jamais poderia ser apagado.

Houve uma sugestão de risada naquela voz, quando ele pronunciou uma palavra que, até então, não fora dita:

— Eu e você sabemos que, de uma maneira ou de outra, eles todos vão *morrer*. Muito bem, vamos deixar o assunto em aberto. Os judeus estão fazendo com que todos nós fiquemos esquizofrênicos, principalmente eu. Mas, quando se trata de atraso na produção, você acha que eu posso alegar doença, isto é, esquizofrenia, perante a diretoria? Que nada!

Höss disse algo numa voz obscura e Dürrfeld retrucou que era melhor voltarem ao assunto no dia seguinte. Segundos mais tarde, ao passar por Sofia na antessala, Dürrfeld não deu mostras de a reconhecer — como reconheceria aquela polonesa pálida, num avental manchado de prisioneira? Mas, ao esbarrar inadvertidamente nela, disse *"Bitte!"* com polidez instintiva e na mesma voz educada que ela recordava, daquela tarde em Cracóvia. Não obstante, parecia uma caricatura da figura romântica de que ela se lembrava. O rosto dava a impressão de estar inchado e o seu corpo estava redondo como o de um porco. Sofia reparou que aqueles dedos perfeitos que, descrevendo arabescos no ar, tão misteriosamente a tinham excitado, seis anos antes, pareciam agora pequenas salsichas, ao colocar na cabeça o chapéu de feltro cinzento que Scheffler obsequiosamente lhe entregava.

— Afinal, o que aconteceu com Jan? — perguntei a Sofia, sentindo, mais uma vez, que tinha de saber.

Dentre todas as coisas que ela me contara, a irrespondida pergunta sobre o destino de Jan era a que mais me intrigava. (Acho que tinha empurrado para o fundo do subconsciente a estranha, quase indiferente maneira com que ela se referira à morte de Eva.) Comecei também a perceber que ela evitava persistentemente essa parte da sua história, como se fosse um assunto por demais doloroso para abordar. Sentia um pouco de vergonha da minha impaciência e detestava intrometer-me naquela região tão frágil da sua memória, mas uma intuição me dizia que ela estava à beira de revelar o segredo, de modo que a estimulei a prosseguir, na voz mais delicada que pude fazer. Era domingo à noite — muitas horas depois do nosso quase fatal episódio no mar — e estávamos sentados no bar do The Maple Court. Como já era quase meia-noite e o Sabá — exaustivamente úmido — chegava ao fim, os dois estávamos praticamente sós naquele cavernoso lugar. Sofia não tinha bebido: ambos consumíramos apenas 7-Up. Ela falara quase sem parar, mas agora fizera uma pausa para olhar o relógio e dizer que estava na hora de voltar ao Palácio Cor-de-Rosa.

— Preciso levar o resto das coisas para o meu novo apartamento, Stingo — falou ela. — Preciso fazer isso amanhã de manhã e depois voltar a trabalhar para o Dr. Blackstock. *Mon Dieu*, a toda a hora me esqueço de que tenho que trabalhar.

Parecia abatida e cansada, olhando para a pequena e reluzente joia de relógio que Nathan lhe dera. Era um Omega de ouro, com minúsculos brilhantes marcando as horas no mostrador. Eu não podia sequer fazer uma ideia de quanto deveria ter custado. Como se lesse meus pensamentos, Sofia disse:

— Na verdade, eu não deveria ficar com as coisas caras que Nathan me deu.

Uma tristeza nova era patente na sua voz, um tom diferente, talvez mais urgente do que aquele em que ela me contara as suas reminiscências do campo de concentração.

— Acho que vou dá-las, ou coisa assim, já que nunca mais vou ver ele (*sic*).

— E por que não ficar com elas? — retruquei. — Ele deu-as a você, não foi? Então, fique com elas!

— Iam fazer eu me lembrar dele a toda a hora — retorquiu ela. — Ainda gosto dele.

— Então, *venda*-as — falei, algo irritado. — Ele merece isso. Ponha-as no prego.

— Não diga isso, Stingo — disse ela, sem ressentimento. E acrescentou: — Um dia, você vai saber o que é amar.

Uma afirmação tipicamente eslava e infinitamente irritante.

Ficamos algum tempo calados e meditei na profunda falta de sensibilidade revelada por aquela última frase, que — além de tediosa — tanta indiferença demonstrava pelo apaixonado idiota a quem fora dirigida. Amaldiçoei-a silenciosamente, com toda a força do amor absurdo que sentia por ela. De repente, a presença do mundo real abateu-se sobre mim. Não estava mais na Polônia, e sim no Brooklyn. E, a parte o que sentia por Sofia, um estranho mal-estar tomou conta de mim, lacerando-me com preocupações. De tal maneira me envolvera na história de Sofia, que esquecera completamente que estava quase sem dinheiro, em decorrência do roubo que sofrera. Isso, junto com a certeza da iminente saída de Sofia do Palácio Cor-de-Rosa — e a minha consequente solidão, perambulando por Flatbush com os fragmentos de um romance inacabado — fazia com que me sentisse desesperado. Temia a solidão que me esperava, sem Sofia ou Nathan; era muito pior do que a falta de dinheiro.

Continuei a sofrer intimamente, enquanto contemplava o rosto melancólico e pensativo de Sofia. Assumira aquela atitude tão minha conhecida, com as mãos tapando-lhe de leve os olhos, num gesto que continha uma inexprimível combinação de emoções. (Em que estaria ela pensando, naquele momento?, perguntei a mim mesmo): perplexidade, espanto, terror rememorado, sofrimento revivido, raiva, ódio, perda, amor, resignação — tudo isso estava misturado no seu rosto, à minha frente. Mas logo sua expressão mudou e percebi que os fios pendentes da história que ela me contara, e que obviamente estava chegando ao fim, ainda permaneciam por atar. Percebi também que o impulso que determinara as confidências não havia diminuído e que, apesar da sua fadiga, Sofia não ia descansar enquanto não fosse até o fundo do seu terrível e inconcebível passado.

Apesar disso, uma estranha hesitação parecia fazer com que ela evitasse ir diretamente ao assunto do que acontecera com o seu menino e, quando insisti uma vez mais, perguntando: "E Jan?" — ela mergulhou numa espécie de devaneio.

— Estou tão envergonhada a respeito do que fiz, Stingo, quando saí nadando! Fazer você arriscar a vida assim foi tão mau da minha parte, tão mau! Você tem que me perdoar. Mas eu vou falar a verdade com você se disser que muitas vezes, desde aqueles dias da guerra, eu tenho pensado em me matar. Parece que vem e vai num ritmo. Na Suécia, logo depois de a guerra terminar, eu estava naquele centro para pessoas deslocadas e tentei me matar. E, como naquele sonho que eu lhe contei, da capela — eu tinha uma obsessão com *le blasphème*. Do lado de fora do centro havia uma igrejinha, não acho que era católica, acho que devia ser luterana, mas isso não importa — eu tive a ideia de que, se me matasse naquela igreja, seria o maior sacrilégio que eu poderia cometer, *te plus grand blasphème*, porque, você vê, Stingo, eu não ligava mais para nada, depois de Auschwitz, eu não acreditava mais em Deus. Dizia para mim mesma: Ele me deu as costas. E, se Ele me deu as costas, eu O odeio e, para mostrar e provar o meu ódio, cometeria o maior sacrilégio que eu podia pensar, me suicidaria na Sua igreja, num local sagrado. Estava me sentindo tão mal, estava tão fraca e doente ainda, mas, passado algum tempo, minhas forças voltaram um pouco e, uma noite, eu decidi acabar com tudo.

Saí pelo portão do centro com um pedaço de vidro muito afiado que tinha encontrado no hospital onde eu estava. Não era nada difícil. A igreja ficava muito perto. Não havia guardas no portão e cheguei na igreja bem tarde da noite. Havia um pouco de luz na igreja e sentei-me no último banco durante muito tempo, sozinha com o meu pedaço de vidro. Era verão. Na Suécia sempre há luz nas noites de verão, uma luz pálida e fria. O centro ficava no campo e eu podia ouvir os sapos cantando lá fora e sentir o cheiro dos pinheiros e abetos. Um cheiro maravilhoso, me lembrava as Dolomitas quando eu era criança. Durante algum tempo imaginei que estava conversando com Deus. Uma das coisas que imaginei que Ele dizia era: "Sofia, você vai se matar aqui, na Minha casa?" E me lembro de responder, em voz alta: "Se o Senhor não sabe, na Sua sabedoria, meu Deus, então não posso Lhe dizer". E Ele disse: "Então é um segredo que você tem?" E eu respondi: "Sim, é um segredo que eu tenho. O meu último e único segredo". E aí comecei a cortar o pulso. E você sabe de uma coisa, Stingo? Cortei um pouco o pulso, doeu e saiu um pouco de sangue, mas depois parei. E você sabe o que foi que me fazeu (*sic*) parar? Juro que foi só uma coisa. Uma só coisa! Não foi porque doía ou por medo. Eu não tinha medo. Foi por causa de Rudolf Höss. Foi pensar de repente em Höss e saber que ele estava vivo na Polônia ou na Alemanha. Vi a cara dele diante de mim, na hora em que aquele pedaço de vidro cortou o meu pulso. E parei de cortar — sei que pode parecer *folie*, Stingo — mas sei que não posso morrer enquanto Rudolf Höss viver. Seria a sua vitória final.

Após uma longa pausa, ela continuou:

— Nunca mais vi o meu filho. Naquela manhã, Jan não estava no escritório de Höss. Quando eu entrei, ele não estava lá. Eu estava tão certa de que ele estava lá, que pensei que ele estava escondido debaixo da mesa — você sabe, para brincar comigo. Procurei, mas nada de Jan. Pensei que só podiam estar brincando comigo. Ele *tinha* que estar lá. Chamei o nome dele. Höss tinha fechado a porta e estava de pé, olhando para mim. Perguntei onde estava o meu filho e ele respondeu: "Ontem à noite, depois que você foi embora, vi que não podia trazer o seu filho aqui. Peço desculpas por ter prometido. Trazer a criança aqui seria perigoso, comprometeria a minha posição". Eu não podia acreditar que ele estava me dizendo aquilo, não podia. Mas, de repente, *acreditei*. E aí fiquei louca. Louca!

Não me lembro de nada do que fiz — tudo ficou preto durante um tempo — só que devo ter fazido (*sic*) duas coisas: *ataquei* ele, ataquei ele com as minhas mãos. Sei disso porque, quando a escuridão passou e eu estava sentada numa cadeira para onde ele me empurrou, olhei para cima e vi o lugar no rosto dele onde eu tinha arranhado com as unhas. Ele estava olhando para mim, mas sem raiva, parecia muito calmo, limpando um pouco de sangue que saía com o lenço. A outra coisa que eu lembro foi um eco nos meus ouvidos, o som da minha própria voz quando gritei para ele, um minuto antes: "Me mande então para a câmara de gás! Me mande para a câmara de gás como mandou a minha filhinha! Me mande para a câmara de gás, seu..." Devo ter berrado uma porção de insultos em alemão, porque me lembro deles como se fosse um eco nos meus ouvidos. Mas depois deixei cair a cabeça nas mãos e chorei. Não ouvi ele dizer nada. Finalmente, senti a mão dele no meu ombro e ouvi a voz dele. "Já lhe disse que sinto muito. Não devia ter feito essa promessa. Vou procurar compensar de algum modo, de alguma outra maneira. Que é que eu poderia fazer?" Stingo, era tão estranho, ouvir aquele homem falar assim, naquela voz, pedindo desculpas, perguntando-me o que é que *ele* podia fazer...

"Então, me lembrei da Lebensborn e do que Wanda tinha dito que eu devia procurar fazer — o que eu devia ter falado com Höss no dia anterior, mas não tinha podido. Aí procurei ficar calma e parar de chorar. Olhei para ele e disse: "O senhor pode fazer uma coisa por mim". Mencionei a palavra "Lebensborn" e vi logo, pela expressão dos olhos dele, que ele sabia do que eu estava falando. Falei mais ou menos o seguinte: "O senhor podia tirar o meu filho do Campo das Crianças e botá-lo no programa da Lebensborn, que o senhor e a SS devem conhecer. Podia mandá-lo para o Reich, onde ele se tornaria um bom alemão. Ele já é louro como um alemão e fala perfeitamente alemão, como eu. Não há muitas crianças polonesas assim. O meu Jan seria excelente para a Lebensborn". Me lembro que, durante muito tempo, Höss não disse nada, ficou ali, tocando de leve o lugar no rosto onde eu tinha arranhado. Depois, falou algo assim: "Acho que o que você sugere pode dar uma boa solução. Vou estudar o caso". Mas isso não era o bastante para mim. Sabia que estava me arriscando desesperadamente, que ele podia me fazer calar ali mesmo — mas eu tinha que falar, precisava dizer: "Não, o senhor tem que me dar uma resposta mais definitiva. Não aguento ficar vivendo com essa incerteza". Passado um momento, ele disse: "Muito bem, vou fazer com que ele seja removido do campo". Mas isso ainda não chegava para mim. Perguntei: "Como é que eu vou saber com certeza que ele foi removido daqui? Além disso, o senhor também tem que me prometer que vai me dizer para que lugar ele foi da Alemanha, de modo que um dia, quando a guerra acabar, eu possa ver meu filho de novo."

"Eu mal podia acreditar que estava falando tudo aquilo, Stingo, fazendo tantas exigências. Mas no fundo eu estava contando com o que ele sentia, por mim, dependendo da emoção que ele tinha mostrado por mim no dia anterior, quando me tinha abraçado, quando tinha dito: "Você acha que eu sou algum monstro?" Eu estava dependendo de um restinho de humanidade que talvez ainda existia nele, para ele me ajudar. Depois que falei isso, fiquei de novo calada e ele me respondeu: "Muito bem, eu prometo que o menino vai ser removido do campo e que você vai ter notícias dele de vez em quando". Aí eu disse — sabendo que ele podia ficar furioso, mas resolvi arriscar: "Como é que eu posso ter certeza disso? Minha filha está morta e, sem Jan, eu não terei mais nada. O senhor ontem me disse que ia me deixar ver Jan hoje, mas não deixou. Faltou à sua palavra". Acho que isso *acertou* nele, porque aí ele falou: "Pode ter certeza. De tempos em tempos, você vai receber notícias dele através de mim. Tem a minha palavra como oficial alemão, a minha palavra de honra."

Sofia parou de falar e olhou para a luz fraca do The Maple Court, invadida por um enxame de mariposas. O lugar estava agora deserto, a não ser pela nossa presença e pelo *barman*, um irlandês de ar cansado, mexendo na caixa registradora. De repente, Sofia disse:

— Mas aquele homem não cumpriu a palavra, Stingo, e eu nunca mais vi o meu filho. Por que eu teria pensado que aquele SS poderia ter uma coisa chamada honra? Talvez por causa do meu pai, que estava sempre falando do exército alemão, do alto senso de honra e dos princípios dos oficiais alemães etc. Não sei. Sei que Höss não cumpriu a palavra e eu não sei o que aconteceu. Höss saiu de Auschwitz, foi para Berlim pouco depois e eu voltei para os alojamentos, onde fiquei servindo como estenógrafa comum. Nunca recebi nenhum recado de Höss, nunca. Mesmo quando ele voltou, no ano seguinte, não me procurou. Durante muito tempo eu pensei, bem, Jan foi removido do campo e mandado para a Alemanha, e em breve vou receber notícias de onde ele está e que está bem de saúde etc. Mas nunca soube de nada. Algum tempo depois, recebi um terrível recado num pedaço de papel, que dizia, da parte de Wanda: "Vi de novo Jan. Está tão bem quanto se pode esperar". Só isso e mais nada. Stingo, eu quase morri quando li o papel, porque isso queria dizer que Jan *não* fora removido do campo — Höss não tinha dado um jeito dele ser incluído no programa Lebensborn.

"Algumas semanas depois, recebi outro recado de Wanda, em Birkenau, através de uma mulher da Resistência Francesa, que veio até os alojamentos me dizer que Wanda tinha lhe pedido para me avisar que Jan já não estava no Campo das Crianças. Por algum tempo, isso me encheu de alegria, até me dar conta de que não queria dizer nada — podia só querer dizer que Jan tinha morrido de alguma doença ou de frio — aquele inverno foi gelado. E não havia maneira de eu saber qual era o caso de Jan, se ele tinha morrido em Birkenau ou estava em algum lugar da Alemanha.

Sofia fez uma pausa e, depois, continuou:

— Auschwitz era tão grande, tão difícil a gente conseguir notícias! De qualquer maneira, Höss nunca me mandou nenhum recado, como tinha prometido. *Mon Dieu*, foi *imbécile* eu pensar que um homem daqueles ia ter isso que ele chamava de *meine Ehre*. Minha honra! Que deslavada mentira! Ele não era mais do que o que Nathan chama de um cafajeste. E eu não fui senão um pedaço de *Dreck* polonês, para ele.

Após outra pausa, ela olhou para mim por cima das mãos com que tapara os olhos.

— Sabe, Stingo, eu nunca fiquei sabendo o que aconteceu com Jan. Seria quase melhor que...

E a voz dela acabou em silêncio.

Quietude. Nervosismo. Uma sensação de fim de verão, de um amargo término das coisas. Depois do que ela me contara, eu não tinha voz para responder a Sofia, nem nada que dizer quando a voz dela se elevou ligeiramente para fazer uma revelação que, por mais cruel e horrível que me parecesse, à luz de tudo o que ela me tinha contado parecia apenas mais uma passagem de uma ária marcada por um interminável sofrimento.

— Pensei que podia descobrir alguma coisa. Mas, pouco depois de ter recebido aquele último recado de Wanda, soube que eles tinham descoberto o seu trabalho para a Resistência. Levaram-na para uma prisão conhecida, torturaram-na, penduraram-na de um gancho até ela morrer estrangulada lentamente... Ontem, eu disse que Wanda era uma *kvetch*. Foi a minha última mentira para você. Ela era a pessoa mais corajosa que eu já conheci.

Sentados, sob aquela luz pálida, acho que eu e Sofia sentíamos que os nossos nervos estavam a ponto de rebentar, devido ao lento acúmulo de tanta coisa insuportável. Uma espécie de pânico me invadiu, eu me negava a ouvir falar mais sobre Auschwitz, nem uma única palavra que fosse. No entanto, um resto do impulso a que me referi permanecia ainda em Sofia (embora fosse evidente que também ela não aguentava mais) e ela teve que me contar como se despedira do Comandante de Auschwitz.

— Ele me disse: "Pode ir". Dirigi-me para a porta, dizendo: *"Danke, mein Kommandant*, por me ajudar". De repente, ele me disse — você precisa acreditar, Stingo — ele me disse: "Está ouvindo essa música? Gosta de Franz Lehár? É o meu compositor predileto". Fiquei tão espantada com aquela pergunta, que mal consegui responder. Franz Lehár, pensei, e disse: "Não, não gosto. Por quê?" Ele pareceu desapontado e falou de novo: "Pode ir". E eu fui embora. Desci a escada, passando pelo quarto de Emmi e o rádio estava de novo tocando. Dessa vez, eu podia ter pegado facilmente ele, porque olhei em volta e não vi Emmi. Mas não tive coragem para fazer o que deveria ter fazido (*sic*), com a minha esperança na salvação de Jan. E eu sabia que, dessa vez iriam suspeitar de mim *primeiro*, de modo que deixei o rádio lá e de repente fiquei com ódio de mim. Mas deixei o rádio lá, tocando. Você pode adivinhar o que estava tocando, Stingo?

Há um momento, numa narrativa como esta, em que uma injeção de ironia parece imprópria, até mesmo "contraindicada" — apesar do impulso em usá-la — devido à facilidade com que a ironia tende a se tornar pesada, sobrecarregando a paciência do leitor e o seu poder de credulidade. Mas, já que Sofia forneceu, ela própria, a ironia, como uma espécie de coda para um depoimento de que eu não tinha razões para duvidar, devo anotar aqui o seu comentário final, acrescentando apenas que ele foi feito num tom de completo pandemônio emocional — em parte hilaridade, em parte dor profunda — que nunca dantes ouvira em Sofia e apenas raramente em outra pessoa qualquer, assinalando o início da histeria.

— Que é que estava tocando? — perguntei.

— A abertura de uma opereta de Franz Lehár — disse ela. — *Das Land des Lächelns* — *A Terra dos Sorrisos*.

Passava bem da meia-noite quando percorremos as poucas quadras de volta ao Palácio Cor-de-Rosa. Sofia agora estava calma. Não havia ninguém na noite quente e escura e, ao longo das ruas arborizadas, as casas dos bons burgueses de Flatbush estavam apagadas e silenciosas. Andando ao meu lado, Sofia passou-me o braço pela cintura e o seu perfume excitou-me momentaneamente, mas compreendi que aquele era apenas um gesto amigo e, além disso, o que ela me contara tinha apagado em mim qualquer sombra de desejo. O desânimo e a tristeza pairavam sobre mim como as pesadas sombras daquela noite de agosto e perguntava a mim próprio se conseguiria dormir.

Aproximando-nos da fortaleza da Sra. Zimmerman, onde uma lâmpada brilhava tenuemente no *hall* cor-de-rosa, tropeçamos na calçada e Sofia falou, pela primeira vez, desde que saímos do bar.

— Você tem um despertador, Stingo? Preciso acordar tão cedo, amanhã, para levar as coisas para o novo apartamento e chegar no trabalho na hora! O Dr. Blackstock tem sido muito paciente comigo durante estes últimos dias, mas eu preciso voltar a trabalhar. Por que você não vai me visitar no meio da semana?

Ouvi-a abafar um bocejo.

Ia responder a respeito do despertador, quando uma sombra cinza-escura se destacou das sombras pretas que rodeavam a entrada da casa. Meu coração deu um pulo e exclamei:

— Oh, meu Deus!

Era Nathan. Pronunciei o nome dele baixinho, ao mesmo tempo em que Sofia o reconhecia e soltava um gemido. Por um momento tive a impressão, não de todo absurda, de que ele ia nos atacar. Mas aí ouvi Nathan chamar, baixinho: — Sofia! — e ela se soltou do meu braço com tal pressa, que as fraldas da minha camisa saíram do cós das calças. Estaquei e fiquei imóvel, vendo-os avançar um para o outro através do *chiaroscuro* da lâmpada e ouvindo os soluços de Sofia antes mesmo de colidirem e se abraçarem. Durante muito tempo ficaram como que fundidos um no outro, em meio à escuridão. Por fim, vi Nathan ajoelhar-se lentamente na calçada e, rodeando as pernas de Sofia com os braços, ficar sem se mexer durante o que me pareceu um tempo interminável, como se congelado numa atitude de devoção, fidelidade, penitência ou súplica — ou todas as coisas ao mesmo tempo.

Capítulo Quatorze

Nathan reconquistou-nos facilmente e na mesma hora.

Depois da nossa extraordinariamente fácil e calorosa reconciliação, uma das primeiras coisas de que me lembro foi de Nathan me dar duzentos dólares. Dois dias após a sua feliz reunião, depois que Nathan voltara a estabelecer-se, com Sofia, no andar de cima e eu de novo me aninhara no meu quarto cor-de-rosa, Nathan soubera, por Sofia, que eu tinha sido roubado. (Incidentalmente, Morris Fink não tivera nada a ver com o roubo. Nathan notou que a janela do meu banheiro tinha sido forçada — algo que Morris não precisaria fazer. Senti vergonha de ter suspeitado dele.) Na tarde do dia seguinte, ao voltar do almoço numa leiteria de Ocean Avenue, encontrei, sobre a minha mesa, o cheque dele e duzentos dólares, em 1947, ainda mais para alguém tão sem eira-nem-beira quanto eu, só podem ser descritos como um régio presente. Preso com um *clip* ao cheque, havia o seguinte bilhete: *Para a glória cada vez maior da Literatura Sulista.* Fiquei sem fala. Naturalmente, o dinheiro caía do céu, num momento em que eu estava preocupadíssimo com o futuro imediato. Era quase impossível recusá-lo. Mas os meus escrúpulos religiosos e ancestrais proibiam que o aceitasse como um presente.

Depois de muito palavreado e muita discussão, chegamos ao que se pode chamar um acordo. Os duzentos dólares seriam considerados um presente enquanto eu permanecesse um escritor não publicado. Mas, se o meu livro encontrasse um editor e eu ganhasse com ele dinheiro suficiente para me aliviar, do ponto de vista financeiro — *então*, e só então, Nathan aceitaria qualquer pagamento que eu quisesse lhe fazer (sem juros, naturalmente). Uma vozinha chata, nos fundos da minha mente, me dizia que aquela generosidade era a maneira de Nathan se penitenciar do horrível ataque contra o meu livro, algumas noites antes, quando nos banira, a mim e a Sofia, da sua existência. Mas afastei esse pensamento como indigno, principalmente depois que ficara sabendo, por intermédio de Sofia, da sua dependência das drogas, que lhe causava um desequilíbrio passageiro e sem dúvida o levara a dizer coisas tão horríveis — palavras que, era evidente, não mais recordava, assim como, eu estava certo, não se lembrava mais do seu comportamento tresloucado. Além disso, eu simplesmente sentia afeto por Nathan, pelo menos por aquele Nathan efusivo, generoso, amante da vida, que expulsara a sua corte de demônios — e, como fora *esse* Nathan que voltara para nós, um Nathan bastante abatido e pálido, mas aparentemente expurgado dos horrores que o tinham possuído naquela noite, tão recente o revivido calor e o afeto fraternal que me invadiam eram maravilhosos. Minha alegria só era ultrapassada pela de Sofia, que quase beirava o delírio mal controlado e comovente. A paixão que ela demonstrava por Nathan era algo que me punha perplexo. Ou tinha esquecido, ou perdoara completamente os maus-tratos e as humilhações a que ele a submetera. Estou certo de que ela o teria estreitado contra o peito e o perdoado com igual efusão, se ele fosse um tarado acusado de molestar crianças, ou um perverso assassino.

Eu não sabia onde Nathan passara os vários dias e noites que se seguiram ao horrível espetáculo do The Maple Court, embora algo que Sofia dissera me fizesse pensar que procurara refúgio na casa do irmão, em Forest Hills. Mas a sua ausência e o seu paradeiro pareciam não fazer diferença. O seu tremendo magnetismo pessoal fazia parecer sem importância o fato de ele ter recentemente nos insultado, a Sofia e a mim, com tal animosidade, que ambos tínhamos ficado fisicamente doentes. De certa maneira, a dependência que Sofia descrevera, de maneira tão vívida, tinha o efeito de nos aproximar ainda mais de Nathan, agora que ele voltara. Romântico como eu era, o seu lado demoníaco — aquela faceta de Mr. Hyde que o possuía e lhe devorava, de vez em quando, as entranhas — parecia-me agora uma parte integral do seu estranho gênio e aceitei-a sem me preocupar, a não ser muito vagamente, com a possibilidade de ela vir a se manifestar no futuro. Eu e Sofia éramos — por assim dizer — seus cúmplices no vício. Bastava que ele tivesse voltado às nossas vidas, trazendo-nos a mesma alegria, a mesma generosidade, a mesma energia, a mesma magia e o mesmo *amor* que pensáramos ter acabado para sempre. Na verdade, o seu retorno ao Palácio Cor-de-Rosa e a volta ao ninho de amor do andar de cima pareceram-nos tão naturais que, até hoje, não consigo me lembrar de como ou quando foi que ele carregou de volta toda a mobília, a roupa e as coisas que tinha levado naquela noite, recolocando-as de maneira a parecer que nunca as levara consigo.

Pareciam os velhos tempos. A rotina cotidiana recomeçou como se nada houvesse acontecido — como se a violência de Nathan não tivesse por um triz destruído, de uma vez por todas, a nossa camaradagem e felicidade a três. Estávamos agora em setembro, com o calor do verão pairando ainda sobre as escaldantes ruas do bairro, numa névoa fina e abafada. Todas as manhãs, Sofia e Nathan tomavam seus metrôs diferentes na estação de Church Avenue — ele, para se dirigir ao seu laboratório, na Pfizer; ela, para o consultório do Dr. Blackstock, no centro do Brooklyn. E eu voltava, feliz, para a minha pequena mesa de trabalho. Recusava-me a deixar que Sofia me obcecasse como um objeto de amor, cedendo-a de boa vontade ao homem a quem ela tão naturalmente pertencia, e resignando-me, uma vez mais, à constatação de que as minhas pretensões ao coração dele sempre tinham sido modestas e, no máximo, amadorísticas. Assim, sem Sofia para me provocar fúteis devaneios, voltei ao meu romance interrompido com renovado ânimo e energia. Naturalmente, era impossível não me sentir afetado e, até certo ponto, intermitentemente deprimido pelo que Sofia me contara sobre o seu passado. Mas, de um modo geral, consegui afastar a história do meu pensamento. A vida realmente continua. Ao mesmo tempo, eu estava numa maré de criatividade e intensamente consciente de que tinha a minha própria tragédia para contar e com que ocupar as minhas horas de trabalho. Possivelmente inspirado pela doação de Nathan — sempre a melhor forma de estímulo que um artista pode receber — comecei a trabalhar no que, para mim, tem que ser descrito como uma grande velocidade, corrigindo e melhorando aqui e ali, fazendo ponta nos meus lápis Venus Velvet, à medida em que cinco, seis, sete, ou mesmo oito e nove laudas amarelas se iam empilhando na minha mesa, após toda uma manhã de trabalho.

E (sem sequer pensar no dinheiro), Nathan voltou uma vez mais ao papel do irmão, mentor, crítico construtivo e, sob todos os aspectos, do amigo-mais-velho-e-respeitado, que eu sempre procurara. Começou de novo a se interessar pela minha prosa exaustivamente castigada, levando o manuscrito para cima, a fim de lê-lo após vários dias de trabalho, quando eu já reunira vinte e cinco ou trinta páginas, e devolvendo-as algumas horas depois, geralmente sorrindo, quase sempre pronto a me dar a coisa de que eu mais precisava — estímulo — embora raramente despido de crítica. Seu sentido de fraseado, agredido por um ritmo canhestro, por uma reflexão artificiosa, por uma indulgência onanística, por uma metáfora menos feliz, tornava-se ainda mais aguçado. Mas, de um modo geral, eu sentia que ele estava cativado pela história, pela paisagem e pelo clima, que eu tentara reproduzir com toda a paixão, a precisão e o afeto que o meu talento jovem era capaz de expressar, pelo pequeno grupo de personagens que criavam vida à medida que eu os fazia atravessar, na sua fúnebre viagem, as terras baixas da Virgínia e — eu acho — por uma fresca visão do Sul, que (apesar da influência de Faulkner que ele detectara em mim e que eu me apressara a confessar), era, conforme ele próprio havia dito, "eletrizantemente" minha. E eu estava secretamente envaidecido de saber que sutilmente, graças à alquimia da minha arte, eu parecia estar aos poucos transformando o preconceito de Nathan contra o Sul em algo semelhante à compreensão e à aceitação. Percebi que ele já não se referia a lábios leporinos, lombrigas, linchamentos e matutos para me irritar. O meu trabalho começara a afetá-lo realmente e, admirando-o e respeitando-o como eu o respeitava, seutia-me muito lisonjeado pela sua reação.

— Aquela cena da festa no clube é fantástica — disse-me ele, um sábado à tarde, quando estávamos reunidos no meu quarto. — Aquele trechinho de diálogo entre a mãe e a empregada de cor... sei lá, parece-me insuperável. E o sentimento de verão no Sul! Não sei como é que você consegue evocar tudo isso.

Fiquei todo ancho, murmurando um obrigado, e emborquei parte de uma lata de cerveja.

— Está saindo mais ou menos — falei, cônscio da minha falsa modéstia. — Ainda bem que você gosta.

— Talvez eu devesse ir até o Sul — disse ele — ver com os meus próprios olhos. O que você escreve me abriu o apetite. Você podia me servir de guia. Que tal a ideia, meu *chapa*? Uma viagem através do velho Sul?

Achei a ideia mais do que ótima.

— Puxa! — exclamei. — Seria maravilhoso! Podíamos começar em Washington e ir descendo. Tenho um velho colega de escola em Fredericksburg que é *cobra* na Guerra de Secessão. Podíamos ficar na casa dele e visitar todos os campos de batalha do norte da Virgínia: Manassas, Fredericksburg, a *Wilderness*, Spotsylvania — tudo! Depois, pegaríamos um carro e desceríamos até Richmond, visitando Petersburg, chegando até a fazenda do meu pai, em Southampton County. Não demora que comecem a colher amendoim...

Percebi que Nathan se entusiasmara com a sugestão, acenando vigorosamente com a cabeça, enquanto eu continuava a traçar os planos da excursão, que seria educativa, séria, didática — mas divertida. Depois de visitar a Virgínia, passaríamos à região litorânea da Carolina do Norte, onde o meu velho pai se criara, e dali para Charleston, Savannah, Atlanta e o coração da Dixieland — Alabama, Mississippi — terminando em Nova Orleans, onde as ostras eram gordas, sumarentas e baratíssimas e os caranguejos cresciam nas árvores.

— Que viagem! — resumi, abrindo outra lata de cerveja. — Cozinha sulista. Frango frito, ervilhas com *bacon*, polenta, presunto caseiro. Nathan, você, que gosta de comer bem, vai ficar louco de alegria!

Eu estava meio *alto* da cerveja. O dia em si estava quase prostrado de calor, mas uma brisa leve soprava do parque e, através do barulho que ela fazia contra a minha persiana, ouvi o som de Beethoven vindo do andar de cima. Aquilo era, claro, obra de Sofia, de volta do seu meio-expediente dos sábados. Ela sempre ligava a vitrola no máximo, enquanto tomava um banho de chuveiro. Percebi, enquanto traçava os meus planos de viagem, que estava parecendo o sulista típico, cujas atitudes eu abominava quase tanto quanto as do nova-iorquino cheio de si, cuja mania de liberalismo, cuja animosidade eu sempre detestara. Mas não importava. Estava entusiasmado, após uma manhã de trabalho especialmente frutífera e o fascínio do Sul (cujas paisagens e cujos sonos eu tão laboriosamente fixara no papel, derramando galões do meu sangue) tomava conta de mim como um êxtase menor ou uma dor de cabeça maior. Naturalmente, eu já havia experimentado aquele sentimento agridoce — recentemente quando, numa situação bem menos sincera, os meus encantos sulistas tinham fracassado com Leslie Lapidus — mas hoje eu me sentia bem mais frágil, como se a qualquer momento pudesse me dissolver em lágrimas genuínas. O encantador adágio da Quarta Sinfonia de Beethoven chegava até mim, misturando-se, como o sereno latejar de um coração, com o meu estado de espírito.

— Concordo com você, meu *chapa* — ouvi Nathan dizer, atrás de mim. — Também acho que é *hora* de eu conhecer o Sul. Algo que você disse no princípio do verão — parece que foi há tanto tempo! — algo que você disse sobre o Sul me impressionou. Ou seria melhor dizer que tem mais que ver com o Norte *e* com o Sul. Estávamos discutindo e me lembro de você ter dito algo a respeito de os sulistas pelo menos terem vindo até o Norte, ver como o Norte é, enquanto que muito poucos nortistas já se deram ao trabalho de viajar para o Sul. Me lembro de você dizer como os nortistas pareciam *satisfeitos* com a sua ignorância. Disse que se tratava de uma arrogância intelectual. Foram essas as palavras que você usou. Na hora, me pareceram terrivelmente fortes, mas depois comecei a pensar e a ver que você podia ter razão. — Fez uma pausa e depois disse, num tom apaixonado: — Confesso a minha ignorância. Como é que eu posso odiar um lugar que nunca vi e nem conheço? Estou com você! Vamos fazer essa viagem!

— Deus o abençoe, Nathan! — respondi, cheio de afeto e Rheingold.

Cerveja na mão, eu tinha entrado no banheiro para urinar. Estava um pouco mais bêbado do que pensara e mijei em cima do assento. Enquanto urinava, ouvi a voz de Nathan:

— Vou tirar férias no laboratório em meados de outubro e, por essa altura, ao ritmo em que você vai, você já deverá ter uma grande parte do livro pronta e estar precisando descansar um pouco. Por que não planejamos a viagem para essa época? Sofia ainda não tirou férias desde que trabalha para aquele charlatão e também tem direito a duas semanas. Posso pedir o carro do meu irmão, o conversível, emprestado. Ele não vai precisar, comprou um novo Oldsmobile. Podemos ir de carro até Washington...

Enquanto ele falava, o meu olhar pousava no armário do banheiro, que me parecera tão seguro até o roubo de que fora vítima. Quem teria sido o culpado, pensei, agora que Morris Fink fora absolvido do crime? Algum assaltante, em Flatbush era o que não faltava. Já não fazia diferença e eu senti que a raiva e a tristeza tinham sido suplantadas por um estranho e complexo escrúpulo a respeito do dinheiro roubado que, afinal de contas, resultara da venda de um ser humano. Artiste! Escravo da minha avó, origem da minha salvação. Fora o jovem escravo Artiste quem pagara a maior parte daquele meu verão no Brooklyn. Graças ao sacrifício póstumo da sua carne e da sua pele, ele me permitira sobreviver durante os primeiros capítulos do meu livro, de modo que talvez tivesse sido a justiça divina quem decretara que Artiste não mais me sustentasse. Minha sobrevivência não seria mais custeada com dinheiro que durante um século fora marcado pelo sentimento de culpa. De certa maneira, eu estava satisfeito por me terem roubado um dinheiro tão tinto de sangue, de ter ficado livre da escravidão.

Mas como é que eu poderia *alguma vez* me ver livre da escravidão? Senti um nó na garganta e murmurei a palavra — Escravidão! Num canto qualquer da minha mente havia como que uma compulsão de escrever sobre a escravidão, de fazer com que a escravatura revelasse os seus mais atormentados e fundos segredos, uma compulsão tão necessária quanto a que me levava a escrever — como tinha escrito naquele dia — sobre os herdeiros daquela instituição, que agora, na década de 1940, soçobravam em meio ao *louco apartheid* da Virgínia — a minha querida e burguesa família do Novo Sul, cujos movimentos e gestos, eu começava agora a perceber, eram todos feitos na presença de uma vasta e melancólica companhia de testemunhas de cor, todas oriundas do cativeiro. E não estávamos nós, negros e brancos, ainda escravizados? Eu sabia que, na febre da minha mente e nas mais convulsionadas regiões do meu coração, eu continuaria escravizado enquanto fosse escritor. De repente, através de uma agradável e preguiçosa deambulação mental, que me levou de Artiste até o meu pai e à visão de um batizado de negros vestidos de branco, nas margens lamacentas do rio James, e de novo ao meu pai, roncando no Hotel McAlpin — de repente pensei em Nat Turner e senti uma saudade tão intensa, uma dor tão grande, que foi como se estivesse sendo empalado. Saí do banheiro e meus lábios pronunciaram, talvez alto demais, um nome que espantou Nathan, tal a sua incoerência.

— Nat Turner — falei.

— Nat Turner? — retrucou Nathan, com ar intrigado. Quem diabo é Nat Turner?

— Nat Turner — respondi — foi um negro escravo que, no ano de 1831, matou cerca de sessenta brancos — nenhum deles, devo acrescentar, judeu. Morava relativamente perto da minha cidade natal, às margens do Rio James. A fazenda do meu pai ficava bem no meio do local onde ele chefiou a revolta.

E comecei a contar a Nathan o pouco que sabia sobre aquele negro prodigioso, cuja vida e cujas façanhas estavam envoltos em tal mistério, que até a sua existência quase fora esquecida pelos habitantes daquela região, quanto mais pelo resto do mundo. Eu estava falando, quando Sofia entrou no quarto, parecendo recém-saída do banho e muito bonita, e se sentou no braço da poltrona de Nathan, o rosto atento às minhas palavras, ao mesmo tempo em que lhe acariciava o ombro. Mas eu logo acabei de constatar que era muito pouco o que podia falar sobre aquele homem, que surgira dentre as brumas da história para cometer um ato de explosão cataclísmica e desaparecera assim como viera, sem deixar pistas, explicações ou imagem póstuma — apenas o seu nome. Precisava ser redescoberto e, nessa tarde, ao tentar descrevê-lo para Nathan e Sofia, no meu entusiasmo etílico, compreendi, pela primeira vez, que teria de escrever sobre ele, de fazê-lo meu e recriá-lo para o mundo.

— Fantástico! — exclamei, numa euforia alcoólica. — Sabe que mais, Nathan? Vou escrever um livro sobre esse escravo! E o momento é mais do que perfeito para a viagem que estamos planejando. Vou estar com grande parte do meu romance pronto, de modo que, quando chegarmos a Southampton, vamos poder percorrer toda a região de Nat Turner, falar com as pessoas, olhar as velhas casas. Vou me impregnar da atmosfera, tomar uma série de notas, coligir dados. Esse vai ser o meu próximo livro, um romance sobre o velho Nat. Entrementes, você e Sofia estarão acrescentando algo muito importante à sua cultura. Vai ser uma das facetas mais fascinantes da nossa viagem...

Nathan passou o braço ao redor de Sofia e apertou-a com força.

— Stingo — disse ele — estou louco para fazer essa viagem. Em outubro estaremos indo para a Dixieland.

Ergueu os olhos para Sofia e o olhar que os dois trocaram, apesar de durar apenas um instante, foi tão intenso, tão embaraçosamente íntimo, que virei momentaneamente as costas.

— Digo a ele? — perguntou Nathan.

— Por que não? — replicou ela. — Stingo é o nosso melhor amigo, não?

— E vai ser também nosso padrinho, eu espero. Vamos nos *casar* em outubro! — anunciou ele, alegremente. — De modo que essa viagem vai ser também de lua-de-mel.

— *Puxa vida!* — gritei. — Meus parabéns!

Aproximei-me e beijei os dois; Sofia, junto da orelha, onde um perfume de gardênia me perturbou os sentidos, e Nathan no seu nobre nariz,

— Que maravilha! — murmurei, totalmente esquecido de como, num passado recente, esses momentos de êxtase, com sua premonição de alegrias ainda maiores, quase sempre tinham sido como um clarão que ofuscasse a vista à aproximação de um desastre.

Mais ou menos dez dias depois disso, na última semana de setembro, recebi um telefonema do irmão de Nathan, Larry. Fiquei espantado quando, uma bela manhã, Morris Fink me chamou ao ensebado telefone de fichas que havia no saguão — espantado de receber um telefonema e, principalmente, de uma pessoa de quem muito ouvira falar, mas que não conhecia pessoalmente. A voz era calorosa — quase igual à de Nathan, com o seu sotaque distintamente brooklyniano — e a princípio pareceu-me despreocupada. Mas não demorou a assumir um tom urgente, quando Larry perguntou se não seria possível combinarmos um encontro, o quanto mais cedo, melhor. Disse que preferia não vir à pensão da Sra. Zimmerman e perguntou se eu não poderia ir até a casa dele, em Forest Hills. Acrescentou que o que tinha a me dizer se relacionava com Nathan — e era urgente. Sem hesitar, respondi que iria à casa dele nesse mesmo dia, ao fim da tarde.

Perdi-me no labirinto de túneis do metrô que ligam os condados de Kings e de Queens, peguei um ônibus errado e fui parar na desolada extensão de Jamaica. Resultado: cheguei com uma hora de atraso à casa de Larry, que, não obstante, me recebeu com extrema cortesia e amizade, à porta de um grande e confortável apartamento, situado no que me pareceu ser um bairro chique. Poucas vezes encontrara alguém por quem sentisse uma simpatia tão imediata. Era um pouco mais baixo e bem mais encorpado do que Nathan, além de mais velho, mas, embora se parecesse muito com o irmão, a diferença entre os dois era aparente, porque, enquanto Nathan era um feixe de energia nervosa, volátil e imprevisível, Larry era calmo, quase fleumático, com um jeito tranquilizador, que podia fazer parte da sua atitude profissional, mas que me pareceu ter origem na solidez e na decência do seu caráter. Pôs-me rapidamente à vontade, quando procurei me desculpar pelo atraso, e ofereceu-me uma garrafa de cerveja canadense da maneira mais simpática, dizendo:

— Nathan diz que você é um verdadeiro *connoisseur* de cervejas.

E, quando nos sentamos em poltronas dispostas diante de uma espaçosa janela, de onde se via um conjunto de belos edifícios em estilo Tudor, cobertos de hera, as suas palavras ajudaram-me a sentir como se de há muito nos conhecêssemos.

— Não preciso lhe dizer que Nathan o tem em alta estima — disse Larry — e em parte foi por isso que lhe pedi para vir até aqui. Acho que, no curto espaço de tempo desde que se conheceram, você se tornou o melhor amigo dele. Falou-me do seu trabalho, disse-me que você tem tudo para vir a ser um grande escritor. Houve um tempo — acho que ele lhe deve ter dito — em que Nathan pensou, também, em escrever.

E podia ter enveredado por essa carreira, se as circunstâncias tivessem permitido. De qualquer maneira, tenho a certeza de que você já deve ter visto que ele entende um bocado de literatura e acho que vai gostar de saber que não apenas ele pensa o máximo de você como escritor, mas também como... bem, como *mensh*.

Fiz que sim, tossindo de satisfação e sentindo o rubor tomar conta de mim. Meu Deus, como eu precisava de estímulo! Mas continuava não entendendo por que Larry me chamara. O que eu disse a seguir, percebo agora, inadvertidamente, fez com que fôssemos mais diretamente ao assunto do que se tivéssemos continuado a falar do meu talento e das minhas virtudes pessoais.

— Realmente — concordei — é muito difícil encontrar um cientista que ligue para a literatura, quanto mais que tenha alguma ideia dos valores literários. E Nathan, um pesquisador, um biólogo, trabalhando para uma companhia como a Pfizer...

Larry interrompeu-me, com um sorriso que não conseguia disfarçar inteiramente.

— Desculpe, Stingo... espero que não se zangue, se o chamo por esse nome... desculpe, mas há uma coisa que preciso lhe dizer, com outras coisas que você precisa saber. Nathan não é um biólogo, nem um pesquisador. Não é cientista, não tem qualquer diploma. Tudo isso é invenção dele. Desculpe, mas é melhor você ficar sabendo logo.

Meu Deus! Seria minha sina andar pela vida engolindo mentiras, como se fosse um débil mental, com as pessoas que eu mais amava me enganando constantemente? Já não bastava que Sofia me tivesse mentido tantas vezes, para agora Nathan...

— Não estou entendendo — comecei. — Por acaso está querendo me dizer...

— Estou querendo lhe dizer que essa história de ser um pesquisador, um biólogo, é mera fantasia do meu irmão, nada mais do que isso. Não há dúvida de que ele trabalha na Pfizer, mas na biblioteca da companhia, um trabalho fácil onde ele pode ler muito sem incomodar ninguém. De vez em quando, faz uma ou outra pesquisa para um dos biólogos da firma. Mas ninguém sabe disso, principalmente Sofia.

Eu estava realmente sem fala.

— Mas... como... — não consegui terminar a frase.

— Um dos altos funcionários da companhia é grande amigo do nosso pai e fez-nos esse favor. Quando Nathan está sob controle, parece que executa bem o pouco que tem a fazer. Afinal, como você sabe, Nathan é extremamente inteligente, quase um gênio. Apenas passou a maior parte da sua vida fora dos trilhos. Não tenho dúvidas de que poderia ter-se destacado em tudo o que tentasse: como escritor, como biólogo, como matemático, médico, astrônomo, filólogo — em todos os campos. Mas para isso era preciso que ele fosse equilibrado. — Larry sorriu de novo, o seu sorriso triste, juntou silenciosamente as palmas das mãos. — A verdade é que o meu irmão está completamente louco.

— Meus Deus! — murmurei.

— Tem uma paranoia esquizofrênica, pelo menos é isso o que o diagnóstico diz, embora eu não esteja muito certo de que esses especialistas em doenças mentais saibam o que dizem. De qualquer maneira, ele pode passar semanas, meses, até anos sem que a doença se manifeste e, de repente — pumba! — ela aparecer. O que agravou horrivelmente a situação, nestes últimos meses, são essas drogas que ele está tomando. Essa é uma das coisas sobre as quais lhe queria falar.

— Oh, meu Deus! — murmurei de novo.

Ali sentado, ouvindo Larry me contar todas aquelas coisas horríveis com tal resignação, procurei aquietar minhas próprias emoções. Sentia uma dor enorme e meu choque e minha tristeza não poderiam ter sido maiores se ele me dissesse que Nathan estava morrendo de alguma doença incurável. Fiquei gaguejando, procurando algo onde me agarrar.

— Mas custa tanto a acreditar! Quando ele me falou de Harvard...

— Ora, Nathan nunca esteve em Harvard. Nunca cursou nenhuma universidade. Não que não fosse mais do que capaz, intelectualmente. Por conta própria, leu mais livros do que eu espero ler em toda a minha vida. Mas, quando se tem a doença de Nathan, é impossível fazer estudos formais. As escolas que ele frequentou têm sido Sheppard Pratt, McLean's, Payne Whitney e outras clínicas de doenças mentais.

— Puxa, que coisa horrível — murmurei. — Eu sabia que ele era... — hesitei.

— Você sabia que ele era emocionalmente instável, que não era... normal?

— Bem — falei — acho que qualquer idiota pode ver isso. Mas eu não sabia... até que ponto isso era sério.

— Houve uma época, um período de dois anos, quando ele estava no fim da adolescência, em que parecia que ele ia ficar completamente curado. Naturalmente, não passou de uma ilusão. Nossos pais estavam morando numa bela casa no Brooklyn Heights. Foi mais ou menos um ano antes da guerra. Certa noite, após violenta discussão, Nathan resolveu incendiar a casa e quase morreu. Foi nessa ocasião que tivemos que interná-lo por muito tempo. Foi a primeira vez... mas não a última.

A menção de Larry à guerra trouxe à baila algo que sempre me intrigara, desde que eu conhecera Nathan, mas que, não sei por que, sempre procurara ignorar, arquivar em algum compartimento empoeirado da mente. Pela idade de Nathan, ele teria, naturalmente, de ter passado algum tempo servindo às forças armadas, mas, como nunca falara sobre isso, eu pusera o assunto de lado, partindo do princípio de que não me dizia respeito. Agora, porém, não pude deixar de perguntar:

— Quantos anos tinha Nathan durante a guerra?

— Ora, ele foi considerado inapto. Durante um dos seus períodos lúcidos, tentou alistar-se nos paraquedistas, mas conseguimos evitar que fizesse isso. Não podia ter servido em nenhum lugar. Ficou em casa, lendo Proust e os *Princípios* de Newton, e passando, de vez em quando, uma temporada no hospício.

Fiquei um bocado de tempo calado, esforçando-me por digerir, da melhor maneira possível, todas aquelas informações, que vinham corroborar, de maneira tão conclusiva, as desconfianças que eu tinha a respeito de Nathan — desconfianças e suspeitas que, até então, conseguira reprimir com sucesso. Fiquei sentado, calado, pensativo. De repente, uma encantadora morena, de seus trinta anos, entrou na sala, aproximou-se de Larry e, tocado-lhe no ombro disse:

— Vou sair um minuto, querido.

Levantei-me e Larry apresentou-me a Mimi, sua esposa.

— É uma satisfação conhecê-lo — disse ela, apertando-me a mão.

— Acho que talvez você possa nos ajudar com o Nathan. Ele fala tanto de você, que já o considero como um irmão mais jovem. — Respondi, agradecendo, mas antes que pudesse acrescentar mais alguma coisa, ela anunciou: — Vou deixar vocês dois a sós para poderem conversar à vontade. Espero voltar a vê-lo.

Era incrivelmente bonita e extremamente agradável. Vendo-a afastar-se, atravessando com graça ondulante a sala — que, pela primeira vez, reparei ser hospitaleira, cheia de estantes de livros e luxuosa, mas sem ostentação — senti um aperto no coração. Por que razão, em vez de ser um escritor não-publicado, sem dinheiro e sem amor, eu não poderia ser um bem-parecido, inteligente e próspero urologista judeu, com uma mulher toda *sexy*?

— Não sei até que ponto Nathan lhe falou de si mesmo, ou da nossa família — disse Larry, servindo-me outra cerveja.

— Pouca coisa — respondi, surpreso diante dessa constatação.

— Não vou aborrecê-lo com muitos detalhes, mas o nosso pai... bem, ganhou um bocado de dinheiro com sopas *kosher* enlatadas. Quando ele chegou aqui, vindo da Letônia, não falava uma só palavra de inglês mas, em trinta anos, fez uma fortuna. Pobre homem, agora está numa clínica para velhos, uma clínica muito cara. Não quero parecer vulgar, apenas enfatizar o tipo de cuidados médicos que a família pôde dar a Nathan. Ele tem tido o melhor tratamento que o dinheiro pode pagar, mas nunca obteve resultados permanentes. — Larry fez uma pausa, acompanhada de um profundo e melancólico suspiro. — Durante estes últimos anos, ele tem entrado e saído de clínicas como Payne Whitney, Riggs ou Menninger, com longos períodos de relativa tranquilidade, em que age de maneira tão normal quanto eu ou você. Quando lhe conseguimos esse emprego na biblioteca da Pfizer, pensamos que ele fosse ter uma remissão permanente. Tais remissões, ou curas, são possíveis. Na verdade, há uma porcentagem relativamente alta de curas. Ele parecia tão satisfeito e, embora começasse a se vangloriar e a aumentar a importância do que fazia de uma maneira desproporcionada, isso não fazia mal a ninguém. Até mesmo as suas manias de grandeza, dizendo que estava inventando uma nova e maravilhosa droga, não prejudicavam ninguém. Parecia que estava estabilizado na vida, a caminho da normalidade. Ou, pelo menos, do máximo de normalidade possível a um louco. Mas agora existe essa linda moça polonesa. Pobrezinha. Ele me disse que vão se casar. Que é que você acha disso, Stingo?

— Ele não pode se casar, assim, do jeito que é, pode? — perguntei.

— Dificilmente — disse Larry. — Mas como é que nós podemos evitar isso? Se ele estivesse louco varrido, podíamos interná-lo para sempre. Isso resolveria tudo. Mas a grande dificuldade reside no fato de, durante longos períodos, ele parecer normal. E quem pode dizer que uma dessas longas remissões não representará realmente uma cura completa? Há muitos casos assim. Como se pode impedir um homem de viver uma vida igual a todo mundo, partindo simplesmente do princípio de que ele não tem cura, quando talvez não seja esse o caso? Por outro lado, imaginemos que ele case com essa moça e eles venham a ter um filho e, logo depois, ele perca novamente o juízo? Isso não seria injusto... para todo mundo?

Após um momento de silêncio, Larry lançou-me um olhar penetrante e disse:

— Não sei o que fazer. Você tem alguma solução? — Voltou a suspirar e desabafou: — Às vezes, acho que a vida é uma verdadeira ratoeira.

Remexi-me na poltrona, sentindo-me de repente tão deprimido como se tivesse sobre os ombros o peso de todo o universo. Como é que eu podia dizer a Larry que tinha acabado de ver o irmão dele, meu querido amigo, à beira da loucura? Durante toda a minha vida, eu ouvira falar sobre a loucura mas, considerando-a uma condição própria apenas de pobres-diabos, fechados em remotas celas acolchoadas, pensara que fosse uma coisa alheia às minhas preocupações. Agora, porém, a loucura estava, por assim dizer, sentada no meu colo.

— Que é que você acha que eu posso fazer? — perguntei. — Por que foi que você...

— Por que foi que lhe pedi para vir até aqui? — interrompeu ele. — Não tenho a certeza de saber responder. Acho que foi por achar que talvez você pudesse ajudá-lo a ficar longe das drogas. Esse é o maior problema de Nathan, atualmente. Se ele conseguir ficar longe da Benzedrina, talvez tenha alguma chance de se curar. Eu não posso fazer muita coisa. Somos muito chegados sob vários aspectos — queira eu ou não, sou uma espécie de modelo para Nathan — mas sei também que sou uma figura autoritária, de que ele pode sentir raiva. Além disso, não o vejo com tanta frequência assim. Já você... você é muito chegado a ele e Nathan o respeita. Estou pensando se não haverá um jeito de você convencê-lo — não, isso é muito difícil — de você *influenciá-lo* no sentido de largar essa droga, que pode dar cabo dele. Além do mais — e eu não lhe pediria isso, se Nathan não estivesse correndo tanto perigo — você podia vigiá-lo e telefonar-me de vez em quando, dizendo como é que ele está indo. Tenho-me sentido tantas vezes tão carta-fora-do-baralho, tão incapaz de fazer algo! Se pudesse ter notícias dele através de você, de vez em quando, você nos prestaria um grande serviço. Acha que é pedir demais?

— Não — respondi — claro que não. Terei a maior satisfação em ajudar Nathan e Sofia, também. Tenho um grande afeto por eles.

Achei que estava na hora de me despedir e levantei-me para apertar a mão de Larry.

— Acho que as coisas vão melhorar — murmurei, cônscio do meu desesperado otimismo.

— Espero que sim — falou Larry, mas a expressão do seu rosto, sombrio apesar do seu esforço para sorrir, fez-me ver que o seu otimismo era tão falso quanto o meu.

Receio que, logo depois da minha visita a Larry, eu tenha sido culpado de uma grave negligência. A breve conversa que Larry tivera comigo equivalera a um pedido de socorro da sua parte, para que eu ficasse de olho em Nathan e agisse como um elo entre ele, Larry, e o Palácio Cor-de-Rosa — ao mesmo tempo em que serviria como sentinela e faria as vezes de um bondoso cão-de-guarda, capaz de andar na pegada de Nathan, e mantê-lo sob controle. Evidentemente, Larry achava que, durante aquele delicado hiato no consumo de drogas por parte de Nathan, talvez eu pudesse acalmá-lo e — quem sabe, até — ter sobre ele algum efeito duradouro. Afinal de contas, não era esse o papel dos amigos? Mas eu caí fora (expressão que então ainda não estava em uso, mas que descreve perfeitamente a minha negligência ou, para ser mais exato, o meu abandono). Muitas vezes me perguntei se, caso tivesse permanecido no meu posto durante aqueles dias de crise, não teria sido capaz de exercer algum controle sobre Nathan, evitando que ele se deixasse cair inteiramente na ruína, e quase sempre a resposta tem sido um desolado "sim" ou um "provavelmente". E não deveria eu ter contado a Sofia o que soubera através de Larry? Mas desde que, naturalmente, não posso ter a certeza absoluta do que teria acontecido, minha tendência foi sempre calar a voz da consciência, mediante a esfarrapada desculpa de que Nathan estava condenado a um furioso, inalterável e predeterminado mergulho no abismo — um mergulho em que o destino de Sofia estava indissoluvelmente ligado ao seu.

Uma das coisas estranhas a respeito disso foi o fato de eu ter me afastado durante pouco tempo — menos de dez dias. Excetuando aquele sábado, em que fora com Sofia a Jones Beach, aquela foi a minha única viagem fora dos limites da cidade de Nova York, desde que chegara à metrópole, muitos meses antes. E, mesmo assim, pouco ultrapassei esses limites — a casa, em estilo rústico, ficava no Condado de Rockland, a meia hora de carro, de quem sai pela Ponte George Washington. Foi tudo o resultado de outra voz inesperada do outro lado do telefone. O dono da voz era um velho companheiro do Corpo de Fuzileiros Navais, que atendia pelo nome ultracomum de Jack Brown. O telefonema fora uma completa surpresa, e quando perguntei a Jack como tinha me encontrado, ele respondeu que ligara para a Virgínia e pedira ao meu pai o meu número em Nova York. Foi uma alegria ouvir-lhe a voz: a cadência sulista, rica e preguiçosa como os rios barrentos que atravessavam a parte baixa da Carolina do Sul, onde Jack Brown nascera, acariciou-me os ouvidos como se fosse uma saudosa música de banjo, que há muito eu não ouvisse. Perguntei a Jack como ele ia.

— Muito bem, rapaz, muito bem mesmo — respondeu ele — aqui, no meio dos ianques. Quero que você venha me fazer uma visita.

Eu adorava Jack Brown. Existem amigos, que a gente faz quando jovem, por quem sentimos um amor e uma lealdade que faltam nas amizades feitas posteriormente, por mais sinceras que sejam. Jack era um deles. Inteligente, sensível, bem-informado, lido, com um grande senso de humor e uma maravilhosa capacidade de farejar charlatães. O seu sentido de humor, muitas vezes causticante e apoiado no emprego sutil da retórica dos tribunais sulistas (sem dúvida copiada em parte do pai, juiz famoso), fizera-me rir durante os enervantes meses da guerra em Duke, onde o Corpo de Fuzileiros Navais, decidido a nos transformar de carne de canhão de segunda em carne de canhão de primeira, tentou fazer com que absorvêssemos um programa de dois anos de estudos em menos de um ano, criando assim uma geração de universitários de meia-tigela. Jack era um pouco mais velho do que eu — uns cruciais nove meses, se não me engano — e por isso fora despachado para a frente de batalha, ao passo que eu tivera a sorte de escapar intacto. As cartas que ele me escreveu do Pacífico — depois de separados pelas exigências militares e quando ele se preparava para o ataque a Iwo Jima, enquanto eu continuava aprendendo táticas de pelotão nos pantanais da Carolina do Norte — eram longos e prodigiosos documentos, comicamente obscenos e temperados com uma feroz e, ao mesmo tempo, resignada hilaridade, que eu pensava ser propriedade exclusiva de Jack até vê-la reproduzida, anos mais tarde, em *Ardil-22*[1]. Mesmo após ter sido horrivelmente ferido — perdera a maior parte de uma das pernas em Iwo Jima — conservara um otimismo extraordinário, escrevendo-me, no hospital, cartas cheias de um misto de *joie de vivre* e energia, a um tempo corrosiva e swiftiana. Tenho a certeza de que foi o seu louco e soberano estoicismo que o impediu de mergulhar num desespero suicida. Não se sentia absolutamente deprimido pela perna artificial, que — dizia ele — lhe dava um andar sedutoramente claudicante, à maneira de Herbert Marshall.

Estou comentando tudo isso só para dar uma ideia da estatura de Jack como pessoa e para explicar por que razão aceitei o seu convite, negligenciando minhas obrigações para com Nathan e Sofia. Quando estávamos na Universidade, Jack sonhara ser escultor e agora, após ter estudado na Liga dos Estudantes de Belas Artes, se retirara para as serenas colinas atrás de Nyack, onde moldava enormes objetos de ferro forjado e folha de metal — ajudado (confessou-me, sem reticências) pelo que poderia ser considerado como um belo dote, já que sua esposa era filha de um dos maiores proprietários de fábricas de fiação da Carolina do Sul. Quando

---

1. Romance de Joseph Heller, publicado no Brasil pela Record.

fiz algumas hesitantes objeções, alegando que o meu romance, que estava indo tão bem, poderia sofrer com a interrupção, ele pôs um fim às minhas preocupações, dizendo que a sua casa tinha uma pequena ala onde eu poderia trabalhar à vontade.

— Além do mais, Dolores — acrescentou, referindo-se à esposa — está com a irmã passando uns tempos aqui. O nome dela é Mary Alice, tem vinte e um anos muito saudáveis e, meu filho, é linda como um quadro de Renoir. E *muito* simpática.

Fiquei pensando naquela palavra — *simpática.* Dada a minha perenemente renovada e patética esperança de me realizar sexualmente, não será preciso dizer que esse último argumento acabou de me convencer.

Mary Alice, santo Deus, Mary Alice! Falarei de Mary Alice daqui a pouquinho. Ela é importante pelo efeito perverso que teve sobre a minha psique — um efeito que, por algum tempo, embora felizmente curto, lançou sombras escuras sobre o meu relacionamento com Sofia.

Quanto a esta e a Nathan, mencionarei rapidamente a festinha que organizamos no The Maple Court, na véspera da minha partida. Deveria ter sido um acontecimento alegre — e, para uma pessoa de fora, poderia dar essa impressão — mas duas coisas me encheram de apreensão. A primeira foi a maneira de beber de Sofia. Desde que Nathan voltara, eu tinha reparado que Sofia se abstinha de beber, possivelmente graças à presença dele. Nos "velhos tempos", raramente vira um ou outro tomar mais do que a sua ritual garrafa de Chablis. Agora, porém, Sofia voltara a beber como durante a ausência de Nathan, emborcando dose após dose de Schenley's, embora, como de hábito, isso não parecesse afetá-la, a não ser por uma eventual dificuldade em pronunciar as palavras. Eu não tinha a menor ideia da razão que a levava a beber de novo daquela maneira. Não disse nada, é claro — Nathan era o dono da festa — mas perturbou-me profundamente ver Sofia beber daquele jeito e fiquei ainda mais desconcertado pelo fato de Nathan não parecer se dar conta ou, pior ainda, não tomar as medidas protetoras exigidas por tão potencialmente perigosa situação.

Nessa noite, Nathan mostrara-se mais alegre e generoso do que nunca, mandando vir canecas sobre canecas de chope para mim, até eu me sentir pronto para voar. Fez com que eu e Sofia ríssemos a valer com uma série de engraçadíssimas piadas judias, que aprendera não sei onde. Achei-o em ótima forma, como quando pela primeira vez o conhecera e ele se assenhoreara da minha amizade. Estremeci de satisfação, na presença de um ser humano tão divertido e cheio de vida, até que uma curta frase fez com que toda a minha alegria se escoasse como água por um cano abaixo. Quando nos levantamos para voltar ao Palácio Cor-de-Rosa, ele ficou subitamente sério e, fitando-me do fundo das regiões nebulosas que se escondiam atrás das suas pupilas e onde eu sabia que a demência habitava, disse:

— Eu não quis lhe dizer antes, para você ter algo em que pensar amanhã de manhã, a caminho da roça, mas, quando você voltar, vamos ter o que comemorar. Minha equipe de pesquisadores está prestes a anunciar uma vacina contra — e ele fez uma pausa, antes de soletrar cerimoniosamente a palavra, que tanto medo suscitava, naquela época — contra a po-li-o-mi-e-li-te.

Finis para a paralisia infantil. Não mais crianças aleijadas. Nathan Landau, salvador da humanidade. Senti vontade de chorar. Talvez devesse ter dito alguma coisa mas, lembrando-me do que Larry me dissera, fiquei sem fala e caminhei lentamente, pelas ruas escuras, de volta à pensão da Sra. Zimmerman, ouvindo Nathan discorrer sobre tecidos e culturas celulares, só parando para bater nas costas de Sofia, a fim de lhe *exorcizar* os soluços alcoólicos, enquanto eu permanecia mudo e o meu coração se enchia de piedade e horror...

Passados tantos anos, seria muito agradável poder dizer que a minha estada em Rockland County me trouxera algum alívio às preocupações que Nathan e Sofia me causavam. Uma semana ou dez dias de trabalho produtivo e a alegre fornicação que as palavras de Jack Brown me haviam autorizado a esperar — tais atividades poderiam ter sido recompensa suficiente para a ansiedade que eu padecera e, só Deus sabia, iria padecer ainda, num grau que teria julgado impossível. Mas a verdade é que me lembro da visita, ou de grande parte dela, como um fiasco e registrei provas disso no mesmo caderninho em que, meses antes, transcrevera o meu caso com Leslie Lapidus. A minha estada no campo deveria, logicamente, ter sido o feliz hiato por que tanto esperara. Afinal, os ingredientes lá estavam: uma velha casa em estilo colonial holandês, mergulhada na floresta, um jovem e encantador anfitrião e a sua alegre esposa, uma cama confortável, ótima cozinha sulista, bebida e cerveja à vontade e as mais belas esperanças de satisfação nos braços de Mary Alice Grimball, que tinha um lindo rosto triangular, com provocantes covinhas, lábios encantadoramente úmidos e *ansiosos*, uma abundante cabeleira cor de mel, um diploma em inglês, concedido pela Universidade de Conversa, e o mais tentador traseiro que jamais atravessara do Sul para o Norte.

Que poderia haver de mais promissor do que tal combinação? Lá estava o jovem futuro escritor, trabalhando na sua mesa durante o dia todo, cônscio apenas do agradável *chinque-chinque* das ferramentas do seu amigo escultor e do aroma de frango frito, vindo da cozinha, o seu trabalho estimulado, a voos ainda maiores de nuança e força, pela antevisão, agradavelmente enraizada na minha mente, de que a noite trará horas de conversa amena entre amigos, boa comida, reminiscências nostálgicas do Sul — tudo isso flagrantemente acrescido da presença de duas jovens e encantadoras mulheres, uma das quais, na escuridão da noite, ele fará sussurrar, gemer e gritar de prazer, entre os amassados lençóis do leito de amor. Na verdade, os aspectos puramente domésticos dessa fantasia se realizaram: trabalhei um bocado, naqueles dias que passei com Jack Brown, sua esposa e Mary Alice. Os quatro nadamos na piscina rodeada de bosques (o tempo ainda estava quente), as horas das refeições eram festivas, a conversa cheia de recordações saudosas. Mas houve também sofrimento e era às primeiras horas da manhã, quando, noite após noite, eu me esgueirava com Mary Alice e era literalmente exposto a uma forma de excentricidade sexual com que nunca sequer sonhara e que nunca mais experimentei. Pois Mary Alice era — conforme a classifiquei, comparativamente, nas minhas anotações (escritas na mesma letra incrédula e perplexa, que usara para registrar a minha outra desastrosa ligação, alguns meses antes)...

...bem pior do que uma provocadora, uma especialista em agitar. Aqui sentado, pouco antes do romper do dia, ouvindo os grilos e pensando na triste especialidade dela, medito

sobre a calamidade que se abateu sobre mim. Acabo de me ver de novo no espelho do banheiro e não descobri nada de errado na minha fisionomia. Ao contrário, com toda a modéstia devo dizer que não vejo senão uma imagem agradável: nariz bem marcado, olhos castanhos e inteligentes, boa pele, excelente estrutura óssea (não tão fina, graças a Deus, a ponto de parecer "aristocrática", mas dotada de angulosidade suficiente para não parecer grosseiramente plebeu), uma boca e um queixo denotadores de um agudo senso de humor, tudo se combina num rosto que poderia ser chamado bonito, embora esteja longe da beleza estereotipada dos anúncios. Isso indica que ela não pode ter se sentido repelida pela minha aparência. Mary Alice é sensível, culta, isto é, leu um ou dois livros que considero essenciais, tem bastante sentido de humor (embora empalideça, à sombra de Jack Brown), parece sedutoramente avançada e liberada para uma jovem do seu background, que é cem por cento sulista. Menciona, talvez demais, mas atavisticamente, que costuma ir à igreja. Nenhum de nós fez juras ou protestos de amor, mas é evidente que a minha pessoa a excita — pelo menos, um pouco — sexualmente. Nesse aspecto, porém, ela é o contrário de Leslie, já que, apesar da sua (creio que em parte fingida) paixão, quando nos beija-mos, ela é extremamente puritana (como tantas moças sulistas) no tocante à linguagem. Quando, por exemplo, uma hora após o início da nossa sessão "amorosa" de anteontem à noite, fiquei o suficientemente excitado para elogiar-lhe a maravilhosa bunda e fiz uma vã tentativa de colocar a mão sobre ela, Mary Alice recuou com um furioso murmúrio ("Odeio essa palavra! Será que você não pode dizer quadris?") e compreendi que quais-quer outras indecências poderiam ser fatais.

Os seios, pequenos e redondos como grapefruits maduros, não se comparam, porém, com a perfeição da sua bunda, a qual, excetuando talvez a de Sofia, é o mais belo traseiro do mundo, dois globos lunares de tão desnaturada simetria que até através das modestas saias de lã que ela às vezes usa, sinto uma dor atravessar-me as gônadas, como se elas tivessem sido escoiceadas por uma mula. Habilidade osculatória, mais ou menos: ela é uma prin-cipiante, comparada com Leslie, cuja bem-treinada língua jamais esquecerei. Mas apesar de Mary Alice, da mesma forma que Leslie, não me permitir pôr um dedo em nenhum dos mais interessantes recessos do seu desejável corpo, por que me sinto desconcertado com o bizarra fato de que a única coisa que ela concorda em fazer, embora de maneira quase maquinal, como se fosse uma obrigação, é "aliviar-me" hora após hora, até eu ficar que nem um vegetal espremido, completamente exausto e humilhado por essa estúpida manipula-ção? No começo, foi extremamente excitante, quase a minha primeira experiência no gênero, o contato daquela mãozinha batista no meu empinado membro, e eu capitulava *imediatamente, molhando-nos a ambos, coisa que (tendo em vista os seus escrúpulos), para minha surpresa não parecia chocá-la, pois se limpava calmamente com o lenço que eu lhe oferecia. Mas, após três noites e nove orgasmos (três em cada noite, metodicamente contados), estou chegando ao ponto de não sentir mais nada e concluo que deve haver algo de doentio nessa atividade. Minha muda sugestão (um leve inclinar da sua cabeça com a minha mão) no sentido de que talvez ela quisesse praticar o que os italianos chamam de* fellatio *provocou nela uma tão abrupta demonstração de repulsa — como se lhe estivesse sugerindo que comesse carne de canguru crua — que desisti de uma vez por todas dessa possibilidade.*

E assim vão passando as noites, em suarento silêncio. Seus jovens seios continuam firmemente prisioneiros do seu Maidenform, debaixo da casta blusa de algodão. Não há nenhum vislumbre de acesso ao cobiçado tesouro que ela guarda entre as coxas: é tão inexpugnável quanto o Forte Knox. Mas eis que, hora após hora, o meu rígido membro é agarrado por Mary Alice com estoica indiferença e por ela bombeado, enquanto eu ofego e gemo ridiculamente, ouvindo a mim mesmo murmurar besteiras do tipo: "Oh, meu Deus, Mary Alice, que bom!" e vendo-lhe o belo e alheio rosto, ao mesmo tempo que o desespero e o desejo crescem em mim em medidas quase idênticas — com o desespero, porém, vencendo. O dia acaba de nascer e as serenas colinas de Ramapo estão cheias de neblina e do pipitar dos pássaros. O meu pobre membro está tão caído e moribundo quanto um verme espezinhado. Não sei porque precisei de todas estas noites para compreender que o meu quase suicida estado de espírito se deve, pelo menos em parte, à patética constatação de que o ato que Mary Alice executa em mim, com tal frieza, é algo que eu podia fazer sozinho, com muito mais calor.

Foi quase no fim da minha visita a Jack Brown — numa manhã cinzenta e chuvosa, já com os primeiros sinais do outono — que anotei o seguinte, no meu caderninho. A letra incerta e tremida que, naturalmente, não posso reproduzir aqui, é testemunha do meu estado emocional.

Uma noite de insônia ou quase isso. Não posso culpar Jack Brown, de quem gosto tanto, pelo que estou padecendo ou pelo seu conceito errado. Não é culpa dele, Mary Alice estar sendo um tal espinho para mim. Vê-se que ele pensa que eu e Mary Alice passamos a semana fornicando como loucos, pois alguns dos comentários que ele tem feito (acompanhados de cutucadas cheias de duplo sentido) indicam, isso. Covarde que sou, não tenho coragem de lhe contar a verdade. Esta noite, após um belo jantar, que incluía o melhor presunto da Virgínia que já provei, os quatro fomos ver um filme cretino em Nyack. Depois, passado um pouco da meia-noite, Jack e Dolores recolheram-se ao seu quarto, enquanto eu e Mary Alice nos retirávamos para o nosso canto, na varanda do andar térreo e reiniciávamos o ritual de sempre. Bebo uma grande quantidade de cerveja, para ficar "professoral". O prelúdio de beijos começa, a princípio bastante agradável e, após intermináveis minutos destes preparativos, tem início a inevitável e repetitiva sequência que a esta altura já se tornou insuportavelmente tediosa. Não mais precisando que eu tome a iniciativa, Mary Alice tateia à procura do meu zíper, sua pequena mão pronta a executar a sua desanimada operação sobre o meu igualmente calejado apêndice. Desta vez, porém, detenho-a a meio caminho, preparado para a cena que imaginei durante todo o dia. "Mary Alice" — digo. — "Por que não somos francos um com o outro? Não sei o motivo, mas nunca falamos sobre este problema. Gosto muito de você, mas, sinceramente, não posso mais suportar esta atividade tão incompleta. Você tem medo de..." (Receio ser explícito, sabendo-a tão sensível a certas palavras.) "Será medo de... você sabe? Se for, quero lhe dizer que tenho maneiras de evitar qualquer... acidente. Prometo que tomarei todas as precauções". Após um momento de silêncio, ela pousa a cabeça, com sua luxuriante cabeleira, cheirando tão tentadoramente a gardênia, no meu ombro, suspira e diz: "Não, não é isso, Stingo?!" Segue-se novo silêncio. "O que é, então?" pergunto. —"Você não percebe que, a não ser os beijos, eu literalmente nunca toquei em você... em nenhum lugar? Não me parece direito, Mary Alice. Na verdade, há algo de pervertido no que estamos fazendo". Após uma pausa, ela diz: "Oh, Stingo, não sei. Também gosto muito de você, mas você sabe, entre nós não existe amor. Para mim, o sexo e o amor são inseparáveis. Quero me reservar para o homem que eu amar. Já me queimei uma vez..." Retruco: "Que é que você quer dizer com isso? Você estava apaixonada por alguém?" "É, eu achava que sim e me queimei. Não quero me queimar de novo."

E, à medida que ela me fala do seu terminado amor, um horrível conto, típico da revista *Cosmopolitan* vai emergindo, explicando ao mesmo tempo a moral sexual dos anos 40 e a psicopatologia que lhe permite atormentar-me como me tem torturado. Tivera um noivo, um certo Walter, piloto naval, que a cortejara durante quatro meses. Durante todo esse tempo (ela me explica, usando de circunlóquios) não haviam tido relações sexuais formais, embora, a pedido dele, ela tivesse aprendido, presumivelmente com a mesma rítmica falta de animação com que praticou em mim, a manipular o membro dele ("a estimulá-lo") e fizesse isso noite após noite, tanto para lhe dar algum "alívio" (ela usa essa palavra odiosa) como para proteger a aveludada fortaleza onde ele estava ansioso por penetrar (*Quatro meses! Imaginem o estado das calças de aviador de Walt.*) Só quando o desgraçado anunciara formalmente a sua intenção de desposá-la e lhe colocara a aliança na mão direita (continua contando Mary Alice, num tom inocente) ela acabara cedendo, pois na religião batista em que se criara, um castigo tão certo quanto a morte se abateria sobre aqueles que tivessem relações carnais sem ao menos pensarem em casar. Na verdade, continua ela, já achara pecado fazer o que tinha feito antes de dar definitivamente o nó. Nesse ponto, Mary Alice para e me diz algo que me faz rilhar os dentes de raiva. "Não é que eu não deseje você, Stingo. O meu desejo é até bem forte. Walter me ensinou a fazer amor". E, enquanto ela continua a falar, murmurando banalidades a respeito de "consideração", "ternura", "fidelidade", "compreensão", "respeito" e demais lixo cristão, sinto uma vontade enorme de viclá-la. Ela conclui sua história, dizendo: "Walter abandonou-me às vésperas do casamento — o maior choque da minha vida. É por isso, Stingo, que não quero mais me queimar."

Fico algum tempo calado. "Sinto muito" — digo. "É uma história muito triste" — acrescento, procurando abafar o sarcasmo que luta para vir à tona. "Muito triste. Acho que isso acontece com muitas pessoas. Mas também acho que sei por que Walter caiu fora. Me diga uma coisa, Mary Alice, você acha mesmo que dois jovens saudáveis, que se sentem atraídos um pelo outro, precisam passar por toda essa farsa de marcar casamento antes de treparem um com o outro?" Sinto-a ficar rígida e soltar uma exclamação horrorizada, diante do horrível verbo. Afasta-se de mim e a sua pudica indignação me enfurece ainda mais. De repente, ela fica assustada (vejo agora que justificadamente) com a minha raiva, agora completamente descontrolada e que me faz tremer de furor. Vejo-lhe os lábios, com o batom escorrido pelos beijos, formar uma expressão oval de medo. "Walter nunca tocou em você para fazer amor, sua idiota mentirosa!" — falei quase gritando. "Aposto como você nunca trepou na sua vida! Tudo o que Walter lhe ensinou foi a "aliviar" os pobres-diabos que anseiam por entrar em você! Você está precisando de um belo pau dentro dessa buceta que mantém trancada a sete chaves, algo que faça essa linda bunda se contorcer de prazer, merda..." Paro, com um grito estrangulado, morto de vergonha mas, ao mesmo tempo, cheio de vontade de rir, pois Mary Alice enfiou os dedos nas orelhas, como uma criança de seis anos, e as lágrimas escorrem-lhe pelas faces. Dou um sonoro arroto. Sou repulsivo. Mesmo assim, não posso deixar de berrar para ela: "Moças como você transformaram milhões de jovens valentes, muitos dos quais morreram pelas suas preciosas bundas nos campos de batalha do mundo, numa geração de falidos sexuais!" Saio da varanda e vou direto para a cama. Após horas de insônia, adormeço e tenho o que, devido às suas implicações *freudianas, detestaria incluir num romance, mas que, Querido Diário, não posso deixar de lhe confessar:* O meu Primeiro Sonho Homossexual!

No fim dessa manhã, pouco depois de ter acabado de escrever as anotações acima no meu diário, bem como algumas cartas, eu estava sentado à mesa onde trabalhara tão bem, naqueles últimos dias, meditando sombriamente na extraordinária aparição homossexual que passara como uma nuvem negra pela minha consciência (fazendo-me temer pela saúde da minha alma), quando ouvi os passos claudicantes de Jack Brown nas escadas, seguidos do som da sua voz me chamando. Não ouvi nem respondi logo, tão profundo era o meu medo e a possibilidade de me ter tornado homossexual. O nexo entre a rejeição de Mary Alice e a minha súbita metamorfose num invertido sexual parecia demasiado forçado — contudo, eu não podia negar essa possibilidade.

Tinha lido muito sobre problemas sexuais, quando estudante desse famoso ateneu de psicologia, que era a Universidade de Duke, e ficara sabendo de alguns fatos sobejamente comprovados: que, por exemplo, os primatas do sexo masculino, quando no cativeiro e sem fêmeas, tentam fornicar uns com os outros, muitas vezes com sucesso, e que muitos presos, após longos períodos encarcerados, se entregam de tal modo a atividades homossexuais, que isso parece ser normal. Os homens que passam muitos meses no mar se satisfazem uns com os outros e, quando eu estava no Corpo de Fuzileiros Navais (pertencente, portanto, à Marinha), fiquei intrigado com a origem do termo de gíria que designava o açúcar: evidentemente, provinha da conversa usada pelos marinheiros mais velhos para conseguir os favores dos jovens grumetes. Ah, bom, pensei, se me tornei pederasta, que é que se pode fazer? Havia precedentes de sobra para o meu caso porque, embora eu não tivesse sido formalmente confinado ou trancafiado, no que dizia respeito a uma vida sexual saudável, a minha existência equivalia a eu ter estado na prisão ou embarcado durante anos num bergantim. Não seria possível que alguma válvula psíquica existente em mim, análoga ao que quer que seja que controla a libido de um prisioneiro de vinte anos ou de um macaco solitário, tivesse pifado, deixando-me diferente, vítima das pressões da seleção biológica mas, não obstante, pervertido?

Eu estava considerando essa probabilidade, quando a voz de Jack, à minha porta, me tirou abruptamente da fossa.

— Acorde, rapaz, telefone para você! — gritou ele.

Enquanto descia a escada, eu sabia que o telefonema só podia ser do Palácio Cor-de-Rosa, onde deixara o número do telefone de Jack, e a minha premonição foi confirmada ao ouvir a voz familiar e lamentosa de Morris Fink.

— Você precisa vir imediatamente — disse ele. — As coisas estão pretas.

Meu coração deu um pulo e disparou.

— Que foi que aconteceu? — murmurei.

— Nathan saiu de novo dos trilhos. Desta vez, foi horrível, o filho-da-puta!

— E Sofia? — perguntei. — Como é que ela está?

— Ela está bem. Ele surrou-a, mas ela está bem. Ele ameaçou dar cabo de Sofia. Ela fugiu e não sei onde está. Mas pediu que eu ligasse para você. Acho melhor você vir logo.

— E Nathan? — quis saber.

— Também sumiu, mas disse que voltaria, o louco. Você acha que eu devo chamar a polícia?

— Não — respondi mais que depressa. — Pelo amor de Deus, não chame a polícia! — Pensei um pouco e disse: — Vou já para aí. Procure encontrar Sofia.

Depois que desliguei, fiquei um momento pensando e, quando Jack desceu, tomei uma xícara de café com ele, para ver se minha agitação diminuía. Já lhe falara sobre Sofia e Nathan e a sua *folie à deux,* mas apenas por alto. Agora, sentia-me compelido a revelar-lhe certos detalhes dolorosos. Ele sugeriu o que, por alguma razão, não me havia ocorrido fazer.

— Você precisa ligar para o irmão dele — insistiu.

— Claro — concordei.

Corri de novo ao telefone, mas deparei com um impasse desses que, no decorrer da vida, parecem acontecer sempre nos momentos críticos. A secretária informou-me que Larry estava em Toronto, assistindo a um congresso e que a esposa o acompanhara. Naqueles dias antediluvianos que precederam a era do jato, Toronto ficava tão longe quanto Tóquio e soltei um gemido de desespero. Mas, quando tinha acabado de desligar, o telefone tocou de novo. Era mais uma vez o fiel Fink, cujas maneiras de troglodita eu tantas vezes amaldiçoara, mas que agora abençoava de todo coração.

— Acabei de saber notícias de Sofia — disse ele.

— Onde é que ela está? — berrei.

— Estava no consultório do médico polonês com quem trabalha, mas já não está. Foi até o hospital, tirar uma chapa do braço. Acha que Nathan pode tê-lo quebrado, o cafajeste. Mas quer que você vá vê-la. Diz que vai ficar toda a tarde no consultório do médico, esperando por você.

Fui mais do que depressa.

Para muitos jovens no fim da adolescência, o vigésimo-segundo ano de vida é o mais difícil de todos. Percebo agora como eu era insatisfeito, rebelde e perturbado, nessa idade, mas também como o fato de escrever evitara que graves distúrbios emocionais se manifestassem, no sentido de que o romance que eu estava escrevendo me servia de instrumento de catarse, através do qual eu podia descarregar no papel algumas das minhas piores tensões. Naturalmente, o meu livro era mais do que isso, mas no fundo atuava como um confessionário, razão pela qual eu sentia por ele a mesma veneração que pelo meu próprio ser. Apesar disso, eu era ainda muito vulnerável: fissuras surgiam na armadura que construíra em volta de mim e havia momentos em que era assaltado por temores kierkegaardianos. A tarde em que saí de casa de Jack Brown atrás de Sofia foi um desses momentos de extrema fragilidade, ineficácia e raiva de mim mesmo. Sentado no ônibus que atravessava New Jersey, rumo a Manhattan, sentia-me exausto e tomado de um pavor quase indescritível. Para começar, estava de ressaca e o nervosismo vinha aumentar ainda mais minha apreensão, fazendo-me estremecer, só de pensar no que me esperava junto de Sofia e Nathan. Meu fracasso com Mary Alice (não me despedira dela) dera cabo do que me restava de virilidade, tornando-me mais facilmente presa da suspeita de que, todos aqueles anos, eu tentara me iludir quanto às minhas inclinações homossexuais. Perto de Forte Lee, vislumbrei, num espelho, o meu rosto infeliz e cinzento, contra um panorama de postos de gasolina e *drive-ins*, e procurei fechar os olhos e a mente ao horror da minha existência.

Eram quase cinco horas da tarde quando cheguei ao consultório do Dr. Blackstock, no centro do Brooklyn. Aparentemente, as horas de consulta haviam terminado, pois a sala de espera estava vazia, a não ser por uma mulher da aparência solteirona, que alternava com Sofia no papel de secretária-recepcionista. Disse-me que Sofia, que saíra antes do meio-dia, ainda não voltara do hospital onde fora tirar uma radiografia do braço, mas que não deveria demorar. Convidou-me a sentar e esperar, mas preferi ficar de pé e logo comecei a andar de um lado para o outro da sala, pintada — afogada, seria mais exato — no mais horrível tom de roxo que eu jamais vira. Como podia Sofia trabalhar dia após dia mergulhada naquela cor era coisa que eu não entendia. As paredes e o teto eram da mesma cor de caixão, que Sofia me contara predominar também na casa de Blackstock, em St. Albans. Fiquei pensando que uma tal decoração deveria ter obedecido ao gosto da falecida Sylvia, cuja foto — adornada com crepe negro, como se fosse uma santa — me sorria de uma das paredes, com ar bondoso. Outras fotos, penduradas por todos os lados, atestavam a familiaridade de Blackstock com os semideuses e as semideusas da cultura *pop*, numa *gemütlich* demonstração de amizade: Blackstock com um Eddie Cantor de olhos arregalados, Blackstock com Grover Whalen, Sherman Billingsley e Sylvia, no Stork Club, com o Major Bowes, com Walter Wincheli, até com as Andrews Sisters, as três com as bastas cabeleiras rodeando o rosto dele como se fossem grandes buquês sorridentes, o médico todo orgulhoso, sobre uma dedicatória à tinta: *Para o Hymie, com um beijo de Patty, Maxine e LaVerne.* No estado de espírito mórbido e nervoso em que eu estava, as fotos do alegre quiroprático e dos seus amigos me fizeram mergulhar na mais profunda fossa que já conhecera, e rezei para que Sofia chegasse logo e me ajudasse a aliviar a angústia que sentia. Como que em atendimento às minhas preces, ela não tardou a entrar pela porta.

Oh, minha pobre Sofia! Estava olheirenta e descabelada, com um ar exausto, e a pele do seu rosto tinha um tom azulado e doentio — mas o mais impressionante é que ela parecia ter envelhecido, ser uma senhora quarentona. Abracei-a suavemente e, durante um momento, não dissemos nada. Ela não chorou. Finalmente, olhei para ela e perguntei:

— O seu braço... como é que está?

— Não houve fratura — respondeu ela. — Só está muito machucado.

— Graças a Deus! — exclamei e acrescentei: — Onde é que ele está?

— Não sei — murmurou ela, sacudindo a cabeça. — Não tenho a menor ideia.

— Temos que fazer alguma coisa — disse eu. — Temos que botá-lo num lugar onde ele não possa fazer mal a você. — Fiz uma pausa, sentindo-me ao mesmo tempo impotente e culpado. — Devia ter ficado aqui. Não tinha nada que me afastar. Quem sabe eu não seria capaz de...

Mas Sofia me interrompeu, dizendo:

— Calma, Stingo. Não fique assim. Vamos beber alguma coisa.

Sentados nos bancos altos do bar de um horroroso restaurante chinês, cheio de espelhos, da Rua Fulton, Sofia contou-me o que acontecera durante minha ausência. A princípio, fora tudo um mar de rosas, uma felicidade. Ela nunca vira Nathan tão sereno e bem-humorado. Muito preocupado com a nossa viagem ao Sul e pensando no casamento, levara Sofia a fazer compras loucas (incluindo uma excursão especial a Manhattan, onde tinham passado duas horas na Saks da Quinta Avenida), fazendo com que ela escolhesse um enorme anel de safira, um enxoval próprio de uma estrela de Hollywood e um caríssimo guarda-roupa de viagem, destinado a arregalar os olhos dos naturais de lugares como Charleston, Atlanta e Nova Orleans. Lembrara até em dar um pulo à Cartier, onde me comprara um relógio de pulso, como presente ao padrinho de casamento. Tinham passado os dias subsequentes, depois do trabalho, estudando a geografia e a história sulistas, folheando vários guias de turismo e lendo *Lee's Lieutenants*, como preparativo para as excursões aos campos de batalha da Virgínia que eu lhes prometera.

Tudo fora feito à maneira cuidadosa, metódica e inteligente de Nathan, dando tanta atenção às particularidades das várias regiões que percorreríamos (o cultivo de algodão e de amendoim, as origens de certos dialetos locais, como o Gullah e o Cajun, até mesmo a fisiologia dos crocodilos) quanto um colono britânico da era vitoriana, preparando-se para viajar até às cabeceiras do Nilo. Contagiara Sofia com o seu entusiasmo, enchendo-a de informações úteis e fúteis sobre o Sul, que ele acumulava na sua prodigiosa memória. Amando Nathan, ela tomara boa nota de tudo, inclusive de coisas tão sem importância quanto o fato de os pêssegos serem mais cultivados na Geórgia do que em qualquer outro estado e de o ponto mais alto do Mississippi ter menos de trezentos metros. Chegara inclusive a ir até a biblioteca do Brooklyn College e sair com dois romances da autoria de George Washington Cable. Começara a falar à maneira sulista, o que muito a divertia.

Por que não fora capaz de detectar os sinais de alerta, quando eles tinham começado a aparecer? Durante todo esse tempo, Sofia vigiara-o e estava certa de que Nathan parara de tomar anfetaminas. Mas, no dia anterior, quando cada um tinha ido para o seu trabalho — ela, para o consultório do Dr. Blackstock, ele para o seu "laboratório", algo devia ter feito com que ele descarrilasse; o que, ela jamais saberia. De qualquer maneira, Sofia estava estupidamente alheia e vulnerável, quando ele mostrara os primeiros sinais, como já fizera de outras vezes. Não conseguira ligar uma coisa à outra: o eufórico telefonema da Pfizer, a voz demasiado alta e excitada, o anúncio de incríveis vitórias no campo da pesquisa médica, uma grande descoberta científica. Como *podia* ela ter sido tão boba? A sua descrição da furiosa explosão de Nathan e dos estragos que se haviam seguido, foi, para mim — no estado de nervos em que me encontrava — agradavelmente lacônica mas, não sei por que, ainda mais impressionante em razão da sua brevidade.

— Morty Haber ia dar uma festa para um amigo que estava partindo para um ano de estudos na França. Trabalhei até tarde para ajudar a mandar contas pelo correio e tinha dizido (*sic*) a Nathan que comeria alguma coisa no consultório e me encontraria com ele mais tarde, na festa. Nathan não chegou senão bem depois de eu estar lá, mas vi logo, quando olhei para ele, que estava *alto*. Quase desmaiei, quando ele entrou, sabendo que provavelmente ele tinha estado assim todo o dia, mesmo quando recebi o telefonema, e que eu tinha sido tão estúpida que nem... bem, que nem tinha ficado alarmada. Na festa, ele se portou bem, quer dizer, não provocou ninguém, nem nada... mas eu vi que tinha tomado benzedrina. Falou com algumas pessoas sobre a sua nova cura para a pólio e o meu coração quase parou. Disse para mim mesma que talvez Nathan acabasse indo dormir. Às vezes ele fazia isso, não ficava violento. Por fim, eu e Nathan voltamos para casa. Não era muito tarde, mais ou menos meia-noite e meia. Foi só quando chegamos que ele começou a berrar comigo, a ficar furioso, fazendo o que sempre fazeu (*sic*), você sabe, quando está no meio de uma das suas *tempêtes*, que é me acusar de ser infiel para ele, de, bem, trepar com outro homem.

Sofia fez uma breve pausa e, quando ergueu a mão esquerda para jogar para trás uma madeixa de cabelos, achei algo pouco natural naquele gesto, fiquei pensando no que seria e acabei percebendo que ela estava poupando o braço direito, que pendia, inerte, para o lado, como se lhe doesse.

— De quem ele desconfiou, desta vez? — perguntei. — De Blackstock? De Seymour Katz? Oh, meu Deus, Sofia, se o coitado não fosse tão tã-tã, eu não aguentaria isso sem lhe dar um soco nos dentes. Meu Deus, com quem ele acha que você o está traindo agora?

Sofia abanou violentamente a cabeça, os louros cabelos despenteando-se em volta do rosto triste e abatido.

— Não faz diferença, Stingo — disse ela.

— E depois, que foi que aconteceu?

— Ele gritou e berrou comigo. Tomou mais benzedrina, talvez também cocaína, não sei o que, exatamente. Depois, saiu batendo com a porta e gritando que nunca mais voltaria. Fiquei deitada no escuro, sem poder dormir durante muito tempo. Estava tão preocupada e assustada! Pensei em telefonar para você, mas já era muito tarde. Por fim, eu já não podia mais ficar acordada e adormeci. Não sei quanto tempo dormi, mas, quando ele voltou, já estava amanhecendo. Ele entrou no quarto como uma explosão, gritando e berrando. Acordou de novo toda a pensão. Me puxou para fora da cama, me jogou no chão e gritou comigo, dizendo que eu tinha relações com... bem, com outro homem e que ele ia me matar, matar o homem e ele mesmo. Oh, *mon Dieu*, Stingo, nunca, nunca eu tinha visto Nathan daquele jeito, nunca! Me deu um chute no braço, aqui, e depois saiu. Mais tarde eu também saí e isso foi tudo.

Sofia calou-se.

Pousei lentamente o rosto na superfície de mogno do bar, com sua úmida pátina de cinzas de cigarros e marcas de copos, desejando ardentemente entrar em coma ou ser vítima de alguma outra forma de bendita inconsciência. Depois, ergui a cabeça e olhei para Sofia, dizendo:

— Sofia, não queria lhe dizer isto, mas Nathan *precisa* ser internado. Ele é perigoso. Tem que ficar *confinado.* — Um soluço vagamente ridículo me engasgou a voz. — *Para sempre* — acrescentei.

Com mão trêmula, ela fez sinal ao *barman* e pediu um uísque duplo *on the rocks.* Senti que não podia dissuadi-la, mesmo que a sua fala já estivesse ficando pastosa e embaralhada. Quando a bebida veio, ela deu um grande trago e, voltando-se para mim, disse:

— Tem uma outra coisa que eu não lhe disse, sobre quando ele voltou, de manhã.

— O que foi? — perguntei.

— Ele tinha uma arma na mão. Uma pistola.

— Oh, merda! — exclamei. — Merda, merda, merda.

Repeti a palavra como se fosse um disco emperrado. — Merda, merda, merda...

— Ele disse que ia atirar. Apontou a pistola para minha cabeça, mas não atirou.

Murmurei uma invocação não inteiramente blasfema:

— Meu Deus, tende piedade!

Mas não podíamos ficar ali, esvaindo-nos no sangue daquelas feridas. Após um longo silêncio, decidi ir com Sofia até o Palácio Cor-de-Rosa e ajudá-la a fazer as malas. Ela sairia imediatamente da pensão e se hospedaria, pelo menos por essa noite, no Hotel St. George, que ficava ao lado do consultório. Entrementes, eu encontraria maneira de entrar em contato com Larry, em Toronto, explicando-lhe o perigo da situação e pedindo-lhe que voltasse imediatamente. Depois, com Sofia a salvo na sua reclusão temporária, faria o possível por encontrar Nathan e tratar com ele — embora essa perspectiva me enchesse o estômago de um medo do tamanho de uma bola de futebol. A tal ponto que, mesmo sentado ali, quase vomitei a única cerveja que tomara.

— Vamos embora — falei. — Agora.

Ao chegarmos à pensão, paguei ao fiel Morris Fink cinquenta *cents* para me ajudar a descer a bagagem de Sofia. Ela soluçava e, segundo pude ver, estava bastante bêbada, enquanto andava de um lado para o outro do quarto, enfiando roupas, cosméticos e joias numa grande mala.

— Meus belos *tailleurs* da Saks. — murmurou ela. — Que é que você acha que eu dever fazer com eles?

— Levá-los com você, ora! — retruquei, impacientemente, metendo os seus muitos pares de sapatos em outra mala. — Esqueça-se do protocolo, pelo amor de Deus! Não é hora disso. Precisamos andar depressa. Nathan pode voltar de uma hora para a outra.

— E o meu lindo vestido de noiva? Que é que eu faço com ele?

— Leve-o também! Se não vai mais usá-lo, talvez possa botá-lo no prego.

— No prego? — estranhou ela.

— É, empenhá-lo.

Eu não tinha querido ser cruel, mas as minhas palavras fizeram com que Sofia deixasse cair uma combinação de seda no chão e depois levasse as mãos aos olhos, soluçando alto e derramando lágrimas descontroladas e brilhantes. Morris ficou olhando, sem entender, enquanto eu procurava consolá-la, tomando-a nos braços e dizendo palavras vãs. Lá fora, já estava escuro e o estrondear da buzina de um caminhão, numa rua próxima, fez-me pular, como se uma serra diabólica me estivesse cortando as pontas dos nervos. Ao barulho da rua veio juntar-se o estrépito do telefone no *hall* e acho que abafei um gemido, ou talvez um grito. Fiquei ainda mais nervoso quando Morris, tendo silenciado o monstro, atendendo-o, gritou que o telefonema era para mim.

Era Nathan, não havia dúvida de que era Nathan. Então, por que razão, por um momento, a minha mente tentou me enganar, fazendo-me pensar que era Jack Brown, ligando de Rockland County, para saber como iam as coisas? Talvez por causa do sotaque sulista, tão perfeitamente imitado, a ponto de me fazer crer que o dono daquela voz só podia ter sido criado comendo mingau de fubá e carne de porco. Um sotaque tão sulista quanto a verbena, ou lava-pés dos batistas, ou os cães de caça, ou John C. Calhoun e, se não me engano, cheguei mesmo a sorrir, ao ouvi-lo perguntar:

— Como é que é, nego? Como vai essa força?

— Nathan! — exclamei, fingindo entusiasmo. — Como é que você está? *Onde* é que você está? Puxa, que bom ouvir a sua voz!

— Ainda vamos fazer aquela viagem até o Sul? Eu, você e a Sofia?

Eu sabia que tinha de continuar batendo papo com ele, ao mesmo tempo em que procurava descobrir o seu paradeiro — coisa difícil — de modo que respondi, imediatamente:

— Claro que vamos fazer essa viagem, Nathan. Eu e Sofia estávamos falando sobre isso agora mesmo. Que roupas maravilhosas que você comprou para ela! Onde você está, amigão? Gostaria de falar pessoalmente com você, sobre uma outra excursão que planejei...

A voz interrompeu-me, com o seu sabor de melado, numa perfeita réplica da fala dos meus antepassados, sincopada e, ao mesmo tempo, indolente:

— *Tou* que num posso esperar pra *fazê* essa viagem com você e a Sofia. A gente vai se divertir à beça, *né*, companheiro?

— Vai ser uma viagem inesquecível — comecei.

— A gente vai *tê* um bocado de tempo livre, num vai? — atalhou ele.

— Claro que vamos ter muito tempo livre — retorqui, sem saber exatamente o que ele queria dizer. — Vamos ter todo o tempo que quisermos para fazer o que nos der na cabeça. Em outubro, lá no Sul ainda faz calor. Vamos poder nadar, pescar, velejar na Baía de Mobile.

— É isso que eu quero — continuou ele. — Um bocado de tempo livre. Três pessoas, quando viajam juntas, mesmo sendo *muito* amigas podem *enjoar* de andar sempre grudadas, de maneira que gostaria de ter algum tempo livre pra dar umas voltinhas sozinho. Uma hora ou duas, pra ir até Baton Rouge ou Birmingham. — Fez uma pausa e ouvi uma risada melodiosa. — Isso daria a *você* também um pouco de liberdade, num é mesmo? Você podia *aproveitá* pra *procurá* uma garota. Um garotão sulista, como você, precisa de uma garota, *num é*?

Comecei a rir, algo nervosamente, constatando que nessa estranha conversa, com sua conotação de desespero — pelo menos da minha parte — já tínhamos esbarrado nos arrecifes do sexo. Mas eu mordi voluntariamente a isca de Nathan, sem me aperceber do terrível arpão que ele preparara para me pegar.

— Bem, Nathan — falei —, espero encontrar alguma garota. As garotas sulistas — acrescentei, pensando sombriamente em Mary Alice

Grimball — são difíceis de penetrar, se você me desculpa o duplo sentido, mas, quando se resolvem, são muito boas de cama...

— Não, amigão — interrompeu ele — não estou me referindo às garotas sulistas, e sim a uma garota *polaca!* Estou querendo dizer que, quando Nathan sair para visitar a casa do Sr. Jeff Davis, ou a velha plantação onde Scarlet O'Hara batia nos negros com o seu chicote de montar a cavalo, o velho Stingo vai estar no Green Magnolia Motel... fazendo o que, adivinhe? Adivinhe o que o Stingo vai estar fazendo com a mulher do seu melhor amigo? Ora, Stingo vai estar na cama com ela, *montado* em cima da bela e *desejosa* polaca, os dois *trepando* como loucos!

Nesse momento, vi que Sofia se aproximava e murmurava algo que eu não podia entender — em parte devido ao sangue que pulsava, num galope selvagem, nos meus ouvidos, e talvez, também, porque, horrorizado, eu não podia dar atenção senão à horrível fraqueza que sentia nos joelhos e nos dedos, que tinham começado a tremer sem controle.

— Nathan! — exclamei, numa voz estrangulada. — Meu Deus...

De repente, a sua voz, de volta à pronúncia que eu sempre qualificara como sendo de "Brooklyn cultivada", tornou-se tão feroz, que nem mesmo as interferências eletrônicas e os diversos zumbidos conseguiam diminuir a força daquela fúria demente.

— Seu desgraçado, seu canalha! Quero que você se dane para sempre, por me ter traído miseravelmente, você, a quem eu tinha na conta do meu melhor amigo! E sempre com esse sorriso de sonso, dia após dia! Você me dava umas folhas do seu livro para ler — *puxa, Nathan, muito obrigado!* — quando, quinze minutos antes, tinha estado rolando na cama com a mulher com que eu ia casar. *Ia,* no passado, porque prefiro mil vezes arder no inferno do que casar com uma polaca sem-vergonha, que abre as pernas para um filho-da-puta de um sulista, capaz de me trair como...

Tirei o auscultador do ouvido e voltei-me para Sofia que, boquiaberta, adivinhara o que Nathan estava dizendo.

— Oh, puxa, Stingo — ouvi-a murmurar. — Não queria que você saber *(sic)* que era *você* que ele pensava que eu...

Voltei a escutar, angustiado:

— Vou até aí flagrar vocês dois.

Seguiu-se um momento de silêncio, ressonante, enganador. Ouvi um clique, mas percebi que ele não desligara.

— Nathan — disse eu. — *Por favor!* Onde é que você está?

— Perto daí, meu velho. Pra dizer a verdade, estou logo ao dobrar a esquina. E vou até aí pegar vocês dois. Sabem o que eu vou fazer? Sabe o que eu vou fazer com vocês dois, seus porcos? Escute só...

Uma explosão ressoou no meu ouvido. Diminuído pela distância ou pelo que quer que seja que, felizmente, abafa o som, no telefone, evitando que ele destrua o ouvido, o impacto do tiro surpreendeu-me mais do que me causou dano, embora me deixasse um desolado e prolongado zumbido no ouvido, como se fosse um enxame de mil abelhas. Nunca saberei se Nathan disparou o tiro para dentro do telefone, ou se para o ar, ou contra alguma parede anônima, mas me pareceu o suficientemente perto para ele estar, conforme tinha dito, logo ao dobrar da esquina. Deixei cair o auscultador em pânico, agarrando a mão de Sofia. Desde a guerra que não ouvia um tiro e nunca pensara voltar a ouvir mais nenhum disparo. Como eu era inocente! Agora, com o passar dos anos deste século sangrento, sempre que ouço falar num desses incríveis atos de violência que tanto nos horrorizam, lembro-me de Nathan — daquele pobre lunático que eu tanto amava, presa das drogas e segurando uma arma fumegante em algum quarto ou numa cabine telefônica qualquer — a sua imagem como que antecipando estes terríveis anos de loucura, ilusão, erro, sonho de luta. Naquele momento, porém, senti apenas um medo indescritível. Olhei para Sofia, ela olhou para mim e fugimos.

Capítulo Quinze

Na manhã seguinte, o trem da Pennsylvania em que eu e Sofia viajávamos para Washington, D.C., a caminho da Virgínia, sofreu uma pane elétrica e parou no viaduto, em frente à fábrica Wheatena, em Rahway, New Jersey. Durante essa interrupção na nossa viagem — uma parada que durou apenas quinze minutos, aproximadamente — mergulhei numa calma extraordinária e dei comigo fazendo planos otimistas para o futuro. Até hoje me surpreende o fato de eu ser capaz de manter aquela calma, aquela displicência quase elegante, depois da nossa fuga desabalada de Nathan e da terrível noite sem dormir que eu e Sofia passamos no interior da estação. Os meus olhos estavam ardidos de fadiga e parte da minha mente continuava pensando na catástrofe que por um triz conseguíramos evitar. À medida que o tempo fora decorrendo, nessa noite, afigurara-se-nos cada vez mais provável, a Sofia e a mim, que Nathan não estivesse nas vizinhanças quando dera aquele telefonema; não obstante, a ameaça nos fizera correr como loucos do Palácio Cor-de-Rosa, carregando apenas uma mala cada um, com destino à fazenda no Condado de Southampton. Concordamos em que nos preocuparíamos com o resto dos nossos pertences mais tarde. A partir desse momento, tínhamos sido possuídos — e, num certo sentido, unidos — por um terrível impulso de fugir de Nathan e procurar refúgio o mais longe que pudéssemos.

Mesmo assim, a calma que finalmente se apossara de mim no trem mal teria sido possível se não fosse o primeiro dos dois telefonemas que conseguira fazer da estação. Ligara para Larry, que compreendeu imediatamente a natureza desesperada da crise do irmão e me disse que sairia de Toronto sem demora, a fim de cuidar, o melhor que pudesse, do irmão. Desejamo-nos boa sorte e prometemos ficar em contato um com o outro. Pelo menos, eu achava que tinha descarregado a responsabilidade final nos ombros de Larry, não abandonando Nathan inteiramente, na minha ânsia de fugir. Afinal, eu fugira para salvar a vida. O outro telefonema fora para o meu pai que, naturalmente, ficou muito satisfeito com a notícia de que eu e Sofia estávamos a caminho do Sul.

— Vocês tomaram uma ótima decisão — ouvi-o gritar, a quilômetros de distância, com evidente emoção — deixando esse lugar horrível!

E assim, sentado no alto do viaduto, no vagão superlotado, com Sofia cochilando ao meu lado, enquanto eu comia um mofado pão doce que comprara na estação, junto com uma embalagem de leite morno, pensei nos anos que viriam com equanimidade e esperança. Agora, que deixara Nathan e o Brooklyn para trás, estava prestes a iniciar um novo capítulo da minha vida. Por um lado, calculava que o meu livro, que prometia ser longo, estava quase com um terço pronto. Por acaso, os capítulos que eu escrevera em casa de Jack Brown tinham-me levado a um ponto na narrativa que me parecia fácil de retomar, assim que estivesse instalado com Sofia na fazenda. Após uma semana, mais ou menos, de ajuste ao ambiente rural — depois de ficar conhecendo os criados negros, de encher a despensa, de conhecer os vizinhos, de aprender a dirigir o velho caminhão e o não menos velho trator que, meu pai me dissera, eu havia herdado com a fazenda — estaria preparado para reiniciar o romance e, trabalhando bem, podia ter a sorte de acabar o livro e começar a procurar um editor lá para os fins de 1948.

Olhei para Sofia, embalado por esses risonhos pensamentos. Ela estava ferrada no sono, o louro cabelo encostado no meu ombro, rodeei-a suavemente com o braço, tocando-lhe de leve o cabelo com os lábios. Uma dolorosa recordação me assaltou, mas apressei-me a pô-la de lado: claro que eu não podia ser um homossexual, se sentia por aquela criatura um desejo tão intenso — podia? Naturalmente, íamos ter que nos casar, uma vez estabelecidos na Virgínia: a ética do lugar e da época não permitiria uma coabitação informal. Mas, apesar de todos os problemas, que incluíam erradicar a memória de Nathan e a diferença entre as nossas idades, eu tinha a impressão de que Sofia ia aquiescer, e resolvi sondá-la assim que ela acordasse. Mexeu-se e murmurou algo, tão bonita, apesar da sua exaustão, que senti vontade de chorar. Meu Deus, pensei, esta mulher talvez não demore a ser minha esposa!

O trem estremeceu, avançou um pouco, hesitou, voltou a parar, e um gemido baixo perpassou o vagão. Um marinheiro, de pé ao meu lado, no corredor, deu um gole numa lata de cerveja. Um bebê começou a chorar desesperadamente, atrás de mim, levando-me a pensar que, nos transportes públicos, o destino inevitavelmente colocava uma criança gritando no assento mais próximo do meu. Estreitei suavemente Sofia e pensei no meu livro. Um arrepio de orgulho e contentamento perpassou-me, ao pensar no trabalho honesto que até ali pusera no papel, fazendo com que a histósria avançasse com elegância e beleza na direção do terrível desenlace que ainda não escrevera, mas que já havia imaginado mil e uma vezes: a atormentada, alienada jovem rumando para a morte solitária nas ruas quentes e indiferentes da grande cidade que eu acabava de deixar para trás. Tive um momento de desânimo. Seria capaz de transmitir toda a paixão, de retratar a jovem suicida? Poderia fazer com que tudo parecesse *real*? Preocupava-me seriamente *imaginar* a tortura da moça. Não obstante, sentia-me tão seguro da integridade do meu romance, que já pensara até num título apropriadamente melancólico: *Herança da Noite*, tirado do *Requiescat* de Matthew Arnold, uma elegia ao espírito de uma mulher, cujo último verso dizia: "Esta noite ele herdará o desolado palácio da Morte". Como poderia um livro como aquele deixar de prender o interesse de milhares de leitores? Olhando para a fachada encardida da fábrica Wheatena — enorme, feia, com suas industriais janelas azuis refletindo a luz da manhã — estremeci de felicidade e de orgulho diante da *qualidade* do que escrevera no meu livro, graças a muito trabalho solitário e a muito suor, para não falar de sofrimento ocasional e, pensando mais uma vez do clímax ainda por escrever, dei comigo imaginando um trecho do artigo de um deslumbrado crítico, em 1949 ou 1950: "O mais poderoso monólogo interior de uma mulher, desde Molly Bloom". Que loucura!, pensei. Que convencimento!

Sofia continuava dormindo. Enternecido, imaginei quantos dias e quantas noites ela dormiria ao meu lado, nos anos vindouros. Pensei em como seria a nossa cama matrimonial, na fazenda, no seu tamanho e na sua forma, se o colchão seria bastante amplo e resistente para fazer frente às nossas atividades conjugais. Imaginei nossos filhos, as cabecinhas louras correndo pela fazenda como alegres florezinhas polonesas, e as minhas recomendações paternais: "Hora de ordenhar a vaca, Jerzy!" — "Wanda, vá dar de comer às galinhas!" — "Tadeuz! Stefania! Fechem as portas do celeiro!" Pensei na fazenda, que só conhecia das fotos que o meu pai me mostrara, procurei visualizá-la como a residência de um famoso escritor. Da mesma forma que "Rowan Oak", a casa de Faulkner no Mississippi, teria um nome, possivelmente adequado ao cultivo do amendoim, que era a razão de existir da fazenda. Comecei a procurar nomes apropriados: "Cinco Olmeiros", talvez (eu esperava que a fazenda tivesse cinco olmeiros, ou, pelo menos, um), ou "Rosewood" ou "Sofia", em homenagem à minha bem-amada. Na minha mente, os anos, qual colinas azuladas, rolavam pacificamente até se perderem no horizonte do futuro distante. *Herança da Noite* seria um tremendo sucesso, conquistando prêmios raramente dados à obra de um escritor tão jovem. Ao romance se seguiria uma novela curta, igualmente bem recebida, relacionada com as minhas experiências de guerra — um livro tenso, retratando a vida militar como uma tragicomédia do absurdo. Entrementes, eu e Sofia estaríamos vivendo na nossa modesta plantação, em digna reclusão, e a minha reputação iria crescendo, e eu seria incessantemente importunado pela mídia, mas sempre me furtaria a dar entrevistas. "Sou um simples plantador de amendoins", diz o autor, à guisa de desculpa. Aos trinta anos, mais ou menos, outra obra-prima. *These Blazing Leaves*, a história de Nat Turner, o grande líder negro.

O trem avançou e começou a trepidar, à medida que ganhava impulso, fazendo com que a minha visão se evaporasse contra as paredes sujas, cada vez mais distantes, de Rahway.

Sofia despertou abruptamente, com um gritinho. Olhei para ela. Parecia um pouco febril, tinha a testa e as faces vermelhas e um leve bigode de transpiração pairava-lhe sobre o lábio superior.

— Onde é que nós estamos, Stingo? — perguntou.

— Perto de New Jersey — respondi.

— Quanto tempo leva a viagem até Washington? — insistiu ela.

— Umas três ou quatro horas — disse eu.

— E de lá até à fazenda?

— Não sei, com exatidão. Vamos tomar um trem até Richmond e depois um ônibus para Southampton. A fazenda fica praticamente na Carolina do Norte, de maneira que deve levar umas boas horas. É por isso que eu acho que devemos passar a noite em Washington e partir para a fazenda amanhã de manhã. Também podíamos pernoitar em Richmond, mas assim você vai poder ver alguma coisa de Washington.

— *Ok*, Stingo — disse ela, pegando-me a mão. — Faremos o que você achar. — E, após uma pausa: — Stingo, será que você pode ir me buscar um pouco de água?

— Claro!

Abri caminho através do corredor cheio de gente, na sua maioria soldados e, perto da entrada, descobri um bebedouro e enchi um copo de papel de água morna. Quando voltei, ainda eufórico e cheio de planos para o futuro, o desânimo tomou conta de mim ao ver Sofia segurando uma garrafa de Four Roses, que tirara da mala.

— Sofia — censurei, suavemente — pelo amor de Deus, ainda é de *manhã!* Você ainda não comeu nada. Vai ficar com cirrose do fígado.

— Não se preocupe — retrucou ela, enchendo o copo de uísque. — Comi uma rosquinha na estação. E bebi um Seven-Up.

Gemi intimamente, sabendo, por experiência, que não havia maneira de lidar com aquele problema, a não ser fazendo uma cena e complicando as coisas. O máximo que eu podia esperar era pegá-la distraída e esconder a garrafa, o que já fizera uma ou duas vezes. Afundei de novo no meu banco. O trem atravessava agora os satânicos descampados industriais de New Jersey, passando, com seu ruído ritmado, por esquálidos cortiços, galpões de folha metálica, reles *drive-ins* com anúncios giratórios, armazéns, boliches que mais pareciam crematórios, crematórios semelhantes a rinques de patinação, pântanos de resíduos químicos esverdeados, parques de estacionamento, bárbaras refinarias de petróleo, com suas finas trombas ejaculando para o ar chamas e fumaças amarelo-mostarda. O que teria pensado Thomas Jefferson, se visse aquilo? Sofia, inquieta, ora olhava para aquela paisagem, ora enchia o copo de mais uísque. Por fim, voltou-se para mim e perguntou:

— Stingo, este trem para em algum lugar, antes de Washington?

— Só um minuto ou dois, para embarcar ou desembarcar passageiros. Por quê?

— Quero dar um telefonema.

— Para quem?

— Quero ter notícias de Nathan, saber se ele está bem.

Uma horrível depressão se apossou de mim, ao me lembrar da agonia da noite anterior. Segurei o braço de Sofia e apertei-o com tanta força, que ela fez uma careta de dor.

— Sofia — falei — escute o que eu vou lhe dizer. Você tem que esquecer o passado. Não há nada que você possa fazer. Será que você não entende que ele estava mesmo *querendo nos matar?* Larry vai vir de Toronto, localizar Nathan e... bem, *cuidar* dele. Afinal, são irmãos. Nathan está *louco*, Sofia. Ele tem que ser... *internado.*

Ela tinha começado a chorar. As lágrimas espalharam-se pelos seus dedos, que de repente pareciam muito finos, rosados e emaciados, segurando o copo. Reparei, mais uma vez, naquela inexorável tatuagem azul no seu braço.

— Não sei como vou poder enfrentar as coisas sem Nathan. — Fez uma pausa e disse, entre soluços: — Podia telefonar para Larry.

— Ele não está em Nova York — insisti. — Deve estar num trem, perto de Buffalo.

— Então, eu podia ligar para Morris Fink. Talvez ele saiba se Nathan voltou à pensão. Às vezes ele fazia isso, quando estava *alto*. Voltava, tomava uns comprimidos de Nembutal e dormia até passar o efeito das drogas. Quando acordava, já, estava bom, ou quase. Morris saberia se ele tivesse voltado.

Sofia assoou o nariz, a custo contendo os soluços.

— Oh, Sofia, Sofia! — murmurei, querendo dizer, mas sem poder: — Está *tudo acabado.*

Entrando na estação de Filadélfia o trem parou, com um estremeção, na caverna sem sol, fazendo-me sentir uma saudade que eu não previra. Vi meu rosto refletido na vidraça da janela, pálido de tanto trabalho literário e, por trás desse rosto, pareceu-me por um momento ver uma réplica mais jovem — eu mesmo, quando criança, há mais de dez anos. Ri alto da recordação e, de repente revigorado e inspirado, decidi distrair Sofia das suas preocupações e animá-la ou, pelo menos, fazer o possível.

— Estamos em Filadélfia — anunciei.

— É uma cidade grande? — perguntou ela.

A sua curiosidade, embora lacrimosa, encorajou-me.

— Humm, mais ou menos. Não é uma cidade enorme como Nova York, mas é bastante grande. Acho que mais ou menos do tamanho de Varsóvia, antes dos bombardeios nazistas. Foi a primeira cidade grande que vi na minha vida.

— Quando foi isso?

— Em 1936, quando eu tinha onze anos. Nunca tinha estado no Norte e lembro-me de uma coisa muito engraçada que aconteceu no dia em que cheguei. Eu tinha uma tia e um tio morando em Filadélfia, e minha mãe — foi uns dois anos antes de ela morrer — resolveu me mandar passar uma semana aqui, no verão. Botou-me, sozinho, num ônibus da Greyhound. Naquele tempo, as crianças viajavam um bocado sozinhas, não havia o menor perigo. De qualquer maneira, era uma viagem de um dia, de ônibus; primeiro até Richmond, depois até Washington, atravessando Baltimore. Minha mãe mandou a cozinheira negra — o nome dela era Florence, ainda me lembro — preparar-me um farnel de frango frito e uma garrafa térmica de leite gelado, a melhor refeição para quem viaja, e eu comi tudo entre Richmond e Washington. No meio da tarde, o ônibus parou em Havre de Grace...

— Um nome francês? — perguntou Sofia.

— Isso mesmo. É uma pequena cidade em Maryland. Vamos passar por ela. Bem, todo mundo saiu num restaurantezinho de beira de estrada, para que os passageiros pudessem ir ao banheiro, tomassem um refrigerante e comessem um sanduíche. Aí, vi uma máquina de corridas de cavalos. Em Maryland, ao contrário da Virgínia, o jogo era legal e podia-se pôr uma moeda na máquina e apostar num de dez ou doze pequeninos cavalos de metal, correndo numa pista. Lembro-me que minha mãe me dera exatamente quatro dólares para gastar. Na época da Depressão, isso era muito dinheiro e, excitado com a ideia de apostar num cavalo, enfiei uma moeda na máquina. Bem, Sofia, você não pode imaginar o que aconteceu. O diabo da máquina se acendeu por dentro e saiu uma torrente de moedas. Eu mal podia acreditar que tinha ganho uns quinze dólares em níqueis! As moedas espalharam-se pelo chão. Fiquei fora de mim de felicidade. Mas havia um problema: como transportar todo aquele tesouro? Lembro-me de que estava usando calças curtas de linho branco e que enchi os bolsos de moedas, mas, mesmo assim, eram tantas, que a toda a hora caíam. E o pior era que havia uma mulher horrível dirigindo o restaurante e, quando lhe pedi se não podia trocar os níqueis por notas de um dólar, ela ficou furiosa e começou a berrar que para jogar era preciso ter dezoito anos, que ela podia perder a licença de funcionamento e que, se eu não desse logo o fora, chamaria a polícia.

— Você tinha onze anos — disse Sofia, segurando-me a mão. — Não posso imaginar você com onze anos. Devia ser um lindo garoto, com essa calça curta de linho branco.

O nariz dela ainda estava avermelhado, mas as lágrimas tinham momentaneamente secado e pareceu-me ver-lhe nos olhos um brilho divertido.

— Embarquei no ônibus e não saí mais até Filadélfia. Uma viagem interminável. Cada vez que eu fazia um movimento, por menor que fosse, um níquel ou vários deles saíam dos bolsos e rolavam pelo corredor do ônibus. E, quando eu me levantava para apanhá-los, só fazia piorar as coisas, porque mais moedas caíam e rolavam. O motorista estava quase louco, quando chegamos a Wilmington e, durante toda a viagem, os passageiros só fizeram catar moedas.

Fiz uma pausa, olhando para os vultos sem rosto na plataforma da estação, que parecia andar para trás à medida que o trem saía todo ele estremecendo.

— De qualquer maneira — continuei, devolvendo o afago que Sofia me fizera na mão — a tragédia final aconteceu quando o ônibus chegou ao terminal, que não deve ser muito longe daqui. Meus tios estavam à espera e, quando corri para eles, tropecei e caí sentado. Meus bolsos arrebentaram e quase todos os malditos níqueis rolaram para fora da rampa, indo parar debixo dos ônibus que estavam estacionados no plano inferior. Acho que, quando o meu tio me ajudou a levantar e a me limpar, eu só tinha umas cinco moedas no bolso. As outras perderam-se para sempre.

Ri, divertido com aquela fábula, que contara a Sofia exatamente como tinha acontecido, sem exagerar nem aumentar nada.

— Serve para mostrar a força destruidora da avareza — acrescentei.

Sofia levou uma das mãos ao rosto, tapando-lhe os olhos, mas, como os seus ombros tremiam, pensei que ela estava rindo. Nada disso. Nos seus olhos havia outra vez lágrimas, lágrimas angustiadas, das quais ela simplesmente parecia não poder se livrar. De repente, percebi que eu devia ter, inadvertidamente, despertado nela recordações do filho. Deixei-a chorar em silêncio, até que ela se virou para mim e disse:

— Lá na Virgínia, para onde a gente está indo, Stingo, você acha que vai haver uma escola Berlitz, uma escola de línguas?

— Para que diabo você quer uma escola de línguas? — perguntei. — Você já sabe mais línguas do que qualquer outra pessoa que conheço.

— Seria para aprender inglês — respondeu ela. — Eu sei que falo bem agora e já sei até ler, mas eu preciso aprender a escrever em inglês. Acho muito difícil escrever.

— Bem, não sei, Sofia — falei. — Provavelmente, há escolas de línguas em Richmond ou em Norfolk, mas as duas cidades são bastante longe de Southampton. Por que você pergunta?

— Quero poder escrever sobre Auschwitz — disse ela. — Quero escrever sobre as minhas experiências lá. Acho que poderia escrever em polonês ou em alemão, ou talvez mesmo em francês, mas preferia muito mais poder escrever em inglês...

Auschwitz. Tratava-se de um lugar que, diante dos acontecimentos daqueles últimos dias, eu tinha de tal maneira empurrado para o fundo da mente, que quase me esquecera da sua existência. Agora, ele voltava como uma pancada na nuca, e doía. Olhei para Sofia, que tomava mais um trago, arrotando baixinho. A sua fala tinha adquirido uma pastosidade que, eu sabia, era como um pressentimento de comportamento difícil e de pensamentos indisciplinados. A minha vontade era jogar aquele copo no chão e amaldiçoei a fraqueza, indecisão ou covardia que ainda me impediam de lidar mais firmemente com Sofia, em ocasiões como aquela. Espere até nós estarmos casados, pensei.

— Há muitas coisas que as pessoas ainda não sabem sobre Auschwitz — disse ela com amargura. — Há tantas coisas que eu não contei nem a *você*, Stingo, e já lhe contei tanta coisa! Eu já lhe contei que o cheiro dos judeus queimando enchia o campo, dia e noite. Mas quase não lhe contei nada sobre Birkenau, quando eles fazeram (*sic*) tudo para eu morrer de fome e eu fiquei tão doente, que quase morri. Ou sobre uma vez que vi um guarda tirar a roupa de uma freira e mandou o cão dele atacar ela (*sic*) e ela ficou tão mordida, no corpo e no rosto, que morreu algumas horas depois. Ou... — Fez uma pausa, olhou para o espaço e depois continuou: — Há tantas coisas terríveis que eu poderia contar. Mas talvez eu poderia escrever como se fosse um romance, se aprendesse a escrever inglês bem e aí poderia fazer as pessoas compreender como os nazistas levavam a gente a fazer coisas que ninguém poderia acreditar. Como Höss, por exemplo. Eu nunca teria tentado fazer ele (*sic*) trepar comigo se não fosse pelo Jan. E eu nunca teria fingido que odiava os judeus tanto, ou que tinha escrito o panfleto do meu pai. Só fingi por causa do Jan. E aquele rádio que eu não roubei. Ainda morro de raiva por não ter roubado ele, mas você entende, Stingo, como isso podia ter estragado tudo para o meu filhinho? Ao mesmo tempo, eu não podia abrir a boca, não podia contar nada ao pessoal da Resistência, dizer uma palavra sobre tudo o que eu tinha sabido quando trabalhava para Höss, porque eu tinha medo... — A voz faltou-lhe, as mãos tremiam-lhe. — Eu tinha tanto medo! Eles me fizeram ter medo de tudo! Por que não contar a verdade sobre mim mesma? Por que não escrever tudo num livro, que eu fui uma covarde, que eu fui uma *collaboratrice* imunda, que fiz tudo o que não devia, só para me salvar? — Soltou um profundo gemido, tão alto que, apesar do barulho do trem, as cabeças se voltaram. — Oh, Stingo, não aguento viver com todas essas coisas!

— Shhh, Sofia! — ordenei. — Você *sabe* que não colaborou. Você está se contradizendo! Você sabe que foi apenas uma *vítima*. Você mesma me disse que um lugar como aquele campo de concentração faz as pessoas se comportarem de maneira diferente. Disse-me que não podia julgar o que você fez, ou o que qualquer outra pessoa fez, em termos de comportamento aceito. Por isso, Sofia, por favor, mas *por favor*, pare com isso! Você está apenas se torturando com coisas de que você não tem culpa, vai acabar ficando doente! Por favor, pare com isso. — Baixei a voz e usei uma expressão de ternura que nunca tinha empregado, e que me surpreendeu. — Por favor, pare com isso agora, querida, para o seu próprio bem.

Parecia um pouco forçado, aquele "querida" — eu já estava falando como um marido — mas não pude deixar de dizer aquilo.

Sentia uma vontade enorme de pronunciar outras palavras, que mais de cem vezes tinham estado na ponta da minha língua, durante todo aquele verão: "Amo-a, Sofia". A perspectiva de dizer essa breve frase fez com que o meu coração pulasse como louco. Mas, antes que eu pudesse abrir a boca, Sofia anunciou que tinha de ir ao banheiro. Terminou de beber, antes de ir, e fiquei observando-a, preocupado, dirigir-se para as traseiras do vagão, os louros cabelos oscilando, as belas pernas cambaleando. Comecei a ler o *Life* e devo ter cochilado, ou melhor, adormecido, após a exaustão de uma noite acordado, com todas as suas tensões, porque, quando a voz do condutor me acordou, berrando: "Vai partir", dei um pulo no banco e percebi que se passara mais de uma hora. Sofia não voltara ao seu lugar e um medo súbito tomou conta de mim, envolvendo-me como uma manta feita de mãos molhadas. Olhei para a escuridão, lá fora, vi o brilho fugidio das luzes de um túnel e percebi que estávamos deixando Baltimore. Em vez do avanço normal até a outra extremidade da carruagem, empurrando e abrindo caminho por entre as barrigas e os traseiros de cinquenta passageiros de pé, levei apenas alguns segundos, chegando mesmo a derrubar uma criança. Tomado de um pânico insensato, bati à porta do banheiro das mulheres — o que me teria feito pensar que ela ainda estivesse lá dentro? Uma mulher gorda e negra, com uma peruca e pó-de-arroz amarelo-dourado nas bochechas, pôs a cabeça para fora e gritou:

— Fora daqui, tá! Cê tá louco?

Na parte mais elegante do trem, enfiei sucessivamente o nariz em todos os compartimentos, esperando que Sofia tivesse entrado num deles e estivesse dormindo numa das camas. Estava obcecado pelo receio de que ela houvesse saltado do trem em Baltimore, ou que... Meu Deus, a outra possibilidade era ainda mais terrível. Abri as portas de mais toaletes, percorri as fúnebres dependências de quatro ou cinco *carros-fumoir*, passei esperançosamente em revista o restaurante, onde garçons *colored*, de avental branco, andavam de um lado para o outro, em meio a vapores cheirando a óleo de frituras. Finalmente, entrei no carro-bar. Na registradora, uma simpática senhora de cabelos grisalhos levantou para mim os olhos compreensivos.

— Sim, coitadinha — disse, em resposta à minha angustiada pergunta. — Ela estava atrás de um telefone. Imagine, num trem! Queria falar com Brooklyn. Pobrezinha, estava chorando. Parecia um pouco *alta*. Foi por ali.

Encontrei Sofia no fim do vagão, que era também o fim do trem. Uma porta de vidro, protegida por tela de arame, dava para os trilhos, que retrocediam, refulgindo ao sol do meio-dia e convergiam num ponto, como se o infinito fosse ali, entre os pinheirais verdes de Maryland. Ela estava sentada no chão, encostada contra a parede, os amarelos cabelos esvoaçando ao vento e, numa das mãos, segurando a garrafa. Como naquele nadar para o esquecimento, semanas antes — quando o cansaço, a culpa e a dor a tinham descontrolado — ela chegara ao extremo das suas forças. Ergueu os olhos e disse-me algo, que não consegui ouvir. Inclinei-me e — em parte lendo-lhe os lábios, em parte reagindo àquela voz infinitamente triste — ouvi-a dizer:

— Acho que não vou aguentar.

Os empregados de hotéis devem estar acostumados a lidar com as pessoas mais estranhas. Mesmo assim, até hoje me pergunto o que terá passado pela cabeça do velho *concierge* do Hotel do Congresso, não longe do Capitólio, ao ver diante de si o jovem Reverendo Wilbur Entwistle, trajando uma roupa nada eclesiástica, mas carregando ostensivamente uma Bíblia, e a sua descabelada e loura mulher, murmurando algo desconexo num sotaque estrangeiro, o rosto sujo de fuligem e de lágrimas, e nitidamente embriagada. No fim, ele sem dúvida venceu os seus escrúpulos, pois eu cuidara bem da camuflagem. Apesar do meu traje informal, a farsa que tinha preparado pareceu dar resultado. Na década de 40, pessoas que não fossem casadas não podiam ficar juntas no mesmo quarto de hotel. Além disso, era um risco registrar-se como marido e mulher. O risco aumentava ainda mais quando a mulher estava visivelmente embriagada. Desesperado, eu sabia que estava me arriscando muito, mas procurei dar à coisa um halo de religiosidade. Daí a Bíblia encadernada em couro preto, que eu tirara da mala pouco antes do trem chegar à Estação da União, e também o endereço que escrevi, em letra bem grande, no livro de registro do hotel, para dar crédito à minha voz untuosa e ao meu jeito de ministro de Cristo: Seminário Teológico da União, Richmond, Virgínia. Foi com alívio que vi o *concierge* tirar os olhos de Sofia para devotar-me toda a sua atenção. Bom sulista (como a maioria dos empregados e trabalhadores de Washington), o velho ficou impressionado com as minhas credenciais e pôs-se logo a falar, à maneira cordial e hospitaleira do Sul:

— Desejo-lhes uma boa estada, Reverendo. De que Igreja o senhor é?

Eu ia dizer "Presbiteriana", mas ele já começara a se embrenhar, como um cão de caça, pelas ravinas da boa-vizinhança:

— Eu sou batista. Há quinze anos frequento a Segunda Igreja Batista de Washington. Que belo pregador temos lá agora, o Reverendo Wilcox, talvez o senhor tenha ouvido falar. É do Condado de Fluvanna, na Virgínia, onde eu nasci e me criei, embora, claro, ele seja bem mais jovem do que eu.

Quando dei mostras de querer subir, com Sofia pendurada no meu braço, o velho chamou o único e sonolento *boy* negro e me deu um cartão:

— Gosta de comida do mar, Reverendo? Então, experimente este restaurante à beira d'água. O nome é Herzog's. Tem os melhores bolinhos de siri do mundo.

E, quando já estávamos perto do arcaico elevador, com suas manchadas portas verdes, ele insistiu:

— Entwistle. Por acaso o senhor não é parente dos Entwistles do Condado de Powhatan, Reverendo?

Eu estava de volta ao Sul.

O Hotel do Congresso tinha um ar inequívoco de terceira classe. O minúsculo quarto que nos deram, por sete dólares, era reles e abafado e, como dava para uma rua dos fundos, pouca luz entrava nele, apesar do sol do meio-dia. Sofia, cambaleando e precisando urgentemente de dormir, afundou na cama antes mesmo de o *boy* ter posto nossa bagagem num precário porta-malas e aceito os meus vinte e cinco *cents*. Abri uma janela, com o peitoril cheio de sujeira de pombos, e logo a brisa morna do outono refrescou o quarto. Ao longe, podia-se ouvir o clangor e o apito dos trens na estação, enquanto que, de algum ponto mais próximo, vinha o som de tambores, cornetas, címbalos, tocando com a autoconfiança de uma banda militar. Um casal de moscas zumbia nas sombras vizinhas ao teto.

Deitei-me ao lado de Sofia na cama, cujas molas tinham cedido no meio, obrigando-me a rolar na direção dela, como se estivéssemos numa rede, e por cima de roupas de cama que exalavam um leve cheiro de cloro e algo mais, talvez água sanitária, talvez sêmen, ou ambos. Um grande cansaço e a preocupação com Sofia tinham diminuído em muito o desejo que eu constantemente sentia por ela, mas o cheiro e a inclinação da cama — seminal, erótica, cenário de dez mil fornicações — e a simples proximidade dela me fizeram ficar excitado, nervoso, incapaz de dormir. Ouvi um sino distante dar as doze badaladas do meio-dia. Sofia dormia contra mim, os lábios entreabertos, o hálito cheirando levemente a uísque. O vestido decotado que ela usava fizera com que um dos seios ficasse quase que totalmente exposto, provocando em mim um tal desejo de tocá-lo, que não consegui resistir, a princípio acariciando a pele raiada de veias azuis apenas com a ponta dos dedos e depois pressionando e afagando a sedosa rotundidade com a palma da mão e o polegar. O ataque de luxúria que acompanhou essa manipulação foi por sua vez seguido de um sentimento de vergonha: havia algo de sub-reptício, de quase necrófilo, naquilo de tocar nem que fosse apenas a epiderme de Sofia, abusando da privacidade do seu torpor alcoólico — de modo que parei e retirei a mão.

Mas não consegui dormir. Minha mente pululava de imagens, sons, vozes, o passado e o futuro trocando de lugar, por vezes se misturando. O berro enfurecido de Nathan, tão cruel e tão louco, que eu precisava afastá-lo da minha cabeça; cenas que escrevera recentemente no meu livro, os personagens dialogando no meu ouvido como atores num palco; a voz do meu pai ao telefone, generosa, entusiasmada (o velho teria razão? Eu não deveria estabelecer-me para sempre no Sul?); Sofia na margem limosa de um lago ou tanque imaginário, em meio aos bosques que rodeavam os campos primaveris da "Cinco Olmeiros", o seu belo corpo, de longas pernas, sensacional num maiô de Lastex, o nosso primeiro filho empoleirado, rindo, no joelho dela; aquele horrível disparo entrando-me pelo ouvido; crepúsculos, meias-noites enlouquecidas de amor, magnânimas auroras, crianças desaparecidas, triunfo, sofrimento, Mozart, chuva, o verde setembrino, repouso, morte. Amor. A banda, dissolvendo-se com a "Marcha do Coronel Bogey", suscitou dentro de mim uma dor saudosa e recordei os anos de guerra, ainda recentes, quando, de licença na Carolina ou na Virgínia, eu permanecia acordado (sem mulher) num hotel daquela mesma cidade — uma das poucas cidades americanas sucessivamente invadidas pelos fazedores da História — pensando nas ruas e em como elas deviam ser três quartos de século antes, por ocasião da mais terrível das guerras, que fizera irmãos se matarem, quando as calçadas estavam cheias de soldados de uniforme azul, jogadores e prostitutas, escroques aperaltados, chamativos zuavos, competitivos jornalistas, homens de negócios em ascensão, jovens flertadoras, com chapéus floridos, espiões confederados, batedores de carteiras e agentes funerários — estes últimos, sempre correndo, sempre atarefados, aguardando as dezenas de milhares de mártires, na sua maioria garotos, que estavam sendo dizimados nas terras ao sul do Potomac, e que jaziam, empilhados como lenha, nos campos e bosques ensanguentados, para além do sonolento rio. Sempre me pareceu estranho — até mesmo impressionante — que a limpa e moderna capital de Washington, tão impessoal e oficial, na sua beleza, fosse uma das poucas cidades do país povoadas por autênticos fantasmas. A banda desapareceu na distância, ninando-me como uma canção de berço. Adormeci.

Quando acordei, Sofia estava sentada ou, melhor, ajoelhada na cama, olhando para mim. Eu tinha dormido como se estivesse em estado de coma, e percebi, pela alteração da luz no quarto — ao meio-dia fora como um crepúsculo, mas agora estava quase completamente escuro — que várias horas tinham-se passado. Quanto tempo Sofia ficara olhando para mim eu não saberia dizer, naturalmente, mas tinha a estranha impressão de que se tinham passado horas. A expressão do seu rosto era doce, pensativa, algo divertida. Continuava abatida e olheirenta, mas parecia repousada e razoavelmente sóbria. Parecia ter-se recuperado, pelo menos momentaneamente, do que acontecera no trem. Quando olhei para ela, pestanejando, Sofia perguntou, no sotaque exagerado que às vezes adotava, por graça:

— Que tal, Reverendo *En-weestle*, o senhor dormiu bem?

— Puxa, Sofia! — exclamei, tomado de pânico. — Que horas são? Dormi como um morto.

— O sino da igreja tocou agora mesmo. Acho que são três horas.

Espreguicei-me, sonolento, acariciando-lhe o braço.

— Temos que sair, não podemos ficar aqui toda a tarde. Quero que você veja a Casa Branca, o Capitólio, o Monumento a Washington e também o Teatro Ford, onde Lincoln foi assassinado. E o Memorial Lincoln. Há tanta coisa para ver! E podemos também pensar em comer alguma coisa...

— Não estou nem com um pouco de fome — retrucou ela. — Mas gostaria de ver a cidade. Sinto-me tão melhor, depois de dormir!

— Você se apagou como uma lâmpada — falei.

— Você também. Quando eu acordei, você estava de boca aberta, roncando.

— Você está brincando — retruquei, consternado. — Eu não ronco. Nunca ronquei, em toda a minha vida! Ninguém nunca me disse que eu roncava.

— É porque você nunca *dormiu* com ninguém — retorquiu ela, numa voz zombeteira.

Inclinou-se e grudou nos meus lábios um maravilhoso beijo úmido, com uma língua surpreendente, que por um momento brincou dentro da minha boca, mas logo se retirou. Voltou à sua posição acocorada, antes que eu pudesse responder, embora meu coração tivesse começado a pular como louco.

— Puxa, Sofia — disse eu — não faça isso, a menos que... Levantei a mão e enxuguei os lábios.

— Stingo — interrompeu ela — aonde vamos?

Algo intrigado, respondi:

— Acabei de lhe dizer. Vamos percorrer tudo o que há para ver em Washington. Vamos passar pela Casa Branca, quem sabe podemos até ver o Presidente Truman...

— Não, Stingo — atalhou ela, agora falando sério. — Estou perguntando para onde a gente está indo. Ontem à noite, depois que Nathan... Bem, ontem à noite, depois de ele fazer aquilo e quando a gente estava fazendo as malas tão depressa, você não parava de dizer: "Vamos ter que voltar para casa, para casa!" Você disse isso sei lá quantas vezes. E eu fui atrás de você porque estava assustada. E agora aqui estamos, nesta cidade desconhecida e eu realmente não sei por quê. Para onde a gente está indo? Para que casa?

— Bem, você sabe, Sofia, eu já lhe disse. Estamos indo para aquela fazenda de que eu lhe falei, no sul da Virgínia. Não posso acrescentar muito mais, além do que já lhe descrevi. É, antes de mais nada, uma plantação de amendoim. Nunca estive lá, mas meu pai disse que a casa é muito confortável, com todas as comodidades modernas: máquina de lavar, geladeira, telefone, água quente, rádio, tudo. Assim que a gente se instalar, podemos ir de carro até Richmond, comprar uma bela vitrola e uma porção de discos, toda a música que nós amamos. Há uma loja de departamentos, chamada Miller & Rhoads, que tem uma ótima seção de discos, ou pelo menos tinha, quando eu estudava em Middlesex...

De novo ela me interrompeu, repetindo, num tom suavemente inquisidor:

— Assim que a gente se instalar? Que é que você quer dizer com isso, Stingo querido?

Essa pergunta criou um perturbador vácuo, que eu não pude preencher com uma resposta imediata, de tal maneira me dei conta da gravidade da resposta. De modo que engoli em seco e fiquei um bocado de tempo calado, sentindo o sangue pulsar arritmicamente nas têmporas e a desolada e sepulcral quietude que invadira o quarto. Por fim, disse lentamente, mas com mais coragem do que imaginara:

— Sofia, estou apaixonado por você. Quero me casar com você. Quero viver com você lá na fazenda. Quero escrever os meus livros lá, passar lá talvez o resto da minha vida, e quero que você fique comigo, me ajude e seja a mãe dos meus filhos. — Hesitei um momento e depois continuei: — Preciso muito de você. Muito, mesmo. Será demais esperar que você também precise de mim?

Na mesma hora em que pronunciei essas palavras, percebi que elas tinham exatamente o mesmo timbre e a mesma trêmula ressonância de uma declaração que vira e ouvira George Brent — dentre todos os canastrões do cinema — fazer para Olivia de Havilland, no convés de um transatlântico *made in Hollywood*, mas, tendo dito o que tinha a dizer de maneira tão decisiva, não liguei para o ridículo, achando que talvez todas as declarações de amor tivessem que soar como fala de filme.

Sofia inclinou a cabeça para junto da minha, fazendo com que eu lhe sentisse a face levemente febril, e falou-me no ouvido numa voz abafada, enquanto eu lhe via os quadris, vestidos de seda, ondulando acima de mim.

— Oh, meu querido Stingo, você é um amor! Tem sido tão bom para mim! Eu não sei o que teria sido de mim sem você! Uma pausa, os lábios dela roçando-me o pescoço.

— Você sabe, Stingo, que eu tenho mais de trinta anos? Que é que você faria com uma velha como eu?

— Eu daria um jeito — respondi.

— Você precisa de alguém mais da sua idade, para ter filhos não de uma mulher como eu. Além disso...

Ficou calada.

— Além disso, o quê?

— Bem, os médicos disseram que eu preciso ter muito cuidado a respeito de ter filhos, depois de...

Seguiu-se novo silêncio.

— Você quer dizer depois de tudo o que você passou?

— É. Mas não é só isso. Um dia, vou ser velha e feia e você ainda vai ser jovem e não poderei culpar você por querer andar atrás de garotas jovens e bonitas.

— Oh, Sofia! — protestei, pensando, desesperado: Ela não disse que também me amava. — Não fale assim. Você será sempre a minha, a minha...

Procurei uma frase que denotasse ternura, mas só consegui dizer:

— A minha favorita.

Que banalidade!

Sofia sentou-se de novo na cama.

— Quero ir com você para essa fazenda. Tenho muita vontade de conhecer o Sul, depois de tudo o que você disse e depois de ler Faulkner. Por que não podemos morar lá uns tempos sem estar casados, e não decidimos...

— Sofia, Sofia — interrompi — eu *adoraria* isso. Não há nada de que eu gostasse mais. Não sou fanático do casamento. Mas você não sabe o tipo de pessoas que habitam essas paragens. São pessoas decentes, generosas, de bom coração, mas, num lugar tão pequeno como esse em que iríamos viver, seria *impossível* não sermos casados. Puxa vida, Sofia, quando todos esses bons cristãos soubessem que nós estávamos vivendo em pecado, como eles dizem, nos cobririam de alcatrão e penas e nos arrastariam para fora da fronteira da Carolina. Não estou exagerando, era isso o que ia acontecer.

— Os americanos são tão engraçados! Eu pensava que a Polônia era muito puritana, mas imagine...

Compreendo agora que foi a sirene, ou o coro de sirenes, mais o pandemônio que acompanhou os seus gritos, que rompeu a frágil membrana do comportamento de Sofia que, graças em parte aos meus cuidados e atenções, estava serena, até mesmo bem-humorada, embora não muito otimista. O ruído das sirenes, mesmo ao longe, é detestável: quase sempre provocando um nervosismo desnecessário. Aquele estrépito, subindo da rua estreita, a apenas três andares de onde nós estávamos, parecia amplificado pelas paredes de um *canyon*, ressoando no prédio encardido em frente do hotel e penetrando pela nossa janela como um grito solidificado e prolongado. Enlouquecia os ouvidos, num puro tormento sádico, e levantei-me da cama para fechar a janela. No fim da rua escura, uma nuvem de fumaça subia do que parecia ser um armazém de mercadorias, mas os carros de bombeiros, confrontados por algum impedimento, continuavam mandando para o ar os seus gritos de alarme.

Fechei a janela, o que aliviou um pouco o ruído, mas não pareceu ajudar Sofia que, estendida na cama, batia com os saltos dos sapatos e cobria a cabeça com um travesseiro. Habitantes recentes de uma grande cidade, estávamos ambos acostumados a essas intrusões, mas raramente tão altas ou tão próximas. A relativamente pequena cidade de Washington produzira uma barulheira que eu nunca ouvira em Nova York. Mas, aos poucos, os carros de bombeiro conseguiram abrir caminho, o barulho diminuiu e voltei minha atenção para Sofia, deitada na cama. Ela olhou para mim. O horrível clamor, que simplesmente me atacara os nervos, evidentemente a lacerara como uma chicotada. Seu rosto estava cor-de-rosa e contorcido e ela voltou-se para a parede, estremecendo, novamente em lágrimas. Sentei-me ao lado dela. Fiquei olhando-a, calado, até que, por fim, os seus soluços foram cessando e ela disse:

— Desculpe, Stingo. Acho que não consigo me controlar.

— Você está indo muito bem — falei, sem muita convicção.

Durante um momento, ela ficou em completo silêncio, olhando para a parede. Por fim, perguntou:

— Stingo, você alguma vez teve sonhos que vão e voltam? Não é o que se chama de sonhos *recorrentes?*

— Já — respondi, lembrando-me do sonho que tivera logo após a morte de minha mãe, o caixão dela aberto no jardim, o seu rosto abatido e molhado de chuva, olhando para mim, em agonia. — Sim — repeti. — Tive um sonho que me voltou várias vezes, depois que minha mãe morreu.

— Você acha que esses sonhos têm que ver com os pais? O que eu tenho tido, durante toda a minha vida, se relaciona com meu pai.

— É estranho — falei. — Talvez. Não sei. De qualquer maneira, os pais e as mães estão na origem da nossa vida.

— Quando eu estava dormindo, faz pouco, tive de novo esse sonho com meu pai, que já tive tantas vezes. Mas acho que o esqueci quando acordei. Mas, esse carro de bombeiros, essa sirene, apesar de horrível, tinha um estranho som musical. Teria sido a música que me fez pensar de novo no sonho?

— Sobre o que era o sonho?

— Bem, era relacionado com uma coisa que aconteceu comigo quando eu era criança.

— O que foi, Sofia?

— Bom, primeiro você teria que entender algo, antes do sonho. Aconteceu quando eu tinha onze anos, como você. Foi num verão que passamos nas Dolomitas, como eu já lhe disse. Se lembra de eu lhe contar que todos os verões meu pai alugava um chalé acima de Bolzano, numa aldeia chamada Oberbozen, onde se falava alemão, naturalmente? Havia uma pequena colônia de poloneses lá, professores de Cracóvia e Varsóvia, e alguns — bem, eu acho que se poderia chamá-los de nobres poloneses, pelo menos tinham muito dinheiro. Lembro-me de que um dos professores era o famoso antropólogo Bronislaw Malinowski. Meu pai procurou se dar com ele, mas Malinowski detestava meu pai. Certa vez, em Cracóvia, ouvi um adulto dizer que o Professor Malinowski achava meu pai, o Professor Bieganski, um novo-rico completamente vulgar. De qualquer maneira, havia uma polonesa muito rica em Oberbozen, a Princesa Czartoryska, que meu pai ficou conhecendo bem e visitava frequentemente, durante esses verões. Ela pertencia a uma família muito antiga e muito nobre, e meu pai gostava dela por ser rica e partilhar dos seus sentimentos com relação aos judeus.

Isso foi na época de Pilsudski, quando os judeus poloneses eram protegidos e tinham, eu acho que se pode dizer isso, uma vida bastante decente, e o meu pai e a Princesa Czartoryska se reuniam e falavam sobre o problema judeu e a necessidade de algum dia se verem livres dos judeus. É estranho, Stingo, porque meu pai, quando estava em Cracóvia, era sempre discreto sobre falar dos judeus e do ódio que tinha deles diante de mim, da minha mãe ou das pessoas da casa. Pelo menos, quando eu era criança. Mas na Itália, em Oberbozen, com a Princesa Czartoryska, era diferente. Ela era uma mulher de oitenta anos, que sempre usava vestidos longos mesmo no meio do verão, e joias — lembro-me de que tinha um enorme broche de esmeraldas — e ela e o meu pai tomavam chá no elegante chalé que ela possuía e falavam sobre os judeus, sempre em alemão. Havia um belo cão montanhês e eu ficava brincando com ele e ouvindo o que falavam. Quase sempre era sobre os judeus, como se deveria mandar todos eles para algum lugar. A Princesa até queria criar um fundo para se ver livre dos judeus. Estavam sempre falando de ilhas — Ceilão, Sumatra, Cuba mas, principalmente, Madagascar, para onde mandariam os judeus. Eu ficava escutando, enquanto brincava com o neto da Princesa Czartoryska, que era inglês, ou com o cão, ou escutava música na vitrola. É essa música, Stingo, que tem relação com o meu sonho.

Sofia calou-se mais uma vez e tapou os olhos fechados com os dedos. O tom da sua voz ficou agitado. Voltou-se para mim, como se algo a tivesse distraído das suas recordações.

— Nós *vamos* ter música lá na fazenda, não, Stingo? Eu não poderia viver muito tempo sem música.

— Bem, vou ser sincero com você, Sofia. Fora de Nova York não há nada no rádio. Nem WQXR, nem de WNYC. Só Milton Cross e a Metropolitan Opera, nas tardes de sábado. O resto é música de *hillbilly*, às vezes muito boa. Talvez eu a transforme numa fã de Roy Acuff. Mas, como disse, a primeira coisa que a gente vai fazer, depois de nos instalarmos, vai ser comprar uma vitrola e discos...

— Fiquei tão mal acostumada — interrompeu ela — com toda essa música que Nathan me comprou! Mas faz parte da minha vida, não posso fazer nada sem música. — Fez uma pausa, de novo retomando os fios da memória. — A Princesa Czartoryska tinha uma vitrola, daquelas bem antigas e não muito boa, mas foi a primeira que eu vi ou escutei. Estranho, não, essa polonesa velha que odiava os judeus mas amava a música. Tinha muitos discos e eu quase ficava louca de alegria quando ela punha eles para a gente ouvir, eu, minha mãe, meu pai e às vezes outros convidados. A maioria eram árias de óperas italianas e francesas: Verdi, Rossini e Gounod. Mas havia um disco que eu me lembro que quase me fazia desmaiar, de tanto que eu gostava dele. Devia ser um disco raro e precioso. É difícil de acreditar agora, porque era muito velho e cheio de ruídos, mas eu adorava-o. Madame Schumann-Heink cantando *Lieder*, de Brahms. Numa das faces havia *Der Schmied*, eu me lembro, e na outra *Von ewige Liebe* e, quando ouvi esses *lieder* nela primeira vez, fiquei como que hipnotizada, escutando aquela voz maravilhosa, através de todos aqueles arranhões, pensando que era o canto mais divino que eu já ouvira, que era um anjo que tinha descido à terra. Estranho, ouvi essas duas canções só uma vez em todas as vezes que fui com o meu pai visitar a princesa.

Desejava sempre ouvi-las de novo. Oh, meu Deus, eu era capaz de fazer tudo — até coisas não permitidas — para ouvi-las uma vez mais e tinha uma vontade louca de pedir, mas era muito tímida e, além disso, meu pai me teria castigado se eu fosse tão... tão atrevida...

Por isso, no sonho que sempre volta, eu vejo a Princesa Czartoryska no seu belo vestido comprido ir até a vitrola, virar-se e perguntar, como se estivesse falando comigo: "Gostaria de ouvir os *Lieder* de Brahms?" Sempre tento dizer que sim. Mas, antes de poder responder, meu pai me interrompe. Está de pé junto da Princesa e, olhando para mim, diz: "Por favor, não toque essa música para a menina. Ela é demasiado estúpida para entender". E aí eu acordo sentindo um tal sofrimento... Só que desta vez foi pior ainda, Stingo. Porque no sonho que eu tive ainda agora ele parecia estar falando com a Princesa não a respeito da música, mas sobre... — Sofia hesitou, e depois murmurou: — Sobre a minha morte. Ele queria que eu morria (*sic*), eu acho.

Dei as costas a Sofia e fui até a janela, tomado de uma inquietação e de uma tristeza semelhantes a uma dor profunda e visceral. Um leve e amargo cheiro a combustão penetrara no quarto, mas, apesar disso, abri a janela e vi a fumaça percorrer a rua como um véu frágil e azulado. À distância, uma nuvem se erguia sobre o prédio incendiado, mas não vi chamas. Cheirava cada vez mais forte, a tinta, alcatrão ou verniz queimado, misturado com borracha. Mais sirenes se fizeram ouvir, mas dessa vez sem tanta estridência, vindas do lado oposto, e vi um esguicho de água subir na direção do céu, procurando penetrar, através de janelas escondidas, em algum inferno e se diluir numa névoa de vapor. Ao longo das calçadas, curiosos em mangas de camisa tentavam se aproximar do incêndio, e vi dois policiais começarem a bloquear a rua com barricadas de madeira. Não havia perigo para o hotel, nem para nós, mas dei comigo tremendo de apreensão.

Quando me voltei para Sofia, ela olhou para mim e disse:

— Stingo, preciso lhe contar uma coisa agora que nunca contei pra ninguém antes. Nunca.

— Conte-me.

— Sem saber disso, você não entenderia nada sobre mim. E eu compreendo que tenho que contar a alguém, por fim.

— Me conte, Sofia.

— Primeiro, você tem que me dar um drinque.

Sem hesitar, abri a mala dela e, do meio das sedas e linhos, tirei a segunda garrafa de uísque, que sabia estar escondida ali. Sofia, embebede-se, pensei, você merece. Depois, dirigi-me ao minúsculo banheiro e enchi pelo meio um horrível copo de plástico verde de água, que Sofia acabou de encher de uísque.

— Quer um pouco? — perguntou ela.

Abanei a cabeça e voltei para a janela, respirando os vapores químicos do incêndio distante.

— No dia em que eu cheguei a Auschwitz — ouvi-a dizer, atrás de mim — o tempo estava lindo, com o campo todo florido.

Eu estava comendo bananas em Raleigh, Carolina do Norte, pensei, como tantas vezes tinha pensado, desde que conhecera Sofia, mas talvez, pela primeira vez na vida, consciente do significado do absurdo e do seu inexorável, irrevogável horror.

— Mas, Stingo, em Varsóvia, uma noite, no inverno, Wanda tinha previsto a sua morte e também a minha e a dos meus filhos. — Não me lembro precisamente de quando, em meio à descrição de Sofia, o Reverendo Entwistle começou a murmurar:

— Oh, Deus, oh, meu Deus!

Mas sei que, enquanto ela me contava a história, enquanto a fumaça se elevava sobre os telhados vizinhos e o fogo irrompia, finalmente, para o céu com terrível incandescência, essas palavras, que haviam brotado do fundo da minha alma à guisa de oração, acabaram ficando sem sentido. Tão vazias quanto qualquer sonho idiota da existência de Deus ou da ideia de que tal coisa pudesse existir.

— Eu às vezes pensava que tudo de mau no mundo, todo o mal que já foi inventado tinha que ver com o meu pai. Nesse inverno, em Varsóvia, eu não me sentia culpada pelo meu pai e pelo que ele tinha escrevido (*sic*). Mas muitas vezes sentia uma horrível *vergonha*, que não é a mesma coisa que sentir culpa. A vergonha é um sentimento sujo, ainda mais difícil de aceitar do que a culpa, e eu quase não podia acreditar que os sonhos do meu pai estivessem ficando verdade ali, diante dos meus olhos. Fiquei sabendo de uma porção de outras coisas porque estava vivendo com Wanda, tão amiga dela! Ela recebia tantas informações do que estava acontecendo em todos os lados e eu já sabia que eles estavam levando milhares de judeus para Treblinka e Auschwitz. A princípio, todo mundo pensava que eles estavam sendo levados para trabalhos forçados, mas a Resistência tinha um bom serviço de informação e logo ficamos sabendo da verdade, das câmaras de gás, dos crematórios, de tudo. Era o que o meu pai tinha querido — e a vergonha que eu sentia era insuportável.

"Quando eu ia para o trabalho, na fábrica de papel betuminado, costumava ir a pé, ou às vezes de bonde, e passava pelo gueto. Os alemães ainda não tinham acabado com o gueto, mas já estavam a caminho disso. Muitas vezes eu via filas de judeus, com os braços levantados, sendo empurrados como gado, com os nazistas apontando armas para eles. Os judeus pareciam tão *cinzentos* e sem defesa! Uma vez tive que sair do bonde para vomitar. Parecia que o meu pai tinha *autorizado* aquele horror e não só autorizado, como *criado*, de certa maneira. Sabia que tinha de contar para alguém, se não queria (*sic*) adoecer. Ninguém em Varsóvia sabia muito a meu respeito, eu usava o meu nome de casada. Resolvi contar a Wanda sobre aquela.... sobre toda aquela maldade que me atormentava."

"No entanto... bem, Stingo, eu tinha que confessar uma coisa para mim mesma. A verdade era que eu estava fascinada por aquelas coisas incríveis que estavam acontecendo com os judeus. Não sabia como classificar o que sentia. Não era satisfação, ao contrário. No entanto, quando eu passava pelo gueto a distância, parava e ficava *hipnotizada* vendo eles reunir os judeus. Acabei compreendendo a razão desse fascínio e fiquei chocada, tão chocada, que mal podia respirar. É que eu sabia que, enquanto os alemães usassem toda a sua energia para destruir os judeus — uma energia realmente sobre-humana — eu estava a salvo. Não, não realmente a salvo, mas correndo *menos perigo.* Por pior que as coisas fossem, nós corríamos muito menos perigo do que aqueles judeus indefesos. E, enquanto os alemães gastassem tantas energias destruindo os judeus, eu me sentiria mais a salvo, com Jan e Eva. E mesmo Wanda e Jozef, com todas as coisas perigosas que eles faziam, corriam menos perigo. Mas isso só me fazeu (*sic*) sentir mais envergonhada e por isso, nessa noite, resolvi contar tudo a Wanda."

"Estávamos acabando de comer um jantar muito pobre, ainda me lembro — sopa de feijão e nabos e um pouco de salsicha — falando de toda a música que não podíamos ouvir. Durante todo o jantar eu tinha adiado o que realmente queria dizer, mas finalmente consegui coragem e perguntei: Wanda, você já ouviu falar no nome de Bieganski? Zbigniew Bieganski?"

"Os olhos de Wanda ficaram um momento sem expressão. Ah, sim, você se refere ao professor fascista de Cracóvia. Ele era bem conhecido, antes da guerra. Fez discursos histéricos aqui, em Varsóvia, contra os judeus. Eu já me tinha esquecido dele. Que será que aconteceu com ele? Aposto como está trabalhando para os alemães."

— Ele morreu — falei. — Era meu pai.

"Vi Wanda estremecer. Fazia tanto frio lá fora e também dentro. O granizo batia contra a janela. As crianças já estavam na cama, no quarto ao lado. Tinha levado as crianças para lá porque o carvão tinha acabado no meu apartamento e Wanda tinha um edredom grande na cama, que não deixava elas sentirem frio. Fiquei olhando para ela, mas o seu rosto não mostrou nenhuma emoção. Passado um momento, ela disse: Quer dizer que ele era seu pai. Deve ter sido estranho, ter esse homem como pai. Como é que ele era?"

"Fiquei espantada com aquela reação. Ela parecia tomar tudo tão calmamente! De todas as pessoas que trabalhavam na Resistência, em Varsóvia, Wanda era talvez a que mais tinha fazido (*sic*) para ajudar os judeus — ou para *tentar* ajudar os judeus, porque era tão difícil! Acho que era uma especialidade dela, tentar levar ajuda ao gueto. Ela achava que a pessoa que traía judeus, nem que fosse só um, estava traindo a Polônia. Foi Wanda quem convenceu Jozef a matar os poloneses que traíam judeus. Ela era tão *militante*, tão dedicada à causa, uma verdadeira socialista. Mas não pareceu ficar nada chocada de que o meu pai tivesse sido o que tinha sido, e evidentemente não achou que eu... bem, tivesse ficado contaminada. "É muito difícil para mim falar sobre ele" — respondi. E ela disse, muito meiga: "Então não fale, minha querida. Não tenho nada com o que o seu pai era. Você não tem culpa dos seus pecados". Então eu disse: "É tão estranho! Ele foi morto pelos alemães dentro do Reich. Em Sachsenhausen."

"Mas nem isso — nem essa *ironia* pareceu impressioná-la. Ela apenas pestanejou e passou a mão pelo cabelo. O cabelo dela era ruivo e sem vida — por causa da má alimentação. Wanda disse apenas: "Ele deve ter sido um desses professores de faculdade que eles pegaram logo que a ocupação começou."

"Respondi: "É, e o meu marido também. Eu nunca lhe falei sobre isso. Ele era um discípulo do meu pai. Eu odiava ele. Menti para você. Espero que você me perdoe por lhe ter contado que ele morreu lutando durante a invasão."

"E comecei a pedir desculpas, mas Wanda me interrompeu. Acendeu um cigarro, me lembro que ela fumava sem parar, quando podia conseguir cigarros, e disse: "Zozia, querida, isso não tem importância. Você acha que eu ligo para o que eles eram? É *você* que conta. Seu marido podia ter sido um gorila e seu pai o próprio Goebbels, que você continuaria sendo a minha maior amiga". Foi até a janela e correu a persiana. Ela só fazia isso quando havia algum perigo. O apartamento ficava no quinto andar, mas o edifício sobressaía no meio de prédios bombardeados e tudo o que acontecia lá dentro podia talvez ser visto pelos alemães, de modo que Wanda nunca se arriscava. Lembro que ela olhou para o relógio e disse: "Vamos ter visitas daqui a um minuto. Dois líderes judeus do gueto. Vão vir buscar um embrulho com pistolas.""

"Lembro-me de que o meu coração deu um pulo, e eu senti aquela náusea, como sempre quando Wanda falava em armas ou em encontros secretos, ou qualquer coisa perigosa, onde houvesse a possibilidade de sermos apanhados pelos alemães. Ser presa ajudando os judeus era morte certa. Eu começava a suar e as minhas pernas ficavam moles — como eu era covarde! Esperava que Wanda não reparasse nesses sintomas e, sempre que eu ficava tremendo, pensava se a covardia não seria outra das coisas más que eu tinha herdado do meu pai. Mas Wanda dizia: "Um desses judeus é muito valente, muito competente, mas está desesperado. Existe uma certa resistência, mas está desorganizada. Ele mandou um recado para o nosso grupo, dizendo que em breve vai haver uma revolta em grande escala no gueto. Tivemos alguns contatos com outros, mas este homem é um verdadeiro líder. Acho que o nome dele é Feldshon.""

"Esperamos algum tempo pelos dois judeus, mas eles não vieram. Wanda contou-me que as armas estavam escondidas no porão do prédio. Entrei no quarto para olhar as crianças. Mesmo no quarto o ar estava frio e cortante como uma faca, e por cima das cabeças de Jan e Eva havia uma nuvenzinha de vapor. O vento soprava através das frinchas da janela. Mas o edredom era daqueles velhos edredons poloneses, recheado com penas de ganso, e protegia as crianças bem. Me lembro de pedir a Deus que me permitisse conseguir algum carvão ou lenha para aquecer o meu apartamento, no dia seguinte. Do lado de fora a escuridão era incrível, toda a cidade estava no escuro. Eu tremia de frio. Nessa noite, Eva estava resfriada, tinha tido uma dor de ouvido forte e custara muito a dormir. Mas Wanda tinha encontrado aspirina, que era muito rara — Wanda conseguia quase tudo — e Eva tinha adormecido. Rezei para que, de manhã, a infecção do ouvido tivesse passado e a dor também. Nisso, ouvi bater à porta e voltei para a sala."

"Não me lembro muito bem do outro judeu — ele não falou muito — mas me lembro de Feldshon. Era forte de corpo, muito louro e com olhos muito penetrantes, muito inteligentes. Devia ter, eu acho, quarenta e poucos anos. Os olhos dele penetravam a gente mesmo atrás dos óculos grossos e me lembro de que uma lente estava rachada e tinha sido colada. Parecia muito zangado, apesar da polidez, como se estivesse fervendo de raiva e ressentimento, embora as suas maneiras fossem *ok*. Foi logo dizendo para Wanda: "Não vou poder lhe pagar agora pelas armas". Eu não conseguia entender o polonês dele muito bem, de tão mal que ele falava. "Vou poder lhe pagar em breve", disse ele, "mas não já"."

"Wanda disse aos dois para se sentarem e começou a falar em alemão. A primeira coisa que ela disse foi: "O seu sotaque é alemão. Podem falar em alemão conosco, ou em iídiche, se preferirem...""

"Mas ele interrompeu-a, à sua maneira irritada, num alemão perfeito. "Não preciso falar em iídiche! Eu já falava alemão antes de vocês terem nascido...""

"Dessa vez, foi Wanda quem o interrompeu: "Não estou pedindo explicações. Podem falar alemão. Eu e a minha amiga ambas falamos alemão. Não vamos lhes pedir para nos pagarem pelas armas, principalmente agora. Foram roubadas das SS e em outras circunstâncias nunca quereríamos o seu dinheiro. Mas precisamos de fundos. Falaremos sobre dinheiro em outra ocasião". Sentamo-nos. Wanda sentou-se ao lado de Feldshon, debaixo da única lâmpada. A luz era amarela e pouco firme, nunca sabíamos quanto tempo ia durar. Ofereceu cigarros aos dois judeus, que aceitaram. Wanda explicou: "São cigarros iugoslavos, também roubados dos alemães. A luz pode acabar a qualquer momento, de maneira que vamos falar de negócios. Mas primeiro eu quero saber uma coisa. Qual o seu *background*, Feldshon? Quero saber com quem estou tratando e acho que tenho o direito de saber, de modo que vá dizendo. Podemos fazer mais negócios."

"Era extraordinário, esse jeito que Wanda tinha, aquela maneira absolutamente direta de tratar com as pessoas — com todo mundo, com desconhecidos. Era quase... acho que a palavra seria dura... parecia um homem duro, mas havia nela muita coisa jovem e feminina, uma certa suavidade, que compensava isso. Lembro-me de olhar para ela. Parecia muito abatida. Não tinha dormido duas noites, sempre trabalhando, sempre correndo perigo. Passava muito tempo trabalhando num jornal da Resistência, o que era muito perigoso. Acho que já lhe disse que ela não era bonita — tinha um rosto cor de leite, sardento, com um queixo muito grande — mas o magnetismo dela era tão grande, que até parecia bonita. Olhei para ela — o seu rosto estava tão impaciente e irritado quanto o do judeu — e a intensidade que havia nele era notável. Hipnotizava."

"Feldshon disse: "Nasci em Bydgoszcz, mas meus pais me levaram para a Alemanha quando eu era muito pequeno". A voz dele ficou sarcástica: "É por isso que eu falo mal polonês. Confesso que muitos de nós falamos polonês o mínimo possível, no gueto. Seria agradável falar uma língua que não fosse a do opressor. Tibetano? Esquimó?" Depois ele disse, já não tão zangado: "Desculpe. Criei-me e estudei em Hamburgo. Fui um dos primeiros alunos da nova universidade. Quando me formei, tornei-me professor de literatura francesa e inglesa, num ginásio de Würzburg. Estava ensinando lá, quando fui preso. Descobriram que eu tinha nascido na Polônia e fui deportado para aqui, em 1938, junto com minha mulher e minha filha, mais outros judeus nascidos na Polônia". Parou e acrescentou, com amargura: "Escapamos dos nazistas e agora eles nos batem à porta. Mas de quem eu devo ter mais medo, dos nazistas ou dos poloneses — desses poloneses que eu devia considerar como meus patrícios? Pelo menos, sei do que os nazistas são capazes."

"Wanda fingiu não ter ouvido e começou a falar sobre as armas. Disse que, no momento, estavam no porão do edifício, embrulhadas em papel grosso. Havia também uma caixa de munições. Olhou para o relógio e disse que, dentro de exatamente quinze minutos, dois membros da Resistência estariam no porão, prontos para transferir as caixas para o *hall*. Tinham combinado uma senha. Quando ela ouvisse essa senha, daria um sinal a Feldshon e ao outro judeu. Eles teriam que sair imediatamente do apartamento e descer a escada até o *hall*, onde as caixas estariam esperando. Depois eles sairiam do prédio o mais depressa possível. Lembro-me de ela dizer que uma das pistolas — eram Lugers — tinha uma peça quebrada, mas que ia tentar arrumar outra assim que pudesse. Feldshon então perguntou: "Há uma coisa que você não nos disse. Quantas são as armas?" Wanda olhou para ele. "Pensei que lhe tivessem dito. Três automáticas Luger.""

"O rosto de Feldshon ficou branco, mas branco mesmo. "Não posso acreditar", murmurou ele. "Me disseram que havia pelo menos doze pistolas, talvez quinze. E algumas granadas. Não posso acreditar!" Via-se que ele estava furioso, mas também desesperado. Abanou a cabeça: "Três Lugers, uma com uma peça quebrada. Meu Deus!""

"Wanda disse, à maneira de um homem de negócios, procurando controlar os seus próprios sentimentos: "Foi o melhor que pudemos conseguir, no momento. Vamos tentar conseguir mais armas. Há quatrocentas balas. Vocês vão precisar de mais e vamos tentar conseguir também mais munição.""

"De repente Feldshon disse, numa voz mais calma, como quem pede desculpas: "Perdoe a minha reação. É que me tinham falado que eram mais armas e eu fiquei desapontado. Além disso, hoje tentei fazer negócio com outro grupo, procurando ver se poderíamos confiar numa ajuda". Parou e olhou para Wanda com uma expressão furiosa. "Foi horrível, foi incrível! Malditos bêbados! Riram de mim, caçoaram de nós, nos chamaram de gringos! Eram *poloneses.*" Wanda perguntou, calmamente: "Quem eram eles?""

"Eles se chamam de O.N.R. Mas eu tive a mesma dificuldade ontem, com outro grupo da Resistência Polonesa". Olhou para Wanda, cheio de raiva e desespero, e disse: "Três pistolas, caçoadas e risadas é tudo o que eu tenho para enfrentar vinte mil soldados nazistas. Pelo amor de Deus, o que está *acontecendo?*""

"Wanda estava ficando muito nervosa, eu via, furiosa com tudo — com *a vida*. "*A O.N.R.*, essa cambada de colaboradores, de fanáticos fascistas! Como judeu, você teria recebido mais apoio dos ucranianos ou de Hans Frank. Mas deixe-me lhe dar um conselho: os comunistas são ainda piores. Se você alguma vez se encontrar com os comunistas comandados pelo General Korczynski, arrisca-se a levar um tiro na hora.""

"É incrível!" exclamou Feldshon. "Estou grato pelas três pistolas, mas não entende que isso me dá vontade de rir? Não sei o que está acontecendo aqui! Você já leu *Lord Jim*? A história de um oficial que abandona o navio afundando e pega um bote salva-vidas, deixando os passageiros entregues à própria sorte? Perdoe essa comparação, mas não posso deixar de ver a mesma coisa aqui. Estamos sendo abandonados pelos nossos *patrícios!*""

"Wanda levantou-se, apoiou as pontas dos dedos na mesa e inclinou-se para Feldshon. Procurava se controlar, mas eu sabia que estava difícil. Parecia tão pálida e exausta! E começou a falar, numa voz desesperada: "Feldshon, ou você é muito estúpido, ou muito ingênuo, ou as duas coisas. Parece estranho que, gostando de Conrad, você seja estúpido, de modo que deve ser só ingênuo. Sem dúvida você não esqueceu o fato de que a Polônia é um *país antissemita*. Você mesmo usou a palavra "opressor". Vivendo numa nação que praticamente inventou o antissemitismo, vivendo num gueto, que nós, poloneses, criamos, como é que você pode *esperar* ajuda dos seus compatriotas? Como pode esperar qualquer coisa exceto o que alguns de nós, por alguma razão — idealismo, convicção moral, simples solidariedade humana — estamos dispostos a fazer para salvar algumas das suas vidas? Meu Deus, Feldshon, seus pais provavelmente saíram da Polônia com você para se verem livres dos antissemitas. Pobres criaturas, não podiam imaginar que a quente, compreensiva, humana Alemanha, amiga dos judeus, se transformaria na maior inimiga e acabaria expulsando vocês. Não podiam imaginar que, quando você voltasse à Polônia, os mesmos antissemitas estariam esperando por você, sua esposa e sua filha, prontos para esmagar os três. Este é um país cruel, Feldshon. Tornou-se cruel por ter sido tantas vezes *derrotado*. Apesar do que dizem os Evangelhos, a adversidade não gera compreensão e compaixão, e sim crueldade. E os povos derrotados, como os poloneses, sabem ser supremamente cruéis com outros povos que se colocaram de lado, como vocês, judeus. Estou espantada de você ter conseguido sair da O.N.R. apenas sendo chamado de gringo!" Wanda parou um pouco e depois continuou: "Sem dúvida, você acha estranho que eu ame este país mais do que a própria vida — e que, se fosse preciso, estaria pronta a morrer por ele em dez minutos?"'"

"Feldshon olhou para ela e respondeu: "Gostaria de compreender, mas não posso, porque eu também estou pronto para morrer."'"

"Eu estava ficando preocupada com Wanda. Nunca a tinha visto tão cansada. Ela havia trabalhado tanto, comido tão pouco, passado sem dormir! De vez em quando a voz dela sumia e vi que os seus dedos tremiam, em cima da mesa. Fechou os olhos com força, estremeceu e cambaleou um pouco. Pensei que ia desmaiar, mas ela abriu os olhos e voltou a falar, numa voz rouca e tensa, de sofrimento: "Você mencionou *Lord Jim*, um livro que por acaso eu conheço. Acho que a sua comparação é boa, mas você se esqueceu do fim, de como o herói no fim se redime da traição, através da própria morte, do sofrimento e da morte. Será demais pensar que alguns desses poloneses vão poder se redimir do fato de vocês, judeus, terem sido traídos pelos nossos compatriotas? Mesmo que a nossa luta não salve vocês? Mesmo que não os salve, eu pelo menos ficarei satisfeita de termos tentado — através do nosso sofrimento e, provavelmente, até, da nossa morte."'"

"Após um momento, Wanda disse: "Eu não quis ofendê-lo, Feldshon. Você é um bravo, não há dúvida. Arriscou a vida para vir até aqui esta noite. Sei o que é a luta do seu povo. Fiquei sabendo no verão passado, quando vi as primeiras fotos contrabandeadas de Treblinka. Fui uma das primeiras pessoas a ver essas fotos e, como todo o mundo, no começo não acreditei no que estava vendo. Mas agora acredito. Não pode haver maior horror. Cada vez que passo perto do gueto, penso em ratos dentro de um barril, sendo metralhados por um louco, completamente sem defesa. Mas nós, poloneses, de certa maneira também não temos defesa. Temos mais liberdade do que vocês, judeus — muito mais liberdade de movimento, não corremos tanto perigo imediato — mas estamos sob um estado de sítio diário. Em vez de sermos como ratos dentro de uma barrica, somos como ratos num edifício em chamas. Podemos sair das chamas, procurar lugares mais frescos, descer para o porão, onde não há tanto perigo. Alguns pouquinhos podem até fugir do prédio. Todos os dias muitos dos nossos são queimados vivos, mas o edifício é grande e o fogo não pode pegar todo mundo. Um dia — quem sabe? — talvez o fogo acabe. Se acabar, vai haver um bocado de sobreviventes. Mas quase nenhum dos ratos da barrica vai sair com vida". Wanda respirou fundo e olhou diretamente para Feldshon. "Permita que eu lhe pergunte, Feldshon: Você acha que os ratos apavorados do edifício podem se preocupar com os ratos lá fora, na barrica — com quem eles nunca se deram muito?""

"Feldshon ficou olhando para Wanda, mas não disse nada. Wanda olhou de novo para o relógio. "Dentro de exatamente quatro minutos, vamos ouvir um assobio. Nesse momento, vocês dois têm que sair daqui e descer a escada. As caixas vão estar esperando junto da porta". Depois de dizer isso, ela continuou: "Faz três dias eu estava negociando no gueto com um dos seus compatriotas. Não vou dizer o nome dele, não é preciso. Basta dizer que é o chefe de uma dessas facções que se opõem violentamente à sua. Acho que é poeta ou romancista. Gostei dele, mas não pude suportar uma coisa que ele disse. Achei tão pretensioso o modo como ele falou dos judeus! Usou esta frase: "A nossa preciosa herança de sofrimento"."

"Nesse momento, Feldshon disse uma coisa que fazeu (*sic*) todo mundo rir, até Wanda: "Só pode ter sido Lewenthal. Moses Lewenthal. Tanto *Schmalz*". Mas aí Wanda disse: "Desprezo essa ideia de que o sofrimento é preciso. Nesta guerra, todo mundo sofre — os judeus, os poloneses, os ciganos, os russos, os tchecos, os iugoslavos, todo mundo é vítima. A principal diferença é que os judeus são as vítimas das vítimas. Mas nenhum sofrimento é preciso e todos morremos. Antes que vocês vão embora, quero lhes mostrar umas fotos que eu estava carregando no bolso quando fui falar com Lewenthal. Tinham acabado de me cair nas mãos. Queria mostrá-las para ele mas, não sei por que, não mostrei. Vou lhes mostrar.""

"Nesse momento, a luz se apagou. Senti uma pontada de medo no coração. Às vezes, era só a eletricidade falhando, mas outras vezes eu sabia que, quando os alemães faziam uma cilada, cortavam a eletricidade de um prédio para poderem pegar as pessoas com os seus holofotes. Ficamos imóveis e calados. Havia um pouco de luz que vinha da pequena lareira. Quando Wanda teve a certeza de que era apenas uma falha de energia, foi buscar uma vela. Eu ainda estava tremendo de medo, quando Wanda espalhou várias fotos em cima da mesa, ao lado da vela, e disse: "Olhem para isto.""

"Todos nos inclinamos para olhar. A princípio, não entendi o que era, parecia um monte de paus ou de galhos de árvore. Depois, percebi o que era — um vagão de gado cheio de crianças mortas, talvez umas cem, todas duras e em posições que mostravam que elas tinham morrido congeladas. As outras fotos eram iguais — mais vagões cheios de crianças congeladas.""

"Essas não são crianças judias", disse Wanda. "São crianças polonesas, todas com menos de doze anos de idade. São alguns dos ratinhos que não conseguiram fugir do edifício em chamas. Essas fotos foram tiradas por membros da Resistência, que descobriram esses vagões num desvio entre Zamosc e Lublin. Há centenas dessas fotos, só de um trem. Outros trens também foram colocados em desvios, onde as crianças morreram de fome ou de frio, ou de ambas as coisas. Isto é apenas uma amostra. Morreram milhares de crianças.""

"Ninguém falou. Ninguém teve coragem de falar. Finalmente, Wanda disse, pela primeira vez numa voz estrangulada de cansaço e dor: "Ainda não sabemos exatamente de onde essas crianças vieram, mas parece que são crianças rejeitadas pelo programa de germanização, o Lebensborn. Achamos que devem ter vindo da região de Zamosc, onde milhares foram tiradas dos pais, mas não foram consideradas racialmente puras e por isso foram condenadas ao extermínio em Maidanek ou Auschwitz. Só que não chegaram lá. No meio do caminho, o trem, como muitos outros, foi desviado para que as crianças morressem como vocês viram. Outras morreram de fome, outras ainda sufocadas em vagões hermeticamente fechados. Trinta mil crianças polonesas desaparecidas só da região de Zamozc. Milhares e milhares mortas. Isso também é extermínio em massa, Feldshon". Wanda passou as mãos pelos olhos e disse: "Eu ia falar-lhes dos adultos, dos milhares de homens e mulheres inocentes massacrados em Zamozc. Mas não vou mais. Estou muito cansada, sinto-me muito tonta. Essas crianças bastam.""

"Wanda estava cambaleando um pouco. Lembro-me de segurá-la pelo cotovelo e fazer com que ela se sentasse. Mas ela continuou falando à luz da vela, agora numa voz monótona, como se hipnotizada: "Os nazistas odeiam vocês mais do que ninguém, Feldshon, e vocês vão sofrer mais, mas eles não vão parar nos judeus. Acha que, quando eles acabarem com os judeus, vão lavar as mãos e fazer as pazes com o mundo? Se você acha isso, é porque subestima a capacidade que eles têm de fazer mal. Quando acabarem com você, vão vir me pegar, mesmo eu sendo meio-alemão. Depois, vão pegar esta bonita loura minha amiga e fazer com ela o mesmo que fizeram com vocês. Ao mesmo tempo, não vão poupar os filhos dela, como não pouparam estas crianças congeladas que vocês estão vendo aí.""

No minúsculo quarto às escuras de um hotel de Washington, eu e Sofia tínhamos, quase sem nos darmos conta disso, trocado de lugar. Agora era eu quem estava deitado na cama, olhando para o teto, enquanto ela ficara junto à janela, olhos fitos no incêndio distante. Ficou um momento calada e pude ver-lhe o lado do rosto, mergulhado em recordações, o olhar pousado no horizonte enfumaçado. Em meio ao silêncio, ouvia-se o arrulhar dos pombos na saliência abaixo da janela e o barulho dos bombeiros lutando contra o fogo. O sino da igreja voltou a bater: quatro horas.

Sofia prosseguiu:

— No ano seguinte, em Auschwitz, como eu já lhe disse, pegaram Wanda, torturaram-na e penduraram-na de um gancho, até ela morrer enforcada. Depois que eu soube disso, pensei nela muitas vezes, mas principalmente nessa noite em Varsóvia. Parecia que estava vendo-a, depois que Feldshon e o outro judeu saíram com as armas, sentada à mesa com o rosto enterrado nos braços, completamente exausta e chorando. É estranho, nunca antes eu tinha visto ela chorar, acho que Wanda achava isso uma fraqueza. Mas me lembro de me inclinar e pôr a mão no ombro dela. Era tão jovem, da minha idade! E tão corajosa!

"Ela era lésbica, Stingo. Não faz mais diferença o que ela era, nem fazia diferença então. Mas eu achei que você talvez quisesse saber, depois que eu lhe contei tanta coisa. Dormimos juntas uma ou duas vezes — acho que posso também lhe contar isso — mas não significou muito para nenhuma de nós, eu acho. Ela sabia, no fundo, que eu... bem, que eu não gostava dela desse jeito e nunca insistiu comigo para a gente continuar. Nunca ficou zangada nem nada. Apesar disso, eu a amava, porque ela era melhor do que eu e tão corajosa!"

"De modo que, como eu disse, ela previu a própria morte, a minha morte e a morte dos meus filhos. Adormeceu com a cabeça entre os braços, na mesa. Não quis acordá-la, mas fiquei pensando no que ela tinha dito sobre as crianças e nas fotos daqueles corpinhos congelados. De repente, fiquei apavorada como nunca, mesmo que muitas vezes tivesse sentido o gosto da morte. Entrei no quarto onde os meus filhos dormiam. Estava tão apavorada com o que Wanda tinha dito, que fiz uma coisa que sabia que não devia fazer — acordei Jan e Eva e apertei os dois contra mim. Estavam tão pesados de sono, reclamando e murmurando, mas ao mesmo tempo tão leves, acho que devido ao desejo que eu tinha de segurar os dois ao mesmo tempo, cheia de horror e desespero pelas palavras de Wanda a respeito do futuro, sabendo que elas eram verdadeiras e não podendo fazer nada para evitar uma coisa tão monstruosa!"

"Do lado de fora da janela fazia frio e estava escuro. Varsóvia era uma cidade fria e escura e, do lado de fora, havia apenas escuridão, neve e vento. Lembro-me de que abri a janela e deixei entrar a neve e o vento. Você não pode imaginar o impulso que senti de me jogar, com os meus filhos, pela janela, na escuridão — ou quantas vezes, desde então, me amaldiçoei por não ter feito isso!"

O vagão do trem que levara Sofia, seus filhos e Wanda para Auschwitz (com alguns membros da Resistência e outros poloneses presos durante a última batida) não tinha nada de comum. Não era nem um vagão de mercadorias, nem um carro de transporte de gado, que os alemães geralmente utilizavam para trasladar prisioneiros. Por mais extraordinário que pareça, era um carro antigo, mas conservado, dos *Wagons-lits*, com corredor acarpetado, compartimentos, banheiros e pequenos losangos metálicos, em polonês, francês, russo e alemão, debaixo de cada janela, alertando os passageiros para não se debruçarem. Pela decoração — os assentos gastos, mas ainda confortáveis, os ornamentados candelabros, ora baços — Sofia pôde ver que o venerável vagão fora outrora usado para transportar passageiros de primeira classe. A não ser por uma única diferença, era igual aos que seu pai — sempre cioso do *status* — usava com a família em viagens a Viena, Bozen ou Berlim.

A diferença — terrível a ponto de fazê-la soltar uma exclamação abafada, ao se aperceber dela — era que todas as janelas tinham sido fechadas com tábuas. Mas havia outra diferença: em cada compartimento, feito para acomodar de seis a oito pessoas, os alemães tinham atirado de quinze a dezesseis corpos, junto com a bagagem que cada um trouxera. À luz fraca dos candelabros, meia dúzia ou mais dos presos de ambos os sexos viajavam de pé ou parcialmente de pé, no diminuto espaço, apoiando-se uns nos outros contra o incessante movimento de freadas e aceleração do trem e caindo constantemente em cima dos que viajavam sentados. Um ou dois líderes da Resistência tomaram o comando da situação, divisando um esquema pelo qual as pessoas se revezavam regularmente nos bancos. Isso ajudava, mas nada podia aliviar o sufocante calor dos corpos de tantos seres humanos, apertados uns contra os outros, ou o cheiro azedo e fétido que os acompanhou durante toda a viagem. Não era ainda uma tortura, mas um limbo de desolação e desconforto. Jan e Eva eram as únicas crianças no compartimento, e ora se sentavam no colo de Sofia, ora no dos outros. Pelo menos uma pessoa vomitou e era uma luta desesperada para poder sair do compartimento e abrir caminho, através do corredor igualmente superlotado, até um dos toaletes. "Antes um vagão de mercadorias", Sofia ouviu alguém resmungar. "Pelo menos, a gente podia se espichar." Mas, pelos padrões dos outros transportes de prisioneiros que cruzavam a Europa na época, parados, desviados e imobilizados em mil junções de espaço e de tempo, aquela viagem não fora assim tão demorada. O que deveria ter sido uma viagem das seis da manhã ao meio-dia, levara mais de trinta horas.

Talvez devido a que (como ela me confessou, repetidamente) grande parte da sua conduta fora sempre governada pelo otimismo, Sofia ficara algo confortada com o fato de os alemães a terem posto, junto com os seus colegas de infortúnio, a bordo daquele inusitado meio de transporte. A essa altura, era do conhecimento geral que os nazistas utilizavam trens cargueiros e vagões de gado para enviar gente para os campos de concentração. Assim, uma vez a bordo, com Jan e Eva, ela tratara de rejeitar a ideia lógica, que lhe passara pela cabeça, de que os seus captores tinham resolvido usar aquele trem de primeira — embora caindo aos pedaços — apenas por estar disponível (as janelas fechadas com tábuas eram prova disso), preferindo pensar que aquele carro quase confortável, no qual poloneses e turistas ricos tinham viajado e cabeceado, nos dias anteriores à guerra, indicava um privilégio especial, significava que ela seria tratada melhor do que os 1.800 judeus de Malkinia, que seguiam na parte da frente do trem, amontoados nos vagões de gado, negros fechados, havia vários dias. Conforme não tardaria a verificar, era uma ideia tão absurda (e, no fundo, tão ignóbil) quanto a que ela formara a respeito do gueto: que a mera presença dos judeus e a preocupação dos nazistas com o seu extermínio poderiam, de alguma maneira, garantir a sua segurança. E a de Jan e Eva.

O nome de Oswiecim — Auschwitz — murmurado pelos companheiros de compartimento, encheu-a de medo, pois ela não tinha dúvida de que esse era o destino do trem. Um minúsculo ponto de luz chamara-lhe a atenção para uma diminuta fenda numa das tábuas que fechavam a janela e, durante a primeira hora da viagem, ela pudera ver o suficiente, ao clarão da manhã, para saber que estavam indo para o sul, passando pelos povoados que rodeavam Varsóvia, em lugar dos costumeiros subúrbios, atravessando campos e bosques verdejantes, na direção de Cracóvia. Apenas Auschwitz, dentre todos os possíveis destinos, ficava ao sul, e Sofia lembrava-se do desespero que sentira quando, com seus próprios olhos, verificara para onde estavam indo. A fama de Auschwitz era terrível, apavorante. Embora os rumores que corriam pela prisão da

Gestapo tivessem indicado que deveriam ser levados para Auschwitz, Sofia rezara para que os levassem para um campo de trabalhos forçados na Alemanha, onde já havia tantos poloneses e onde, segundo outros boatos, as condições eram brutais. Mas, à medida que Auschwitz se lhe afigurara cada vez mais provável e agora, no trem, inevitável, Sofia sentia-se cada vez mais vítima de um castigo por associação, de um terrível acaso. Dizia para si mesma: Não tenho nada com isto. Se ela não tivesse tido a má sorte de haver sido presa ao mesmo tempo que tantos membros da Resistência (um azar, ainda mais complicado pela sua conexão com Wanda e o fato de morarem no mesmo prédio, embora Sofia nunca tivesse levantado um dedo para ajudar o movimento), poderia ter sido julgada culpada do crime de contrabandear carne, mas não do crime, infinitamente mais grave, de subversão, e não estar sendo mandada para um lugar tão horrível. Mas, entre outras ironias do destino, destacava-se a de que ela não fora *julgada* culpada de nada, apenas interrogada e esquecida. Havia sido jogada, ao acaso, no meio daqueles *partisans*, vítima menos de uma forma retaliativa da justiça do que de uma raiva generalizada — uma espécie de ânsia de domínio e opressão, que se apoderava dos nazistas, sempre que conseguiam uma vitória sobre a Resistência e que, dessa vez, se tinha estendido a várias centenas de infelizes poloneses, apanhados nas malhas da última *blitz.*

Sofia lembrava-se, com extraordinária nitidez, de certos aspectos da viagem. Do fedor, da falta de ar, da constante mudança de posição — de pé, sentada, novamente de pé. Por ocasião de uma súbita parada, um caixote lhe caíra na cabeça, não a machucando muito, mas fazendo-lhe um galo. Do que conseguira ver através da fenda, o sol primaveril transformando-se em chuva fina e, através dessa cortina de chuva, bétulas ainda torturadas pelas neves do passado inverno, retorcidas em arcos parabólicos, formando belos esqueletos, laçadas. Por todo o lado, os pingos cor de limão das forsítias. Campos de um verde suave, misturando-se, à distância, com florestas de pinheiros e larícios. De novo o sol. Os livros de Jan, que ele tentava ler à luz débil, sentado no colo dela: Os *Robinsons Suíços*, em alemão, edições polonesas de *Presas Brancas* e *Penrod e Sam*. Os dois tesouros de Eva, que ela se recusara a pôr na mala, mas segurava firmemente, como se a qualquer momento pudessem arrancá-los das suas mãos: a flauta, no seu estojo de couro, e o seu *mis* — o ursinho de uma só orelha e um olho só, que a acompanhava desde o berço.

Mais chuva, uma torrente. Agora, o cheiro de vômito enchendo o ar, azedo. Os companheiros: duas apavoradas alunas de colégio de freiras, dos seus dezesseis anos, soluçando, adormecendo, acordando e rezando Ave-Marias; Wiktor, um moreno e enfurecido jovem membro da Resistência, de antemão planejando uma fuga ou uma revolta, constantemente escrevendo mensagens, em pedaços de papel, para Wanda, que viajava em outro compartimento; uma velha enlouquecida pelo medo, dizendo-se sobrinha de Wieniawski, afirmando que o embrulho de papéis que apertava contra o peito era o manuscrito original da famosa *Polonaise*, debulhando-se em lágrimas, como as duas colegiais, diante do furioso comentário de Wiktor, segundo o qual os nazistas limpariam o traseiro na *Polonaise*. A fome começando a lhe provocar dores no estômago. Nada em absoluto para comer. Outra velha — só que morta — estendida no corredor, no lugar onde o ataque cardíaco a abatera, as mãos geladas em volta de um crucifixo e o rosto, branco de morte, sujo das botas e sapatos das pessoas que passavam por cima dela. De novo olhando pela fenda: Cracóvia à noite, a estação, tão sua conhecida, pátios ferroviários iluminados pelo luar, onde ficaram parados horas e horas. À luz esverdeada da lua, uma visão fantástica: um soldado alemão, de uniforme *feldgrau* e com o fuzil às costas, masturbando-se ritmicamente e exibindo-se, sorridente, à meia-luz do pátio deserto, para quaisquer prisioneiros, curiosos, divertidos ou indiferentes, que pudessem estar olhando através das fendas. Uma hora de sono, seguida do sol da manhã. A travessia do Vístula, caudaloso e pardacento. Duas pequenas cidades que ela reconheceu, quando o trem se dirigiu para oeste, através da poeira dourada da manhã: Zkawina e Zator. Eva chorando pela primeira vez, cheia de fome. Shhh, queridinha. Mais uma cochilada, acompanhada de um sonho esplêndido, radiante e, ao mesmo tempo, doloroso: Sofia, de vestido longo e diadema, sentada ao piano diante de dez mil espectadores, mas, não obstante — e surpreendentemente — voando, *voando*, procurando a libertação nos compassos celestiais do Concerto do Imperador. Pálpebras se abrindo. Uma freada definitiva. Auschwitz.

Esperaram no vagão durante a maior parte do dia. Ainda cedo, os geradores pararam de funcionar, as lâmpadas se apagaram no compartimento e a pouca luz que entrava pelas fendas das tábuas lançava uma palidez leitosa no ambiente. O som distante de uma banda chegava até o compartimento. Uma vibração de pânico perpassou a carruagem, algo quase palpável, como se todos os cabelos do corpo se arrepiassem e, na quase escuridão, ouviram-se murmúrios ansiosos — roucos, prementes, mas tão incompreensíveis quanto o ruído de uma porção de folhas. As meninas do colégio de freiras começaram a chorar em uníssono, pedindo ajuda à Virgem Maria. Wiktor mandou-as calar, ao mesmo tempo em que Sofia criava coragem ao ouvir a voz de Wanda, na outra ponta do vagão, pedir aos deportados e aos membros da Resistência para ficarem calmos e calados.

Devia ser o início da tarde quando chegaram notícias sobre a sorte dos centenas de judeus de Malkinia, que tinham viajado nos carros da frente. *Todos os judeus saíram em caminhões*, dizia um bilhete recebido por Wiktor, que ele leu em voz alta, na escuridão, e que Sofia, demasiado apavorada para sequer procurar consolo estreitando Jan e Eva contra o peito, imediatamente traduziu para: Todos os judeus foram para as câmaras de gás. Juntou-se às meninas do convento e começou a rezar. Foi quando ela estava rezando, que Eva começou a gritar e a chorar alto. As crianças tinham-se mostrado muito corajosas durante a viagem, mas agora a fome que a menina sentia transformara-se em dor e ela gritava, enquanto Sofia procurava confortá-la e niná-la. Durante um momento, os gritos da filha causaram-lhe mais pavor do que a notícia do que acontecera com os judeus. Mas Jan veio em sua ajuda. Tinha um jeito todo especial para lidar com a irmã — a princípio, acalmando-a com palavras que só eles conheciam, depois sentando-se ao lado dela com o seu livro. À luz quase inexistente, começou a ler-lhe a história de Penrod e suas travessuras. Conseguiu rir e a sua fina voz de soprano, combinada com o cansaço de Eva, fez com que ela dormisse.

Passaram-se várias horas. A tarde estava ao fim. Outra tira de papel chegou às mãos de Wiktor: *O primeiro vagão saiu em caminhões*. Aquilo significava uma coisa — que, assim como os judeus, as várias centenas de membros da Resistência que iam no carro da frente haviam sido transportadas para Birkenau e os crematórios. Sofia olhou para a frente, apertou as mãos sobre o colo e preparou-se para morrer, tomada de um terror inexprimível mas, pela primeira vez, sentindo o alívio, ao mesmo tempo amargo e abençoado, da aceitação. A velha sobrinha de Wieniawski mergulhara num estado de estupor, a amassada *Polonaise* caída para o lado, a saliva escorrendo-lhe dos cantos dos lábios. Ao procurar reconstruir aquele momento, muito tempo depois, Sofia perguntaria a si própria se não teria também perdido a consciência, pois logo a seguir se lembrava de estar na plataforma da estação, os olhos ofuscados pela luz do dia, tendo Jan e Eva ao seu lado e, diante dela, o *hauptsturmführer* Fritz Jemand von Niemand, doutor em medicina.

Sofia não sabia o nome dele, nem nunca mais o vira. Batizei-o de Fritz Jemand von Niemand por me parecer um nome tão bom como qualquer outro para um médico das SS — para alguém que surgira diante de Sofia como se viesse do nada e da mesma forma desaparecera da sua vista, deixando, porém, traços indeléveis da sua presença. Um deles: a impressão de ser relativamente jovem — trinta e cinco, quarenta anos — e a indesejável boa aparência de uma personalidade perturbadora. Na verdade, a aparência, a voz, as maneiras e outros atributos do Dr. Jemand von Niemand permaneceriam para sempre na memória de Sofia. As primeiras palavras que ele lhe dissera, por exemplo: *"Ich möchste mit dir schlafen"* — o que significa, dito da maneira mais direta e brutal possível: "Gostaria de dormir com você". Palavras grosseiras, pronunciadas do alto da sua intimidante posição, sem finesse, sem classe, sórdidas e cruéis, uma frase que se poderia esperar de um *Schweinund* nazista de filme B, mas que foram, segundo Sofia, as primeiras palavras que ele disse. Sujo palavreado para um médico e um homem bem-educado (talvez, até, aristocrata), embora ele estivesse visivelmente bêbado, o que talvez explicasse a grosseria. Sofia, à primeira vista, pensara que ele podia ser um aristocrata — prussiano, talvez, ou de origem prussiana — devido à sua extrema semelhança com um oficial Junker, amigo do seu pai, que ela conhecera uma vez, quando tinha dezesseis anos, numa viagem de férias a Berlim. De aspecto muito "nórdico", bonito à sua maneira austera, de lábios finos, o jovem oficial tratara-a friamente, no pouco tempo em que se tinham conhecido, quase com desprezo e demonstrações de tédio; não obstante, ela não conseguira ficar imune à presença dele, a — coisa surpreendente! — algo não propriamente efeminado, mas feminino, que transparecia no rosto dele em repouso. Parecia um pouco um Leslie Howard militarizado, de quem ela ficara fã desde que vira *A Floresta Petrificada*. Apesar de ele não lhe ter inspirado senão despeito, e da sua satisfação em não precisar voltar a ver aquele oficial alemão, Sofia lembrava-se de ter pensado nele de maneira perturbadora: Se ele fosse uma mulher, seria uma pessoa que talvez me atraísse. Mas agora ali estava a sua contrapartida, quase a sua réplica, de pé, no seu uniforme das SS, sobre a poeirenta plataforma de concreto, às cinco da tarde, vermelho de vinho, conhaque ou cerveja, e pronunciando aquelas palavras tão plebeias, numa voz indolentemente aristocrática, pejada de sotaque berlinense: "Gostaria de dormir com você".

Sofia fingiu não entender o que ele dizia mas, enquanto ele falava, reparou num desses detalhes insignificantes, mas indeléveis — outra impressão espectral deixada pelo médico — que para sempre se destacariam, em vívido *trompe l'oeil*, da confusa superfície do dia: uma porção de grãos de arroz cozido, sobre a lapela da túnica do seu uniforme. Eram uns quatro ou cinco grãos, brilhantes de gordura. Sofia fixou os olhos atordoados neles e, ao fazê-lo, apercebeu-se, pela primeira vez, de que a música que a banda dos prisioneiros estava tocando, à guisa de boas-vindas — completamente desafinada, mas atacando-lhe os nervos, com a sua erótica melancolia e os seus compassos túrgidos, desde o vagão escurecido — era o tango argentino "La Cumparsita". Por que não o tinha reconhecido antes? Ba-dum-*ba*-dum!

— *Du bist eine Polack* — disse o médico. — *Bist du auch auch eine Kommunistin?*

Sofia passou um braço sobre os ombros de Eva, o outro em volta da cintura de Jan, e não respondeu. O médico arrotou e depois repetiu, mais explicado:

— Sei que você é polonesa, mas será também uma dessas comunistas sujas?

E, na sua bebedeira, voltou-se para o próximo prisioneiro, parecendo ter-se esquecido de Sofia.

Por que ela não fingira não entender? *"Nicht sprecht Deutsch"*. Podia ter salvo a situação. Havia tanta gente! Se ela não tivesse respondido em alemão, ele talvez tivesse deixado os três passar. Mas o terror que ela sentira fizera com que se portasse erradamente, estupidamente. Sofia sabia agora o que uma bendita ignorância evitara que muito poucos judeus soubessem, à sua chegada a Auschwitz, mas que a sua amizade com Wanda e com os outros a levara a temer acima de tudo: que havia uma triagem, uma seleção. Ela e os filhos estavam passando, naquele momento, pela terrível triagem de que tanto ouvira falar — murmurada em Varsóvia vezes sem conta — mas que lhe tinha parecido tão insuportável e, ao mesmo tempo, tão pouco provável de lhe acontecer, que Sofia a afastara da sua mente. Mas lá estava ela e lá estava o médico, ao passo que mais além — escondido pelos telhados dos vagões de mercadoria, recém-esvaziados dos judeus condenados à morte — estava Birkenau, e o médico podia mandar quem quisesse para lá. Esse pensamento causou-lhe tanto pânico que, em vez de ficar calada, Sofia disse:

— *Ich bin polnitsch! In Krakow geboren!* Sou polonesa. De Cracóvia. — E continuou:— Não sou judia! Nem os meus filhosl — E acrescentou: — Eles são racialmente puros! Falam alemão. — Por fim, ajuntou: — Sou cristã. Católica praticante.

O médico voltou-se de novo para ela. Suas sobrancelhas arquearam-se e fixou em Sofia um olhar embriagado, úmido, ao mesmo tempo sombrio e fugidio. Estava agora tão perto dela, que Sofia pôde sentir-lhe o cheiro de álcool — um cheiro rançoso, de centeio ou cevada — mas não teve forças suficientes para devolver-lhe o olhar. Foi então que soube que tinha dito algo de errado, talvez até fatalmente errado. Desviou por um momento o rosto, olhando para uma fila de prisioneiros que se arrastavam pelo gólgota da triagem, e viu o professor de flauta de Eva, Zaorski, no momento exato da sua condenação — enviado para o lado esquerdo, para Birkenau, por um gesto quase imperceptível da cabeça do médico. Voltando-se, ouviu o Dr. Jemand von Niemand dizer:

— Quer dizer que você não é comunista, e sim católica.

— *Ja, mein Hauptmann.* Creio em Cristo.

Que loucura! Sentiu, através do olhar dele, da sua atitude — da luminosa intensidade do seu olhar — que tudo o que ela estava dizendo, longe de ajudá-la, longe de salvá-la, precipitava-a vertiginosamente para a morte. Pensou: Oxalá eu fique muda!

O médico estava pouco firme nos pés. Inclinou-se, por um instante, para um soldado, que segurava uma prancheta, e murmurou-lhe algo. Entrementes, distraidamente enfiando o dedo no nariz, Eva, encostada à perna de Sofia, começou a chorar.

— Quer dizer que você crê no Cristo Redentor? — perguntou o médico, na sua voz pastosa, mas estranhamente alheia, como se fosse um conferencista, examinando uma das múltiplas facetas de uma afirmação lógica. A seguir, disse algo que, por um momento, Sofia não entendeu: — Ele não disse "Deixai vir a Mim as criancinhas?"

Voltou-se para Sofia, com os movimentos metódicos dos bêbados.

Meio morta de medo, Sofia ia responder, quando o médico disse:

— Você pode ficar com um dos seus filhos.

— *Bitte?* — volveu Sofia.

— Pode ficar com um dos seus filhos — repetiu ele. — O outro vai ter que ir. Qual dos dois você escolhe?

— Está querendo dizer que eu tenho que escolher?

— Você é polaca, não judia. Isso lhe dá um privilégio — o de escolher.

Sofia não conseguiu pensar. Sentiu as pernas cederem.

— Não posso escolher! Não posso! — começou a gritar. Como se lembrava dos seus gritos! Nem os anjos tinham gritado tão alto ante a visão do inferno.

— *Ich kann nicht wählen!* — gritou.

O médico constatou que ela estava atraindo uma indesejável atenção.

— Cale-se! — ordenou. — Escolha logo. Escolha, ou mandarei os dois para o lado esquerdo. Rápido!

Sofia não podia crer no que estava acontecendo. Não podia acreditar que estava ajoelhada naquele áspero chão de concreto, puxando os filhos para si com tanta força, que teve a sensação de que a carne deles poderia enxertar-se na sua, apesar das camadas de roupa. A sua incredulidade era total, absoluta. Uma incredulidade refletida nos olhos do magro e pálido *Rottenführer,* ajudante do médico, para quem ela inexplicavelmente erguera o olhar súplice. Ele parecia atônito e devolvera-lhe o olhar com uma expressão perplexa, como quem diz: Também não posso entender.

— Não me faça escolher — ouviu a si mesma implorar, num murmúrio. — Eu não posso escolher.

— Nesse caso, mande os dois, para a esquerda — disse o médico ao ajudante. — *Nach links.*

— *Mamm!*

Sofia ouviu a voz fina, mas forte, de Eva gritar, no momento em que afastou a criança de junto dela e se levantou do chão, cambaleante.

— Levem a criança! — falou. — Levem a minha filha!

Nesse ponto, o soldado — com um cuidado que Sofia tentara, sem sucesso, esquecer — pegou na mão de Eva e levou-a para a legião dos condenados. Sofia guardaria para sempre a impressão de que a menina continuara a olhar, implorativa. Mas, como estava quase que inteiramente cega pelas lágrimas copiosas, grossas e salgadas, não pôde ver claramente a expressão do rostinho de Eva, coisa pela qual ficaria eternamente grata. Porque, no fundo do seu coração, sabia que nunca teria sido capaz de suportar aquilo, quase enlouquecida que estava pela última visão da filha.

— Ela segurava ainda o seu *mis* e a flauta — disse Sofia. — Durante todos estes anos, nunca pude ouvir essas palavras. E nem falá-las, em nenhuma língua.

Desde que Sofia me contou esse episódio, muitas vezes meditei no enigma do Dr. Jemand von Niemand. No mínimo, ele era um inconformista, um rebelde. O que obrigou Sofia a fazer decerto não figurava no manual de regulamentos das SS. A incredulidade do jovem *Rottenführer* atestava isso. O médico devia ter esperado muito tempo, até se ver frente a frente com Sofia e seus filhos, para pôr em prática a sua engenhosa ideia. E o que, na miséria particular do seu coração, eu acho que ele mais desejava fazer era infligir a Sofia, ou em alguém como ela — uma frágil e mortal cristã — um pecado completamente imperdoável. É justamente por ter desejado com tal paixão cometer esse terrível pecado, que esse médico me parece excepcional, talvez único, entre os seus autômatos colegas de farda: se não era um homem bom ou um homem mau, pelo menos ainda conservava uma capacidade latente de ser bom, ou de ser mau, e os seus esforços eram essencialmente ditados pela religião.

Por que afirmo isso? Para começar, talvez por ele ter levado em consideração a religião de Sofia. Mas eu me baseio nisso movido por um episódio que Sofia acrescentou à sua história, um pouco mais tarde. Ela disse que, nos dias caóticos que se seguiram à sua chegada ao campo, era tal o seu estado de choque — depois do que acontecera na plataforma e do desaparecimento de Jan, levado para o Campo das Crianças — que por pouco não perdera a razão. Mas, nos alojamentos, um dia, não pudera deixar de prestar atenção a uma conversa entre duas judias alemãs, recém-chegadas, que tinham conseguido passar na seleção. Era evidente, pela descrição física, que o médico de quem falavam — e que fora responsável pela sobrevivência delas — era o mesmo que mandara Eva para a câmara de gás. O que Sofia recordava mais vividamente era o seguinte: uma das mulheres, que era do bairro berlinense de Charlottenburg, dissera ter conhecido o médico quando rapaz. Ele não a reconhecera na plataforma. Por sua vez, ela pouco o conhecera, embora ele tivesse sido seu vizinho. As duas coisas que ela recordava a respeito dele — à parte a sua bela aparência — as duas coisas que ela não conseguira esquecer a respeito dele, eram que costumava ir sempre à igreja e sonhara entrar para um seminário. Um pai mercenário forçara-o a estudar medicina.

Outra das recordações de Sofia indica que o médico era um homem religioso ou, pelo menos, um ex-crente, à procura de reconquistar a fé perdida. Por exemplo — o fato de ele estar bêbado. Através de depoimentos, sabemos que, quando em serviço, os oficiais das SS, inclusive os médicos, tinham um comportamento decoroso, quase monástico, de rígida observação dos regulamentos. Embora as exigências dos morticínios, executados num nível ultraprimitivo — principalmente nas proximidades dos crematórios — fizessem com que se consumisse muito álcool, o trabalho mais sangrento ficava geralmente por conta dos soldados, que tinham permissão (e muitas vezes precisão) de beber para poderem levar a cabo as suas atividades. Além de serem poupados dessas tarefas, os oficiais das SS, como acontece com os oficiais de todo o mundo, deviam manter um comportamento digno, principalmente quando no cumprimento dos seus deveres. Por que, então, teria Sofia tido a rara experiência de deparar com um médico como Jemand von Niemand, embriagado, entorpecido pelo álcool e tão descuidado, que ainda tinha na lapela grãos de arroz remanescentes de uma refeição provavelmente longa e bem regada? Isso devia ser, para o médico, uma conduta muito perigosa.

Sempre imaginei que, ao dar com Sofia, o Dr. Jemand von Niemand estava passando pela grande crise da sua vida, sentindo-se desintegrar no momento exato em que procurava a salvação espiritual. Podemos apenas especular sobre a carreira posterior de Von Niemand mas se ela tinha alguma semelhança com o seu chefe, Rudolf Höss, e com as tropas SS em geral, classificara-se como um *Gottgläubiger* — isto é, rejeitara o cristianismo, embora exteriormente professasse fé em Deus. Mas como era possível crer em Deus após praticar a medicina, meses a fio, num lugar tão terrível?

Esperando a chegada de trens vindos de todos os cantos da Europa, selecionando os aptos e os saudáveis dentre as patéticas hordas de aleijados, desdentados, cegos, excepcionais e espáticos, e as intermináveis fileiras de velhos e crianças, ele decerto sabia que a fábrica de escravos à qual servia (em si mesma uma gigantesca máquina de morticínio, regurgitando restos de seres humanos) era uma negação de Deus. Além disso, ele era, no fundo, um vassalo da IG Farben. Não era possível conservar a crença, após passar algum tempo naquele lugar. Tinha de substituir Deus por um sentimento da onipotência dos negócios. Como a grande maioria daqueles a quem julgava era composta de judeus, ele devia ter ficado aliviado quando, uma vez mais, chegara uma ordem de Himmler, mandando que todos os judeus, sem exceção, fossem exterminados. Isso o tiraria daquela horrível plataforma, permitindo-lhe dedicar-se a atividades mais compatíveis com a medicina. (Pode ser difícil de acreditar, mas a vastidão e a complexidade de Auschwitz permitiam algumas atividades médicas humanitárias, além das inenarráveis experiências, às quais — partindo do princípio de que o Dr. von Niemand era um homem de alguma sensibilidade — ele se teria furtado.)

Mas as ordens de Himmler depressa seriam revogadas. Havia necessidade de mão-de-obra para satisfazer o incessante apetite da IG Farben — e o atormentado doutor voltaria à plataforma. As seleções recomeçariam. Não tardaria que apenas os judeus fossem condenados às câmaras de gás. Mas, até que essas ordens viessem, os judeus e os "arianos" teriam que passar pelo processo de seleção. (Havia, às vezes, exceções ditadas por simples caprichos, como a do carregamento de judeus oriundos de Malkinia.) O renovado horror voltava a atormentar a alma do médico, ameaçava-lhe a razão. Começou a beber, a adquirir o hábito da glutoneria e a sentir a falta de Deus. *Wo, wo ist der lebende Gott?* Onde está o Deus dos meus ancestrais?

Mas a resposta não demorara e, um dia, a revelação enchera-o de esperança. Tinha que ver com o pecado, ou antes, tinha que ver a ausência do pecado e a sua constatação de que a ausência do pecado e a ausência de Deus estavam inseparavelmente ligadas. Ele padecera de tédio e ansiedade, até mesmo de repugnância, mas nunca fora atingido por um sentimento de pecado diante dos crimes bestiais de que fora cúmplice, nem achara que, ao mandar milhares de inocentes para a morte, transgredira as leis divinas. Tudo fora apenas uma grande monotonia. Toda a sua depravação fora executada num vácuo de consciência, ao passo que a sua alma ansiava pela salvação.

Não seria simples restaurar a sua crença em Deus e, ao mesmo tempo, afirmar a sua capacidade humana de fazer o mal, cometendo o maior pecado que podia conceber? A santidade viria mais tarde. Primeiro, tinha que haver um grande pecado, um pecado cuja glória residisse numa sutil magnanimidade — numa escolha. Afinal, ele tinha o poder de mandar as duas crianças para a morte. Foi essa a única maneira pela qual consegui explicar o que o Dr. Jemand von Niemand obrigara Sofia a fazer, quando a vira diante de si com os seus dois filhinhos, naquele dia 19 de abril, enquanto os compassos do tango "La Cumparsita" se elevavam, insistentemente desafinados, para o céu crepuscular.

Capítulo Dezesseis

Durante toda a minha vida, tive sempre uma incontrolável tendência para o didatismo. Só Deus sabe a tortura que, durante todos esses anos, infligi na família e nos amigos, que, por amor, suportaram os meus frequentes ataques e conseguiram, com maior ou menor sucesso, camuflar bocejos, o leve estalar dos músculos do queixo e essas gotas que saem dos condutos lacrimais e que indicam uma luta de morte contra o tédio. Mas, em algumas raras ocasiões, quando o momento é adequado e a plateia responde bem, a minha capacidade enciclopédica de discorrer sobre um assunto tem me servido bastante. No momento em que a situação exige uma diversão, uma mudança de assunto, nada pode ser mais útil do que fatos inúteis e estatísticas idem. Empreguei todos os meus conhecimentos a respeito de — imaginem só! — *amendoins*, para procurar distrair Sofia, nessa noite, em Washington, enquanto passávamos diante da Casa Branca iluminada por holofotes, a caminho do restaurante Herzog's e "dos melhores bolinhos de siri do mundo". Depois do que ela me tinha contado, falar de amendoins parecia um lugar-comum adequado para enveredar por novos rumos de conversa. Porque, durante as duas horas que se tinham seguido à história dela, eu não havia podido trocar mais do que três ou quatro palavras com Sofia, nem ela pudera falar muito comigo. Mas os amendoins permitiram-me, pelo menos, quebrar o silêncio e tentar furar a nuvem de depressão que pairava sobre nós.

— O amendoim não é uma espécie de noz — expliquei — e sim de ervilha, de vagem. É primo-irmão da ervilha e do feijão, mas difere deles num ponto muito importante: desenvolve-se debaixo do chão. É uma planta anual, que cresce rasteira ao solo. Há três tipos principais de amendoim cultivados nos Estados Unidos — o tipo de semente grande, ou da Virgínia, o trepador e o espanhol. O amendoim precisa de muito sol e de um inverno sem geadas. É por isso que dá no Sul. Os principais estados cultivadores de amendoim são, pela ordem, a Geórgia, a Carolina do Norte, a Virgínia, o Alabama e o Texas. Houve um cientista negro, chamado George Washington Carver, que descobriu dezenas de usos para o amendoim. Além de ser empregado na alimentação, é utilizado na fabricação de cosméticos, plásticos, explosivos, alguns medicamentos, materiais isolantes, e em várias outras coisas. O amendoim está em alta, Sofia, e eu acho que a nossa fazendinha vai crescer cada vez mais e que em breve não só vai dar para nos sustentarmos, como talvez, até para enriquecer. Não vamos precisar depender de editores como Alfred Knopf ou Harper & Brothers para o nosso sustento. A razão pela qual quero que você saiba algo sobre o cultivo do amendoim é simples: você vai ser a castelã, a proprietária da fazenda e haverá momentos em que terá de dar uma mãozinha. Agora, quanto ao *cultivo* em si, o amendoim é plantado depois da última geada, colocando-se as sementes a uma distância de nove a vinte e cinco centímetros entre cada uma, em fileiras distantes cerca de oitenta centímetros umas das outras. O amendoim costuma amadurecer quatro a quatro meses e meio após o plantio...

— Sabe que mais, Stingo? Acabei de pensar numa coisa muito importante — disse Sofia, interrompendo o meu solilóquio. — O que é? — perguntei.

— Não sei dirigir. Nunca aprendi a dirigir um carro.

— E daí?

— Mas nós vamos morar nessa fazenda. Pelo que você diz, tão longe de tudo! Vou precisar saber dirigir, não é mesmo? Nunca aprendi na Polônia — tão pouca gente tinha carro! Pelo menos, ninguém aprendia senão depois que era bem mais velho. E aqui Nathan disse que ia me ensinar, mas nunca ensinou. Não há dúvida de que vou ter que aprender.

— É fácil — retruquei. — Eu vou lhe ensinar. Vamos ter uma camioneta à nossa espera e eu vou lhe ensinar a dirigi-la. De qualquer maneira, na Virgínia é muito fácil tirar uma carteira de motorista. Puxa, me lembro que tirei a minha primeira carteira quando fiz *quatorze* anos. E era *legal!*

— Quatorze? — estranhou Sofia.

— Puxa, eu pesava uns quarenta e cinco quilos e mal chegava ao volante. Lembro-me de que o examinador olhou para meu pai e perguntou: "Esse aí é seu filho ou é anão?" Mas me deram a carteira. O Sul é assim... O Sul é muito diferente do Norte, mesmo nas coisas mais corriqueiras. Por exemplo, no Norte eles nunca me teriam dado uma carteira de motorista com apenas quatorze anos. É como se, no Sul, a gente envelhecesse muito mais cedo. Deve ter algo a ver com o calor, que amadurece tudo mais depressa. Daí a piada sobre a definição de uma virgem, no Mississippi. A resposta é: uma menina de doze anos, capaz de correr mais rápido do que o pai dela.

Ri, sentindo-me, pela primeira vez em horas, ainda que remotamente, de bom humor. De repente, o desejo de chegar ao Condado de Southampton, de começar a plantar raízes, foi tão intenso quanto a necessidade que, a essa altura, eu tinha de comer alguns dos famosos bolinhos de siri do Herzog's. Comecei a falar com Sofia de coisas inconsequentes, não tanto por me ter esquecido do que ela me contara, como, eu acho, por não me dar conta da fragilidade em que as suas confissões a tinham deixado.

— Tenho a impressão — disse eu, numa voz de pastor e conselheiro — de que, por algumas coisas que você mencionou, você tem medo de se sentir deslocada lá onde vamos morar. Mas não há o que temer. As pessoas podem parecer um pouco quadradas a princípio — e você talvez se preocupe com o seu sotaque e o fato de ser estrangeira — mas pode ter certeza de uma coisa, Sofia: os sulistas são as pessoas mais calorosas e *acolhedoras* de todos os Estados Unidos. Não são indiferentes nem frios, como nas grandes cidades. Por isso, não se preocupe. Naturalmente, vamos ter que nos ajustar um pouco. Como já lhe disse, não vamos poder adiar por muito tempo o casamento — você sabe, para evitar comentários desagradáveis. Por isso, depois que nos tivermos instalado e nos apresentado ao pessoal — o que levará alguns dias — vamos fazer uma grande lista de compras, pegar a camioneta e ir até Richmond. Vamos precisar de mil e uma coisas. Conforme já lhe disse, a fazenda está equipada com todas as coisas básicas, mas vamos comprar uma vitrola e discos. E também o seu vestido de noiva. Naturalmente, você vai querer um bonito vestido para usar na cerimônia. Richmond não tem grandes costureiros, mas há ótimas lojas, lá...

— Stingo! — interrompeu ela, de repente. — Por favor! Não precisa falar de vestido de noiva e roupas. Que é que você acha que eu tenho, aqui, na mala?

A voz dela tornara-se estridente, trêmula e zangada, carregada de uma raiva que raramente assestara contra mim.

Paramos de andar e voltei-me para olhar-lhe o rosto, sombreado pela noite. Vi que os seus olhos estavam opacos de tristeza e percebi, com uma sensação de dor no peito, que tinha dito o que não devia.

— O quê? — perguntei, estupidamente.

— Um vestido de noiva — respondeu ela, com amargura. — O enxoval que Nathan me comprou na Saks. Não *preciso* de roupas novas. Será que você não entende...?

Ah, sim, eu entendia. Infelizmente, entendia. Nesse momento, senti, pela primeira vez, uma distância nos separando, uma enorme distância que, nos meus sonhos com um ninho de amor no Sul, não percebera que nos separava tanto quanto um rio largo e caudaloso, impedindo uma verdadeira comunhão, pelo menos no nível que eu tanto desejava. Nathan. Sofia continuava pensando em Nathan, a tal ponto, que até o triste enxoval de casamento que trouxera tinha para ela uma enorme importância, ao mesmo tempo táctil e simbólica. E, de repente, compreendi outra verdade: como era ridículo, da minha parte, pensar num casamento e numa doce vida conjugal na velha plantação, quando a mulher dos meus sonhos — ali, diante de mim, com o seu rosto cansado e contorcido pelo sofrimento — carregava consigo o vestido de noiva que escolhera pensando em agradar ao homem que amara a ponto de não temer a morte. Meu Deus, que estupidez a minha! Tentei dizer algo, mas não consegui. A minha língua transformara-se num bloco de concreto. Atrás de Sofia, o cenotáfio de George Washington, como um estilete iluminado contra o céu noturno, estava envolto na névoa outonal e pessoas diminutas rastejavam ao redor da sua base. Sentia-me fraco e sem esperança, como se algo dentro de mim se tivesse estilhaçado. Cada minuto que passava parecia afastar Sofia de mim com a velocidade da luz.

No entanto, nesse momento ela murmurou algo que não consegui entender. Um som sibilante, quase inaudível. E, no meio da Constitution Avenue, atirou-se nos meus braços.

— Oh, Stingo, querido — murmurou ela. — Por favor, me perdoe. Eu não queria gritar com você. Continuo querendo ir para a Virgínia, pode acreditar. Vamos amanhã, não vamos? Só que, quando você falou em nos *casarmos*, eu fiquei tão..., tão perturbada, tão insegura. Será que você entende?

— Entendo — respondi.

E entendia mesmo, embora algo tarde. Apertei-a contra mim.

— Claro que entendo, Sofia.

— Vamos amanhã mesmo para a fazenda — disse ela, abraçando-se a mim. — Mas não fale em casamento. Por favor.

Naquele momento, percebi também que algo não muito sincero acompanhara o meu pequeno ataque de euforia. Tinha havido uma certa dose de escapismo na minha tentativa de enumerar as atrações daquele jardim de felicidade terrena, próximo dos pântanos, no qual nenhuma praga podia entrar, nenhuma bomba pifava, nenhuma safra sofria, nenhum empregado de cor se revoltava contra os baixos salários, nenhum chiqueiro de porcos fedia. Apesar da confiança que eu tinha na opinião do meu pai, a velha "Cinco Olmeiros" bem podia estar caindo aos pedaços, e ludibriar Sofia, atraindo-a para alguma decadente Estrada do Tabaco, podia resultar num crime indefensável. Mas procurei afastar essa ideia da cabeça, como algo que não podia sequer considerar. E havia outra coisa, mais inquietante. Aparentemente, o breve banho de espuma em que flutuáramos estava agora acabado, escorrera pelo cano. Quando recomeçamos a andar, a tristeza que pairava sobre Sofia parecia quase visível, palpável, como um *fog* que a deixasse tremendo de frio.

— Oh, Stingo, preciso tanto de um drinque! — disse ela.

Caminhamos no meio da noite num silêncio total. Desisti de apontar para os lugares famosos da capital, abandonando o papel de guia de turismo, com o qual tinha procurado animar um pouco Sofia. Era evidente que, por mais que ela tentasse, não podia afastar o horror que se sentira compelida a pôr para fora, no nosso pequeno quarto de hotel. Eu tampouco podia. Ali, na Rua Quatorze, no ar gelado e cheirando a cidra daquela noite do início de outono, com os espaços ao longo do L'Enfant rodeando-nos, iluminados, estava claro que eu e Sofia não podíamos apreciar nem a simetria da cidade, nem a atmosfera saudável e pacífica. De repente, Washington parecia paradigmaticamente americana, estéril, geométrica, irreal. Eu me identificara de tal maneira com Sofia, que me sentia polonês, com o sangue pútrido da Europa correndo-me pelas veias e artérias. Auschwitz ainda me envenenava a alma, como envenenava a dela. Não haveria um fim para aquilo?

Finalmente, sentados a uma mesa que dava para o Potomac, todo salpicado de luzes néon, perguntei a Sofia o que acontecera com o seu filhinho. Sofia bebeu um gole de uísque, antes de responder:

— Ainda bem que você me perguntou isso, Stingo. Achei que você ia me perguntar e queria que perguntasse, porque eu não tinha coragem de trazer o assunto. É, você tem razão, muitas vezes eu pensei comigo mesma: Se ao menos eu soubesse o que aconteceu com Jan, se eu pudesse saber onde ele está, isso talvez me salvasse de toda a tristeza que cai sobre mim. Se eu encontrasse Jan, eu poderia ser... *salva* de todos os horríveis pensamentos que eu ainda tenho, desse desejo que eu tenho tido e ainda tenho de... terminar com a vida, de dizer *adieu* a este lugar que é tão misterioso e estranho e... tão errado! Se eu pudesse encontrar o meu filho, acho que isso me salvaria.

"Podia até me salvar do sentimento de culpa que sinto por causa de Eva. De uma certa maneira eu sei que não devia sentir culpa por causa de uma coisa que eu fazi (*sic*). Vejo que foi além do meu controle, mas ainda assim é tão terrível acordar todas as manhãs com a memória disso e ter que viver com ela! Quando se junta com todas as outras coisas más que eu fazi (*sic*), fica insuportável. Insuportável!"

"Muitas, muitas vezes eu fiquei pensando se será possível que Jan ainda esteja vivo em algum lugar. Se Höss fazeu (*sic*) o que disse que ia fazer, então talvez ele ainda está vivo, em algum lugar da Alemanha. Mas eu não acho que vou poder encontrá-lo, depois de todos estes anos. Eles mudaram a identidade de todas as crianças do Lebensborn, mudaram os nomes delas, transformaram-nas em alemãs — eu não saberia onde procurar o meu filho. Se é que está mesmo na Alemanha. Quando eu estava no centro de refugiados na Suécia, só podia pensar nisso, noite e dia — ficar bem de novo para poder ir até a Alemanha, procurar o meu filho. Mas aí conheci uma polonesa — ela era de Kielce, eu me lembro — que tinha a cara mais trágica que eu já vi numa pessoa. Tinha sido prisioneira em Ravensbrück. Também tinha perdido uma filha para o Lebensborn e, meses depois de a guerra terminar, tinha andado de um lado para o outro da Alemanha, procurando, procurando, mas nunca encontrou a menina. Disse que nunca ninguém tinha encontrado os filhos. Já era horrível, ela me disse, não ter encontrado a filha, mas a procura tinha sido pior ainda, toda aquela agonia. Não vá, ela me disse. Porque, se você for, vai ver o seu filho em todo lugar, naquelas cidades em ruínas, em todas as esquinas, em todos os grupos de crianças ainda da escola, nos ônibus, passando nos carros, dando adeus para você, nos parques, em todo lugar — e você vai gritar e correr para a criança — só que não vai ser o seu filho. E o seu coração vai-se partir cem vezes por dia, e é muito pior do que saber que o seu filho morreu."

"Mas, para ser franca, Stingo, como eu já lhe disse, não acho que Höss cumpriu o que prometeu e acho que Jan ficou no campo e, se ficou, tenho a certeza de que morreu. Quando eu estava muito doente, em Birkenau, naquele inverno antes da guerra terminar — eu não sabia disso, só fiquei sabendo mais tarde, mas estava tão doente, que quase morri — os SS queriam se ver livres das crianças que tinham sobrado. Havia centenas de crianças, no Campo Especial. Os russos estavam se aproximando e os SS queriam acabar com as crianças, quase todas polonesas. As crianças judias já tinham morrido. Pensaram queimá-las vivas num poço, ou matá-las a tiros, mas resolveram fazer uma coisa que não deixasse muitas marcas, de modo que, num frio de morte, levaram as crianças para a beira do rio, fizeram-nas tirar a roupa e jogá-la na água, como se para lavá-las e botá-las de novo no corpo. Depois, obrigaram-nas a voltar para a área em frente dos alojamentos e fizeram uma chamada com elas formadas e vestindo a roupa molhada. A chamada durou muitas, muitas horas, com as crianças ficando geladas, até que a noite veio. Todas as crianças morreram de pneumonia e congelamento, alguns dias depois. Acho que Jan podia estar entre elas..."

"Mas não tenho certeza — disse Sofia, olhando para mim sem chorar, mas com a voz pastosa que os copos e copos de uísque sempre lhe davam, com o misericordioso anestésico que lhe proporcionavam."

— É melhor saber que uma criança morreu, mesmo uma morte tão horrível, ou saber que a criança está viva, mas que você nunca, nunca mais vai poder ver o seu filho? Não sei. E se eu tivesse escolhido que Jan fosse... para a esquerda, em vez de Eva? Isso teria mudado alguma coisa?

Parou para olhar, através da noite, para as escuras margens da Virgínia do nosso destino, tão distante, por incríveis dimensões de tempo e espaço, da sua horrível, maldita e — mesmo naquele momento — para mim incompreensível história.

— Nada teria mudado — disse ela.

Sofia não era dada a gestos teatrais mas, pela primeira vez, desde que eu a conhecera, fez uma coisa estranha: apontou para o próprio peito e depois afastou, com os dedos, um véu invisível, como se para expor um coração desesperadamente ferido.

— Só isto mudou, eu acho. Sinto que o meu coração se transformou em pedra.

Eu sabia que era preferível descansarmos bem, antes de continuarmos viagem. Através de vários estratagemas, inclusive mais sabedoria agrícola e anedotas que eu aprendera e de que ainda me lembrava, pude infundir em Sofia ânimo suficiente para terminarmos o jantar. Bebemos, comemos bolinhos de siri e conseguimos esquecer Auschwitz. As dez da noite, ela estava de novo cambaleando — e eu também, com toda a cerveja que bebera — de modo que tomamos um táxi de volta ao hotel. Ela já cochilava contra o meu ombro, quando subimos os degraus, de mármore sujo, do saguão, perfumado a tabaco, do Hotel do Congresso, e segurou-se pesadamente na minha cintura, enquanto subíamos o elevador até o quarto. Caiu na cama sem dizer palavra e sem tirar a roupa, adormecendo na hora. Cobri-a com um cobertor e, ficando apenas de cuecas deitei-me ao lado dela e *apaguei*, como se tivesse levado uma pancada na cabeça — pelo menos durante algum tempo, pois não tardei a sonhar. O sino que soava intermitentemente no meu sonho não era completamente antimusical, mas tinha um eco vazio e protestante, como se houvesse sido fundido com ligas baratas. Diabolicamente, em meio às minhas turbulentas e eróticas visões, o sino dobrava como se fosse a voz do pecado. O Reverendo Entwistle, embriagado de Budweiser e na cama com uma mulher que não era sua esposa, estava basicamente constrangido naquele ambiente ilícito, mesmo enquanto dormia.

Na verdade, tenho a certeza de que eram os resíduos que ainda havia em mim da educação calvinista e o fato de eu estar disfarçado de ministro de Deus — bem como aquele maldito sino — o que me fez estremecer com tanta força, quando Sofia me despertou. Deviam ser mais ou menos duas horas da manhã e o momento, na minha vida, em que todos os meus sonhos se iam realizar, porque, na penumbra do quarto, percebi, tanto pelo tato, quanto pelo que os meus olhos estremunhados conseguiam enxergar, que Sofia estava nua, lambendo as dobras da minha orelha e estendendo a mão para o meu membro. Eu estaria mesmo acordado, ou sonhando? Como se tudo aquilo não fosse docemente surpreendente — aquele simulacro de sonho — ouvi-a murmurar:

— Oh, Stingo, querido, eu quero trepar com você.

E senti-a puxar para baixo a minha cueca.

Comecei a beijá-la como se estivesse faminto e ela beijou-me também, suspirando, mas isso foi tudo o que fizemos (ou tudo o que consegui fazer, apesar da sua manipulação, durante vários minutos). Não quero enfatizar a minha incapacidade, nem a sua duração ou o seu efeito sobre mim, embora me lembre de estar decidido a me suicidar se ela não se corrigisse. Não obstante, lá estava ele, entre os dedos dela, tal qual um verme. Sofia colocou-se sobre a minha barriga e começou a me chupar. Lembrei-me de que, certa vez, ao falar de Nathan, ela se recordara de ele a chamar "a melhor chupadora do mundo". Sem dúvida tinha razão. Nunca esquecerei com que abandono e naturalidade ela me demonstrou o seu apetite e a sua dedicação: plantando os joelhos firmemente entre as minhas pernas, curvando-se e pondo na boca o meu já não tão encolhido amigo, levando-o a pular por meio de uma tal combinação de ritmos labiais e linguais, que eu podia sentir a doce e escorregadia simbiose da sua boca e do meu rígido pênis como uma descarga elétrica, percorrendo, desde o couro cabeludo até as pontas dos pés.

— Oh, Stingo! — disse ela, fazendo uma pausa para respirar. — Aguente mais um pouco, querido.

Não precisava ter dito aquilo. A minha vontade era ficar ali e deixá-la chupar-me até que o meu cabelo ficasse grisalho e ralo.

As variedades da experiência sexual são, eu creio, tão multifacetadas, que seria exagero dizer que eu e Sofia fizemos, naquela noite, tudo quanto era possível fazer. Mas juro que chegamos perto, uma coisa que eu nunca esquecerei foi a nossa mútua inexauribilidade. Eu parecia inexaurível pelo fato de ter vinte e dois anos, ser virgem e estreitar nos braços, finalmente, a deusa que povoara as minhas fantasias. O desejo de Sofia era tão grande quanto o meu, não duvido, mas as suas razões eram bem mais complexas: tinham que ver com o seu lado animal e naturalmente saudável, mas representavam também um mergulho no esquecimento carnal e uma fuga das recordações e do sofrimento. Mais do que isso, percebo agora que eram uma desesperada tentativa de lutar contra a morte. Na altura, porém, eu não entendia isso, de tal maneira estava excitado e fora de mim, surpreso com o frenesi que tomara conta de nós. Para mim, era menos uma iniciação do que um completo aprendizado, ou mais do que isso, e Sofia, minha adorada instrutora, não parava de murmurar encorajamentos no meu ouvido, como se, através de um quadro vivo, do qual eu também participasse, estivessem sendo representadas todas as respostas às perguntas que me haviam atormentado, desde que começara a ler, em segredo, manuais de casamento e a suar sobre as páginas de Havelock Ellis e outros especialistas em assuntos sexuais. Sim, os mamilos das mulheres retesavam-se como pequenas jujubas cor-de-rosa, ao contato dos dedos, e Sofia proporcionou-me um prazer ainda maior, ao pedir-me que os excitasse com a minha língua. Sim, o clítoris existia mesmo, deliciosa elevação, e Sofia colocou os meus dedos sobre ele. E, oh, a vagina era mesmo úmida e quente, com uma umidade que me surpreendeu com o seu calor. O meu pênis entrava e saía daquele túnel incandescente com muito menos esforço do que eu tinha imaginado e quando, pela primeira vez, ejaculei prodigiosamente no seu escuro recesso, ouvi Sofia exclamar, contra a minha face, que podia sentir o meu sêmen entrando. A vagina também tinha um gosto bom, conforme, descobri mais tarde, quando o sino da igreja — não mais condenatório — encheu a noite com quatro badaladas. A vagina era ao mesmo tempo pungente e salgada, e ouvi Sofia suspirar, guiando-me suavemente pelas orelhas, como se elas fossem asas, enquanto eu a lambia.

E havia também as famosas posições. Não as vinte e oito expostas nos manuais mas, além da mais comum, outras três, ou quatro, ou cinco. A certa altura, Sofia, voltando do banheiro, onde guardava a garrafa de uísque, acendeu a luz e trepamos num halo cor de cobre. Descobri que a posição "mulher por cima" proporcionava todo o prazer que o Dr. Ellis prometia, não tanto pelas suas vantagens anatômicas (embora elas também existissem, pensei, enquanto, por baixo, segurava os seios de Sofia nas mãos ou lhe apertava e acariciava o traseiro) quanto pela visão que tal posição me permitia daquele rosto eslavo inclinado sobre mim, os olhos fechados e a expressão de ternura e abandono da sua paixão, tão intensa, que tive que desviar o olhar.

— Não posso me conter — ouvi-a murmurar e sabia que ela não estava fingindo.

Ficamos deitados calmamente, lado a lado, mas logo, sem dizer palavra, Sofia se apresentou de maneira a me permitir realizar todas as minhas passadas fantasias, transformando-as numa apoteose. Ao possuí-la por detrás, enquanto ela se ajoelhava, penetrando-a entre os dois globos brancos das suas nádegas, fechei de repente os olhos e lembro-me de ter pensado, num espasmo, na necessidade de redefinir as noções de "alegria", "realização", "êxtase" e até mesmo "Deus". Paramos várias vezes, para que Sofia bebesse e derramasse uísque com água pela minha goela abaixo. A bebida, em vez de me embotar os sentidos, realçava as imagens e aumentava-me as sensações... A voz dela no meu ouvido, as palavras incompreensíveis em polonês, que eu não obstante entendia, incitando-me como numa corrida, impelindo-me a alcançar uma linha de chegada que sempre recuava. Trepando, por alguma razão, no chão duro do quarto, até que — meu Deus! — avistei, abruptamente, como num filme pornográfico, os nossos pálidos e entrelaçados corpos refletidos no espelho desbotado da porta do banheiro. Finalmente, uma furiosa obsessão sem palavras — nem polonesas, nem inglesas, apenas a respiração ofegante. A *Soixante-neuf* (recomendada pelo médico) na qual, após sufocar durante minutos no pântano ondulante da sua vagina, explodi finalmente na boca de Sofia, morrendo num espasmo de uma intensidade de tal modo adiada e prolongada, que quase gritei e a minha visão ficou turva. Depois, mergulhei no sono — um sono que era muito mais do que um sono comum, como se estivesse anestesiado, morto.

Acordei com o rosto boiando numa poça de sol e estiquei instintivamente a mão para o braço, o cabelo, o seio de Sofia. O Reverendo Entwistle estava, para falar a verdade, pronto para outra trepada. Aquele esticar de mão matutino, sonolento, era um reflexo pavloviano, que eu voltaria a experimentar com frequência, anos mais tarde. Mas Sofia não estava ao meu lado. A sua ausência, após a mais completa (ou talvez deva dizer, a única) noite de total comunhão carnal da minha vida, era quase palpável e compreendi que tinha algo a ver com o cheiro dela, que permanecia, como um vapor, no ar: um odor almiscarado e genital, ainda provocante, ainda lascivo. Estonteado, olhei para a paisagem emaranhada das roupas de cama, não podendo acreditar que, após a feliz exaustão daquela noite, o meu membro ainda continuasse valentemente ereto, servindo de pau de barraca para o reles e usado lençol. Depois, o pânico tomou conta de mim, ao ver, através do espelho, que Sofia não estava no banheiro e, por conseguinte, não estava no quarto. Quando pulei da cama, a dor de cabeça da ressaca abateu-se sobre a minha cabeça como um malho e, ao lutar para enfiar as calças, o meu pânico aumentou: o sino tocou, lá fora, e contei as badaladas — *era meio-dia!* Meus gritos no decrépito telefone não obtiveram resposta. Meio vestido, murmurando maldições e recriminações contra mim mesmo, cheio de maus pressentimentos, saí correndo do quarto e desci a galope os cinco lances de escadas até o saguão, onde o *boy* negro, rodo em punho, limpava o chão por entre os vasos de plantas, as poltronas de molas partidas e as escarradeiras repletas. O velho recepcionista cochilava atrás do balcão, embalado pela calmaria da hora. Ao ver-me, acordou e deu-me a pior notícia que já recebera.

— Ela desceu muito cedo, Reverendo. Tão cedo, que precisou me acordar. — Olhou para o *boy*. — Que horas você acha que eram, Jackson?

— Deve ter sido por volta das seis.

— É, deve ter sido por volta das seis. O dia estava rompendo. Ela parecia meio esquisita, Reverendo. — Fez uma pausa, como que para se desculpar. — Bem, parecia ter tomado uma porção de cervejas. Estava toda descabelada. Pegou no telefone e ligou para Brooklyn, Nova York. Não pude deixar de ouvir. Ela falou com... acho que com um homem. Disse a ele, chorando, que ia sair logo daqui. Parece que o nome dele, Reverendo, era Mason, Jason — uma coisa assim.

— Nathan — disse eu, numa voz sumida. — Nathan! Oh, meu Deus...

Pena e preocupação — uma amálgama emocional, que de repente me pareceu muito sulista e antiquada — refletiram-se nos olhos do velho.

— É isso mesmo. Nathan. Não sabia o que fazer, Reverendo — explicou ele. — Ela subiu e voltou a descer com a mala e o Jackson levou-a até a estação. Ela parecia fora de si e pensei... pensei em chamar o senhor ao telefone, mas era tão cedo! E também não queria me meter. Afinal, não era da minha conta.

— Oh, meu Deus, meu Deus! — murmurei, cônscio da expressão atônita do velho que, como membro da Segunda Igreja Batista de Washington, devia estar estranhando aquele mau uso do nome de Deus por parte de um ministro.

Jackson levou-me para cima no decrépito elevador, contra sujas paredes insensíveis, de ferro forjado, me encostei, com os olhos fechados e num estado de estupefação, não podendo acreditar em nada do que estava acontecendo ou, mais intransigentemente ainda, aceitá-lo. Decerto, pensei, Sofia estaria deitada na cama quando eu voltasse ao quarto, o dourado cabelo brilhando num retângulo de sol, as belas mãos estendidas, atraindo-me para renovados prazeres...

Em vez disso, preso no espelho que encimava o lavatório, no banheiro, havia um bilhete. Escrito apressadamente a lápis, comprovava o seu imperfeito domínio do inglês escrito, de que tão recentemente se lamentara comigo, mas também a influência do alemão, que ela aprendera com o pai havia tantos anos, em Cracóvia, e que só agora eu via que se tinha entranhado com tal obstinação, na arquitetura da sua mente.

Meu querido Stingo, você é um amante tão maravilhoso, que eu odeio ter que ir embora e desculpe eu não dizer adeus, mas preciso voltar para junto de Nathan. Acredite, você vai conhecer uma linda *mademoiselle* com quem vai ser muito feliz na fazenda. Gosto tanto de você — você não deve pensar que eu sou cruel. Mas, quando acordei eu me senti tão mal e em desespero por causa de Nathan, com isto eu quero dizer tão cheia de culpa e pensamentos de morte, como se *Eis* — Gelo — estivesse correndo no meu sangue. Por isso eu tenho que ficar de novo com Nathan. Talvez eu não veja você de novo, mas acredite que você significou muito para mim. Você é um grande amante, Stingo. Agora preciso ir. Desculpe o meu inglês. Amo Nathan, mas agora sinto ódio da vida e de Deus. MALDITO seja Deus e a vida também. E até o que resta do amor. Sofia.

Nunca consegui descobrir precisamente o que houve entre Sofia e Nathan quando ela voltou, naquele sábado, para o Brooklyn. Por ela me ter contado, com tais detalhes, o que acontecera durante aquele horrível fim de semana em Connecticut, no outono anterior, talvez eu tenha sido a única pessoa a fazer uma ideia do que se passou naquele quarto, quando eles se encontraram pela última vez.

Mas, mesmo assim, só pude conjeturar: eles não deixaram bilhetes que fornecessem uma chave. E, como acontece na maioria dos casos, restaram certos dolorosos "ses", fazendo com que, em retrospecto, eu pensasse nas maneiras pelas quais tudo aquilo poderia ter sido evitado. (Embora eu não ache que, no fundo, se pudesse ter feito algo para evitá-lo.) A mais importante dessas suposições envolvia Morris Fink, o qual, dadas as suas limitadas capacidades, se saíra de maneira mais inteligente do que se poderia esperar. Ninguém soube dizer quando Nathan voltara à pensão, durante as trinta e seis horas, aproximadamente, decorridas entre a minha fuga com Sofia e a volta dele. Parece estranho que Fink — que durante tanto tempo vigiara todas as entradas e saídas dos hóspedes — não tivesse visto Nathan voltar e se esconder no quarto de Sofia. Mas ele mais tarde afirmou que não tinha visto Nathan e eu não vejo razão para duvidar dele, assim como não duvidava de que ele não tivesse visto Sofia, quando ela voltara à pensão. Não contando com atrasos no horário dos trens e do metrô, o regresso dela ao Palácio Cor-deRosa devia ter-se dado por volta do meio-dia daquele sábado em que ela me deixara em Washington.

A razão pela qual coloco Fink de tal maneira na berlinda, quanto aos movimentos dos dois, é simples: Larry — que voltara de Toronto e correra a Flatbush, para falar com Morris e Yetta Zimmerman — encarregara o primeiro de lhe telefonar, se e quando visse Nathan entrar na pensão. Eu dera as mesmas instruções a Fink e, além disso, Larry pusera-lhe na mão uma boa gorjeta. Mas, sem dúvida, Nathan (em que estado de espírito e por que motivo é impossível dizer) tinha se esgueirado quando Morris não estava olhando, ou estava cochilando, ao passo que a chegada de Sofia simplesmente lhe devia ter escapado. Além do mais, desconfio de que Morris ainda estivesse na cama, quando Sofia ligara para Nathan. Se Fink tivesse entrado em contato com Larry mais cedo, o médico teria chegado à pensão em questão de minutos. Ele era a única pessoa no mundo capaz de lidar com o irmão enlouquecido e eu tenho a certeza de que, se o tivessem chamado, esta história teria acabado de maneira diferente. Talvez não menos calamitosa, mas diferente.

Naquele sábado, o chamado verão de São Martinho tinha descido sobre a costa leste, trazendo um tempo primaveril, moscas, um resto de bom humor e, para a maioria das pessoas, a sensação absurda de que a aproximação do inverno não passava de uma ilusão. Eu tive essa sensação naquela mesma tarde, em Washington (embora não pensasse conscientemente no tempo que fazia), e imagino que Morris Fink tivesse experimentado igual sensação no Palácio Cor-de-Rosa. Mais tarde ele diria que só se apercebeu, com grande espanto, de que Sofia estava no quarto dela, quando ouviu a música vindo do andar de cima. Deviam ser umas duas horas da tarde. Não era capaz de reconhecer a música que ela e Nathan ouviam tão amiúde, identificando-a apenas como "clássica", e confessando-me, certa vez, que, embora fosse demasiado "profunda" para a sua compreensão, achava-a mais agradável do que certas músicas populares, tocadas nos rádios e nas vitrolas dos outros inquilinos.

De qualquer maneira, ficara surpreso — não, verdadeiramente chocado — ao descobrir que Sofia tinha voltado: estabelecera uma imediata conexão com Nathan e ficara alerta à possibilidade de ter que ligar para Larry. Mas não tinha provas de que Nathan estivesse na pensão e hesitara em telefonar para Larry, quando tudo podia não passar de um falso alarme. Tinha agora um medo mortal de Nathan (estivera o suficientemente perto de mim, duas noites antes, para me ver recuar diante do tiro que Nathan dera no telefone) e ansiava por poder chamar a polícia — ao menos para se sentir protegido. O medo tomara conta dele desde o último ataque de Nathan e começara a sentir-se nervoso com a situação existente entre Nathan e Sofia, a tal ponto, que estava pensando em abdicar do quarto pelo qual pagava a metade do aluguel, em troca dos seus serviços de zelador, e dizer à Sra. Zimmerman que ia se mudar para casa da irmã, em Far Rockaway. Não tinha mais dúvidas de que Nathan era um *golem* encarnado, uma ameaça. Mas Larry tinha-lhe dito que, em nenhuma circunstância, ele ou outra pessoa qualquer deviam chamar a polícia, de maneira que Morris ficara à espera, junto da porta de entrada, sentindo o calor de verão e ouvindo a complicada música que vinha de cima.

De repente, para seu espanto, vira a porta do andar de cima se abrir lentamente e Sofia sair parcialmente do quarto. Não havia nada de estranho no seu aspecto, diria ele mais tarde: parecia, talvez, um pouco cansada e olheirenta, mas nada, na sua expressão, revelava tensão, infelicidade, desespero ou qualquer outra emoção "negativa" que seria de esperar, após o que ela passara nos últimos dias. Pelo contrário, ali parada, acariciando com uma das mãos a maçaneta, um curioso e passageiro ar de satisfação lhe animara o rosto, como se ela estivesse a ponto de soltar uma risada. Seus lábios se entreabriram, os dentes reluziram, à luz brilhante da tarde, e ele vira-a passar a língua pelo lábio superior, interrompendo as palavras que se preparara para dizer. Morris percebera que ela o tinha visto e o seu coração batera com mais força. Havia meses que estava enrabichado por Sofia, a beleza dela continuava a fazê-lo sofrer sem esperanças. Certamente ela merecia melhor sorte do que aquele *meshuggener* do Nathan.

Mas logo ficara intrigado com a roupa que ela usava — um conjunto que, mesmo aos seus olhos, leigos em matéria de moda, parecia *demodé*, saído do baú, mas que não obstante servia para acentuar ainda mais a extraordinária beleza dela: um *spencer* branco, usado sobre uma saia de cetim plissado cor de vinho, uma echarpe de seda em volta do pescoço e, inclinada sobre a testa, uma boina da cor da saia. Parecia uma estrela de filmes antigos — Clara Bow, Fay Wray, Gloria Swanson, alguém assim. Ele já não a vira vestida daquela maneira? Acompanhada de Nathan? Não tinha a certeza. Morris ficara muito intrigado, não só pela sua aparência, como pelo fato de ela ter voltado. Havia apenas duas noites, que ela fugira, levando os seus pertences, tomada de pânico e com... Outra interrogação. "Onde está o Stingo?", ia perguntar, num tom amistoso. Mas, antes que pudesse abrir a boca, ela se chegara ao corrimão e, debruçando-se, pedira:

— Morris, será que você pode me comprar uma garrafa de uísque?

E deixara cair uma nota de cinco dólares, que ele pegara no ar.

Andara os cinco quarteirões até a Flatbush Avenue e comprara uma garrafa pequena de Carstairs. Ao voltar, em meio ao calor sufocante, parara por um momento na beira do parque e ficara vendo os rapazes jogando futebol, gritando alegres obscenidades, à maneira familiar e barulhenta do Brooklyn. A falta de chuva, havia dias, fazia com que a terra se erguesse em cônicos ciclones e branqueasse a grama seca e a folhagem na orla do parque. Morris ficara completamente distraído. Confessaria, mais tarde que, durante quinze ou vinte minutos, esquecera totalmente o que fora fazer na rua, até que a música "clássica", vinda da janela de Sofia, a uns cem metros de distância, o fizera voltar à realidade. A música era barulhenta, parecia cheia de trombetas. Lembrou-lhe o que ele tinha ido fazer, que Sofia estava esperando, e correu de volta ao Palácio Cor-de-Rosa, quase morrendo atropelado, na Caton Avenue (lembrava-se perfeitamente, como de tantos outros detalhes daquela tarde), por um caminhão amarelo da Con Edison. A música aumentou de volume à medida que ele se aproximava da casa e pensou em pedir a Sofia, da maneira mais delicada possível, que abaixasse o som, mas logo reconsiderou que era de dia e, ainda por cima, sábado, e que os outros hóspedes estavam fora. A música espraiava-se por toda a vizinhança. Bom proveito.

Batera à porta de Sofia, mas ninguém respondera. Batera com mais força, de novo sem resposta. Colocara a garrafa de Carstairs no chão, junto da porta, e descera para o seu quarto, onde se demorara mais ou menos meia hora passando em revista a sua coleção de carteirinhas de fósforos. Morris era um colecionador, o quarto dele estava cheio de tampinhas de refrigerantes. Não demorara a tirar a sua costumeira sesta. Ao acordar, a tarde estava no fim e a música tinha parado. Lembrava-se do sentimento de apreensão que sentira, uma apreensão que parecia fazer parte daquele desusado e terrível calor, que, apesar da aproximação do crepúsculo, permanecia estagnado no ar, encharcando-o de suor. De repente, a casa ficou tão *silenciosa*, pensara com os seus botões. No horizonte longínquo do parque, relâmpagos cortavam o céu e pareceu-lhe ouvir o trovão roncar, a leste. Subira de novo a escada, em meio às sombras da noite que não tardava. A garrafa de uísque continuava junto da porta. Morris voltou a bater. A velha porta estava ligeiramente empenada e, embora se fechasse automaticamente, havia um ferrolho que podia ser corrido por dentro. Através de uma pequena fenda no lugar onde a porta se encaixava no marco, Morris viu que o ferrolho estava corrido e que Sofia não podia ter saído do quarto. Chamou-a, duas, três vezes, pelo nome, mas o silêncio continuou e a sua perplexidade transformou-se em preocupação ao verificar, olhando pela fenda, que não havia luz no quarto, embora estivesse rapidamente escurecendo. Decidira então ligar para Larry. O médico viera logo e os dois tinham arrombado a porta...

Entrementes, suando noutro pequeno quarto, em Washington, eu tomava uma decisão que efetivamente me impedira de ter qualquer influência sobre o que estava acontecendo. Sofia levava uma vantagem de cerca de seis horas sobre mim; mesmo assim se eu tivesse saído imediatamente atrás dela poderia ter chegado a tempo de evitar o golpe que se estava preparando. Mas não. Fiquei sofrendo e padecendo e por motivos que até hoje não consigo entender bem, resolvi continuar viagem sem ela. Acho que o ressentimento deve ter contado na minha decisão: raiva por ela me ter abandonado, ciúme e a amarga, desanimadora conclusão de que, dali em diante, deixaria que ela cuidasse da própria vida. Nathan, aquela *shmuck!* Eu tinha feito tudo o que podia. Ela que voltasse para o seu louco amante judeu. De modo que, inventariando o dinheiro que ainda me sobrava na carteira (ironicamente, eu ainda estava vivendo do que Nathan me dera), saí do hotel mergulhado num vago sentimento de antissemitismo, caminhei as muitas quadras, sob um calor tropical, até a rodoviária, e comprei uma passagem de ônibus para Franklin, na Virgínia. Resolvera de uma vez por todas esquecer Sofia.

A essa altura, era uma hora da tarde. Embora não me apercebesse disso, eu estava atravessando uma crise. Tal fora o choque sofrido com aquela terrível decepção — aquela traição! — que uma espécie de dança de São Guido tomara conta dos meus membros. Além disso, o nervosismo e o mal-estar da ressaca eram um martírio, sentia uma sede insaciável e, enquanto o ônibus abria caminho através do engarrafado trânsito de Arlington, eu sofria de um ataque de ansiedade que todos os meus monitores psíquicos encararam gravemente, mandando sinais de alerta para todo o meu corpo. Muito daquilo tinha a ver com o uísque derramado na minha garganta por Sofia. Nunca na minha vida vira os dedos das minhas mãos tremerem de maneira tão incontrolável, nem podia me lembrar de custar tanto a acender um cigarro. A paisagem lunar também contribuía para agravar o meu medo e a minha depressão. Os melancólicos subúrbios, as prisões dos arranha-céus, o largo Potomac, atulhado de detritos. Quando eu era criança, não havia tanto tempo assim, os arredores ao sul do Distrito tinham um charme poeirento, formavam uma cadeia de bucólicas encruzilhadas. Meu Deus, que diferença de agora! Eu tinha me esquecido da doença que tomara conta do meu estado natal: engordado pelos lucros da guerra, o obscenamente fecundo horror urbano de Fairfax County estendia-se, diante dos meus olhos, com uma alucinada recapitulação de Fort Lee, New Jersey, junto com as monstruosas excrescências de concreto, que apenas alguns dias antes eu pensara deixar definitivamente para trás. Não seria aquilo apenas o câncer ianque, espalhando-se pelos meus amados domínios? Decerto as coisas melhorariam à medida que penetrássemos mais e mais no sul. Não obstante, senti-me compelido a encostar a minha dolorida cabeça no respaldo da poltrona, presa de um misto de medo e cansaço como nunca experimentara até então.

O motorista anunciou "Alexandria". E aí eu soube que tinha de cair fora do ônibus. O que, pensei, passaria pela cabeça de algum interno do hospital local, ao deparar com aquele jovem magro e desvairado, metido num terno todo amassado e pedindo que o pusessem numa camisa-de-força? (Foi nessa hora que eu tive a certeza de que nunca mais poderia voltar a viver no Sul? Acho que sim, mas até hoje não posso afirmar ao certo.)

Consegui, por fim, controlar-me um pouco, lutando contra a neurastenia que me ameaçava. Utilizando-me de vários meios de transporte (inclusive um táxi, o que me deixou quase *duro*), voltei à estação a tempo de pegar o trem das três para Nova York. Até me ver instalado no abafado vagão, não me permitira pensar em Sofia. Deus misericordioso, a minha adorada polonesa estava, naquele justo momento, a caminho da morte! Com uma clareza impressionante, compreendi que a banira dos meus pensamentos, durante aquela viagem abortada à Virgínia, pela simples razão de que o meu subconsciente me proibira antever ou aceitar o que a minha mente agora insistia em me dizer: que algo horrível estava a ponto de lhe acontecer, a ela e também a Nathan, e que a minha desesperada volta ao Brooklyn não poderia alterar o destino que eles tinham escolhido. Compreendi aquilo não por ter dons divinatórios, mas por me haver voluntariamente negado a enfrentar a realidade. O bilhete que ela deixara não indicava isso, de modo tão palpável que até uma criança de seis anos poderia ter adivinhado o seu significado, e eu não tinha sido negligente, criminosamente negligente, ao deixar de correr atrás dela, em vez de haver atravessado, estupidamente, o Potomac de ônibus? A angústia invadia-me. Ao sentimento de culpa, que a estava matando, da mesma forma que os seus filhos tinham sido mortos, seria agora preciso acrescentar o *meu* sentimento de culpa, por ter cometido o pecado de omissão, que poderia ajudar a selar o seu destino, tão inapelavelmente quanto se Sofia fosse morta pelas mãos de Nathan? Murmurei para mim mesmo: Meu Deus, onde é que há um telefone? Tenho que avisar Morris Fink ou Larry, antes que esteja tudo perdido. Mas, no exato momento em que pensei nisso, o trem começou a andar e percebi que não poderia mais me comunicar até que...

Entrei então numa bizarra crise religiosa, curta de duração, mas muito intensa. A Bíblia Sagrada — que eu carregava, junto com o *Time* e o *Washington Post* — acompanhava-me nas minhas viagens havia anos. Tinha também servido de acessório à minha falsa identidade como Reverendo Entwistle. Eu nunca fora uma criatura religiosa, e as Sagradas Escrituras tinham sido sempre uma fonte literária, fornecendo-me alusões e citações para personagens do meu romance, dois dos quais, pelo menos, eram fanáticos religiosos. Eu me considerava um agnóstico, suficientemente emancipado dos grilhões da fé e o bastante corajoso para resistir à tentação de apelar para uma entidade tão questionavelmente etérea quanto a Divindade, mesmo nas horas de crise e sofrimento. Mas, sentado naquele trem — desolado, sentindo-me completamente impotente, apavorado, perdido — sabia que tinha perdido todos os esteios e o *Time* e o *Post* não pareciam poder oferecer nenhum conforto para os meus tormentos. Uma senhora cor de chocolate, majestosa de corpo e de andar, apertou-se no assento, ao meu lado, enchendo o ambiente com o aroma de heliotrópio. Estávamos agora correndo rumo ao Norte, saindo do Distrito de Colúmbia. Virei-me para olhar para ela, pois tinha consciência de que ela olhava para mim. Contemplava-me com olhos redondos, úmidos, amistosamente castanhos, do tamanho de bagos de plátano. Sorriu, pigarreou e derramou sobre mim toda a preocupação maternal por que o meu coração ansiava, naquele momento.

— Desculpe — disse ela, com uma fé e um calor incríveis. — Só existe *um* livro bom e *cê tá* com ela na sua mão.

Apresentadas as credenciais, minha irmã-na-fé tirou de uma sacola de compras a sua Bíblia e começou a lê-la com um suspiro de prazer e um molhado estalar de lábios.

— Crê na palavra do Senhor — recordou-me — e *serás* salvo. Essa é a verdade dos Evangelhos e do Senhor. Amém.

Retruquei:

— Amém — e abri a minha Bíblia exatamentee no meio, onde, conforme me lembrava, dos tempos da Escola Dominical, acharia os Salmos de David. — Amém — repeti.

Assim como o cervo anseia pelas nascentes de água, assim a minha alma anseia por ti, ó Deus... Ante o clamor dos teus mananciais, tudo silenciou; todas as tuas ondas passaram por cima de mim. De repente, senti que tinha de me esconder de todos os olhares humanos. Cambaleando até o banheiro, tranquei-me por dentro e sentei-me no vaso, escrevinhando, no meu diário, apocalípticos recados para mim mesmo, cuja mensagem eu mal compreendia, embora saíssem da minha mente conturbada: os últimos boletins de um homem condenado, ou os desvarios de um homem que, perecendo na praia mais remota da Terra, enfia loucos bilhetes em garrafas que depois lança no seio negro e indiferente da eternidade.

— Por que *cê tá* chorando, meu filho? — perguntou a mulher, quando voltei a me afundar no assento, a seu lado. — Alguém machucou você feio?

Não consegui responder, mas ela fez uma sugestão e, passado um momento, reuni forças suficientes para ler junto com ela, fazendo com que as nossas vozes se erguessem numa harmoniosa e urgente melopeia, acima do barulho do trem.

— Salmo Oitenta e Oito — sugeri.

Ao que ela replicou:

— Um belo salmo.

— *Senhor Deus da minha salvação, de dia e de noite chorei diante de ti. Entre a tua presença a minha oração; inclina o teu ouvido ao meu rogo. Porquanto a minha alma está repleta de males...*

Lemos em voz alta enquanto atravessávamos Wilmington, Chester e Trenton, pulando de vez em quando os Eclesiastes e Isaías. Passado algum tempo, experimentamos o Sermão da Montanha, mas não sei por que não me trouxe alívio, de modo que voltamos para Jó. Quando, por fim, ergui a cabeça e olhei para fora, já estava escuro e relâmpagos ziguezagueavam sobre o horizonte. A sacerdotisa *colored* a quem eu me apegara, saltou em Newark.

— Tudo vai ficar bem — prometeu.

Essa noite, o Palácio Cor-de-Rosa, visto por fora, parecia o *set* de um desses filmes brutais, de detetives, que eu vira às centenas. Até hoje me lembro tão bem do meu sentimento de resignação, ao avançar pela calçada — do meu desejo de não ficar surpreso! Todos os acólitos da morte estavam presentes, conforme eu esperava: ambulâncias, carros de bombeiros, carros da polícia, com luzes vermelhas piscando — tudo em demasia, como se a pobre pensão abrigasse algum terrível massacre, em vez de duas pessoas que tinham querido, de um modo quase decoroso, acabar com tudo dormindo. Um holofote envolvia a casa com o seu clarão de acetileno, havia uma dessas sombrias barricadas com um cartaz de papelão — Trânsito impedido — e, por todo lado, grupos de insensíveis policiais, mascando goma e bamboleando negligentemente os gordos traseiros. Discuti com um desses *tiras* — um irlandês feio e colérico — invocando o meu direito de entrar, e podia ter ficado horas do lado de fora, se não fosse Larry, que me viu e falou bruscamente com o brutamontes. Permitiram-me então entrar no meu quarto, cuja porta estava escancarada. Yetta Zimmerman estava estendida numa poltrona, murmurando desconexamente palavras em iídiche. Via-se que acabava de ser informada do que acontecera. O seu rosto, largo e feio, habitualmente a imagem viva do bom humor, parecia sem pingo de sangue, em estado de choque. Um dos atendentes das ambulâncias estava ao lado dela, pronto para lhe dar uma injeção. Sem uma palavra, Larry conduziu-me ao andar de cima, por entre um grupo de repórteres policiais com cara de furões e dois ou três fotógrafos, que pareciam reagir a qualquer coisa que se movesse, explodindo *flashes*. A fumaça de cigarros era tão espessa que, por um momento, tive a impressão de que antes houvera um incêndio. Perto da porta do quarto de Sofia, Morris Fink, ainda mais pálido do que Yetta e parecendo sinceramente abatido, falava em voz trêmula com um detetive. Parei para trocar uma palavra com Morris, que me contou um pouco do que acontecera, falando-me da música. E finalmente lá estava o quarto, banhado numa suave cor rosada, para além da porta arrombada.

Pestanejei e, aos poucos, tomei coragem para olhar para Sofia e Nathan, deitados sobre a colcha cor de abricó. Estavam com as mesmas roupas que usavam naquele domingo distante, quando pela primeira vez os vira juntos — ela, num traje esportivo, de outra época, ele no terno de flanela cinzenta e risca larga, igualmente anacrônico, que o fizera parecer um jogador bem-sucedido. Assim vestidos, mas deitados e abraçados um ao outro, davam a impressão, de onde eu estava, de dois amantes que se tivessem vestido para um passeio mas, de repente, houvessem resolvido deitar-se e fazer uma sesta, ou beijar-se e fazer amor, ou apenas trocar murmúrios um com o outro, e tivessem ficado para sempre imobilizados naquele grave e terno abraço.

— Se eu fosse você, não olharia para os rostos deles — disse Larry. — E, após uma pausa, acrescentou: — Mas eles não sofreram. Tomaram cianeto de sódio. Tudo acabou numa questão de segundos.

Para minha consternação, senti uma fraqueza nos joelhos e quase caí, mas Larry segurou-me a tempo. Depois, recuperado, entrei no quarto.

— Quem é ele, doutor? — perguntou um policial, avançando para me bloquear o caminho.

— É um membro da família — respondeu Larry, dizendo a verdade. — Deixe-o entrar.

Não havia muita coisa no quarto que explicasse o casal morto em cima da cama. Não suportei olhar mais para eles. Não sei por que, aproximei-me da vitrola, que se calara a si própria, e olhei para a pilha de discos que Sofia e Nathan tinham ouvido nessa tarde. O *Trumpet Voluntary*, de Purcell, o concerto para violoncelo, de Haydn, parte da Sinfonia Pastoral, o lamento de Eurídice, da ópera *Orfeu*, de Gluck — estavam entre a dúzia de discos que tirei da vitrola. Havia também duas peças cujos títulos tinham um significado particular para mim, quanto mais não fosse pelo significado que eu sabia que eles tinham tido para Sofia e Nathan. Uma delas era o *larghetto* do concerto para piano, em si bemol, de Mozart — o último que ele escreveu — e muitas vezes eu o ouvira com Sofia, estendida na cama com um braço jogado sobre os olhos, à medida que os lentos e trágicos compassos enchiam o quarto. Mozart estava tão perto do fim da sua vida, quando o escreveu — seria essa a razão (lembro-me de ouvi-la perguntar, em voz alta) por que a música tinha uma resignação muito próxima da alegria? Se tivesse tido a sorte de ser pianista, continuara ela, essa seria uma das primeiras peças que teria desejado aprender, dominando cada nuança do que ela achava que era o seu sentido de eternidade. Na altura, eu não sabia quase nada da história de Sofia, nem podia entender quando, após um momento, ela acrescentara que nunca tinha ouvido aquele trecho sem pensar em crianças brincando ao lusco-fusco, as suas vozes distantes e finas, enquanto as sombras do cair da noite se abatiam sobre a grama verde e tranquila.

Dois atendentes do necrotério, vestidos de branco, entraram no quarto, com um ruído de sacos de plástico. A outra peça de música era um disco que Sofia e Nathan tinham escutado durante todo aquele verão. Não quero dar-lhe uma conotação maior do que ela merece, pois tanto Sofia quanto Nathan haviam perdido a fé. Mas o disco estava em cima da pilha e não pude deixar de conjeturar, presumindo que, na angústia final — ou êxtase, ou fosse qual fosse a revelação que os tivesse unido, antes das trevas derradeiras o que eles tinham ouvido fora *Jesus, Alegria dos Homens*.

Estas considerações finais deveriam intitular-se, eu acho, algo assim como "Estudo sobre o Domínio da Dor".

Enterramos Sofia e Nathan lado a lado, num cemitério em Nassau County. Isso foi menos difícil do que se poderia imaginar. Afinal de contas, um judeu e uma católica num "pacto de morte" (conforme classificação do *The Daily News*, numa reportagem morbidamente ilustrada, na página 3), amantes vivendo em pecado, ela muito bonita, ele bem-apessoado, o instigador da tragédia, um jovem sujeito a crises de demência etc. — tudo aquilo era matéria para o grande escândalo do ano. Podia-se prever todo tipo de objeções a um duplo funeral. Mas a cerimônia fora relativamente fácil de conseguir (e Larry tratara de tudo) por não haver impedimentos religiosos a observar. Os pais de Nathan e Larry tinham sido judeus ortodoxos, mas a mãe morrera e o pai, com mais de oitenta anos, estava praticamente senil. Além disso — e por que não dizê-lo? — Sofia não tinha ninguém a não ser Nathan. Essas considerações tornaram mais fácil a Larry decidir sobre o enterro, marcado para a segunda-feira seguinte. Nem Larry, nem Nathan tinham pisado numa sinagoga havia anos. E, quando ele me pediu opinião, eu disse a Larry que achava que Sofia não gostaria da presença de um padre da sua igreja — talvez uma opinião arriscada, passível de condenar Sofia às chamas do inferno, mas eu tinha a certeza (e continuo a tê-la) de que não me enganava. Na vida eterna, Sofia seria capaz de suportar qualquer inferno.

Assim sendo, numa capela fúnebre do centro da cidade, realizou-se o funeral, tão civilizado e decente quanto possível, dadas as circunstâncias, com o seu bafo (pelo menos, para o povo, que espiava do lado de fora) de paixão pecaminosa e fatal. Tivemos algum aborrecimento com o encomendador dos corpos. Era horrível, mas felizmente eu não me dei conta disso, de pé ao lado de Larry, recebendo os sentimentos dos presentes, que eram poucos. A primeira a chegar foi a irmã mais velha de Nathan, casada com um cirurgião. Viera de avião, de St. Louis, com o filho adolescente. Os dois bem vestidos quiropráticos, Blackstock e Katz, vieram com duas mulheres ainda jovens, que tinham sido colegas de Sofia no consultório. Ambas choravam sem parar e tinham o rosto pálido e o nariz vermelho. Yetta Zimmerman, cambaleando, chegou com Morris Fink e o gordo candidato a rabino, Moishe Muskatblit, que ajudava a amparar Yetta mas que, a julgar pelo seu rosto exangue e o seu andar incerto, parecia precisar ele próprio de ser amparado.

Vieram também vários amigos de Nathan e Sofia — seis ou sete dos jovens profissionais liberais e professores do Brooklyn College, que faziam parte do que eu chamava "a turma de Morty Haber", inclusive o próprio Morty. Modesto, apesar de intelectual, simpatizava com ele e fiquei perto dele durante parte daquela tarde. Havia um ar de solenidade, que não permitia o menor sorriso ou dito, como tantas vezes acontece nos serviços fúnebres: as expressões de dor revelavam toda a extensão do choque, da tragédia. Ninguém se preocupara em escolher a música, o que resultou em ironia e constrangimento. À medida que os presentes entravam no vestíbulo, sob a explosão de *flashes*, ouvi um horrível órgão Hammond tocar a "Ave Maria", de Gounod. Lembrando-me do amor de Sofia — e também de Nathan — pela música, aquele vulgar acompanhamento deu-me vontade de vomitar.

O meu estômago estava em precárias condições, assim como o meu equilíbrio, em geral. Depois que desembarcara do trem que me trouxera de Washington, eu não tinha passado um momento sem beber, ou dormindo. O que acontecera me transformara num insone e, como não conseguira dormir, preenchera as horas da noite — durante as quais percorrera as ruas e os bares de Flatbush, murmurando "Por que, por que, por quê?" — bebendo obsessivamente, principalmente cerveja, o que me fizera ficar *alto*, mas não completamente bêbado. Eu estava meio embriagado e sofrendo de uma estranha sensação de deslocamento e exaustão (prelúdio do que se poderia ter transformado, percebi mais tarde, em alucinações alcoólicas), quando me deixei cair num dos bancos comerciais da agência funerária e escutei o Reverendo DeWitt "encomendar" os corpos de Nathan e Sofia. A culpa não tinha sido propriamente de Larry. Ele achara necessária a presença de um ministro de qualquer fé, mas um rabino parecera-lhe impróprio, um padre, inaceitável — de modo que um seu amigo, ou o amigo de um amigo, sugerira o Reverendo DeWitt. Era um universalista, um homem de quarenta e poucos anos, com um rosto sereno, cabelos louros, bem tratados e lábios rosados, de menina. Usava um terno bege, com um colete também bege tapando-lhe a pança incipiente, sobre o qual luzia a chave dourada do Omicron Delta Kappa, a fraternidade a que pertencera, na universidade.

Ri pela primeira vez, um riso meio demente, que fez com que as pessoas perto de mim se virassem. Nunca tinha visto aquela chave ser usada por alguém com mais de vinte e poucos anos, principalmente fora dos limites de um *campus*, e ela aumentava ainda mais o ar ridículo de uma pessoa que eu detestara à primeira vista. Como Nathan teria gargalhado, se tivesse visto aquele pomposo *goy!* Arriado ao lado de Morty Haber, na penumbra da capela funerária, respirando a xaroposa fragrância dos copos-de-leite, cheguei à conclusão de que o Reverendo DeWitt, mais do que qualquer outra pessoa que eu já conhecera, provocava em mim toda a minha potencial fúria homicida. Sermoneava insultuosamente, invocando Lincoln, Ralph Waldo Emerson, Dale Carnegie, Spinoza, Thomas Edison, Sigmund Freud. Mencionou Cristo uma vez, em termos bastante indiferentes — não que isso me fizesse diferença. Afundei mais e mais no banco e resolvi desligar os ouvidos, como quem desliga um rádio, permitindo à minha mente captar apenas os mais sonoros lugares-comuns. Aquelas pobres crianças. Vítimas de uma era de crescente materialismo. Perda de todos os valores universais. Fracasso dos velhos princípios de caráter. *Incapacidade de se comunicar!*

— *Que merda de sermão!* — pensei, mas logo percebi que tinha pensado em voz alta. Senti a mão de Morty Haber bater-me de leve na perna e ouvi o seu suave "Shhh!", misturado com uma risada estrangulada, como que a dizer que concordava inteiramente comigo. Devo ter-me apagado, então — não adormecendo, mas mergulhando num estado cataléptico em que todos os pensamentos abandonam, como gazeteiros, a mente — porque logo depois vi os dois caixões de metal sendo carregados pelo corredor, sobre os tróleis reluzentes.

— Acho que vou vomitar — falei, demasiado alto.

— Shhh — disse Morty.

Antes de embarcar na limusine rumo ao cemitério, entrei num bar próximo e comprei uma embalagem de latas de cerveja. Naquele tempo, podia-se comprar uma dessas embalagens por trinta e cinco *cents*. Sabia que estava agindo inconvenientemente, mas ninguém parecia prestar atenção e, quando chegamos ao cemitério, eu estava completamente bêbado. Sofia e Nathan contaram-se entre os primeiros a ser sepultados naquela necrópole, situada para lá de Hampstead. Ao sol quente de outubro, a enorme extensão de grama verdejante perdia-se no horizonte. À medida que a nossa procissão avançava até o lugar do sepultamento, temi que meus dois queridos amigos fossem enterrados num campo de golfe. Por um momento, essa impressão foi bastante real. Eu tinha sido tomado por um desses fantasiosos devaneios que muitas vezes atacam os bêbados. Imaginei gerações após gerações de golfistas jogando por cima da sepultura de Nathan e Sofia, vibrando de entusiasmo e gritando de alegria, enquanto as almas dos finados se remexiam, inquietas, debaixo do gramado.

Num dos Cadillacs, sentado ao lado de Morty, folheei a Antologia da Poesia Americana de Untermeyer, que trouxera comigo, junto com o meu diário. Sugerira a Larry ler algo e ele tinha gostado da ideia. Eu fazia questão de que, antes do último adeus, Sofia e Nathan escutassem a minha voz: a indecência do Reverendo DeWitt ter a última palavra era mais do que eu podia suportar, e por isso passei diligentemente as folhas dedicadas à poesia de Emily Dickinson, à procura do mais belo trecho que pudesse encontrar. Lembrava-me de que, na biblioteca da Universidade do Brooklyn, fora Emily quem aproximara Nathan de Sofia e pareceu-me adequado que ela também lhes dissesse adeus. Uma euforia embriagadora cresceu irresistivelmente dentro de mim, ao achar o poema não apenas adequado, como perfeito. Estava ainda rindo baixo comigo mesmo, quando o carro parou junto da sepultura e eu me joguei para fora da porta, quase me estatelando na grama.

O réquiem do Reverendo DeWitt, no cemitério foi uma versão abreviada do que ele tinha dito na capela fúnebre. Tive a impressão de que Larry o avisara de que devia ser breve. O ministro ajuntou um toque bizarramente litúrgico na forma de um frasquinho de pó que, ao terminar de falar, tirou de um bolso e esvaziou sobre os dois caixões, metade sobre o de Sofia e a outra metade sobre o de Nathan, não longe dali. Mas não se tratava do humilde pó da mortalidade. Disse aos presentes que o pó provinha dos seis continentes do mundo, mais da Antártida subglacial, e representava a necessidade de não esquecermos que a morte é universal, atingindo pessoas de todos os credos, cores e nacionalidades. De novo me lembrei de como, nos seus períodos de lucidez, Nathan não tinha paciência com o tipo de imbecilidade de DeWitt. Com que ferocidade ele teria caçoado, com o seu talento para a mímica, daquele charlatão! Mas Larry fez um sinal na minha direção e eu me adiantei. Na quietude daquela tarde quente e ensolarada, o único som que se ouvia era o suave zumbir das abelhas atraídas pelas flores empilhadas na beira das duas covas. Cambaleando, meio entorpecido, pensei em Emily Dickinson, nas abelhas, na força da poesia dela na metáfora da eternidade que aquele zumbido constituía.

> "Façam bem ampla esta cama,
> Façam esta cama com medo;
> E nela esperem até que o dia do juízo
> Venha, belo e excelente."

Hesitei um momento, antes de prosseguir. Não tinha dificuldade em pronunciar as palavras, mas a hilaridade me deteve, dessa vez misturada com sofrimento. Não haveria algum significado oculto no fato de que todo o meu relacionamento com Nathan e Sofia estivesse circunscrito a uma cama, desde o instante — que agora parecia ter sido há séculos — em que pela primeira vez os ouvira por cima de mim, no glorioso circo da sua atividade amorosa, até o quadro final, naquela mesma cama, cuja imagem me acompanharia até que a senilidade ou minha própria morte a apagasse da minha mente? Acho que foi então que comecei a me sentir desmantelar.

> "Que o seu colchão seja direito,
> Que redondo seja o travesseiro;
> Que nem um ruído amarelo do sol nascendo
> Perturbe este solo."

Muitas páginas atrás, mencionei a relação ódio-amor que eu tinha para com o diário em que anotava os acontecimentos daqueles dias da minha juventude. As passagens vívidas e de algum valor — as que eu não tivera coragem de jogar fora — pareceram-me, mais tarde, serem aquelas que tinham a ver com a minha emasculação, com as minhas paixões truncadas. Falavam das minhas noites de desespero com Leslie Lapidus e Mary Alice Grimball e também tiveram um lugar próprio nesta narrativa. Grande parte do que escrevi foi constituída de elucubrações fúteis, idiotas incursões em questões filosóficas, onde eu não tinha nada que ver e, decididamente, cortei toda a chance de que o diário se perpetuasse e consignei-o, anos atrás, a um espetacular auto-de-fé no quintal dos fundos da minha casa. Algumas páginas esparsas sobreviveram às chamas, mas até essas eu conservei, menos por algum valor intrínseco do que pelo que elas acrescentavam ao registro histórico sobre a minha pessoa! Da meia dúzia de folhas que guardei, daqueles dias decisivos — começando com o que escrevinhei na latrina do trem, vindo de Washington, e estendendo-se até o dia seguinte ao do funeral — há exatamente três linhas que achei dignas de conservar. E mesmo essas têm interesse não porque haja nelas algo imperecível, mas porque, por mais simples que agora pareçam, foram extraídas, qual seiva vital, de um ser cuja sobrevivência fora durante algum tempo uma incógnita.

Um dia ainda vou ser capaz de compreender Auschwitz. Afirmação valente, mas inocentemente absurda. Nunca ninguém será capaz de compreender Auschwitz. O que eu deveria ter escrito, era: *Um dia ainda vou escrever sobre a vida e a morte de Sofia, e assim ajudar a mostrar como o mal e a crueldade nunca são extirpados deste mundo.* O próprio Auschwitz permanece inexplicável. A mais profunda afirmação já feita a respeito de Auschwitz não foi uma afirmação, e sim uma resposta.

Pergunta: "Me diga: em Auschwitz, onde estava Deus?"

Resposta: "Onde estava o homem?"

A segunda linha que salvei do incêndio talvez seja um pouco melosa demais, mas conservei-a. *Deixe o seu amor fluir sobre todas as coisas vivas.* Essas palavras, ditas num certo plano, têm o sabor de uma homília. Não obstante, são extraordinariamente belas e, ao vê-las agora, na página do diário, amarelada como um narciso seco quase transparente pela passagem do tempo, os meus olhos se detêm na linha que tracei furiosamente por baixo delas, como se Stingo sofredor, que outrora fui, ao ouvir pela primeira vez, de adulto, falar da morte, da dor, de todo o apavorante enigma da existência humana, tentasse escavar do papel a única verdade que restava — ou, talvez, a única verdade suportável. *Deixe o seu amor fluir sobre todas as coisas vivas.*

Mas há um ou dois problemas relacionados com esse preceito meu. O primeiro é que ele não é meu. Origina-se no universo e é propriedade de Deus, e as palavras foram interceptadas — no ar, por assim dizer — por mediadores tais como Lao-tzu, Jesus, Gautama Buda e milhares e milhares de profetas menores, inclusive este narrador, que ouviu a terrível verdade num ponto entre Baltimore e Wilmington e a anotou com a fúria de um louco esculpindo em pedra. Trinta anos depois, elas ainda pairam no ar. Ouvi-as celebradas exatamente como as escrevi, numa esplêndida canção tocada num programa de música rural, enquanto atravessava, ao volante do meu carro, a noite da Nova Inglaterra. Mas isso me leva ao segundo problema: à verdade das palavras — ou à sua impossibilidade. Pois Auschwitz não conseguiu bloquear o fluxo desse titânico amor, qual fatal embolia na corrente sanguínea da humanidade? Ou alterar inteiramente a natureza do amor, de modo a reduzir o absurdo da ideia de amar uma formiga, ou uma salamandra, ou uma víbora, ou um sapo, ou uma tarântula, ou o vírus da raiva — ou mesmo as coisas belas e abençoadas — num mundo que permitiu que o negro edifício de

Auschwitz fosse construído? Não sei. Talvez seja demasiado cedo para dizer. De qualquer maneira, preservei essas palavras como um lembrete de uma esperança frágil, mas perdurável...

As últimas palavras que conservei do meu diário compreendem um verso, da minha autoria. Espero que sejam perdoáveis em termos do contexto no qual se inserem. Porque, depois do funeral, eu quase me apaguei completamente, como se dizia naqueles tempos, quando uma pessoa bebia até ficar amnésica. Peguei o metrô até Coney Island, pensando em destruir, de qualquer maneira, a dor que sentia. A princípio, não entendi o que me atraía de volta àquelas ruas barulhentas, tão contrárias ao meu gosto. Mas, no fim da tarde, o tempo mantinha-se quente e bonito, eu me sentia infinitamente só e Coney Island pareceu-me um bom lugar para tentar esquecer. O parque de diversões estava fechado e a água estava demasiado fria, mas o calor do dia atraíra centenas de nova-iorquinos, que enchiam as ruas, onde já se acendia a iluminação a néon. Do lado de fora do Victor's, o pequeno café onde as minhas gônadas haviam sido tão quimericamente agitadas por Leslie Lapidus e a sua vazia lascívia, hesitei, andei uns passos, voltei atrás. Com a sua lembrança de derrota, parecia um bom lugar para afogar as minhas mágoas. O que faz com que os seres humanos se torturem com essas estúpidas tesouradas de lembranças infelizes? Mas não tardei a esquecer Leslie. Mandei vir uma caneca de cerveja, depois outra, até entrar num mundo de alucinações.

Mais tarde, já noite estrelada, agora fria com o bafo do outono e úmida do vento do Atlântico, fui até a praia. Reinava o silêncio, lá e, a não ser pelas estrelas, também a escuridão; espiras e minaretes, telhados góticos, torres barrocas recortavam-se contra o clarão da cidade. A mais alta dessas torres, semelhante a uma aranha gigante, com cabos descendo do seu topo, era o Salto de Paraquedas, e fora da sua plataforma mais elevada que eu ouvira as risadas de Sofia, precipitando-se com Nathan, na alegria daquele começo de verão, que agora parecia há séculos de distância.

Foi então que as lágrimas finalmente jorraram — não lágrimas piegas, de bêbado, e sim lágrimas que, tendo começado na viagem de trem de Washington para Nova York, eu tentara varonilmente conter, mas que agora me escorriam, quentes, por entre os dedos. Fora, é claro, a recordação do salto de Sofia e Nathan que abrira as comportas, mas era também um desabafo da raiva e da tristeza que sentira por tantos outros, que durante os últimos meses me haviam afligido e agora exigiam o meu pranto. Sofia e Nathan, naturalmente, mas também Jan e Eva — Eva, com seu *mis* de um olho só — e Eddie Farrell, e Bobby Weed, e o meu negro e jovem salvador, Artiste, e Maria Hunt, e Nat Turner, e Wanda Muck-Horch von Kretschmann — apenas um punhado dos filhos espancados, assassinados, traídos e martirizados da Terra. Não chorei pelos seis milhões de judeus, ou os dois milhões de poloneses, ou o milhão de sérvios, ou os cinco milhões de russos — não estava preparado para chorar por toda a humanidade — mas chorei por aqueles que, de uma maneira ou de outra, me eram caros, e os meus soluços sacudiram a praia abandonada, até eu não ter mais lágrimas para derramar e me deixar cair na areia, com uma fraqueza estranha para um jovem de vinte e dois anos.

Adormeci e tive sonhos horríveis — como que um amálgama de todas as histórias fantásticas de Edgar Allan Poe: eu sendo partido em dois por monstruosos mecanismos, afogando-me num moinho de lama, sendo emurada com pedras e, pior ainda, enterrado vivo. Durante toda a noite tive a sensação de não poder falar, me mexer ou gritar contra o peso inexorável da terra, lançada num ritmo apavorante sobre o meu corpo caído e paralisado, um cadáver vivo, sendo preparado para enterro nas areias do Egito. Fazia um frio horrível no deserto.

Quando acordei, era manhã cedo e abri os olhos para o céu verde-azulado, com seu manto translúcido de neblina. Como um diminuto globo de cristal, serena e solitária, Vênus brilhava sobre o mar tranquilo. Ouvi vozes de crianças perto de mim. Mexi-me. *"Puxa, ele acordou!"* Dando graças por ter ressuscitado, percebi que as crianças me tinham coberto de areia e que eu jazia, protegido como uma múmia, sob aquele fino sobretudo. Foi então que escrevi mentalmente estas palavras:

Sob a areia fria, sonhei com a morte,
mas acordei já dia, para ver
brilhar, gloriosa, a estrela da manhã.

Não era ainda o dia do juízo final — apenas uma manhã, bela e excelente.

Este livro usa a fonte tipográfica Centaur 12/15, projetada por
Bruce Rogers, 1912-14. O itálico, de *Frederic Warde*, é baseado na escrita
de *Ludovico degli Arrighi*, do século XV.
O papel usado é Chamois Fine 80 g/m².